生意気盛り

［新装版］

ジャン・パウル
恒吉法海［訳］

九州大学出版会

1810年のジャン・パウル。ジャン・パウルの
判断では自分に最も似ている肖像画。

目次

第一小巻

第一番　方鉛鉱……三
遺書――葡萄酒［涙］店
第二番　チューリンゲンの白雲母……一五
J・P・F・Rの市参事会員への手紙
第三番　ザクセンの魔法の土［鉄石髄］……一九
二等賞の相続人達――スウェーデンの牧師
第四番　アストラカンのマンモスの骨……二五
魔法のプリズム
第五番　鼠色の条紋を持つフォークトラントの大理石……二九
先史
第六番　銅色ニッケル……三七
［全能なる］ヴルトのあれこれ

第七番　菫　石……………………………………四一
少年時代の小村——偉大な男
第八番　コバルト華……………………………四八
公証人試験
第九番　硫黄華…………………………………五五
伸展詩
第十番　臭　木…………………………………五八
散文家達の去勢雄鶏の戦い
第十一番　黄　櫨………………………………六二
陽気な混乱
第十二番　偽糸掛貝……………………………六七
曲馬
第十三番　輝かしい斑点を持つベルリンの大理石……七五
誤認と認識
第十四番　分娩椅子の模型……………………八〇
エーテルの製粉所の計画——魔法の夕べ
第十五番　車渠貝………………………………九三
町——家具付き部屋

第十六番　珪藻土……一〇四
詩人の日曜日
第十七番　紫　檀……一一二
薔薇の谷

第二小巻

第十八番　ウニの化石……一二五
ふくれっ面の精神
第十九番　泥灰岩……一三三
夏の時期——クローターの猟
第二十番　レバノン山脈のヒマラヤ杉……一四二
ピアノ調律
第二十一番　巨口貝あるいはヴィトモンダー……一五〇
展　望
第二十二番　サッサフラス［樟の根皮］……一五三
ペーター・ノイペーターの誕生日

第二十三番　鼠色の木賊の寄せ集め……一六二
クロータークとグランツの卓話
第二十四番　輝　炭……一六九
庭園――手紙
第二十五番　エメラルドの流れ……一七四
音楽の音楽
第二十六番　美しい帆立貝と化石の筍貝……一八三
諍うコンサート
第二十七番　シュネーベルクの剝石《へげいし》の晶簇……一八八
会　話
第二十八番　雨《あめ》　降《ふらし》……一九四
新しい事情
第二十九番　粒の粗い方鉛鉱……二〇一
贈　与
第三十番　ザクセンの毒砂……二〇四
貴族についての会話

第三十一番　磨臼の目立て石……二一八
案
第三十二番　駝鳥の胃の中のヘラー硬貨……二二三
人間嫌いと後悔

第三小巻

第三十三番　線条雲母……二三七
兄弟——ヴィーナ
第三十四番　毬《いが》……二四四
写字の時間
第三十五番　緑玉髄……二四七
夢想——歌唱——祈禱——夢想
第三十六番　帆立貝……二五三
夢想からの夢
第三十七番　えり抜きの晶簇……二六〇
新しい遺言

第三十八番　透石膏……二六五
ラファエラ
第三十九番　貝　蛸……二七一
旅立ち
第四十番　ホウセキミナシ……二七五
旅館——旅の楽しみ
第四十一番　腰高貝……二八四
乞食の杖
第四十二番　虹色の長石……二八七
人　生
第四十三番　磨かれた琥珀の柄……二九三
役者——仮面の紳士——卵ダンス——買い物する女
第四十四番　ザクセンの金雲母……二九七
冒　険
第四十五番　猫目石……三〇四
飲と食の賭け——少女

第四十六番　透明柘榴石……三一〇
新鮮な一日
第四十七番　チ タ ン……三一六
空想の［孤独な］カルトゥジオ修道院——洒落
第四十八番　放射状黄鉄鉱……三二四
ローゼンホーフの夜
第四十九番　葉 状 鉱……三三二
旅の終わり
第五十番　ダックスフントの半分の膀胱結石……三三七
ハスラウの市参事会に対するJ・P・F・Rの手紙

第四小巻

第五十一番　剝製の四十雀……三五一
旅と——公証人職の展開
第五十二番　剝製の鶲《ひたき》……三六一
上品な生活

第五十三番　バイロイトのゲフレース近郊の十字架像石……三七三
債権者の狩猟図
第五十四番　スリナムのアイネイアス［子守鼠］……三七八
絵画――手形証書――果たし状
第五十五番　巨嘴鳥……三九七
若きヴァルトの悩み――宿泊
第五十六番　飛　鰊……四〇九
伝記作者の手紙――日記
第五十六番の飛鰊への補遺……四一四
第五十七番　千　鳥……四一八
二重生活
第五十八番　海　兎……四三〇
思い出
第五十九番　筍　貝……四四四
校正――ヴィーナ
第六十番　沢《ちゅう》鵟《ひ》……四五八
スケート

第六十一番　セント・ポール島のラブラドル［曹灰長石］……四六六
ヴルトの意地悪な反論──除夜
第六十二番　シュテインクシュタイン……四七五
準　備
第六十三番　チタン電気石［ルチル］……四八二
仮装舞踏会
第六十四番　ピラトゥス山の珪藻土……四九二
手紙──夢遊病者──夢
訳　注……五〇一
『生意気盛り』解題……五一七
解題補足　文献紹介……嶋﨑　順子　五三七
あとがき……五四七

第一小巻

第一番　方鉛鉱

遺書──葡萄酒〔涙〕店

ハスラウの首都としての歴史の中で、──皇太子の誕生を除いて──ファン・デア・カーベルの遺書の開封ほどに興味津々で待ち望まれたものは他に記憶がない。──ファン・デア・カーベルはハスラウの富豪──そして彼の生涯は貨幣の娯楽と言ってよかった、あるいは黄金の雨の下での金の洗鉱とか、随意に言って構わなかった。カーベルの七名の亡き遠縁の親族達の更に七名の存命の遠縁の親族達は遺言の中での席に若干の期待を抱いていた、この富豪が彼らのことを考慮すると誓っていたからである。しかし期待は望み薄であった、彼には格別信を置けなかったからで、彼は単にどこでも全く無愛想に倫理的に且つ利己心を交えずに営んだばかりでなく──倫理という点では七名の親族達はまだ初心者であった──、またいつも全く嘲笑的に、そしていたずらと罠とで一杯の心をもって介入してきたので、彼を頼りにすることは出来なかった。彼のこめかみと厚い唇の周りの輝き続ける微笑と嘲笑的な裏声は、彼の高貴に造作された顔と、毎日新年の贈り物、慈善喜劇、チップのこぼれ落ちる大きな両手から醸し出されずにはいないような良い印象を弱めていた。それ故渡り鳥はこの男、この生きた七竈の木を、この木の上でついばみ巣を作りながら、秘かな鳥罠と見なしていて、木の実は見えるというのに見えない毛髪の罠を恐れてほとんどこの実は見えていなかった。

二回の卒中の間に彼は遺書を起草し、役所に預けていた。供託書を七人の推定遺産相続人に今際のときに渡しながらも、彼は昔ながらの調子で言った。この他界の徴候が冷静な男達を打ちのめすことはないと信じたい、この男達を自分は泣く相続人としてよりもむしろ笑う相続人として考えている、と。ただ彼らのうちの一人、冷たい皮肉屋の警視ハルプレヒトだけが、温かい皮肉屋に答えた、このような損失に対する自分達皆の気持ち［相続分］は自分達の手におえるものではない、と。

とうとう七人の相続人は供託書をもって役所に現れた、つまり教会役員のグランツ、警視、宮中代理商のノイペーター、宮中検察官のクノル、書籍商のパスフォーゲル、早朝説教師のフラックス、そしてアルザス人のフリッテであった。彼らは役所で故カーベルの交付した文書と遺書の開封を正式に然るべく要求した。遺言執行人長は現市長自身で、執行人補佐達は残りの市参事会員であった。役所の保管庫から早速文書と遺書が会議室に運ばれ、すべての市参事会員と相続人に回覧され、その上に刻印された町の封印が確認され――文書に記された提出の際の記録が町の書記によって声高に読み上げられ、そうして故人が文書を役所にまぎれもなく提出し、国の文書箱の棚に預けたこと、彼は提出した日にはまだ分別があったことが彼らに明らかにされ――最後に彼自身が捺した七つの封印がすべて認められた。今や遺書は――町の書記が再びこうしたこと一切について手短に記録をまとめた後――神の御名において開封され、現市長によって次の通り朗読された。

私ことファン・デア・カーベルは一七九某年五月七日ここハスラウのフント［犬］小路の自宅において、数百万言を費やさずに遺言する、かつてはドイツの公証人、オランダの田舎牧師であったけれども。しかしまだ公証人の業は弁えているので、正式な遺言者、遺贈者として振る舞えるものと思う。

遺言者はその遺書の理由をまず述べるものである。これは、私にあっては、通常そうであるように、他界と、多くの者から望まれている遺産がそれに当たる。埋葬等について話すことは、軟弱にすぎ、愚かすぎることである。しかしあの世の私は、向こうの永遠の太陽がその緑の春の中の一つに置いて欲しいと思う、陰鬱な冬であっては困る。

公証人達の尋ねることになる寄付については、それぞれの身分の三千人の当地の貧民に同数の帝国グルデンを分かつことにする、それで貧民は将来私の命日に共同牧場で、部隊宿営地がない場合には、宿営を設置し、引っ越し、楽しく飲み食いをし、テントの中へ着飾ることが出来よう。更に我らの侯国のすべての学校教師に一人あたり一アウグスト金貨を贈る、同様に当地のユダヤ人に宮中の教会での私の教会指定席を贈る。私は遺書を条項ごとに分割したかったので、これがまず第一条となる。

第二条

一般的には相続人指定と相続人廃除は遺言状の中で最も大事な部分である。かくて私は教会役員のグランツ氏、宮中検察官のクノル氏、宮中代理商のノイペーター氏、警視のハルプレヒト氏、早朝説教師のフラックス氏、書籍商のパスフォーゲル氏、それにフリッテ氏にはさしあたり何も残さない、極めて遠縁の親族として彼らには規定の四分の一遺産がふさわしくないからとか、大方が自ら十分な遺産を有するからというよりも、彼らの口から、彼らが私の大いなる財産よりも取るに足りぬ私の人物を愛するということを聞いて知っているからであり、私の人物から贈るものはほとんどないけれども、この人物の許に彼らを留めておくことにする。——

七人のがっかりした面々はここで七人の睡眠者［伝説の聖人達］のように跳び上がった。特に教会役員氏は、まだ若いが、しかし口頭及び印刷での説教によってドイツ中で著名な男であって、このような一刺に侮辱を感じた——アルザス人のフリッテは会議室でちょっと舌打ちした——早朝説教師のフラックスは顎を下の方に肉垂のように延ばした——故カーベルへの幾つかの小声の憤慨した呼びかけ、悪漢、馬鹿、似非キリスト教徒等々を参事会員は耳にした。しかし現市長のクーノルトは手で制して、宮中検察官と書籍商はその顔を罠にそうするようにすべての発条《ばね》、大ぜんまいを再び引き締めた、市長は読み続けた、真面目さを装って。

第三条

フント小路の現在の家は除くことにする、これはこの私の第三条によって、ここに記載されている通り、七名の先の親族の者達のうちで、三〇分以内に（この条項の朗読から計って）他の六名の競争者よりも早く一滴あるいは数滴の涙を私に対して、亡き伯父に対して、このことを記録する立派な当局の前で流すことの出来る者の手に帰属し、所有となるものとする。しかし皆が涙しなければ、家は同じく、私が間もなくその名を挙げることになる一般相続人のものとしなければならない。——

ここで市長は遺書を閉じた、条件は多分に珍しいものであるが、しかし不法なものではない、裁判官は最初に泣く者に家を与えなければならないと述べ、会議室の机に時計を置いた、それは十一時半を指していた、そして静かに腰を下ろして、遺言状執行者として裁判官すべてを代表するかのように、誰が最初に遺言者にその望まれた涙を流すか書き記そうとした。

地球が存続する限り、かつて地上で七つのこのさながら涕泣へと集められた乾いた地方の会合程に陰鬱でまとまりのない会合があったとは公平にみて言えないであろう。最初はまだ貴重な数分の間ただ胡乱に驚きの声が上がり、微笑が見られた。会合は一気にかの犬に変貌した、この犬には憤激の突進の最中、ちんちんしてと敵が叫ぶのであった——そして犬は突然後足で立つと、歯をむき出しにしてちんちんした——呪いによってすみやかに哀悼の涙にかられるというのであった。

純粋な感動など——誰にも分かっていたが——思い及ばぬことであった、駆歩で驟雨、目の緊急洗礼とは。しかし二十六分のうちには何かが生ずるはずであった。

商人のノイペーターは、これは分別ある男にとっては忌まわしい取り引き、茶番ではないかと問い、何ら了承しなかった。しかし一滴の涙に乗って一軒の家が自分の財布に漂って来ると考えると、涙腺に奇妙な刺激を感じ、病んだ雲雀のように見えた、これは油の塗られたピンの頭で——家がその頭であった——浣腸されるのである。

宮中検察官のクノルは顔を、同僚が土曜の晩に靴屋用の明かりで乱暴に髭を剃ってくれる貧しい職人のようにゆがめた。彼は遺書の項目の乱用に激昂していて、憤怒の余り泣きそうであった。

狡猾な書籍商のパスフォーゲルは早速冷静にこの件そのものに取り掛かって、一部は書店で、一部は委託販売で有するすべての感動的なものをとっさに思い浮かべて、何かを起こそうとした。しかし今なお彼はパリの獣医のエメが鼻になすりつけた吐剤をゆっくりと舐めている犬に見えた。効果が現れるまでは全く時間が必要であった。

アルザスのフリッテはちょうど会議室で踊っていて、笑いながらすべての真面目な者達を眺めて、言った。自分はこの中で最も裕福な者とは言えないが、しかしシュトラースブルクとアルザスのすべてにかけてこのような冗談事のために泣くことは出来ない、と。

最後に彼を警視のハルプレヒトが意味ありげに見つめて請け合った。フリッテ氏が哄笑によって周知の腺、マイボームの脂腺、涙阜その他から必要な滴を搾り取り、盗人のように窓ガラス［顔］に水滴を曇らせようという魂胆なら、そうは問屋が卸さないと言いたい、これは鼻をかんでそうして儲けようとするのと同断であって、鼻へは、周知の如く、鼻道を通って目から多くの涙が、弔辞のときどの教会席へ溢れるよりも溢れるのであるから、と。

――しかしアルザス人は、自分は単に可笑しくて笑っているのであって、真面目な意図はない、と保証した。

警視自身は、脱水された心で知られていたが、目を硬直させ、大きく開けて見つめることによって、何かふさわしいものを目に送り込もうとしていた。

早朝説教師のフラックスは逸走する雄馬に乗っている乞食ユダヤ人に見えた。しかし彼は、家庭と教会の悲哀によってすでに最良の鬱陶しい雲塊を引き寄せている心を有していて、容易に悪天候の前の太陽のように即刻願ってもない水分を立ちのぼらせていたことであろう、絶えず筏の家が、全く喜ばしい光景、ダムとして浮かんで漂って来さえしなければ。自分の性分を新年の説教、葬儀の弔辞から知っていて、他人に心の溶ける演説をしさえすれば自分が真っ先に心溶けると確信していた教会役員は、立ち上がって――自分と他人が長いこと乾いてへばっているのを見ると――厳かに言った、自分の著作を読んだ者なら誰でも、自分は涙のような聖なる印は、隣人を出し抜かないようむしろ抑えて、苦労してよからぬ意図からかき出そうとはしない心を胸に有することをきっと御存知であろう、と。――「この心はすでに涙を流しました、しかし人目に触れずにです、カーベルは親友だったのですから」と彼は言って、見回した。

満足して彼は、皆がまだコルク材のように乾燥して座っているのに気付いた。殊に今は、グランツによって妨害され、憤慨させられた相続人達よりも、鰐や、牡鹿、象、魔女、葡萄の方がよりたやすく泣けたであろう。フラックスだけには秘かにこれは効いた。フラックスはカーベルの善行、自分の早朝ミサでの女性聴衆者達の劣悪なスカートや灰色の髪、貧しいラザロに対する［富裕者の］犬達(1)、自分自身の長い棺をすばやく思い描き、更には多くの者達の斬首、ヴェルターの悩み、小さな戦場、そして若い身空でかくも惨めに遺書の条項のことで苦しみ、努めているか自らのことを考えた――更に三突きポンプ胴［長靴］で行う必要があった、かくて彼は涙と家とを得ることになった。

「カーベルよ、我がカーベルよ」――とグランツは続けた、哀悼の涙が間近になったことでほとんど喜びを感じて泣きながら――「いつか愛情豊かな御身の土に覆われた胸の横に我が胸も朽ちることになったら」――――

「尊敬する皆様、思いますに」――とフラックスは言った、悲しげに立ち上がって、涙を流しながら見回して――「私は泣いています」――その後腰を下ろしてそして一層気を良くして流れるにまかせた。もう乾きつつあった［安泰であった］。グランツの二等賞の目の前で彼は褒賞の家を奪い去った、グランツは今や自分の努力に全くうんざりしていた、気持ち半ばで詮ないことに話して台無しにしたからである。フラックスの感動は記録に残された、そしてフント小路の家は永久に彼のものとなった。市長は心から哀れな奴さんに家を恵んだ。これはハスラウの侯爵領で、学校教師、教会博士の涙が、ヘーリオスの娘達(2)の涙のように、昆虫を含む軽い琥珀に変わるのではなく、フライア女神(3)の涙のように黄金に変わったという最初の例であった。グランツはフラックスに大いに祝意を表し、ひょっとしたら自分が感動の手伝いをしたかもしれないと喜んで気付かせた。他の者達は乾いた仕方での分金法によって濡れた仕方でのフラックスの分金法とは明らかに異なっていたが、しかしなお残りの遺言に注目していた。

さて更に読み続けられた。

第四条

以前から私は私の資産の——つまりシャーフ門前の私の庭、山にある私の小森、ベルリンの南海商店の一万千聖ゲオルク金貨、最後にエルテルライン村の両夫役農夫とそのための地所、これらの——一般相続人にはかなりのことを要求していて、その人物は大いに物質的には貧しく、精神的には豊かでなければならない。遂に私はエルテルラインでの私の最後の病の際このような者を見つけ出した。かつて人間を愛した者の中でこの者以上に愛するような、極貧で、全く善良、心から快活な人間が群小侯爵領に存在するとは思わなかった。一度彼は私に二言三言話しかけたことがあり、二度ほど暗がりの中である行為を行い、それで私はこの青年をほとんど永遠に信頼することになった。この一般相続は、貧しい両親がいなければ、彼には負担とすらなるであろうことは承知している。彼は法律職候補者であるけれども、しかし子供っぽくて、いかさまをせず、純粋、素朴、優美であって、全く太古の時代の敬虔な若者のようであり、彼の考えるより三十倍賢い。ただ彼は第一に少しばかり軟弱な詩人であるという欠点と、第二に、私の知っている多くの国家が道徳教育でそうであるように、弾に火薬を込めて［あべこべなことをし］、また分針を回すために時針を押すという欠点を有する。彼がいつか学生間の鼠取り器をかける術を学ぶとは思われない。彼がきっと奪われた旅行トランクを二度と取り戻し得ないであろうことは、その中に何があったか、どのようなトランクであったか特定出来ないであろうことから明らかである。

この一般相続人はエルテルラインの村長の息子で、ゴットヴァルト・ペーター・ハルニッシュと言い、まことに美しい、ブロンドの可愛い若者である——

＊

七人の推定相続人は問いを発し、我を忘れたくなった。しかし傾聴しなければならなかった。

第五条

しかし彼は前もって難題を片付けなければならない。周知のように私はこの遺産を自らまず忘れがたい私の養父のヴァーターラントのブルークのファン・デア・カーベルから受け継いだ、そのために私か支払った代償はほとんどただ二つのつまらぬ言葉、フリードリヒ・リヒター(4)、私の名前だけであった。ハルニッシュは私の生涯を、以下のように、再び模して生活した後、遺産を再び継ぐことになろう。

第六条

この軽快な詩的客人には戯れの簡単なことに思われるかもしれない、私がこのことのためにただ次のことだけを——すべては私自身がまさに閲して来たこと、ただより長く経験したことであるので——要求し、規定してあることを耳にしたら。即ち

（a）一日だけピアノ調律師となること——更に
（b）一ヵ月私の小さな庭を園丁長として手入れすること——更に
（c）三ヵ月公証人——更に
（d）一匹の兎をしとめるまで、二時間かかろうと二年かかろうと猟師の許にいること——
（e）校正者として十二全紙目を通すこと——
（f）パスフォーゲル氏と、同氏が望むならば、書籍の見本市の週を過ごすこと——
（g）二等賞の相続人氏達のそれぞれの許に一週間暮らさなければならない（相続人が断れば別であるが）そしてその時々の家主の、名誉と共に取り交わされる希望を、上手《うま》く果たすこと——
（h）二、三週間田舎で授業すること——最後に
（i）牧師とならなければならない。召命の暁には遺産を得る。——これが彼の九つの遺産職務である。

第七条

戯れと思われるかもしれないと、前の条項で述べた、殊に私は彼に私の人生の役割を置き換えること、例えば見本市よりも先に授業を行うことを認めているのだから――ただ牧師で終えなければならない。――しかし友、ハルニッシュよ、遺書には私はそれぞれの役割に対して封印された調整料金表を、秘密条項というものを、同封してある、これは貴方が火薬を弾に込めるような場合、例えば公証人職の文書でそうしたとき、要するに私がかつて自ら犯した間違いのたびに、遺産を減ずる処罰を行うか、その引き渡しを延期するものである。詩人よ、賢明であれ、ドイツの多くの貴族に似ている貴方の父親のことを思い給え、父親の資産はロシアの貴族のそれに似て、農奴という点にあるけれども、しかしただ一人の農奴であって、これは自分自身である。貴方の放浪の弟を考え給え、弟は思ったよりも早く遍歴から襤褸の上着を着て玄関の前に立ち、言うかもしれない。「弟の分は何も残っていないのか。この靴を見てくれ」と。――よく分別することだ、一般相続人よ。

第八条

教会役員のグランツ氏、それに書籍商のパスフォーゲル氏、フリッテ（これも含めて）にいたるまで皆に、ハルニッシュが全財産を手にすることはいかに難しいことか注意を促すところであろう、彼らがここの所で縁に縫い付けられている一枚の紙片だけを考慮にいれるとしても難しいと、この紙片にはこの詩人が手短にお好みの願い、つまりスウェーデンの牧師となる願いを描いてあるものである。（市長のクーノルト氏はここでそれをも読み上げていいか尋ねた。しかし皆は先の条項に食いついた、それで彼は続けた）。親族の諸氏にそれ故お願いするが――その見返りに勿論些少のことを、ほんのわずかな謝意として等分にここで年にすべての資本の一〇パーセント並びに不動産の用益とを、何という名称であれ、上述のハルニッシュが第六条に従って遺産を継承しない間は認めることとすれば、諸氏に果たすことになろうが――一人のキリスト教徒としてキリスト教徒の諸氏に懇願したい、さながら七人の賢者としてこの若い仮定上の一般相続人を鋭く見張って、遺産の延期、削減を招くようなどのような些細な失敗をも見逃さずに、その一つ一つを法的に証明して頂きたいと。このことは軽薄な詩人を向上させ、磨き、鋭くさせることだろう。七人の親族の方々よ、貴方達がただ私の人柄だけを愛してきたということが真実ならば、この人柄と相似た者を揺さぶり（この者にはそれが為になる）きちんと、もとよりキリスト教徒的に、揚げ足をとり、いじめ、彼の雨の星座、つまり七星［すばる］、彼の邪悪な七人［ジョーカーとの掛詞］となることによって示して欲しい。彼が本当に失わなければならない、つまりパスしなければならなくなると、一層それだけ彼と貴方達にとって有益である。

第九条

悪魔にかられて私の一般相続人が姦通をするならば、四分の一の遺産を失うことになる――これは七人の親族のものとなる。――少女を誘惑した場合には六分の一である。――日数を要する旅行や収監は遺産の取得期間に加算されない、しかし病床や臨終の床にあるときは加算されよう。

第十条

若いハルニッシュが二十年のうちに亡くなったら、遺産は当地の慈善団体のものとなる。彼がキリスト教徒の聖職候補生として試験を受け合格したら、招聘されるまでの間、他の相続人同様に一〇パーセント貰う、飢えることのないように。

第十一条

ハルニッシュは宣誓に代わって、将来の遺産を何ら前借りしないことを約束しなければならない。

第十二条

必ずしも私の最後の意志ではないが、最後の願いはただ、私がファン・デア・カーベルの名前を継いだように、彼も遺産継承の際にはリヒターの名前を受け入れ名乗って欲しいということである。しかしこれは彼の両親に多くかかっている。

第十三条

才能ある上手《じょうず》な、それにふさわしい作家、図書館で人気のあるような作家が見いだせ、獲得出来るならば、この立派な男に私の仮定的一般相続人兼養子の歴史と取得時代とを出来るだけ巧みに描写するよう依頼して欲しい。これは相続人にばかりではなく遺言者にも——どの紙面にも登場することになるので——声望をもたらすであろう。この卓越した、私には目下まだ未知の歴史家はささやかな記念に各章ごとに私の美術と博物の標本室から番号一つを受け取るがいい。この男には存分に短信を送って欲しい。

第十四条

しかしハルニッシュが遺産をすべて辞退したら、姦通を犯したことと並びに死去したことと同じになる。第九条と第十条とが効力を発揮する。

第十五条

遺言の執行人として私は遺言の委託がそれぞれなされているこれらの高貴な方々を任命する。しかし現市長のクーノルト氏が執行責任者である。ただ市長だけが調整料金表の秘密の条項のうち、ハルニッシュがそれぞれの時に選ぶ遺産職務のために表記されてある条項をいつも前もって開封することになる。——この料金表では、例えば公証人になるためにはハルニッシュにはいくら援助されるべきか——彼は無一文だから——またちょうど遺産職務に巻き込まれたそれぞれの二等相続人には、例えば書籍見本市の週のパスフォーゲルには、あるいは七日間の家賃代にはいくら支払うべきかと正確に定められている。誰もが満足するであろう。

第十六条

改訂フォルクマン(5)はその第四版の二つ折り判二七六頁で遺言者に準備あるいは「時宜を得た用心」を要求していて、それで私はこの条項で、七人の二等賞の相続人の誰であれ、あるいは私の遺書に対して法的に異議を申し立てたり破ろうと試みる者すべてに、訴訟の間は、びた一文利子は貰えない、利子は他の者達にあるいは――皆が訴えたら――一般相続人に寄せられると確言する。

第十七条

どのような意志もふざけた、いい加減な、判然としないものであってかまわないが、ただしかし最後の意志［遺言］はそうであってはならない、遺言は二度、三度、四度と、つまり同心円的に完成するためには、いつでも法学者の許ではそうであるように、失言擁護の但し書き条項、死後有効の贈与、それに遺言者の意志変更の留保に訴えなければならない。それで私はここでそれらに、短い先の言葉で訴えたと主張する。――それ以上は私は世間に述べることはない、間もなく私は世間から閉ざされることであろう。先のFr・リヒター、現在のファン・デア・カーベル。

＊

以上が遺言である。署名と捺印等々のすべての書式について七人の相続人は正しく守られていることを確認した。

第二番　チューリンゲンの白雲母

J・P・F・Rの市参事会員への手紙

この話の著者は遺書の執行機関によって、とりわけ立派なクーノルトによって著者に選ばれた。このような名誉ある任務に次のように答えた。

敬称略

高貴な市参事会員あるいは立派な遺言執行機関に、貴方と、『才能ある上手《じょうず》な、それにふさわしい作家』等の条項とが私を五万五千の現在の著者達の中からハルニッシュの編史家に選んだことに対する喜びを描くことは、そして私がこのような仕事と協力者とに名誉を感じているとその満足感を多彩に記すことは、一昨日妻と子供と皆とでマイニンゲンからコーブルクへ引っ越し[1]、無数の物を積み込んだり下ろしたりしなければならなかったので、当然ながら時間的余裕がありませんでした。いや私は市門と家の玄関に着くや、再び山へ出掛けました、そこでは多くの美しい一帯が縦横に交互に並んでいました。「何としばしば」と私は山で言いました、「これらのタボル[2]の山々で将来自分は変容することだろうか」と。

ここに私は尊き云々の市参事会員に第一番、方鉛鉱という題を仕上げて送ります。立派な執行者の方々にお願いがありますが、将来の番号はもっと豊かにもっと洗練されたものになること、入手した遺書のコピーを写す他にほとんどすることのなかった第一番の場合よりももっとそこでは力量を発揮するであろうことをお考え頂きたいのです。チューリンゲンの白雲母は受け取りました。その代わり次には、読者のためにこの手紙のコピーからなる章を届けることになります。余りにもバロック的ではないし、余りにも使い古されていない表題もすでに出来上がっています。『生意気盛り』といいます。

かくて機械は順調に製粉を行っています。ファン・デア・カーベルの美術と博物の収集が、目録から分かるように、七千二百三個の標本と番号を数えるのであれば、故人はそれぞれの標本に対して章のすべてを欲しているので、章をいくらか縮ませる必要がありましょう、さもなければ（この作品を含め）私の全作品を合わせたよりも長い作品が生ずることになりかねません。学界では実際あらゆる章が許されていて、一つのアルファベットの章から一行の章までであります。

仕事そのものに関しましては、この名手は高貴な市参事会員に大胆にどのような師匠にも、町の親方であれ、条件付きのあるいはお情けの親方であれ提示し得る仕事を果たす所存であると保証いたします、とりわけ私は故ファン・デア・カーベル、以前のリヒターとは自ら縁があるかもしれないのですから。作品は——ほんの若干予告しますと——図書館ではばらばらの箇所にあるものすべてを含む予定です。自然の書に対するささやかな補遺、故人達の書に対する序言、全紙Aとするつもりですので。——

奉公人や育ち盛りの少年、成人した娘、それに農民や侯爵にはここで行儀作法についての講義[3]が読まれます——

書式学を全体では読みます——

ここでは最も疎遠な、最も無趣味な民であれその趣味のために配慮がなされます。後世はここで当代、前世よりも満足することはないことでしょう——

私はここで牛痘——本と羊毛の取り引き——月刊誌記者——シェリングの磁気的メタファー、あるいは二重の体系[4]——新たな領土の杭——へそくり小銭——松毛虫の付いた野鼠——それにボナパルト達に触れます、勿論詩人として手短に——

ヴァイマルの劇場について私見を述べます、また世間と人生のこれに劣らず大きな劇場について述べます——

真の冗談、真の宗教が入ってきます、これは現在ではヘルンフートの呪いや宮廷での髭同様にまれなものですが――

悪人は、高貴な参事会員が送付下さることでしょうが、敢然と扱われます、しかし個人攻撃や当てつけはありません。黒い心と黒い目は実際――よく見てみると――単に褐色にすぎません。半神や半獣は立派に同じ二つ目の片割れ、つまり人間的部分を有するものです――鞭は皮膚同様に厚いものであっていいものでしょうか。――乾いた批評家は捕らえられ、そして（拘束の中で）黄金の青春時代と多くの喪失とを思い出させられ、涙を流すまでに感動させられます、雨となるよう朽ちた聖遺物が陳列されるようなものです――

十七世紀については自由に話されます、そして十八世紀については人道的に、十九世紀については考察されますが、しかし全く勝手にです――

私の諸作品から詞華集あるいはジャン・パウルの精神(5)を歯でもって抜粋した羊はそれぞれの巻から抜き出すべき一巻を手にすることになって、それでこの羊は選集ではなく、単に写本を作ればいいことになります、極めて単純な注や［ミサの］序誦と共に――

緊急、救急小冊子(6)に似て本書は薬や助言、登場人物、対話、歴史を供しなければなりません、しかしその分量はかの緊急小冊子に救急の書、詳しい抜粋と付録として添えられる程度であるべきでしょう、叙述の作品はいずれも鏡から眼鏡へと磨かれなければならず、ベニスの鏡片がほんとうの眼鏡に利用されるようなものです――

どのような誤記にも分別が隠されており、誤植には真理が隠されているべきです――

日毎にこの小品は高く昇ることでしょう、巡回図書館から貸出図書館に、そしてこれから顧問図書館へ、これはミューズの女神達の最も素晴らしい栄誉の床、華麗な床［棺台］、寡婦の住まいです――――

しかし私は約束することよりも容易に約束を果たします。作品というものはそうなるからで……

高貴な市参事会員殿、遺言執行者の方々、いつか私が年老いて、『生意気盛り』の全巻すべてが、高く、チュービンゲンから送られたバレン［全紙一万枚］に印刷されて自分の周りに並んでいるのを見るという幸せに恵まれることになりましたら――

そのことを祈りまして、

敬具

公使館参事官(7)

J・P・F・リヒター

コーブルクにて、一八〇三年六月六日

遺言執行者達に手紙で約束された読者のための手紙のコピーは今やもはや必要ないであろう、読者はたった今読んだのだから。同様に利己心のない弁護士達は請求書には書類自体の制作費だけを見積もって、見積もりのための見積もりに対しては、これは無限に続けられうるものであるが、後から見積もることはしない。

しかし『生意気盛り』の著者はこのような重要な話のために単に立派な市参事会員よりもはるかに詳しい物語上の先導羊や先導犬どもを駆り立て、使うべきではないかとか、誰がとりわけその中で最高の犬や羊であるか――これについては、それが役立つ、そうするのが良いと納得出来るようであれば、今や読者もこの上なく喜んで休心されることであろう。

第三番　ザクセンの魔法の土［鉄石髄］

二等賞の相続人達——スウェーデンの牧師

遺言の読み上げが終わると七人の相続人は言いようもなく顔に七通りの驚嘆を浮かべていた。多くが何も言わなかった。皆が、このうちの誰がこの若者について知っているか尋ねた、宮中検察官のクノルを除いて、彼自身は質問を受けていた、彼はエルテルラインで或るポーランドの将軍の領主裁判長であったからである。「若い僭称相続人には格別変わったところはない」とクノルは答えた、「彼の父はしかし法律家のふりをしようとして、私と世間とに借金がある」。——相続人達は無口な検察官の周りに、助言を求めつつかつ興味津々と集まったが無駄であった。

彼は司法当局に遺言と財産目録の写しを請願し、他の高貴な相続人達も同様に写字料を払った。市長は相続人達に若者とその父親を土曜日に呼び出すつもりだと説明した。クノルが答えた。「自分は明後日、即ちこの十三日、つまり木曜日裁判の仕事で領主裁判地のエルテルラインへ行くので、若いペーター・ゴットヴァルト・ハルニッシュに召喚を告げることが出来る」と。承認された。

このとき教会役員のグランツは、ハルニッシュがスウェーデンの牧師への希望を綴ったといわれる紙片を読むためのちょっとした時間を求めた。彼はそれを得た。彼の背後三歩の所に書籍商のパスフォーゲルは立っていて、その面をすばやく二回、教会役員がそれを裏返す前に、読み下した。仕舞いにはすべての相続人が彼の後に並んだ、彼は向き直って、自分が朗読した方がよかろうと言った。

スウェーデンの牧師の幸福

それで私はこの幸福を何の遠慮もなく大いに描き、自分自身を牧師と思いたい、そうして一年後この描写をまた読んだとき、この描写で格別熱い思いに耽りたい。牧師であることそれだけで幸せなのに、いわんやスウェーデンではいかばかりか。そこでは夏と冬とを純粋に享受できる、長い退屈な中断を経験せずに。例えばそこでの遅い春では、寒気の逆戻りではなく、全き、申し分のない初夏が始まる、白く赤く、百花繚乱で、夏の夜には半ばイタリアにいるかの如く、冬の夜には半ば第二世界にいるかの如き思いがする。

私はしかし冬から始めて、クリスマスを祝いたい。

ドイツから、ハスラウからとても北方の極地の小村に招聘された牧師は快活に七時に起床し、九時半まで弱い明かりを灯す。九時になってもまだ星は輝き、明るい月は更に長く輝く。しかし星空が午前中まで続くことは彼には好ましく思われる、彼はドイツ人であって、星輝く午前に驚くのだから。私には牧師と他の教会参詣者達がランンを持って教会に行くのが見える。数多くの小さな灯で教区民は一つの家族となって、牧師は少年時代、冬の学校時間、クリスマスの朝課を思い出す、このときには誰もが小さな灯を手にしていたものだ。説教壇で彼は愛する聴衆に、その言葉がまさしく聖書に書かれている事柄だけを語る。神の［広い分別の］前では分別のある分別はない、が実直な心情は多分に分別がある。その後で彼はそれぞれの人物の顔を間近に見て、子供に対するように飲物と食物とを渡す機会が得られたことを秘かに喜びつつ、聖餐を分かち与え、日曜日ごとに自らそれを享受する、間近の愛餐を手にすることになるのを憧れるに相違ないからである、こういうことは彼には許されていいだろうと私は思う。

（ここで教会役員は問い質すような非難の眼差しで聴衆を見回した、するとフラックスが頷いた。彼はしかしほとんど聞いていず、ただ家のことを考えていた）。

それから皆と一緒に教会から出ると、ちょうど明るいクリスマスの朝の太陽が昇って、彼ら皆の顔を照らす。多くのスウェーデンの老人達が全く若々しく太陽の赤を帯びる。牧師はそのとき、死せる母なる大地と墓地とを見渡し、そこでは花々が人々同様に埋められているのを見ると、恐らく次の多韻律詩を作ることだろう。

「死せる母親の上には死せる子供達が暗く静かに休らっている。ついに永遠の太陽が昇る。すると母親は再び花咲いて蘇り、また後にはすべての彼女の子供達が蘇る」。

家では暖かい書斎が本の背にかかる長い側光と共に彼を喜ばせる。

午後彼は素敵に過ごす、喜びの一連の花卉棚を前にして、どこに止まっていたらいいかほとんど分からないのである。聖なるクリスマスであれば、彼は再び素晴らしい東洋とか永遠について説教する。そのとき聖所は全く薄暗くなる。ただ二本の祭壇の蠟燭だけが教会の中に不思議な長い影をあちこち投げかける。上から垂れ下がっている、洗礼盤支えの天使は本当に生き生きとしてほとんど飛んでいるが如くである。外からは星々あるいは月が射し込んでいる——壇上の暗がりの中の熱い思いの牧師は今や何も気にせず、夜の中から雷を落とす、涙と嵐に包まれ、諸世界と諸天上について、胸と心とを圧倒的に感動させるすべてについて雷を落とす。

燃え上がって降りて来ると、彼は四時にはもう空で波打つ北極光の下、散歩することが出来るかもしれない、北極光は彼にとってはきっと永遠の南の朝から打ち寄せるオーロラであり、あるいは神の王座の周りの聖なる燃え上がるモーゼの茂み[1]からなる一つの森であろう。

別な日の午後であれば、品の良い大人の娘達を伴った客人が到着する。宮廷同様に彼は午後二時の日没の際に昼食をとり、月光の下コーヒーを飲む。牧師館全体が黄昏の魔法の宮殿となる。——あるいはまた向こうの学校教師の午後の授業に出掛け、教区民のすべての子供達をまるで孫のように明かりのそばの自分の祖父の膝の周りにすわらせ、彼らを喜ばせ教化する。——

こうしたことすべてが出来なければ、彼はもう三時には暖かい黄昏の中強い月光を浴びて部屋の中をあちこち歩き、ついでに少しばかりオレンジの砂糖をかじって、美しいイタリアをその庭と共に舌先に触れ、すべての感覚で味わおうとする。月の下、彼は同じ銀盤状の月が今イタリアでは月桂樹の木々の間に懸かっていると思わないだろうか。風奏琴と雲雀とすべての音楽、星々、子供達は暑い国でも寒い国でも同じであると考えないだろうか。さてイタリアから来る騎馬郵便が村にラッパを鳴らして、わずかな音色で花咲く国々を凍った書斎の窓辺に押し上げると、そして先の夏からの古い薔薇の花びら、百合の花びらを手にすると、恐らくは贈られた極楽鳥の尾羽をも手に取ると、その際サラダ菜収穫の時、桜桃の咲く時、聖三位一体の祝日、薔薇の花咲く時、聖母マリアの祝日というきらびやかな音色が心を捉えると、彼は自分がスウェーデンにいることが信じられないであろう、明かりがもたらされるとき、いぶかしげによそよそしい部屋を眺めることになる。更にもっと楽しみたいとき、蠟燭の残り端に火を点して、残り端を得てきた宮廷の中を一晩中覗き込むことになる。ストックホルムの宮廷では、他同様に、銀の燭台の上で燃えていた蠟燭の残り端は従僕達に金の代わりに与えられるであろうと思われるからである。

しかし半年後にはイタリアではハスラウでよりもはるかに早く陽は沈むのであって、イタリアよりも何か素敵なものが突然彼の胸を、つまり壮麗な夏至の日がノックする、そして雲雀の歌声に満ちた朝焼けをすでに夜の一時にはもたらす。二時あるいは日の出の少し前には上述した可愛い多彩な群が牧師館に集まる、牧師と一緒にちょっとした遠足を計画しているからである。二時過ぎ、彼らは、すべての花々が輝き、森々がきらめくとき進んでいく。暖かい太陽は雷雨や驟雨をもたらす恐れはない、この二つはスウェーデンではまれである。牧師の装いは皆と同様スウェーデン風で——幅広の飾り帯の付いた短いダブレット、その上には短いコート、風になびく羽毛の付いた丸帽、明るい色の紐の靴を着用している。——勿論彼は、他の人同様にまた、スペインの騎士風に、プロヴァンス人のように、あるいはどこか他の南国の人間のように見える、殊に彼と元気の良い一行は数週間のうちに苗床や枝からわき出てきた高い密な花々と葉叢の中を飛んでいくのだから。

このような夏至の日が最も短い日よりも短く過ぎ去るということは容易に考えられることである、それほど太陽と、エーテル、花、閑暇に恵まれている。すでに午後の八時には一行は出発する——太陽はより穏やかに半ば閉ざした眠たげな花々の上で燃え——九時にはその輝きは薄れて、青空の中に素顔を晒す——十時頃、一行が牧師の村に再び着くと、牧師は奇妙に感動し、心優しくなっている、村では、低くなま暖かい太陽はまだ家々の周りや、窓辺に疲れた赤色を置いているけれども、すべてはすでに静かに、深い眠りの中にあるからで、小鳥達も黄色の薄明かりの梢の中でまどろんでいて、遂には太陽自身が、月のように、ひっそりと世の静寂の中で沈んでいく。ロマンチックな装束の牧師にとっては、今や薔薇色の世界、妖精や精霊が行き交う世界が開かれたかのようで、この黄金の丑三つ時に突然子供時代に失踪した兄弟が、花咲く魔法の天国から落ちてきたかのように出現しても、彼はほとんど驚かないことだろう。

牧師はしかし彼の旅の一行を散会させない、彼は一行を牧師館の庭に留めておく、そこで誰でも、その気のあるものは、と彼は言う、素敵な木陰で短いなま暖かい一時を日の出までまどろんだらいい、と。

それは皆に受け入れられ、庭は占拠される。幾人かの組は単に眠っているふりをしているだけかもしれないが、しかし本当に手枕をしている。幸福な牧師は一人っきりで苗床をあちこち歩く。涼しげなわずかな星が見える。彼の花大根［夜菫］と紫羅欄花《あらせいとう》が開花して強く匂う、外は明るいのだけれども。北方では極の永遠の朝から淡い金色の薄明かりが立ち上ってくる。牧師は遠くの幼年時代の小村を、それに人間の生活と憧憬とを思い浮かべて、十分に静かに満ち足りた思いになる。そのとき新鮮な朝の太陽が再び世界に差し込んでくる。黄昏の太陽と混同したく思う何人かは目を再び閉ざす。しかし雲雀はすべてを明らかにして、植え込みを目覚めさす。

すると快活な朝が力強く再び始動する。——それに欠けるものは少ない、それで私はこの日も同様に描くことになる、この日は前日とは一花弁も異なっていないけれども。

＊

グランツは、彼の顔は自分の著作の最も好意的な自己批評であったが、このような作品に若干の勝利を感じて相続人達を見回した。ただ警視のハルプレヒトだけが顔にスウィフト全体を浮かべて答えた、「このライヴァルの分別には手を焼くことになりましょう」。宮中検察官のクノル、宮中代理商のノイペーター、そしてフリッテはつとにこの朗読にうんざりして離れ、窓際に行って、何かまともなことを話していた。

彼らは裁判所の部屋を後にした。途中商人のノイペーターが表明した。「私どもの故人のような立派な男が、墓地の縁にあってなおこのような茶番をおこなうとは信じられないことです」。——「ことによるとしかし」——家所有者のフラックスは他の者達を慰めるために言った——「若者は遺産を全く受けないかもしれません、難しい諸条件のせいで」。——クノルはこの家所有者にかみついた。「今日の条件のようなその程度の難しさだ。そんなことをしたら彼も愚かだし、我々にとっても愚かだ。九条［実は十四条］によると『ハルニッシュが辞退したら』慈善団体に四分の三がいくことになるのだから。しかし彼がそれを受けて、ただへまを重ねることになれば」——

「そうならんことを」、とハルプレヒトは言った。

「——重ねたら」とクノルは続けた、「そうすれば我々は『戯れと思われるかもしれないと、先の条項で述べた』——それに『悪魔にかられて』——それに『教会役員のグランツ氏、それに皆に』の条項を我々のために有することになって大いにすることがある」。彼らは彼を全員自分達の権利のパトロンに選んで、彼の記憶力を称えた。——「私の覚えているところでは」、と教会役員は言った、「彼は遺産職務の条項によればまず聖職者にならなければならない、今は単に法律家にすぎないけれども」——

「あなた方の意向は」とクノルはすばやく答えた、「紳士にして道化の皆様、受験者を奮起させ、悩ませることでしょう——まことにそう信じます」——すると警視が付け加えた、自分もそうしたいと。しかし教会役員は、彼にとってはこの両者はすでに昔の説教打破者、規範的森の樹木毀損者を意味していたが、気持ちよくなお食欲の一端を感じており、これは論争して失うには余りに大事に思われたので、格別怒るようなことはせず、大目にみた。

人々は別れた。宮中検察官は宮中代理商の供をして家まで行き、彼は彼の裁判仲介者であって、彼に打ち明けた、若いハルニッシュはつとに長いこと——このようなことを要求している遺書の幾分かを嗅ぎつけたかのように——公証人になりたがっていて、その後町に引っ越したいと思っている、そして自分は木曜日エルテルラインに行って、そこで彼を任命する、と。（クノルは［任命権のある］宮中伯であった）。「それではかように計らって頂きたい」と代理商は頼んだ、「この者が私の許に宿泊するように、ちょうどひどい使いものにならない部屋が空いています」と。――「いとも簡単なこと」とクノルは答えた。

この男が家でこの件全体のことでした最初のことは、エルテルラインの老村長宛の短信であって、その中で彼に告げた、「自分は明後日木曜日往路と帰路通過する、その途次、夕方頃、彼の息子を公証人に任命する。それに立派な、しかし安い部屋をこの者のために高貴な友人の許で借りた」と。――現市長の前では彼は従って今やっと結んだ約束をすでに結ばれていたものと称した、思うに遺言執行人が支払う公証人の仕立代を、前もって両親からも徴収するためである。

物語るときか陳述のときは彼はいつでも、実行とは無縁であるかぎり、極めて正直であった。実行となると（猛獣が夜にのみ移動するように）必要な一片の夜を携えていた、この夜は彼が弁護士として青い靄［瞞着］から作り出すか、あるいは検察官として砒素の蒸気から作成するものであった。

第四番　アストラカンのマンモスの骨

魔法のプリズム

埋葬された老カーベルはハスラウの海の下の地震といったもので、人々は波のように落ち着かずに入り乱れて動き、若いハルニッシュについて何か知ろうとした。小さな町は大きな家で、路地は階段にすぎない。ただ相続人を見るだけのために、若い紳士の多くが馬に乗ることさえして、エルテルラインで降りた。彼はしかしいつも山か野原へ出掛けていた。村に騎士領を有するザブロッキー[1]将軍は、執事を町に送って問い合わせさせた。中にはちょうど着いたばかりのフルートの名手、ファン・デア・ハルニッシュを同名の相続人と見なし、そのことを喋々する者もあった。とりわけ片耳聞きの人間は、彼らの別な耳は聾であって、すべてをただ片方だけで聞いて、そうした。水曜日の夕方になってはじめて――火曜日が遺言状開封の日であった――町は、郊外の「柔らかい蟹」亭の主人の許で明かりを得た。

職員一同のかなりの部分がその酒場で通常その記述の一日のインクに若干の夕方のビールを注いで、人生の黒い色を薄めようとする。柔らかい蟹亭の主人の許に老村長のハルニッシュは二十年前から通っていた。それで主人は少なくとも父親について、彼が毎週政府と官房とに空しい質問をもって立ち向かっていること、毎回多弁を弄して自分の難しい職務や、自分の多大な法学的見識や本、「二頭政治」の家政と双子の息子達についての馴染みの話を一晩中歌って聞かせ、それでいてその際彼の人生で摂取するものといえば、一匹の鰊とジョッキでしかないことを語ることが出来た――村長は、と主人は続けた、非常に強い高慢な言葉を遣うけれども、しかし兎［臆病者］であって、ひどい事件のときには妻を送ったり、あるいは長い文章を提出したりする。また余りに高潔な性分で、邪悪な顔つきには数日気を悪くして、冬政府から受けた不消化の鼻［愚弄］をなお胃の中に有する、と。

ただ肝腎なこと、と彼は結論付けた、息子達については自分はまだ何も知らないが、ただ片割れ、悪漢のフルート奏者ヴルトは十四歳半のときこのような方と、――彼はファン・デア・ハルニッシュ氏を指した――一緒に逐電した、そして相続人であるもう一方については、下の黒いボタン穴の紳士がきっと最もよく御存知であろう、聖職候補者の学校教師ショーマーカー氏で、エルテルライン出身、彼のかつての家庭教師である、と。

聖職候補者のショーマーカーはちょうど反古紙の誤植を鉛筆で訂正して、それから半ロットの砒素を厚くそれで包んでいた。彼は何も答えず、再び白い紙を印刷紙の上に巻き付けて、それを封印し、隅という隅に毒と書いた。――その後更に巻き、更に再び上書きし、更に続けて七回行い、厚い八つ折判の小包を作り上げた。

このとき彼は立ち上がった、肩幅の広い壮健な男で、はなはだびくびくした様で話した、その際誰もが記述するときのように話しながらはっきりとコンマや他の句読法を組み入れた。「彼が私の生徒であることは全く確かなことで、それも十分にそうだと言えて、まず彼はなかなか高貴であり、次に立派な詩を、新しい韻律に従って書いております、彼は伸展詩と呼び、私は多韻律詩と呼んでいますが」。

この言葉を聞くとフルートの名手のファン・デア・ハルニッシュは、これまで冷静に部屋の中を回っていたが、突然火と燃えた。他の名手連同様に彼は大都会から小都市に対する軽視を携えてきていた――村となるとまた評価するのだが――というのは小都市では市役所にはコンサート・ホールがないし、民家には絵画陳列室が、教会には古典古代の「遺物収集の為の」神殿がないからである。彼は丁重に聖職候補者に詳しい説明を求めた。「守秘義務によって」とこの候補者は答えた、「明日帰着の際に相続人本人に遺書の開封を教えることは出来ません、土曜日当局によってはじめて明らかになります、それになにより私は存命の方の生涯はその方の許可なしには話しませんし、それに、いやはや私どものうち誰が死ぬことになるものか分かったものではありません」と時鐘が祈禱の鐘に混じるのを耳にすると言い添えた。そして早速新聞紙上にある戦闘場面に手を出して、勇敢になろうとした、人間を自分の死の床に対して冷静大胆な人間にするのは、無数の朱色の肢体や、死が次々に重なっている一ないし二、三平方マイルの他には多分ないであろうからである。

この宗教的な良心三昧にフルート奏者ははなはだ軽蔑を顔に浮かべ――プリズムを袋から取り出し、四本の明かりを求めて――腹立たしげに言った。「誰が死ぬことになるか直に分かるでしょう。しかし私は、聖職候補者殿、この魔法のプリズムからあなたの語ろうとなさらぬことすべてをむしろお聞かせいたしましょう」。彼は言った、プリズムは四つの辺境から取り寄せた四種の水を閉じ込めている、これを心臓の所でこすって暖め、過去あるいは未来において見たいと願うことを秘かに祈る、そして死に迫った身でなければ言ってはならないようなことを前もって企てていたら――それ故秘密はいつもただ瀕死の者によってのみ、あるいはまた自殺者によって伝えられるのであり――そのときには四種の水の中で霧が生じ、これが奮闘し、働き、遂には明るい人間の形姿に凝縮する、この形姿がちょうど念じたようにその過去を再現したり、あるいはその未来あるいは現在をも演じてくれるのだ、と。

教師のショーマーカーはプリズムに対してまだかなり平然と堂々としていた、自分が祈っているときは、悪魔はたいして手出ししないと知っていたからである。ファン・デア・ハルニッシュは袋から洗礼者用クロースを取り出し、頭の上にかぶせ、その下で盛んに秘かに動いた。とうとうショーマーカーの居間という言葉が聞こえた。今や彼はクロースを後ろにはね、びっくりしてプリズムを見つめ、声高に単調にその静かな独身の部屋にある細部をことごとく描写した、印刷機から暖炉の背後の小鳥、いやそれどころかたったいま中を駆け回っている鼠にいたるまで。

相変わらず聖職候補者はほとんどあるいは皆目何とも感じなかった。しかし予言者が「空き部屋にいる何処かの霊の影があなたの化粧着を着て、あなたの真似をし、あなたのベッドに入るところです」と言うと――彼は慄然とした。「これはあなたの現在についてでした」と名手は言った、「それでは若干過去を覗き、それから未来を、本年死ぬことはないかといったことが分かる程度に覗きましょう」。

聖職候補者は彼に回顧や予見は不道徳であると述べたが甲斐がなかった。彼は、自分は始末をつけてくれるであろう精霊達を全く信頼していると答え、そしてプリズムには候補生が若い頃早朝説教師の職と結婚とを、単に一万一千の良心の咎めから断ったことが見えると、早速始めた。

主人は苦しめられている教師の耳に何事かをささやいた、殴り合いという言葉が響いた。自分の過去より未来のことを聞くことをもっと避けていたショーマーカーは精霊達の道徳的出費に対して自分はむしろいま遺言によって興味深いハルニッシュ家の歴史を語ることにしたいと逃げ道を提案した。ファン・デア・ハルニッシュ殿はその際プリズムを見て自分を助けて欲しい、と。

苦しめている名手はこれを欲していた。両者は今や一緒に遺言状の主人公の短い先史をまとめ上げた、これはむしろ鼠色の条紋を持つフォークトラントの大理石――そう次の番号は言うが――の中で見いだされるであろうものである、誰もが多分かくも多くの印刷全紙の後では、ほんの遠景であれ、もっと間近に主人公と接触したいと憧れていることであろう。著者はその際二つの文体を一つの［パドヴァ出身の］リヴィウス体に融合して、これを更に、これのパドヴァ訛(2)を消し去り、何か光輝の文体を加えることによって磨き上げるという義務を課すであろう。

第五番　鼠色の条紋を持つフォークトラントの大理石

先　史

村長のハルニッシュは――一般相続人の父であるが――青年時代すでに左官職人に立身していた、そしてその数学と座業への才能をもってすれば――というのは遍歴時代日曜日には読書をしたからで――一廉《ひとかど》の者になっていたことであろう、仮にある喜ばしい聖母マリアの祝日にある旅館で新兵募集係の鶴首蠅取瓶の中へ、徳利の中へ余りに深く飛び込んで迷わないでいたらの話であるが。彼は翌日狭い首から出ようとしたが駄目であった。彼らはしっかりとその中に彼を閉じ込めた。彼は外に忍び出て、台所で前歯を叩き折って、連隊の弾には何の歯も提供しないようにしたものか、あるいはそれとも――どうせ砲兵隊は砲手として彼を捕らえかねないので――募集係の旅館の窓の前でダックスフントを斬り殺して、そうして卑劣な男となり、そうして慣行に従い兵役を免れたものか、決心がつかなかった。彼は卑劣さと歯とを尊ぶことにした。しかしダックスフントを処理すると募集係の手からは自由になったが、しかしこれはケルベロス［冥府の門の怪犬］のように彼を彼の職人組合から噛みついて追い出した。

「まあいい」とルーカスはお国の譬えで言った、「靴下に裂け目がある方が、ふくらはぎの裂け目を縫うよりはましだ」。――かくて彼は、学者のように、軍隊から逃れた。

当時彼の父が亡くなった、彼も村長であった。彼は家に帰って家の相続人となり、同様に職務の王位継承者となった。王位の領地は王位の借財となっていたのであるが。しばらくすると彼はこの王室領地をかなり増やした。彼は法学に全身全霊を傾けた――自分の指定の時間を借りてきた書類や買った本を読んで過ごし、すべての方面に無料で鑑定を出した、枚数、日数を厭わず――どの村長の文書にも文章で報告し、書状を美しい屈折した亀の甲文字と斜めの草書体で起草し清書した、その際更に自分用にコピーした――至る所村長として見回り、どこへでも出掛けて一日中統治した。こうしたことすべてを通じて少なくとも村は彼の耕地や野原よりも栄え、官職は彼によって生かされ、彼が官職によって生かされていたのではなかった。彼は裕福に暮らす最良の都会人に似て、今やソルボンヌ大学のように、最も貧しき家と署名出来た。すべての分別あるエルテルラインの人々が互いに一致して認めていたことは、彼は彼の多忙な妻――健康な理性の権化である女性、――同じ朝に家畜と人間のために料理し、草を刈り、収穫する妻がいなければ、つとに片手には村長の王笏を持って、もう一方の手には乞食の杖を持って統治の家と農場から出ていかなければならなかったであろうというものであった、彼は実際にはこの家に関しては彼の債権者達の小作人にすぎなかったのであるが。

彼にとっては薬は一つしかなかった、つまり家と、それと同時に村長職とを譲り渡すという決心である。しかしこの薬、彼の全将来の有毒飲料を嗅いだり服用したりするぐらいなら首をはねられた方がましであった。

第一に村長職は考えられもしない時代から彼の家に伝わっていた、家の公的記録に記されている通りである。彼の法学と心はそこにあった、いや彼の永遠の至福がそこにあった、村中でこの職にふさわしい有能な法律家は彼を措いてないということを彼は知っていたからである、事情通は、この職には金印勅書[*1]によってローマ皇帝に必要とされるもの、つまり公平な、善良な、有能な男以上は必要ないと説明していたけれども。彼の家に関しては、全く次のような奇抜な苦境があった。

エルテルラインは二頭政治であった、小川の右側には侯爵の采邑保有者達がいて、左手には貴族［ザブロッキー］の住人達がいた。彼らは互いに日常生活では単に右の人達、左の人達と呼んでいた。さてすべての古くからの土地台帳、境界協定によれば、境界線の小川が村長の家のすぐ側を流れていた。その後小川はその河床を変えた、あるいは旱魃の夏のため干上がった。要するにハルニッシュの住まいは突き出ることになって、屋根組みが二つの領地にまたがるだけでなく部屋の天井も、それに配置によっては、小さな安楽椅子もそうであった。

しかしかくて老村長のこの家は法律的な予備天国、並びに家政的な予備地獄《リンボ》となった。言いがたい満足感を浮かべてしばしば彼は、——壁には侯爵の境界と紋章の杭が仕切ってある居間で——見回して、公法学者的な視線をあるときは侯爵の、あるときは騎士の部屋板と特権とに送り、そして自分は夜は右の者で——侯爵の側で寝るから——そして日中だけ左の者である、机と暖炉は貴族化しているからと考えた。彼が日曜日夕食の前に、大いに考えた後何度か陽気に急いで頭を振って、次のようにつぶやくのは彼の息子達にとって珍しいことではなかった。「わが家は正直な法律家にとって全くあつらえたように出来ているなあ——他の者なら誰でもここの最良、最重要な特権や土地を、手に負えないといって投げ売りすることだろう——この件が全く分からないのだから、——だからこの分別ある老法律家が投げ出し、放り出していいものだろうか、ねえ、ヴロンネル」。——長いこと経ってからようやく彼は自らに答えた。「決してそうしちゃいけない」、自分の妻ヴェローニカの返事は聞かずに。

勿論、毎日債権者達に対して自分の家という内城に引きこもって、彼らには他の司令官達のように郊外を、つまり戦場、即ち畑を明け渡して、そうして出来るだけ、家と共に同時に村長職を、彼の知識の活動の場を競り上げる代わりに、その競売を引き延ばしていたとき——そうするときはさながら彼の脈打つ心臓を、彼の声高な人生の弦の駒を競り上げないようにしているようなものであったが、そのときには彼自身が生みの親である四本の手からも目を離さなかった、この手は彼を助け、彼の極めて明るい音色と不協和音の弦の駒を再び立ててくれるはずのものであった。つまり彼の双子の息子達である。

ヴェローニカがこの双子を産もうとしたとき、彼は彼女がシチリアかイギリスの王妃でもあるかのように、後に洗礼立会人となるに十分な出産立会人を用意した。子供のベッドを彼は騎士領地に押していた、息子が生まれるかもしれず、この寝台で侯爵の手がベッドに及ぶのを避けたのである、侯爵は既に決めてある正義の女神テミスの目隠し《ビンデ》(1)の代わりに兵士の包帯《ビンデ》を子供に巻きかねなかったからである。実際この作品の主人公、ペーター・ゴットヴァルトが生まれた。

しかし産婦の陣痛は更に続いた。父親は誰もが己の権利を得るようにベッドを侯爵の方に押し込むのを義務、用心と見なした。「せいぜい女の子だろう」、と彼は言った、「あるいは神の御心のままに」。女の子ではなく、御心のままにであった。それ故少年は聖職候補者のショーマーカーの翻訳によりガイザーリヒ治下のカルタゴの僧正の名前、つまり Quod Deus vult あるいは普段はヴルトという名前を得た。(2)

今や部屋では厳密な境界設定、垣根、分割条約がなされた、揺り籠やすべてのものが分けられた。ゴットヴァルトは左の者として眠り、目覚め、飲んだ、ヴルトは右の者としてあった。後に、二人が少し這うことが出来るようになったとき、貴族の方の住人ゴットヴァルトには侯爵領地が小さな格子で――これは単に鶏小屋あるいは家畜小屋から持ち出せばよかったが――簡単に遮断された。同様に荒々しいヴルトはその柵杭の内側で跳ねた、彼はこうして檻の中で跳びまわる豹のような外観を呈していた。

長いこと辛抱し強く言ってはじめてヴェローニカはこの滑稽な分断、遺産分割を廃止した。というのは老ルーカスは、学者は誰でもそうであるように、意見を格別頑固に主張したからで、名誉を重んじていたにもかかわらず滑稽に見えることを何ら意に介しなかったからである。

学問の分野が将来ゴットヴァルトの専門となろうと直に明らかになった。両親として何ら贔屓目に見なくても、彼が白い巻き毛で、細腕、華奢であることは容易に気付かされて、彼が一夏羊番をしても相変わらず雪のように百合のように白くて、それで父親は言ったものである、この少年を百姓にするのは靴にそれ用の革の代わりに卵白の薄皮で底をつけるようなものだ、と。少年はとても信心深い、内気な、繊細きわまる、敬虔な、物覚えのよい、夢見がちな性質で、同時に滑稽なまでに武骨で弾力的にはずんでいたので、父親が忌々しく思ったことに――父は法律家の後継者を育てたかった――村の誰もが、牧師でさえ言った、彼はカエサル(3)のように村で一番の者、つまり牧師になるに違いない、と。というのは、いかにして――と人々は尋ねた――灰色の髪と上品な雪の肌をした青い目のブロンド男のゴットヴァルトが――いかにして、この者がいつか刑法学者となって、偉大な凱旋将軍のカルプツォフ[4]に仕えることになろうか、この将軍は単に、テミス女神の剣を研いで作ったペンナイフで、二万人のものを切り倒したのであるが、と。それでほんの試みに、と人々は続けた、裁判所の印章を持って青ざめた未亡人の許に彼を派遣し、両手を組んで安楽椅子に座っていて、弱々しく小さな声で財産を見せているこの女性の許で、平然とすべての彼女の古いドアや戸棚、夫の最後の思い出の品に法的に封印する任務を遂行させ、それが出来るか見守るがいい、心臓は高鳴り、同情に耐えないというのに、と。

しかし双子の弟の方、ヴルトは、と人々はより楽しげに言った、この黒髪の、痘痕のある頑丈な悪漢は、村の半ばとつかみ合いをし、いつも徘徊していて、まことのポータブル［指人形］のイタリア座であって、どのような表情や声も真似て——これは別物だ、これの腋に書類を、あるいはこれの尻の下に参審員の椅子を与えるがいい、と。ヴァルトが謝肉祭の日に踊る教室の中で聖職候補者とそのバイオリンとを小型コントラバスで応援し、はなはだ嬉しげな視線と弓だけで跳ねているとき、ヴルトは一人で踊りながら同時に安物フルートを口にして飛びまわっていて、更に多くの悪ふざけをなす時間と手足とを有していた——このような才能こそ法学のために利用されるべきではないか、村長殿と人々は結論付けた——

そうしよう、と彼は言った。かくてゴットヴァルトは将来の牧師、宗教局の手合いとして天への［ヤコブの］梯子に乗せられた。ヴルトはしかしデルフォイの法の洞窟への坑内梯子を組み立てて、法学的坑夫長とならなければならなかった、彼から村長は将来のあらゆる利益を期待していて、彼から有毒な坑内からは引き出してもらい、その際には金や銀の紋理に絡まれているはずであった、息子が彼に有利な審理をすることであれ、あるいは厳しい審理を免れさせることであれ、息子が当地の裁判所長とか、参事官とかそれに類する者になることであれ、あるいは四季の斎日に多大な贈り物をしてくれることであれ、構わなかった。

しかしヴルトは学校教師、聖職候補者のショーマーカーの許で何も学ぼうとしなかったばかりでなく、忌々しいことに永遠に安物フルートを吹いていて、十四歳のときの教会開基祭では宮殿のフルート演奏の時計の下に立って、それを最初の教師として一時間のレッスンではなかったが十五分の授業を受けたのであった。——ここはそもそも人間は一時間よりも十五分でより多く学ぶという公理を挿む時であろう。要するに、ある日、ルーカスが彼を町に連れ出して（証明書と規則のために）新兵用身体測定をさせようとしたとき、彼は酔っぱらった音楽家と共に、この者はわずかに楽器をのみ意のままに出来、もはや自分と舌の正体はなかったのであるが、遠くの広い世界に逃げてしまった。それから杳として行方がしれない。

今やゴットヴァルト・ペーターが法学に立ち向かう番であった。しかし彼はどうしてもその気はなかった。彼はいつも読んでいて――これは民衆が祈りと呼ぶもので、キケロが宗教を繰り返し読むこと〔relegere〕に由来するとしているようなものであるが、――それで村ではすでに小牧師と大目に見られていて、実際チロル出身のある肉屋は彼をあるときは牧師どん、あるときは牧師の丁稚[*2]と呼んでいた、事実彼は小さな牧師、役僧で、つまりその牧師助手であったからで、彼は好んで黒い聖書を説教壇に運んだし、聖餅や聖杯のために祭壇の聖体拝領者用の布きれを支え、ショーマーカーが帰宅していると一人で午後の礼拝のときオルガン演奏をして済まし、平日の洗礼のときには熱心な教会参詣者であった。いや夕方牧師が勉強の後縁なし帽子とパイプを身につけて窓から覗くとき、遅れをとりたくないヴァルトは、空の冷たいパイプとその白い帽子とで自分の窓際に立つのであった。この帽子は少年の顔に余りに威厳のある外貌を与えていたのであった。ある冬の晩には腋に聖歌集を持って、牧師のように、自分にはまったくどうでもいい関節炎の老仕立屋の夫人の許にきちんとお見舞いに行き、「永遠よ、喜ばしい言葉よ」の歌から読み上げることをしなかっただろうか。そしてもう二節目のときにこの式典を、涙が溢れてきて、それは耳の聞こえない干からびた夫人のせいではなく、式典のせいであったけれども、止めざるを得なかったのではなかったか。

ショーマーカーは彼の寵児を大いに世話していて、ある晩、裁判官の前で――「村長よりも裁判官と呼ばれたい」とルーカスは言っていた――率直に説明した、思うに、聖職者の方が上手《うま》くいく、とりわけ華奢な生まれの者は、と。

聖職候補者自身自らのマイナス、自らの空位しか得ていなかったので、裁判官はこの話に単に丁重につぶやいて答え、ただ自分の黴の生えた話を蒸し返して、かつて法学の教授が学生にこう呼びかけたと語った。「尊敬おく能わざるわが司法大臣、内閣顧問官、本当の枢密顧問官、議長、大蔵、国務その他の大臣、それに法律顧問官の各位、諸君が皆いかなる者になるかはまだ誰にも分からないからで」と。彼は更に、プロシアでは弁護士の時間は法そのものによって四十五クロイツァーに査定されていると引用し、一年ではいかなるものになるか考えて欲しいと頼んだ――更に、まともな法律家には悪魔そのものも及ばない、子豚はきれいにした尻尾で、弁護士は法学でつかまえたい（これは上品な言い方では、法律の知識は男性に記された貨幣の縁の刻銘で削減を防ぐものであるとなろう）――そしてわがペーター・ゴットヴァルトのような鰊はまさに全体［獰猛な］かわかますであって、ナイフの背は薄くなる程一層刃は鋭くなる、それに、針の耳で糸を通されるけれども、しかしはなはだちくりと刺す、そんな法律家達を自分は知っている、と。

いつものように彼の話は役に立たなかった。しかし理解あるヴェローニカ、彼の妻は女達の習慣に反して、女達は家庭内の宗教局ではいつも世俗の顧問官に対して聖職者の顧問官として投票するけれども、息子を聖職者の羊小屋から法学の屠殺台に追いやろうとした。これは単に、彼女が言うには、かつて町の牧師の許で料理していて、牧師というものの正体を知っているからということにすぎなかった。

彼女は、かつて息子と二人っきりでいたとき、息子は父親よりも彼女を頼りにしていたが、ただこう叱責した。「ゴットヴァルトや、お父さんの言に従いなさいと強制するのじゃないけれども、でもいいかい、おまえがはじめて説教するときには、喪服を着て、白い布を肩に掛けて、教会に出掛け、説教の間ずっと弔辞の時のように頭と身をかがめて泣くことにするよ、そして女の人達に尋ねられたら、おまえを指し示すよ」。――この図は彼の空想を強力にとらえて、それで彼は泣きながら、いや、いやと叫んだ――いやというのは喪の装いのことで、弁護士活動に対しては、はい、はいと言っていた。

このように人生の軌跡は、諸観念のように、偶然に支配されている。ただあれこれの軌跡の継続、廃止だけが恣意に任されている。

ヴァルトはさて、諸民族のように、言葉をほとんど独力で覚えた。彼はそうして父親を歓喜の海に投げ飛ばした。村人は、教師同様にほとんどただ舌先に教える身分と労働者の身分の違いを見ているからである。先の左官職人はそれで乾いた春、殺したダックスフントや組合の何らの異議もなしにわが法律家のための独自の勉強部屋を造った。この法律家は（著名な）リュツェーウムのヨハネウムに通い、その後（著名な）ギムナージウムのアレクサンドリヌムに送られた。――この両方とも教授陣は聖職候補者のショーマーカーだけで、彼はヨーハン・アレクサンダーと言ったのであった。最初ヴァルトは、遁走する前のヴルトと一緒に第四学年に、そしてその後は第五学年に通いかつ代表していた。しかし後には笛吹きのヴルト抜きで第六学年から第九学年まですべて一人でなさなければならず、このとき神学者達がこの学年のときに学ぶヘブライ語をも通常のように小耳にはさんだ。二十歳のとき彼はギムナージウム、あるいは小ギムナージウムから直接新卒者としてライプツィヒの大学へ行った、もっと高度な学校はなかったので、空腹の余り耐えられなくなるまで長く毎日そこに通った。「復活祭以来彼は両親の許にいて、明日の夕方生計のために公証人に任命されます」と聖職候補者のショーマーカーは丁重な話を締め括った。

＊1　金印勅書　第一章　公平ナ、善良ナ、ソシテ有能ナ男。
＊2　前者はチロルでは牧師を、後者は副牧師を意味している。

第六番　銅色ニッケル

［全能なる］ヴルトのあれこれ

話が終わるとフルート奏者は激した顔で鬱々した教師に近寄り尋ねた。「早速プリズムを見てあなたが死体として延びているのを見つける必要がありませんかな。倫理的小人、道徳的凡庸の才たるあなたは立派に予言されることを恐れて、良心に反してまで二人の重要な兄弟と両親の秘密を明るみに出すということをやってくれました。後悔することになりますぞ、打ち明けて言えば私は一言も真実を述べず、私が秘密を得たのはプリズムからではなく、遁走したフルート奏者のヴルト本人からですぞ、彼は全く別な人間です。私はこの男と別なエルテルラインで、つまりアンナベルク近郊の小さな山の町で一緒に奏でました。これまで騙していた後で皆さんに信じて貰えるよう、ここで誓ってもいいのです。私が彼のことを知らず、何でも弁えていなかったら、永劫の罰が下っていいと」。

これは偽証ではなかった。彼はかの逐電したヴルト本人であったからであるが、しかし天晴れな悪漢であった。聖職候補者はすべてを平和裡に受け入れた、新しい状況というものは、彼はその中にいつもすぐに投げ飛ばされるのを感じて、一時も倫理的型や定規を仕上げる猶予が得られないので、何よりも彼には厭わしかったからである。ただ魂の安寧を得るだけのために、彼の読んでない決疑論者や司牧神学者はほとんどいなかった、タルムードでさえ読んでいた。

彼は手配書を見るたびに自分自身とつき合わせて、自分がたまたま手配されている者と似ているような場合には、早速法律的道徳的に準備を整えた、同様に彼はしばしば殺害や強姦、他の刑事事件を秘かに冗談で自分の仕業として、悪漢が公に本当に同じことをなしたときに驚かないようにした。

彼はそれ故単に、兄のゴットヴァルトにヴァルトが生きていると知らせることほど嬉しいことはない、彼はこの上なく逃亡した者を愛しているのだからと答えただけであった。「それじゃ、あの蝿はまだ生きているのか」と主人が口を差しはさんだ。「皆やつはくたばったと思っていたのだ。一体どんな風体で」。

「私と似ていまして」（とヴァルトは答えて、意味ありげに飲んでいる参審員達を見つめた）「性が違わなければですが。と申しますのは私は、皆さん、かの女騎士のデオン[1]のように変装しているかもしれないからで――この話は止めにします。――ヴァルト自身は、本人は知らないでしょうが、私が見たなかで多分最も立派な男で、それに最もハンサムな男です、ただ余りに真面目で、学があります、音楽家にしてはでありますが。皆が彼を見ておくべきです、つまり聞くべきです。――それでいて、申したように大変謙虚です。『天球の諧調の音楽監督になるつもりはない』と彼はかつて言いました、お辞儀しながらフルートを脇に置いて、多分神のことだったと思います。誰もが彼とはロシア皇帝とのように自由に話せました、この皇帝は皇帝の衣装をまとって舞台セットに来て、自分はコッツェブー[2]によって造られた、そしてコッツェブーは自分によって造られたと感じているのです。――彼は気立てが良くて、愛情深く、ただすべての人間に余りに憤慨しています。煩わしい蝿どもの片方の羽をむしって、それらを部屋に放って言ったのを覚えております。『這うがいい、部屋はおまえ達にも私にも十分に広い[3]』と、それでも彼は何人かの初老の殿方に面と向かって言ったものです、貴方らは七倍もの悪漢で、古い、しかしミルクに漬けられた鰊だ、そうして新鮮なふりをしている。しかし、彼はすぐに付け加えて言いました、自分を間違って解して貰っては困る、と、そして彼らに何でも愛想良くしました。――私どもがはじめて互いに面識を得たのは、彼が侯爵の競売から帰って来たときで、彼は銀製の競り落とした尿器を公然とおどけた調子で手前に持ち運んでいて、彼の通っていく路地ではどこでも唖然としたものです。――彼が一緒にここにいて、家族を訪問すればと思います。私はハルニッシュ家には、同名ということで一方ならぬ興味を抱いています、それでライプツィヒの『帝国新報[4]』でその系図［系統樹］や系統森を請い求めたのですが成果はありませんでした」。

今や彼は手短ではあるが丁重な挨拶をして去って、自分の部屋へ行った、世慣れた男としての極めて穏やかな外見ながら一日中自分の欲することすべてをしてからのことであった。無造作に窓辺の花の香りを通り過ぎるとき嗅いだ。――市場では乞食のユダヤ少年に下手《へた》な乞食の流儀を叱って、皆の前でどのように乞うたらいいか教えた。――彼はフランス語のパスポートをドイツ語に翻訳せず、それも単に市門のところですべての通関税取立人をそのことで口論させ一字一字読むようにしむけるためで、その際彼は平然と待機していて、パスポートを変える気はないと言った。――そして初日には魔法の殴り合いの冗談を行って、これについては先に主人が聖職候補者の耳に入れたのであった。つまり彼は全く一人っきりで彼の部屋でこのような人工の物音を立てる術を心得ていて、それで通りすがりの巡邏隊が聞きとがめ、三階では五人の男達の打擲が見られると誓った。処罰しようと上がっていき、ドアを開けたところ、クオド・デウス・ヴルトが髭剃り鏡の前で顔に石鹸を塗って全くびっくりした様子で半ば向き直り、ナイフを高くかかげながら、うんざりした調子で何の用かと尋ねた。――いや夜にはこの聴覚の打擲(5)を繰り返して、その筋が覗き込んだところベッドから寝ぼけてこの者達に叱りつけた。「何様が外に立っていて、人の最初の眠りを妨げるのか」と。

こうしたことすべては、彼がどの小都市でもまず連隊本部を軽く見て、それから当局、宮廷と低く見て、市民となると一層ひどかったことから来ていた。このように陽気さを装った軽蔑のために彼は大都市民の許での輝かしい日々の彼の姿を見ていない小都市民に、この曇り空の日々エルテルラインの百姓の息子として姿を見せることは耐えられないことであった。むしろ彼は自らの手で貴族に昇格した。

ハスラウへ彼がやって来たのはただ、コンサートを開くためとそれからエルテルラインへ行って両親と兄弟姉妹とを微行《おしのび》で見るためで、その際には全く姿を見られないようにと考えていた。十年間の不在の後で、この間彼は多くのヨーロッパの町々を電気仕掛けのコルク製蜘蛛のように、網を張らずに、捕らえることもなく飛び跳ねていたのだが、再び貧しい両親の前に現れることは彼には出来ないことであった、いやはや一体誰と称し得たか。

困窮したフルート奏者として、長い靴下兼ズボンと黄色の学生用胴着、緑色の旅行帽子を身につけて、ポケットには（わずかなターラー銀貨を除いて）将来のフルート演奏会のための一揃いの封印された入場券の他には何も有しない者としてか。——「それは出来ない」と彼は言った、「それをするくらいなら、むしろ毎日銅器から酢を飲もう、あるいは自分の胸でかわうそに乳を飲ませて大きく育てよう、あるいは復活祭の見本市でカント派の本を読んだり、聞いたりしよう」。というのは結局空想的な父親の方は若干の音楽演奏と外国の国々の物語とでなんとか打ち負かす見込みがあったけれども、相変わらず籠絡されない母親が残っていて、冷たく澄んだ目をして、彼の過去並びに未来を仮借なく解剖する執拗な問いかけを行うからであった。

しかし今やこの晩と百もの別な時間以来彼の内部ではすべてが変わっていた——余所の部屋から平静な表面と動揺した内面とを自分の部屋に運び上げた。——彼に対するヴァルトの愛にははなはだ感動させられた——彼の詩的朝日を間近で眺め、回して、その軸に測量計［地球の直径］を、その力に光度計と温度計を置こうと思った——カーベルの遺書はこの詩人に更に重みを加えた——要するにヴルトは、エルテルラインへ行って、こっそりとヴァルトの公証人試験を耳にし、すべての人を眺め、そして最後に兄がそれに値するならば兄に心を打ち明けるという将来の日が待ち遠しくてならなかった。これを現在記述している者がどんなに焦がれて公の、主人公を遂にその深い鏡から引き出してくる次章の報告に注意していたかは、世間の人々は自分の焦燥から理解出来よう。

第七番　菫　石

少年時代の小村――偉大な男

ヴルト・ファン・デア・ハルニッシュはハスラウの郊外からエルテルラインに旅だった、太陽の半分がまだ新鮮に水平に霧の野に光を放っていたときであった。太陽は双子座から蟹座へ入っていた。彼は類似性を感じ、自分は四つの星のうち最も強く輝く双子座の片方であり、同様に蟹座の二番目であると考えた。実際すでにアンナベルク近くの山の町エルテルラインで同名の生誕の地の村への憧れは始まっていて、至る所でそれが募っていた。同名の人間でもすでにそうであるが、同名の土地となるといかばかり温かく心に迫ってくるものか。活気あるハスラウの通りでは――市場が延びているように見えたが――彼はフルートを取り出して、すれ違うすべての通行人にフルート吹奏でコンサートの開始を期待させたが、しばしば調子の良いコロラトゥーラやひどい不協和音のとき急にやめてハンカチを探したり、静かに見回したりした。風景は活発に上がり道になったり下り道になったりするかと思うと、広い平らな草原の海に散って、ここでは穀物畑と畦とが波を表し、木の群が船を表していた。右手の東では高い霧の海岸のようにペスティッツの遠くの山並みが続いていて、左手の西ではさながら夕焼けを追うかのように世界はまさに下へ流れていった。

ヴルトは夜になってようやく到着する必要があったので、どこでも立ち止まった。七月の日中の時間の彼の砂時計は刈られた草原がそれで、草からなるリンネ風花時計であった。立っている草は朝の四時――寝ている草は五時から七時――熊手で集められた草の蟻塚は十時――干し草の丘は三時――その山は夕方を示していた。彼はしかしこの牧歌的仕事の文字盤をこの日はじめて見たのであった。それほどこれまでの長い徒の旅は肥えすぎた目を盲にしていた。

この砂時計の丘が最も高くなったちょうどそのとき、桜や林檎の木々は夕暮れの影のように長く伸びた——丸い緑色の果実の列が一層頻繁に続くようになった——谷ではすでに暗い線として小川が走っていて、小川はエルテルラインを通って跳ねていた——彼の前のある丘の上では、夕陽を受けて金色に輝きながら、丸いまばらの唐檜の林が栄えていた、これらから彼の揺り籠の材木がかつて切り出され、ちょうどこの上から村を見下ろせた。

彼は林の中、その漂う夕陽の金色の中へ走っていった、それは彼にとって子供時代のオーロラであった。このとき馴染みの小さな、村の鐘が鳴った、時間を告げる鐘は深く時代と彼の魂に下りてきて、彼は自分が少年であって今は一日の仕事が終わった後の暇な時であるかのように思われた。家畜番の鈴はもっと素敵に一つの薔薇祭へと彼を誘った。
二、三の赤と白の家が陽を受けた樹々の幹の間を揺れていた。とうとう彼はなつかしいエルテルラインが丘の麓に広がっているのを見た——彼の向かい側には白いスレートの塔の鐘と五月柱の旗と高い館が樹々で一杯の丸い城壁の上にあった——下方では郵便馬車道と小川とが幅広く広々した村の中を通っていて——その両側には家々が個別に、それぞれ果樹という儀仗衛兵を付けて立っていた——小村の周りには干し草の丘という遊山のキャンプがテントと馬車と人々のキャンプのように巻き付いていて、これを越えて蜂と油のためのこってりとした黄色の油菜の表面が燃え上がって陽気に目にしみた。
彼が約束された子供の国のこの境界の丘から下っていくと、灌木の背後の草原で馴染みの声を耳にした。「いいかい、家畜は互いに緩くつなぐものだ、もう何百万回と教えているだろう。——家でな言うんだぞ、裁判官が、明日はぐずぐずしないで二人の夫役に出頭するように、言っていたと。クロスター野原にな」。彼の父だった。目のかすんだ、やせぎすの、青白い男は（彼の顔には暖かい干し草の日が更になお若干の白い色彩粒を播いていた）肩に輝く大鎌を担いで畦から通りへ足を踏み入れた。ヴルトは見られないように見回す必要があった、そして父親を先に行かせた。それから彼はフルートの天上的響きを――父親がコラールを好んでいるのを知っていたので――特にこの讃美歌をその背中に放った。

ルーカスはもっと長く聞き留めるために一層ゆっくりと歩いた。全世界が素敵であった。黒い目と白い歯の浅黒い少女達は草刈り鎌を眉毛に当てて、フルートを吹きながら過ぎていくこの学生を見るのにまぶしくないようにした――家畜番の女達は散策用の小鐘をもって両側を一緒に行った――ルーカスは鼻をかんだ、コラールに感動したからである、そしてゆったりつないでない放牧の馬をただ真面目に見つめた――館と牧師館と父親の家の煙突からは風の凪いだ涼しげな青空の中に煙の柱が金色に輝いていた――

このようにしてヴルトは影に覆われたエルテルラインに下って来た、ここで彼は奇矯で隠された夢見がちなことを、周知の人生を、長い夢を始めたのであった、ここではベッドの中でこの夢を見るために、まだ小さな少年であったので、背を丸める必要はなかった。

村では昔のものは昔のままであった。両親の大きな家は小川の向こう側に以前のまま立っており、屋根のスレートには白い年号一七八四が記されていた。彼は「ただ愛しき神をのみ戴く者は」[1]のフルートの歌を吹きながら滑らかな五月柱にもたれて、祈禱の鐘の音に合わせた。父親は、見回すふりをして非常にゆっくりと、小川の小橋を渡って家へ入り、鎌を階段の木釘にかけた。頑丈な母親はドアから男物の胴着を着て出て来、フルートには耳を貸さずに、サラダ菜の摘み取られた傷んだ部分を升から放り出して、そして両者は――田舎の夫妻がよくそうするように――互いに無言であった。

ヴルトは近くの居酒屋に行った。主人から、宮中伯のクノルは若いハルニッシュと畑に行った、公証人試験は夕方になって始まるので、と聞いた。「結構なことだ」とヴルトは考えた、「ますます暗くなる、パン焼き窯の窓際に立って中のその任命の様子を見ることにしよう」。老ルーカスは今度はすでに髪粉を付けて、大きな花模様のダマスクのチョッキを着てドアから現れ、ワイシャツのまま戸口で公証人創造主の晩餐のためにナイフを研いだ。「小さな猟をしたところで金にはならないさ」と主人は付け加えた、彼は左の人であった。「老公は酒の営業権を売ってくれたのだが、息子はその泡で勉強したというわけ。しかし家の方を売ってくれていたらな、それも目端の利くこのわしに。畜生。そうしたらビールの客が押し寄せて、ビールのコックはこっくりする暇はない。それも当然よ。部屋は二つの国境で、そこでは殴り合いが出来るし、密輸が出来る、それでいて客なのだから」。――

ヴルトは普段とは違って主人の冗談に付き合わなかった。彼は自分が秘かに両親や兄に、とりわけ母に憧れを感じていることにはなはだ驚いた。「こんなことは」と彼は言った、「旅の間一度も覚えのないことだ」。主人が彼の袖をつかんで、ゴットヴァルトを連れずにたった今村長の家へ入った宮中伯を彼に示したのは都合のいいことであった。ヴルトは向こうですべてを見るために外に急いだ。

外では村が薄明かりに満ちていて、再びまたほの暗い少年時代に隠れているような気がした、そして蛾に混じって最も古い感情がひらひらと舞った。小橋のすぐ側で彼はなつかしい小川を歩いて渡っていった、ここで以前広い石を上げてはハゼをつかまえたものであった。彼は弓形の迂回をして遠くの百姓の屋敷を通り、庭の裏手の家の背後に来るようにした。やっとパン焼き窯の窓際に着いて、広い二領主の境界の部屋を覗き込んだ――誰一人いなかった、鳴いているこおろぎは別にして、ドアと窓は開け放たれていた。しかしすべては永遠の石に刻まれていた。赤いテーブル、赤い壁際の腰掛け、木製の壁の縁取りの中の丸いスプーン、暖炉の周りの洗濯物掛け、カレンダーや鰊の頭を掛けてある低い部屋の梁、すべては永い時の海を越えて、上手《うま》く包み込まれ、全くまるで新たに運ばれたかのようで、同時に昔の貧しいままであった。

彼は窓際でもっと長いこと感慨に耽っていたかったが、頭上に人々の声を聞き、そして林檎の樹に上の部屋の明かりが漏れているのを見た。彼は樹に登った、樹には父親が階段とテラスを造っていた。そして今や部屋を覗き込み、巣を占領した。

部屋では母親のヴェローニカが白いエプロンをして立っているのが見えた、頑丈な、いくらか胸幅の広い、健康的な遅咲きの女性で、静かな、鋭い、しかし丁重な女性の目を宮中検察官に据えていた――検察官は静かに座って、広い頭部にパイプの［雁首の］吸い口を当てていた――父親は髪粉を付け、聖餐の上着を着てそわそわしていた、半ばは彼の横の偉大な肉体化した法典に対する敬意の不安からで、この法典は侯爵達や世界のすべてに対して、彼自身の臆病とはまさに対照的に大胆であったのであり、別の半ばは、この法典はヴァルトがまだ見えないのを悪く感じはしないかと案ずる不安からであった。樹とヴルトに最も近い窓際ではゴルディーネが座っていた、絵のように美しい、しかし猫背のユダヤ女性で、赤い毛糸の玉を見下ろしていて、玉からは羊毛の赤い靴下を編んでいた。ヴェローニカは極貧の、しかし全く器用なこの孤児を養っていた、ゴットヴァルトが彼女をはなはだ愛し、讃え、彼女のことを、なくさないようにフレームの必要な小さな宝石と呼んでいたからである。

「やつを呼びに下男を送りました」とルーカスは答えた、検察官がこう不快げに語ったときのことである。ヴァルトは自分自身の畑すら、ましてや故ファン・デア・カーベルの畑を、自分に教えることが出来ず、そのためにカーベルの農奴を呼び寄せて、不作法者のように姿をくらましてしまった、と。喜ばしい遺言については、検察官はまだ一言も述べていないことをヴルトは知った。

突然フード付きコートを着てゴットヴァルトが入って来て、検察官の前でぎこちなく急いでお辞儀して、黙って突っ立っていた、青い目からは明るい歓喜の涙が火照る顔の上を伝った。

「どうしたのかい」と母親は訊いた。「母さん」（彼は穏やかに言った）「どうもしません。すぐに試験を受けられます」。

「試験のために泣きわめいているのか」とルーカスは尋ねた。このとき彼の目と彼の調子は上がった。「父さん、私は」と彼は言った、「今日偉大な男を見ました」。――「そうかい」とルーカスは冷ややかに答えた――「それで偉大な奴にぶん殴られたってわけか、結構」。

「いやはや」と彼は叫んだ、そして注意深いゴルディーネに向き直って、そうして試験官にも説明出来るようにした。彼はつまり上の唐檜の小森で馬車が止まっているのを見かけた、そしてそこから遠からぬ森の丘で年輩の男が病んだ目で、日没の美しい一帯を見ていた。ゴットヴァルトは容易にこの男とある偉大なドイツ人作家の銅版画とに――作家のドイツ人の名前[2]はここでは単にギリシア語に翻訳されて、プラトンという名前にするけれども――

類似性を見てとったのであった。「私は」——と彼は燃えて続けた——「帽子を脱いで、彼を静かに見続けて、遂には嬉しさと愛のあまり泣かずにはおれませんでした。彼に叱られたとしても、彼の従者と彼について大いに語り、尋ねたことでしょう。しかし彼は全く穏やかで、極めて優しい声で私に話しかけ、それどころか、私のこと私の人生のことを訊いてくれました。それを語るにはもっと長い人生を経験していたかったと思いました。しかし私は手短に話して、もっと彼の話を聞くようにしました。甘美な蜂のように、言葉が彼の花の唇から飛び出てきて、私の心をアモールの矢で傷つけました、そして傷口をまた蜜でふさぎました。素晴らしい方よ。私は彼がどんなに神と、子供のすべてを愛しているか、はっきりと感じました。彼が祈るとき、それにまた至福のあまり彼自身が涙を流さざるをえないときに、こっそりと彼の姿を見てみたいものだと思いました。——すぐに話を続けます」とヴァルトは中断した、感動が過ぎて続けられなかったからである。しかし見回したとき、格別他人はいなかったので、いくらか容易に感動を押さえ得た。

「彼は」——と彼は続けた——「立派なことを言いました。神は、と彼は言いました、自然の中に神託のように答えを、質問が出される前に与えている、と——同様にまた、ゴルディーネ、我々に処罰や地獄の硫黄の雨と思われるものは、最後には将来の花盛りの単なる黄色の花粉にすぎないと明らかになる、と。しかし非常に立派な格言を忘れてしまいました、自分の目をあまりに彼の目に向けていたものですから。いやそのとき周囲の世界には魔法の鏡が一杯立てられていて、至る所に太陽があって、地上では私にとって愛する彼の目という痛みの他には何も痛みはなかったのです。愛するゴルディーネ、私は即座に、それほど感動していて、多韻律詩を作りました。『二重の星が空に一つの星として現れる、しかし唯一のものよ、御身は満天の星空の中へ消えていく』。それから彼は私の手を彼の柔らかな優しい手で握って、それで私は彼に村を示さないわけにいかなかったのです。私は大胆に多韻律詩を言いました。『御覧、何と素敵にすべてが逆転することか、太陽は向日葵に従う』。すると彼は言いました、そうするのは人間に対する神だけで、神は人間が神に向かうよりももっと人間に向かう、と。その後で彼は私を詩へと激励しましたが、しかし上手《じょうず》に、明日にも私かやめることになろうある種の熱情について茶化しました。感情は、と彼は言いました、単に晴れた空のとき頼りになる星のようなものである、しかし理性は磁針で、これは星が隠れていても、もはや照らさなくても、船を更に遠くへ導く、と。最後の文はきっとこのようなものだったはずです。私は最初の言葉を聞いただけです、彼が馬車のところへ行って去ろうとしたので、びっくりしたからです。

そのとき彼はとても好意的に、さながら慰めるように私を見つめて、それで私には、夕焼けからあたかもフルートの音が響いてくるかのように思われました。

「僕が夕陽の中へ吹いたのだ」とヴァルトは言ったが、いくらか感動していた。

「そう、遂に、いいですか、彼は私を彼の胸元と素敵な口元へと抱き寄せて、そして馬車はこの天上的な人と共に去って行きました」。――

「それで」――とルーカスは訊いた、彼はこれまで、殊にプラトンの高貴な官職名のために、この偉大な男が息子の手に押しつけたかなりの額の財布を息子が引っ張りだすものと今か今かと期待していたのであった――「彼は去って、おまえにはびた一文くれなかったのかい」。――「どうしてまた、父さん」とヴァルトは尋ねた。「この子は気持が優しいのだから」と母親が言った。「私はこの三文文士は知らない」、と宮中伯は言った、「しかし何にもならないこのような空しい話の代わりに、試験をとにかく始めようではないか、この試験は誰かを公証人に任命する前には、私がしなくてはならないものだ」。

「ここに私は来ております」、とヴァルトは言った、フード付きコートのまま向きをかえ、ゴルディーネから離れながら。自分の至福を共に感じて貰おうと公然と彼は彼女の手を握っていたのであった。

第八番　コバルト華

公証人試験

「公証人受験者殿の名前は」とクノルは始めた――皆の状況はつまりこうで、第一に、クノルは癒合した頑固な革命法廷としてパイプの［雁首の南京錠］吸い口を自らの雁首に当てて、すべてに備えて座っていた――更にルーカスは二本の肘の上に女像柱の上のように支えられている頭をテーブルの方に向けて、質問の一つ一つを熟考していた、これは彼のくすんだ灰色の目と血の気のない学者の顔とを、殊に褐色の皮膚の上の死化粧で、近くの明かりの下に置く姿勢で、運命に対する彼の永遠の雨天の外征のようなものであった――更にヴェローニカは息子のすぐ横に立っていて、胃の上で両手を組んで祈り、物静かな女性の目を、男性のおどけた仕事の桟敷席を覗こうと、試験官と受験者の双方に交互にすべらせていた――最後に、ヴルトは小声で呪いながら未熟な接ぎ木林檎の間に座っていて、彼の横には――すべての読者が窓から部屋を覗いているので――近くの枝の上に全部で十の帝国圏と読者圏あるいは読者界があった。あらゆる階層のこの数千もの読者や人々は、こう並べて樹の上におくとまことに滑稽なものである。――皆が試験の経過に極めて緊張していた、クノルが最もそうで、ことによると多くの無知のせいで公証人受験者は遺言の秘密条項により数ヵ月後に押しやられる、あるいは他に損害を受けるかもしれないと思ったからである。

「公証人受験者殿の名前は」と周知のように彼は始めた。

「ペーター・ゴットヴァルト」、といつもは愚鈍なヴァルトがはなはだ自由に大きな声で答えた。――愛しい去った神々しい人間がまだ彼の胸を昂揚させていた。このような光景の後では、初恋の場合と同じく、すべての人々が一層身近に愛しく思われるが、しかし一層卑小に思われる。彼はクノルや自分よりももっとプラトンのことを考えていて、このことについて長いことゴルディーネと話の出来る時間のことだけを夢見ていた。「ペーター・ゴットヴァルト」と彼は答えたのであった。

「ハルニッシュが更に加わります」と彼の父が言った。

「その者の両親と住まいは」とクノルは尋ねた——ヴァルトは最良の答えを用意していた。

「ハルニッシュ氏は嫡出であるか」とクノルは尋ねた——ゴットヴァルトは恥ずかしくて答えられなかった。

「受洗証明書は貰っています」と村長が言った。「型通りに訊いたまでのこと」とクノルは言って、更に尋ねた。

「年は」——

「兄弟のヴルトと同じで」（とヴァルトは答えた）「二十四」——「歳です」と父親が言った。

「宗教は——どこの大学で学んだ云々」。

良き返事が見られた。

「ハルニッシュ殿は契約については誰を読まれたか——一つの裁判には何人必要か——きちんとした訴訟として本質的に数えられるものは幾つか」——受験者は殊に必要なものだけ挙げたが、しかし「法廷の命に従わない」不服従の告訴を挙げなかった。「いや、十三である、バイヤーの改訂フォルクマンによれば」と激しく宮中伯は言った。

「皇帝マクシミリアンの一五一二年ケルンで作られた公証人法を単に頻繁に読むばかりでなく理解もされたか」と彼は更に続けた。

「宮中伯殿、私以上に綺麗に自筆でそれを彼のために写すことができた者はいません」と村長は言った。

「リタエとは何か」とクノルは尋ねた。

「リタエはリトネス、人々の謂で」（と喜んでヴァルトは答えた、そしてクノルは彼の混同に対して平然と煙草を吸い続けた）、「古代のザクセンで、まだ三分の一の所有物を有し、それ故契約を結べた農奴のことを指しています」。——

「その出典は」と宮中伯は言った。

「メーザー[1]です」とヴァルトは答えた。

「確かに」——と検察官はしばらくして答え、パイプを不格好な口の隅に押し込んだ、口は彼の人生のシベリアへ与えられた切り裂かれた傷に似ていた——「確かに。しかしリタエはリトネスとは全く異なる。リタエとは、ユスティニアヌスの時代講座の四年目に学説彙纂の残りを修了した若い法律家達のことだ[*1]。答えは無知を意味している」。

ゴットヴァルトは気立てよく答えた。「そうなのですか、存じませんでした」。

「それでは皇帝がフランクフルトでの戴冠式のとき身に付けていた靴下の上には何かあったか、これも知らないだろう」。——「刺繍飾りよ、ゴットヴァルト」と彼の後でゴルディーネがそっと教えた。「勿論のこと」とクノルは続けた、「ティクセン[2]氏が次のようにアラビア語のテキストからドイツ語に翻訳した。『きらびやかな王の靴下留め』と」。——このこと、靴下のテキストと翻訳者のことを聞いて少女は遠慮なく高笑いをした。しかし父親と息子は恭しくうなずいた。

ヴァルトがこの試験の穴だらけの魚秤から愚鈍に、沈黙したまま下りてきたすぐ後で直接宮中伯は任命を執り行った。彼はパイプをくわえ安楽椅子に座ったままヴァルトに皆が驚いたことに空で公証人職の誓いを述べた。そしてヴァルトは感動した声で彼を真似た。父は縁なし帽を取った。ゴルディーネは靴下編みを中断した。最初の誓いのとき人は真面目になる。偽証は聖霊に対する罪であるからである、偽証はこの上ない思慮と破廉恥さとで倫理的掟の王座のすぐ目の前でなされるのである。

今や公証人は最後の部分に至るまで、踵まで出来上がった。インク、ペンそして紙がクノルから彼に渡され、その際、かくて叙任すると言われた。金の指輪が彼の指輪にはめられ、すぐにまた抜かれた。最後に宮中伯は丸い小さな帽子（小ビレタと彼は呼んだ）をバッグから取り出し、次のような言葉を添えて公証人の頭にかぶせた、このように皺もなく丸く公証人の仕事をして欲しい、と。

　ゴルディーネが彼に向き直ってと呼びかけた。彼は彼女とヴルトに対の大きな青い無垢の目と、高く弧を描く額と、単純な、生気ある、清澄な、外部世界よりも内部世界によって育てられてきた顔、繊細な口の見られる顔を向けた、この顔はいくらか傾いだ胴体の上にあったが、胴体はまた曲げられた膝の関節の上にあった。しかしゴルディーネには彼は滑稽に、弟には感動的な喜劇に、そしてフード付きコートを着てはニュルンベルクの職匠歌人に思われた。更に彼の公証人としての印章、この職のハスラウで作成された免状が渡された。――かくてクノルは彼のガラス工房でパイプを吹いて公証人を丸く完成させた――あるいは単に別の譬えで言うと、彼はパン焼き窯から焼き上がった公然と誓約した公証人をシャベルで取り出した。

　この後で公証人は父の許へ行って感動して握手して言った。「まことに父さん、たとえどのような大波が……」。それ以上は感動のあまり、あるいは謙虚さのあまり言えなかった。「特に、ペーター、神と皇帝に誓ったのだということ、遺言では『殊に救貧院の人々や他の困窮した人々の事柄、同様に公共の諸手段を支援する』ということを忘れてはいけない。村に関する諸手段がどんなに劣悪であるかは知っていよう、おまえは困った人々の中でも筆頭の貧乏人だ」。――「いえ私は最後の者となります」と息子は答えた。母親は父親に銀貨を包んだ紙包みを渡した――人間はいわばむき出しの金の丸薬を紙によってお互いに銀鍍金する――まず相手の利己心に対する上品な思いやりからであり、次にそれが余りに少なすぎるとき隠すためである。父親は丁重に検察官の長く伸びた、毛むくじゃらの手にそれを押しつけながら言った。「検察官殿分割払いです。私どもの雌牛の尻尾の金で、若干それ以上です。家畜の代金で公証人は町でやりくりしなければなりません。――明日彼は私どもから雌牛を買った肉屋の馬で出掛けます。わずかな金です。しかし最初は何事も難しい。猟の解禁のときは犬でもまだモタモタしています。多くの極貧の学者を見てきましたが、彼らは最初は生計は立ちません。――特に、ペーター、油断なくすることだ、人間はこの世で何か結構なことを習得したとなれば」――

　「公証人というのは」――と陽気にクノルは金を収めながら始めた、そして言い続ける前にパイプを長いこと明かりの許に置いていた、「何ら特別なものではなくて、帝国には沢山公証人どもというのがいると一五〇〇年の帝国決議の条項第十四は言っている。私自身が作れるのは単に公証人であって、文書ではないけれども」。——「多くの宮中伯や多くの父親が」——と小声でゴルディーネは言った——「詩は作らないけれども詩人を作るようなものね」。——

「しかしハスラウでは」——と彼は続けた——「頻繁に遺書とか、尋問とか、時に信任状とかが作られるけれども、しかし生存者間での贈与は極めてまれである。この若者が弁護士活動を行えば」——

「ペーターにはそうして貰わなくては」、とルーカスは言った——

「——彼がしかしそれを」——と彼は続けた——「まっとうに行い、最初はひどい、曖昧な訴訟を喜んで受け入れ、立派な弁護士達がそれをはねつけるからで、彼らにしばしば助言を求め、絡みつき、ぺこぺこし、へつらうならば」——

「そうすれば彼は父親の水車に対する立派な水、いや波のすべてとなれよう。時に応じてしばしばかなりの額の金を父親にもたらそう」と父親は言った——

「それが出来るといいですけれども」と小声でヴァルトはうっとりと言った。

「神の御加護を」、とルーカスは怒って言った。「他に誰がいる。あの悪漢、浮浪者、フルート吹きのヴルトか」。

——

ヴァルトは樹の上でこのような父親の前では永遠に変装すると誓った。

「さて」——とクノルは前よりも大きな声で、中断されて不快げに続けた——「この若い初心者が自惚屋でなくて、ただ法律の分野で暮らしていく人間であるならば、ここの理性的な父親のように、ことによると父親の方がもっと法律を心得ているかもしれないが……」。

ルーカスはもはや自制出来なかった。「宮中検察官殿。ペーターは父親のセンスを有しません。私に法律を学ばせるべきだったでしょう。いやはや私にはその才と並外れた記憶力と根気があります。——能力の及ぶところ、同時に民法学者――官房学者――刑法学者――封建制擁護学者――教会法学者――公法学者でないような裁判官は劣悪なものにすぎません。つとに私はこの職を辞していたことでしょう――この職からの上がりは年に三シェッフェルの給料と一樽や一カンネ［のビール］と多くの怠慢と忌々しさの他にはないのですから――村中にこれをまた引き受け、見事にこの職務を果たしてくれる人間が一人でもいるならばの話です。この国には多くの村長がいますが、私のように家に四つの村長規則を、つまり古ゴータの、ザクセン選帝侯国の、ヴュルテンベルクの、ハールハール［『巨人』の架空の侯国］の規則を有する者がいるでしょうか。――私はどのような本の富籤にも出掛け、極めて気の利いたものを求めないでしょうか、中でも『ユーリウス・ベルンハルト・フォン・ロールの家政法大全、そもそも田舎の両領地において、その購入、販売、賃貸しの際にも、また特に耕作、園芸等々、更には別の経済的事柄の際にも極めて有益な法律学が健全な理性、ローマ法、ドイツ法に従って正しく扱われており、田舎の領地を有する者あるいはこれを管理する者すべてにとってはなはだ有益であり、不可欠である書。第二版。ライプツィヒ、一七三八年。グリム通りの出版業者、J・Ch・マルティーニ出版』がそうです。二巻本です、御覧下さい」。――「私自身所有しておる」、とクノルは言った。――「そうです」（とそこから更に父親は結論づけた）「裁判官たる者、蹄鉄工のようにポケットをすでに革前掛けに所有しているべきです、ズボンでは遅い。検察官殿、差し押さえのとき、――鑑定評価のとき――舎営させるとき――口頭、文書で様々なことを告示するとき――泉の周りで会を開くとき、土地からジプシーを追い出すとき、通りや火の見櫓を見張るとき――村でペストや狼藉、悪行が生じたとき、――そのとき裁判官は真っ先に駆けつけて、その件を立派な地方自治政府の長官、あるいは場合によれば、貴族に届け出ることになります。いやはや。村長は説教壇の時計のように週に一回の用では済みません、来る日も来る日も自分の経済の多大な損失は省みず、あらゆる穴に――あらゆる畑や森に――あらゆる家に出掛け、その後町へ行って、口頭でそれを報告し、その後それを文書にしてポケットから引き出します。馬所有の百姓や、小農場主、輓獣を有しない百姓が来て、言うかもしれません、ルーカスよ、戯《ざ》れ言をぬかすな。おまえさんも一緒に怠けていたじゃないかと、これはひどい中傷です。お蔭で一尋の深さの借財にはまっていることが分かっていないのです、将来公証人とか公正証書作成人とかが出現しなければ……」。

「もうやめなさい、裁判官」とヴェローニカは言って、検察官の方を向いた、夫は彼に借財があった。――「検察官殿、ただ喋りたくて喋っているだけなのです。何か召し上がりますか。――後ほど大きな質問があります」。ルーカスは喜んで黙った、彼は結婚生活のソナチネでは左手の妻がはるかに右手を越えて最も高い調子を出して調和を保つことに慣れていた。

「食前には一杯ひっかけます」とクノルは答え、ヴァルトは町の宮廷の男がこのような御者の動詞を遣うのに驚いた。

母親は去って、一方の手に特別郵便の血、根源の炎を持ち、別な手には厚い原稿を持って来た。ヴァルトは真っ赤になって原稿を奪った。ゴルディーネの目はうっとりとほのかに光った。「歌の本を読み上げなさい」と母親は言った、「それが役に立つか学のある方は分かるだろうよ。聖職候補者のショーマーカーさんは褒めるつもりだって」。

「私は本当に褒めるわ」とゴルディーネは言った。そのとき聖職候補者本人が入って来て、ただ検察官の前でかがんで、目を光らせて挨拶した。皆の顔から彼は遺言の嬉しい知らせがまだ部屋には響きわたっていないのに気付いた。「遅すぎた」とルーカスは言った、「立派な行事は終わってしまった」。丁寧に聖職候補者は、晩拝式の頃ようやく町から出た、と言い切った。「すでに」――と彼は言って、村長を喜んで見つめた、クノルのようなかくも高貴なゆゆしい人物を見守らなくて済むと安心して――「十五分も前には下の中庭に立っていたのですが、五羽の鵞鳥が、ドアの前で羽と嘴を広げて私を内へ入れてくれなかったのです」。――「六羽よ」と諷刺的ユダヤ人女性が言った。「六羽かもしれません」と彼は答えた、「十分です、一羽で十分です、私が読んだところによりますと、怒って噛みついて一人の人間を全く気を狂わせ、恐水病にしてしまうには」。

「何ダト思エバ」とヴァルトの方を彼は向いた（それ以上フランス語は出来なかった）「あなたの多韻律詩ですか」――「それは何だい」とクノルは飲みながら尋ねた。「伯爵殿」（とショーマーカーは言って、宮中を省いた）、

「実際これは若い候補生、私の弟子の新たな発明によるものです。自由な韻律に基づく詩で、ただ一つの詩行、自由韻の詩で、好きなように、数頁、数全紙にわたって延ばせるものです。彼はそれを伸展詩と呼び、私は多韻律詩と呼んでいます」。

ヴルトは苛立って林檎の間でののしった。ヴァルトがやっと草稿を持って、高い額と真っ直ぐな鼻の横顔を見せて明かりの前に来た――筆舌に尽くしがたいほど長く、愚鈍に自分のミューズの神殿の切妻壁に従ってめくって――聖職候補者は片手をチョッキに、もう一方の手をズボンに入れて三歩ヴルトの窓の方へ近寄って、外に――唾した。どもりながら、しかし叫ぶような粗野な声でこの詩人は始めた。

＊1　リッター編、ハイネクツィウスの『市民法研究史』第一巻、第三九三節。

第九番　硫黄華

伸展詩

「私にはどれがまともな詩か分かりません、当てずっぽうに選ばざるをえません。

ヴェスヴィオの海への反映

『見給え、どのように下では炎が星々の下へ飛ぶかを、赤い奔流が底の山の周りを重々しく転がり、美しい庭園を食い尽くす。しかしいつの間にか我々は涼しい炎の上を滑って、我々の姿が燃える波から微笑む』。こう楽しげに船頭は言って、轟く山の方を不安げに見上げた。しかし私は言った。『御覧、このようにミューズは軽やかにその永遠の鏡にこの世の重い嘆きを写す、そして不幸な者達はそれを覗き込む、しかし痛みは彼らをも喜ばせる』と」。

「この変わった男は、自分がすべてを考え出したというのに、何で泣くのか」とルーカスは叫んだ。「幸福すぎるからよ」とゴルディーネは言ったが、当たっていなかった。これは単に感動の涙で、嬉しい感動でも悲しい感動でもなかった、単にある感動と言っていいものであった。彼は読んだ。

「両腕の中の子供の棺

子供が軽く両腕で揺すられるばかりでなく、揺り籠もそうなのは何と素敵なことか。

子供達

君達小さな者達は神の間近にいる、最も小さな地球が事実最も太陽に近い。

地震の下での死[*1]

若者がミルテの杜で微睡《まどろ》む恋人の側に立っていた、二人の周りでは天は眠り、地は秘かな声で――小鳥達は黙し――穏やかな西風は彼女の髪の薔薇の中に微睡み、巻き毛を揺することはなかった。しかし海は勢いよく隆起し、波が群れて襲ってきた。『アフロディーテよ』と若者は祈った、『御身は近い、御身の海は荒々しくて、大地は恐れている、女神よ聞き入れ給え、この若者を永遠に恋人と結び付け給え』。すると目に見えない網で聖なる大地は彼の足をからめ取り、ミルテが彼の方に傾き、大地は轟き、その門が彼の前で口を開けた。――そして下界の楽園で彼の恋人は目覚めた、亡き若者は彼女の側に立っていた、女神が彼の祈りを聞き入れたからである」。

ヴァルトは葉陰でただ歓呼してひどく悪態をついた、彼のいつもはすぐに閉まる魂はミューズの女神に広く開かれていた。「愛しいゴットヴァルトよ、君にだけ打ち明けることにしよう。そう、それがいい、聞いて貰おう。そうしたら、この愚鈍な神々しい阿呆は驚くことだろう」と彼は言って、新たな案を心に描いていた。
「私の言いたいことは」（とショーマーカーは述べた）「彼が私の許で詞華集の著者達[1]を勉強したのは無駄ではなかったということです」。
クノルが返事しなかったので、父親が言った。「更に続けて」。一層弱々しい声でヴァルトは読んだ。

「燃え上がる劇場のカーテンの許で

ゆっくりと御身が上がっていくとき、御身はいつもは新しい喜ばしい劇を見せていた。今や貪欲な炎が御身を飲み込み、歓喜の舞台は混乱し、不幸に煙を出している。愛のカーテンは秘かに上がり、落ちるがいい、決して燃える灰となって永遠に沈むことのなからんことを。

間近の太陽

諸太陽の背後には究極の青空の中に諸太陽が休らっていて、その見知らぬ光線は数千年前から小さな地球への途次にある、しかし到達することはない。御身、穏やかな、近くの神よ、人間の精神がその小さな若い目を開けると、すでに御身の光が射し込んでいる、御身、諸太陽と諸精霊の太陽よ。

ある乞食の死

かつてある年老いた乞食が貧しい男の横に眠っていて、眠りの最中大声で呻いた。そこで貧しい男は声高く叫んで、老人を悪夢から覚まし、疲れた胸を更に夜が痛めつけることのないようにしようとした。乞食は目覚めなかった、しかし藁の上を微光が飛んでいった。そのとき貧しい男が乞食を見ると、乞食が身罷っていった。神がより長い夢から彼を目覚めさせたからである。

年老いた人間

彼らは多分長い影で、彼らの夕陽は冷たく地上にある。しかし彼らは皆東［朝］を指している。

棺への鍵

『大事な可愛い子供よ、おまえは下の深く暗い家に固く閉ざされて、私は永遠におまえの小屋の鍵を持つことになる、その鍵は決して、決して開けることはない』――そのとき悲しみの母の前で娘が花と咲き、輝きながら、星々の間を上がっていき、下の方へ叫んだ、『お母さん、鍵を捨てなさい、私は天上界にいて、下界にはいません』と

＊1　周知のように地震の前は大抵大気は静かで、ただ海だけが波立つ。

第十番　臭　木

散文家達の去勢雄鶏の戦い

「もう明日であればいいのだが、兄さんよ。忌々しい、待つのはうんざりだ」とヴルトは言った。――「もう充分」、とクノルは言った。彼はこれまで煙草の煙を次々に同じ大きさ同じゆっくりとした間隔で作っていた。――

「私としては」とルーカスは言った、「さっぱり評価できない、詩には正しい尻尾も欠けている、まあ寄越しなさい」。——「信心深くて悲しげなことが書かれているようだけど」と母親が言った。ゴットヴァルトは頭と耳とをまだ詩文の黄金の朝焼けの中に有していて、そして外のこの雲の前には、遠くプラトンが日輪としてあり、雲を真っ赤に染めているように思われた。聖職候補者のショーマーカーは鋭く宮中伯を見つめ、決定を待っていた。そこで彼は自由な宗教心のせいで、自分がせっかちに大胆になるときには、いつも罪を犯すように思った。彼は自分の学童をきちんと殴るという外科的勇気を持ち合わせなかった——彼は骨折するかもしれない、熱を出すかもしれない等々の心配をして、——それで学童を遠くから矯正しようとして、隣室で罰する子供に顔をひどくゆがめて見せるのであった。

「私の意見は」——とクノルは彼のシュヴァルッヴァルト［黒い森］風な眉を意地悪く引き下げて始めた——「全く短くこうだ。このようなことは実際全くの時間つぶしだ。私は詩を軽蔑してはいない、それがラテン語であるか、せめて韻を踏んでいるなら。私自身かつて青二才の頃このような茶番を作ったものだ、そして——自慢ではないが——こんなものとは若干違った。いや私は宮中伯として自ら詩人達を任命しており、それで詩人達を全く否認することは最も少ない者だ。資本家や騎士領主なら、何もすることはなく、充分に生活出来て、実際好きなだけ詩を作ったり読んだりすればよい。しかし立派な堅い専門を持っていて、理性的な法律家を演じようと思う分別ある人間だけはいけない——この者はこれを軽蔑すべきだ、殊に何の韻も韻律もない詩は、こんなもの私は作ってみろと言われれば一時間に千孵化してみせられる」。——

ヴルトは静かに、ハスラウできっと時と所とを確保して、宮中伯に火には油を注いで、燃える油には水を注いで、仕返しに何らかの苦しみを与え、祝福を垂れようと案を練った。——しかし聖職候補者と宮中伯とが喜ばしい遺書のことを述べずにこんなにも長くそこにいると考えると彼は怒りのあまりほとんど我慢出来なかった。明るくて書くことが出来たならば報告を巻いた石を穏やかな鳩の使いとして窓から飛び込ませていたことであろう。

「分かったかい」とルーカスが言った。「それに見たところ綺麗な字で書いてもいない」、そしてめくりながら草稿を明かりの下に置こうとした。しかしそれまで半ばかがんで炎を見ていた詩人は突然拳でつかんでそれを奪い取った。「余暇のときにこのようなことは如何《いかが》なもので」とショーマーカーは尋ねた、彼にとっては宮中検察官というただ一つの称号は双子の悪漢、双鉤を有していた、というのは単語に宮中とか親衛とかが先にかかっているときには――それが宮中ティンパニー奏者であれ、親衛先頭騎士であれ――早速彼は兜の序言[1]に直面して、戦慄したからであり、各人を磔にしたり塔に閉じ込めようと脅すような検察官という単語ではいかほど戦慄することになったであろうか。

「私は余暇のときには」とクノルは答えた、「あらゆる種類の入手出来る文書を読んだ、そうして今の自分があるのかもしれない。これに対して過敏な美辞麗句は結局は仕事の文体に席を占めるようになって、それを全く駄目にしてしまう。裁判所はこのようなものをふさわしくないものとして拒絶することになる」。――「勿論です、それで」(とショーマーカーは自らを海老責めする者として始めた)「私が法学に無知なせいで法学と詩とを融合させようとしたことはお許し下さい。しかしハルニッシュ殿は、自分のただ一つの専門により熱く身を捧げながら、今や全く詩文を放棄するものと思われます、そうではありませんか、ね、公証人殿」。

　すると突然これまで穏やかであった者が鼻息を荒くした――おべっか使いは床屋の剃刀に似て前方にも後方にもそねるもので、普段は自分を褒めてくれる教師の離反をおべっか使いと見なしながら、もっともショーマーカーはかくも即座に、素早く、王座の下僕に向かい合って、心では生徒を愛しているのに、すぐに法学を見抜くのは全く不得手であって、こっそりと侯爵に対して反抗してしまうのではないかといつも余りに案じすぎるほどであったのであり、実際さもないと正しいと意識してあらゆる緊急の暴力に向かって進んでいたことであろう――そこで穏やかなヴァルトが射当てられたライオンのように鼻息を荒くし、聖職候補者の前に飛び出し、その肩を両腕でつかんで、長いこと拷問を受けていた胸から激しく叫んだ、それで聖職候補者は殺害を目前にしたかのように跳び上がった。「聖職候補者殿、神かけて、私は勤勉に務める立派な法律家になります、貧しい両親のために。しかし候補者殿、雷電が私の心を裂き、永遠の者が私を最も燃える悪魔に投げつけるがいいのです、私がいつか伸展詩を、天上的な詩文を放棄するようなことがあれば」。

ここで彼は荒々しく挑戦的に見回して、重々しく言った。「私は詩作を続けます」──皆がびっくりして黙った──ショーマーカーは半死半生であった──クノルだけが憤慨した冷酷な微笑を見せていた──ヴルトも枝の上で荒れて、叫んだ、「いいぞ、いいぞ」。そして無闇に未熟な接ぎ木林檎をつかんで、手一杯のものを散文的会議に向かって投げようとした。──その後公証人は勝利者として外に出て、ゴルディーネは次のように口ごもりながら彼に従った。「いい気味だわ、散文家どもには」。

ヴルトの予期に反して公証人は林檎の樹の下に立って、人生の星々の側、天の方に生気のある顔を向けた、顔からはすべての彼の詩と夢とが読みとれた。すんでのところでフルート奏者は傷ついた胸に柔らかな羽枕として下りていくところであった。濡れた立派な歌鳥を、これは死の海に、あたかも花咲く土地であるかのように墜落した雲雀のような具合であったが、高々と、乾かす太陽の下に持ち上げたいと思った。しかしゴルディーネが来たために自分の認知を示すことはできなかった、彼女はヴァルトの手をとった、しかし彼は相変わらず何も聞き入れぬ目で上を見上げていた、そこには明るい星だけがあって、陰鬱な地球はなかった。「ゴットヴァルトさん」と彼女は言った、「散文家の阿呆どものことはもう考えないで。あなたを決めつけたけれども。あの法律家の煙草には今日のうちにも胡椒を振りかけとくわ、聖職候補者の胡椒には煙草をね」。──「いや、ゴルディーネよ」と彼は痛ましくも穏やかな声で始めた、「いや、私は今日、偉大なプラトンが接吻してくれたのにそれに値しないことをした。あんなことをしてしまうなんて。今日は楽しい最後の晩となるはずだったのに。──両親には苦しい家計から公証人になるための金を出して貰った──貧しい聖職候補者は子供の頃からほとんどすべての授業をして下さった──プラトンの心という天国にも恵まれたというのに──私という悪魔はあんなにも激怒して。何たることか。──でもゴルディーネ、私か昔から信じていることはいつも当たる。それは心が本当に幸せと感じるたびにひどい災難がやってくるというものだ」。

「案の定だわ」とゴルディーネが怒って言った。「あなたは十字架に打ち付けられても、固く釘を打たれた手を横桁からはずして、それで兵士と握手しようとするのよ。――今日の葡萄収穫の月を酸っぱいものに、葡萄酢の月にしてしまったのはあなたなの、それともあの馬鹿ども」。――「私は」、と彼は答えた、「ただ私が他人にくわえた不正しかはっきりと詳しくは知らない。――他人が私に加える不正は、その意思が不確かなため全く明瞭な決定的なものとはなり得ません。愛よりも憎しみはもっと勘違いが見られます。私の性質とは正反対の不協和音の性質があり得るのであれば、すべてのことに正反対というものはあるのですから、その性質は容易に私とかち合うことがあります。彼らが私には不協和音であるように私は彼らに不協和音というわけですから、彼らが私のことで文句を言えないように、私も彼らのことで文句は言えません」。

ゴルディーネは、ヴルト同様この考え方に何ら異議を唱えられなかったが、二人ともはなはだうんざりしていた。そのとき穏やかに母親が息子を呼んだ、父親は性急に呼んだ。「ペーター、早く、早く、遺書に書かれていて、今月の十五日に召喚されている」。

第十一番　黄櫨

陽気な混乱

宮中伯はヴァルトの突撃に対するこわばりを次のように述べて和らげた、この不作法者はある重要な遺言に記載されているというのにそれに値しない、自分はその開示のために彼を召喚しなければならず、遺言の条件というものはまさに詩作三昧とは折り合えないものなのだ、と。そこで時を打つための歯車と弱音器とが合法的に学校教師の調べと言葉の多い魂からはずされ、彼は今やすべての鐘を鳴らすことが出来た——彼は遺書の最も快適な条項を知っていて述べたが、検察官は不快な条項を述べてこれを裏書きした。聖職候補者は長いことはなはだ穏やかに、侮辱を受けた後、振る舞ったので、人々は侮辱を大目に見るよう彼に懇請した。ルーカスは半ば聞くともうヴァルトをわめいて呼び寄せ、何か話そうとした。

羞恥心のために頰を少し赤らめて、ヴァルトは現れた——誰も彼に注意を向けなかった——人々は遺言に没頭していた、クノルを除いて。クノルは若者に対して彼が朗読して以来一方ならぬ憎しみを抱いていた——ちょうど音楽が小夜啼鳥をさえずるようにするけれども、犬は吠えるようにするようなものであり、——このような劣悪な詩人肌の法律家が自分よりも多く相続することになるという一方の事情は（これは彼の検察官としての核を浸食した）、自分の利己心をもってしても遺産を棒にふるにかけてこれ以上の相続人は見いだせないであろうという他方の事情が甘美に思われる以上に苦痛であった。

ヴァルトは相続の職務と相続物とが繰り返され、話し続けられるのに感動して耳を傾けた。ルーカスの耳の周りに「南海商店の一万一千聖ゲオルク金貨とエルテルラインの畑を含む両夫役農夫」がひらひらすると、彼の顔は突然暖かい幸福の南風を受けて、とろけたように啞然としたようになって、彼は尋ねた。「十五日だって、一万一千だって」——そうして彼は手にしていた縁なし帽子を遠く部屋の中で飛ばして——言った。「今月のだ」——そうして彼はビール・グラスを部屋の扉めがけてショーマーカー越しに投げつけた。「裁判官」と夫人は叫んだ、「どうしたのよ」。「嬉しいことだね」、と彼は言った、「町からどんな犬でも来てみろってんだ、殴りつけてやる、のしてやる。ここに座っている我らは皆貴族ってわけだ。わしは貴族の裁判権所有者——あるいは領主裁判所長になって励むぞ。わがカーベルの地所には油菜の種だけ播こう」。

「友よ」とうんざりして検察官は言った、「お宅の詩人肌の息子はまだその前に若干難題を片付けなければならない、それから相続人ということ」。——喜びの涙と共に公証人は遺産を奪われた検察官の前に進み、その強靭な手を引き寄せ請け合った。「あなたは嬉しい知らせをもたらした福音史家です、信じて下さい、遺産を相続するためにベストを尽くします、あなたの御要請を何でも致します」――「(「私に何の御用か」とクノルは言って、手を引っ込めた)――「私がそれを行うのは」(とヴァルトは続けた、他の者すべてを見つめながら)「私のためにそれ以上に尽くして下さった方々のためです、まだ存命ならば弟のためと言えるかもしれません。条件というのは容易ではありませんが、最後の牧師となるという条件は素敵なものです――立派なファン・デア・カーベル。何故私どもにかくも好意的なのでしょう。彼のことをはっきりと思い出します、しかし彼には好かれていないと思っていました。しかし彼の前で伸展詩を朗読しなければならなかったのです。人間のことを余りに善良な者と考えてよろしいのでしょうか」。

ヴァルトは笑って言った。「とてものことに」。

全く愚鈍に恥ずかしげにヴァルトはショーマーカーに歩み寄って言った。「詩文のせいで遺産を得たのかもしれませんし、この詩文は先生のお蔭です、先のことはお許しください」。――

「忘れましょう」と教師は答えた、「先ほど敬語を遣われなかったことは、いつものことです。今は喜びの時です。しかしあなたの思い出された弟殿は存命で、活躍しています。ファン・デア・ハルニッシュという元気な方が請け合っていますが、しかしこの方のためあなたの家のことを許可なく話してしまいました、このことは許して頂けないことでしょう、先ほどの無礼同様に」。

公証人は弟が存命であることを部屋中に叫んだ。「町に来たこの方がエルツ山脈のエルテルラインで会ったそうです」とショーマーカーは言った。――「父さん、母さん、今日か明日にも現れることでしょう」と有頂天になってヴァルトは叫んだ。――「いっそ私は」と村長は言った、「玄関の所でやつの両脚を燕麦用大鎌で刈り取るか、山林檎で窒息させてしまおう、このような放浪者は」。――ゴットヴァルトはしかし泣いているゴルディーネに歩み寄って言った。「何の涙か分かっています」――「そして小声で付け加えた。「あなたの友が無事と聞いてですね」――「その通りよ」と彼女は答えて、一層うっとりとして彼を見つめた。

母親はただ、何としばしば自分の気持は息子の帰還の同様な知らせで裏切られて来たことかと短く男達に述べて、そうしてうんざりしている検察官に近寄り、検察官に愛想良く遺書の意地悪な条項すべてについて明確に問い質した。宮中伯はしかし自分の遺産の分け前から支払われた祝典に最後ははなはだ嫌気がさして、急いで立ち上がり、召喚料を市参事会の小使いの名前で要求し、夕食を一緒にという歓呼している男性達の希望を謝絶して、向こうの居酒屋で食事したいと口実を述べた、そこの亭主は彼の父に借りがあって、その分数年前から、裁判するたびに、いくらか飲み食いして、精算しようとしているということであった。

彼が立ち去るとヴェローニカが女性の説教壇に立って男性達に扇動的説教と視察演説を行った。検察官が資本の回収を予告したら、どのような目にあうか、男性達が喜んでいたのは彼には除外された相続人として面白くなかったに相違ない、と。――「今のところ利益を得ているのは彼かね、わしかね、え――彼の方だ」とルーカスは言った。――ショーマーカーは更に、すでに早朝説教師のフラックスがフント小路のカーベルの家全体をわずかな涙で競り落としたという報告を付け加えた。村長は激して不平を鳴らし、家は息子から盗まれたも同然だ、誰だって泣けるのだから、と請け合った。息子はしかし、別な貧しい相続人も何かを得たのは結構なことに思われると言った。ヴェローニカは答えた。「まだ何も得てはいないのだよ。私は女でしかない、でも遺書の全体にはペテンが匂うね。一昨日からすでに村では見知らぬ町の殿方が遺書のことをひそひそささやいていたけれど、私はうちの裁判官には何も言わなかったの。ヴァルトよ、おまえは全く世慣れていないからね。そのまま簡単に十年過ぎてしまって、そして何も得ないことになる、そして何にもなれなかったらどういうことになる、裁判官」。――「叩きのめして」と裁判官は言った、「死なしてやる、家畜同様とんと分別を見せなかったらな。それにわしに知らせないのも、ヴロンネルよ、分別がないことだ」。――

「私は保証します」とショーマーカーが言った、「公証人殿の策略を。詩人は海千山千の狐です、すべてについて嗅ぎつけています。人文学者のグロチウス(1)とかは大使でした、詩人のダンテとかは政治家でした――この両者であるヴォルテールとかも両者でした」。

ヴァルトは笑った、教師のことではなく、気のいいヴァルトのことで、ヴァルトは穏やかに付け加えた。「私は母さんが考えているよりももっと世間知を本から得ているかもしれません。しかしともあれ二年後には。――少なくとも今日は輝かしい時を思い描こうではありませんか、ここにいる皆が自由に喜んで生活し、私が何一つ必要とし、望まない時を、この時には私はこの上なく幸せに二つの昔からの聖なる高みに住んでいるのです、説教壇とミューズの山とに」。――「そうなったら一日中」とルーカスは言った、伸展詩を書いていていいぞ、おまえはそれに憑かれているからな、父が法律に憑かれているように」。――「でも今は注意深く」、とヴァルトは言った、「公証人職を行いましょう、殊にそれは私の最初の遺言状の職として規定されているのですから。弁護士活動は休みです」。「御覧」と母親が叫んだ、「自分の長い詩にかまけていたいんだよ、先ほどはあんな罰当たりな言い方をしたのだから、――私は忘れないよ、ヴァルト」。

「何かまうものか」――とルーカスは全く陽気になろうとして叫んだ。――「そんなにどの塔の球飾りからも一本の留め針の頭を作る必要があるかね」。彼はちょうど逆のことを述べたかったのであった。彼は夫としてトリックの手を使った。「黙るがいい」。彼女はいつも早速黙した、いくらか後になっていよいよ始める決心をしてであったけれども。

人々はそのままの恰好で夕食の席に着いた、ヴァルトはフード付きのコートを着ていた、干し草刈り入れの季節であったけれども、裏地のある南京木綿服を大事にするためであった。ゴルディーネの喜びのワインは朝の別れのための多くの涙で水っぽくなった。公証人は父親の有頂天に限りなく有頂天になった、父親は次第に、歓喜を少しばかり消化したので、今や一層穏やかになり、ナイフとフォークとで遺産のまだ空を飛ぶ丸焼鳩を出迎え始め、息子にその生涯で初めて言った。「おまえはわしの宝だ」。その間ずっとヴルトは樹の上に留まっていた。しかし母親がようやくフルート奏者についてショーマーカーの詳細な報告をその温かい心の周りに集めようとしたとき、彼は樹から下りた、何も耳にしないようにするためで、賞賛の甘美さよりも非難の辛辣さが彼には一層こたえたからである、彼は兄によって十分に幸せになっていた、兄の無邪気さと詩文とは彼を愛情深く密に編み込んで、彼はその夜夕焼けの中、その日と詩人とをただ胸に抱くために陶酔したい気持であった。

第十二番　偽糸掛貝

曲　馬(1)

露をおびた青い空の朝早く公証人はすでに騎乗と旅行の準備を整えて玄関に立っていた。彼はフード付きコートの代わりに立派な黄色の春夏用の裏地付き南京木綿服を着ていた、——一般相続人としてより多く金を使うことが出来たからであり、頭には丸く白い、褐色の火炎模様付きの帽子を被り、手には乗馬用鞭を握り、目には子供の涙を浮かべていた。村長は待てと叫び、跳び帰って、早速またマクシミリアン皇帝の公証人規則を持って来て、それを彼のかばんに入れた。向こうの居酒屋の前では貧しく機敏な学生のヴルトが緑色の旅行帽を被って立っていて、それに亭主がいた、彼は一家の者にとっては反キリストであり、左の者であった。村ではすべてのことを承知していて見張っていた。これは一般相続人にとってその生涯で最初の騎乗であった。ヴェローニカは——朝ずっと遺書の開封と履行のための処世法を教えていたが——白馬を馬小屋から長い手綱で力ずく引っ張ってきた。ヴァルトが乗ることになっていた。

騎行と駄馬については世間ではすでに大いに話されていた——一人ならぬエルテルラインの人々がこれについて程々の曲馬を描こうとしたが、しかしカンバスには粗い染色材の方がその繊細な煎じ汁よりも多く見られた——これはまた重要な私の最初の動物画で、これをこの作品の廊下に掛け、固定することにする——それ故若干の努力を心掛け、最大の真実と華美とを傾注することにしよう。

黙示録では長いこと老いぼれの古くさい白馬(2)がいて、遂に屠殺者がそれに乗って、そこから時代の中に騎行してきた。この駄馬が他人の肉体の代わりに自らの肉体を運び、自らの鬣を鞍のクッションとしていた詩的青春ははるかかなたにあった。この白馬は生涯と人間とを、——この傷ついた自然の騎乗する拷問馬を——余りに長く運んでいた。震える触糸で紡がれた公証人は、前日馬小屋でこの馬の時代の楔形文字、拍車や鞍、轡の聖痕を見回ったのであるが、傷跡に指を当てることは決して出来なかったであろうし、いわんや翌日皮鞭の刃や拍車の短剣を当てることは出来なかったであろう。天は人間と同盟の動物には単に何らかの苦痛の声だけを与えていて、それで、耳のところにしか心がない人間がこれを哀れむようにしていると思われるからである。動物の飼育係は決まってその動物の虐待者である。しかし他の動物に対しては、例えば狩人は馬に対して、御者は猟犬に対して、将校は兵士以外の人々に対して、まことに柔らかい羊毛をした子羊である。

この白馬がその朝舞台に登場した。公証人は前日駄馬を彼の脳壁の一つに固くつないでいた、そして——国民公会[3]とライン河の右側同様に、絶えず左側を念頭に置き、そこから乗ろうとした。——彼は自分の四つの脳室の中で練習馬をあらゆる位置に置いて、すばやく左手から乗り、かくて駄馬のために自らを完璧に慣らせた。駄馬が連れられて来て、向きを変えられた。ゴットヴァルトの目は左の鐙に固着していた——しかし彼の自我は見る間に彼の自我には大きすぎるものとなって——彼の涙は彼には暗すぎるものとなった——自分は、と彼は気付いた、鞍よりも王座に座るのが容易だ、と——左の馬の側を彼はなお注視していた。ただこのとき、自分の左側を馬の左側とどのように結び付けたら、馬も自分も顔を前方にむけることになるかという新たな課題が生じた。

何を苦悩することがあろう。彼はプロシアの騎兵のように右側から飛び乗ろうとした。ヴルトや亭主のような人々が彼の試みを口笛を吹いて笑ったとしたら、この人々はプロシアの騎兵達は右の鐙に乗ることをいかに熱心に学んで、左側が射落とされたとき鞍に乗れるようにするかということに無知であることを示しているにすぎない。

鞍では今やヴァルトは自己設営班長として自分のなすべきことをすることになった、すべてを据えた——自らを真っ直ぐに安定させて、——広げた——指を手綱に、上着の裾を馬の背に——はめ込んだ——靴は鐙に、——そして始めた——出発と行進を。

この最後のことを落ち着いた白馬はいっかな始めようとしなかった。ヴァルトの鞭による繊細な後方への一振りは駄馬には、馬の毛で殴られているようなものであった。母親が首を二、三回手で打ったが、撫でられているようなものだった。遂に裁判官は干し草用熊手を逆さにして、柄で尻に軽い刀礼［騎士叙任式］を行って、息子を騎士として村から世界へ、学者界と上流界へ送り出そうとした。これは動物にとって、小川のところまで進んでいく合図となった。ここで馬は騎士の絵姿の前で止まり、鐙を勧めた、そして公証人が上で足と鐙の言うに言えない収縮と弛緩とを、村民の半ばが笑い、勿論亭主も笑っているので、繰り返すと、暴れ馬は立ち止まっていることの誤りを悟って、ヴァルトを水飲み場からまた馬小屋の入口まで運んだ、しかしこの騎士の感興をはなはだ阻害した。「待っておれ」と父親は、家の中に駆け込みながら言って、再び出て来、彼に小銃弾を渡した。「これを馬の耳の中に置け」と言って、「保証するが、馬は進む、鉛はひんやりさせるからな」。

競走馬は大砲のように頭を門に向けられて、耳にお弾《はじ》き［早球］を詰められたかと思うと、門を駆け抜けていた。——そして見守っている村を通って、曲がったコンマとして。聖職候補者の挨拶の前を公証人は飛び過ぎていった、上に座りながら、最初の試みの球状融解器具を持って、曲がったコンマとして。「行ってしまった」とルーカスは言って、干し草の山へ出掛けた。静かに母親は前掛けで目を拭っていたが、下男頭にまだ何を待っていて見とれているのかと尋ねた。ゴルディーネはハンカチでただ一方の泣いている目だけを覆っていて、もう片方の目で追っていたが、言った。「御無事でありますように」、そしてゆっくりと彼の空いた小さな書斎へ上がって行った。

ヴルトは騎行していく兄弟を追った。しかし村の五月柱の前を過ぎ、窓際に美しい目のゴルディーネを、家の菜園で孤独な母を見たとき、彼女は目から涙を流しながら、まだかがんで座って、大きな豆を植え、大蒜を結び付けていたが、突然彼の心に彼の兄の温かい穏やかな血が溢れ、それで彼は柱に寄りかかって教会の讃美歌《コラール》を吹いて、両者の目が一層甘美に溶け、その情が開くようにした。彼は二人の心に大胆な鋭い面影を愛しく描いていたからである。

白馬と共に緑に輝く丘々の間の野原の上、青空の下、風の吹く日、飛んでいく公証人が、自分の後を彼の弟が彼の遠方の小村と感動した愛する心の持ち主達をエコーで満たしているということを知らなかったのは残念であった。とある山の上でヴァルトは飛行馬の首にすがって耳から押し球を掘り出した。それを抜き取ると動物は再び死体の後を歩む人間よりももっと落ち着いた。そして山のときだけは下っていくのが分かったが、平野では、銀色の滑らかな河のように、いつのまにか進んで行った。

今や休息に収まった公証人は鞍の上での座った人生模様と遙かな歌声の一日とを楽しんだ。鞍望楼の高い眺めは、彼、この永遠の歩行者の下に、すべての山、沃野を置き、彼は輝かしい一帯を支配した。ある新たな高地で七人の御者による馬車の列が登って来た、彼はこの列を馬で追い越し、抜き去って、自分の夢想を彼らの視線で邪魔されたくないと思った。しかし丘の麓でこの乗られている金髪［の馬］は乗っている男同様に自然を――これにとっては草が自然であったが――享受しようと欲して、しっかりと立ち止まった。ヴァルトははじめはこれに強く逆らって、この家畜の四方八方に働きかけて、前後に動かそうとしたが、しかしこれは微動だにせず、彼は食うにまかせ、自らは鞍の上で向きを変え、背後の広々した自然を至福の目で計量して、そして折りよくこれらの七人の嘲笑的御者どもを遠くへやり過ごして、後から行っても彼らの目に触れないようにした。

仕舞いにはしかしあること、つまり終わりが来る――曲馬師は丘の麓で、再び前方に向き直ったとき、心からここを去り、もう上に登りたくなった。七人のプレヤデス星団はつとに下ってしまったに違いなかったからである。それに騎乗を見ていた気のいい学生が後から来るのも見えた。しかし収穫休暇に特別な価値を置いている者がいるとすれば、この白馬がそうであった――このような高地を目前にして馬は全く竜座の尾部に、下降の交天[4]にあった――馬勒、大地の上の足球、すべてが馬を前進に導かなかった。このたびは公証人も生きた水銀球を再びこの沈殿した白い水銀と混和させるつもりはなかったので――それを耳から取り出すときの途方もない苦労を思って、――それでむしろ下りて、自らを先引き馬として前につなぎ、手綱の滑車で本当に引き上げていった。上では新たな困窮が待っていた。自分の背後には長いカトリック教徒の巡礼が付いてきているのが見え、ちょうど前方には下の長い村で意地悪な御者の七人が水を飲み、馬に水を飲ませていた、その気があろうとなかろうと、この者達に彼は追いつかざるを得なかった。

他方では希望が見えたが、虚しかった。彼は駄馬の急速ニシカシ余り激シクナクで止まっている御者達よりもかなり先に進むかもしれないと見込んだ。彼は陽気に力強い足取りで山を下り、村の中へ騎行していった。――しかし格別論争せずに補助馬は立ち寄ることになった、馬は亭主を知っており、どの水瓶もこの馬の支聖堂、どの旅館もこの馬の司教座聖堂であった。「分かった、分かった」と公証人は言った、「最初私自身こう考えていた」――そして馬に何かを与えるよう誰にともなく漠然と頼んだ。このとき敏捷な緑の帽子も追ってきた。ヴルトの心は愛するあまり沸き立った、上気した美しい兄が雪のように白い弓形の額から帽子を持ち上げる様、朝風の中で彼の巻き毛が華奢な、薔薇色の血の注がれた子供らしい顔にひらひら当たっている様、彼の目が愛情深く、屈託なくすべての人々に、七星［すばる］の人々にすら向けられている様を見たからである。それでもヴルトは馬に対する嘲笑を抑えることは出来なかった。「駄馬は」と彼は言った、黒い目で兄を見つめながら、そして鬣を撫でながら、「見た目より結構に進んでいます。ペガサスのように村を飛び越えていきましたな」。「哀れな馬です」とヴァルトは同情して言い、ヴルトの血気を静めた。

すべての乗客が戸外で水を飲んだ――巡礼達は歌いながら村を進んで行った――村や空のすべての動物が喜んでいななき、鳴いた――涼しい北東の風が果樹園の葉をそよがせ、すべての健康な心の者にざわめきながらささやいた。更に遠く自由で広々とした生の中へと。――「素晴らしい日です」とヴルトは言った、「いや失礼」。ヴァルトは彼を愚鈍に見つめていたが激しく言った。「そうですとも。自然全体が喜ばしい生き生きした狩の歌をしっかりと歌い始めています、青空からはまた穏やかなアルペンホルンの音も下に聞こえてきます」。

そのときまた御者達は馬銜をはめ込んだ。彼はすばやく支払い、つりを受け取らず、混乱の中で、すべての人より先に飛んでいこうと上に乗った。惑星と同じく旅館という太陽の近くでのみすばやく進み、そこから遠日点へはゆっくり離れるというのは馬どもの原則である。白馬はその四本の足の根をニュルンベルクの玩具の馬の釘として大地というラックを塗られた板へ固定して、錨地であると主張した。揺すられた馬勒は単にその係留索にすぎなかった——馬は他の者の情熱的な動きによって自分を動かすことはなかった——緑色の繻子のチョッキを着て、褐色の火炎模様の帽子を被った軽い騎乗者は鞭打ったが無駄であった、鞍を山の尾根に結んでこれに拍車をかけるのと同じようなものであった。

これらの極めて穏やかな御者達の何人かがこの静寂主義者の後脚を撫でた。これは後脚を上げたが、前脚は上げなかった。ヴァルトはこの獣に対する彼の同情にもう十分に長く従っていた。今やすばやく彼は哀悼馬の耳におはじきを投げ入れた——球は棒、キューを緑の玉突き台へ突き出すことが出来た。ヴァルトは飛んだ。彼は巡礼者達の鶏の列のすぐ後に音を立てて迫り、この列はびっくりして散ったが、残念ながら先頭を行く聾の先導の歌姫だけが、騎馬と警告が聞こえずに残り、——彼の死ぬ思いの指は困り果てて耳を探って球を出そうとしたが虚しく——彼の飛んでいく膝蓋骨は彼女の肩胛骨に向かっていき、彼女を投げ飛ばした——彼女はとっさに起き上がって、すべての告解の縁者達に支えられて、言葉に尽くせない悪態を後から彼に浴びせるに十分な余裕があった。この悪態から遠く去って彼は長い［黒白の球による］秘密投票の後、親指と人差し指の間にはさんでこの幸運と不運の球を取り出した、このオーベロンのホルン[5]を二度と使わないと固く誓いながら。

彼が勿論今や獣をハルモニカのように取り扱ったとすれば、つまりのんびりと取り扱ったとすれば——それでその上に座って誰でも最大の負債を償えた、国家ですら、仮にバベルの塔以外の別の債務拘留の塔があるとそうできたとすれば、結構なことであったろう、彼が振り返って、自分の馬上の大官の立像の背後に並んでいるものを見なかったならばの話であるが。一軍の者が徒、あるいは馬車で激しく彼を追っているのを彼は見た、巡礼達は盛んに呪って、七人の白い賢人達は盛んに冗談を言い、それに学生がいた。何のことか分かりにくい話であるが、彼が後にしたことに関しては、先のことからの次のような推測が大いに関与していた、つまり後から追ってくる背景のために赤い海を通って彼は行かざるを得なくなるばかりでなく、海そのものさえ彼と共に行くであろうと。彼は生きた習歩車上にいて誰からも逃れることが出来なかったからである。後衛のことを思い出すだけでもこの上なく美しいかすかな音色、彼が今この最も青い一日に空想の天球から容易に聞き取ることのできた音色にまるで非常太鼓が混じってくるようだった。

それ故彼は真っ直ぐに公道から野原を横切って牧歌の世界へ乗り入れた、そこで彼は滑稽な外観には半ば無関心に、半ばは名声を赤面しながら求めて――金を出し、立派な言葉を遣い、穏やかな目をして――羊飼いの女に頼んだ、白馬に、――自分は馬の栄養学は分からないので――長く干し草を与えて欲しいと、かくて敵が一時間先になったり、あるいは数学的に、たとえ彼らが二時間飼料を与えても彼らには追いつけないと確信できるまでに至る算段であった。

かくて新たな至福の思いで救済されて彼は家の背後の暗緑色の菩提樹の下、新鮮な冬の影の中へ入って行き、目を静かに緑の山々の輝きの中へ、深いエーテルの夜の中へ、銀色の小雲の雪の中へ浸した。その後いつもの流儀で未来の庭壁を越えて自らの極楽を覗き込んだ。何と一杯の赤い花があったことか、何という白い花の吹雪が庭に満ちていたことか。

遂に――次々と昇天した後――彼は三つの伸展詩を作った、一つは死について、一つは子供の舞踏会について、もう一つは向日葵と花大根［夜菫］についてであった。馬が十分に干し草を食べて涼しい菩提樹から出発しようとしたとき、彼は今日は町から数マイルしか離れていない所謂旅館亭旅館より先には行かない決心をした。しかしまさにこの旅館に彼のすべての敵は一時に着き、昼食を食べたのであった。そして彼の弟はそこに留まって兄を待つことにした、公道と白馬と兄はこの旅館を通ると知っていたからである。ヴルトは長いこと待って、最も身近な対象に、例えばヘルンフート派の亭主について、思いを寄せなければならなかった、この亭主はその看板に同じような看板をもった旅館の看板だけを描かせており、先の看板の看板にはまた同じ看板が描かれていた。これは当世の洒落た哲学で(6)、これは、哲学の同じような洒落が自我主体を客体にし、逆転させるとき、同様にその観念を主－客観的に反映させるものである。例えば次のように言うと、私には深みが出て、難解となる。私は批評することを批評することについてのある批評の批評を批評するとか、私はブラシについてのある反省の反省に対して反省することを反省する、と。無限への反映と誰もが有せるものではないある深みを持つひたすらに難解な命題である。いや、どのような動詞であれ、その不定形を属格の形で何回も続けて書ける者のみが、自分に向かって自分は哲学すると言っていいのかもしれない。

とうとう六時にヴルトは、彼は部屋から見ていたが、亭主が上の天窓から叫ぶ声を耳にした。「おや、旦那、そこはよしなされ――畜生迷ってしまいますぞ」。――旅館は白樺の丘の上にあった。ゴットヴァルトは道からはずれてヘルンフート派の墓地へ上がって来ていて、そこの格子垣から白馬は莢を探し出し、その主は詩人らしい目を播かれた庭師で一杯の綺麗な庭にさまよわせていた。白馬は粗野なペダル声のふいご踏みの姿を白樺のために見ることは出来なかったが、しかし――人間でも粗野な行為の後は繊細な感情は続きがたいもので――早速格子垣からむしっている長鼻を引き上げ、直に濡れた馬銜の中の莢と共に馬小屋の戸の前に着いた。

彼はとても真面目にドアの下に立っている亭主に対して遠くから――彼の許に騎行しようとしたが駄目であった――無帽のまま馬小屋のそばで、ここに駄馬と一緒に泊まれるかと尋ねた。

一面の明るい星空がヴルトの胸をよぎり、後から燃えた。

亭主も星が光り、陽が射す思いであった。しかしどうして彼は――さもなければもっと丁寧に屋根裏から話しかけていたであろう――馬に乗った旅人が町のこの近く、夜はまだというのに宿泊を彼に求めることがあると思えたであろうか。――旅客が特別な多角形、あるいは三角形を右脚で馬から下りるとき描いたのを見たとき、そして彼が重たげな、肉体と化した鞍の下がった股を家の中へ引きずっていき、更に馬や馬小屋のことを尋ねはしないのを見たとき、この悪漢は誰を目の前にしているのかよく分かった。それで客人が、明日勘定書に記入できることになる燕麦を今日のうちにも白馬に亭主が与えるのを立派なこと、可能なことと思っているのに全くびっくりして、唇で笑いこそしなかったものの、目で客人を笑い飛ばした。

「どうやら」とヴルトは比喩的に言った、彼は動悸しながら階段を下りて兄を出迎えた、「全く新たな章が始まるぞ」。これはいずれにせよ比喩としてではなく生ずる。

第十三番　輝かしい斑点を持つベルリンの大理石

誤認と認識

客人達の相関の広間、一緒の部屋で公証人は旅の新参者の流儀ですばやく一杯と一人分の部屋と一人分の夕食を頼んだ、亭主が支払いの少ない客と思わないようにするためであった。陽気なヴルトが入ってきて、世慣れた仕草で全く打ち解けて、一緒に泊まることになったのを喜んだ。「お宅の白馬が手に入るのであれば」と彼は言った、「猟のための［銃声に慣れた］忍び馬として買いたいという注文があります。あれはじっとしていますから」。「私の馬ではありません」とヴァルトは言った。「しかしよく食べますぜ」と亭主は言い、部屋まで付いてくるように頼んだ。部屋を開けると、西の壁は完全に破壊されているというよりは――かなりの部分で――一階分低くなっていたからであるが――まさしく二重化されていた――新しい壁が石や漆喰としてそのとなりの下にあったからである。――客人が少し驚いて大きな目をして七歩分の空の窓を見たとき、「他には」とヘルンフート派の亭主は平然と付け加えた、「他には一室も空きはありません、それに今は夏です」。――「結構」とヴァルトは強く言って、命じようとした。「しかし箒を一本」――亭主は謙虚に従順に下りていった。

「この亭主はたいしたいかさま師ではないかな」とヴァルトは言った。「実は、あなた」――とヴァルトは喜んで答えた――「私にとっては一層素敵です。何という立派な耕地や村々の流れでしょうか、これが輝きながら侵入し、目を引きつけます。それに夕陽や夕焼け、月が全く眼前にあって、その上ベッドにいながらにして夜景のすべてがあります」。運命と旅館とのこの和音は、いつでも人間や人生の単に彩色された側だけを目にし、虚ろな側は見ないという彼の生来の穏やかさから来ているばかりでなく、かの神々しい有頂天、陶酔からも来ていた、こうしたもので、殊に今まで旅したことのない詩人達は、夢や風景の余韻の光る旅の一日を終えるものである。人生の散文的耕地は、イタリアでは現実の耕地がそうであるように、詩的ミルテで飾られており、裸のポプラには葡萄の房が懸かることになる。

ヴルトは彼のアルプス羚羊らしさを讃えた、自分の見るにあなたはこのお蔭で深みを越えて山頂から山頂へ渡っていると。「人間は」とヴァルトは答えた。「人生を激しい鷹のように手に載せて運んで、必要なときに空に舞わせ、再び降下させることが出来なくてはならないと思います」。――「火星や土星、月、無数の彗星が」（ヴルトは応じた）「私どもの地球の軌道を周知のようにはなはだ妨げています。しかし私どもの中の地球、立派に心と呼ばれているものですが、これは他の動く世界からその軌道を寸毫も乱されてはなりません、賢明なパラスとか――豊かなケレス[1]――それに美しいヴィーナスといったものが影響を及ぼす場合は別ですが、ヴィーナスは宵の明星と明けの明星として地球の住人を美しく生き生きとした水星と結び付けています。――そしてお許しが頂ければ、今日は夕食を一緒にしませんか。この突破口の前で私は食事を共にしたい、ここは弦月がスープに浮かび、夕陽が焼き肉を黄金に染めます」。

ヴァルトは快活によろしいと言った。旅では朝方よりも夕方、ロマンチックな出会いをしたくなる。それに彼は多くの若者がそうであるように、多くの知人を、殊に貴族の知人を得たかった、緑の旅行帽のこの陽気な変わり者を彼は貴族の一人と見なしていた、緑の帽子は僧正の帽子とは反対で、僧正はただ内側が緑色で外側は黒色の帽子を被るのである。

そのとき亭主と箒とが来て、建築の屑と滓とを部屋から掃き出すことになった。左の指に亭主は広い、木の枠のある石盤を引っかけていた。彼は名前をその上に書いて欲しい、この国ではゴータ同様に、村の宿の亭主は夜宿泊した者すべての名前の記された石盤を翌日町の役所に届けなければならないのだと告げた。

「亭主業というのはどんなものか分かっていますか」――とヴルトは言って、石盤全体を握った――「一体客がどんな代物か知りたがっていて、これはドイツの統治しているどこの宮廷も同じです、宮廷は早速夕方にはすべての到着者の市門カード、宿泊カードに手を伸ばします、これ以上の著者目録はありませんからな」。

ヴルトは結ばれている石筆で石盤の付いた石盤上に――ちょうど我々のフィヒテ的自我が同時に筆記者、紙、ペン、インク、文字、読者であるように――自分の名前をこう書いた。「ペーター・ゴットヴァルト・ハルニッシュ、皇室及び王室の公に誓約した公証人、ハスラウへ向かう」。その後ヴァルトは石盤を取って、自らまた自らを公証人だと尋問して、自分の名前と性格とを記録し、紙に記そうとした。

びっくりして彼は盤上を眺め、緑の帽子の男を見つめ、それから亭主の方を見た、亭主はヴルトが石盤を取って次のように語るまで待っていた。「後ほどまた、コレハ私ドモノ御主人ニ対スルチョットシタ私ノイタズラニ過ギマセン」と彼はすばやい発音で言ったので、ヴァルトは一言も理解できず、それ故答えた。「ソノ通リ」。しかし彼の混乱した煙の中を極めて喜ばしげな光が光った。すべてがこの上なく素晴らしい冒険の一つを約束していると彼は思った。というのは彼は運命の全くロマンチックな奇形、陸での奇抜な海の怪物をはなはだ期待していたので、――比較的高い身分に対しては書斎人らしい、村長の息子らしい心からの敬意を抱いていたけれども――例えば侯爵令嬢がいつか自分の胸に飛び込んできても、あるいはその父親殿の侯爵帽を頭に戴くことになっても、自分の推測しえないこととは必ずしも思わなかったであろう。人は人々がどのように目覚めるか、ほとんど知らない、いかに夢見るかは更に知らない、その最大の恐怖を知らないし、いわんや最大の希望を知ることはない。石盤は彼にとって、彼の単調な人生の空を横切るであろう神のみぞ知る新たな炎の彗星を予告する彗星図であった。「御亭主」――とヴルトは喜ばしげに言った、彼には気位の高くない穏やかな兄と自分の熟達した役割とが同じように気に入っていた――「立派な夕食を頼みますぞ、それに貯蔵庫にある中で最良の正真正銘の酸っぱいワインを二本」。

彼はヴァルトに、部屋が掃かれている間、近くのヘルンフート派の墓地を散歩しようと提案した。「そこで」と彼は付け加えた、「横笛を取り出して夕陽に向かって少しばかり吹きましょう、死せるヘルンフート派の人々の上に。フルートは好きですか」。――「余所の人間に対して御親切なことです」と愛情に満ちた目でヴァルトは答えた。

フルート奏者の全体から視線や口元の強い気儘さにもかかわらず、秘かな誠実さ、愛情、公正さが感じられたからである。「私は多分に」と彼は続けた、「フルートが好きです、これは触れると内的世界を変える魔法の杖であり、内的深みを開示する占い棒です」。――「内的月のまことの月の軸」とヴルトが言った。「他の意味でも私には大切なものです」とヴァルトは言って、そのためにあるいはそれが基で愛する弟を失った事の次第を語った――それ以来何という苦痛を彼と両親とは抱いてきたことか、縁者を墓の下に持つことよりも、楽しい時のたびに、どのような暗い冷たい時を今この逃亡者は世間海原の板の上で過ごしているか自問することの方が辛いことだから、と。「しかし弟殿は音楽的に恵まれた男というのであれば、海原同様贅沢にも流されていると思われますがね」と彼自身言った。

「思うに」とヴァルトは応じた、「以前はとても悲しく考えていました、今はそうではありません。どのフルートの音をも、闇の中へ消えてしまった弟が聞かせている唖の人間の鐘と考えたとしても不思議ではなかったのです、彼は私どもに語りかけることが出来ないのだから」。思わずヴルトは彼の手をつかもうとしたが、すぐにまた引っ込めて、言った。「十分です。幾百ものことがあまりに強く迫ってきます。――まあ、風景全体が香りに満ち黄金に満ちています」。

しかし今や彼の燃え上がった心はこれ以上長く兄の心に接吻することを延ばすことはたとえ三十分であろうと出来なかった。それ程までに親しげな屈託のない兄の心は、今日と昨日彼の胸の中で、その胸からは旅の風が次々と愛の石炭を吹き飛ばしていたが、兄弟の炎の新たな火を点していて、この炎は自由に高く何の障害もなく舞った。より一層静かにこのとき二人は美しい夕方の中を歩いた。二人が墓地を開けると、墓地は夕陽のエナメルと燃焼の中、火炎を上げて漂った。ヴルトが十マイル四方双子の兄弟の認知の群像のための美しい台座を捜したとしても、ヘルンフート派の墓地以上に美しいものは調達出来なかったことであろう、これには平らな苗床があって、中にはアメリカ、アジア、バルビから来た庭師が播かれていて、彼らは皆互いに美しい人生の最後の韻「帰郷した」で合わせられていた。何と素敵にここでは死の骨格が青春の肉を着せられていたことか、最後の青ざめた眠りが花と葉とで覆われていたことか。種子としての心臓が植えられた静かな苗床のそれぞれには忠実な樹々があって、生き生きとした全自然がその若々しい顔で覗き込んでいた。

今やもっと真面目になったヴルトは、多分専門家の前で吹く必要のないことを喜んだ、このような感動に慣れていない彼の胸は今日演奏するに十分な息を保てなかったからである。彼は兄から離れて、輝きの失せた夕陽に向かって、とある桜の下に立った、この桜からは花咲く忍冬《すいかずら》の胸と首の装身具がそれ自身の花であるかのように懸かっていた。そして最も難しいフルートのパッサード［馬術の急旋回］の代わりに、単に簡単な詠叙唱《アリオーソ》のみを若干エコーを撒き散らしながら吹いた、これについては、法学候補生の素人の耳にはこの上ない光輝と歓喜の供を伴って聞こえるであろうと思われた。

実際そうであった。次第にゆっくりとゴットヴァルトはあちこち、手には長い桜の枝を握って、東側と西側の間を歩いた。秋波を送っている薔薇の太陽めがけて行き、果樹園の中の塔の尖端の見える広い金緑色の国を越えて、庭の中の眠る物言わぬ入植者達の滑らかな白い古里の村を覗き込み、そしてメロディーの西からの微風が香る風景を開花させ、はためかせているように思われたとき、彼の干からびた人生の中でかつてないほどに彼は幸せであった。赤く染められた眼差しで東の空の方へ振り返って、別荘や円形建築《ロータンダ》のような緑の起伏する丘で一杯の平原が続き、遠くの山々の広葉樹の森のうねりと空とがからまって消えているのを見たとき、音色は再び向こうの赤い高所まで届き、戯れ、そしてオーロラの小片のように辺りを漂っている金色に輝く小鳥達の中で痙攣し、そしてどんよりした眠る東の雲の許で稲妻の生気ある視線を目覚めさせた。雷雲から彼はまた多彩な夕陽の国の方に向き直った――東からの風が音色を運んだ――音色と共に太陽の方へ去った――花と咲く西の雲の上では小さなエコー、愛らしい子供、遊戯が声低く響いた。――雲雀達の歌声がその間をひらひらと舞ったが、何も妨げなかった。――

このとき優しい輪郭を描いて果樹の並木が夕陽の中、透明に巨大に燃え、戦いた――重々しく眠たげに太陽はその海の上に漂った――海は陽を引きずり込んだ――その黄金の後光は虚しい青空の中、輝き続けた――そしてエコーの音色はその光輝の中に浮かび絶えていった。このときヴルトは、フルートを口にしたまま、兄の方へ振り向いて、兄が自分の後に立っていること、夕焼けの緋色の翼と感動した恍惚とに包まれて、青い目に愚直な静かな涙を浮かべていることを見てとった。――聖なる音楽は人間達に彼らの経験することのない過去と未来とを見せる。フルート奏者の胸も今や激しい愛で一杯に溢れた。ヴァルトはそれを単に音色のせいと思ったが、しかし荒々しく、真の愛に満ちて、この創造的な手を握った。ヴルトは問い質すように彼を鋭く見た。「弟のことも思い出しています」とヴァルトは言った、「今何と彼のことが懐かしいことでしょう」。

このときヴルトは頭を振りながらフルートを投げ捨て――彼をつかみ――抱擁しようとして離さずに――燃えるように彼の敬虔な顔を見て、言った。「ゴットヴァルト、僕を忘れたのかい。弟だよ」。――「本当かい。君は僕のヴルトかい」とヴァルトは叫んで彼に突進した。彼らは長いこと泣いた。穏やかに東の方では雷鳴が轟いた。「神様が轟いている」とヴァルトが言った。弟は何も答えなかった。それ以上言葉は交わさずに二人は手に手をとってゆっくりと墓地から出ていった。

第十四番　分娩椅子の模型

エーテルの製粉所の計画――魔法の夕べ

二人が下の刈り取られた草原の上に弧を描きながら、手に長い枝を持って自分達の過去を互いにやりとりしている様を旅館から見送った者は誰でも、彼らをオレステスとピュラデスとして互いのことを聞き質している二人の陽気な喜劇役者と見なしたに違いない。フルート奏者は請け合った、自分の旅行小説は――広いヨーロッパにわたってはなはだ技巧的に演じられ――極めて珍しい告白がはなはだ結構に編み込まれ――いつも新たに大型フルートの通風箱と起重機によって持ち上げられていて――マクデブルクの教会の世紀史編者達には、彼らが模写しながら自分の後を追っておれば、一つの素材、発掘物となったであろうが、今の自分にとってはそうとはならない、自分は兄に別なことを言わなければならないし、殊に、兄の人生について特に訊かなければならない、と。この短さを多少とも彼に強いたのには、自分の話には、この無邪気な、自分を喜んで見つめている若者が自分の好意に応えてくれているその衷心からの好意を、かくも世慣れぬ純粋な心情の中では必ずしも増すことはないような章があるはずという考えもあった。彼は自らの裡で――人は旅するときは恥知らずになることを考えると――ほとんど家にいる気がした。

　ヴァルトの人生の小説はこれに対して速やかに一編の大学小説に縮んだことであろう、これは彼が諸長編を読むことによって家の安楽椅子で演じるもので、また彼の学術紀要は講義室に入るときや自分の五階に戻るときの歩行に縮んだであろう――ファン・デア・カーベルの遺言がなかったのであれば。しかしこのため公証人の話は目立つことになった。

　彼はこのことを知らせて弟をびっくりさせようとした。しかし弟は、自分はすでにすべてを承知していて、昨日試験に立ち会ったし、口喧嘩のときには接ぎ木林檎の樹上にいたと請け合った。――

　公証人は、ヴァルトが自分の怒りの小さな滝と自分の詩とを聞いていたことに恥ずかしさで赤く燃えた。――君はきっと、と彼は混乱して尋ねた、聖職候補者と自分のことについて話したファン・デア・ハルニッシュ殿と一緒に来たのだろう、と。「その通り」とヴルトは言った、「僕が例の貴族本人だから」。ヴァルトは更に驚き、更に尋ねないわけにいかなかった、彼を一体誰が貴族にしたのか、と。「僕が皇帝の代わりにさ」とヴルトが答えた、「ちょうど皇帝陛下のザクセンによる当座の帝国代理のようなものだ。勿論代理貴族にすぎない」。――ヴァルトは倫理的に頭を振った。「ではそうじゃなくて」とヴルトは言った、「ヴィアルダ[*1]によれば完全に許される代物さ、彼は言っている、人は遠慮なくフォンの称号を自分の生まれた土地の前か父親の前に置いていいと。彼に従えばフォン・ハルニッシュ氏同様にフォン・エルテルライン氏とも改名出来たわけだ。誰かが僕を旦那様と呼べばどんな市民の紳士をもそう呼ぶウィーン人が言っているのだということにして、その無邪気な習慣を許しているのさ」。

「でも昨日は、両親を目にし」とヴァルトは言った、「食事の際の君の運命に対する母親の嘆きを耳にしながら、下りて来ず、案じている心の許に駆け込まないということがよく出来たものだ」。

「そんなに長くは樹の上にいなかったのだ――」「ヴァルト」と突然彼の前に飛んでいきながら、彼は言った、――「僕を見給え。普段人々がヨーロッパを股にかけた困窮の旅、名誉の旅からどのようにして帰郷するか、殊に旗に似てどのように朽ちて、砕かれ、穴だらけになるか、君は広範に読書しているからくだくだしく述べる必要はあるまい。――その上この種の旗手を――君には知られていなくても、古い伯爵家に生まれて、その先祖の肖像画室をホガースの尻尾作品、最終版として自ら締め括る者で――君にかの伯爵を突きつけることが出来れば、詳しい説明となるであろうけれども、この伯爵はまさに今ロンドンに滞在していて、将来の仕事として見いだすであろうものは単に死者達から復活しようとすること、そして肢体を、パリの朝食のように、旧世界の半分から拾い集めて来なければならないということで、旋毛はウィーンの車道で――声はローマの音楽学校で――第一の鼻はナポリで、[1]ここは幾つかの彫像が第二の鼻で補修する所であるが――第四脳室の出口（ホーボーケン[2]によればこれは記憶の中枢である）と松果腺、それに若干の物は生というよりは死の宣伝の中で見つけなければならない――――つまりこの輩が(お蔭で話の糸が混乱した)墓地で自分の側に見いだすものは単に、自分が今、パリの聖無垢教会の他の死体同様に全く変身しているもの、脂肪に他ならない――――さてしかし僕を見てくれ、この青春の薔薇――男達の真髄――旅の褐色――目の炎――溢れる生気、何が僕に欠けているか、君に欠けているもの――生存のための何物か。公証人よ、金があまりないのだ」。

「一層結構」――とヴァルトは無関心に応じた、あたかもすべての名手達の吸水車のことを、これはいつも一杯になっては空になろうとし、実はただこのことによって回転しようとしていると全くよく承知しているかのように――「僕も持っていない、でも僕ら二人には遺産がある」。……彼はもっと何か気前のいいことを言いたかった、しかしヴルトが遮った。「さっきほのめかしたかったのはただ、金輪際母親の前に放蕩息子の姿で立つことはしない――ましてや父親の前ではしないということだ――勿論金の長い棒を持って玄関から入っていけたらと思うよ。――――本当に何度も贈り物をしたいと思った――いつだったかわざわざ特別郵便馬車でかなり儲けた金を（フルートではなく、賭博で得たのだが）本人共々、より速く届けようとした。しかし残念ながらまさに急いだために使い尽くしてしまい、途中で虚しく引き返さざるを得なかった。自分で言っているにすぎないけれども、信じておくれ。その後出掛けてフルートを吹いても、そのたびに金も音とともに消えてしまったのだ」。

「金のことばかり」。――とヴァルトは言った――「両親にとって大事なのは子供のことで、子供の贈り物のことではない。そんなにして去り、殊に愛しい母さんを長いこと案ずるがままにさせておくことが出来るというのであれば、僕は救われない」。――「分かった」と彼は言った、「それではアムステルダムかハーグあたりの信頼できる男を通じて、例えばファン・デア・ハルニッシュ殿を通じて、手紙を書いて貰ったらどうか。自分が個人的に知っていて評価しているお宅の息子様は一層出世して、今資産があり、数千人に勝っていて、将来長いこと御両親の許に滞在されるでしょうが、今は御不在です、と。いや。僕本人がエルテルラインへ馬で出掛けて、ヴルトの話をし、誓い、僕宛の彼の偽の手紙を見せてもよかろう――これはその上本物であって、――つまり父親には見せられよう。母親は、思うに僕のことを察してくれるか、僕を動揺させることだろう、僕は子供のように母さんを愛しているのだから。――去ると言ったね。僕は君の許に留まるさ」。

　これは公証人を、誕生日に聞こえてくる隠された音楽のように襲った。彼は歓呼の声を上げ称えることを止められなかった。ヴルトはしかし何故留まるのか打ち明けた、つまり第一かつ主要な理由は、下界を擦るよりは天上を飛ぶ方が上手な無邪気な鳴禽の彼を、微行《おしのび》の貴族として七人の悪漢から守るためであった。というのは、述べたように、自分は格別彼の勝利を信じていないからというものであった。

「君は勿論」とヴァルトは当惑して答えた、「旅して世間が広い、そして僕の読書や見聞はあまりにも少ないかもしれない、認めたくないけれども。しかし僕は両親がかくも長いこと負債の息苦しい櫂の船につながれて辛い人生を送っている様を目にするたびに願いがあって、それは僕の持てる力をすべて遺書の条件を満たすために結集して、そうして両親の鎖を引きちぎって、二人を砂糖の島の緑の岸に下船させ、僕ら皆が自由に空の下抱擁し合うそんな時が来るようにしたいという願いなのだ。そう、これまで哀れな相続人達のためにまさに逆の心配をしていて、相続人達の身になって、僕が彼らからすべてを奪ったらと案じていた。僕が相続を断っても、彼らは遺産を得ないのだし、いや両親の方が彼らよりはるかに貧しく、僕に一層近いと考えることだけが気休めになった」。

「何故ハスラウに」——とヴルトは答えた——「僕が留まるかという第二の理由は、第一の理由とは何の関係もなくて、すべては青い空のエーテルが回す神的な風車と関係する、これによって僕ら二人はパンを——君はしかし相続をずっと続けるけれども——必要なだけ碾くことが出来るようになるのだ。僕ら二人にとって、僕の計画しているエーテルの水車ほどに何か快適なもの、有益なものが他にあるとは思えない。毛織物裁ち職人の毛羽立て車、ベルン人のリボン製造車、ローマ人の驢馬水車は僕のに比べれば問題にならない」。

ヴァルトはこの上なく緊張し、熱心に尋ねた。「向こうで一杯の酸っぱいワインを飲みながら」とヴルトは答えた。彼らは丘を登って旅館へ急いだ。中では元帥と小姓と従僕の食卓であるテーブルですでにすばやい大顎達が口をぱくぱくと始めていた。ワインは戸外の椅子の上に置かれた。延ばされた夕食の白いテーブル・クロスはすでに、壁のない部屋から垂れて輝いていた。ヴルトは将来のエーテルの水車の模型の話をする前にヴァルトの昨日の伸展詩について賞賛を述べることから始めた——そしてヴァルトが、普通人生では沸き立っているのに、詩人がバイエルンの女性達の水運び競争に似ることになるあの冷静さを詩作では有していることに驚いたと述べた、この競争というのは一シェッフェルの水あるいはヒッポクレーネー［霊感の源泉］を頭にのせて、何もこぼさないという条件の下で走るもので、更に彼は、どうして彼が法律家なのにこうした詩的教養を身に付けたか尋ねた。

公証人はうまそうに酸っぱいワインを飲んで、喜びのあまり疑わしげに言った。自分に本当に何か詩的なものがあるとすれば、詩的翼の和毛《にこげ》にすぎなくても、それは多分ライプツィヒでの永遠の努力、法律から自由になった時間はすべて、ミューズの高いオリンポス山、心の神々の座以外には何物にも決して執心しない、何物にもよじ登らないという努力によるものであろう、ゴルディーネと聖職候補者の他にはまだ誰も認めてくれないけれども、と。「でもヴルトよ、冗談はよしてくれ。母さんは君をずいぶん早くから冗談屋と呼んでいた。君の判断は真面目かい」。――「ここで首を折ってもいい、公証人よ」とヴルトは答えた。「君と君の詩とを豊かな芸心から賛嘆しているのでなければ。まずは先を聞き給え」。――

「なんてまたこう過分に幸せなのだろう」（と彼はヴァルトを遮り、飲んだ）。「昨日はプラトンに会った、今日は君だ、僕の迷信によればまさしく二重性だ。昨日すべての詩を聞いたのかい」。――激しくあちこち歩きながら彼は、中庭の馬鈴薯の種袋の置き場からこわごわ見上げている宿の子供に、子供が驚かないよう絶えず微笑《ほほえ》みかけようとしていた。

ヴルトは、彼には答えず、自分の水車の模型を次のように述べ始めた、旅行者は誰でもそうするように、たまま聞いている第三者にははなはだ無頓着に。

「信心深い双子の同志よ。ドイツ人というものがいる。彼らのためにドイツ人は書くものだ。ドイツ人はそのすべては分からなくても、批評する、殊に良質の洒落を批評する。彼らは詩的な美の線に下敷き罫紙をしく。その際著者は更に官職に就かなければならないとされるけれども、これは妊婦が同時に天然痘に罹るようにひどいことだ。芸術は同時にその手段にして目的でなければならない。ライトフットによればユダヤ人の神殿を通って、単に別な所に行ってはならなかった。そのようにミューズの神殿を単に通過することも禁じられている。パルナソス山を通って肥沃な谷へ行くことは許されない。――忌々しい。別なふうに始めよう。文句はやめた。飲もう。――さて。

ヴァルトよ。

僕はフルート演奏の旅の折、諷刺的作品を出版した、グリーンランド訴訟[3]、二巻本、一七八三年、ベルリンのフォスと息子社だ」（「これは驚いた」と尊敬してヴァルトは言った）。「しかしこの二巻の上梓は僕とかこの件そのものを少しでも著名にしたなんて告げようとしたら訳《わけ》もなく君を騙すことになろう。六、七名の刑吏、悪人にして屠殺者を除けば、——一般ドイツ文庫にこうした者二人が見られるけれども、多分同一の者で、——残念ながら誰一人としてこの文書を非難したり承認したりしなかった。ここは——約束のエーテルの水車のことに君が焦れているので——何故なのか十分に議論するにはふさわしくないだろう。——しかし、批評家というのは罪人であって、哀れな正真正銘のがらくた画家で、それで勝手な絵ばかり描いていて、学問の境界の丘に置かれた腕や脚のない境界の守護神であるということ、そして新聞の数ほどのすぐれた芸術批評家がいさえすれば、それぞれの新聞につき一人いさえすれば、ちょうど実際、——次々に概算して——一座の数ほどの名優がいるようなもので、僕らは皆四方に花盛りとなるであろうということを君に誓えば十分というものだ。

これは最も忌々しいことの一つだ。しばしば青春が老年を批評し、それ以上に老年が青春を批評する、学長の寝帽子が青年の兜に戦いを挑む。

料理本のように彼らは、味覚を持たずに、味覚［趣味］のために書く。——このようなセカント、コセカント、タンジェント、コタンジェント達にはすべてが離心して奇矯に見え、ことに中心がそうだ。ラムベルト*2によると近視者は彗星の尾を遠視者よりもはるかに長く感ずるそうだ。

彼らは著者の竜骨を操縦しようとする、つまり正規の鵞ペンをそうしようとする、彼らは著者をその司法杖で、ミネルヴァがその魔法の杖でユリシーズをそうしたように、乞食の老人に変えたいのだ。

彼らは全く哀れなことを欲している」。——（公証人の顔には明らかに失望の色が浮かんだ、ただ学識新聞を取るだけで、執筆することもなく内実も知らない者は誰でもそうであるように、彼は新聞に対するある種の敬意を、ことによると希望的な敬意さえも捨てることができなかったからである）。

「しかし誰もが」——とヴルトは続けた——「正当ということにしよう。看過出来ないことに、本は塩漬け肉と同じということがあるのだから、塩漬け肉についてはハックスハム(4)が、これは適量の塩ならば長持ちするけれども、多すぎるとすぐに腐り、臭うと述べている——公証人よ、僕はその本をあまりに良いものに、つまりあまりにも悪

いものにしてしまったのだ」。──

「ひらめきに溢れているね」──（とヴァルトは答えた）「洒落て話すことにかけては、レルネの蛇［ヒドラ］のように君は多くのとぐろや頭を持っている」。

「機知がないわけではない」──とヴァルトは答え、兄を笑わそうとしたが駄目であった、──「しかし話の筋道からそれてしまった。──そこで僕に何か出来るか。僕一人では何も出来ない。しかし君とでは沢山、つまり作品が書ける。対の双子は、自らの正反対として、一緒に一人っ子を、一冊の本を、立派な二重長編を生み出さなければならない。僕はその中で笑い、君は泣いたり、飛んだりする──君は福音史家で、僕はその家畜──誰もが相手を引き立てる──すべての党派が満たされる、男も女も、宮廷も家庭も、君も僕も。──御亭主、酸っぱいワインをもっと、しかし正真正銘のものを。──で、この計画、上下一組の摺り臼をどう思うかい──これで僕ら両人は粉屋の顧客に立派な天のパン［マナ］を、そして自分達には地上のパンを作れるわけだ、このペガサスの製粉所をどう思うかい」。──

しかし公証人は何も言えなかった、彼は単に立案者の首にすがりついた。人間を──殊に多読家を──感動させるものは、我が出版というはじめての考えをおいてない。胸の古く深い願望がヴァルトの裡で突然成長し一杯に花開いた。南の風土にいるときのように彼の中ですべての北方の灌木林は棕櫚の森へと茂った。彼は自分が豊かになり、名声を得て、数週間詩的分娩椅子に座っているのを見た。有頂天の中で彼が疑念を抱いたのはただ可能性だけで、どうして二人の人間が書くことが出来るのか、どこから小説のための計画は採ってくるのか尋ねた。

「話は、ヴァルトよ、僕が旅していておよそ千一回体験したものだ、聞いたものは一つもない。これらをすべて採って、上手《うま》く裁断し、仮装させたらいい。双子がどうして一つのインク瓶にペンをいれるかって。ボウマントとフレッチャー(5)、二人はまるで違うけれども、共同の仕立屋の台で戯曲を縫い上げて、彼らの縫い目や頭蓋縫合部を今日に至るまでも批評家達はさぐり当てようとしているのだ。スペインの詩人達ではしばしば子供は九人ほどの父親を持つ、つまり一つの喜劇は、著者達をということなのだが。モーゼの第一の書［創世記］ではそれをいの一番に読むことが出来る、それに関するアイヒホルン教授[6]の説を読めば、ノアの洪水だけで三人の著者を仮定出来るそうだ、天の第四の創造者は別にして。叙事的作品のそれぞれには人間が笑わずにはおれない章、主人公の人生を中断する脱線を設ける、これは、思うに、フルートを吹く弟が書き、供することが出来るだろう。勿論帝国諸都市同様に、同権がなければならない、一つの党派は他の党派同様に多くの検閲官、刑吏、夜警を有しなければならない。このことが分別をもって行われれば、ある作品、レダの一つの卵が孵化されるかもしれない、この卵はヴォルフ[7]説のホメロスとすら異なるもので、このホメロスには多くのホメロス派の詩人達が加わったもので、ホメロス自身も加わったかもしれないのだ」。

「分かった、分かった」とヴァルトは叫んだ。「むしろ周りの天上的な夕方を眺めることにしよう」。実際すべての目に悦楽と人生の讃歌が花開いた。すでに食べ終えた何人かの客がジョッキを戸外で傾けていた、あらゆる身分の者が混じっていた、著者達は第三身分［市民］の間にいた。蝙蝠は美しい朝の蜂鳥として頭の周りを飛び交っていた。薔薇の灌木では蛍の光が這っていた。遠くの村の鐘が美しい、消え去る時のように響いて、野原の牧人の低い声に混じった。こんなに遅くてもどこの道でも、雑木林の中でさえ、明かりは必要なく、夕焼けの残照の中で頭部が明瞭に高い穀物の中を徒渉してくるのが見えた。黄昏は広範に西の方へ広がっていた、銀色の鋭い月の王冠を頭に戴いて。ただ家の背後から、人目に触れることもなく、大きな虚ろな夜が東から忍び込んできた。北ではひっそりとした林檎の花のようにほのかに光りはじめた、そして愛らしい稲妻が東から若々しい赤みの中に戯れてきた。近くの白樺が兄弟達の下に香りを放って、下の干し草の山は上の方へ匂いを放った。幾つかの星が薄明かりの中に姿を見せ、魂の一種の飛行機となった。

ヴァルトは公証人がほとんど落ち着かないのを大目に見た。彼は多くのことを考えていた、その中には酸っぱいワインもあった。というのはこの恐ろしいワイン、ヴァルトにとっては真の葡萄畑の雑草であるこのワインを飲むと、哀れな奴さんは、彼にはワインはエーテルのように高尚に響いて――次第に深く年齢を遡って飲んでいった、二十歳、十八歳、最後には十五歳に。

旅では、一歳にまで、源泉にまで泳いで戻る人々に会うものである。午前中僧院長達はその視察の際の説教で、子供のようになりなさいと説教する。そして夕方には彼らは修道院と共にそうなる、かくて両者とも子供のように回らぬ舌で喋るのである。

「何故そんなに見つめるのかい、ヴルト」とヴァルトは言った。――「過ぎ去った昔のことを思い出している」とヴルトは答えた、「互いにしばしば喧嘩したときの。家に伝わる物［あるいは家族画］のように喧嘩絵が僕の胸に懸かっている。――当時腹を立てたのは、僕の方が強くて怒りっぽかったのに、それでも君はすべての肢体を柔軟に激しく素早く動かせて僕をしばしば組み敷いたことだ。無垢の子供時代の喜びは二度と戻って来ない、ヴァルトよ」。

しかし公証人はただアポロンの燃える日輪が自らの内に入って来るのを耳にし、目にしただけであった、日輪の上にはすでに将来の二重小説の姿が巨大に立っていて乗り込んでいた。思わず彼は本への思い入れを仕上げ、それをきょとんとしている弟に投げつけた。弟はようやくそれについての話を止めようとしていた、しかし公証人は本の表題を迫った。ヴルトは『生意気盛り』を提案した。公証人は率直に、これは一つにはとても人目を惹き、一つにはとても粗っぽくて気に入らないと述べた。「分かった、それでは仕事の二重性をすでに最初の紙面に記すことにしよう、当世のある人気作家［ジャン・パウル本人］がしているように、例えば、『ホッペルポッペル(8)あるいは心』だ」。この表題に決まった。

二人は再び現在の世界へ混じっていった。

公証人は杯を取って、一行から向きを変えて、目を滴らせながらヴルトに言った。「僕らの両親とそれに哀れなゴルディーネの幸せを祈って。彼らはきっと今明かりなしの部屋にいて、僕らのことを話しているよ」。――ここでフルート奏者は楽器を取り出して、一行に若干の卑俗な舞踏曲を演奏した。背の高い亭主はそれに合わせてゆっくりと眠たげな少年をぐいと引っ張りながら共に踊った。何人かの客が大股で拍手を取った。公証人はそれで至福の涙を流し、夕焼けを見入った。「僕は哀れな御者達皆に」――と彼は弟に言った――「ビールをおごりたい」。――

何だって彼らは僕らに比べると大富豪で、見下している」。ヴァルトは亭主に突然、踊る代わりに給仕するように言った。公証人は有頂天の気分の最中食べたり噛んだりする気にはなれなかったけれども。

「僕はかなり粗野に考える」とヴァルトは言った、「僕は胃に属するものすべてを、この人間のケンタウロスのモンゴルフィエー氏気球を尊敬している。現実主義は理想主義のサンチョ・パンサだ。――しかし、僕はしばしばはるかに進んで、自分の中で高貴な魂、例えば女性的な魂を部分的に滑稽なものとする、魂を食べさせ、まるで自らのための餌切り台でもあるかのようにその下の顋を動かせて、動物のために餌を切らせるのさ」。

ヴァルトは話が面白くないのを我慢した。二人は幸せな気持で上の破れた壁の前で食べた。夕焼けは食卓の明かりであった。雷鳴が消えると突然新鮮な春の雲が木の葉や草の下でざわついた、明るい黄金の夕方の縁が滴る夜の中をきらめき、自然は一本の花と化して薫ってきた、そして目覚めの水を浴びた小夜啼鳥が長いこと一本の光線のように涼しい大気の中で熱く長くさえずった。「今特に」とヴァルトが尋ねた、「公園の樹々、黄櫨、漆がないことを、あるいはここの上には従僕やサービス、鏡付きの黄金の皿がないことを、そして、その皿の上では料理が別の色彩を帯びて漂うことがないことを悲しんでいるのかい」。――「それは違う」とヴァルトは言った。「御覧、極めて美しい宝石を自然は僕らの絆の指輪に置いている」――これは稲妻のことであった。彼の未来の幻影は金色に輝いた。彼は再び二重小説とその題材について話し始めたくなって、言った、自分は今日牧人の世界の下で三つのそれにふさわしい伸展詩を作った、と。しかしフルート奏者は、一つの話に直にうんざりして、感動の後ではやはり冗談が欲しくなって、何故彼は馬で出掛けたのかと彼に訊いた。「僕と父は」と真面目にヴァルトは言った、「遺産のことを知らないときに、こうすれば町と顧客とにもっと僕のことがよく知られることだろう、市門では、君も知っているように、ただ騎乗者だけが週刊広告紙に載るのだから、と思ったのだ」。そこでフルート奏者は再び古い騎士の冗談を話題にし、言った。「あの白馬は、ヴィンケルマンの言う偉大なギリシア人達のように、いつもゆっくりと落ち着いて進む――古くなるにつれて一層早く進む時計の欠点を有しない――いや、ことによるとヴァルトよりも若いのかもしれない、馬というものはいつも騎乗者よりも若干若くなければならないのだけれども、妻の方が夫よりも若いように――素敵なローマの留マレ、旅人ヨ［墓碑銘の冒頭］だ、止まっていよ、その上に乗っている者のために駄馬よ留まれ」。……

「弟よ」――とヴァルトは穏やかに言った、しかし敏感に赤くなって、ヴァルトの気まぐれをまだあまり解せずに笑いながら――「もうこのことで嘲弄しないでおくれ、どうしようもないのだから」。――「灰色髪の温かい男よ」、とヴァルトは言って、手をテーブル越しに、彼の柔らかな巻き毛の下に差し伸べた、髪の毛と額を撫でながら、――「それでは君の三つの多韻律詩、牧人の世界の下で生んだものを読んでくれないか」。

彼は次の詩を読んだ。

死者の開いた目

僕を見つめないでおくれ、冷たい、こわばった、盲いた目よ、君は死者だ、いや死なのだ。友人達よ、目を閉ざしておくれ、されればそれは微睡《まどろみ》にすぎない。

「こんな素敵な日に君はそんなに悲しい気分だったのかい」とヴァルトは尋ねた。「今と同様に幸せだった」とヴァルトは言った。するとヴルトは彼の手を握って、意味深長に言った。「それは結構、それでこそ詩人だ、続けて」。

子供の舞踏会

何と微笑《ほほえ》み、何と跳ねることか、花のような天才達よ、雲から下りたばかりというのに。技巧の踊り、妄想が君達を引きずることはない、君達は規則を無視して飛び跳ねる。――時が侵入してきて彼らに触れたらどうなるか。成人した男達や女達になろうか。小さな踊りはこわばり、歩行するようになって、互いに真面目に重々しい顔を覗き込むだろうか。否、否、子供達よ遊ぶがいい、君達の夢の中で飛び回り続けるがいい、それは僕の夢にすぎなかった。

向日葵と花大根［夜菫］

昼に満開の向日葵が言った。「日輪《アポロン》が輝き、私は伸びる、日輪は世界を回り、私は彼の後を追う」。夜に菫が言った。「私は低く、隠れている——そして短い夜の間に花咲く。時折日輪の穏やかな妹が私の上にほの白く輝く、そのとき私は見られ、手折られ、胸元で死ぬ」。

「夜菫を今夜の花冠の最後の花としよう」とヴルトは感動して言った、芸術はいとも容易に彼が自然と戯れることが出来たように彼と戯れることが出来たからである、彼は抱擁して別れた。ヴァルトの夜には長い菫の苗床が播かれた——枕元には開いた壁から新鮮な風景の香りと雲雀の明るい朝の鳴き声とが迫ってきた——彼が目を開けるたびに、目は青い満天の星の西の方へ落ちたが、西では遅い星座が順に素晴らしい朝の先駆けとして沈んでいった。

＊1　『ドイツの名と姓について』のヴィアルダ、二一六—二三二頁。
＊2　ラムベルトの『数学への寄与』Ⅲ、B、二三六頁。

第十五番　車渠貝

町——家具付き部屋

　ヴァルトは頭に朝日を一杯に受けて起きた、そして弟を捜したが、そのときすでに一時に旅立っていた父親が、大股で旅の疲れのために青ざめて旅館の中庭を通っていくのが見えた。ヴァルトは彼を呼び止めた。彼は長いこと破れた壁越しに下の父の説教に対し自分がいることを弁解しなければならなかった。その後で自分は徒で横を歩くからと疲れている父に乗馬を頼んだ。ルーカスは感謝せずにそれを受けた。姿を見せることの出来ない弟に憧れながら、ヴァルトはかくも優しい芝居の夕べの舞台を去った。

　一滴の水も転がらない水平な道を馬は叱られず進み、息子と歩調を合わせていた、息子に父は鞍の説教壇から無数の法や人生訓を投げ落としていたが、息子は聞いていなかった。何をゴットヴァルトは聞けたであろうか。彼はただ自分の内と外とに青春の輝かしい朝の野を、更に通りの両側の風景を、更に愛の小暗い花園を、高く明るいミューズの山を、そして最後に広がっている町の塔や煙柱を見た。この時父親は公証人に、市門を通って父の宿の肉屋まで馬で行き、十時に「柔らかい蟹亭」へ出向くように、そしてそこで待ち合わせて一緒に然るべく当局に出頭しようと命じて、馬から下りた。

　ヴァルトは上に乗り、智天使のように空の中を飛んで行った。時は快適であった。家並みには白い夜明けが輝き、緑色の露を帯びた庭では多彩な朝が輝いていた、馬でさえ詩的になって、命じもしないのに駆けた、馬小屋に近づいていたし、ヘルンフート派の宿の小屋から空腹のまま来たからであった。——公証人は白馬の飛行の中で声高に歌った。侯爵領全体の中で彼自身の自己ほどに高い脳の丘に立っている自己はなかった、彼の自己はモルガナの妖精[1]で一杯の広い人生をそこからエトナの山頂からのように見下ろしていたが、そこでは稲光りする火柱や逆様になった町や船が一日中鏡の大気に映っているのであった。

市門の所で彼は訊かれた。何処から。「ハスラウから」と彼は有頂天になって答えたが、滑稽な間違いを急いで訂正して言った。「ハスラウへ」と。馬は賢人のように自らを支配して、彼を人通りの多い路地を抜けて馬小屋まで連れて行った、そこで彼は感謝と共に即座に下りて、早速彼の「家具付き部屋」へ移ることにした。明るい路地は鬨の声に満ち、さながら遊山のキャンプの群の路地であったが、彼の家主の宮中代理商のノイペーターがほとんど見当たらないのを知って彼は喜んだ。それで余裕が出来て、子供時代の埋められた神の町を掘り出して、瓦礫を運び去り、そして最後に完全に、かつて子供のとき通ったときにそうだったのと同じ路地が陽光の下、同様に華美に、幅広く、宮殿や貴婦人に満ちて出現するようにした。全くはじめて経験するように永遠の喧噪のきらびやかさ、速い馬車、上に彫像の付いた高い家、多くの人々の輝かしい観劇服、盛装が彼の心を捉えた。彼は町には水曜日とか土曜日、その他の平板な百姓日があるとか、毎週が七日の祭日からなる盛大な祭りといえないとはほとんど思えなかった。更に、靴直しとか仕立屋、鍛冶屋、その他の国の耕作馬のような下賤な輩が、彼らは村の住民なのに、最上流の人々と一緒に暮らし、行き交っていると信ずることは、彼には苦いことであったが――勿論理解せざるを得なかった。――

彼は平日の職服の一つ一つに驚いた、自身平日に晴れ着を着て、――南京木綿服で――来ていたからである。すべての大きな家では着飾った客人や、客人を愛想良くもてなすとても上品な紳士、淑女で一杯だと彼は想像した、そしてすべてのバルコニーや出窓にその人々を探して見上げた。彼は明るい視線を漆を塗られた馬車が通り過ぎるたびに、赤いショールを見るたびに、平日でさえも働いて、饗宴に行けるようにする床屋を見るたびに、そして噴泉ですでに午前中に洗われていて、エルテルラインではただ日曜日の夕方にだけなのであったレタスを見るたびに送った。

とうとう彼は黄金色の表札、ペーター・ノイペーター雑貨商会の付いた漆塗りのドアに行き当たって、店のドアを通って中へ入った。丸天井の中で彼はあちこち飛び回る店員達が用を片付けるまで待っていた。最後にやっと先着順によって彼の番となったので、何の用かと親切な小僧が彼に尋ねた。「何も要りません」――と出来る限り穏やかな声で答えた――「こちらで家具付きの部屋を借りることになっている者です、宮中代理商殿に御挨拶申し上げたいのですが」。――帳場のガラスのドアが彼に示された。代理商は裁判官夫人［母］の晴れ着よりも多くの絹を使ったナイトガウンを着ていたが――ちょうど手紙の綜合文を書き終えて林檎のように赤く丸い顔で借家人を迎えた。

公証人は多分に、馬の臭いと鞭とで騎手として感嘆の念を引き起こそうと考えていた。しかし代理商にとって――彼は毎週偉い人々の御用商人で、毎年その債権者であったので――馬に乗って来た公証人というショックはたいした意味を持たなかった。

彼は全く手短に小僧に案内するよう命じた。この小僧がまた二階で綺麗で可愛い、非常に不機嫌な少女を呼び出して、鞭を持った殿方を五階まで案内するように言った。階段は幅が広く、艶があって、手摺りは鉄の花綵を象っていて、すべてが喜ばしげに輝き、ドアの錠や平縁は金鍍金されているように見え、敷居には長い色とりどりの絨毯があった。途中、彼は穏やかに彼女の名前を知りたいと言ってこの黙した女性を喜ばせ、彼女に報いようとした。フローラというのがその名前で、かくて美しく不愛想な少女は後世に残ることになった。

家具付き部屋は開いた。――これは火刑裁判所としてでなければ、勿論誰にでもふさわしいとは言えなかったであろう。フランクフルトの赤い家とか平等宮［パリの王宮］で眠ったことのある多くの者は、輝かしい家からここに隠そうとしている太古からの家具で一杯のこの長い人間の豚小屋に対しては自由に多くのことを非難したであろう。しかし青春の神々の月にいる多韻律詩人は、永遠に有頂天の人間は、この厳しい人生をいつも、専門家がラファエロの固いカルトンをそうするように、単に（詩的な）鏡の中にのみ見て、和らげるもので――この者は漁師の小屋、犬小屋、どの小屋でも窓を開けて、外は素敵ではないかと叫ぶもので――この者はどこでも火格子のように建てられているエスコリアル宮でも、扇のように建てられているカールスルーエでも、竪琴のように建てられているマイニンゲンでも、パイプのように造られている一重簪《ヒトエカンザシ》［カンザシゴカイ科の一種］でも、陽の当たる側を見いだして、火格子では熱を、扇では涼を、竪琴では音色を、海にいるパイプでも同様なことを得るもので――つまりそもそも公証人のような人間は、自分の将来の広大な春の花についての展望で頭を一杯にして蜂の巣箱に戻って来て、数千の花から自分が巣に運び込むであろう蜜の見積もりを瞬時にするもので、このような人間が早速西の窓に歩み寄り、それを開け、次のように花々に夢中になって叫んでも我々には何ら不思議なことではない。「神々しい眺めだ、下には庭園が、――マルクト広場の一角が――向こうには二つの教会の塔が――彼方には山々が見える――まことに素敵だ」と。――彼は自分の喜びを見せて少女にもささやかな喜びを贈りたかったのである。

彼は今や黄色の上着を脱ぎ捨てて、自ら設営班長としてシャツ一枚になってすべてを整頓し、市参事会への忌々しい出頭の後、家に帰ったら、早速全く家にいる気分になることができ、することといえば、ただ自分の天国を継続させ伸展詩と共謀の二重小説に取り組むだけでよいようにした。彼は代理商が部屋に残していた時代の屑物、流行の沈殿物を、商人が彼のために特別な配慮を示そうとする素敵な商標と受け取った。喜んで彼は十二の緑色の、布と雌牛の毛が張ってある安楽椅子のうち半分を――さもないと座るだけで立てないので――寝室にある防水布のラックを塗られた雨傘と女性の影絵の付いた暖炉用衝立の所まで運んだ。箪笥――家の中の小家――からは彼は両手で各階を次々に抜き出して、後から送られてくる自分の所有物を中に入れられるようにした。錫の小茶卓ではどんなに冷たいものも熱いものも飲むことが出来た、茶卓はどちらも涼しいものにしたからである。彼は将来その中を泳ぐことになるものの過剰に驚いた。パフォーゼ［愛の椅子］もあったし（彼はそれが何なのかさっぱり分からなかった）――ガラスの扉の付いた本棚、この扉の枠と錠はガラスが欠けていたため彼には全く理解出来なかったが、その上の棚には本を置き、下には公証人関係の書類を置くことにした――引き出しの付いた青色に塗られた机、その上には切り取られた多彩な絵が、狩りの絵、花の絵、その他の絵がばらばらに糊で貼られていた、ここで詩作することができた、のろしかの足とラックを塗られたブリキの引き出し板の付いた小さな仕事机ではその気になれない場合のときである——最後に従者、またの名配膳台、これを彼は秘書として執筆机の側へ向けて、その円盤上に紙と、詩作のための細い筆と法学のための粗い筆とを置くことにした。これらが彼の部屋で比較的重要な付属物であったかもしれないが、がらくた類、空の切手箱とか、裁縫台、胸がなくてもはや立てない黒い玄武岩のカリグラ像、小さな壁戸棚等は評価する気になれなかったであろう。

今一度自分の幕屋とその整頓を満足して見渡して、窓から乗り出して、下の白い砂利道、暗い葉の茂った樹々を眺めた後、彼は父親の許に出掛けるために部屋を出て、そして階段で、このような高価な家で、哀れなねぐらを有することを喜んだ。階段で彼は代理商夫人宛の淡青色の封筒に目が止まった。それは庭のような匂いがした、それで彼はその香りの雲に乗ってこの上なく美しい王妃達や公爵夫人達、方伯夫人達のごく可愛い書斎へさまよいこんでしまった。しかし彼は店の丸天井を通って行き、封筒を正直に、これはマダム宛ですと述べて渡すことを義務と感じた。彼の背後ではすべての店員がはなはだ笑った。

彼は父親が話に興じているのに出会った。父親は彼をすべての客に一般相続人として紹介した。彼はこの種の珍種として長く人目にさらされることが恥ずかしくて、すぐに市参事会へ出頭することにした。恥ずかしげにそして不安げに彼は参事会室に入っていった、そこで彼は性分に反して高い弦の駒として立っていなければならなかった、他の人々はその上に弦のように張られていた。彼は二等賞の相続人達の前で目を伏せた、彼らは自分達のパン泥棒を吟味するために来ていた。ただ気位の高いノイペーターは教会役員のグランツと共に欠けていた、グランツは説教壇、写字台でのあまりに著名な説教家として本を出したことのない人間を見るためにほんの三歩でも動くことは出来なかった、むしろグランツを訪ねたいというこの上ない欲求を抱くようこの人間に要求していた。

現市長の執行人のクーノルトは一目見てこの若者の秘かな友となった、若者は痛々しく赤くなって一人で、立ったままの貪欲な観客の前で、用意の出来た幸運の食卓に腰を下ろした。ルーカスはしかし一人一人を鋭く観察した。

遺書が朗読された。第三条が終わるとクーノルトは早朝説教師のフラックスを、カーペルの家の実直な拾得者、獲得者として示した。ヴァルトはすばやく目を彼に向けた、彼らは幸運を願う気持で一杯になって立っていた。

第四条で亡き慈善家から話しかけられているのを聞いたとき、彼は参事会室では恥ずかしいことと思っていた涙が溢れそうになったが、しかし賞賛と非難とを交互に聞いて顔を赤らめることになった。月桂冠とカーベルがこれを被せるときの優しさは、彼が自分の将来に注いだ宝角《たからづの》とは全く別な、より熱い愛情で彼を夢中にさせた。――七人の相続人の利益のためにいろいろ述べているその次の箇所は、村長の息をのませたが、息子の息はほっとさせた。ただ、彼の汚れない白鳥の胸に女性の誘惑という汚点を認めたり、あるいは禁じたりしている第十四条の際には、彼の顔は赤い炎となった。どうして瀕死の人間の友がしばしばかくも不躾に書くことが出来たのか、と彼は思った。

遺書を読み終えた後、クノルは第十一条の「ハルニッシュは」に基づいて遺産を前借りしないという宣誓を要求した。クーノルトは単に「宣誓に代わって」約束する必要があると言った。「私は二通り出来ます。宣誓にしろ、宣誓の代わりにしろ、どんな単なる言葉にしろ同じことですから」、とヴァルトは言った。しかし愚直なクーノルトはそれを認めなかった。ヴァルトが公証人を最初の相続の職務に選ぶことが記録された――父親は遺書の写しを頼んだ、そのうちの一部を息子のために取って、これを息子は毎日自分の新約聖書、旧約聖書として読み、守って欲しいのであった――書籍商のパスフォーゲルは満更でもなさそうに一般相続人を眺め、観察し、彼に詩に対する自分の憧れを隠さなかった、これについては遺書がほんの少し言及していると彼は言った――警視のハルプレヒトは彼の手を取って言った。「ちょくちょく会うことにしよう、貴方を相続の敵とは思っていない、私は相続の友だ。互いに慣れれば、窓の前の古い杭同様に欠かすわけにいかなくなるだろう、この杭は抜かれるとき、ル・ヴァイエ(2)が言っているように、感慨なしには見られないものだ。互いに話すときには縮小語尾を用いることにしよう、愛は指小辞で語るのが好きだから」。ヴァルトは邪心なく彼の目を見た、しかしハルプレヒトは長いことそれに耐えた。

無造作にルーカスは感動している息子から別れて、参事会書記が遺書を写し終えてしまうまで、カーベルの遺産、庭、市門の前の小さな森、フント小路の失った家をゆっくりと検分した。

ゴットヴァルトは、氷の暗い花で一杯の狭く息苦しい冬の家のような参事会室を後にしたとき、再び春の息を吸うことが出来た。多くのことが彼を圧迫した。彼は卑俗な世間の人々の猛烈な飢餓の不純な表情を見た――自分が憎まれ、混乱するのを見なければならなかった——遺産は、山のように、これまで距離と空想とで隠され満たされていた濠と谷とを今や近くで明らかにし、自らは先に遠ざかった——弟と二重小説は絶えずこの狭い世界に或る無限の世界の印を開示し、彼を誘った、囚人を、格子の外で揺れ動く花咲く枝や蝶が誘うように。

だれもが新しい大きな町で最初の丸一日頭に抱く愛らしいイエズス会士の酔い(3)は、参事会室で大方は消滅してしまった。彼の借りた飲食店の食卓では弁護士達や宣房書記達の荒々しい独身の市民の兵舎に混じることになって彼の舌には、燻製の若干のものを除けば、何も進まなかった、彼が発し、答えることが出来たと思われる温かい兄弟の声もなかった。弟のヴルトを見つける術はなかった。そして外は素敵な天気なのに家で過ごした、弟が無駄足踏まないようにするためであった。一人っきりなので彼はハスラウの戦争と平和の報知紙に小さな広告を起草して、公証人として名前と住所を知らせた。更にその新聞の詩人の欄——詩人コーナー——のために短い匿名の伸展詩を書きつけた。

余所者

短長長短短短長短短長、長短長短長短長、長長長短長短短長、長短長短長短長短長短長短短長、長長長、短長短短、長短長短長短長短長。

卑俗に暗くしばしば魂は隠される、魂はかくも純粋に率直なのに。そのように灰色の表面は氷を覆う、氷は砕けると内部は透明に明るく青くエーテルのように輝く。覆いはいつも余所余所しいものであるがいい、ただ覆われたものは余所余所しくあってほしくない。

*

若干の優美さを有するハスラウの耳はこの詩の硬い部分を——例えば四短韻脚（らくしばしばた）——二番目の

一長音三短音脚（余所余所しい）――三長音脚（ものであるがいい）を聞き逃すことはあるまい。しかし詩人はその観念の簡潔さを若干の韻律の粗さであがなうことが許されたのではないか。――この機会に述べておくが、自分の伸展詩、一詩文を一行に印刷出来ないのは詩人にとって何ら有り難いことではない。この作品から腕の長さのカール・ペーパーを飛膜のようにはためかせて、子供にとって飛び出した襁褓紐の帆のような具合になるとしても、この作品は何ら滑稽に見えないと願いたい。しかしそれがうまくいくとは思えない。

その後で公証人は店で三枚の大したことはない名刺を買った、それに自分の名前を書いて家の二人の娘と夫人に対して渡さなければならないと思ったからだった、そして名刺を配った。急いで自分の広告を近くの新聞印刷所で渡したとき、最新の週報を見て驚いた、そこにはまだ濡れた文字で次のように書かれていた。

「フルート演奏会をなお更に延期しなければならない、急速な目の悪化のために譜面を見ることが出来ないからである。

J・ファン・デア・ハルニッシュ」

彼は何という悲痛な思いで印刷所から自分の小部屋に戻ったことか。彼の喜ばしげな弟が、自分の傍らで未来を覗くことになっていた喜ばしげな目を失うと思うと、彼の未来のすべての春に深い雪が積もった。彼は無意味に部屋の中を歩き回り、彼のことだけを考えた。陽はすでにちょうど西の山々に懸かっていて、部屋を黄金の塵で満たした。昨日の同じ夕刻にようやく再びめぐり会えた愛する者の姿はまだ見えなかった。最後に彼は、激しく彼を慕って、子供のように泣き始めた、殊に、お早うそしてご機嫌よう、ヴルトと朝に言えなかったものだから。

そのときドアが開いて、めかし込んだフルート奏者が入ってきた。「おや、兄弟」とヴァルトは痛々しく喜んで叫んだ。「まいった、小声で」と小声でヴルトはののしった、「人が来る――貴方《あなた》と呼んでくれ」。――フローラが後から来た。「従って明日の午前に、公証人殿」とヴルトは続けた、「賃貸契約を文書になさるよう願います。アナタ、フランス語ヲ話シマスカ」――「ヒドク下手デス」とヴァルトは答えた、「アルイハ話セマセン」。――「私が来るのがこんなに遅くなったのは」、とヴルトは応じた、「まず自分の住まいを探して移ったからであり、第二にあれこれ余所の住まいを訪ねていたからです。町で多くの知己を得たい者は、引っ越した最初の日々にそうするものです、相手の方も新来の者を一目見ようとします。数百回会った後では、あまりにも長いこと市場の開けられた大樽にさらされていた古い鰊となってしまいます」。

「分かりました」とヴァルトは言った、「しかし私の天国はすべて私の心から抜け落ちてしまいました、先ほど週報で眼疾のことを読んだものですから」――そして小寝室のドアをそっと閉めた、中ではフローラがベッドを用意していた。「その件は多分」――とヴルトは始めて、頭を振りながらドアをまた開けた――「羞恥ト優美サノタメソウシタノデス」とヴァルトはかぶりを振った男に答えた――「多分、と申し上げますが、貴方が何と反論されようとも、こうなのであります、即ちドイツの芸術の聴衆が好んで夢中になるものは負傷や転移をおいて他にないということです。言いたいことはただこうで、つまり、聴衆は例えば左足で描くような画家に対して――あるいは鼻で吹くようなホルン奏者に対して――同様に上下の歯で弦に触れるような竪琴弾きに対して――更には詩を作るが、しかし眠りの中で作るような詩人に対して非常によく支払い、これらを推挙するということで、同様にフルート奏者に対しても、上手《うま》く吹く他に、なお全くの盲目であるというドュロン[4]の第二の長所を有すれば、いくらかそういうことになります。それに転移とも言いましたが、これは音楽的転移のことです。かつて私はファゴット奏者とビオラ奏者が一緒に旅しているとき彼らに、成功するにはこうしたらいいと助言したものです、つまりファゴット奏者はファゴットでビオラに似た音を、別な方はビオラでファゴットに似た音を出せるとビラで請け合うといい、と。ただハーモニカ演奏家やロリ[5]のように暗い部屋でするという条件をつけるだけでいいと言ったものです。そうすればそれぞれが自分の楽器を演奏して、それを他の楽器と称すればいいのです、尻尾に飼葉桶を結び付けた馬を、頭が後ろにある珍品の馬と称した手合いがいたようなものです――彼らがそうしたかは存じませんが」。

フローラは去った。ヴルトはドアを閉めたこと、ラテン語で話したことの意味を尋ねた。

ゴットヴァルトはようやく初めて彼を弟として抱擁してそれから言った、フローラのような美人が奴隷的仕事に貶められて埋もれているのを見るのは、自分には恥ずかしくて苦しいということだ。卑しい仕事をしている美人は自分にはネーデルラント派の絵の真ん中に描かれたイタリアの聖母のようなものである、と。「あるいはかのコレッジオかな、スウェーデンで王の厩舎の窓にカーテン代わりに打ち付けられたとかいう」[*1]とヴルトが言った——「しかし遺言の話を」。

ヴァルトは話したが、およそ三分の一を忘れていた。「君が製粉所棟梁として指示した詩的エーテルの風車の翼が僕の目の前で高く回りだして以来、遺言の件はもうたいしたことではなくなってしまった」と彼は付け加えた。

「それは良くない」とヴルトは答えた。「今日の午後はずっとつまらぬやり方で長く重いドロン(6)の望遠鏡や反射望遠鏡を持って、遠くから二等賞の相続人達を観察したのだ——彼らの大半は第二世界への臍の緒として絞首刑の紐に値する。彼らのせいで君は大変苦労することになるぞ」。——ヴァルトは非常に真面目に見えた。——「というのは」とヴルトは一層陽気に続けた、「フローラが先ほど要望を尋ねたときの君の愛らしい拒否とさようならを考えてみれば、それに彼女の素敵な顔のベルヴェデーレ、つまり美しい眺めと更に遺産を奪われた盗人の星座、七星「すばる」を考えてみれば、彼らは第六戒のせいで君から六分の一を罰として奪おうとしている条項を単に考えて、フローラの女神を、手折るべく、かくも間近に置いたのかもしれず」————

「弟よ」——と怒りと恥ずかしさとで赤くなった若者は遮って、皮肉な質問をした。「これが君のような世慣れた男の物言いかい」——「手折るではなく触れると言いたかったのだ」とヴルトは言った。「純粋な強い友よ、詩は対のスケート靴で、それで理想という滑らかな純粋な水晶の床を軽く飛んでいくけれども、しかし卑俗な路地では情けなくよろめいて行くものだ」。彼は中断して何故先ほどは悲しげであったのかその理由を尋ねた。ヴァルトは今や憧れを白状するのが恥ずかしくなって、単に、昨日はどんなに素敵であったか、そして何といつも、他の祭日の日に病気が生ずるように、[*2]人間の最も聖なる日々にも痛みに襲われてしまうことか、そして新聞での眼疾に何と心痛めたことか、このことはまだ腑に落ちないけれども、と言った。

ヴルトは彼に計画を打ち明けて、自分はつまり、目は健康であるけれども、開市日ごとに週報に病気は悪化し、遂には全くの盲目になったと大々的に告知し、盲人としてフルート演奏会を開くつもりである、これは多くの観客並びに聴衆を引き付けるであろうと述べた。「分かっている」とヴルトは言った、「君は今説教壇を登るつもりだろう、しかし説教しないでくれ。人間は騙すに値する――君に対してはしかし純粋に率直に振る舞うつもりだ、人間に対する君の愛を僕は人間そのものよりもいくらかもっと愛している」。――「どうして一人の人間が高慢になって、自分だけが全き真理を知る唯一の者であると見なすことが許されようか」とヴァルトが尋ねた。「一人の人間を」とヴルトは答えた、「他の者には煙や霧を放つ者は誰でも有していなくてはならない、一人の選ばれた者を、その者の前では自分の甲冑と胸とを開けて言うのだ、覗いてごらん、と。君は幸福な男だ、それは単に君が――どんなに世慣れていても、僕は知っているが――それでも全体として見れば敬虔な確固たる若者であり、純粋な詩人であり、それに僕の兄、いや双子だからだ、その他に、いや他はもういい」。――

ヴァルトには他人の立場ほど簡単に良く理解できるものはなかった。彼は愛する者の美しい形姿の中のこうした旅の生活による雀斑と湿疹とを大目に見た、そして彼の人生のような影の人生がヴルトに対してこうした多彩な倫理的蕁麻疹をきっと免れさせてくれるだろうと信じた。夜中までに二人は自分達の二重小説の平和な草案と国境協定を練って過ごした、そして彼らのロマンチックな天球儀の物語上の三日月全体が明るく地平線上に輝き、昇ったので、それでヴァルトは次の日、椅子とインクと紙と始めることの他は何の用もなかった。喜んで彼は日曜日の朝を待った。フルート奏者はしかし、彼が言うに、花鶏《あとり》のように盲いてフルートを吹く夕べを待った。

＊1　ヴィンケルマン「模倣について」等。
＊2　大抵の祝日は気候の大きな変わり目にあるからである。

第十六番　珪藻土

詩人の日曜日

ヴァルトは西の山々と塔の頂が早朝の七月の陽を受けて深紅に染まっているとき、すでにベッドで起き上がっていて、朝の祈りを行い、神に自分の未来のことを感謝した。世界はまだ物静かで、山脈からは夜の海が静かに流れ去っていて、遠方の歓喜あるいは極楽鳥が物言わずに日曜日に向かって飛んでいた。ヴァルトは、神を前にしているのでなければ、自分の名状しがたい喜びを声にすることを恐れたことだろう。彼は二重小説を始めた。十分に知られていることであるが、すべての章の中で最初とそれに最後の章ほど幸せな思いで書かれる(更によく読まれる)ことはない、さながら日曜日と土曜日というところである。とりわけ彼の気分をさわやかにしたのは、とにかく何の法学的良心の呵責を受けずにパルナソス山を散策してよく、山頂でミューズと戯れてよいことであった。自分は昨日、と彼は期待した、法学の分野では然るべきことをした、つまり遺言を聞いて考えた、と。昨夜の打ち合わせでは、二重小説の主人公は長い巻を通じて単に友人にだけに憧れて、ヒロインには憧れてはならないと決められたので、彼は二時間ほど、あるいは本そのものの中では何年にもわたって、主人公を実際そうさせた。彼自身もまた共に憧れて、それも際限なしに憧れた。友情への渇望、人生のこのダブル・フルートへの渇望を彼は全く自分の胸から得ていた。愛する弟は愛する父同様に友人の代わりとはならなかったからである。

しばしば彼は飛び跳ねて、眺めて、香り高い金色に明るい朝を眺め、窓を開けて、すべての喜ばしい世界を祝福した、噴水の所の少女から、青空の陽気な燕に至るまで。このように自らの詩文の山の大気はすべてのものを詩人の心の間近に引き寄せる、そして生命の上に持ち上げられて、生きとし生けるものはもっと詩人に近づく。そして詩人の胸の最大のものは他人の胸の最小のものと詩人を結び付ける。他人の詩文はこれに対して読者だけを持ち上げるだけで、大地や隣人を共にそうすることはない。

次第に日曜日はその燕の鳴き声、教会の鐘、店員の物叩く音、あらゆる廊下での晴れ着の後からの縮絨［フェルト化］と共に彼にこれ以上座っていることを難しくさせた。彼は朝日のまぎれもない光線に次々に当たることに憧れた、彼の西の小部屋では白むことの他は目にし得なかった。長いこと書き物机と明るい日差しの自然とがその磁気棒を彼に押し当てて、自分に二つの自我があって、一方が散歩しているとき、他方は執筆できればと空しい願いを抱いた後、執筆の自我を散歩の自我へと変えて、天上の大気で一杯の胸と、風景で一杯の頭とを（オーロラの黄金の小雲が路地でまだ彼の目の周りに戯れていた）喜ばしい騒々しい市場を横切って運び、侯爵軍の四分の一の翼［ウイング］と共に進んだ、この翼は吹奏し、太鼓を叩いていたが、ニコライの塔が更にその吹奏楽を下のこの音に混入していた、下の音は上の音とは禁じられた二度の近い関係にあった。市門の外で彼は、彼の内部の魔術的な、あたかも遠くから来るような歓喜の叫び声が黒い空飛ぶ児童合唱団の一団によって発声されるのを耳にした、この一団は郊外でフーガを作り叫んでいた。色とりどりに豊かにファン・デア・カーベルの庭が彼の前に揺れていた、彼が正しく始め、正しく終えるならば、いつか相続できる庭であった。彼はしかし人々が中に座っていたので、恥ずかしくて中には入らずに、丘の上の近くのカーベルの小森を登って行った。

その中で彼はうっとりと輝きと露の上に座して、天を見上げ、地を見渡した。次第に彼は〈前もっての夢想〉に耽った、――これはより狭い〈後からの夢想〉とは全く異なるもので、現実が後からの夢想には柵をめぐらすのに対して、可能性という遊び場が前もっての夢想には自由に開かれている。この快活な遊び場で彼は友人の偉大な神々しい姿を築き、この姿を――小説の中では許されぬことであったが、――自分の望むがままに彫ることにした。「僕がいつかきっと得る永遠に忠実な友は」――と彼は自分に言った、――「神々しいもので、美しい若者であると同時に身分があって、皇太子とか伯爵という者だ。――それでいながら繊細なものを感ずることが出来るように育っている。顔には多くのローマ的なもの、ギリシア的なものがあって、古典的な鼻をしており、ドイツの土壌から掘り出された者。しかし僕が今まで知っている中で最も優しい魂の持ち主であって、単に最も熱烈な魂だけ持っているのではない、防御のための鉄の胸の中に彼は愛のための蠟の心を有するからである。かくも忠実な、汚れない、強い心情の持ち主で、大きな岩の諸力を有し、山の並びに似て、ただ真っ直ぐに進む――真の哲学上の天才あるいはまた軍事上のあるいは外交上の天才――それ故彼が詩とか音楽で夢中になって流涕にいたると僕と多くの者を本当にびっくりさせる。最初僕は武装した軍神を全く恐れはばかる。しかし遂にいつか春の薄明かりのある庭で、あるいは、彼が過ぎ去った時代の友情について、ギリシア人の、死ぬまで戦い愛したファランクスについて、ドイツ人の友となった男達の攻守同盟について一つの詩を耳にしたというので、友情への憧れが痛みのように彼の心を襲う、そして彼は溜め息をつきながら、自分と同じように憧れている魂を夢見る。この魂が――運命は僕がそれだと欲しているが――遂に涙で一杯の彼の美しい目の側に立ち、すべてを立派に推測し、彼を率直に迎えて、彼にその愛、その願望、その善良な意志を明るい泉のように奥底まで見せるならば、あたかもこの些少なもので十分ですかと問いたげに見せるならば、第二の良き運命が手配して、伯爵は、神のようにすべての魂を愛しながら、また神のように僕の魂を心の息子へと、そうなるとその神と等しいものとなれる息子へと選ぶことだろう――そして僕ら二人は最も明るい人生の時に永遠の、強い、まぎれもない愛の盟約を誓うことだろう」。……

夢を引き裂いたのは美しい長身の若者で、彼は赤い制服を着て、尾を短く切った馬で下の大道を、市門の方へ飛びすぎていった。身なりのいい乞食が帽子を手にして彼に向かっていき――それから追いかけ、それから前に出た――若者は馬の向きを変えた――乞食も向き直った――すると若者は、ポケットを探りながら、美しい馬の得意な戦勝踊りを押さえつけたので、それでヴァルトはかなり容易に春の上の月光のような派手な顔の上のメランコリーに気付くことが出来た、同時にまた人生のトロフィーを贈ることが出来るかのような鼻と目との気位にも気付いた。若者は男の帽子に彼の時計を投げた、男は時計の鎖を長く垂らして持って走り、感謝しながらギャロップに追い付こうとしていた。

今や公証人は騎乗者が飛び込んだ町の外に一分も留まっていることは出来なかった、騎乗者は彼にはほとんど友人に、つまり彼が先ほど夢想の中ですべての他の神々の印（Signis Pantheis）と共に飾った神に思われた。「友人に」――と彼は自分に言った、自分のロマンチックな、遺書で更に強化された勇気をもって、自分の愛に溢れる心を信頼して――「僕らはすぐになろうと思うだろう、会いさえすれば」。――彼の弟の所に出掛けて、渇した心を弟の胸で冷ますと同時に美しい若者のことを尋ねたい気持であった。しかしヴルトは、世間の目を気にして、特に盲人コンサートの前には訪問するのではなくむしろ訪問を受け入れるよう彼に頼んでいた。

聖なる犠牲の炎の最中に宮中代理商のノイペーターが彼を暗い帳場へ呼んだ、食事の前に若干の手形の拒絶証書を作成するようにとのことであった。飛行から戻ったばかりの甲虫のように彼の羽もまだ長く鞘翅の下から飛び出していた。しかし彼は気分良く拒絶証書を作成した、それは彼の最初の公証人の仕事であった。それに――彼にはそれ以上に大事であったのであるが――代理商に対する彼の最初の感謝の行為であった。人に泊めて貰ったり、奉仕されたり、賄いをして貰ったりする最初の三ヵ月ほど彼にとって長く煩わしいものはなかった、それは単にその人が彼からはまだ何の見返りもないのに、多くの奉仕と苦労を前払いすることになったからである。彼は上手《じょうず》に作成したが、しかし微笑《ほほえ》んでいる商人に月と日とを訊かなければならず、そもそも正気ではなかった。というのは、鷲によってあらゆる明るいエーテルの空間に引きさらわれた詩的な気球と共にある者が突然下の大地に帰還したとしても、その者は相変わらずうっとりとその球の下にぶらさがっていて、唖然と周りを見ているからである。

これは日曜日の午前であった。午後は別なふうに始まるように見えた。ヴァルトは明るい飲食店の食卓から――そこで彼は髪粉を付け南京木綿服を着て、繻子、マンチェスター綿布、ワニス塗弁髪、剣、上等麻布、指輪、帽子の羽根飾りに混じって競い、食事をしたのだが――自分の影の部屋へ全くめかしこんで帰った、しかしおめかしを脱ぐことは出来なかった、おめかしというのは日曜日らしく振りまいた若干の髪粉の他には何もなかったからである。彼が白く見えたとすれば、勿論彼は侯爵風だったわけで、これはおめかし同様日曜日の謂である。乞食にさえいつも装飾品の天国は開いている。というのは幸運は彼に何らかの襤褸を吹き寄せて、それで彼は自分の最大の穴を縫ってふさぐのである。それから彼は新たに生まれ、うぬぼれて周りを見渡し、静かに劣悪な多孔性の乞食の民衆と競う。ただ午後ずっと頭と小説のために詩作しながら過ごすという喜ばしい計画は今や手に余るものとなった、単に日曜日のおめかしのせいで。髪粉をまかれた頭の働きは能率が悪い。それで例えば現在の筆者は――今このとき試みに王の外套、戴冠式の靴下、拍車靴を身に付けさせられ、選帝侯の冠を被せられ――このように飾られたら、ペンをおいて、この午後を最後まで描かずに、ふさがったまま立ち上がるに違いないだろう。例外はただ亡きビュフォンだけで、彼についてはネッケル夫人[1]が伝えるところによれば、まず彼は正装の如く着装しその後やっと見解を着想するが、その様は飾り付けるために見解の周りを歩く着飾った従者のようであり、午前中は見解に名詞を着せ、午後は形容詞を着せるのだったそうである。

公証人を邪魔したのは髪粉の他に更に心であった。午後の太陽が今や滑り込んで、その視線は、明るい世界へ、戸外へ吸い出し、引き出した。彼は日曜日の郷愁にかられた、これはほとんど金持ちの輩よりも貧乏の輩にもっと知られており煩わしいものである。何としばしば彼はライプツィヒで日曜日になると、午後になると午後の憂愁を抱いて町の人気ない並木道を歩いたことか。ただ、太陽と行楽客とが家路につく夕方になってようやくまたましな気分になった。私は悩めるある侍女達を知っているが、彼女達は毎週六日半笑い、跳ねることが出来るのであるが、しかしただ日曜日には食事の後そう出来ないのであった。心と人生とは彼女らにとって午後になるとあまりに辛いものとなる、彼女らは長いこと自分達の見知らぬ小さな過去の中を歩き回って、遂にどこか暗い小さな場所に、古く低い墓地といったものに行き当たり、そこで腰を下ろして、自制心が戻るまで泣きつくす。伯爵夫人、男爵令嬢、侯爵夫人、ムラート［白人と黒人の混血児］の女性、オランダ人の女性、あるいは男爵夫人よ、あなたは女性らしく男の奴隷よりも女の奴隷にいつももっと厳しいけれども――日曜日の食事の後にはそうあって欲しくない。あなたに仕えている人々は哀れな田舎者で、この者達にとっては日曜日は、これは大きな都市や大きな世界［宮廷］、大きな旅では全く得られないものであるが、かつて、この者達がもっと幸せであったとき、つまり子供時分には休息の日であったのだ。喜んでこの者達は、何も望まずに、空しく素っ気なくあなたの宮廷の祝典のときや結婚式、葬式のときに立っていて、皿や衣装を持っていることであろう。しかし日曜日には、すべての週の希望が目指すこの民衆と人類の祝日には哀れな者達は、自分達には地上の何らかの喜びがあって然るべきであると思うものである、殊に子供時代を思い出さずにはおれないのだから、この時分には悦楽のこの同盟祭には本当に何かを得ていて、学校の授業はなく――美しい衣装――冗談好きな両親――遊ぶ子供達――夕方の焼き肉――緑色の草原と散歩を得ていて、皆の自由が新鮮な心のために新鮮な世界を飾り立てていたのだ。男爵夫人よ、だから日曜日に、上述の人が、仕事、人生のこの［忘却］のレテであまり徒渉せず、今の息苦しい人生に包まれて窒息しそうになっているとき、不毛な輩の現在を越えて、すべての人々に同一のエデンを約束する明るい子供時代が甘い響きと共に新たなものであるかのようにかの人に蘇ったら、そのときには哀れな涙を罰しないで欲しい、そしてこの憧れる者をあなたの宮殿から日没の頃まで自由にさせて欲しい。

公証人がまだ憧れているとき、陽気にヴルトが飛び込んできた、頭には昼のワインを残し、片目には黒い絹の眼帯をして、胸ははだけ、髪は乱れていたが、何故まだ家にいるのか、午前中どれほど書いたか、尋ねた。ヴァルトは渡した。読み終わると、彼は言った。「参ったな、ヴァルト君、書くことにかけては君は天使だ。この調子。――僕も」（とより冷静な声で続け、ポケットから草稿を取り出した）、「今朝は『ホッペルポッペルあるいは心』に取り掛かって、第一章に必要なだけの脱線をした。君に箒星を（僕は脱線をどれもこう呼ぶ）半分だけ前もって教えよう――僕の文をもっと味わう術を君が心得ていさえすればいいのだが、――まさにその故に、朗読はしない。僕は箒星ではとりわけ手荒く若い作家達を攻撃している、この手合いは君とは違って、その長編小説の中で哀れな友情を、単に愛の戸の取っ手、剣の柄として愛の先に無益にくっつけていて、詞華集の先にカレンダーや君主の系譜を載せるような具合だ。悪漢は、弱虫の主人公の意気地なしは、つまり最初の二、三全紙では、かなり友人を求めて溜め息をついているかのような、心は無限を求めて裂けているかのような振りをする――それどころか友人への憧れを、書簡体小説の場合、既に有する文通相手に書くことさえする――いや更に第二世界や芸術への憧憬を打ち明ける。――しかしこの野獣が娘を見て、娘を得ると（観客のオペラグラスは相変わらず友人に向けられているが）、この野獣と娘とは満足してしまう。友人の方は更に惨めな行軍を数全紙共に並んでさせられIxの全紙に至る、ここで愛する友人に対して娘の心変わりのことで勝手なことが言われる、地上には何の心も、何の美徳もない、何もない、と。ここで僕は、兄さん、この執筆者連に炎を吐きかける。悪漢よ、こう僕は箒星では語りかけている、ヴァルト、悪漢よ、少なくとも正直であれ、そして好きなことをするがいい、友人と恋人との君の区別は単に［豚］ハリネズミと［犬］ハリネズミの違いでしかないのだから」。――

ここでヴァルトは長いこと紙を見つめ、それからヴァルトを見つめた。「その違いというのは」、とヴァルトは訊いた。――「僕の箒星も同じことを尋ねている」とヴァルトは言った、「何の違いもないということ。――ベヒシュタイン[*1]によれば［豚］ハリネズミはいないということだ、そうだと思われたのは、雌か子供だったのだ。豚穴熊も同じことだ。ロマンチックな著者達よ、何の甲斐があろうか」、（ヴァルトは更に読んだ、そしてますます紙面から離れて、朗読するよりも、これはほとんど出来なかったので、もっと滑稽なことを話し出した）「諸君が諸君の地下の紙面を天の方へまくり上げたところで。それはまた反転する。ガラス板同様にただ諸君の大地に向いている側だけが露を帯びる。電気猫同様に頭から火花をまた得るには、それ以前に諸君の尾骶骨から火花を得なければならない、逆も同様。忌々しいほどに元気よくあれ、しかしただ率直でなくてはならない。とてつもなく愛するがいい、これはどんな動物でもどんな娘でも出来ることだから、だから娘は自分を高貴な女性、詩人、世間のダイヤモンドと見なすものだ――しかし友情はいけない、これは諸君同様恋している家畜にもめったに見られぬものだ。諸君はヨーハン・ミュラー[(2)]の書簡や旧約聖書、古代人から、聖なる友情とは何か、恋愛とのその崇高な違いについて学んだことがない、そしてこれは半分の精神が伴侶の、あるいはその他の半分を憧れるというのではなく、一つの全体が一つの全体を、一人の兄弟が一人の兄弟を、神が宇宙を憧れるのであって、愛してそれから創るためというよりは創ってそれから愛するためである、ということを知らない。……このように箒星は続く」とヴァルトは締め括った、彼は少しばかり兄の手を握らないわけにいかなかった、兄の先の友情の章が全く明るく温かい生来の血のように彼の心に回ってきた。

ヴルトはこれに夢中になっているように見えた、しかし友情もまたしばしば恋愛や婚姻の後から生じないか、それもしばしば同一の相手に対して――最も得難い恋人はまさにその故に最も得難い友ではないか――恋愛は友情よりももっとロマンチックな詩を有しないか――愛は最後には子供達への愛へ移らないか――彼の描写は手厳しすぎるのではないかと尋ねた――つまりゴットヴァルトはもっと和らげ、滑らかにしたがっていた。しかしヴルトは激した、先の感動のせいでもあり、もっと限定つきでない賞賛を期待していたせいでもあるが、人間達を正当化することには耳を閉ざして訴えた。将来ヴァルトの大甘によって自分の怒りが次々に台無しになる様がはっきりと見えてくる、と。自分達の『ホッペルポッペルあるいは心』ではまさに甘い描写は最も辛辣な描写によって最も成功する、鋭い爪の背後にこそ最も柔らかな多感な肉が隠されていると付け加えながら。「しかし」と彼は続けた、「もっと気持のよいこと、かの七人の遺産泥棒について話そう、また君のために骨を折ったのだ。少しばかり伝えることがある」。

「その前になお何か気持のいいことがある」とヴァルトは答えて、彼に赤い服のまことに美しい若者を描写して、この者が海燕の上の雷神のように、オーロラとイリス［虹の女神］の間を縫って、青空の下、凱旋門を過ぎるように騎行していったと述べた。「ただ彼の手に」、と彼は終えた、「触れることが出来さえすれば、と僕は今日思った、殊に友情の章の後では。彼を知っているかい」。

「知るものか、いやはや――――」（とヴルトは素っ気なく言って、杖と帽子を取った）「ここの鸛《こうのとり》の巣でかび臭くなってはいけない――僕のように外の薔薇の谷《ローゼンタール》に出掛けるがいい、そこではすべてのハスラウの宮廷界の一団を一網打尽に出来るさ、彼もね。僕が先の雷神をそこに狩り出すかもしれない――――クローター伯爵かもしれない――いや僕はわざと君とはいかない。君も外では僕とは格別親しいような振りはしないでくれ、例えば目が悪くて君の間近を通り過ぎることがあったような場合には。少しずつ盲目になっていかなくてはならないのだから、人の目を騙すということだけど、御機嫌よう」。

＊1　彼の『ドイツの自然史』I、B、第二版。

第十七番　紫　檀

薔薇の谷

三分後には公証人は、ヴルトの不機嫌には気付かず、喜んでハスラウの薔薇の谷へ通ずる緑の道に立っていた、この谷がかの美しいライプツィヒの谷ととりわけ異なる点は、ここには薔薇も谷もあってそれ故バイロイトのファンタジー庭園にもっと似ている点であって、ファンタジーがその谷よりも勝っているのはただ菓子屋のアラベスク、空想の花、飾りの支柱のおかげにすぎなかった。町から抜け出すことはほとんど出来なかった、町の半ばの人々が一緒だったからである。彼の魂は隅々まですべて、一緒に徒歩や馬車や馬で行く人々と共に行っていると考えて一杯の太陽光線を受けることになった。右手にも左手にも野原や、波打つ畑、夏があった。町からは教会の午後の鐘が緑の温かい世界へ押し寄せてきた、そこで彼は今教会の参詣者は外の様子を思い浮かべ、自分や戸外の風の吹く生活をすばらしいものと思うことだろう、狭く、冷たい、石造の教会の中人気の少ない長いベンチに座って一人ずつ叫びながら、美しく幅の広い太陽の条光を大股に受けて、教会が終わったら出来るだけ早く後から行軍に加わると期待しているだろうと中の様子について思いを巡らした。

人間達の鰊の大群は薔薇の谷の入り江に着いた。広葉樹が姿を現し、七月の日曜日の輝かしい空いたテーブルを見せていた、これは木々の下に一本足の小卓としてあった――「素晴らしいのは」と公証人は自分に言った、「まことに皆が椅子を持って来たり、テントを張ったり、緑色の飛脚の前掛けが駆けて行ったり、ショールを脱いだりステッキを置いたり、コルクを抜いたり、小卓を選んだりすること、それに人々の間に混じった気位の高い羽根飾り付き帽子、草の中の子供達、きっとすぐに演奏を始めるであろう背後の楽人達、温かく花咲く少女達の額、白いヴェールの下の輝き出る庭の薔薇、手芸袋、金の錨飾り、十字架や、その他の首飾り、華美、そして希望だ、それにまだ相変わらず人々が続いて来るということ――「君達愛する人々よ、大いに楽しみ給え、祈念する」。――

彼自身は誰もいない小卓に腰を下ろして、集いを邪魔しないようにした。静かな満足の砂糖衣にしっかりと包まれて、彼は座っていた、今ほとんどすべてのヨーロッパが日曜日、行楽日であることを喜んで、新しい頭部だけを欲しながら、新しい頭のたびにそれが彼の魂のすべての花弁が求めていた赤い服の若者のものではないかと目で確かめたからであった。

散歩中の一人の牧師が通り過ぎた、牧師を前にして彼は座ったまま帽子を取った、というのも彼は、その上着の色で田舎ではどの帽子をも脱がせるのに慣れている牧師は、町で全く脱がない帽子が通り過ぎるとそのたびに傷つくに違いないと思ったからである。牧師は彼を鋭く見つめた、しかし相手が面識のない人物であることに気付いた。このとき二人の騎乗者が駆けて来た、そのうちの一人は生計が少なく、他方は何もなかった、つまりヴルトとフリッテであった。

アルザス人は着飾って陽気に――彼の「神よ御身を讃えます」は「借用証書の」「神を讃えよ」であったが――自ら歌った後、鐙から知り合いの下に、つまり居合わせたすべての人々の下に踊るように飛び下りた。自分が何の借金もしていない人々のすべてに愛されて。彼は陽気にカーベルの遺産を失った人間としての自分に対するしばらくの間の注目を克服した、遺産を彼はすでに動産抵当として何度も聖者の遺骨の頭の如く幾倍にもして債権者達に配っていた、大きな、同様に何度も抵当にされていた配当金を当てにしていたマルセイユの船があまりにも長く入港しなかったからである。ヴァルトは、この歌う舞踏家が、すべての女性に挨拶し、大胆に彼女らの扇や日傘、腕輪のメダルを手にし、より大胆にそれぞれの白い胸から垂れ下がっているメダルや時計を指で取って目のところに持ち上げ、ちょうど三人の最も醜い女性達のテーブルの前に立って、彼女達に水を持って来、ボーイとそれどころか美しい女性の遊び友達までも連れて来るのを見て、感心し、喜んだ。それは三人のノイペーターのレディーで、彼女達にゴットヴァルトは昨日三枚の名刺を渡したのであった。アルザス人はすぐに歩き回って薔薇の谷の全員にそこに座っている南京木綿服の、老カーベルの遺産を相続した男を紹介した。しかしヴァルトは、あまりに他人に注意し、あまりに自分のことには無頓着であったので、隣人愛の夢想に耽って、皆の物欲しげな目に気付くという不愉快なことは免れた。——最後にフリッテが彼の所まで来て、挨拶して彼のことを代理商の家の者達に知らせた。七人の相続人の間では陽気なこの乞食がヴァルトに対して最も腹を立てていないように見えた。ヴァルトも彼が心から好きになった、彼が最初に楽人達の集金皿を手に取り、入れ、運んで回った、それで彼は相続分、遺産のかなりの部分を報酬として共に投げ入れたいところであった。

公証人は特に弟のごく上品な作法に興味があった。これはしかし、何も気にかけず、外向けには、あたかも温かく自分の家にいるかのように、世間には他人などいないかのように振る舞うということであった。全く見知らぬ最初の時間を認めず、慣れ親しんだ、二時間目、十時間目等しか認めないことには、若干の軽視あるいは酷薄さがみられるのではないか、とヴァルトは考えた。——その際ヴルトはどんな美しい顔を前にしても世にも静かな顔をしていたが、この顔の間近に近付き、自分の目は日々悪化すると嘆いて、(偽の近視者として)言いようもなく冷たく眺め、視線をずらした、あたかも容貌が——形のない霧に散じて、山の頂に懸かって眼前にあるかのように。公証人にとって、——彼はライプツィヒのルドルフ公園で、極上の作法や人間とはどういうものか、何と無理した行進をしながら若い男性の商人達は女性陣に仕え、魅惑することか、あたかもレディーの指で上下に跳ねさせられる従順なデカルトの小悪魔(1)のような具合であるということを目撃してもいると思っていたが——彼にとってヴルトの男性的な冷静さははなはだ目についた、それで結局上品さの彼の定義を変えることになって、『ホッペルポッペル』のために世慣れた弟から次の定義を引き出した。「肉体的な上品さは最小の動きである。つまり羚羊の跳躍の代わりに半歩進んだり、弱く外側に曲げること——伸ばされた鋭い剣闘士の接線の代わりに程良く肘を曲げること、これが私が世慣れた男を試すときの作法である」。――

最後に公証人も大胆になって、世俗と礼儀作法に満ち、勇気を持ってあちこち散歩しようと思って立ち上がった。それで時折弟の一言を側で拾うことが出来、特にどこかで朝の赤い寵児をつかまえることが出来ると期待した。音楽は、まさにその取るに足りない性質によって鳥の鳴き声の仕事をして、彼を多くの岩壁の上に誘い出した。しかしなんという名士達のフローラか。彼は今や、一人以上の知人の前で、彼にほとんど感謝しなかったが、ノイペーター商会の前で、帽子を取るというしばしば願ってきた幸福を静かに享受した。そして今のハスラウの薔薇の谷での笑っている状況と、かつてのライプツィヒでの匿名の状況との幾つかの喜ばしい比較をしないわけにいかなかった、ライプツィヒでは、彼がきちんとお金を払うことの出来ないわずかの者を除いて、ほとんど猫一匹も彼のことを知らなかった。何としばしば彼はかの無名時代に、ただただ魂の知己を自分の胸元に抱きしめるために、公然と一本足で踊ったり、あるいはまた二個の錫製のコーヒーポットを手にして踊ったり、あるいは天と地について炎の説教をしたりしようとしたことか。――人間というものはこれほどまでに――年がいってからは重要な人間や本を追いかけることはほとんどないけれども――若い頃はひたすら新しい人々や作品を熱心に求めるものである。

嬉しい思いで彼は歩きながら、ヴルトがその冷静さと品位に多くの巧みな愛想を、その会話に多くの自ら実地で得たヨーロッパの絵画陳列室、芸術家、著名な人々、公の場所についての知識を添えることができ、それによって人々を本当に魅了していることに気付いた。勿論これに明白に与って力があったのは彼の［眼帯の片方の］黒い目(これが特に女性達の許での彼の黒い技の源であった）とそれにまた人に感銘を与える冷淡さであった（水は凍るといつも高くなるものである)。ハスラウの小さな統治者の一家の老貴婦人はいっかな彼から離れようとしなかった。そして貴顕紳士達が彼に尋ねていた。――しかし彼は――魅了することを除いて――その後幻滅させることを殊に好むという欠点を有していて、特に、女性を、電気を帯びた物体が軽いものをそうするように、反撥させるために引き付けるという嗜好を有していた。ヴァルトは女性達の許での女性についてのヴルトの思いつきに自ら驚かざるを得なかった。通りすがりにヴルトがこう言うのをしっかりと耳にしたからである。女性達はいつも人生やその他で、扇をそうするように、まさに最も豊かに描かれた面を他人に向けて、何も描かれていない面を手許においているとか——更に同様なことで、例えば彼女達は、人々がトランプのハートにいたずら書きして顔へと変えるように、逆に自分達の顔や他人の顔を一つのハートに楽々と変える——あるいはまた、男性達が彼女達の関心を引こうとする正しく詩的な、しかしペテン師的な方法は、彼女達にいつも自分達にお気に入りの精神的な過去を語ることである、例えばどんな夢が消えてしまったか、どんなにかつて心は憧れていたか等々を。これは狩のラッパの口にはめる小さな弱音器となって、間近で吹いている音を遠くのエコーのように響かせるのである、と。

「あなたはフルートを吹かれるの」と宮中代理商夫人ノイペーターが言った。彼は吹き口や真ん中の部分を袋から出して、すべてを見せた。彼女の二人の醜い娘と余所《よそ》の美しい娘は若干の作品と指使いを頼み込んだ。しかし彼は冷たく吹き口を仕舞って、コンサートを聴くよう頼んだ。「レッスンをなさるの」、と代理商夫人が訊いた。「手紙のレッスンだけです」、と彼は答えた、「私はあちこち行きますので。夙に帝国新報に次のような文を載せています。

『この文の署名者は次のことを告げる、即ち郵税無料の手紙で——署名者本人の手紙は別だが——手紙の中で私に助言をお求めになるすべての方に素晴らしい横笛の（ここで賞賛することは不要であろうが）レッスンを授けることを約束する、と。指をどのように置き、穴に当て、譜面を読み、音を出すか、郵便で、集配日ごとにお教えいたそう。記されている間違いについては次の手紙で教示するつもりである』。

最後に私の署名です。同様にまた私は手紙を使って一人のとても引きこもった司教と（名前を出せたらいいのですが）九柱戯をしています。私どもは手紙で、森林官よりもひょっとしたら正直に、何本倒したか互いに知らせます。相手は九柱戯の木柱《ピン》を正直に手紙に従って立てたり、横にしたりします、それから自分で倒すのです」。

ハスラウの人々は、彼の言うことを信じたけれども、笑わずにはおれなかった。しかし代理商夫人は内部の手で自らを郵便馬車のように赤く塗った、その振動はペーター・ノイペーター氏が最もよく知っていたもので、そして夫人は娘達にお茶を飲むか尋ねた。キャラバンの［陸送で香り高い］紅茶箱は忘れて来ていた。フリッテは喜んで言った、馬に乗って紅茶箱を取りに行って来よう、五分後には町から戻って来るつもりだ、たとえ馬が倒れようとも――つまり借りた馬のことで、彼がどんな家にも出入りするということはどんな馬屋にもそうするということであった、――そしてその上ファン・デア・ハルニッシュ氏には信用出来る白内障眼鏡を持ってくることにしよう、と。ヴルトはその申し出と男とを幾分横柄に取り扱ったとヴァルトは思った。

実際フリッテは七分後には吹っ飛んで帰って来た――白内障眼鏡なしに――それは単に口約束であったから、――しかしノイペーター家のマホガニーの紅茶箱は持って来た、その蓋には紅茶のダブレットの付いた鏡が張られていた。

突然ヴルトは、薔薇の谷のいわゆる詩人の道から丸い帽子を被った豪華な赤い制服が現れると、散歩中の公証人に向かって行き――近視眼的に、あたかも彼とは面識があると思っている振りをして――いろいろお世辞を言いながら小声で、クロータ一伯爵のあの赤い服の従者が例の男かと彼に尋ね――狼狽した公証人が頭を振ると大きな声で近視のことを詫びて、そのために知人と知人でない人とがごっちゃになっていると言い、付け加えて言った。「半盲人をお許しください、あなたを友人の森林監督官であるハンブルク出身のパムゼン氏と思っていました」――そして彼を当惑させたが、この当惑を実直な公証人は自分の正直さのせいにせず、旅の経験が少ないせいにした、旅はいつも人間からぎこちない部分を除くもので、移植すると蕪葉牡丹から筋が除かれるようなものである。

このとき従者のオーロラの夕焼けの後に、この背後に公証人は自分の人生の太陽を見いだしたいと思ったが、実際朝の騎士が青い外套を着て、しかし羽根飾りと星形勲章を付けて鬱蒼たる広葉樹の後から一人の見知らぬ紳士と話しながら登場した。フルート奏者は単に公証人の燃える眼差しに自分の冷たい眼差しを注ぐだけで、朝の男が兄の炎の心に再び出現したことを確認出来た、彼は単に皮肉から赤い従者と青い紳士とを取り違えて兄をからかったのであった。ヴァルトは彼に向かって進んだ。近くで彼には自分の感情のこのミューズの神は更に一層背が高く、花と咲き、高貴であるように見えた。思わず彼は帽子を取った。高貴な若者はいぶかしげに黙って感謝し、指示を待ち構えている赤い服には格別要求しないで、手近な小卓に腰を下ろした。公証人はあちこち行き来して、ひょっとしたら美しい若者が同伴者に注いでいる話の宝角《たからづの》の下へ至れるかもしれないと願っていた。「たとえ……が」（と若者は始めた、そして風が名詞の本という言葉を吹きさらった）「良くもしないし、悪くもしないとしても、より良くしたり、より悪くしたりはする」。何と感動的にただ内奥から彼の内奥に迫るようにこの声は響いたことか、この声は顔の周りの美しい憂愁を帯びた満開の花にふさわしいものであった。――これに対して別の紳士が答えた。「詩文がそれにたずさわる者を何らかの一定の人間的性格に導くことはありません。曲馬のように彼らは接吻や死んだ振り、お辞儀や他の見慣れぬ芸を真似ます。しかし行軍に耐える最も頑丈な馬とはなりません」。――会話はどうやら詩人の道で生じたものらしかった。

「私は全く合意出来ません」、――と青い若者は静かに何の身振りも見せずに答えた、そしてゴットヴァルトは彼に耳傾けるために、ますます急いで何度も彼らのそばを通った、――「むしろこう思います、どのような学問も、任意に挙げて、神学、法学、紋章学、その他の学問も、人間や人類における全く新しい、しかし堅固な面を単に示すばかりでなく、また実際生み出すものである、と。しかしそれだけにもっとましなのです。国家は人間を単に一面的に、従って単調なものにするだけです。詩人は従って、出来得れば、すべての学問を、つまりすべての一面性を自らの裡に送るべきです。すべてはそうなると多面性となります。詩人のみが国家の中で、諸一面性を一つの観点の下で捉えるという評判と力を有し、諸一面性を一層高いところで結び合わせ、ゆったりとした浮遊によってすべてを見通せる唯一人の者なのですから」。

「全く自明であるとは」、と見知らぬ男は言った、「私には思えません」。――「では例を挙げましょう」、とクロータ伯爵は答えた、「結晶化のすべての鉱物学的、原子論的あるいは無機の世界では単に直線、鋭角、角のみが支配しています。これに対し、植物から人間に至る動的な世界では循環、球、ローラー、美しい波が支配しています。国家と、いいですか、それに実証科学は単に、その硅素、その塩、そのダイヤモンド、そのウランが、より簡単にはめ込むことができるよう、平板やプリズム、長菱形の平行六面体に結晶することを欲しています。これに対して有機的な力は、まさにそれ故に個別化の力であって、このことを欲していません、全体は部分でありたくないのです。それは自らと全世界とによって生きています。芸術もそうです。芸術は最も動的な最も充実した形式を求めていて、神が他にそうであるように、単に円として、あるいは眼球としてのみ模写されます」。

しかし公証人は彼の話を止めさせてしまった。——彼はこうしてそっと行ったり来たりしながら、若者の大声であるとはいえその意見を盗み聞きしていることに対しやましさを抱いたのであった。それで彼は良心的にある木に寄りかかって、聞きながら青い上着の顔をはっきりと見据え、自分が聞き耳を立てていることを分からせようとした。しかし若者はこれにうんざりして、テーブルを離れた。

その後を行く公証人はフルート奏者がここに居ればと心から願った、彼を通じてもっと雷神の間近に迫りたかった。幸い伯爵はある工芸品の周りに群がっているいろいろな人間の塊を分けて進んでいった。それは少年ぐらいの高さと長さの商船で、これを持って一人の哀れな男は陸を旅し、この梭《ひ》で自分の飢餓の人生の糸を織り込み、織り上げていたのであった。公証人は若者がこの人間の乗り物、非常用舵に近付いたのを見ると、彼の後を追って、すぐ横に並んだ。船主は船の部分について、マスト、トップマスト、帆桁と帆、ロープについて十八番《おはこ》を述べた。

「これを毎日繰り返すことには奴さん飽き飽きしていることでしょう」と紳士は伯爵に言った。

「どの件でも」と伯爵は若干教えを垂れる調子で答えた、「毎日やっていることには三つの時期があります。最初は目新しくて、次には古く、退屈になって、三つ目の時期にはそのどちらでもなく、慣れたものになります」。

このときヴルトが来た。公証人は目配せによって見つけたことを知らせたが、それは必要ないことであった。「しかし旦那」、と伯爵は船主に言った、「フォースルの帆桁の転桁索は真ん中を大きなステーから短索台へ向かっていき、それから七ないし六フィート低く大きなステーへ台を通って行き、更に甲板へ行かなければならない。どこに前部甲板、フォア・トップスルの帆脚索《ほあしづな》、後帆のロープ、信号の揚げ索はあるのかい」。——ここで伯爵は自分の不備を他人の知識を賞賛することによって糊塗しようとする船主を軽蔑しながら、彼に自分が与えた金の積荷に対する第二のより率直な賞賛を始めさせたが、これはいまだかつて彼の糧食船、パンの馬車が貴族や市民の両インド［一つは西インド諸島］から運んだことのないような量であった。

ヴァルトは――これほどの哲学的洞察を有しながらも航海術上の洞察をも有していることに甘美に驚いて――青い服の気位の高い若者をほとんど通過させずに、自分の胸の代わりに自分の脇に長く押しつけて、青い服の男はかなり真面目に彼を見つめるほどであった。ヴァルトは姿を消していた。若者は直に従者と共にそれぞれ立派な馬に乗って飛び去った。しかし公証人は至福の者としてこの［最後の審判の日の復活の場である］キドロンの谷に残った、心の秘かな静かなバッカス信徒として。「これこそまさに」と彼は激しく言った、「おまえが火のように欲する人間だ、とても若く、とても生気あふれ、とても高貴で、とても気位が高い――おそらくきっとイギリス人であろう、哲学と造船と詩を三つの王冠のように戴いている。若者よ、御身が許してくれるならば、御身はいかばかり愛されることだろう」。

このとき夕陽はその薔薇の下に谷を埋めた。音楽家達は回された喜捨の皿から銀貨を数えながら、黙っていた。人々は家路に就いた。公証人は更に急いで、優しい娘達が座っていた四台の人気ないテーブルの周りを歩いて、ただこのようなテーブルの集いの喜びを持ち帰ろうとした。彼は今やゆっくりとした流れの中の一滴となった、しかし薔薇色の、明るい滴で、これは夕焼けと太陽とを受け止め、運んでいた。「直に」と彼は町の三つの塔を見たとき、自分に言った、塔では夕方の黄金が溶けていた、「僕はヴルトから、彼が誰で、何処にいるか知るだろう――そうなればきっと神が僕に彼を下さることだろう」。彼は途中出会うすべての若者を愛した、それは単に青い服の若者のせいであった。「何故人は」と彼は一人ごちた、「子供ばかり愛して、若者を愛さないのだろう、若者は子供のようには無垢でないというようなものではないか」。――とても日曜日が彼の気に入った、日曜日には誰もが服装だけですでに詩的な気分になる。熱くなった紳士達は手に帽子を持って、大声で話していた。犬は陽気に走り回り、何の厳しい命令も受けなかった。四頭立ての子供郵便馬車の子供達が一杯の子供馬車を引いていたが、馬も乗客も着飾っていた。肩に銃を担いだ一人の兵士が息子を家に連れて帰っていた。ある者は赤い絹のネッカチーフで犬を連れていた。多くの人間が手に手を取って歩いていた、ヴァルトは、何故多くの歩行者がただ真っ直ぐ行こうとしてこのような指のペア、愛の鎖を引き離すことが出来るのか理解出来なかった。彼は好んで迂回したからである。下女達でさえ何かこの世紀風に装って、そのエプロンを広くギリシア風に高く結んでいるので、彼女達と最も高貴な人々の間の差異はわずかなものでしかないと知って彼は大変喜んだ。町の近くの最初の市門の下で学童達が騒いで、先の下女の一人は尊大な歩哨の銃の横に花束を一つ大胆に置くことさえした――公証人には全世界が深く夕焼けの中に投げ込まれているように見え、それで薔薇色の雲が壮麗に花や波の如く世界へ押し寄せていた。

第一小巻の終わり

第二小巻

第十八番　ウニの化石

ふくれっ面の精神

公証人が日曜日の夜家に留まらず、更に遅く彼の弟の住む劇場仕立屋のプルツェルへ出掛けて、青い服の若者についてもっと尋ねたいと思ったということを察するには大した外交官的理解力を必要としない。しかしヴルトは急いで降りて来て、彼を路地で出迎え、路地を祭りの夜の民衆の広間、大通りへと高め、散歩に誘った。かなり陶然としてヴァルトはそれを受け入れた。日曜日の夜星空の下数百人の人々と一緒にあちこち歩くことは、と彼は言った、イタリアを偲ばせることだ、殊に帽子を被ったまま、何の邪魔も受けず、歩きながら夢想出来るのだから、と。彼は早速大いに話し、尋ねたいと思った、しかしヴルトは、他のもっと人通りの少ない路地に行くまで黙っていて、君は［Du］と話しかけないよう頼んだ。「いいとも」とヴァルトは言った。いつの間にか薄明かりの中で彼の胸は愛情で一杯になっていた、花が露で一杯になるように――機会があるたびに、彼は手で少しばかり通り過ぎていく他人のそれぞれの手に触れたが、またいつ触れることになるか分からないと考えたからであった。――いや、彼は夜かなり影になった所から、極めて高貴な娘達の立っているのがはっきりと見える出窓やバルコニーを見上げ、空想の中で自分を路地から引き上げ幸せのあまり息がつまりそうな新郎としてそこで娘の手を握っている様を考えることさえした。

とうとう彼はフルート奏者を前にして、とある然るべき袋小路で午後の自分の内部の祝宴、歓喜の渦についての重要な史的事件の絵を広げたが、それは――ヴルトが好奇心をもって仔細に覗くと――外をあちこち歩いていて青い服の若者に出会ったというものであった。「人は断言したことでしょう」、とヴァルトは答えた、「あなたは薔薇の谷からではなく、まさしくグラットハイム[*1]から来ており、フレイヤ［愛の女神］あるいはジエフナあるいはグンヌァあるいはギアスコーグルあるいはミスタあるいはその他の女神[(1)]を伴侶としていて、その上諸地球の詰まった対のバッグを新郎の贈り物として有する、と。――しかし男がその喜びの式服をまだ着古していないのは見上げたものです――私の式服では糸を数えることになるというのに、――魔法の城は容易に盗賊騎士の城の控えの間となるということを考えていないのであれば別ですが」。

しかしこのときヴァルトは今日の葡萄摘みの山、青い服の若者を示し、その名前と住まいを訊いた。弟は落ち着いて答えた、その人物はクローター伯爵であり、非常に裕福な、気位の高い、風変わりな哲学者で、ほとんどイギリス人の振りをしているが、その他は申し分ありません、と。公証人にはその口調が気に入らなかった、彼はヴルトにクローターの豊かな言葉と知識を披露した。ヴルトは、ほとんどそこに若干の著しい気位という虚栄心が見えると答えた。「僕には」、とヴァルトが応じた、「一種偉大な人間が卑下したら、耐えがたい」。――「私には」とヴルトが答えた、「イギリス人の気位、あるいはアイルランド人の、あるいはスコットランド人の気位が、これは本の描写では非常に立派に見えるけれども、現実に出現し、息をすることになったら、耐えられません。長編小説では他人の色恋や高慢さ、情緒は気に入ります。――しかし小説類を越えては駄目です」。

「そうじゃない」（とヴァルトは言った）「僕には君自身の気位の高さが気に入っているのだから。よく調べてみると、決して気位の高さそのものが僕らを立腹させることはない、それに根拠が欠ける場合だけがそうだ――だからしばしば卑下にも同様に悩まされることがある。――それ故気位の高さを僕らが憎むのは長所に対する嫉妬ではない。僕らがいつも僕らより立派な長所を認め、ただ盗んできた見せかけの長所を憎む場合、僕らの憎しみは自分に対する愛ではなくて、公正さへの愛なのだ」。――「伯爵並の哲学ですな」とヴルトが言った。「ここに伯爵は住んでおられる」。言いしれぬ喜びをもってヴァルトは庭園を巡らした別荘の輝く窓の列を見上げた、別荘は路地に見事な背面を見せていて、長い庭園が整然たる木々の広いロビーを通じて別荘に達していた。このときヴァルトは弟の前で渇望する魂を愛のすべての詩と希望とに爆発させた。フルート奏者は言った（彼の通常の怒りの発露である）。「勿論ある点では――しかし――殊に――いや勿論、いやはや」、そして付け加えた、自分の胡乱な見解では、クローターは普通の言語ではエゴイストと呼ばれる者からそう隔たっていないかもしれない、と。

ヴァルトは今や未知の伯爵をこの点に関して激しく擁護することをすでに友人の義務と見なして、その高貴な容貌を引き合いに出した、この顔が、と彼は推測した、あんなにも憂いの影を帯びているのはきっと、犠牲の灰で一杯の何処かの祭壇で友情の年老いたフェニックスを自分のために目覚めさせてくれる太陽を探していて甲斐がないからであり、全く純粋な愛に対して心が閉ざされることはありえないだろう、と。「少なくとも」とヴァルトが言った、「彼の侍従の前に姿を見せる場合には、その前に侯爵帽を被り、星形勲章を身に着け、青い［半ズボンの裾口の］留め紐を巻くことです。それから彼の謁見を受けるがいいのです。そうしたら閉ざされないことでしょう。いや、私自身、蒼古たる代々の貴族で、彼はこの高齢の衰弱を前にするとほとんど顔色がないのですが、前もって彼には自らの功績を吹聴しなければならなかったのです。――で、あなたの友情をどのように打ち明けるおつもりで。友情を単に抱いているだけでは進みません」。――

「明日から」、とヴァルトは無邪気に言った、「彼の間近にいるようにして、僕の心と顔とをみて、愛が彼宛に書き込んだことすべてを彼がはっきりと読めるようにしよう、ヴルト」。――「ファン・デア・ハルニッシュです、忌々しい、ヴルトに何の用がありますか。それではご自分の弁舌とその効果に自信がおありですな」とヴルトが答えた。――「勿論」とヴァルトは言った、「行為少ない身に他に何があろうか」。――しかしフルート奏者は、より高い身分を崇拝しているこのような謙虚な人間が、これほど静かに固く勝利を信頼していることに格別に驚いた。事情はこうであった、公証人はペトラルカの生涯を読んだかなり以前からすでに自分を第二のペトラルカと心ひそかに見なしていたが、それは単に小さな詩を書くという類似の創作力のためだけでなく、このイタリア人が父親によってモンペリエに法学を専攻するよう送られ、後に詩のために法学をやめたということだけでもなく、――第一のペトラルカは有能な優美な政治家であったということにもあった、そしてこれが主たる理由でもあった。公証人は、何度かゴルディーネや母親に対して立派な成果を挙げた演説から判断するに、適切な状況に置かれさえすれば、このイタリア人との若干の類似を当てにしても不遜ではないと思っていた。実際この瞬間イエナ、ヴァイマル、ベルリン等の町中の若者で、誰かある現在あるいは過去の精神的偉人の棺――聖櫃――聖像貯蔵所――樹皮を掛けた家――あるいはミイラの棺として市場をこっそりと徘徊していると思う必要のないような若者はいないのであって、それで上述の棺やミイラの棺を開けたら、中には今述べた巨人が明らかに手足を伸ばして横たわっていて、元気よく見ていることであろう。いや、この筆者が以前は五人から六人の偉人に次々となったのであって、まさしく彼らを真似たのであった。勿論年齢を重ねて、つまり見識に、とりわけ最高の見識に至ると、人は無となる。

「ここをずっと行き来しよう」、とヴァルトは言った、彼はヴルトの返事には、殊に自分の天の霊気に酔っていて、彼の流儀しか感じていなかった。「むしろ寝ることにしよう。――もう寝ているクローターの邪魔になるかもしれない、彼は明日の朝早く数日間の予定で旅立つそうだ」――とヴルトは知らせた、あたかも、全く自分は苦しい思いをしながら、胸一杯のヴァルトからまことに多くの愛を搾り出したいかのように。

「愛しい者よ、それでは穏やかに休み給え」とヴァルトは言って、喜んで愛しい場所から別れ、それからうんざりしている弟から別れた。歓喜と平安に満ちて公証人は家に帰った――静かな路地を覗き込んでいたのは空高く輝いている星々だけだった。――北の方へ開かれている通りの広場の水には真夜中の赤みが映っていた――空では明るい小雲が昼から遅れて来たかのように帰宅し、人間達の昼を豊かなものにした守護神達を天へ運んでいるのかもしれなかった――そしてヴァルトは、非常に幸福な気持ちで自分の寂しい薄明かりの小部屋に戻ったとき、涙も感謝も押さえることが出来なかった。

朝早く彼はヴルトから短い手紙と共に、然るべき時にと上書きされている封印された同封物を受け取った。

短い手紙はこうであった。

「友よ、僕の盲人としてのフルート・コンサートが行われるまで貴君に要求することはしばらく姿を見せないことだ、殊に貴君自身が有するその諸理由を僕も有するからだ。手紙を互いに大いに書くことは出来よう。失明がこれまで通りに激しく進めば、十四日には全くの盲人のデュロンとしてではあるが演奏することになる、単に哀れな聴衆の耳の期待をこれ以上週報から週報へと引き延ばしたくないからだ。――お願いがあるが、僕に知らせないで文書を作成しないこと。意識的に友情の絆を織ろうと貴君が織機に向かうときには、家族の名誉を大事にするよう希望する、そしてまた必要ならば織機で一緒に僕もいくらか足を使う用意があることを考慮してくれるよう希望する。同封のものには僕の封印の横に貴君の封印を捺して、送り返して欲しい。いつか然るべきときに貴君の前で開けられることになる。御機嫌よう。

v・d・H

追伸。今や僕の目を考えて僕宛にはこのように長ったらしい文字で書いて欲しい」。

後のことをヴァルトはその返事で喜んで行った、しかし盲目のことを考えてではなく、真理への愛からであった。彼はすべての要求に応ずると言い、かくも短い和合からの別離を苦しく思って嘆いた。しかしヴルトに伯爵の許での接触、幸福をすべて手紙で知らせると請け合った。――ちなみにヴァルトはこの姿を見せない点に弟の全くの策謀家の面だけを見ていた、これは偶然のどのような小さな稲光にも対処するもので、しばしば最良の暗闇の中にいる人間をそのてっぺんから足先まで完全に照らし出してしまうことのないようにするものである。

秘密の小包は封印しないまま公証人に渡してもよかったであろう、彼は自分と他人とに誠実である機会を得ることをあれほど喜んでいたのだから。

封印された手紙はこう書かれていた。

「君がいつ君宛のこの手紙を読むことが許されるか確実ではないので、全くあけすけに書くことになる。兄さん、僕がはなはだしくそして昨晩ずっと侮辱に感じたのは、――この手紙を開封する最悪か最良のときになお互いに兄弟とよべるものか誰が知ろう、――君が弟が君の友情によって満足感を抱いているほどには君の弟の友情によって満足感を抱いていず、すでに新たな友情を求めているということだ。僕が君のためにくだらぬハスラウに残るとか、君のために死の天使ども、死刑執行人ども、地獄の閻魔どもと殴り合うであろうこと――これはたいしたことではない。しかし旅の馬車で心が半ばはずれ、車裂きにされ、いや断ち切られてしまった人間が、それでも君のためにだけ心を携えて来ていること、これは評価していい、殊に君の心と交換しようと思ってのことだから、君の心は言いようもなく純粋で熱いけれども、しかしまた非常に率直に――すべての方向の羅牌に――開かれている。ところがその心は伯爵なんかに開かれて、伯爵は友人として王座に上がるけれども、僕は兄弟の小ベンチ、子供用椅子に座ったままである――兄さんよ、これはたまらない。こんなふうに群をなして、すべての人間達の同郷人会として一緒に愛されること、そして一つの心が数百の別の心と一緒に多島海が周囲の島々によって取り囲まれるように取り囲まれること――友よ、これは僕の趣味ではない。僕は僕の分をしっかり確保しなければならない。

勿論僕は君に、僕がその下で昨晩眠った鬱陶しい毒の樹(2)の葉をめくって見せたいところだ。君の美しく穏やかな犠牲的心情は承知しているのだから。――しかしむしろこの樹は、こんな卑屈なことをする前に処分してしまいたい。君の前で伯爵のことをあんなにも非難してしまったことがすでに面白くない。自分で見、自分で選ぶがいい――ただ自分の感じに従って引き寄せられたり反撥したりするがいい――逆に僕はむしろ君のために高貴な伯爵へ至る可能な限りの宙乗り、縄梯子、螺旋階段の用意をし、貸し出すことにしよう、僕の大嫌いな伯爵ではあるけれども。しかし君が全く魅了されるか、全く幻滅を感じたそのときには、この紳士に対する次の描写の封印を解くことにしよう。

彼には我慢できない。気位の虚栄心とエゴイズムが彼の楕円の両焦点、氷点だ。僕には若い惨めな色男、阿呆で、自らの鏡像の偶像崇拝者、孔雀の尾羽の眼状斑の鏡である色男は全く気にならない――会わなければいいのだから、――そして比喩的には、どんな伊達男であれ腰を下ろして優男としてモード誌のモデルとなる者は勢いよく踏みつけたいところであるが、しかし阿呆どものことは歯牙にもかけない、いや僕は、大っぴらに自分の虚栄心を公言する者にはそれを大目に見てやるだろう。……しかし虚栄心を否認する者――鷲の翼の後ろに孔雀の尾をくっつけようとする者――煙突掃除人が白くなって出掛けるからといって、日曜日にだけ黒くなって出掛ける［密猟に行く］者――とても真面目にただ禿頭を梳る者――蜘蛛のように、夜、ぶんぶんうなる蚊という賞賛を捕らえるための巣を再び飲み込んで、それからまた張り渡す者――哲学者と道化の主張を喜んで結び付ける者――その上当然全く利己的である者、こういう者に対しては、……僕の言うのは利己的な者。

ある人間が人々のことを、兄さんよ、気にかけていないとき、そのとき僕はその人よりも平然としている。ただその人は自分のことも気にかけないでいて欲しいし、自分の幸せか他人の幸せかが問題になるときは高潔に選んで欲しい。これに対して生粋の、全く破廉恥な我欲の者は、全く厚顔に自分は拒絶する愛をまさに要求する者で、自分のチョッキと頬とを赤く染めるために緋色製粉所で世界を挽きかねない者で、自分を万物の血管が血を送り入れたり送り出したりする万物の心臓と見なす者で、そして創造者と悪魔と天使と過去の数千年を単に執事と啞の下男と考え、諸地球を唯一の惨めな自我の召使い部屋と考える者である。――ヴァルトよ、承知のように、このような者を僕であれば平然と、つべこべ言わず叩き殺して埋葬してしまうだろう。情熱というものは少なくとも大胆で、豪毅な、引き裂くことはするけれども、そうしたライオンである。利己主義はしかし静かな、嚙みついて、血を吸い続ける南京虫だ。人間は二つの心室を持っていて、一方には自分の自我を、他方には他人の自我を入れるが、しかし偽者を入れるよりは空いたままにしておきたいものである。利己主義者は、青虫や昆虫同様に一つしか有しない。君は、思うに、君の右側のを女性に、左側のを男性に貸して、心耳と心膜とで何とかやりくりしている。伯爵について言いたいことはただ、彼がプロテスタントの哲学者として、愛らしいがしかしカトリックの花嫁を――生命のどの息吹に対しても愛を注ぐという点で君に驚くほど似ているのだが――彼女の宗教から自分の宗教へ絶対に引きずり込もうとしていることだ、これは単に彼の信仰を偽として咎めるかもしれない結婚生活での静かな信仰を利己的にまた高慢に容赦しないからだ。

そしてこの人間の妾に君はなるつもりかい。——手紙を書いて頭を冷やしている今、穏やかな君がこの手紙のこの遺言の開封までに、二人の悪漢のせいで、そのうちの二人目は僕自身であるが、どれほど多くの災いを甘受することになるであろうかと思うと僕にはまことに心苦しいことである。というのは僕がそれまでにいかにふくれっ面をするか、君を厳しい試練にさらすか——例えば、僕が姿を隠し、怒り、不正を行うことが十分君の心にこたえるかどうか——そしてそもそも僕が君に対していかに悪魔的になるであろうか、こうしたことは神にも僕にも全くよく分かっていることだからである。僕は自分のふくれっ面の性質をよく知っている、これは——この文でその反対のことを僕が企てたところで——容器の水に浮かぶコルク同様に中心に残ることは出来ないのである。人生の真新しい印刷全紙が現れるたびにいつも下部に作品の題名はまた現れるものである。

僕の厄災はしかしまさにこのふくれっ面の精神、すねた愛の精神で、最も忌々しい妖精の一人が僕の鼻穴の中へ吹き込んだに相違ないものである。騒霊、厄介者の中でこれ以上にひどいものにはすべての鬼神学、霊の島にあたってもまだ僕は見たことがない。——全くあたかも愛は憎むためにあるかのように、一日中最も甘美な心に対して立腹し、その心を苦しめ、ぺしゃんこにし、押しつぶし、四つ裂きにし、腐食しようとする——しかし何のためにか。半死半生のその心を胸に抱きしめて、僕は畜生だと叫ぶためである。かくも罰当たりのことを僕は友人達に対してし、勿論女性の友人達にはそれ以上に罰当たりなことをしている。——三千二百五回僕はあるチューリンゲンの恋人と愛の短い歓喜の月[五月]に和解した——他の女性とはもっと頻繁だった。——しかしその後すぐに、結婚した侯爵のように、魂の結婚式を再び砲撃と途方もない爆音とで告げることになった、僕はまた愛のどのように小さな、美しい、愛らしい霜をも雪と見なしたからである。—— このような事情では、これを僕は厳かに誓った、悪魔か神かが結婚すればいいのだ、と。というのは、愛すべきその人物が不在でなければ（不在ならば非常にうまくいく、手紙によるのも同様）、あるいは同じことだが、死んで亡くなっているのでなければ(愛と遺言は死ぬことではじめて永遠なものとなる）、すると周知のわずかな蜜月ならぬ蜜秒の後に、鉛の年月を得て、人生を暖炉の側で、半ば尻は火に向けて、半ば腹は霜に向けて過ごす、あるいは水中の一片の氷のようなもの、上は素敵な太陽によって、下は波によって溶かされることになるからである。――神よこの悲惨を御照覧あれ。誰しも、と僕は十分によく説いている、この酸っぱいふくれっ面の精神、塩の精神には用心すべし、これ以上ひどいものはないのだから。――僕はいつも古い人間達の許から新しい人間達のところへ旅立ったが、これをまさに口喧嘩するためではなく、なお愛するためにしなければならない。僕が君をどれほど苦しめるであろうかは天の知っていることである。しかしそのことをここで上機嫌で予言した。それ故この手紙が開けられるとき、これは僕の弁護文、無花果《いちじく》の葉、オリーブの葉となろう。

Q・H」

＊1　ヴァルハラの歓喜の谷

第十九番　泥灰岩

夏の時期――クローターの猟

今や公証人の公証人職がようやく正式に始まった。彼は興味津々の市民達の一般的な証書作成者となった。司法的に遺言執行人達の許で債務証書、駄目になった商品樽についての記録、商店についての賃貸借契約書、修理すべき町の時計についての契約書等が書きとめられたが、これらを彼は短時間で完成させたので、あるびっこの年老いた公証人は憤激のあまり何を言っていいか分からず、この同業者が蒔いた種をきっと刈り取ることになるよう神に祈った、いつか七人の相続人と秘密の遺言条項とが公証人の間違いのすべてをとがめ立てたときのことで、実際このことを彼は毎日天に祈っているというのだった。ヴァルトが不可解に思ったのは、自分が——勿論それ以上に彼の印章が働いたが——極めて重要なことを証することが出来るという点であった、どうすればいつか自分が空しい若者ではなく一廉の夫や市民となれるのかほとんど分からなかったからである。

　弟に彼は書いた、証書を書きながら長編小説を更に織り続けており、写しが乾くまでずっと邪魔されずに詩作が出来て——ちょうどダゲッソー[1]の主張しているようなものだ、この人は自分の作品の多くを食事の準備をして欲しいと彼が言う時と食事の用意が出来ましたと告げられる時の合間に書いたそうである、と。しかしヴルトは依頼と命令とを返して、お願いだから正気を失わずに、決して間違わず、契約書の時刻作成とか他の付属物を忘れず、決して符号や記号で省略しないように、公証人はこの記号に由来するけれども、と書いてきた。——どの文も見張られており、ただそのために宮中検察官は顧客の大群を彼に送っていると自分は確信しているということであった。

　あるとき彼の父親のルーカスが似たことを——それまでは三日ごとにそれを口頭で言いに来ていたが——飾り文字の、写しを取った手紙で書いてきたが、その中で遺産に関して、証書においては何一つ削り落とさないよう、また二種類のインクを使わないよう懇願し、その後でドライバーの雀法、クルヴァーの犬法、ミュラーの蜂法[2]の他になお雀蜂法、鶏法、烏法はないのか、一匹か、二、三匹の蜂を殺した場合、蜂法は何と定めているか尋ねていた。息子は丁寧な真面目な返事をトランプと共に送ったが、その中にはマックス金貨が助言への謝礼として入っていた。彼は金貨をノイペーターの法外な手数料と引き換えに両替していて、彼の両親を金（田舎の民の不死鳥、救世主）によって第三の天へ投げ飛ばしたのであった。使いの女性はしかし帰り着いてから十五分を彼のために定め、請け合わなければならなかった、まず第一に彼がその間近くの両親の幸せという至福の夢に浸ることが出来るようにするためであり、第二に、エルテルラインの家全体が今やマックス金貨への歓喜で我を忘れており、ショーマーカーを学校から呼び寄せ、金秤を牧師館から取り寄せたと彼が確信を持てるまでにはやはり十五分を要したからである。手ずからよりもむしろ使者を通して、そこに座っている男よりもむしろ遠くの人々に贈る方がはるかに甘美になるもので、近くの男はポケットに突っ込み感謝するとすべては片付いてしまうものである。

彼の馴染みの魂の妹ゴルディーネはこのとき手紙を貰った。彼は次のように書き始めた。「自分は現在の知己を考えても将来の希望を考えても好意的な運命の寵児であると宣言しても誇張ではない。ただ傲慢を罰する女神をギリシア人のように憚って、自分の最初の遠出はほとんど幸せに過ぎ、最初の目標の棕櫚の葉はすでに果実で一杯であり、夕方は宵の明星を、朝方は明けの明星を有していると告白する」と。

その後更に夏の生活の描写に移ったが、臆することなく次のような色彩で描いた。

「すでに夏ということだけでも高められる。神よ、何という季節か。まことにしばしば、自分は町にいるのか、野を歩いているのか分からなくなる、それは同じことで、素敵なことである。市門から出ると、今や凍えることのない乞食を見て嬉しくなる、それに大いに楽しく一晩中馬に乗っておれる騎馬飛脚を見るし、羊飼いは戸外で眠る。湿っぽい家は必要ない。灌木の一つ一つが部屋となり、善良な働き者の蜂とかきらびやかな蝶まで目前にすることになる。山上の庭には高校生達が座っていて、野原で辞書から単語を引いている。禁猟のため撃たれるものはない、茂みや畝間、枝の上のすべての生命が全く安心して興じている。至る所あらゆる道から旅行者がやって来て、大抵馬車の幌を畳んで、馬の鞍には小枝を、御者の口には薔薇を挿んでいる。雲の影が移り、小鳥達があちこち飛び、職人の徒弟達は荷物を持って楽に遍歴し、仕事を必要としない。雨のときでさえ好んで外に出て、息吹を嗅ぎ取り、濡れたからといってそれ以上牧人が困ることはない。夜ともなれば、ただ涼やかな陰に腰を下ろして、そこからはっきりと昼の光を北の地平線と甘く暖かい空の星とに目撃する。目を向けさえすれば、私は好きな青色を、花の亜麻に、矢車菊に、そして神々しい無窮の空に見いだす、この空の中へ私はすぐにも大海へ身を投ずるように飛び込みたいものだ。——再び家に戻れば、実際瑞々しい幸せが見られる。路地はまことの子供部屋であって、夕方食事の後でさえ子供達は薄着ながらもまた野外に放たれて、冬の時のように毛布の下に追いやられはしない。明るい日射しの下で食事をすることになって、明かりがどこにあるか忘れてしまう。寝室では昼も夜も窓が開け放たれていても、ドアも大方がそうであるが、被害はない。老婆達は寒さに震えず、開けられた窓辺にいて縫い物をする。至る所に花があって、インク壺の横、書類、会議の机、売り台の上にある。子供達は声をあげ、九柱戯の球が転がる音を耳にする。人々は夜半まで路地をあちこち歩き、声高に話し、星の光が空高く射しているのを目にする。侯爵夫人でさえ夕方食事前になお公園を散歩される。夜更けに泊まりに帰る異国人の名手達は宿までバイオリンを弾きながら路地を行く、すると近隣の者が窓辺に寄る。特別郵便馬車が遅く着いて、馬がいなく。喧噪の中、窓辺に横たわり、眠り込むと、郵便馬車のラッパの音で目覚め、満天の星が広がっているのを見る。いやはや何と嬉しい人生がこの小さな地球上にはあることか、しかもこれはドイツでこうなのだ、イタリアとまごうばかり。――ゴルディーネよ、私はそれに、時のこの収穫祭の踊りを、あなたの愛と許しに甘えてこの手紙では気の抜けた散文で描写したけれども、全く別の詩的な色彩の釉を用いて描写できるという見込みを有していてそれを慰めとしている。――友よ、長編小説を書いているのだ。――いや十分だ。私かその他に見いだしたこと、一時間半後に見いだすであろうこと――ゴルディーネよ、これらの喜びをあなたの心に注げたらいいのだが。輝かしい太陽の雲の前にそれを覆い隠す地上の雲を引き寄せることがなければいいのだが。――さようなら、とても愛しい人よ」。

しかしこのとき彼は飛び上がって、売買契約を清書しないまま放置して、今日これを作成しているとき、クローターが戻って来てこの天国が間近にあることをちょうど聞いたのであったが、走って伯爵の庭へ行った。ヴァルトは記述するときは相当に彼の空想の司令官であった、しかし人生では単に空想の従者にすぎなかった。空想が戯れながらその花と果実とを交互に彼の膝の上へあるいは彼の頭上高くへ投げて寄こすとき、彼の、より真面目な心は彼の庭、彼の頂上へと絶えず突進し、枝を探した。

クローターの庭園では彼は素敵な出会いを期待していた。別荘のすべての窓は開け放たれていたが、中には誰もいなかった。彼を園芸愛好家と見なした庭師は慣習に従って花束を持って、この庭師の花の［古風な］シュヴァーバッハ字体、遠隔通信を彼が読みとって、二、三グロッシェンくれるであろうと期待して近付いた。公証人は丁寧に花と咲くプレゼントを断った、が最後にこの上ない感謝の表情を表して受け取り、更に口頭で庭師に極めて率直な感謝を述べた、しかし庭師の顔は極めて暗く曇った、一銭も貰えなかったからである。至福の思いで公証人は通路を逍遥し、暗い茂みの壁龕へ、表題の記された岩や壁の側へ、眺望のよい緑のベンチの前へ行った——至る所で彼の頭には花冠が、心には夏の鳥が、つまり真の喜びが飛んできた、至る所で彼は、思うに、彼の将来の友がすばやい人生の春の若干の花や果実を摘み取ったことのある苗床を目にしたからである。「高貴な若者は」——とゴットヴァルトは様々な場所で言った——「おそらくこのベンチから長いこと夕陽を見入ったことだろう——この花の茂みの中で薄明かりの心の夢を紡いだことだろう——この丘の上で感動して神のことを考えたことだろう——ここの彫像の横で、恋人の優しい手を握ったことがあったであろう、恋人がいるとして——祈りを上げるときには、彼はきっとこの立派な杜で行ったはず」。

庭園には、クローターが以前そこに座ったと思いながら彼が腰を下ろさなかったベンチはほとんどなかった。——「英国庭園は神々しい」——と彼は立ち去るとき門の傍らにいる無言の庭師に言った——「夕方またきっと伺います」。

果たして彼は約束の時間に庭園の扉を開けた。別荘では音楽が奏でられていた。彼は自らと自分の願いを庭園の最も美しい人造洞窟へ隠した。背後の岩の壁からは泉と突き出た木々が迫ってきた。彼の前では滑らかな河がその長い鏡を緑野の中へ注いでいた。風車が音もなく遠くの高台で回っていた。穏やかな夕方の風が赤い陽光を花々からより高く丘の方へ吹き払っていた。女性の彫像が、両手をウェスタの斎女風の服に隠して、彼の横に頭を垂れて立っていた。別荘の音色は明るい星々のように泉のせせらぎの音に混じって、稲光りしていた。ゴットヴァルトはクローターがどの楽器を演奏しているのか知らなかったので、すべての楽器を彼の手に任せることにした。どの楽器も彼がこの若者の心に委ねずにはおれない高くて深い考えを表現していたからである。

彼は甘美な音を聞きながら何度か経験したことのない至福の輪郭を思い描いていたが、それはこの若者が突然洞窟へ入って来て、次のように言うものだった。「ゴットヴァルト、何故一人っきりなのだい、僕のところにおいで、僕は君の友だ」と。
彼は若干の伸展詩をヨーナタンに寄せて（このようにハスラウの週報では伯爵のことを符牒化するつもりであった）書いて何とかしたが、しかし上手《うま》くはいかなかった、彼の内的人間が余りに高ぶり、震えていて、詩的筆を持つことが出来なかったからである。すべてが［真実でない］詩であるかのように見せかけるためにわざと週報に載せるときには、これらの詩を紛れ込ませようと思っていた別の二つの伸展詩の方がはるかに良くて、次のようなものであった。

虹がかかった滝の側で
憤怒の瀑布の上には平和の虹が何と確固と浮かんでいることか。このように神は天に在す、そして時代の激流は引きさらっていくが、すべての波の上には神の平和の虹が浮かんでいる。

スフィンクスとしての愛
見知らぬ形姿が親しげに君を見つめ、そしてその美しい顔が微笑む。しかし君がそれを理解しないと、それは前足を上げる。

*

そのとき庭師がやって来て、庭を閉めるので去るように彼に命じた。彼は感謝し、快く去った。しかし驚いたことに劇場仕立屋の路地で六頭立ての松明《たいまつ》付き馬車の間近を通り過ぎたとき、馬車の中にはクローターが他の者達と一緒に座っていた、それで庭でのさまざまな想いは虚しいものであったことが分かった。彼は更に三十分ほどヴルトの窓の前を行き来した、彼を見ているヴルトには会わなかったけれども、彼のことを間近で考えるためであった。翌日幸い彼は背の曲がった老貴婦人と英語で話している伯爵と庭の通路で出会い、その真面目な美しい顔の前で愛情の籠った目をして帽子を取った。彼は更に六、七回彼に出くわそうとし、そのたびに――庭園での衣服規定を知らずに――敬礼帽を取ったので、結局伯爵はうんざりして、屋内に去ってしまった。庭師もまた、長いこと彼と彼の別荘に対する鋭い観察について自ら観察していたが、混乱してきて、何かを察したように思った。

更に夕方遅くポーランド人のザブロツキー将軍の――彼はエルテルラインで周知の騎士の館を有していたが――使者がやって来て、明日早くちょうど十一時に出頭し、用を片付けるようにとの命を伝えた。「クローターが僕に文書を頼むのだったらいいのに。これ以上に楽しい機会があろうか」と彼は思った。ちょうど十一時に同じ使者がやって来て、命を取り消した。しかし飲食店の食卓で彼は、どんな天球が彼の間近を過ぎ去っていったか聞くことになった。

食卓仲間はつまり一致して、「将軍のヴィーナ」とかいう女性の神々しい心根を讃えた。……哀れな現世の人間の胸にはいろいろな永遠があるものである、永遠の願い、永遠の怖れ、永遠のイメージ――また永遠の音色が。ヴィーナという音は、いや単にそれに近いヴィンヒェン、ヴィーン、ミーネ、ミュンヘンでさえ、公証人の心を、――桜草の匂いをかいだときと同じように捉え、それで彼はその香りの雲に乗って長いこと新たな外国の世界に漂っていったのであるが、最後にこれは単に自分の人生のごく初期の世界が露を帯びて広がっているのにすぎないのに気付いた。その理由はまさに一つであった。つまり彼の子供時代に、彼が天然痘で盲目になって寝ているとき、ヴィーナ嬢、つまりザブロツキー将軍の娘が、将軍は村の半分、あるいはいわゆる左の人達を所有するのであるが、母親と共に村長の許にやって来たのであった。この小さな少女が、少年は死にかかっている、自分は少年にすべての桜草をあげたい、彼と握手してはいけないのだからと言ったと村長の家族は記憶している。公証人は、盲目の自分に桜草の匂いが迫ってきて、全く陶然とうっとりとさせたこと、少女の甘い声ははるか遠くから響いて来ているように思われたけれども、少女の指先だけでも触りたいという痛々しい憧れを感じたこと、その涼やかな花弁を自分の熱い唇に押しつけて台無しにしたことを今なおはっきりと甘美な思い出として覚えていると断言した。この花の話は、と彼は語った、病気のときとその後元気になったとき何回も何回も彼に語られることになった、しかし自分はヴィーナを決して子供時代の薄明かりから外に出さず、後に目にすることはなかった、そうすることはこの日の光に対しては全く神聖にすぎ華奢にすぎる人物に対する罪であると思ったからである、と。声望ある詩人達が腕と翼を組み合わせて、ミネルヴァの盾に載せて美人を雲間の中を通って天上へ持ち上げ、弱々しい諸月の上、夜の諸太陽の下へ連れていくように、ヴァルトは目に見えない、甘く語りかけるヴィーナをそれよりもはるか上の方に、つまり暗く最深の青い星空の下、最も高いもの最も美しいものが光り輝くところ、我々下にいる者には光が届かないところへ高めた。そこはヘルシェル(3)の大きな中心の諸太陽に似ていて、これらはその無限の大きさを通じてその無限の輝きを再び自らに引き寄せ、目に見えぬままその炎の中で漂うのである。

ゴットヴァルトは、このヴィーナはザブロツキーの娘かと尋ねた。彼は、この娘はまさに——クロータの花嫁であると聞いた。男性的、簡勁な鋭い精神、友人を穏やかな愛と共に考えることは、高らかな響きを反響、余韻へと和らげる弱音器と共に、英雄を聖なる乙女の横に考えることは何という驚きか——そして他面では友人の花嫁を、このより高い精神的な姉妹を、友情の神殿におけるこの神に捧げられた尼僧を考えることは（というのは美しい魂にとっては友人の恋人よりももっと素敵な恋人はないのだから）何という驚きか。——この新しい知らせが公証人にもたらしたよりももっと多くの愛と喜びの夢とを一人の人間にもたらすことが出来るような唯一の知らせというものはほとんどなかった、今日将軍の許で婚姻証書が起草された、あるいは起草されるであろうという最新の知らせは別にして。自分が解約されたことからその逆のことを知っていた公証人は、逃してしまい延期された感動の情景に全く畏縮していた。「僕は死んでしまうだろう」——と彼は考えた——「このような二人の人間が、愛し合っているのを突然知ったら、二人に対する愛のあまりに。契約書はどっちみち数万の間違いだらけになることだろう、どんなに注意したとしても」。

しかし彼はもっと多くのことを聞いた。伯爵は、と食卓では言われた、金持ちであるけれどもただ彼女の美貌と教養のせいで結婚する、彼は将軍の負債の十倍の金を有するのだ、と。「それがどうした」と父親役の独身の喜劇役者が言った、「その尊い女性は愛、優美の女神そのものだそうではないか」。「確かにライプツィヒの母親は」——

と宗教局の秘書は答えた――「快く同意していると思う、彼女は新郎同様にルター派だから。しかし父親は」――「どうしたのだい」と喜劇役者が訊いた。「娘と父親はカトリックなのだ」と秘書は答えた。「彼女は宗旨を変えるのかい」と将校が尋ねた。「それは必ずしも明らかではない」――（秘書は言った）「しかし彼女が宗旨を変えないとすると、その前にすべきことが沢山ある。二人は二回結ばれなくてはならない、一度はルター派の聖職者によって、その後カトリックの聖職者によって」。――「宗教局の諸君ときたら」と将校が言った、「全くの正真正銘の厄介な、無益な、退屈な屑だ、腹が立って仕方がない、従軍牧師とはえらい違いだ」。――

（医学的な話によれば）寝室に橙の木を置いていた人が目覚めたとき、夜の間に橙が花を咲かせて、春の香りを放っていると、はなはだ重苦しい気分になるように、ヴァルトは、愛で傷ついた心に甘く苛《さいな》む話を抱いて食卓から立ち上がった。彼は新郎新婦［婚約者達］に会いたかったし、会わなければならなかった。少なくともその声を聞いたのは自分の方が伯爵よりも先であったヴィーナに対して、自分を新郎に紹介するよう、つとに姿を見、求めていた伯爵に対しては、自分を新婦に紹介するよう頼んでよかった。料理店の食卓で彼のとても気に入った意見はヴィーナがカトリックの女性であるというものだった、彼はいつもその言葉を聞くと尼僧とイタリアの魅惑の女性を同時に思い浮かべたからである。彼女がポーランド女性であることも、新たな美点に見えた。ある民族に美人の花冠を認めるといった話ではなく、彼はしばしば空想に耽ってこう考えたからである。何と素敵なことであろう――ポーランド女性を愛することは――あるいはイギリス女性を――あるいはパリ女性を――あるいはローマ女性を――ベルリン女性を――ギリシア女性を――スウェーデン女性を――シュヴァーベン女性を――コーブルク女性を――あるいは十三世紀の女性を――あるいは騎士の世紀の女性を――あるいは士師記に登場する女性を――あるいはノアの方舟の女性を――あるいはイヴの末娘を――あるいは最後の審判の日の直前に地上最後の日に生きている善良な哀れな少女を愛することは、と。これが彼の考えであった。

一日中彼は新たな気分で徘徊した――あたかも自分自身が愛しているかのように大胆に軽快であったが――しかしまた、あたかもすべての女性を得ているが、しかし一人も得ていないかのように思われた――彼はヴィーナに、彼自身が死ぬほど惚れ込むような花嫁介添えの女性を世話したくなった——彼は弟に憧れた、彼にそのことを教えたり彼から何かを聞くためではなく、愛する人間の胸を自分の胸に抱き寄せるためであった——夕方東の空に出た大きな虹が彼をもっと高く張り上げた。軽く漂う弧は彼には未知の楽園への開け放たれた多彩な門に見えた——それは太陽の古い輝かしい凱旋門で、この門を通ってすでに何度も多くの素敵な勇敢な日々が過ぎ去り、多くの憧れる目が追ったのであった。不意に彼は、三つの願望を、つまり二つの声高な、一つの物静かな願望を叶えさせる良い手段を思いついた。

第二十番　レバノン山脈のヒマラヤ杉

ピアノ調律

遺書の第六条によれば公証人は相続するために一日調律もしなければならないということは知られている。つとにヴルトの他に彼の父が、いわゆる精算料金表、あるいは秘密の条項は間違いをどのように設定し、罰しているのかもどかしく思ってこの最も短い遺産職務を実行し、故遺言者の誠実さを見極めるよう彼に要請していた。しかしヴァルトはこの年老いた気前のいい男を悪漢とみなす不当な返事をいつも両者にしていた。しかし今や彼はもっと立派な理由からその気になれば調律することが出来た。これは三重の期待から生じていて、調律の職務は前もって週報で読者に広告されるにちがいないので、自分は最も高貴な家庭や部屋に出掛けるであろう——最も美しい娘達を見いだすであろう（娘達と楽器は疎遠でないから）——そして多分シートマイヤー(1)製のみごとなマホガニーのピアノを開けることになるであろう、これらの鍵盤にクローターとヴィーナは指輪をはめた指を置いたはずというものであった。

ヴァルトは熱くなってこの件を何の助言も求めずに進めた。彼は自分の意志を遺言執行人たちあるいは現市長のクーノルトに知らせた。市長は、彼は秘密の精算料金表によれば遺産の金庫から四ルイ金貨を受け取ることになっている、遺言者は彼に他人の金を貰って欲しくないのであると打ち明けた。父親のように市長は彼に調律の際ぼんやりと聞いていないように警告し、自分の義務が許せば彼にもっとはっきりと助言するのだがと語った。「私も一つ楽器をお願いする」と彼は好意的微笑を浮かべて付け加えた。ヴァルトは――恋に恋して――クーノルトの娘沢山の周知の実り多い結婚生活を満足して思い出した。

この件は週報に掲載された。

一音節の［無口な］ヴァルトは週報が出ると弦番号、弦の弾ませ方、間違った調律についての説教で一杯のほとんど真面目な一全紙分の注意書きを、一日だけは詩人であることをやめてほしいという懇願と共に送ってきた。「公証人のように文書を認める代わりに、まともなレーゲンスブルクの委員会の人間のように楽器を調律すること」。

調律日の前日の夕方ヴァルトは調律する家庭のリストを受け取った。しかしその中には彼の住まいも――ノイペーターは気位が高すぎた――クローターとザブロツキーの住まいもなかったが、他の高貴な住まいは十分にあった。

彼が朝まずクーノルトの許に――申込み順に彼は行商しなければならなかった――調律師として着いたとき、彼はこざっぱりした、磨きのかかったピアノの部屋にクーノルトの令嬢達の代わりに先に述べたびっこの気難しい公証人を見いだした、彼は検察官のクノルが、七人の相続人達の親分としてすべての間違いの証人として寄越したものであった、公証人は、ドイツは承知しているように、二人の証人に値して、従って法律にとってはまさしくかの主論にして矛盾の第一原理、かの精神的な属和音の主音、あるいは素数であって、一目見ようとすでに長いこと賢人達が競争して探しているものである。それ故法律家は哲学者が数世紀かかって証明するよりも多くのことを数分で証明する。

更にクノルは冗長に文書で、調律日を決してヴァルトの公証人の時期に加えてはならないと主張していた、――これは自明のことであろうと、クーノルトは返答した。

娘達のいない明るく整理された部屋にはしかし至る所に女性の蝶の羽の色彩の灰、美しい指による色とりどりの細工やその道具があった。ピアノはほとんど調律されていた、ただ一度だけ高すぎた――そばに音叉があった――鍵盤には弦の番号があって、ピンの横の共鳴板には鍵盤のＡｂｃがもっと黒いインクで修正されていた――近隣は静寂が保たれていた――クーノルトが時に覗きに来た、が一言も言わなかった。彼は公証人達に朝食を勧めた。「どうか」とヴァルトは考えた、「お嬢さん達の誰かが運んで来て欲しいものだ」。髪の毛よりも多くの年齢を有する皺だらけの正直な男の奴さんが、主人であるかのように親切に運んで来た。――

実直なハスラウの市長よ、たった今次の番号と博物標本の巨口貝あるいはヴィトモンダーを記録と共に御身と郵便馬車から貰ったところであるが、今このとき話を次のように請け合って中断することを許されたい、御身をどんなに高く評価しなければならないか私は知ることになるだろう――たとえ御身が永遠に罠にかかる公証人のパトロンとはあまり言えなくても――御身が第一に全く年老いた（多分妻帯している）従者を有すること、そしてこの従者が第二にその上満足しているように見えることからしてすでに分かることだと。

二人の公証人は朝食を摂った、そして執行人は語ったが、その間警備隊のパレードがさながら制服の模造金箔と雷銀を伴い、太鼓の叫び声と共に、この声は単に太鼓に張られている動物の皮を思い出させるばかりではなかったが、通り過ぎて行き、誰も格別声を上げたり調律したりすることは許されなかった。パレードの後でさらにイギリス人の騎馬巡察隊の音楽が続いたので、クーノルトは今誰も自分の言葉を聞いていないし、いわんやごく微妙な不協和音を聞き取れる者は誰もいないと保証した。

かくて午前中はずっと失敗のない、娘達のいない調律が続き、両公証人は食事に行ったが、それぞれ全くうんざりしていた、びっこの方は、阿呆のようにさっぱり書き留める機会がないまま座っていたことに対し、調律する方は誰とも会わなかったことに対しうんざりしていた。ある年になると男性――それに女性は同性を人に数えず、異性を数えるようになる。

書籍商のパスフォーゲルの許にその後二人の公証人は行った。調律の家のグランドピアノで欠けていたのは調律よりもむしろそのための弦であった。調律槌の代わりにヴァルトは丸天井広間の鍵で回し、音楽の鍵のために働かなければならなかった。十五歳の着飾った美しい少女、パスフォーゲルの姪がワイシャツ姿の五歳の少年、彼の息子を連れて来て、小声で歌いながら、小声の舞踏音楽を偶発的な調律の音色からこの年若いサタンのために織り上げようとしていた。小さなワイシャツと長いシュミーズドレスの対照は十分に可愛かった。突然三本の弦ａ、ｃ、ｈ、が切れた、ハスラウの公的記録の知らせるところであるが、しかしどの加線を付けたオクターブであるか定かではない。「いや全くあなたの名前にある文字ばかりですな、ハルニッシュ殿」、とパスフォーゲルは言った。「あなたはバッハの音楽上の逸話[2]を御存知でしょう。あなたに欠けているのは私のｐだけです」。――「私はｂを調律しています」とヴァルトは言った、「でも切れたのは私のせいではありません」。――びっこの公証人は、調律の鍵は三本の弦を一度に切ることはないと見抜くに十分な分別を有していたので、立ち上がって調べそして発見した。「Ａｃｈからはバッハ（Bach）が生まれますな」（と書籍商ははぐらかして冗談を言った）「偶然は大した洒落を作りますな、『素晴らしい学問の文庫』にも見られないような洒落です」。しかしびっこの公証人は、この件は奇妙で記録に値すると請け合った。彼がもう一度共鳴板を覗くと、紙の螺旋の奥、共鳴の穴から一匹の――鼠が顔を覗かせた。「こいつがしたのだ」と彼は言って、書き留め、書籍商が意図的に共鳴板にそれを入れたと推測しているかのように、頭を振った。ヴァルトは突然思案げに尋ねた。「調律を続けますか、至る所鼠の痕跡があって、すべてが切れます」。彼は穏やかに丸天井広間の鍵を置いた。激しやすいパスフォーゲルは食ってかかろうとした。しかしヴァルトは、町を巡回して調律し、彼の所は最後に、別な弦を直そうと説明して彼の気勢をそいだ。

彼らはファン・デア・ハルニッシュの許へ行った、彼もまたリストに載っていた。彼は今か今かと賃貸のパンターレオン・ピアノ[3]を待っていると言って、二人をほぼ一時間待たせた。びっこの公証人ははなはだ気分を害したが、彼はその上、何故調律師が貴族をかくも優しく眺められるのか分からなかった。ヴァルトはすべてを再会を求める弟の憧れのせいにした、しかしヴァルトは、この日と遺産に食らいつく条虫類から少しばかりもぎ取ろうと思っていた。彼は、彼らはまだいるのか、自分は目が見えずにいて彼らの声がしないものだからと二、三回彼らに尋ねた後、ついに彼は両者を何の甲斐もなく帰した。

彼らは或る美しい砲兵隊の下士官の未亡人の許に行った、彼女はその刺繍枠を持って（彼女はティンパニーの覆いを刺繍していた）輝くように磨かれたピアノのすぐ側に腰を下ろしたが、彼女が彼に調律させたのは、彼の気持ちが彼女へと調律されるようにしむけるためであったかもしれない。彼は満足して彼女の言葉に聞き入ったので、あるときは調律槌を共鳴板へ落としたり、また二、三の弦をねじ切ったりした。仕事が終わると彼女は彼に音楽上のさいころ遊び(4)を教え、これで試みに作曲するよう彼に頼んだ。彼はそれを行い、楽譜から彼の最初の楽曲を弾いた。彼はもっと長く演奏したかった――調律の後ほど演奏が楽しいときはないからである。――しかしびっこの公証人は遺書の条項を持ち出して彼に逆らった。下士官夫人は自ら試しに手を出して――愛玩犬が飛び乗り、四本の足で鍵盤の上を行き、少しばかり不協和音を出した。ヴァルトは加勢しようとした。しかしびっこの公証人は条項を盾にそこから彼を追い出した。彼は不承不承去った。彼女は三十歳のブロンドの未亡人であった、したがって三十歳の未婚女性よりも五歳か七歳くらい若かった。弦がそれでもとにかく美人を呼び出す呼び鈴の針金となったことを彼は喜んだ。「幸い」と彼は考えた、「調律は二重小説ではあらゆる偶然を表現するために使えるのではないか」。

彼は警視のハルプレヒトの所へ行った、彼は記録者の伝えるところによれば、一群の娘という悩みを有していた。ハルプレヒトは丁寧に彼を迎え、古いツィンバロンの埃をすばやく払って、それを親しげに調律のために彼の前へ押し出した。娘達の姿は見えなかった。ヴァルトはめんくらって、ゆっくりとした穏やかな丁重さで駄目ですと言った。彼は、第六の条項はピアノについてだけ述べているので、今日調律したら――明日ならば喜んで約束するけれども――リストにある（彼はそれを見せた）多くのまだ残っている調律の家々に失礼なこととなるだろう、彼らも皆金のかからない自分の調律に対して同様な権利を有するのだからと説明した。びっこの公証人も、ツィンバロンはピアノとは言えないであろうと言った。

「いやそういう場合もよくある」──と昔からの愛想を浮かべてハルプレヒトは答えた、ただ口の角で微笑《ほほえ》みながら、単に一本の真っ直ぐな額の皺だけを寄せて。──「しかし自分は他の人に劣らず合理的なのかもしれない。自分は宮中検察官のクノルと共同で子供達のために一つの楽器を借りているので、それの調律のために彼と同行し、同席の栄をもう少し長く楽しみたい、しかし遺言の執行に際しては、共同の楽器とそれにつまり調律の失敗はいずれも二台分に妥当するという提案を受けて頂きたい、その代わりハルニッシュ殿は時間と労苦を十分に節約し、得をすることになるのですからな」と。──「まことに」とヴァルトは答えた、「それは結構だと思います。意に介しません」。ハルプレヒトは彼の手を握って言った、このような若者に会いたいと前から探していた、と。そして皆出掛けた。「今ちょうど」とハルプレヒトが途中で言った、「クノル家では踊りとピアノの時間で、私の娘達も皆います」。

ここに次のことを記しても話の品位を落とすことにはならないだろう、即ちハルプレヒトとクノルはただ一つのスピネット［小型のハープシコード］を彼らの子供達と子供達の部分的体操のための指の打穀場、闘技練習場として、彼らの積極的な鍛造工場のための消極的な鍛造工場として或る老官房書記から共同で賃借りしていたこと、そしてスピネットは交互に半年ごとに両ディオスクロイ［離れがたい友］の家にあったということである。ハルプレヒトはそれどころか娘達のフランス語の時間のために高校の図書館からキュラとマイディンガーの教科書を借りていて、少しも恥ずかしいことではないと言っていた。

検察官邸への比較的短い道は緑、赤、青、色とりどりの庭を通っており、庭は秋の前というのにすでに葉よりも先に果実を色づかせていた。ヴァルトは、その顔を夕べの太陽が暖かく親しげに照らしていたが、夕方の光輝へ憧れた。「あなたはこの場で」とハルプレヒトが言った、「賞賛を受けておられる新しいジャンルの詩を、どんな要望にも応じて作れますかな。──詩人そのものについての詩といったものを、例えば詩人はいかにも高く幸せなことにその遠くの理想の世界に立っていて、卑小な現実世界についてはわずかしか、あるいは全く見ないし、従って理解しないといった類の詩を」。──彼は長いこと考えて、そして天を仰いだ。ついに天から詩の美しい稲光が彼の胸へ光った。彼は、少しばかり得たと言った。そして彼にただ、これを理解するには、太陽が輝いている基となっているのはその本体ではなく、その雲であるという天文学上の意見を思い出して欲しいとだけ頼んだ。彼は、太陽を見ながら、始め、朗読した。

詩人の錯覚

詩人の間違いは皆美しく魅力的だ、卑俗な者達の間違いが暗くするこの世界を照らし出す。このように日輪は天にある。地球は地球の冷たい雲の下では暗くなる、が太陽神は自分の雲によって壮麗なものとなる、この雲だけが光を下ろし、冷たい諸惑星を暖める。雲がなければ日輪も地球と変わらない。

*

「十分に愛らしくかつ鋭いものだ」、と警視は伸展詩に見られるイロニーを率直に称えたが、このイロニーは詩人ではなく、運命がその中へ置いたものであった。――「このように急いでは」――ヴァルトは答えた――「考えを作り出すことは出来ますが、――人間の考えというのはどれも即興曲なので、――しかしまともな詩を作るのは余りに難しいことです。私はこのような詩は決して公表しません」。

彼らは騒がしいクノルの部屋に入っていった、そこでは共同のスピネットと共同の音楽と舞踏の先生《しぇんしぇい》の他になお二つの巣の寄せ集めがあって、彼女らは手足を使ってうるさくざわめこうとしていた――全くのやせこけた、細身の、垂れた皮膚の、嘲笑的な辛辣なすべての年齢を網羅した少女達の姿で、その中には二人の少年も混じって比武［馬上槍試合］を行っていた。ダンス教室の全員がピアノ教室を待ちわびていた、そしてこれがまたスピネットの調律を待っていた。

音楽の先生は、今日はこれは使いものにならない、スピネットはとても変だと誓った。警視が昨夕スピネットをいじって、警視にそのことを任せた検察官に対する彼の言葉によれば、若い一般相続人のために何ほどかの準備作業をしてやるためであったが――しかし大抵の弦を余りに低く下げてしまって――更に準備に熱中して三本の加線下の音符や鍵盤の上にあまりに太い番号［弦］を張って――実際存分に間違ったのであった。

ヴァルトは始めた。彼は弦を次々にはじき切ってしまった。ハルプレヒトは玉状の弦を片方の手から別な手へ投げていたが、彼の言によれば、若い友に話しかけてそのかなり退屈な仕事を楽しいものにしようと心を砕いていた。それに彼はヴァルトに彼の必要とするもつれた弦の塊を渡した。最初公証人はピアノ調律の際の舞踏によく耐え、少女達の喜びのレッスンには無関心でおれなかったので、調律時のオクターブや五度の試みのときとか、ピンを打ち込むときとかには一種の軽快な舞踏の拍子をとろうとさえした、すべての少女達は彼には不快に思われたのであったが、彼女達は早速この数年の間に、ウィーンの或る男爵は三百フロリン金貨以上を要したという年齢免除［成年認知］をその顔に嫁資として持参していた。

しかしどの弦も切れてしまい――そして彼と他の者達が張ってねじで取り付けた彼自身の太鼓の皮［鼓膜］もほとんどそうなったので、――出来るだけ静かにしてくれるよう頼んだ。皆が黙った――彼は調律を続け、一人、音を出した――舞踏教室は舞踏と音楽の先生と一緒に今にもピアノ教室が始まるものと期待していた――ヴァルトは風と海の凪の中、汗をかいていた――弦が今や踊り子の代わりに跳ねた――調律は彼の心とスピネットの調子を狂わせた――彼は近付く夜と、美しい娘と部屋で一杯の残りの調律の家を考えていた――耳の緊張ほどひどく頭を押さえつける緊張はないので彼はすでに長いことぼんやりしていた――二十七本の弦が切れたとびっこの報告者は紙に記していた――このとき夕方の鐘が鳴った。――憤激して公証人は調律槌を部屋に投げ、叫んだ。「沢山だ。……どうしようもない。――しかし市民の一日、基準の一日は今終わった、警視殿。すべて終わりです。弦は私が払います」。

翌日クーノルト氏によって精算料金表の秘密の条項が彼に明かされた、これには、調律の遺産職務の際に駄目にした弦の一本につき、遺産の耕作地の一苗床を要するとはっきり定めてあって、それで彼は今や、びっこの公証人の記録によれば三十二本の弦あるいは苗床を失う羽目になった。ヴァルトは彼の父のことを考え、はなはだ驚いた。

しかし実直な現市長の悲しげな顔をまともに見たとき、彼は何かを察した、つまりこの人物の昨日の全くの善意を察した、市長は楽器を高く張り、その他すべてにわたって彼の負担が軽くなるようにとりはからい、美しい娘達を遠ざけて、自分の家で弦が切れる機会を断ち切り、またよその家で何本か切ってしまうかなりの時間をも断ち切ったのであった。この美しく温かい経験という心楽しい儲けものが貨幣上の損失を十分に補ってくれたので、彼は市長の許から喜ばしい感動を抱いて別れた、市長にはこのことは半分しか理解出来ないように見えざるを得なかった。

第二十一番　巨口貝あるいはヴィトモンダー

展望

ゴットヴァルトは家に入るとき、ここには運命のこのような石の雨、豪雨、鼠の雨の後、非常に愛らしい一片の陽光があると誓った。するとフローラが一片のもの、つまり口頭での招待状を持ってきた――彼は文書での招待には値しないと思われたのである、天国への採用内定通知書、歓楽の為替手形であれば彼にはとても好ましく思われたのであるが、――つまり明日の日曜日の昼ノイペーターの誕生日の午餐の一スプーンのスープに出席して欲しいというものであった。午餐のスプーンとか晩餐のバターパン、こうした食事の極点にドイツ人は招待するが、中心となるもの、かわかます、兎、雌豚等々のものには決して招待しない。フローラは、クロータール伯爵のせいで誕生日を二時にもう祝うことになったと述べた。ヴァルトは、きっと伺うと請け合った。

その後二つ目の暖かい幸運の風が彼を揺さぶった、読者に対するヴルトの知らせを載せた週報で、ヴルトは、今では全くの盲であるが、日曜日の夕方七時には公にフルートを演奏したい、これ以上尊敬する聴衆の大きな期待を裏切り続け、混乱させたくないというものであった。週報紙にはヴァルト宛の紙片が添えられていて、その中でヴルトはコンサートの使用人への二ルイ金貨の前払いと調律の日の記録を頼み、明日には両耳と耳飾り、つまり心を持ってくるよう依頼していた。

喜びのこのように美しく難しい三度の顫音《トリル》をかの女神が、この女神はいつも突然に哀れな、荒々しい現実に引き裂かれた人間の耳に穏やかなメロディーを授けてくれるものであるが、たった今聞かされた顫音《トリル》ほどに公証人の前でかつてかき鳴らしたことはないように思われた。彼は幸せで、一切のものであり、語りかけたくて、まずこう書いた。「ここに必要なお金の倍あります、昨日カーベルから調律のために入手したものです」──それからクロータ ーに対する心楽しい希望と──同時にこの伯爵への伸展詩──この人物に対するこれまでの海兵略奪巡回と巻狩──明日のフルートの［柔らかい音を出す］閉口音管および盲目ではなく、より自由となった弟の将来の人生についての夢──それに三十二の苗床の損失について書いた。

人間はいつも内奥の恍惚を恐れるがいい、いつか現実の恍惚という秘かな穏やかな天の露が、嵐の地上に、その風の割れ目の中にまれなる凪を見いだして、そのときその露だけが堅固な開花した蕚にすべり込む、さながら明るい純粋な真珠が灰色の雲の海から沈んでくるような具合にと全く有頂天になって信じてはいけない。人間は、ヴルトがヴァルト宛に次のような気分で書いた二番目の手紙を早速得るであろうと予期するがいいのだ。

ヴルトはつまり昨日兄を見て以来兄に対する全く新鮮な愛を感じて彼のことを案じ、とりわけ前借りを依頼して秘かに彼と友誼を結ぼうと思っていた──日曜のコンサート以降の日々に対して心躍る希望をもって立派な計画を立て、自らに言っていた。「コンサートの後すぐ僕のすることを考えてみると、ただ共同生活、共同執筆の同盟の祝祭だけが待っている、彼宛の封印された手紙は日ごとに愚かに思えるだけだ」──彼はしばしばそうであったが、天を攻撃するものから地獄を攻撃するものとなっていた──彼は確かに、彼の若干の浮遊する心の冬は、浮遊する夏［小春日和］に似て、岸辺の氷塊が春を奪うよりも心の喜ばしい温かさを奪うことはないと感じていた。

そのような状態のとき彼はヴァルトの弟に宛てた先の歓喜の叫び声、手紙を得た、弟は長いこと盲人として家に座っていて――自分の姿が見えないことに兄はまださして抵抗を感じず――弟に対して兄はまだ一つの伸展詩も書かずにいて、それでいて他人の阿呆には二ないし三の詩を書いていた――つまり、すべてを愛する公証人を三千倍以上愛していて、一人っきりである男に宛てては一つも書いていなかった。……

次のことをこの男はヴァルトに宛てて認めた。

「余分の二ルイ金貨を同封して返します。余計には必要ありません、金を軽蔑する者ほど金に困っている者はいないけれども。――三十二の苗床が今や敵によって雑草を蒔かれるとはこん畜生です。このような音階は私にとっては天国への梯子というよりは地獄への梯子。神かけて、私どものうちの一人とは別の人だったら自分に言ったはずです、用心することだと。カトーは料理の本を書きました。伸展詩詩人ならば、その気になれば調律できるはずです。ただ逆に料理人がカトーの文を書くことは出来ません、せいぜいキケロ、この古代ローマ人のガイドなら書くことが出来るでしょう。悪夢が、哀れな眠りのこの真正な魂の南京虫が、これに対しては馬の頭が体の南京虫に効果があるほどには私の頭は大して役に立たないけれども、前もって私に多くのことを説教してくれましたが、今そのことを遅まきながら貴方の前で説教する羽目になっています。

更に貴方は私に、ザブロツキー将軍の許へ将軍から十一時に参上するよう指示を受けながら、ちょうどその時間に、反対の参上するなという指示を受けたと驚いて述べていますが、彼が変更するのに一日だけ要したということを貴方は思案していないように見えます。いいですか、偉い人というのはまさに精神界の唯一の真正な水銀ではないでしょうか。――その最初の類似というのは彼らの可動性――彼らの流出――ころがり――したたり――沁み透りです――忌々しい。本当の同一性はどっと後に続いてきて数えられません。上述の水銀のように冷たくて、それでいて確固としたストイックな氷にはなりません――輝いていますが光はなく――白いけれども純潔ではなく――軽やかに球状であるが重く押さえつける――純粋でいてしかしすぐに腐食する毒に昇華されて――融合するけれども、しかし少しも関係しない――まことに裏箔や鏡として下に置かれて――何よりも貴金属と密接に結び付き――その上真の選択引力により、水銀そのものと結合し――これらと関係する男達はとてもつばを吐く習性にかられ――いいですか、これを偉い人の世界と私は呼びたいと思います、彼らの黄金時代というのはいつも水銀時代なのです。しかしこのように滑らかな輝く小地球の上には誰も定住しないことです。――ちなみにフルート・コンサートのための入場券も同封します。さようなら。敬具

v・d・H」

ヴァルトにとっては返送されたルイ金貨は、ルイ十八世(1)によって刻印されたものであるかのように心傷むものであった。しかしその他はヴルトの怒りの地団駄を喜びの踊り、拍子踏みと解した。いかばかり愛を虐待して彼はヴルトのふくれっ面の精神を遠ざけたり近づけたりしているか予感できたならば、彼は現在の自分にほとんど希望を抱くことが出来なかったであろう。明日に対する最も素敵な希望と共に今や彼は眠りに就いた。

第二十二番　サッサフラス［樟の根皮］

ペーター・ノイペーターの誕生日

公証人はその朝ずっと、このような名誉の日には当世のペトラルカであるとか、町の宝石粉砕機で夙に研ぎ減らされていて、村で折れてしまった宝石であるといった計画を立てる他は何ら気の利いたことを立てられなかった。彼は自分がこの最も上品なサークルあるいは会の輝く黄道十二宮に入るのは初めてであると考えた。「何と上品に

彼らはすべてをひねることだろう」、と彼は自らに言った、「洗練さのあまり彼らはほとんど話せないことだろう。マダム——と伯爵は言うかもしれない、——私はあまりに幸せすぎて、幸せではありません。伯爵様、と彼女は答えるかもしれない、あなたの勲《いさお》しであり、あなたの過ちですわ。——その推測を推し当ててよろしいでしょうか、と彼は尋ねる——答えよりも質問の方がもっと許されるのでしょうかと彼女が尋ねる——一方は他方を省いてくれます、と彼が答える——あら、伯爵、と彼女が言う——いや、マダムと彼が言う。たとえ腹を立てていても、今や彼らは上品さのあまり何も言えないからである。僕としては多くを『ホッペルポッペルあるいは心』に使う」。

ヴァルトは遅くならないように彼の日曜日の金箍を、つまり南京木綿服を自らの黄銅細工師として注ぎかけ、そして褐色の火炎模様の帽子の代わりに——これは彼は手に持とうと思った——いつもより多くの髪粉をかけた。彼はおめかしして、二、三時間軽やかに行きつ戻りつした。馬車が次々に音を立てて着くのを満足して聞いた。「ただ下ろすがいい」と彼は言った、「長編小説のための荷物と大市商品だけを、この小説ではインク同様身分ある人々が必要なのだ。僕のクローターは僕ら皆に何と多面的な姿を見せるに相違ないことだろう、昔からの友よ。僕も彼に何か言えるよう神の配慮があればいいのだが」。

彼はとうとう新しい転がりにおいて、下へ降りて行き、サークルに加わり、自らの弧、お辞儀によって円を完成するときと思ったので、帽子を手に取って上の階段の手摺に現れ、長いことそこから眺め下ろしていたが、新たな後部に接続できるとみるや、こっそりと、格別の屈曲は見せずに広間に入っていった。そこ、広間は輝いていた、金鍍金された錠はカール・ペーパーがはずされ、シャンデリアからは塵袋、罰金袋が除けられ、絹の椅子は丁寧に尻当てのところから覆いが取られ、板張りの床では壁紙からすべて麻布が取り除かれていた、この壁紙は東インド風の敷物を覆っていて、それでいくつかの隅で敷物と板張りの床が軽く姿を覗かせていた。(1) 広間自体は商人が、最後は生きたものがどの広間も飾ることになるので、客を一杯にして全く高いパイの丸屋根のように飽和させていた、つまりイーグレット〔羽根等の帽子の飾り〕——シュミーズドレス——化粧の類——赤鼻——極上のスカート——半ズボン——最高の品——フランスの時計で一杯にし、それで教会役員のグランツから親切な商用旅行者、非常に真面目な簿記係に至るまで皆が混じっていた。この偉い商人は、自分の身分の高い負債者が破産すると、債権者の階層の他にはどんな階層も求めなかった。彼は所得の冷たく静かな貨幣検査官として、金を有するならばどんな卑しい市民もすぐに評価したし、どんな高貴な貴族も、その古い血が銀や金の血管を流れ、その系図が生計と商業の枝を伸ばしていたら評価した。勿論――アルドワン神父[2]には古代人の貨幣が古代人のすべての著作よりも多くの歴史的信憑性を有していたように――吟味する商人は他人の信用性について言及する際には、貴族の証文やその他の名誉心尊重といえどもその貨幣に勝って高く買うことはなかった。

すでに公証人はこの栄誉の日の船着き場を期待していたよりもはるかに陽気で軽快であると思った。直に、自分が注目されていないので、どの絹の椅子にも腰を下ろして、その椅子を自分の夢想の織機となすことが出来ることに気付いたからである。まだ彼は伯爵の姿も誕生祝いも二人の娘達も目にしていなかった――がついにクローターが、食卓の王が、嬉しいことに華やかに入ってきた、あたかも代理商の絹の椅子ではなく「イギリス」議会の羊毛を詰めた袋「のベンチ」に腰を下ろさなければならないかのように、長靴を履き、コートを羽織っていたけれども。「宮中代理商殿」と彼は一同を調べずに言った、「よろしいかな、腹が減ってかなわんところです」。宮中代理商はスープと娘達を命じた、彼は伯爵の金利子の仲買人として彼がいかほどの者であり、殊に自分にとっていかほどであるか最もよく承知していたので、伯爵を夙に衷心から評価していたからである。彼はしばしば、これほどの年収のある男には分別ある者ならば誰でも、彼が自分自身の意見を述べたり、自分の好きなものを読んでも大目に見るべきであると主張していた。

突然音楽が鳴った――それと共に印刷された誕生祝いの歌詞と一緒にスープボールが来た――それから二人の娘が長い花飾りをもってきて、それをノイペーターの体に巧みに巻き付け、それで彼は花咲く綬の中に立つことになった――帳場の者達が走って詩を配った――そしてまず自分達の店主に金箔の張られた詩を渡した――すると他の器楽が始まって、詩の、あるいはむしろ詩の歌の伴奏をした――紙片を手にした一同はかなり長い食卓の祈りとして歌を歌い出した――ノイペーター本人も歌いながら紙を見ていた。ヴルトなら、殊に花の綬を付けた男が自らを称えて歌うなんてときには、そこで最も真面目であった人々の中には数えられなかったであろう。しかしゴットヴァルトはそうではなかった。人間は自分の誕生を考えると、死者が滑稽でないように、滑稽ではない。我々は中国の絵のように、二つの長い影の間を、あるいは二つの長い微睡《まどろ》みの間を走っているのであって、どちらの影を考えようと違いは大きくない。ヴァルトは下手《へた》な声で苦労して小声で歌った。それが終わって、老体が自らは忘れやすいのに他人が自分の誕生日を憶えていてくれたことにいたく感動し、彼の家族が他人より先に彼に祝いを述べたとき、ゴットヴァルトの遠くからの静かな祝意ほどに率直な祝意はどの心にも見られなかった。しかし彼は重苦しい気持ちになった、人間が――「ことに宮中ではそうだと思えるが」と考えた――自分の復活した人生を検算し、精算すべきちょうど聖なる日を他人の雑音の波の中で聞き逃し――新たな存在を昔からの存在の騒がしい繰返しで祝い、新たな決意で祝うことをせず――その揺り籠とか墓場が自分のそれに実際最も近いところにある自分の家族達との秘かな感動の代わりに忘恩の華美、乾いた目を求めるとはと思ったのである。公証人は、ある善良な人が自分にその日を思い出させてくれる最初の自分の誕生日には――というのも今までの苛酷な貧しさの中で彼は一度も誕生日を経験したことがなかった、――全く別なふうに、つまり非常に心優しく、静かに、敬虔に行おうと心に決めた。

――

人々は食卓に着いた。ヴァルトは二番目に貧しい輩――フリッテの隣に――一番貧しい男として配置され、最も若い簿記係の右隣であった。彼にはさして応えなかった。彼の向かい側には伯爵が座っていた。食卓は、すべてを死のように平等化するお金のように丸いものであった、さながら大きめの［東インド］商会の皿であった。公証人は、皿とその中身の斬新さに全く眩惑されて、いつものように二本の左の手［不器用と左］を出す代わりに二本の右の手［正しいと右］を出して、まことに上品に食べ、ナイフで栄誉礼のサーベルを振るおうとした。スプーンの先ではなく、横から食べることは本で読んで十分に承知していたので、疑問に思える場合にだけ昔からの配慮で、他人が食べて見せるまでは手を出さない方針にした。ただ朝鮮薊《アーティチョーク》の場合にはその配慮はあまり必要ないと思って、報告によれば、彼はその苦い芯ととがった葉とを噛んだそうだが、それはオランダ風ソースにつけてなめて食うべきものだったそうである。しかしすべての中身に勝って彼がはるかに感心したのは、芥子入れ、デザート用スプーン、エッグカップ、氷カップ、金の果物ナイフで、彼はこの新しい食器を自分の二重小説の中へ、茶筆笥に入れるように入れることが出来るからであった。「まあいい」と彼は考えた、「諸君はキビツの卵、マインツのハム、燻製の鮭を食べるがいい、僕は良き隣人のフリッテから名前を正しく教えて貰えさえすれば、僕の長編小説に必要なものすべてを手にし、ご馳走出来るのだ」。

彼の目は、何の遠慮もしない伯爵の許に作法の最高の学校として向かった——彼はちょうど白のポートワインを要求し——去勢雄鶏の翼を歯だけでむいていき——指でつかんだクッキーは言うに及ばぬことであった。この勝手気ままな様は——更に長靴と外套を身につけていて——ヴァルトを刺激し、それで彼は、何人かの紳士が子供達のために糖果を懐に入れたとき、自分には全くどうでも良かった若干の甘い紙片、あるいは甘い文［恋文］もポケットに入れるのを義務、世間知と考えた。彼の隣人のフリッテも、彼はとてつもなく喰らい、要求していて、人はいかにして生きるべきか——殊に何によってかはっきりと教えていた。

しかし彼の永遠の願いは、何かを話して、クローターに話しかけられることはとても叶わなくても、聞いて貰いたいということであった。しかしそうはいかなかった。伯爵には敬意から哲学的隣人、教会役員のグランツが左手に懇請され——右手には代理商夫人が座っていた。——しかし彼はただ食べるだけであった。ヴァルトは、主婦には一言も話してはならないという極めて洗練された習慣の主要な規則がどの程度模倣されるべきものなのか、鋭く考え込んでいた。彼は、恋人のように、将来は犠牲にして、視覚的現在でしのぐことにした。それでも美しい青年伯爵が何かを皿から取り——あるいは瓶を取り——あるいは喜ばしげに見回し——あるいは夢見心地に窓の背後の空を——あるいは愛らしい顔の［青い目の］空を眺めるとき、それは彼にとって幾らか楽しいことであった。しかし彼は教会役員には立腹した、この役員はかくも実り多い隣席に座りながらこれを少しも格別立派に活用せずにいた、ヴァルトの思うには、役員はいとも容易にクローターの手にたまたま触れたり、話に誘うことが出来たはずだからである。しかしグランツはむしろ輝《グレンツェン》いていたかった——彼は神格化された説教者、説教作者であった——彼の顔にはボローニャの貨幣のように、ボローニャは教えると書かれていた——他の演説者が目を閉じるように、舌の流れの中で彼は耳を閉じた——　——このような作家の虚栄心をもって彼はクローターの気位の高い口を閉ざした。これについてはヴァルトもまた自分の口を開けなかった。彼は、どんな顔に対しても食卓越しに喜びの花を投げること——愛想そのものとなること——そしていつもほんのわずかしか話さないことを食卓での義務と見なしていた。どんなに公然と自らを表現、表明したかったことであろう。残念ながら彼はモーゼ(3)のように輝く顔と重い舌をもって座っていた、彼はすでにあまりにも長く、ほとんど粗野で無意味に見える舌先と唇のがらくたの話題に何か有意義なものを投げ込もうと意図して窺っていたが無駄であった、商人のようになにか粗野なことを言うことが出来なかったからである。細い糸を紡ぐヴェストファーレン人は、太い糸を引き出すことは出来ない。人間は燦然たる出現を引き延ばせば引き延ばすほど、一層輝かしく昇るに違いないと思い、太陽のことを考える。ようやく太陽と一緒に照らし出すことができるようになると、日の出のためのふさわしい束がまたしても欠けることになる、西からまず昇りたくはない。このような具合に人間達は下界では何も言わない。

ヴァルトはしかし行為に力を入れた。ノイペーターの二人の娘は彼がかつて見たすべての美しい顔の中で最も醜いものだった。すべての詩人同様に女性の化粧品の一つであって、砂漠の顔に魅力の種蒔きをするにはわずかの週と感情がありさえすればいい公証人ですら、二つの茎に数年の間にそれぞれ空想の花を刺繍で仕上げる自信はなかったであろう。それは難しすぎることであった。女性の醜さほど彼が同情を抱くものはなく、それを生涯の苦痛であろうと見なしたので、ブロンドの女性を（ラファエラと言った）、彼女は幸い彼の視線の真向かいに座っていたが、言いようもない愛をこめて見続けて、そうして自分がいかに彼女の角張った顔に不快を感じていないか打ち明けられるものと期待した。褐色の髪の女性にも、エンゲルベルタという名前であったが、時折穏やかな静かな横目を使った、彼女は陽気であったのでほんの弱い同情を注いだだけであったけれども。同情しながらも二人の少女が着飾って化粧しているので女性の嫉妬をことごとく引き寄せていることは彼をはなはだ強め元気付けた。——金鍍金された宴席の梨、化粧された痘痕、立派な革装幀の駄作として二人は認知されなければならなかった。このように考えると同情深い隣人のフリッテを彼は高く評価せざるをえなかった、フリッテはこの醜いラファエラに対する注視と敬意に関して彼と競っていた。フリッテは哀れな奴として醜い美人からは持参金付きの手しか欲していなかったが――ナプキンの下のフリッテの手を彼は握った。そして三杯目のワインの後、言った。「僕も多くの美人の中ではまず醜い女性と話し、踊りたいものだ」。――「それは慇懃なこと」（とアルザス人は言った）「しかしかなり立派な腰に気付かれましたか」――今ようやく公証人は二人の娘に関して腰を記憶に留めることにした。彼女達の首を刎ねる者は、いずれをもヴィーナスになしえた、いや首があってさえ二人は自分を優美神と見なしえたであろう、ただし二重の鏡を使ってであるが。学者達は観相学的美の他には美を知らない。ヴァルトは自分が頰髭を持っているとか、他人が腰や、美しい指や醜い指等々を有することを知らずに成年になった。――「確かに」、と公証人はアルザス人に答えた、「僕は醜い女性には何の良心の咎も受けずにその美しい腰のことを面と向かって言い、称え、哀れな女性がそのことに気付きそれを得意に思うようにしよう」。フリッテは何かをさっぱり理解できなかったときにはいつも、そのことは何も質問せず、すばやくその通りと言った。ヴァルトは今や絶えず人目にも付く目をラファエラの腰に据えて、彼女にそのことを知らせようとした。ブロンドの女性は彼の視線を見ぬ振りをして、若いハルニッシュの厚かましさに貞淑に動揺しようとした。

「私に好ましいのは、ブロンドの方それとも褐色の方、どちらとお思いかな」（と宮中代理商は言った、ワインで陽気になって）――「いずれにしてもブロンドの方です。こちらは三ヵ月ごとの勘定で十二グロッシェン少ない。三ターラーと十二グロッシェンでヴァイマルの大膳職のグロンは赤い化粧酢（ヴィネガ・ドゥ・ルージュ）の瓶をちなみにブロンドの方に売ってくれます。褐色の方には一つが四ターラーです。これが黒髪ときたら、一瓶四ターラーと十二グロッシェンで注文しなければなりません。ラーフェル、でかした」。「お父さま（シェール・ペール）」と彼女は答えた、「どうかラファエラと呼んで下さいな」。――「もっともだ」（とヴァルトはノイペーターの不作法に驚いて、考えた）、「彼女が土竜熊（シェール・ベール、造語）と言ったのは」。そのように彼は理解したのだった。

「今日かわいそうな盲目の男爵がフルート・コンサートを開くの」とすばやくラファエラが言った。「ドュロンにはどれほど泣くか分からないわ」。――「その方の名前は存じません」――と磨かれた母親、プルへーリアという名前の女性が言った、彼女はライプツィヒ出身で、そこへよく二人の娘を連れて行って、最良の礼儀の高級学校としていた――「この文無しは粗野な田夫野人で、その上法螺吹きですよ」。――ヴァルトは、ワインで熱くなって、心の中ですみやかな弁護に取りかかっていた。「貧しい貴族が」、と軽蔑してエンゲルベルタが言った、「何かを習って覚えたとしても、まともに相手出来ないわ」。――「誰か」と母親が言った、「耳の肥えた聞き手に彼がフルートで何をできるか御存知の方がいますか」。――「彼は」、と大至急ヴァルトは発した、「粗野でもなく、困ってもいなく、不器用でもなんでもなくて、まことに見上げた人物です」。こう言った後で彼は自ら自分の声の意図しない熱意と簡潔さとに気付いた。しかし彼の穏やかな精神を権柄づくの商人の夫人が奇襲したのだった、彼女は「ライプツィヒで」馬上のゲレルト[4]を見ていた時代には可愛かったけれども、しかし今は――自らの遺物から出来ており――自らの納骨堂として――自らの多彩な化粧箱として――自分の高価な服装をおしろいをつけられた死体のための彩色された金属製の、ビロードを張られた、金箔の取っ手の打ち付けられた豪華な棺としていた。ヴァルトは荒れるつもりはなく、ただ公正でありたいと思っていた。彼の差し出がましい言葉はちょっとした驚きと蔑みの様子で聞き留められた。しかしノイペーターはすぐに話の糸口をつかんだ。「ブルヘンよ」と彼は妻に酩酊した鷹揚さで言った、「哀れな奴でその上盲だそうだから、おまえ達女に三枚のチケットを奴から取り寄せさせることにしよう」。

「町中の人が出掛けるの」とラファエラは言った、「私の大事なヴィーナも。有り難う、お父さま。この不幸な人を聞いたら、殊にアダージョで聞いたら、それを楽しみにしているのだけど、『私の心の周りにすべての囚われの涙が集まる[*1]』よ、ヘスペルスの盲目のユーリウスを思い出しているの、喜びの花に涙が注がれるわ」。

その後その話し方にうっとりとなって彼女を見つめたのは父親ばかりではない――彼は老いた男として自らの語り方を続けていたけれども――同様にフリッテも夢中になっており、また公証人も衷心からの喝采を送って再び彼女の顔に視線を上げて、顔には我慢できる、あるいは同じ屋根の下で暮らしているのだから、愛でしのげるというとっさの願いで一杯になっていた。しかし彼の心にはヴィーナの話題で嵐が生じた――彼の生気ある目は彼女の新郎へ懸かった――すると突然またラファエラがグランツに質問を発して食卓に最大の革命を引き起こした。「教会役員様、どうして目ではすべての像があべこべなのに、見ている人には何も逆に見えないのでしょう」。

それから教会役員がゆっくりと長ったらしくこの件を彼の読書の知識から立派に説明し、食卓では感心しないわけにいかなくなったとき、伯爵は火と燃えた。自分は食事はもう十分だ――あるいは聞くのは十分だ――あるいはグランツの神学的半端な知識、レヴァントの混合言語、かの気の抜けた説教壇哲学、これの四分の一は倫理的で、四分の一は非倫理的、四分の一は分別があって、四分の一はこじつけであって、全体は盗まれたもので、これにはうんざりだというもので――伯爵は教会役員に対する長く激しい砲火を浴びせ始めた――これについては次の番号、鼠色の木賊の寄せ集めが片付けられ備えられることになるが、――それは彼がフルート奏者のクオド・デウス・ヴルト自身であったとしても、神学的道徳家、著者の燻金に対するそれ以上の憎しみを見せることは全く出来なかったであろうと思えるほどのもので、ヴルトはこう語るのであった。「哲学者の昔からのかび臭い小森から神学者達は落ちた読書の実を拾い集め、それを種として蒔く。――これらの最大かつ最狭のエゴイスト達は神を自分達の任命された聴罪牧師職の奉仕の兄弟［フリーメーソンの下級職］とし、そして支部へ行く途中で、日蝕が生ずるのは、自分達がより汗をかかず、より多く影の中を馬で行けるようにするためであると信ずる――そして心や頭を、アイルランドで従者が階段をそうするように、自分の鬘で掃くのである」と。

＊1　この言い回しは『ヘスペルス』から取っている。「第二十八の犬の郵便日。」

第二十三番　鼠色の木賊の寄せ集め

クロータ―とグランツの卓話

つまりグランツが、「まさに眼ではすべての対象が逆になり、従って我々もまた共に逆になるので、それ故逆転を感じられないのです」と述べると、――

それに伯爵が応じた。「では何故眼の中の唯一の像は共に逆転されないのですか。――何故手術を受けた盲人は何も逆に触らないのですか。――網膜の小像は内部の像とどう関係するのですか。何故すべてはかの牛像同様に小さく見えないのかと、何故疑問に思わないのでしょう」。――

グランツはガルヴェ(1)に従って述べた。「我々の長所は結局のところ長所ではなく、それ故謙虚さが我々の義務だそうです」。

伯爵は応じた。「それでは、何故私という乞食が、私よりひどい乞食に対して謙虚でなくてはならないか、少なくとも理解できません。――この乞食が全く気位が高ければ、私は彼に対して二つ目の長所、つまり謙虚さを有することになります」。

グランツの印刷された演説から立派な命題が引用された。子供達が高齢者を蔑《なみ》するときっと自分達自身の子供達から応分の罰を受けるだろう、と。

クロータ―は応じた。「従って軽く見られる高齢者はかつて軽く見た証拠です。かくて無限に続きます、あるいは罪なくして罰を受けるわけです」。

グランツは、いとも容易に記憶は容量を超えてしまうと述べた。

クローターは応じた。「それは考えられません。何かを保持することが、脳や精神にとって負担となりましょうか。二十年間の人生が残した宝を、記憶の中で、この記憶が青年時代よりも煩わしいかのように感ずる男がいましょうか。──しかし更に言うと、百姓は学者同様に多くの考えをその記憶に刻んでいます、ただ別の考えで、事柄、樹、畑、人間です。記憶の超過というのはつまり他の諸力のなおざりにされた文化に他なりません」。

グランツは述べた、究極の意図から見ると、鼻は眼鏡のために出来ているというヴォルテールの嘲笑を受けやすいものです、と。

クローターは答えた。「これも鼻の役割です。ある世界のすべての諸力が算定されたときには、眼鏡を磨く力も計算されなければならなかったのです」。

グランツは表明した。自分もそれに賛成であり、すべての自分の印刷された演説の中では人為的世界構造に無限の分別を見ております、と。

クローターは尋ねた。「その分別とはどういう意味ですか」。

グランツは述べた。「原因です」。

先の者が応じた。「すべての人為的構造を、例えば体格を、貴方は今盲目の諸力から説明されています、外的創造からではありません、そしてこの諸力をまた盲目の諸力から説明されますが、では一体全く機械的な有限性のどこでどうして精神の稲光を発生させるおつもりですか」。

グランツはその後おもむろに述べた。イギリスのように良く限定された君主制が皆にとって最善でしょう、と。

クローターは答えた。「ただ自由にとってはそうではありません。何故私の先祖だけが、法を選ぶ自由を持っていて、私はそうではないのでしょう。どこへ逃げても、すでに法があります。ある国家の理想は、いつも自由な法を定める最小の諸連邦国家が、諸連邦村に──それから諸連邦家族に──そして最後には諸連邦個人に分解し、これらがいつも新たな法典を定めることが出来ることでしょう」。

グランツは述べた。より小さな諸国家によってむしろ戦争は止むはずです、と。

クローターは答えた。「まさにその逆です。幾つかの場所で同時に、そして時間的により頻繁に戦争は生ずるでしょう。全地球で戦争を止めさせるには、地球は二つの巨大な国家に分割されていなければなりません。そのうちの一方が他方を呑み込みます、すると地上の唯一の国家に平和が残ります、かくて祖国愛は人類愛となるのです」。

グランツはデザートのとき、少なくとも「啓蒙主義が魔女信仰を駆逐したのは結構なことだと述べてよかろう」と思った。

クローターは応じた。「まだ一度も啓蒙主義はこの信仰を調べてはいません」。グランツは軽く頭を振った。「二つの意見のうちのどちらを」とクローターは続けた、「貴方は有するか私は存じません、しかし貴方が有することができるのは二つの意見のうちの一つだけで――つまりすべては時代のいかさまとする意見か、あるいはこの件には何か不思議なものがあるとする意見のはずで、いずれにしても貴方は間違っています」。

グランツははなはだ頭を振ったが、しかし自分は分別ある者なら誰でもそうであるように最初の意見だと述べた。

クローターは答えた。「魔女の不思議な話はヘロドトスにおけるギリシアの神託と同様に歴史的に証明されています。この神託もまさしくそもそもすべての歴史と変わりません。ヘロドトスも籠絡された神託と真の神託とを分けていいます。いずれにしてもこれはまだ神々が世界史を支配し、共演していた偉大な時代のことです。それ故ヘロドトスはホメロス同様に詩的なのです。――卑俗な輩は魔女の話においてすべてを想像のせいにしています。しかし多くの魔女裁判を読んだ者には、それは不可能です。確固とした微妙な事実についての各民族と各時代を連綿と貫く想像などありえませんし、ある国民が、存在しない戦争や国王を想像するのと同様に不可能です。想像をこのような一般的な想像のコピーと説明したいのであれば、前もって原像を演繹しなければなりません。大抵は年老いた、困窮した、単純な女性達がこの悲劇の女優でした、従って空想には最も恵まれていなかったのです。それに空想はもっと誇大にかつ様々なことを描きます。ここで見られるのは単に――愛人や悪魔の混在という哀れな再三繰り返される話で、女性は卑俗な服を着て徒でどこか近くの山まで同伴され、そこで彼女は踊りや、馴染みの楽士、惨めな食事や飲み物、村の知人達ばかりに出会って、踊りの後愛人と共に再び家に帰ります。ブロッケン山での集会は単に山の近くに住む女性達にだけ当てはまるにすぎません。しかし他の国々では単に近くの山が踊りの場に選ばれただけでした。すべての告白を拷問による嘘の発生と説明したいのであれば、その裁判において、彼女達がしばしば拷問の後で、二、三の些細な告白を、だからといって死を免れさせることのない告白を厳粛に不安げに取り消しているということを考慮に入れないことになります。つまり、半分取り消すということは半分告白を――証しているということを考えないことになります、当時の時代はあまりに宗教的に考えて、舌先に嘘を残して死ぬことは出来なかっただけになおさらです。

陶酔的な飲み物や香油については、これで彼女達はブロッケンやその他の夢の中へ幻惑されたそうですが、何処にも文書によって証明されていませんし、生理学上可能でもありません――或る幻想を現実に創り上げるような飲み物は存在しないからです。――それでただこの二つを用いるためだけに、彼女達はきっと自らを魔女と見なさなければならなかったのです」。

グランツは述べた。「しかし今は何故もはや魔女は存在しないのですか。何故当時はすべてが、貴方が先に自ら認めたように、かくも自然に、日常的に行われたのでしょう。しかしだからといって私は、伯爵殿、貴方が真面目に先ほどの意見であると信じて、これらの反論をしているわけではありません」。

クローターは答えた。「すると貴方は私の考え方を誤解されています。何故ですって。ある経験、例えば電気的、夢遊病的経験の中断、欠如からそれがありえないと結論できましょうか。ただ事実に基づく現象からのみ証明されます、負の現象は論理的矛盾です。私どもは或る現象の条件を知っているでしょうか。多くの人間と歳月が過ぎていきます、そこには天才はいません。しかし天才はいるのです。精霊に対する眼識と諸関係を有する祝日の子供達に関しても同様ではないでしょうか。――貴方の反対なさる日常性に関しましては、これはまた、その最初の使徒達の日常性の中へ隠れてしまうすべての実証的宗教に妥当します。すべて精神的なものは見たところ自然なものへもたれかかっています、私どもの自由が自然の必然性にもたれかかるように」。

グランツは述べた。二番目の意見で有利な点は何か是非知りたいものだ、と。

クローターは答えた。「まず最初の意見のための当時の証言者達です。ある女性を有罪とするために必要なのは、事実ではなくただ証人の結論だけでした。大抵は三つの全く異なる事実からで、悪夢と竜の飛来と突然の不幸、例えば家畜や子供達や、その他の死から証人達は結論付けました、そして彼らの結論は証言だったのです。

第二にすべての魔法の成功は青虫や蝸牛の粉末あるいはその他の有害な粉薬に基づいており、これを愛人や悪魔が欺かれた女に参加料ターラー、勧誘料ターラーと共に渡しており、この金は家ではしばしば陶器のかけらと分かったものです。悪魔の力といえども女性に富ももたらさず、火刑台に対する保護状ももたらしていません。私はすべての点から当時男達が魔法への信仰を利用して、悪魔的愛人の簡単な仮装の下に女達を卑劣に辱めたものと結論付けます。いやことによると何らかの秘密結社がその集会を隠そうとして魔女の踊りを隠れ蓑にしたかもしれないと思っています。いつも男達が魔女裁判では女性に対して悪魔を演じていて、その逆はほとんどありません。――ただ分からないのは、女達が当時悪魔を、地獄を恐れるように恐れていたのに、その出現に対し、地獄での再洗礼[*1]に対し、背教に対し驚いていない点です」。

グランツは微笑《ほほえ》んだが、しかし述べた、今や二人の意見は一致しているかもしれない、と。

クローターは非常に真面目に答えた。「ほとんどそうではありません。後からの模倣というのは原像がないということを意味しません、それは或る原像を前提としています。いまだに奇蹟信仰あるいはむしろ信仰の奇蹟の真の歴史がありません――神託や幽霊から魔女や感応療法に至るまで。――しかし視野の狭い、狭量な啓蒙主義者はこれを与えることが出来ず、それが出来るのは聖なる詩的魂でしょう、これは人間性の至高な現象を自らと人間性の裡に純粋に眺め、その外部の物質的偶発性の裡に求め、見いだすことはありませんし、――すべての奇蹟の中の最初の奇蹟、つまり神そのものを理解します、有限な人間の狭い大地の上に出現するすべての霊に先だって我々の内部に出現するこの最初の霊を理解します」。……

ここで公証人はもはやこれ以上自制していることは出来なかった。自分の考えのこのような素敵な輪廻を彼はこの高貴な若者にこれまで求めていなかったからである。「宇宙でも」と彼は始めた、「詩の方が散文よりも早かったのです。無限の者は多くの狭小な散文的人間を、これがつまらぬ意見を述べようとすれば、どんなに散文的に考えても十分ではないでしょう」。

「我々がより高い存在として考えるものは、我々自身に他なりません、我々がその存在を考えるのですから。我々の考えが止むところ、そこで真の存在が始まります」と熱くなってクローターは言った、公証人の方を格別眺めずに。

「私どもはいつも二つ目の劇場のカーテンから一つ目のカーテンを引き離すだけで、自然の描かれた舞台だけを見ています」とヴァルトは言った、彼はクローター同様に若干飲んだ。誰ももはや相手にまともに答えなかった。

「もはや説明出来ないものが何もなければ、私は生きていたくありません、こちら側でもあちら側でも。予感はその対象よりも遅れています。永遠の渇望は矛盾ですが、永遠の満喫もまた矛盾です。第三のものがなくてはなりません、音楽が現在と未来の間の仲介であるように」と伯爵は言った。

「聖なる調べ、精神的調べは形象によって作られますが、しかし調べもまた形象を作ります[*2]」とヴァルトは言った、彼は真理の充実によってのみ導かれており、もはや友情の願いによって導かれてはいなかった。

「一つの精神的力が体を造ります、それから体がその力を造ります、その後はしかしその力が地上では最も力強く体を動かします」とクローターは言った。

「深い第二世界の地下水よ、御身は採掘のとき卑俗な哲学的鉱員を妨害し、溺死させる、つまり高いものを単に穴を開け、沈下させるために持とうとする者をそうするけれども――この地下水はまさに正しい精神にとっては自分を中心部へ引き込む偉大な死の河です」、……とヴァルトは言った。彼は夙に真っ直ぐに食卓の所で立っていて、もはや何も聞かず、見ていなかった。

「まことの思弁［シュペクラツィオーン］」――と伯爵は始めた。

「フォークトラント人君」――とノイペーターは簿記係の方を向いて、クローターの腕をつかみながら、遮った、彼は知的議論に耳を傾けるのも好きであったが、そこから逃れるのも好きであった――「二十三エレのシュペクラツィオーンを君は今日記帳したのではなかったかね。[*3] いやお続きを、哲学者殿」。――

伯爵は失敗の不協和音を耳にし、黙って、喜んで立ち上がった、忘れられてつとに待機していた一同は更に喜んで立ち上がった。公証人の大胆さと滑稽な話しぶりには皆とても興じていた。教会役員のグランツは隣人達にこっそりと、伯爵の命題をどのように考えるべきか、このようなものは他の皆に劣らず自分をも退屈にさせ、嫌悪させると教えようとしていた。

ヴァルトは第三の天に昇っていたが、残りの二つの天を誰かに贈るためにまだ手に残していた。彼と伯爵は今や――彼の感情によれば――友情の結社の騎士の鎖を互いに帯びていた。ヴァルトが彼と話したからといったものではなくて――公証人はもはや自分のこと、謁見の願望のことを全く考えていなかった、――クロータ一が彼には広大な海で戯れる偉大な自由な魂に見えたからであり、この魂はすべての櫂のリングを壊し、波の間に投げ捨てており、その不敵な精神の歩行が、出世するというよりも進歩する偉大なものに思えたからであり、公証人は、相似ない価値に共感する、ピアノが他の管楽器や弦楽器の音で鳴り始めるようなそうした数少ない人間の一人であったからである。

このように若者達は愛する。そして彼らのすべての過ちにもかかわらず、彼らにとっては、ティタン神族にとってそうであるように、まだ天が彼らの父親であり、地は母親にすぎない。しかし後には父親が死ぬ、すると母親は孤児をほとんど養うことができない。

何と全く変わって――つまりはるかにこそこそせず、静かに毒を抱かず、蝮のように冷たく滑らかであるというのでもなく――人間は食卓から、宮中にあってさえ、食卓の前に腰を下ろしたときよりも立ち上がることであろう。何と飛ぶように、歌いながら、心は羽毛のように軽く暖かいことか――ノイペーターは軽やかに庭園の散策を伯爵に提案した――伯爵は同意し――ヴァルトは後を追った。途中で代理商は彼の花の綬を引き裂いて、それを隠した、道化のように見えたくはないので、と彼は言った。

＊1　周知のように情夫は最初の洗礼を不純な洗礼によって再び無効にする。

＊2　鳴るガラス板の上の像[2]。

＊3　つまり帳簿に記入した。――シュペクラツィオーンはノイペーターの意味では交差していない半ばリンネルの半ば絹のパリの布製品で、同様に織物である百科辞典のシュペクラツィオーンとは異なっていて前者の謂である。

第二十四番　輝　炭

庭園――手紙

伯爵は彼の花婿付添人の間を行ったが、その中の左手の者は歩きながら糸車を回して話の糸、愛の綱を紡いだ。しかしごく狭い通路を三人の男が盛大に行進するのはしばしば難しいことであった。市場人足が彼らの後に控えていて、砂上のすべての六つの足跡を平らにしていた。代理商はクローターを庭園の輝かしい部分に案内して、伯爵の手から栄誉の銃とサーベルを受けようと思っていて――幾何学模様に剪定された木々の下の子供像の前――花の下のヘラクレスの戦う群像の前へ連れていった。しかし伯爵は何にも感動しなかった。ノイペーターは計算盤で、彫像がこれまでに要した「かなりの額」を、とりわけ風雨に対してきちんとした防水の外套、騎乗者用コートに包まれた極上の幾つかの像の要した額を数え上げて、彼を衛兵の外套に包まれたヴィーナスの前に案内した。クローターは黙っていた。ノイペーターは更に試みて庭園を行き、自ら自分の庭園をイギリスにある庭園よりも貶めて、例えば「イギリスの」ハグレイの庭園を持ち上げた。「しかし」と彼は言った、「イギリス人はその上金も持っています」。伯爵は何も反論しなかった。ただヴァルトだけが述べた。「結局はどの庭園も、どんなに大きくても、つまりどんな人為的限定化も果てしない自然の中では小さく、箱庭に過ぎません。ただ心だけが、この庭園より十倍以上小さい庭園を造るのです」。

その後商人は伯爵に何故、例えば多くのものが懸かっている木々を見上げないのかと尋ねた。伯爵は見上げた。感情の白い［税関表示の］薄板がラファエラによって読むために木々に打ち付けられていた。「私の娘が一人で考え出したものです」と父親が言った、「これらはとても斬新に高邁に書かれていると思います」。伯爵は詩的花々の間近の感情の板、心の葉の前に立った。公証人もまた世界に薬瓶にするように添付された使用説明書を読んだが、この説明書は、美しい自然をどのように服用すべきか、どのスプーンでどの時にかと指示してあった。ヴァルトにはこの感情の施設は気に入った、これらは春の自然の就任プログラムあるいは復活祭プログラムであり、四季の運送状であり、自然の絵入り聖書の第二の、秘かに印刷された表題紙であった。

それでもクローターは黙ってその下から去った。しかしヴァルトは、樹の緊急、救急小冊子に感動して言った。「すべてがここでは美しい、部分も、木々も、薄板も。実際詩を敬うべきです、詩を求めるようになるに至るまで。勿論ただ至高の、ギリシアの詩のみが、地球の縦坑に似て、深くもぐるほど暖かくなります、表面は冷たく見えるけれども。他の詩は単に上辺を暖めるだけです」。――「私の借家人のハルニッシュ公証人殿」――と彼の接近と大胆さにうんざりしているノイペーターは早口で言った、伯爵が彼を意味ありげに見たときのことである――「そこのエルムノンヴィル(1)周辺の湖は――こう私の妻は池を名付けていますが、ライプツィヒ出身なもので造園のことが分かるものですから――この池は、つまりただ島を取り巻いているだけで、この島は私の亡き父、得難い商人の周りに盛り土をさせたものです。島の中の立像は父本人なのです」。――池の島では月下樹とポプラの下にただ一人、さながらロビンソンのように、年寄りの故クリストヘルフ・ノイペーターが石像となってこちらを見ていたが、ちなみに取引所の職服を着て象られていて、大理石に移された袋鬘と石化した長靴下と上着の裾は痩身の男に、裸身であった場合のような軽やかな外見を与えていなかった。

「このつまらない庭園の全体をいかに思われるかお話し下さい」と二代目のノイペーターは訊いた。「あの木製の不思議なピラミッドは何かな」（と島と湖の周りを歩いている伯爵は尋ねた）、「基礎の部分とも半ば水上にあるが」。宮中代理商には質問が気に入った。彼は悪戯《いたずら》っぽく答えた。「ピラミッドへはちゃんとドアから入れます」。――「ケスティウスのピラミッド[2]かな」とヴァルトは小声で言った。――伯爵は悪漢の商人の言うことが分からなかった。「左様ですね」、と彼は更に説明した、偽装の着想に喜んでいた、「あの例の機会の時に――まさに必要となるものでして――昼間大いに飲みまして、庭を見物しますと、当然なことに、……」

「そうか――」と呑み込みの早い伯爵は火と燃えて言った。「ピラミッドへ行かなければならない」、そして代理商に飽きて、残るよう合図した。一つの虹が――木製の橋が色彩によってそう上塗りされていた――ピラミッドへ通じていた。無邪気な公証人はあまりに繊細に考えて、合点が行かなかった。ここに残されたことを極めて非礼なことに思った気位の高い商人は、半ばは自分に、半ばはヴァルトにつぶやいた。「丁重な、気難しい方だ」。彼は、クローターの巨大な半身像を思い描こうとしていた公証人が、それを繰り広げないうちに再びこの者を炎で一杯の絵筆を手にしたまま残した。

孤独なゴットヴァルトが虹の弧、橋の弧に足を踏み入れないように――真理を開示したのは上品な精霊であった。そこからこの若者は庭園の通路の一倍半分飛び退った、彼はすでにむき出しの爪楊枝の付いた高貴な食卓の犬儒主義に立腹していた。――しかし父親のポプラの島にこのようなオベリスクを植え付けた代理商には怒っていなかった。彼はしばしば余りに愛を有し、趣味を持てないでいた、他の者達はその逆であるが。

伯爵がエルムノンヴィルから戻ってくると、ヴァルトは幾つかの細い通路の半径に入って、彼とたまたまぶつかるようにして、合流しようとした。しかし一人でいたかった伯爵は、絶えず近付いてくるのに気付くと、うんざりして彼を避けた。公証人自身にも最後はこの友情のバレエが苦いものとなった、市場人足がそのぼかし筆を持って歩数計として彼の背後にいて、足跡を消すことによって一歩一歩を自分の前で計算してみせたからである。

「何とまた言いようもない幸せであろう」と彼は夢見た、「僕が湖の水の中へ落ちて、僕の若者が僕を引き上げてくれて、僕が目を滴らせて彼の足許に横たわることになったら。次のことは考えられない——この幸せは余りにも大きすぎるから、——彼自身が落っこちて、僕が彼の気位の高い生命を救って、彼を胸元で蘇らせるという幸せ者になれるなんてことは」。

しかしこの時彼は途中で何かよりましなものを見つけた、クローター宛の落とし物の手紙である。手紙を渡そうと周りを見たとき、伯爵は家の中へ入る一行の許に戻っていた。彼は後を追った。しかし伯爵はすでにそこから馬に乗ってとある村を目指していた。手紙を通じて、明日伯爵自身の部屋を訪ねる権利を手にしたのは格別嫌なことではなかった。

彼は急いで自分の部屋に上がった——家の中に唯一の客人として残り、他の者は皆去らなければならないというのは嬉しくないことではなかった。——そして静かに上の部屋ですでに開封されてある手紙の——外部を眺め、読んだ。というのは中の手紙を読むことは、誰か別の他人の手紙であれ、彼には出来ないことであった。彼の師のショーマーカーは——これは、ヴルトの言によれば、黴の小森にも森林規定を考え出すような者であったが——印刷されたものですらそれが著者の意志に反して出版されたものであれば読むべきでないと主張していたからである、或る罪が容易なものであるとか複数の人間が関与しているといっても罪であることに変わりはないというのであった。封印には嘴と足とにオリーブの枝をつかんでいる鳩が飛んでいた。封筒には優美な匂いがした。彼はそれから手紙を引き出して、遠くに離して広げ、名前——ヴィーナを勝手に読み取り、そして大急ぎで脇へ置いた。……「彼にすべての私の桜草をあげたいの」とかつて彼女は遠い子供時代に言ったのだったが、その子供時代の暗く花咲き乱れるテンペの谷から絶えずかの響きが遮蔽された小夜啼鳥のように歌い伝わった。今やしかし震える弦が——その音色はこれまで甘美に切なく彼の心にまつわりついていたのだが——彼の指に触れた。彼は全く過去を、子供時代を手にしていた——そして今日遂に覆う雲間からコンサート会場に目に見えぬ女性が出現するのであった。

彼の感動は絵を必要としなかった、どの感動もそれぞれの絵に凝固したからである。

彼は今や広げられた手紙を目の間近に持ってきた、逆向きであったけれども——紙は青白く上品なもので、血管で一杯の繊細な皮膚のようであった――逆様の筆跡は愛らしく均一であった――花輪が紙の四角にプレスされていた――それぞれを見て――桜草を当てにし――下の角を探したとき、最後の行が、七つの最後の言葉が目に入ってきた。彼はびっくりして紙片を封筒に戻した。

クロータ宛の手紙は次のようなものであった。

「何のためにこのように長く争わなければならないのでしょう、争うこと自体が罪かもしれませんのに。私はあなたの昨日の決定的なお言葉を聞いてあなたに嫁することが出来ません。あなたには喜んで容易に幸せと命と安らぎとを捧げることが出来ますが、しかし私の宗教はそう出来ません。背教を告げることを思い描くと身震いがします。あなたの宗教哲学には苦しめられます、が心変わりはしません。教会は私の母親です。もっと立派な母親がいるとどんなに証明されましても私の母親の胸から離れられません。私の宗教が、おっしゃるように、単に儀式から出来ていましても、数少ない儀式を、それは私のがあなたのより多いですが、お許し頂きとう存じます。結局のところ、考えでないものはすべて儀式なのですから。一つの儀式を諦めたら、何故他の儀式をも続けているのか分からなくなります。私がそうしますように、私の父の前では背教へのあなたの厳しい要求を内密にしておいて下さい、父はそのことをとても侮辱に感ずると存じます。――ヨーナタン様、これ以上何を申し上げられましょう。あなたにしばしば咎められるかの物静かさは、気まぐれでも冷淡さでもなくて、立派なあなたに及ばないことへの悲しみなのです。私どもの絆がこのように始まることは正しいことでしょうか。私の心は堅固ですが、傷ついています。

ヴィーナ」。

彼は最初の炎の中で、手紙を彼女本人にコンサートのとき届けることに決めた。ちなみにこのとき、少しばかり今日の贅沢な状況を――昼の正餐――夕方のコンサート――日曜日の全体を見積もると、――どんなに自分が、偉人に似て、眩惑されて幸福の車輪の上を回っていることか、あるいは歓喜の真の夜を、喜びの光線に満ちた一つの星座が沈んではまた別の星座が昇る夜を始終夢見ていることか、哀れな奴等は太陽の添えられた暗青色の昼しか有しないのにとの思いをこれ以上隠すことが出来なかった。
それで彼は——頭と胸とをフルートを吹くヴルト達や、聖なる桜草の花嫁達や、上品な、彼女達に渡すべき様々な手紙で一杯にして——生涯で最初のコンサートへ出掛けた。というのはかつてライプツィヒのゲヴァントハウスでのコンサートに行くためにはそれに必要な入場券代、木戸銭を工面出来なかったからである、周知の通り十六グロッシェンの金であるが。

第二十五番　エメラルドの流れ

音楽の音楽

入場券をしっかりと握って、彼は長い行列に並んだ、行列は彼の側兵であり、道案内人であった。輝かしい奔流のざわめき、高い広間、諸楽器の調律、彼の弟の運命が彼を、動揺する酩酊者とした。この砂金の出る奔流を、弟は金の洗鉱をすることになると喜んで、彼は眺め、弟は波を数えたかもしれないと思った。振り返って弟を探したが無駄であった。ヴィーナも探したが、しかし露の輝きに満ちた平原でどうして一つの宝石を見つけ出せようか。彼の評価、計算によれば、彼の方を向いた少女の中にはおよそ四十七名の真のアナデュオメネ達、ウラニア達、キュテレイア達［いずれもヴィーナスの別名］、優美女神達がきらびやかに座っているように思われた。よそを向いた背の中では彼女達はもっと増えたであろう。

彼は次のような質問を自らに立てた。この一連の四十七羽の極楽鳥が飛び上がって、自分がアモールの矢でそのうちの一羽を撃ち落とすことになったら、どれにしようかと。――彼の引き出した答えはただこれであった。僕の手を本当に握って、生来何か僕に対して感じてくれる女性であれば誰でもいい。空飛ぶ一団のこの美しいホンデクーター*1には無数の猛禽類、ハルピュイア［鳥身の女怪］等々のものがきっと混じっていたはずで、この自己問答から、自分の初恋を初婚としたい初《うぶ》な若者ならば、自分が何に向かっているか判断するがいい。

書籍商のパスフォーゲルが挨拶しながら公証人の隣に腰を下ろしたちょうどそのとき、ハイドンはその奔放な音色の軍馬を自らの力の調和の戦いへ放った。嵐が次々に吹いて、それから暖かく湿った日差しがその間に現れ、それからまた嵐は背後に重々しい曇天を引きずってきて、突然それをベールのように引き裂いた、そして唯一の調べが、美しい形姿のように春の中で泣いた。

ヴァルトは――彼はすでに子守女達のさえない歌声にも揺り動かされて、音楽に対しては知識や眼識はあまりなかったけれども、しかし頭と耳と心耳とを有していて――フォルティシモ［極めて強く］とピアニッシモ［極めて弱く］の、彼にとっては新しい交互の演奏によって、さながら人間の喜びと悲しみの交替の如く、我々の胸の祈りと呪いの交替の如く、一つの奔流に突き落とされ、引きずられ、持ち上げられ、沈められ、覆われ、麻痺させられ、巻き込まれた、が――手足はすべて自由であった。いわば一編の叙事詩として人生が彼の前を流れていき、人生のすべての島や岩礁、深淵が一つの平面であった――音色の許で年齢が過ぎていった――子守歌と歓喜の結婚式の歌とが混じり合って、一つの鐘が生と死とを告げた――彼は腕を、足ではなく、飛ぶために動かした、踊るためではなかった――彼は涙を流した、しかしただ熱い涙で、力強い行為を耳にしたときのようであった――そして自分の本性に反して、今や全く荒々しくなっていた。彼が腹立たしかったのは、誰かが入って来たとき、人がしっと叫んだことであり、多くの音楽家が、その楽譜のように、太っていたことであり、彼らが休みのときハンカチを鼻に当てたことであり、パスフォーゲルが拍子を歯で取ったことであり、そしてこの者が彼に「まことに耳の保養［オーレンシュマウス］ですな」と言ったことであった。これは彼にとってはクラインの侯爵領で小夜啼鳥の名前がシュラウツ［ずる鳥］と呼ばれるほどに厭わしいイメージであった。

「いよいよアダージョとなって、弟の登場に違いない」とヴァルトは自分に言った。

「あそこで案内されているのは」――とパスフォーゲルが彼に言った――「盲目の横笛吹きだ、案内者は盲目の宮中ティンパニー奏者、こちらの方が場所をよく知っている。しかし二人は全くお似合いだ」。――今や黒髪のヴルトがゆっくりとやって来、一方の目は黒い眼帯の下にあり、他方の目は凝視したままで、頭を盲人のように少しばかり高く上げ、フルートを口にくわえて――むしろ自分の笑いを隠していたとき、――彼がティンパニー奏者からお辞儀しやすく立たされ――すべてのおしゃべりが静まり、穏やかになったとき、そのときヴァルトはもはや涙を抑えきれなかった、先の諸々のことのせいと、盲目の弟を単に思い描くだけで、そしてこの不幸な運命は冗談屋に実際起こるかもしれないと考えるともう抑えられなかった。結局彼は、ヴルトは盲目であると広間全部の人と共に信ずるには多くを要しなかった。

ヴルトは月刊誌のようにいつも最良の作品を最初にもってきて、自分は根拠があって次第にレベルを上げる名手連とは異なることを申し立てた、人間は互いに最初の産物から評価するのであって、後の産物からではないからであり、悪いのも良いのも最初の印象が固定するからであり――そして長い音楽ほど容易に耳を貸さなくなる女性達に対しては、彼女達がまだ聞いているうちに最良のものを与えるべきであるからである。

先の巨人の後、月のようにアダージョが昇った――フルートの月の夜は青ざめたほの白い世界を示し、伴奏の音楽は月光の虹を導いた。ヴァルトは目に滴を浮かべていたが、これは彼にいくらか盲人の夜を知らせるものであった。彼は音色が――この永遠の死が――もはや近くからではなく、遠くから来るのを耳にした、そしてヘルンフート派の墓地がその夕方の響きと共に遠くの夕焼けの中、彼の前に広がった。彼が乾いた明るい目を向けると、目は沈む陽が広間の窓のアーチに射し入れる輝く光線上に落ちた。――そして遠くの山々の上の太陽を見ているように思われた――すると人間の胸に宿る昔からの郷愁は祖国のアルプスから懐かしい音色と呼び声を聞き取り、泣きながら人間は快活な青空の中、薫る山々へ飛んでいき、そして絶えず飛び続けながら山々に到着しないのであった

――汚れない調べよ、何と御身達の喜びと御身達の痛みは神聖なことであろう。というのは御身達が喜び、悲しむのは何らかの出来事についてではなく、人生と存在についてであり、そして御身達の涙にふさわしいのはただ永遠だけであり、人間はその永遠のタンタロス［飢渇の呵責を受けた］であるからである。どうして御身達が、御身達純粋なものよ、長いこと俗世にまみれていた人間の胸に聖なる場を設けることが出来よう、あるいは地上の人生から人々を浄化出来よう、御身達が早くから私どものうちに人生とは裏腹な響きとして存在しているのでなければ、そして大地の前に御身達の天が私どもに生まれついているのでなければ。

精神的幻影のように今やアダージョが消えた、荒々しい拍手がプレスト［急速に］への導音となった。しかし公証人にとってはこれは単に、自ら消えていくアダージョの一層荒々しい継続となって、イギリス悲劇の後のイギリス笑劇とはならなかった。まだヴィーナの姿は見えなかった。長い空色のドレスを着ている女性が彼女かもしれなかった、この女性は彼に背を向けている女性の隣に座っていたが、この背中は、頭の羽根飾りと、――絶えず音楽の最中に音楽を声高に称えている間近の声から察するに――ラファエラのものと思われた。しかし誰がそれを知ろう。ゴットヴァルトはこのような美しい諸世界の多数に(1)接してプレスティシモ［極めて急速に］の下、女性の天球儀を見上げ、見下ろし、そして自分の目で大抵の女性を胸に推し当て、主に黒い服をそうし、次に白い服を、それからその他の色の服をそうした。信じがたいほど音楽は未婚女性への彼の愛を高めた、彼は自分が愛する者達の下へ投げる忠誠式記念貨幣の鳴る音を耳にした。「青白い女性よ、君を」――と彼は臆することなく考えた、「歓喜の涙と天とで飾ることが出来るのであれば――薔薇の輝きの女性よ、このプレストに合わせて君と踊りたいのだが――そして君、青い目の女性よ、僕に出来ることなら、即刻喜びのあまり涙を溢れさせてやりたいのだが、そして憂愁の白い薔薇から蜜を汲んで欲しいけれども――君を、穏やかな女性よ、ヘスペルスと月の前に立たせて、それから君を、僕やその他の誰かを通じて感動させたいものだ――そして君達、十四、十五歳の小さな明眸の玩具達よ、洋服箪笥で一杯の二、三の舞踏室を君達に贈りたいものだ――君達穏やかな、穏やかな少女達よ、僕がその運命に当たるのであれば、どんなに君達を愛し、楽しませることだろう。どうして粗雑な時がこのように甘美な頬と目とをいつか苦しめ、濡れて年老いたものにし、半ば消えたものにすることが出来るのだろう」。――

このテキストをヴァルトはプレスティシモの下に置いた。

彼は数年前から身分のある盛装の女性の美しい目に涙が浮かぶのを見たいと思っていたので――というのはこうした硬いダイヤモンドの中の、より美しい水、より金色に輝く雨あるいは心のより美しい拡大鏡というものを考えることが出来なかったからであるが、――それで彼はこの落下する光の小球、小天球儀を、この目の目を少女達のベンチの許に探した。しかし彼が見つけたのは――少女は化粧したときはほとんど泣かないので――垂らされた涙の印、ハンカチだけであった。しかし公証人にはハンカチがすでに涙であって、彼は全く満足していた。

ようやくどのようなコンサートでも見られる拝聴の休憩、談話の時が始まった、人はこのときはじめてコンサートに来ていることを自覚するものである、自分で歩き、自分の言葉を話し、舌先で心と凍ったものを溶かすことが出来るからである。「一体誰が」とヴルトは巧みに彼の『ホッペルポッペルあるいは心』の、次のように題される号外の中で言っている。

人間の声のコンサート

「一体誰が音楽や詩文を腹に良く持つものなしに長く我慢しようとするであろうか。二つの美は素晴らしい花であるが、しかしかぶりつきたくなるもも肉の上にある。芸術とマナ(2)［神与の食物］は――かつては食物がそうであったが――今や悦楽や重荷で駄目になったときの下剤である。コンサート場はその規定によれば談話室である。女達は敵の女性や友人の女性の小声に耳を傾けても、楽器の高い音には傾けない。ベヒシュタインによれば同様に犬は鼻を良い匂いに対してではなく、敵の人間や知り合いの人間の匂いに対して持つようなものである。いやはや会場では何か踊りたいというのではなくても、何か話したいのである。（小都市ではコンサートは一つの舞踏会で、天体の諧音《ハルモニア》ならぬ舞踊のない音楽はないからである）。それ故吹奏やバイオリン弾きはむしろ副次的なことで、挽き臼の音は、二つの石あるいは先頭がもはや挽くものがなくなったときにのみ生ずるようなものである。しかしまさにその逆に——私は嘆かなければならない、勿論どのコンサートにおいても若干の音楽を認めるのに吝かではないが、牧師が説教壇に登場する前に、鐘や教会音楽があるようなもので——演奏時間がはるかに談話時間よりも長くて、そして多くの者が座っていて、聾となり、それに対し啞となっている、演奏によって人々をカナリアのように話すよう刺激することほど簡単なことはないというのに、従って食卓音楽を聞いているときほど人々が長く声高に喋ることはないというのに。——人々が演奏のとき何かを享受する、ビールとか紅茶とかケーキを享受するということに関するより重要な面でこの件をまことに問題にすると、演奏は飲酒よりも長く続くこと宮廷饗宴での吹奏が食卓そのものよりも長いようなものである、あるいは製粉所の鳴る音が歯で碾くより長いものであるということを知るとき、必要なのは」——云々。ホッペルポッペルは彼の書に属すのであって、この本には属さないからである。

美人達のすべての新しい世界、半球が向き直って立ち上がったこのとき、ヴィーナが見いだされるに違いなかった。ラファエラはすでにこちらを向いて立っていた、しかし空色の隣人はまだ彼女の前に座っていた。結局公証人は直接パスフォーゲルに彼女のことを尋ねた。「彼女は」と宮中書籍商は答えた、「ノイペーター嬢の隣——銀の付いた空色の服を着ていて——髪には真珠の飾りを付けている——宮廷にいたんだ——今立ち上がった——ちょうど振り向いた。——しかしこれ以上の黒い目、これ以上の卵形の顔があるものかな——均整のとれた美人とは思わないけれども、例えば鋭い鼻とか意思の強いくねくねした口の線というものは。しかしその他は素晴らしい」。——

ヴァルトが乙女を見たとき、大地の上の強大な力が言った。「彼女が彼の最初にして最後の恋だ、彼がどれほど苦しもうとも」。哀れな男は飛ぶ蛇の、アモールの刺し傷を感じ、戦慄し、燃え、震えた、そして毒を受けた心は腫れた。彼女は綺麗であるとか、身分のある人であるとか、子供時代の桜草の花嫁であるとか、伯爵の花嫁であるという思いは浮かばなかった。彼に思われたのはただ、あたかも、これまで堅く彼の心の中へ閉じ込められていて、彼の精神に至福と神聖さと美とを与えていた愛する永遠の女神であるかのようで、あたかもこの女神が彼の胸から傷口を通って抜け出して、今彼の外部の天のように彼からはるかに離れて立っていて（すべてが遠くにあって、どのように間近なものも）、そして輝きながら花咲いているかのようであった、この世ならぬ様で、彼女の去った、そして彼女を欠かすことの出来ぬ孤独な傷ついた精神の前に。

このときヴィーナがラファエラにくっついてヴァルトのいる通路をやって来た、ラファエラは親しさを鼻にかけて彼女の横にいて大勢の中に割り込もうとしていた。彼女は彼のすぐ側を通り過ぎて、彼がその俯いた黒い魅惑の目を間近に見たとき、その目はユダヤ人女性だけがかくも美しく有するが、しかしかくも静かに有するものではなく、穏やかに流れ込む月であって、きらきら光る星ではなく、その目の上にはなお内気な愛が瞼をアモールの目隠しとして半ば垂らしていたが、そのときヴァルトは我知らず後ずさった、肉体的痛みが彼の心を、心が詰め過ぎられたかのように圧迫した。

地上ではすべてが哀れなほどゆっくりと進むので、地球自身は別だが、そして天でさえそのラインの滝を数百の小さな俄雨に砕いてしまうので、ヴァルトのような人間は幸せ者であった、彼の顔を数百の祭壇から吹き飛ぶ愛と美のフェニックスの灰の代わりに全く突然に羽を広げた黄金の鳥が色鮮やかにかすめていったのであった。突然ボナパルトに話しかけられた新聞記者も、突然カントに話しかけられた批判的先生も、幸福の一撃にこれほど強く撃たれはしないだろう。

大勢の者が直にヴィーナを隠した、彼女が元の場所に戻るために通った遠くの側の通路も隠した。ヴァルトはそこに再び空色のドレスを着た彼女を見つけた。彼はその消えた面影から夢想と善意とに満ちた目しか覚えていないのを遺憾に思った。しかし両目だけで彼には精神的なすべてであった。男性というものは愛の星を、ちょうど空の金星《ヴィーナス》同様に、はじめは花や小夜啼鳥で一杯の夢と薄明の世界を告げる夢想的ヘスペルスあるいは宵の明星として見いだしたいのであるが――後には逆に、朝の明るさと力とを告げる明けの明星として見いだしたいと思う。これは一つにまとめることが出来る、二つの星は同一であって、単に出現の時だけが異なるからである。

ヴァルトは他の少女達を今や自分の目の中に招じなければならなかったけれども、しかし彼女達には穏やかな視線を投げた。すべてがヴィーナの姉妹、準姉妹となった、そしてこの沈んだ太陽はすべての月――すべてのケレス――パラス――金星を愛らしい光で飾り、同様に他の人々、つまり男性達を、火星、木星、水星を――それに大いに、二つの輪を持つ土星、伯爵を飾った。

伯爵が突然より身近にヴァルトには思われた――あたかも友情の盟約がすでに口頭で誓われているかのように。――しかしヴィーナは遠ざかっていった――あたかも花嫁は友人よりもあまりに高いところにいるかのように。彼女の手紙を彼女に渡すこと、これは今や彼にはその力と権利とが消えてしまった、女性の洗礼名の署名があるからといって、乙女をある若者の文通相手としてはっきり決めつけて返却することは出来ないと、より熟考したからである。

音楽は再び始まった。音色がすでに平静な心をも揺さぶるのであれば、深く動揺した心はいかばかりか。調和に満ちた樹がそのすべての枝と共に彼の上でざわめいたとき、そこから新たな珍しい精霊が彼の許に降りてきて、ただ一言言った、泣くがいい。――そして彼は、誰に従ってと知ることもなく従った――それはさながら彼の空が重い雲から突然降り出して、それでそれから人生が日中のように軽快に、青々として、燦然と輝き、熱くなっているかのようであった――音色は声や顔を得た――この神々の子供達はヴィーナに最も甘美な名前を与えなければならなかった――これらは人生の軍艦に乗った着飾った花嫁を牧人の世界の岸辺へ案内し、吹き寄せなければならなかった――ここで彼女を、彼女の愛人、ヴァルトの友人は、見知らぬ牧童の歌声の中で迎え、彼女に周囲を地平線のところまで、ギリシア風の杜、牧舎、別荘を、目覚めたり眠ったりしている花で一杯のそこへ向かう小道を見せなければならなかった。――彼は今や、炎の上を飛ぶ音色のケルビム〔智天使〕に朝焼けと花粉の雲を持って来、その雲でヴィーナの最初の接吻にほのかにヴェールを被せ、それから遠くへ飛び去るように強いた、最初の接吻の黙した天をただ小声で表すためであった。

突然この調和的夢想の間に弟が長く二つの高い音色の上で、溜め息を求め吸い込む音色の上で漂い、震えたとき、ゴットヴァルトは共に震えながら、他人の幸福の夢のために死にたいと願った。そのとき弟は調子はずれの手荒い賞賛を受けた。しかしヴァルトは激しく動揺していて、外的動揺は少しも厭わしくなかった。すべてが終わった。彼は――幸運にも恵まれて――ヴィーナのすぐ後を行こうとした。彼女の服を触りたいといったものではなく、彼女からある程度離れて、それで他人をいずれも遠ざけて、後から動く壁として彼女を混雑から守るためであった。しかし後を行きながら心をこめて――クロータ宛の手紙の彼女の手［筆跡］を握りしめた。

家では燃え続ける炎の中で次の伸展詩を書き下ろした。

気づかない女性

地球が柔らかな花々を太陽の前に見せ、その固い根を自分の胸に隠すように――太陽が月を照らしながら、決して地上への月の優しい輝きを目にしないように――星々が春の夜露を注ぎながら、露が朝日で消えてしまわないうちに早く姿を消すように、そのように御身、気づかない女性は、花々と微光と露とを運び、与えながら、しかし御身がそれを見ることはない。御身が世界をさわやかにするとき、御身はただ自分だけ喜んでいると思う。彼女の愛する幸せな男よ、彼女の許に飛んでいって、自分は幸せ者だ、しかしただ彼女のお蔭だと言うがいい。そして彼女がそれを信じなかったら、彼女、この気づかない女性に、他の人々を見せるがいい。

＊

最後の言葉を書いたとき、ヴァルトが眼帯をつけずに並外れて陽気に飛び込んで来た。

＊1　偉大な鳥の画家

第二十六番　美しい帆立貝と化石の筍貝

諍うコンサート

「見えるのだ」——とフルート奏者は陽気に叫んだが、ヴァルトはこの陽気さにすみやかに馴染むことは出来なかった。ヴァルトはまずは自分の目の治療のことに耳傾けるように、それから話したいことを話すように頼んだ。ヴァルトに不足はなかった。「君は知っていないだろうが」、——とヴァルトは始めた——「今日は楽長の誕生日だったのだ。すべての演奏家達の立派な演奏から、彼らが聴衆よりも早く酔っていることは君には分かっていたであろうけれども。演奏家達は、主人からほんの小さな部分だけを取って、恐怖から決して大きな部分を取らない犬どもとは逆なのだ。——楽長のワインは彼らの反気鬱法[1]となった、そして彼らはこの真実の泉で何回も鉱泉快癒法を行ったので、チェロ奏者は自分のチェロを一つの天国と見なし、他の者達はその逆であった。さて後の戦火となる小さな火花が点火されたが、それはすでに食事の間のただ一つの言葉を通じてで、あるドイツ人がドイツの偉大な三和音について話し、彼の言によれば、ハイドンはアイスキュロス、グルックはソフォクレス、モーツアルトはエウリピデスであるというものであった。別の者が、グルックについては自分は承認するが、しかしモーツアルトはシェークスピアであると言った。今度はイタリア人達が、楽長の名誉のために介入してきて、ナポリではモーツアルトにはちょっと意見があると言った。僕が現金を受け取るわずかな間に——六十ターラー僕には残り、ここに君の分の十ターラーがある、——不信心者達に対する戦いは全面的に燃え上がり、僕が見やると、両国民がすでに干戈を交えていた。

チェロ奏者は、イタリア人であったが、まず自分の弓でブロック・フルート奏者の肘を真っ赤になって擦った、あるいはことによると肘に、低音弦にするように、ピッツィカート［指で弾く］を加えて——意見のハーモニーを導き出そうとしたと思われた。——要するに、僕が見たとき、吹奏者は弓を彼から借用して、彼の弓を彼に対して——自分の楽器が傷つかないよう——あるときはサイフォンのように、あるときは試金針のように使っていた。しかし機敏にチェロ奏者はチェロを逆にして、それを持って——彼はその首の所を持っていた——城壁破壊機を持つが如く吹奏者めがけて走って行った、多分彼を突き倒すためであった。ブロック・フルート奏者は果たして伸びたが、しかし床ではじめて激しく国民性を引き受けて、ブロック・フルートを持って、敵の顔と口とを襲った、もっと自分の口元にフルートの嘴で彼を引き寄せるためかもしれなかった。

第一バイオリン奏者と第二バイオリン奏者とはしばらくパリ製の弓で戦っていたが、直にバイオリンを糸巻きのところで棍棒として、ハンマーとして右手に持ち、ドイツかイタリアかを持ち上げようとした。バイオリンの胴の共鳴は頭の狂鳴を表すはずであったが、これは多分言葉遊び、音遊びであった。

知っての通り、マイン河畔のフランクフルトのヒュスゲン氏はアルプレヒト・デューラーの貴重な一束の髪を保管している。ある素人は一対の同様に立派な遺物を両手で高く揚げたが、一方の手にはある歌手からもぎ取った鬘*1を、他方の手にはその下でつかんだ本来の髪を握っていた。

伸びている嘴吹奏者の周りでは取っ組み合いが一層ひどくなった。チェロ奏者はチェロを遠くから深く彼に押し付けようとして、そのため激しいブロック・フルートに近付くことになった、このフルートでドイツ人が接ぎ穂の米を用いるように、跳ね橋、虎の巻を用いてイタリア人に接続しようとしていた。

立っている勝利者に対して背後から腐ったトロンメルバスを持って一人のドイツ人のスライドトランペット奏者が襲った——ドイツ人達の恥であった、——しかしこの男を再びイタリア人のバセットホルン奏者が背後から襲った——イタリア人達の恥であった、——この後ドイツ人はイタリア人に向き直って、それで二人はしばらく幸せで、互いにいつもは吹いている裂け目を——国民の不和を救うために——僕がよく見ると、楽器で押さえつけていた。

ある臆病な都市音楽師はポケットに手を入れて、［フルートの］中間部分を取り出して、それを遠くから弾丸として当たるを幸い頭へ投げていたが、これに対し宮中バレエ振付師はセルパン［蛇のように曲がりくねった木管楽器］でもって、いつもはこれを吹くのに、彼の耳に迫った。

双子の兄貴よ。すべての悪漢達に対してその殺害、撲殺がうまくいくようにと、いかに祈ったことか。——見せかけの盲目というギュゲスの指輪を有する名手のみが、どれほどオーケストラが、楽団の従者から楽長に至るまで自分のことを笑い、滑稽の涙を絞ることか、そして彼らを苦労して演奏へと強いて締め付けると、いかに彼らの方はまたこちらを強いて締め付けることになるか分かるのである。出陣の踊りのときの僕の唯一の心配は、僕の笑いと視力とに気付かれるかもしれないということだった。そこで絶えず隠れ蓑として僕は顎をひっかいたのだ。

『私が思いますに全く』、と僕の隣の盲目の宮中ティンパニー奏者殿』と僕は答えた。『確かにはなはだしく、耳を澄ませば殴り合いが行われています——二組の平和で善良な国民の間での素敵な就任用小論文が発表されています、四十の手のためのソナタとは言えなくても。しかしなぜ運命の女神はこのように豊かな同音、多声音に対して、このような音楽的演奏、グラスハーモニーに対してもっと武器を贈らないのでしょうか——グラスハーモニカ——ポストホルン——肩掛ビオラ——ビオラ・ダモーレ——真っ直ぐなツィンク［トランペットに似た楽器］——曲がったツィンク——フラジョレット——チューバ——ツィター——リュート——レリングのオルフィカ——副校長ツィンクのケレスティン——そしてクラドニのハーモニカを——それらに付けられた必要な楽人達と共に。——いかほどこれらがあればこの者達は互いに誰でも殴れることでしょう。どれほど強打され、ぶつけられ、鋸引きされ、どんどんたたかれることでしょう、静かで善良なティンパニー奏者殿』。——

今や殴打のパートはその盛時に達した。何人かの町の音楽師やビオラ奏者は、平和的に考えて、楽譜架をつかみ、それを逆さに持って、まず走る前にそれで単に身を隠そうとした——あるトランペット奏者は楽器を持って窓下壁の上に飛び乗って我を忘れて吹きまくり、戦火をおこし、ある男に総飾りを摑まれて引きずり落とされたとき、飛び降りながら朗々と音を出した――ティンパニーのばちが頭皮やその他の皮膚に飛んできた――あるイタリア人は、弓が折れたので、あるドイツ人演奏家の喉頭の周りに後から馬の毛を捕鳥用罠のように結んだ――ファゴット奏者とオーボエ奏者は互いに左手を握って、この快適な、約束したかのような方向に踊りながらそれぞれが相手の背骨と髄とを目前にして、互いにリュートのように、いつもは吹奏する楽器を扇のように用いて弾ずることが出来た――どのように固い頭へも炎が外よりも内の方へ打ち出された――とさかとか三角筋を有するものは、その二つを膨らますことになった、宗教をさして顧慮せずに――有機的なものと機械的なものとがかなり一致することになって、脊椎とバイオリンの糸巻きとが互いに結合し、同様にバイオリンのネックとその他の首も同じで、術語の前打音、後打音、三本の加線、槌打ち機、オルガンのふいご踏みは生き生きとした有機的関連を得て、これらはこのことがなければ普通平板な洒落としてすべて棄てられるところであろう――どの手もバイオリンの弓のナットとして、他人の髪を鳴らすべく引っ張ることを欲していた――

君には笑って欲しくない。ナポリ出身のかなり真面目な楽長は全く猛烈にあちこち走り回り――聖ヤヌアリス様［ナポリの守護神］と叫び――これは自分の誕生祝いなのかそれともまっとうなことなのか尋ねて金切り声を上げ――誰もそれに答えないので、誰もが何かを話していたけれども、ビオラで左側を、ヴァルトホルンで右側を武装し――開口部の広いホルンを勝ち誇る頭に反った羽根飾り付きの覆面兜のように被せたが、実際はしかし半ば押さえつけていた――そしてビオラでは当たる膝蓋骨その他の円板状のものすべてを打ち続けた。

これで結局クラヴィチェンバロ奏者の三級教師、決して自分自身の膝にさえ届かない、いわんや自分よりも背の高い人物の膝には届かない小男を全く憤慨させて、兄さんよ、かの者は礼節を、穏やかな礼節を求めていたので、彼は半ば狂って自分のピアノの背後を戦槌、調律槌を持って走り回り、どの人にも悪態をつき、イタリアとドイツとを全く勝手に叱りとばした。『何だって、愚かな悪魔よ、いらざるお節介屋の極悪人よ』と楽長は叫んだ、『わしの所でこんなことのために酔っぱらったのか』、そして三級教師にヴァルトホルンを被せようとした、それで狩猟法に適った鹿であるかのように狩り出そうと、それで半ば殴ろうと、そこにはほとんど違いはないと思ったからである。しかし調律槌、法の槌を手にして三級教師はピアノの右翼を確保した、そこでイタリアのナポリ人は橋頭堡としてこれを占領しなければならなかった。

『どっと会場で笑いが生じたのは何故かい』とティンパニー奏者は僕に言った。『いいですか』と酔って僕は答えた、『楽長は小さな三級教師の裾をピアノの下で摑まえて、引き出し、そしてベルリン人が一着の革ズボンを乾かすように脚を上にしてぶら下げています』。

『おやこれはまた』と、僕が驚いたことに、ティンパニー奏者が言った、『あなたは何でも見えるんですね』――『まさにこの瞬間見えるようになったのです』と僕は答えた、しかし巻き込まれないよう大急ぎで喧嘩場、戦場を後にした。――そんなわけで全く思いがけず以前の視力を、もっともまだ極めて近視のものだが、町と国のために遠くからのガルヴァーニ電撃によって再び得たのだ。

しかし、ヴァルトよ、異名同音の［勝手な］政教条約のこんなにも得がたい教皇使節の諍いを考えてみ給え。僕の最良の守護神達の一人がこれらの喧嘩をフレスコ画付きの完成された壁として僕らの『ホッペルポッペルあるいは心』のために故意に僕らの鼻先へ突き出して、僕らは僕らのロマンチックな音楽堂《オデオン》の壁を、それが曲がるところでぴったりと合うまで造りさえすればいいという具合になっているようではないかね、兄さん」。

「すべての私事が消されるというのであれば」、――とヴァルトは答えた――「結構。見るよりも読むことはやはり楽しい。君が見えるってことは素晴らしい。――いやはや、きっとどんな小説にも見られないことを何と今日僕らは話すことだろう」。

「だろう」とヴァルトは言った。「これについてはもっと話すことがあろう、ヴァルト」。

＊1　モイゼル『芸術家と芸術愛好家のための博物館あるいは芸術的な内容の雑録の続き』第十節。

第二十七番　シュネーベルクの剝石《へげいし》の晶簇

会話

ヴァルトは最初に笑いから我に戻って、ヴルトに、今度は町の衆にどうして自分の目が見えることの言い訳をするのか真面目な質問をした。「僕はすでに」、とヴルトは言った、「若干の微光を得ていて、次第によく見えるようになり、最後には立派な近視ということになるのだ」。公証人は人生が多彩な花のように大きく開くであろう、もっと軽やかな未来を楽しみにしていると請け合った。彼は名手に、フルートに対する香りのよい賞賛の水という春の雨を注いだ、彼をびっくりさせようと期待して。しかし遍歴の音楽師は、常に大きな拍手を受けていて、自分の背後でのみ冷やかされるので、この音楽師は時に立派な月刊誌によって多分に抓られ、立腹させられる俳優よりもほとんどもっと虚栄心が強いものである。「僕は」――とヴルトは答えた――「謙虚さを損なうことなく、若干の謙虚さを誇ることが許されよう。しかし君はどのように聞いたかい。前もって予感し、後から振り返ったのかい、それとも単に成り行きに任せてかい。大衆は家畜同様に現在のみを聞いて、時の二つの極を聞くことはない、ただ音楽上のシラブルを聞くのであって、シンタックスをではない。言葉をよく聞く者は、後文をよく理解するために、音楽的綜合文の前文を心に刻むものだ」。

公証人はそれについて全く満足して説明した。彼はフルート奏者に印象の圧倒的強化を語ったが、これは彼自身が情景の夢想、少女達、それにヴィーナを通じてフルートに付加したもので、この賞賛の月桂冠をヴルトの顔全体がゆがんでかじる理由を察知していなかった、彼はこの不機嫌を名手が読んでいる自分の伸展詩の欠陥のせいにしていた。ヴルトはこの詩を音楽の美の他には何の美も称えていないと期待して受け取ったのであった。「これは」と公証人は詰まりながら言った、「伯爵の花嫁に寄せたものだ。僕もこの詩の中の多くの硬い詩脚には満足していない、つまり二重トロカイオス（短長短長）、三番目のパエアーン（短短長短）それに長い始まりを持つイオニア韻脚（長長短短）だ。しかし夢中になるとよく硬くなる」。「例えば棍棒《ブリューゲル》とか卵《アイヤー》のように」とヴルトは言った。「しかし人々の聞く様ときたら。フルートを、吹き筒や子供の浣腸器のために使ったり、あるいは棺のための鉋屑として切りつめたりした方がいいのではないか、小市民風の人生の上を飛びすぎていく唯一の天上的なものに対するこうした厭わしい跳ねかけを経験するよりは。――

　君のことを言っているのではない、公証人よ。しかし君と話しているとそう言いたくなる。とりわけいかに音楽が俗化させられることか――どの芸術もそもそもそうであるけれども、――聞き給え。食卓音楽は大目に見る、これは、修道院でものを嚙むときにまで行われる食卓説教同様に拙劣なのだから。忌々しい、下劣な宮廷コンサートについては、ここでは聖なる音も遊戯台の玉突き袋同様に遊戯のために鳴らなければならないが、憤怒のあまり話はしない、絵画室での舞踏会といえどもこれほどひどくはないのだから。しかし悲しいのは、僕がコンサート場で、誰もが金を払うからには、金の分何かを感じ取りたいはずだともっともなことに思い期待してしまうことだ。しかしこの期待は全く虚しい。音楽が二、三回鳴り止むこと、そして遂に終わってしまうこと――これを望んで阿呆はやって来る。小市民が他に何か耳を傾けることがあるとすれば、それは二つの、せいぜい三つの理由からだ。その一、半ば死んだピアニッシモからフォルティシモが突然山鶉のようにパタパタと飛び上がるとき、その二、ある者が、殊にバイオリンの弓で、最も高い音の最も高い綱の上で長く踊り、すべって、真っ逆さまに最も低い音に落下するとき、その三、いや何この二つが生ずるときだ。このようなときには市民はたまらずに、賞賛のあまり汗をかく。

　勿論、ヴァルトよ、もっと繊細に、もっと利己的に感ずる心が残っている。しかし僕には恋し合う対の餓鬼どもに対して激昂するときがある、彼らは詩とか音楽、あるいは自然の中で何か崇高なものを目にすると、早速思うものだ、これは自分達にうってつけだ、はかない自分達の哀れな身の丈に合わせて、これは彼ら自身にも一年後にもっと偉大なものに接するとそう思えるのだが、芸術家が寸法を測って、そして刺繍した帝王の盛装とイシスのベールを袖に載せて、顧客のために戻ってくる、と。ノイペーターのある社員はこのような折、夜空の銀河を見て、商人の夫人に言う。『高貴な方、あの天の川を私どもの天上的絆の印、婚約の帯のための私からのつまらぬ指輪としてお受け取り下さい』と」。

「いや、弟よ」、とヴァルトは言った、「君はあまりに厳しい。芸術においてであれ、偉大な自然においてであれ、何かを感じたらそれに対し人間は何が出来よう。――この二つは、これらがどんなに偉大であれ、ただの個別の人間の内部以外のどこにあろうか。――だから多分人間は、それらが単に自分だけのためにあるかのように、わがものとするのかもしれない。太陽は英雄で一杯の戦場の前に昇り――新郎新婦の庭の前に昇り――ある瀕死の者のベッドの前に同時に昇る、いや同じときに他の人々の前で沈む。しかし誰もが太陽を見てそれを自身に引き寄せていいのだ、あたかも太陽は自分の舞台だけを照らしてくれるかのように、そして自分の苦しみ、自分の喜びに同調してくれるかのように。言うなれば、万物が神の前で祈っているのだけれども、ちょうど神を自分の神と呼びかけるように。そうでなければ悲しい、僕らは皆一人一人なのだから」。

「よろしい、太陽はそう考えるがいい」、とヴルトは言った、「しかし芸術の楽園の河が諸君の水車を回して欲しくはない。君が涙や情緒を音楽の中に混ぜ入れてもいいとなると、音楽は単にそうしたものの従者に過ぎなくなって、それらの創造者とはいえない。愛する人の死亡日に君に我を忘れさせるような惨めな吹奏が、そうなれば立派なものとなろう。しかし冷たい空気に再び触れると蕁麻疹のように早速消える芸術の印象なんて一体何だ。音楽はすべての芸術の中で最も純粋に人間的なもの、最も一般的なものだ」。――

「それだけに一層特殊なものが入り込むのだ」、とヴァルトが答えた、「何らかの情緒を携えなければならない。何故最も好都合な情緒、最も優しい情緒がいけないのだろうか、心はその真正な共鳴板なのだから。――しかし君の教えは忘れないつもりだ、つまり前もって聞く、振り返って聞くということは」。

「いつもはどうしていたのかい」とヴルトは不機嫌に訊いた。「僕の意見は変わらないのだ、現実を効果のために芸術の中にこねることは、多くの天井画に見られるような混合物で、これらには眺望のために更に本当の石膏像が付着させられているのだ。話しておくれ」。ヴァルトは――彼はヴルトの不満を単に自分の非芸術的聴き方のせいにして、彼の上ではいずれにせよ愛がその天蓋を支えていて――穏やかに喜んで語った、これまで熱心に伯爵を探したこと、ノイペーターのところで、そこでの正餐の様子を彼は描いたが、伯爵の向かい側で食べたこと、彼と話して、その精神の気位の高い機敏さと狭小な視線や目くばせを越えていく哲学的飛翔という点で彼がフルート奏者にとても似ていると思ったことを。「君は対の者「ダブレット」を愛しているが、しかしここではそうは言えないだろう、しかしまあ続けて」とヴルトは答えた、彼は女性同様類似を称えられるのを好まなかった。

その後彼はヴィーナの封筒をクローターの部屋と耳への入場券として取り出して見せた。「いや、それは勿論――そもそも」（とヴルトは始めた）――「しかし後生だからノイペーター嬢達のような小市民、市外市民のことを貴婦人と呼ばないでおくれ。大都会や宮廷には貴婦人はいる、しかしハスラウにはいない。とんでもない賞賛だ。首をかけてもいいが、君が新約聖書の愚かな五人の娘達[1]よりも多くの世の娘達を分別がないと断ずることはない。――君はこうした魅力的な者達、五人の賢い、薔薇祭の娘達、乳母、男爵夫人達、一流の歌姫達の女性的美徳をどう考えているのかい。答えは分かっているのだが」。

「それでは臆することなく」――公証人は答えた――「少なくとも実の弟の君に臆することなく白状すると、僕はこの時間に至るまで、上品なドレスを着た美しい女性が我をわすれて罪を犯してしまうとは考えられない。百姓女なら少し別だが。皆内心いかに神聖で繊細なのか神のみぞ知る、誰が確かめようとしよう。しかし僕の血はどの女性に対しても捧げられると思う」。

そこでフルート奏者は感嘆したかのように部屋の中を飛び跳ね、両手で数え板付糸車のようにパチンと音を立てて、頭でうなずき、繰り返した。「上品なドレスを着た」。――お願いしておきたいのは、女性の読者の方々がこの気にさわる彼の驚きを正当化しなくても、彼が大旅行のせいで経験せざるを得なかった諸事情を考慮して許して欲しいということである、すでに述べたように、彼がフルートの名手と認定されて吹奏したことのないようなかなり大きな町、かなり高い身分はほとんどなかったからである。このことは彼の行為を大いに改善した。

　ヴァルトは模倣による論駁にはなはだ侮辱を感じた。「少なくとも説明して欲しい」と彼は言った、「そんなことでは僕は納得しない」。――しかしヴァルトは世にもどうでもいいという調子で答えた。「蓼食う虫も云々。もっと素敵なことを話そう。先に君は、ノイペーターの両令嬢が自らを実際醜いものと思っているかのように話さなかったかい、君は同情を示したのかい」。――「なお一層結構」とヴァルトは言った、「彼女達が自らを人より美しいと思うなら。どんな娘に対しても僕はこれを許す、だって自らを見るのは鏡の中だけで、だから反射光学から知っているように、他人が見るのと同じ距離の中で見るわけで、距離はいずれも、光学的距離でも、より美しくするものだ」。

　「そのようだ」とヴァルトはびっくりして言った。「冗談に、虞美人草谷で知り合ったただ三人の女性を紹介しよう。年取ったエンゲルベルタは――いやこれは娘だ――つまり母親の方を述べると、彼女は好んで出掛ける。彼女の心はすり減った祖父の椅子で、ちなみに貝の牡蠣から魂ばかりでなく、真珠も相続していた。勿論代理商の資産がもっと少なければ、戦時中は太綾織りの上っ張りからパン袋を作らなければならないオーストリアの歩兵[*1]とは逆に、彼のパン袋を多彩な上っ張りに切りそろえるところであろう。――――エンゲルベルタは、彼女は時に冗談を言うが――多くの人はそれを中傷だと呼んでおり――悪天候のときの要塞のように、いつも出撃を行う、少しも包囲されていないのだけれども――馬上の男に対するハムスターのように抵抗するので、僕なら彼女を棒にもって、それに噛みついて離れないハムスターのように運ぶことが出来よう。――ラファエラ――彼女は感受性があると君は言う。しかしそれだって僕の指の爪あるいは僕の踵以上ではないのではと僕は尋ねたいね。勿論彼女は、これは認めるが、彼女の感傷的な髪と愛の綱からなる釣り糸と彼女の詩的な花の茎からなるしなやかな釣り竿とで他人が夫と呼ぶ重い立派な鯨を海から釣り上げたいと思っている。彼女の岸辺、彼女の足許では小さな髭のないアルザス人のフリッテが、彼は生きるのが楽しくて、食卓上の水槽の中の金魚となってみたいのであるが、綺麗な手からゼンメルのパン屑をむさぼりながら舌鼓を打っている。他の者達は――しかしそれがどうした。食卓全体の中で気の毒でならないのは南の国の——ワインだ。機知ある頭以外の者がこれを飲んだら、罪だ。ワインの聖なる霊に対する罪だ、卑俗な輩の運送胃の中へ収められなければならないとすれば」。

「いやはや」とヴァルトは言った、「君は何回も卑俗な輩と言っては怒っているけれども、卑俗なものが勝手に高みから落ちて来るかのような、あるいは卑俗ならざるものが高みに昇るかのような言い草だ、そのくせ動物やフェゴ島［南米最南端の島々］人についてはもっと穏やかに話すというのに」。

「何故かいって。——僕には時代と人生とサタンが忌々しくてならないのだ。そもそも——しかし何の甲斐があろう。——明日は伯爵によろしく。立派な七人の相続人のうち二、三の者がおよそ三十二の苗床を盗んだ、全く僕の見通しに反してというよりは君の見通しに反してだ。しかしまあ、さようなら」とヴルトは言って、急いで別れた、自分の世間知と力をもってしても穏やかな兄の未熟な意見を変えられないというわずかな成果にうんざりして。

ヴァルトは極めて優しい声でお休みと言った、しかし抱擁はしなかった、彼は単に愛と悲しみを抱いて弟を見つめた。彼は自分の批評では芸術家的な弟には満足感を与えられなかったこと、弟のために——苗床を失ったことを自分に咎めた。「しかし少なくとも彼には」と彼は言った、「食卓での彼に対する侮辱[*2]のことを黙っていた」。彼は、背後での非難ではなく、背後での賞賛をその人に伝えることだけが許されると考えていた。

＊1　『帝国兼王国軍のための法典』、一七八五年、二四八頁。
＊2　ノイペーターの食卓のことで、このとき彼は彼のことを強く短く擁護した。

第二十八番　雨《あめ》　降《ふらし》

新しい事情

朝公証人はヴィーナの手紙をもって伯爵のもとへ急いだが、しかし何も渡さなかった。金色の馬車や従者達が門に、その主人達が客間にいたからである。どうしたものかと彼は自問した。「誰もいないときにまた来ます」と彼は従者に言ったが、これは従者には泥棒の宣言のように聞こえた。

飲食店で彼はテーブル・クロスの上に週報を見つけた、その中でクロータ一が自分の手紙を拾った者は正直に届けて欲しいとの依頼を印刷していた。

食卓では、将軍ザブロツキーが彼の料理人に奉公記念祭を行わせるとの知らせを聞いた。喜劇役者はこの祝いが将軍の心から出たものとし、ある将校は将軍の口と胃から出たものとした。「この記念のコックは」と彼は付け加えた、「彼には中隊同様に、あるいは娘婿同様に近しいのだ」。ヴァルトはまた伯爵の邸宅へ出掛けた。――伯爵はちょうど将軍の許で食事であった。

勿論、かつてヴァルトに拍車をかけ翼を与えたものの中で、最も大胆な考えの一つは説明可能で――これはクロータ一の庭園の門にいたとき飛び込んで来た考えであるが、彼はまだ日曜日のコンサートを頭の中に、いずれにせよ心の中には、抱いていたに違いないと考えればすぐに説明がつく。それ故次のことは多分二次的なことにすぎない――がしかしこれも関与している――つまり将軍はエルテルラインの半分の所有者であり、ゴットヴァルトはその左の者であったという事情である。それでも彼は最初はまず弟に行ったものか相談したかった。しかし途中でそれをやめた、自分が全く大胆にポーランド人の将軍の許に出掛けて、ヴィーナの手紙をその娘婿に渡したと夕方報告して、もっと彼の心を捉え、揺さぶりたいと願った。

　とても遅くなってから出発したが、食事にかち合わないようにするためであった。誰でも夕方頃に——つまり決して朝方にではなく、このときは精神がまだ肉体と昨日とを消化している最中なので——請願をもって偉い人の許に出掛けるべきである、このときには偉い人が、昼食のせいであれ、昼の飲酒のせいであれ、半ば酩酊して半ば人間的であることを期待できる。そこへの途次ゴットヴァルトの心は、自分はヴィーナが長いこと子供時代、乙女時代を過ごした家に行くのだと考えて、風に吹きつけられた花壇のように沸き立った。最後の路地で手紙を渡す計画を仕上げなければならなかった。「こうする以外に」、と彼は自らに言った、「然るべく上品に行えない、つまり将軍に——伯爵は単に客人にすぎないのだから——きちんと面会を求め、それから許しを請い、言うのだ、伯爵殿に控えの間で渡すものがある、と。伯爵とその花嫁が居合わせようと居合わせまいと。そうすれば僕も一度は将軍というものに、それもポーランド人の将軍に会うことになる」。将軍の声を聞くという喜びにまさって彼が途中で思い描こうとした喜びはない。かつて彼は四十五分間ほどライプツィヒのドゥ・バヴィエールホテルで待ち伏せして、大使が乗り込むのを目撃したことがあった。同じ渇望を彼の心はプロシアの大臣の姿に対して抱いていた。この三頭政治は彼には権力、洗練、分別の三つ又の戟であった。この国家の三つ又の戟がお早う、今晩は、その他すべてを言うであろう（しかし遠回しではない）ときの如才ない物腰よりも上品なものを彼は考えることが出来なかった、彼はそれをルイ十四世とヴェルサイユとが後世に名を留めている上品さに比べられると思っていたからである。ただ三名の者だけを、クリアティウス達のように、この三人のホラティウス達[1]に対置した、いやそれどころか優越させさえした——彼らの妻達をである。しばしば彼は殊に大使夫人を頭に過ぎらせた、これはロシア人、デンマーク人、フランス人、イギリス人等々の大使夫人達であった。——「まことに」と彼は言った、「彼女はごく洗練された教養と美徳に関し、並びにまたごく上品な色つや、顔、服装に関し全くの女神である。——しかし哀れな僕は何故今まで大使夫人を一人も目にしたことがないのだろう」。

ついに彼はザブロッキーの宮殿の前に立った。――車寄せと支柱の花綵模様とは彼の空想にとって新たな七マイル靴［童話による］であった。彼は夜を楽しみにした、そのときにはこの緊張した不安な時を枕の上で自由に静かに眺め、扱うつもりであった。彼は宮殿の中へ入った、右手と左手に鉄の手摺のついた幅の広い階段を見た――大きな両開き戸を――白いターバンをした駆けるモール人をも見た――着飾った人々が降りて来、出て来、入って行った――階上のドアが開けられ、閉められた――階段は突進を受けていた。公証人にとっては将軍に会いたいという自分の頼みを伝えられそうな人間を玄関で見つけることは難しいことであった。

十五分間彼は立っていた、人々の一人が彼の方を向いて、彼に質問し、それからすべて事を運んでくれることを期待して、――しかし人々は通り過ぎた。最後には彼は玄関を勝手にあちこち歩き回り――あるときは階段を半分上がって――世界史に登場する最も偉大な男達を思い描いて、現在の偉い男をもっと上手《うま》く取り扱おうとした――そしてやっと一人の娘に将軍のことを尋ねた。

彼女は門番を彼に示した。天国はよく煉獄［地獄の前庭］を天国の前庭として有するものである――彼は自らを慰めた――ことによると先の世のすべての学者がすでにこのような宮殿の玄関で汗をかいたことだろう。天国の門が彼のために開いた。そこから初老の髪粉をかけた不機嫌な男が出てきた、彼は幅広の弾帯を体の上に付け、重い銀の飾りの付いた杖を持っていた。ヴァルトは革の弾帯を勲章の綬として、門番の杖を司令官、将軍の棒［権標］として、門番を将軍としてしか見ることが出来ず、早速何度かお辞儀をして、守衛に丁重に口ごもりながら近付いた。「どうしようもない」――と門番は言った――「現在閣下は眠っておられる、待つ他ない」。――

――しかし誰もヴァルトの混同を重大に考える必要はない、世間をよく知っていて、――混同することなどあり得ないこと、――そして門番を有する上流の者は誰もが自らまた門番であって、ただより高い門の、皇帝か、国王か、侯爵かの寵愛の門かあるいは落し戸の門番であり、入室の意を告げるノッカーとしてか、入室許可を告げる呼び鈴として存在するのであって、誰もが敷居の神のヤヌスとして一方の顔を路地に、もう一方の顔は家に向けているということが分かっているならば重大に考えなくていい。――多くの善良な心根の者達は盲門での守衛にすぎないとしても、彼らは門の新帰依者から開門料を最も劣悪な門番同様にせしめるのであった、この門番達は少なくとも「戦時にのみ開けられる」ヤヌスの神殿を公立図書館同様に喜んで開けるのである。

非常に赤くなって公証人は陽気な召使い部屋に、貧しい学者の人質部屋に入っていった。従者というものは人間への寄生的人間であって、手紙に最寄りの駅逓馬車の駅が書かれなければならない村である。しかしザブロッキーの従者達は上機嫌で、コックの記念祭で楽しく酔っていた。――ヴァルトは動揺せずに座っていた。「ボンソワールはどこかい」と従僕が入って来て尋ねた。ヴァルトは自分のことを言われ、晩の挨拶が欠けていると思い、蠟燭消しのキャップを探しているとは思わなかった。彼は元気よく答えた。「今晩は《ボンソワール》」。ついに実際にある従者が彼の前を行き、彼はその後を行き、長い半身像で一杯の控え室を通って――滑らかな部屋を横切り――ついにある小部屋の前に着く次第となった。その小部屋を従僕は開けたが、まず自分が入ったとき閉めて、そしてまた彼のために開けた。

将軍は、堂々たる、美丈夫の、恰幅のいい、微笑を浮かべた男であったが、彼に好意的な表情と声とで、ハルニッシュ殿のご要望はと尋ねた。「閣下、要望と申しますのは」――と彼は始め、言葉を繰り返すことを世慣れたことだと思った――「クロータ―伯爵に紛失された手紙を渡して頂きたいということで、氏はこちらにいらっしゃると存じます」。――「誰が」とザブロッキーは尋ねた。「クロータ―伯爵殿です」。「手紙を私に任せて貰えれば、すぐに手渡すことが出来よう」、とザブロッキーが言った。公証人はもっと素敵な展開を考えていた。今やすべてがほとんど水泡に帰した。父親に娘の手紙を渡して任せなければならなかった。彼は任せたが、封筒は開封されていたので、洗練されたことを言った。「見つけたときには開封されていて、そのまま持参しました」。こう述べて多くのことを秘かに暗示しようとした――手紙を読まなかった自分の公平さ、これを模して欲しいという彼の期待、更に諸々の感情を。将軍は、軽く宛名を読み解く視線を手紙に送った後、それを何でもなさそうにしまい込み、自分は彼のフルートについて多くの立派なことを耳にした、――一度自ら聞きたいものだと言った。――お偉方は忘れやすく且つ好奇心が強い。ザブロッキーも話を聞こうとして、そのことを露呈した。

ヴァルトにとって誤りを正すことは快いことであった。「出来ますれば」――と彼は上品に言った――「混同されたくありません、あるいはむしろ」（と彼は付け加えた、これはちょうど二つ目の、全く反対の意味になりそうであったので）「その能力があればと思います」。「おっしゃることが分からないが」と将軍は言った。ヴァルトは手短に、自分は彼のエルテルラインの領地で生まれ、父親は村長であると打ち明けた。今や彼はザブロッキーが真に人間を愛する、人間に寛容な人物であると分かった気になった、彼がしばしばその裁判室で壁の雄山羊として角を突き折った村長のことをむしろ非常に好意的表情で思い出し、その上ファン・デア・カーベルの遺産をも思い出して、関心を示してその話をもっと詳しく聞きたいと要求したからである。この話をヴァルトは、喜んで親切に熱くなってした。しかし、偉い人の隣に立ってその人に長いこと話しかけ、自分のことを十分に話してよいという高所、頂上から村々を見下ろしたとき、半ば喜びのあまり目眩を起こしていた。かつて勲章の綬の帯に見いだしたことのないこのような隣人愛の心の持ち主のためには、彼は喜んでポーランドの王冠から飾りや宝石をもぎ取ってきたことであろう、あるいはこの美しい頭のために王冠を鋳造したことであろう、贈り物によって感謝の意を表すために。何物かに彼は自分の愛を表した――視線を除いて、もっと手近のものはなかったので――長い足で彼の太股に押し付けてくるグレーハウンド［狩猟犬］の頭を撫でて表した。

「フランス文字が書けますかな」と将軍は突然尋ねた、そして試射のために一枚の紙を彼の前に出した。ヴァルトは言った。「様々な意味で、自分には話すよりも書く方が易しいのですが、自分の師のお蔭です」。しかしフランス人の有する幾千もの多くの言葉のうちのどれにハンカチを投げる［愛を示す］のがいいか、これは難しいことであった、言葉には何か意味も付けたいからである。――「好きなのでいい」と結局ザブロッキーは言った。彼はしかし考え続けた。「父なる神は」、と将軍は言った。しかし彼はすぐにはそれを翻訳できなかった。

「特に」とヴァルトがまだ考えているとき、将軍は続けた、「純粋なフランス語の末尾の文字を見たい、御存知のように、s、x、r、t、pといったものだ」。ヴァルトはこうした文字のフランス語での呼び名を正しくは知らなかったが、フランス語でのCamnephez[*1]はよく知っていた。ショーマーカーは、彼は何年もフランス語の会話や手紙と縁はなかったが――第一にそのためには常に二人目の人物が必要であり、第二に一番目の人物も必要で、彼はそれについて全く知らなかったからであるが、――この聖職候補者は生粋のフランス語の筆跡や発音を本国人の商人の手紙や商用旅行者を通じて、とてつもない高さに、ことによるとヘルメス[2]や二番目の小説家［ジャン・パウル］を除いて、身分のない重要な作家の誰も及ばないほどの高さに押し上げたのであった。そしてヴァルトはこの二つを彼の許で学んでいた。

「素晴らしい」――と将軍は、やっとヴァルトがクローター宛のヴィーナのフランス語での宛名を試みに書き上げたとき言った――「結構。――旅の折、ある対象について書かれたフランス語の手紙のかなりの束を集めたのだ――様々な古今の人物たちのもので、――これを一冊の本の形に清書して貰いたい、散逸しかねないのでな。この本のために毎日――エロチックな回想と題してもよかろうが――一時間――ここ私の家で――書いてくれれば」。……

「閣下」――とヴァルトは輝く雄弁な目をして口ごもった――「この上なく優美な対象に対しましてはどのように肯っても十分に優美でないのであれば」――「断るのか」と将軍は尋ねた。――「いえ好都合です」とヴァルトは答えた。「いつでも」――「私は」、とザブロツキーは言った、「手紙を集めて見よう、そしてそれから貴方の写本時間を決めさせよう」。その後ザブロツキーは上品な別れのお辞儀をした、ヴァルトは軽くお返しをして、長いことその続きを待っていたが、やっと――将軍が向きを変えて、窓から覗いていたので――別れを、彼はこの別れのすみやかさを温かい会話と組み合わせることがほとんど出来なかったが、熟考のすえ実行した。今や彼は先に入口がそうであったように見いだしがたいもの、つまり出口を滑らかな小部屋の中で探さなければならなかった。突き出ているものはなかった。こっそりと彼は両手で継ぎ目のない壁紙を撫でた、どこから入って来たのか尋ねるのを恥じたからである。三つの壁に彼は手のアイロンをかけていって、遂に角の方でドアの金色の十字形のものをつかんだ。彼はそれを満足して回した、すると壁戸棚が開いて、そこにはヴィーナの空色のコンサートでのドレスが長々と間近に下がっていた。びっくりして彼は覗き込み、もっと長くその前でびっくりしていたかったが、壁を手で撫でて磨いている音を耳にした将軍がようやく向きを変えて、彼が戸棚の前で中を眺めて突っ立っているのを見た。「出ていきたいのです」、と彼は言った。「それはこちらだ」とザブロツキーは言って、実際開けるべきであったドアを開けた。

運命が意図的に彼の凱旋に小さな赤面を付与したのは、彼がかくも栄誉のメダル、パシャの馬の尾飾りを身に付けて、大胆に部屋と家の中とを行進していき、通りで自分同様に宮廷から徒で罷り出る若干の者達と自分を比べるときの彼の自負心をいくらか弱めるためであったかもしれない。しかし彼はすべての世界を愛し、多くの者が、咎なくしてこのような昂揚を全く体験しないままこの世を去っていくことを少しも自分に隠さなかった。このことから世間は、いかなる具合に、日曜日絹を着た脚を宮廷の食卓の下に置いた貧しい少尉が、四時十五分に、頭に安ワインとシャンパンの情熱を抱いて帰ることか、何という白負心を有していることか計ってみるべきである。ユーリウス・カエサル本人がこの少尉に出くわしたら、この少尉はただ尋ねることだろう。「ユーリ、どこの出か、この蝿野郎」。

この上ない憧れを抱いて、とりわけヴルトのテーブルに今日の戴冠式の町と凱旋門の幾つかの軽いスケッチを置きたくて、ヴァルトはヴルトのドアをノックした。ドアは閉まっていて、白墨でそこに書かれていた。「本日は休講」。

＊1　この語は、末尾でより大きく別様に書かれるヘブライ語の文字を含んでいる。

第二十九番　粒の粗い方鉛鉱

贈与

数日経ってからアルキノウスの庭園の園丁が――つまりヴァルトにとってクロータ―の御者のことだが――やって来て、彼を別荘に招待した。公証人が大急ぎで友愛島［トンガ諸島］に友情の全きフィラデルフィア［兄弟愛の町］を築き、一組のロレンツォの煙草缶［スターンによる友情の印］を回していると――彼は招待を、手紙を渡した報酬と考えた、――楽園の園丁が再び上がってきて、ドアの隙間から付け加えた。「封印用具も用意下され、公証人の仕事と思われます」。

しかしいずれにしてもそれは何ほどかのことであった。彼は公証人としてクロータ―の裕福な別荘に検察官のクノルと一緒に入っていった。しかし金箔の四つ折判の本や、金箔の壁の縁取り、豪奢な居間全体を眺めたとき、自宅にいる伯爵はこれまで他の家で見たときよりも彼から遠ざかっていった。クロータ―は、二人の到着者にはさほど気を遣わず、教会役員のグランツとその平板な寛容に対して論争を続けていた。「意志は意見に先んじて、意見が意志に先んずるよりももっと働きます。ある人間の人生を描いて貰えば、私には人生に対するその人の体系が分かります。信仰の許容は行動の許容も含むはずです。それ故誰も全く寛容ということはありません。例えば貴方は不寛容に対して寛容にはなれません」。グランツは肯った、単に彼の自我が描かれたからである。しかし公証人は――いずれにせよ所在なく立っていなければならなかったので――反論を述べた。「全く不寛容ということも誰だってありません。小さな間違いは誰でも許します、それと知らずに。しかし勿論視野の狭い者は、谷に住んでいる者同様に単に一本の道しか見ません、山の上に立つ者は、すべての道が見えます」。

「中心へは一本の道しかありません、中心から無数の道が出ています」、と伯爵はグランツに言った。「私の机に腰を下ろして下さい、公証人殿、ヴィーナ・フォン・ザブロツキー嬢に対する贈与文書の通常の序文を私の名前において書いて頂けますか、私の名はヨーナタン・フォン・クローター伯爵」。ヨーナタンとヴィーナの名前が林檎の花のように公証人の胸に震えて落ちてきた。彼は腰を下ろして、楽しく書いた。「この公開状で皆に告知すべきことは、私ことヨーナタン・フォン・クローター伯爵は今日」——ヴァルトは法律家に何日かと尋ねた、「十六日」とこの者は言った。丁寧に彼は新しい紙を使わず、古い紙の書き損ないを長いことかかって削り取った。削りながら彼は痩せた毛深いクノルの結婚契約についての講義を聞いていたが、その横の美しい伯爵は彼には、青春時代の高貴なヒューゴウ・ブレア[1]に思われた、ブレアの精神を昂揚させる説教はかつて彼の翼にして彼の天国であった。ヴィーナとヨーナタンとの間の契約は——利己的な見返りのための贈与で——彼には厭わしい矛盾する考えであった、悪魔とは契約を結ぶかもしれないが、神とは結ばないからである。彼は日付の削り取りを自由な時間として利用して、(何かもっともなことが頭に浮かんだとき、大胆になるように、そうでないときは間の抜けたものとなるのだが)言った。「私はこれでも法律家で、検察官殿、公証人ですが、私の作成しなければならない婚姻契約書のたびに、愛が、この最も聖なるもの、最も純粋なもの、最も私心のないものが、粗野な法律的利己的体裁を取って、人生の中へ作用を及ぼさなければならない、これは陽光が、最も繊細な、最も活発な素材が、最も激しい動きを有しながらも、地上の大気と混じらなければ何も動かし得ないようなものであると思われ残念でなりません」。

クノルは不愛想な顔をして綜合文の半分までしか聞いていなかった。伯爵はしかし愛想のいい顔をしていた。「私は」と彼は、しかし極めて穏やかな声で言った。「すでに申した通り、婚姻契約書は作らない、単に贈与文書だけだ」。そのとき将軍の従者が一通の手紙を持って入って来た。クローターはその封を切った——二つ目の、しかし開封された手紙がその中にあった。最初の手紙の数行を読むと、公証人に止めるようにとのかすかな合図を送った。同封の手紙は彼は開けもしなかった。ヴァルトにはそれは彼の見つけた手紙に思われた。軽くうなずいてクローターは使者を去らせた。しかしまた許しを請うて証人の二人と公証人をも去らせた。「今続けたものか」と彼は言った、「分からない。そんな状態なので、続けないことにする」。――内部の雲の若干の影が彼の顔を過ぎった。ヴァルトははじめて愛する人間が、それも一個の男子が心痛を隠しているのを見た――そして他人の打ち負かされた心痛は彼の中では打ち負かす心痛となった。今、自分がその手紙を見つけて渡したとただ思い出させることだけでも(はじめはそうしようと思った)、利己的なことであろうと彼は考えた。同様に、義父がそれを手渡したかとただ尋ねることも、まことに不躾であろう。別れの際、伯爵は彼の手に彼自身の手よりも何か硬いものを押し付けようとした。「結構です」とヴァルトはどもった。「お礼は」と伯爵は言った、「しなければ、友よ」。――「その呼びかけの他は何もいりません」とヴァルトは言った、しかし飛躍した考えのためにその意味はほとんど理解されなかった。クロータ―は不思議に思い、半ば侮辱を感じて彼に迫った。「しかし私の紙は持ち帰りたい」、とヴァルトは言った、その紙の上に私ことヨーナタン・フォン・クロータ―はと書くことは嬉しかったからである。「伯爵殿」、とクノルは言った、「紙は私ども七人の相続人のものでしょう、削り取った箇所があるからには」、そしてその紙を取ろうとした。「削除は容認されたものです」とヴァルトは怒って言って、その紙を要求した――怒りの涙と視線が彼の青い目の中で燃えた――このことを詫びて、彼は急いでクロータ―の手を握って、そこから去って、自らを慰め、他の者達を許した。

「嗚呼」と彼は途中考えた、「類似の心から他の心はどんなに離れていることだろう。何という人間、衣服、勲章、日々を越えて道は通じていることか。ヨーナタン。僕は君を愛そう、愛されなくても、僕が君のヴィーナを愛するように。ことによるとそれは可能かもしれない。それにしても君の肖像画が欲しい」。

第三十番　ザクセンの毒砂

貴族についての会話

公証人は毎日弟を訪ねて会えなかった。彼は彼の失踪が理解できなかった。ふくれっ面の精神の日蝕は彼には目に見えないものだった。あるときは溺死したものと――あるときは旅立ったと――あるときは遁走したと――あるときは得がたいアバンチュールで幸せであると思った。彼は二重に封印された手紙と失踪とを関連づけようとして、そこから若干の希望を抱いた。いつも彼の考えることであったが、将来についての最良の得失の計算であっても、覆いが掛けられて我々には見えない暗い会計監査院では証明されることがいかに少ないことか。何という喜ばしく輝かしいイメージをこれまではるかな自分の未来に描いてきたことか、自分が弟と一緒に、増大していく感情や思念、知人を日々交換しながら生きて、親和のわずかなフリーメーソンの身振りと共に伯爵を炎の盟約の中に引き入れるであろうということについて何というイメージを描いてきたことか、しかしすべては上述の感懐にしかならなかった。――しかしすでにペロポネソス戦争の際に――それにそもそも民族の歴史、並びに自分の履歴において――彼はまずもって気付いていた、歴史では――このことはすべてを動機づける統一の詩人には全く嫌になることであったが――苦しみにしろ喜びにしろほとんど全く体系的なことは生ぜず、まさにそれ故に人は悲しい結果とか明るい結果という間違った前提を立てて自分の未来あるいは他人の未来を上手《うま》く推し当てることが出来ないでいる、と。というのはいつでも世の中の歴史的絵画室では最大の雲から小さな雲が生じ、最小の雲から大きな雲が生ずるからであり――人生の最大の星々の周りには暗い暈が付いているからであり――そして単に隠れた神のみが人生や歴史の遊戯からある真面目さを作り出すことが出来るからである。
エルテルラインから使いの女がヴァルトに弟の次の手紙を持って来た。

「明日の夕方着く、迎えに出てきて欲しい。ちょうど君の母親がある女乞食にパンを切っているところだ。僕はエルテルラインの居酒屋にいる。

僕はあれ以来若干の重要な市場村で金のために吹いている。勿論花よりも草が育っている、しかし花を引き立てるのは草だ、人間の話であるが。君に打ち明けると、僕はハスラウから旅立つ前は風奏琴のように、あるいはブロッケンの雌牛の鈴のように調子が狂っていた。何故かは分からない。しかしある重要な友が、あるいは君でも僕の弦をごちゃごちゃにねじって欲しい、つまり君ら両人のうちの一人が僕を少しばかり侮辱して、僕のふくれっ面の精神を呼び出して欲しいと思った。僕は――そうなったら三十二の弦や歯の損失がなくてもまたさっぱりとなったことだろう――この精神と大いにやり合ったことだろう。僕は雷を落とし、霰をまき散らし、荒れ狂ったことだろう。そうなったら、言ったように、立派な血となるのだ。

というのは公証人よ、繊細な魂の結婚生活においても友情においても、優美極まる義務を果たしつつ交互に絶えず調子を合わせながらも、ある不協和音に長くどうしようもなく停滞して、この阿呆どもが、他に違反はしないまま、互いに衝突することほど有害なものはないからだ。このような魂は重大な分裂のたびに、その分裂を本当の喧嘩になるまで悪化させることだけを熱心に考えるべきなのである、そうすればその後には和解がおのずから生ずるであろう。褐石は普通の熱では窒素を出す。しかし燃えてしまえば、酸素を吐き出す。銃から栓を飛び出させるには第二の栓によるしかない。

幸い僕らは両人ともどのような喧嘩も、最大の喧嘩すらなくて済ませられる。しかし話を戻すと――僕は戸外に出て馬に乗り、吹奏し、書いただけで、直に息を吹き返した。まあまあの事柄や彗星を僕らの『ホッペルポッペルあるいは心』のために僕は時に鞍上で、時にその他の所で書いた。実際君のために尽くしたのだ。そのために、思うに、放っておけずに、エルテルラインに来なければならなかったのだ。僕は考えた、『おまえの友はそこに生を受けたはずだ、その友も同様』、考えるとこんな言い方になる。

長いこと引き延ばしていた仕事を行うことが出来た。僕は、君に時々話したように、逐電した若い、フルートを携えたハルニッシュ・ヴルトに何度か会っているので、老村長にこの腕白小僧についての素敵な情報と手紙とを渡すことが出来た。僕は父親を居酒屋に呼び寄せた。『貴族の何某ですが』（と僕はびっくりしているこの男に言った）、『お宅の息子さんとは昵懇で――コンサート会場を探していないときには、多分郵便馬車に乗っていらして――私同様元気に過ごしています――目の前に立っていてもそうと分からないほどに立派に変貌されていて、すでに成人の声になっています、その声のソプラノ記号のバルト［鍵のかかり］は彼自身が髭［バルト］を有することによってねじ取られてしまいました――よろしくとのことです』。彼は、貴方のような有能な紳士が自分の悪党息子について良い口を利いて下さることは法外に嬉しい、これは自分とあの無作法者にとって真の名誉です、と答えた。僕は更に若干のことを善良な不在の人間の弁解のために話し、手許に取っておくようにバイロイトから僕に送られてきた彼の例の手紙を渡した、彼はその中で、当地の聴衆の耳についての幾つかの音楽上の不平を除けば、ほとんどただ愛する自分の母親について話しているのだった。『彼の兄上殿、現公証人もよく存じております』と僕は付け加えて、彼の鼻先で君の高低についてのちょっとした略図を広げた。『三十二の苗床しか、かの賞賛すべき男は調律の槌で失い（追加ではなく）ませんでした、町の人々は彼のかかえていた多くの弦を考えると、へまというよりはむしろ奇跡と見なしています』と僕は言って、それについての君の将来の報告に対して彼が世にも平静な心でいられるようにした。しかし彼の心はどうも合点がいかないようであった。そして君の頭をののしった。『息子達のことではほとんどいい目に遭わない』、――と彼は結んだ――『奴らは悪魔にさらわれるがいいのだ』。僕はこの百姓を手短に高飛車に送り出した、彼の双子は僕の敬意をある程度得ていることを彼が忘れ始めたからである。

夕方――僕がザブロツキーの庭園の極めて美しい高台に横たわって僕らのために貴族に対する諷刺を書いていて、その際日没の太陽の大きな天使の目を見ていたとき、太陽は貧しい小村も諸世界からなる自分の宮廷同様に眺めるものだが、そして僕の上の方を軽やかな赤い雲々に乗って人生のいろいろな映像が浮かんで去っていったとき、突然素晴らしい巧みな歌声が響いてきた、この声は僕をすべての諷刺、夢想、沈む夕陽から耳の中へ追いやったが、耳の迷宮には、エジプトの迷宮同様に、神々が埋葬されているものだ。将軍の娘が歌っていた。彼女は、高貴な娘達がその騎士領で行うように、太陽と孤独とに――というのは聞いている百姓達は杜の中での静かな花や鳥にすぎないからで――悩む心のすべてを音色で溶かしたのであった。彼女はその上泣いていた、しかし穏やかに。彼女は一人っきりだと思っていたので、涙を拭わなかった。身分の高いクロータ―は自分の花嫁を、それが彼女をほっそり見せるからといって、暗い色の服を着せていいものだろうか、と僕は考えた。――そんなことが許されようか。

ようやく彼女は僕を見た、しかし驚かずに。盲目の演奏者には、彼女は僕をまだ盲目と思ったに相違なく、彼女の濡れた目と顔とは分からないはずであったからである。彼女、気づかない女性は、彼女の胸中の歌を小声で歌いながら、僕の案内人を探して見回した。よるべない盲人を哀れに思って、ゆっくりと彼女は僕の方に向かって、別の楽しげな歌を歌い始めて、突然僕が話しかけられてもびっくりしないように歌いながら近付いて来た。僕の間近に来て極めて快活な歌を歌いながら、彼女の目からは同情の涙が激しく溢れたが、これ以上ないという速さで明い目をして、僕を眺めようとした。まことに善良な人だ、この人が花嫁でなければ、あるいは妻ならばと思ったものだ。薔薇の花壇のように、ことに夕陽を受けて、すべての彼女の好意的感情がその子供らしい顔に花咲いた。そしてごく美しい黒い目の華奢な黒い弧を考えると、目の保養、眉毛の保養を同時に十分に得た。しかし一人の男が美人に対して、私と結婚して欲しいと言えるものだろうか。婚姻によって、イヴによってのように、四つの河もろとも楽園のすべてが消え去るのだから、眠りながら飛ぶ極楽鳥を除いて。しかし婚姻契約を通じて美しい声と結婚すること――これは理性的である。声は、さえずる鳥同様に再三戻ってくる他に――顔はそうはいかないが、――声は一日中そこにいず、時折であるという利点を顔に対して有している――僕は一人ならぬ擦り切れた夫を承知していないだろうか――黄色の象牙が白くなるまさにそのことによって、温かい胸に長く抱くことによって、黄色になってしまった夫、――妻が歌うとすぐに顔色を変えた、つまり、温かく古い過去からイタリアの微風がその結婚生活の極地の氷を滑稽に溶かすように吹きつけるたびに顔色を変えた夫を。

　盲人の横にいて自分だけが見えることをヴィーナはほとんど恥じているかのように、太陽の昇天にほとんど注意を払わなかった。彼女は歌をやめて、遠慮なく、僕の前に誰がいるかを言い、誰が僕を案内してきたのか尋ねた。目が良いことを白状して彼女に恥ずかしい思いをさせることは出来なかった、しかし僕は答えた、目は大いに快方に向かっており、太陽はよく見える、ただしかし夜だけはよく見えない、と。僕の目の下働きの者を待とうと、彼女は僕のフルートを長々しく称え始め、すぐ近くにいたのに息の音が聞こえなかったと言い、音色一般を人生の第二の天の星と持ち上げた。『感情はフルートの呼び起こす絶えざる感動にどうして耐えられましょう、フルートはとてもハルモニカに似ているものですから』と彼女は言った。あなたのように上手に歌う人は、と僕は言った、最もよく御存知でしょうが、芸術は個人的関与からきっぱり離れている術を心得ているものですと。この程度のことを言っておくべきで、それ以上は必要なかった。しかし僕は抑えられなかった。『名手というものは』、と僕は付け加えた、『外に向かって吹奏しているとき、内に向かってはブレーツェル（パン）を売り出すことが出来なければなりません、両方とも外側で行うブレーツェルの若者とは違って。感動は動揺から多分に生ずるでしょうが、しかし芸術はそうではない、振られた牛乳からバターはできるが、しかしチーズは振られない牛乳からのみ出来るようなものです』。

　彼女は、あたかも君であるかのように、当惑して黙っていた――僕という茨の茂みを刺しかねない若干の茨の小枝を取り除いてくれた――そこで僕は半ば彼女が気の毒になった、殊に彼女の余りに頻繁な瞼の瞬きを見つめているとそうで、これは何故かは僕には分からないけれども彼女を愛らしくしていた。

　彼女は僕のために館から案内人を連れてくると言って去った。僕は立ち上がって、その必要はないと言った。僕がよろよろ歩くのを見て、彼女はむしろ後戻ることにし、僕に待つように命じ、居酒屋まで先導して、障害物や隅石のたびに告げようと言った。この親切な女性は誠実にこれを行って、永遠に僕の方へ曲げられた首をして進んだが、鋤を引いている若い永代借地の小作人に出会うと、この者に金を与え、盲目の紳士と一緒に居酒屋まで行くよう頼んだ。彼女は愛らしくお休みと言うと、長い睫の付いた瞼を大きな目の上で何度もすばやく瞬かせた。

悪魔が――公証人よ、この呪いを許しておくれ――フォン・クロータ―伯爵を連れ去るがいい、伯爵がかくも気立てのいい女性の心に対して一滴のわずかばかりの涙であっても美しい花嫁らしい目から搾り取るようなことがあれば、この少女は僕がまだ自由な帝国騎士階級として認める唯一の少女だ。というのも僕が田舎の貴族のところに足を踏み入れるたびに、いかに苦い憤怒を感ずるか、ここでは、ローマ人の間では民衆全体が一人の人間の鞭打ちを決めるために投票しなければならなかったとすれば――逆に一人の人間の声だけが民衆を殴るために必要とされていて――君なら分かるだろう。しかしヴィーナのエルテルラインでは全く穏やかに僕は考えた。

いつでも、殊に結婚時代に対して婚約時代には、人々は、音楽同様に、前打音を主音符よりも長く強く響かせるものである。しかしクロータ―は前打音のときにすでに欠けていいのか。――君の手法による軟弱な伸展詩を僕は居酒屋で彼女に寄せて仕上げた。

君は小夜啼鳥か

違う。君はその声を有するけれども、しかし比較にならぬほど美しい。

かくて君は印刷される前にすでに早くから模倣されている。――後で、食事の後、僕は村を散策した。僕は君にお馴染みの最初の夕方と次の夕方とをはっきり思い出して、それで――あれこれの愛を当てにして書くと、――過去の多くのことがその後で消え失せたかのような気がした。急いでおくれ、この手紙を手にしたら――ちょうど午後の三時頃になると思うが、使いの女性にかくの如き仕方と時間とで頼んだのだから、――僕を迎えに来てくれ給え。――いやはやしばしば物思いする。――人生は永遠の昨日以外の何であろう。――快楽の最も純粋なトランペットは単に吹くことにより曲げられ、唾で詰められはしないだろうか。――最も長い天国の梯子を――これは勿論地獄への梯子よりも短いけれども、――それをただ立たせるためには、下は穢土の上に置かなくてはならないのではないか、上は星座や北極星等に立てかけるとしても。このようなことには全くうんざりさせられる、他は何でもないが。しかし僕はとても返事を、つまり口頭の返事を期待している、早速君が旅館亭旅館に向かって君には馴染みの僕こと「神の御心のままに」を出迎えるときの返事を。

クオドデウス云々

追伸。ヴァルトよ、僕らは兄弟、いや双子たり得るだろう。すでに先祖の名前が僕らを結び付けているが、しかしもっとそれ以上のものがある」。――

＊

ヴァルトは翼を付けたが、彼の心は重く、あるいは満ちていた。かつて馬上の騎士が悩める女性に対して果たすと誓ったことすべてを彼は徒歩でどの女性に対しても、更にヴィーナに対してはもっと無数に果たす用意があった。旅館への途次ノイペーターの娘達がフリッテの腕にすがっているのに出会った。「あなたなら御存知かもしれない」――とラファエラが語りかけて、調子を素早く変えたので、調子が高められるのが感じ取れた――「将軍の許で筆記していて、エルテルライン出身だから、私の不幸なヴィーナが何をしているのか、まだ向こうにいるのかどうかを」。――驚愕して彼はほとんど立っておれず、いわんやヴルトのたるんだ嘘の綱には立てなかった。「彼女はまだ向こうにいます」と彼は言った、「ちょうど或る人がそう書いて寄越しています。私はまだ彼女の許で筆記していません。一体何故不幸なのです」。――「今分かったのだけれど、彼女の父親、将軍の手に彼女の罪のない手紙が渡ったの、その後で伯爵との結婚がご破算になったの、なんてことでしょう」とラファエラは答えて、公道で少しばかり泣いた。しかし彼女の妹は、うんざりして眺めながら、偉い知人達に通りで姿を晒して涙を見せることを咎めた。陽気なアルザス人は上の温かい雲から雨が降りそうだと言って、彼女を追い立てていった。

ラファエラは食卓でのヴァルトの惚れた眼差しを自分の感動した眼差しで見過ごしてはいなかった。愛にはいずれにせよ発酵同様に――愛はそのものが一つの発酵で――二つの条件が必要である、暖かさと水気である。後者の水気でラファエラは好んで始めた。女性には――彼女はその一人と言ってよく――他人の苦しみに、特に女性の苦しみに殊の他同情を抱くことを好む者がいる。彼女達は大いに同情を抱きたいと願っており、ちょうど困っている女友達を最も好んで求める、いや彼女達は知らせることによって他人を同じように関与させ、他人の涙の中に真の楽しみを見いだす――徳は修練によってこれほどまで出来るからで、――みそさざいが雨天の前ほど陽気に飛んだり歌ったりすることはないようなものである。混合した感情の中に同情を入れているメンデルスゾーン(1)は、まさにそれ故に純粋な感情をあまり味のよくないものと見なしている。

ただ公証人だけは、二人の二重の不幸が燃えるように彼の心を突き刺し、掘り抜くという苦い例外に見舞われた。――もっとも善良な天使がいて、父親に自分が渡した手紙が破談指令とならなかったかという邪推に陥らせはしなかったけれども。――しかし彼は自分をヴィーナよりもクロータ－の立場に置いて、この若者の胸の中に入り込み、そこから存分に花咲く花嫁のことを悲しみ、クロータ－の名前で愛しい少女のことだけを考えた。

彼は悲しい気持ちで旅館亭旅館に着いた。ヴルトはまだであった。短い間にすでに多くのことがその時の小鎌で刈り取られていた――第一に花咲くヘルンフート派の墓地からは二番刈りの干し草が――第二に旅館では思い出の勿忘草や、忍冬《すいかずら》が、つまり破れた西側の壁が、それを前にして彼は弟と食事をしたのであったが、塞がれていた。ヴルトが来た。炎と感動を伴って二人は互いに飛びついた。ヴァルトは告白した、どんなに自分がヴルトに憧れており、どんなに不在の折の話を聞きたいことか、複雑な感情に満ちた心を近しい心に注ぐためにどんなに兄弟という者を必要としているかを。フルート奏者は自分の話を後回しにして、まず相手の話を欲した。ヴァルトはかくて逆行して話し、まずラファエラの話をし――しかし第二に伯爵の贈与の文書の件を娘の手紙によって今や十分に説明のつく中断と共に報告し、第三に将軍の許での幸運を話し、最後にクロータ－への自分の憧れを集めて燃え上がらせて結んだ。するとヴルトはこれまでの顔色を変じて――まだ旅館の前というのに出発して――空の馬にただならぬ一撃を加えて厩舎に送りつけ――ヴァルトに一緒に歩き続け、雨のことなど気にしないよう頼んだ。

彼はそうした。ヴルトはフルートの歌口を様々に変えて、時に陽気な指使いをした。あるときは顔を温かく滴る夕方の空に晒して顔の雫をぬぐい、あるときはフルートで軽く空を叩いた。

「すでに聞いただろう、判断しておくれ」と最後にヴァルトは言った。ヴルトは答えた。「立派な、詩的な花屋にして花の友よ——何を判断するのだい。忌々しい雨だ。——雨ももっと上がってくれたらいいのだが。どの人の意見にも勝って君が僕の意見に与しないというのに、何を判断するのかね。後で僕は全く赤面することだろう、僕が、ことによると一対の市門からほとんど出たことはなく、一対の両開きの扉から入ったことのない僕が——僕はいつも座っているからで、——君のような世慣れた宮廷人に対して自分が正しいと主張しようとしたら、つまり、本当のことを言うと、あらゆる場数を踏んでいて、どのような宮廷にも——港にも——幸運にも不運にも——ヨーロッパのいかなるコーヒー店にも紅茶店にも——眺望館《ベルヴュー》にも、絶望館にも——我楽し荘[2]にも、君楽し荘にも、彼楽し荘にも——その他等々にも居合わせたことのある君に対して。僕はそうではないのだから、ヴァルト」。

「本気で僕の哀れな状況を馬鹿にしているのかい」とヴァルトは訊いた。「本気かって」とヴルトは言った。「いや、実際は冗談だ。将軍に関しては、言っておくが、君が彼の隣人愛と呼んでいるものは、逸話愛にすぎない。ドイツの学者界でもすでに浅く広い水しか深いと見なされない、貴族界となるとお話にならない。ただ冗漫な長い話を将軍は君に退屈から所望したのだ、すでに話を承知していたとしても。友よ、我々本の虫は——毎日、毎時間印刷された先の世の最も偉大で活発な男達と会話していて、それもまた最も偉大な世界史的出来事に関してであるけれども——無論僕らには偉いさんのけったいな倦怠は想像がつかない、彼らは食事の際聞いたり食べたりすることの他は何も有しない。彼らは、すでに話されるのを聞いたことがある何らかの逸話を耳にすれば、神に跪いて感謝するのだ。——しかし僕は君がこれについてどう言うか知らない」。

「事柄については」、とヴァルトは答えた、「容易に他人の意見を借り、信用することが出来るけれども、人物についてはそう出来ない。世間のすべてが君に不利なことを話していたら、僕は自分よりも世間を信用しなければならないだろうか」。

「勿論だ」とヴルトは言った。「ヴィーナに関しては、彼女がその柔らかな指を再び伯爵の指輪から抜いたのはまことに結構なことだ。それに君と伯爵との間の君達の魂の不似合いな結婚も取り消されると思う」。これには公証人ははなはだ驚いた。不安げに彼は尋ねた。何故かい。ヴルトは舞踏を吹いた。彼は、自分はこの若者がこのような乙女を失って以来一層激しく好きになっていると付け加えた。そして再び尋ねた。「何故かい、弟よ」。――「何故って」と弟は答えた、「君が何でもないから、公然たる誓約した公証人以外の何者でもないからであり、伯爵は何たって伯爵だからだ。君が旧来通りに更に記録係と名乗ろうと――書記――裁判文書係――秘書局長――筆記者と名乗ろうと、彼の目に前よりも偉大に映りはしないだろう」。――「今日の時代に」とヴァルトは答えた、「哲学的クローターが貴族を鼻にかけることはあり得ない。彼自身が平等と革命を称えるのを聞いたことがある」。

「僕ら市民は皆皮剝人とその慣習上の価値をも大いに称えている、しかし皮剝人を義父に選ばないし、死刑執行人夫人、墓掘人夫人を踊りに誘わない。貴族の気位が消えたというおしゃべりをいつになったら耳にしないですむものか。若干君に乱暴なことを言うことを許しておくれ。君はこの件、貴族について、あるいはこれについて書いている者達をどう思っているのか。

少しばかり立ち止まるか、あるいはかの羊飼いの引き車の中に這い込んで、そこから僕の話を聞いて欲しいものだ。日没の際ザブロツキーの庭で作った諷刺から、ここに合うものを選んでみよう。

貴族の気位を先祖への誇りやあるいは先祖の功績にまで置くことは、全く子供っぽく愚かだ。先祖を有しないものがいようか。それは僕らの神様だけで、神様はそうなれば最大の市民となろう。新貴族という者は少なくとも市民の先祖を有する、皇帝が四人の貴族を一緒に日付を遡って贈った場合は別だが、これにしても贈られた最初の先祖はまた新たな四人の贈られた貴族を必要として、これが更に続く。しかし貴族というものは他人の功績というものをほとんど考えず、むしろ十六人の貴族の盗賊、不義密通者、大酒飲みに伴われてその孫として宮廷とか修道院、国会の中に入りたいと考え、廉直な市民という多数や前駆によってそこから追放されたいとは思わない。貴族は何を自慢するか。忌々しいことに、天性のものをである。君や僕が天才として、百万長者が遺産によって、そうするように、また生来のヴィーナス、生来のヘラクレスの如くにである。権利は誰も自慢しない、特権を自慢する。特権を、そう願いたいのであるが、貴族は有する。貴族が独占的にどの宮廷でも表敬し、踊ることを許され、侯爵夫人に腕とスープを差し出し、カードを取ってよい限り、――ヘーベルリーンのドイツ帝国史がまだかつて一対の市民の女性の足を、日曜日、宮廷の食卓の下に目撃し、引き出したことがない限り（帝国新報は、出来るなら報ずるがいい）、――軍や修道院や国家がその最高の最も豊かな果実の枝を卑俗な硬い手にもぎ取らせない限り、この手は単に根の上に土をかぶせるだけで、根によって生きなければならないものだが、この限りにおいて貴族は、このような特権に鼻高々でないとすれば馬鹿だ、そう僕は思う。

市民は、トゥルネフォール(3)の昔の体系の植物のように、花と果実に従って分類される。貴族はしかしはるかに簡単で、リンネによるように、血統の――（性別の）――体系に従っている。その際間違いはない。更に貴族階級は特権の平等によって全ヨーロッパを通じて結ばれている。これは諸家族による一つの素敵な家族から出来ている。ユダヤ人、カトリック教徒、フリーメーソン、職人達のように彼らはまとまっている。彼らの系統樹の根は互いにからみあっている、そしてその網状組織はあるときはここの封建制度の下を走り、あるときは向こうの王座に出現する。我々市民の悪漢はこれに対し互いのことを全く知ろうとしない。市民階級は大体ドイツが国としてあるような階級で、つまり全く敵対する小区分に分裂している。ウィーンのハルニッシュはエルテルラインのハルニッシュのことを尋ねないし、コーブルクの公使館参事官はハスラウやヴァイマルのそれを尋ねない。

それ故、貴族は帆船に乗り込むのに対し、市民は櫂の船に乗り込む。前者は最高のポストに昇る、怠け者がただ梢だけを求めるように。――しかし我々悪魔は何を有するか。我々が言い表しがたい功績を有するとき、この功績は人に爵位を授けることは出来ず、この功績の方が爵位を受けなければならない。その後我々は使いものになるのであって、大臣とかその他のポストを得る。

しかし貴族は自らもその重要性と我々の必要性とを喜んで認めている。というのは貴族は自らそのために――オランダ人が香料の一部を焼き払うように、あるいはイギリス人がただ七年ごとにその黒鉛鉱山を開けて、価格を下落させないように——若い時分世間にはほとんどただ市民だけを贈って、後年にようやく結婚生活においてわずかに一人あるいは二人の貴族の子を造る。彼は一つの仕事をするよりもむしろ十人の労働者を造る方を好む、国家と自分を愛しているからである。

まだ口を挟まないでくれ。これは勿論脱線の中の脱線にすぎない。——貴族の気位の減少は当世の多くの者が、一人、二人の侯爵が市民の娘と踊るということ、これは僕が僕の学殖ある身分にもかかわらず百姓の娘と踊るようなものだが、それとか侯爵が時折学者や芸術家を自分の許に呼び寄せること、ピアノ教師や仕立屋も同じように呼ぶが、これは自分の仲間内にするためではなく、個人的会話のためであること等からさらに推測しようとしている。「我が人々」と彼らは従者について言い、そうして彼らを我々他の人々と区別している。

何故君は最も高い系統樹の一つにかくも熱心に乗り込み登るのか。——僕自身が木の上に、ファン・デア・ハルニッシュとして座っているのには理由がある。僕は梢にいて僕の仲間を叱りとばし、その下にいる者達、君達市民の下種どもを持ち上げている。僕ほど貴族を立腹させたと自慢できる人間はいない。自分がその生まれではない都市でのみ、僕は貴族が、僕の人物を評価しているという口実の下、僕のフルートを賞味するために僕を食事に招くたびに、貴族の怒りを買わないわけにいかなかった。そのときには僕は何も吹奏せず、思い通りになってやるものかと思った。今では貴族を全く避けている」。

ヴァルトは答えた。「君の真面目半分に全く率直に答えることにしよう。詩人というものは、彼にとっては本来閉ざされた身分はなくて、彼にはすべての者が胸襟を開くべきであって、思うに身分の高い者達を求めてよい、そこで巣を作るためではないけれども、蜂に似て、最も高い花にも、最も低い花同様に飛んでいくのだ。国家の日当たりのよい天頂の近くで、空高く輝いている星座として照らしている、より高い身分の者達は、自らすでに詩のためには一つの詩によって重く深い現実から遠ざかられている。人生における何という素敵な自由な身分であろう。彼らが自らを崇高なものと考えることが単に空想にすぎなくても、それも精神的な意味であっても——というのはどんな人間も、金持ちも、幸福な者も自分が自らの幸福から精神的功績を作り出さないうちは心休まらないものだからであるが、――この妄想は真実となるであろう。自らに敬意を払う者、その者には敬意を払わなければならない。何という高い身分か、皆、何にでもなれるという同じ自由を有していて――皆、自分達が守らなければならない同一の名誉の凱旋車にいる」――

「真っ暗だ」、とヴァルトは言った、「しかし僕は本当に真面目だ」。

「――個々の名前は永遠化され、紋章の中で星のように数えられ、輝き続けて、それに対し民衆の名前は露のように無様に消えていく――侯爵の聖なる近くにいて、侯爵は自分の代表者達が入れ替わるとき、公使としてであれ、将軍としてであれ、秘書局長としてであれ、彼らを優しく扱い――国家に親しく接していて、国家の大きな帆を彼らは上げる、民衆は単に漕ぐだけであるが――アルプスのようにただ高いものに囲まれていて――背後には占い騎士達の輝かしい王侯のような血統を有し、騎士達の高い行為は旗となって翻り、その聖なる城に彼らはその子供として入居する」――

「僕の言葉を信じて欲しいが」、とヴァルトは言った、「僕は笑っていない」――

「――自分の前には富、財産、宮廷、それに花咲く未来の光輝があり――それに全く自由な素敵な教養を有し、それは切り落とされた角張った国家の部分となるためではなく、全人的に形成された人間となるためで、この教養は、旅行、宮廷、絵画を見ながら音楽を聞きながらの一緒の享受、それに彼らの更に一層教養のある美しい婦人達が最も、彼女達の魅力は困窮や労働の重みにつぶされてはおらず、軽やかに喜ばしく伝えてくれるもので、それ故国家では貴族はイタリア派を形成し、哀れな民衆はネーデルランド派を形成している」――

フルート奏者はこれまで時々、いかがわしい声でではあったけれども、自分は笑っている表情はしていないと誓ってきたが――暗闇を利用してそこでこっそり微笑《ほほえ》んだらヴァルトと称したくないと請け合い――自分は哄笑するような男ではなく、死霊の鳥のように真面目であると繰り返した。しかし今や彼は明るく笑い、付け加えた。「ヴァルトよ、今一度君の伯爵の話をすると――僕の愚かな高笑いは別なことで何も気にすることはないが、僕は真面目なんであって──伯爵を教養の面で君は一廉のラファエロと見なし、自分のことをテニールス[4]と見なしているけれども、君達は二つの像である自分達をどうやって一つのカンバスで組み合わせるつもりかい」。──ヴァルトは傷ついて黙っていた、彼は自分をテニールスなんかではなく、むしろペトラルカと思っていたからである。しかしヴァルトは兄が信を置くという接合剤のことを激しく迫った。

「思うに」と彼は小声で謙虚に言った、「彼のことを本当に愛することによって」。ヴァルトはいくらか感動したが、しかし容赦せずに言った。「君の愛をこのような紳士に示すことが出来ると自信を持てるようになるためには、どんなに君が謙虚であっても、内心では自分のことを第二のカルプザー[5]と思わなければならない、出来るかい」。

「それは誰だい」とヴァルトは訊いた。

「ハンブルクの床屋の親方で、町では、そこに住んでいたというので、まだカルプザー通りが残っている。言うなれば、洗練された作法を弁えた男で、極めて雄弁、魔術的で、それでハンブルクへ来た侯爵や伯爵は、彼らの最初で最大の楽しみをペスト病院とかドレック防塁、シェーレン通路、アルスター並木道に求めず、ただこの床屋が家にいて彼らと会ってくれることに求めたものだ」。

公証人は、自分を隠れたペトラルカと見なしていて、床屋の親方を自分よりすぐれていると思うことは全く出来なかった。彼はしかし、午後の一日を通じて軟化していて、ただ次のように言った。「貴族の男は何と幸せだろう。彼は自分の好きな者を愛することが出来る。僕が貴族なら、そして実直で下賤な公証人が僕にその愛と誠の若干温かい印を見せさえしたら、まことに僕はそれにすぐに気付いて、一分たりとも彼を苦しめることはしないだろう、いや僕のような人間に対して僕はもっと得意に思うことだろうと思う」。

「いやはや」──と突然別な声でヴァルトは始めた──「僕には立派な案がある──実際この場合最良なもので──というのはこれはすべてを解いて、君と伯爵とを（伯爵が君の思うような人物ならば）永遠に素敵に結び付けるものだ」。

ヴァルトはこれに全く夢中になって興味を示し、それを聞くのが待ちきれない様子であった。しかしヴルトは答えた。「明日か明後日もっと明かすと思う」。――ヴァルトは案を教えてくれるよう懇願した、彼らは市門の近くに来ており別れが迫っていた。ヴルトは答えた。「僕は決して訛って案《はん》なんて言わない、フランス語のプロジェからラテン語のプロエクトゥムだな」。――ヴァルトは、単なる提案に自分がもう喜んでいることに気付かないのか、打ち明けることによって喜びは一層強くなると思わないか尋ねた。「確かにそうだ」（とヴルトは言った）「しかしこのプロジェは全く別の章のものだと言っておく、今日の章は終わり、お休み」。――

第三十一番　磨臼の目立て石

案

「プルツェルがやってくれる」、とヴルトは勢いよく公証人の部屋へ入ってきた、公証人は喜んで答えた。「それはそれは、一体どういうことだ」。――「すべて説明する、プルツェルとは劇場仕立屋、僕の大家だ」――ヴルトは目にいたずらっぽい光を湛えて答えた、彼はちょうど二重小説のために貴族についての脱線を紙に記したばかりであった。――「君がクローターとの盟友の縫い目のために若干の綴じ針あるいはダイヤモンド針を――これがまさに僕の案なのだが――必要としていることは君も認めることだろう。行動は勿論昔から心への最良の渡し船、胸への正しい直射と見なされてきた、言葉は単に曲射とかそんなものにすぎないけれども。ある人から時計を巻く鍵を買い取ることやその他の買い物は、三十一日の月に三十回朝食を摂ることよりもある人間のケースの覆いを開けることになる。だから例えば伯爵の窓や肩甲骨に石を投げようとしさえすれば、早速彼と交渉を持つことになって、その後容易により親しい関係となるだろう。あるいはまた、暗闇の中、彼に突進していき、彼の上着の垂れ蓋をつかんで離さないとしても、自分が言いようもなく愛している兄弟と間違えたものと弁明すれば同じことだ。それが出来ないのであれば、聞くがいい。僕の大家のプルツェルは今劇のために裏返して使う多くの比武［馬上槍試合］資格、王侯食卓資格のある衣服を作製している、僕は君に申し分のない盛装をさせる――その前に伯爵に、彼とは面識があるので、ある晩彼の前で吹奏することを熱望している旨短い手紙を書いておいて――それから君を一緒に（まだ話さないでおくれ）連れていき、君を彼に格別嘘の言葉を並べずに貴族と思わせる、単に君は（このことは彼に知らせる）僕の友人であり、僕らは互いに交誼があるからというわけだ。そうなると貴族の古文書はもはや君達の炎の間の隔壁、防火壁、熱気よけの炉の衝立として働くことはない。そして仮にそう見えるほど伯爵が本当に、氷山のように水面下に多くの氷を隠していないのであれば、君はフルートを聞きながら、フルートの背後で彼にすべてを語り、見せることが出来るのだから、ひょっとしたら友情の祭壇のそばに君達が結ばれて立っているのを僕は目撃することになるかもしれない、僕は喜んで接ぎ木ナイフ[*1]となろう。――――さあ話すがいい」。

「素晴らしい、素晴らしい」とヴァルトは叫んで、ヴルトを抱擁した。「そうなると僕は愛の大熊座［馬車座］に乗っていて、天を駆けることになる。しかし僕は愛する彼を得たら、そのときにはすべて――同じ晩に――僕の惨めな名前を言わなければならない。熱い心ばかりでなく、率直な心も彼には捧げなければならない。そうしてもなんの害にもならない」。――

　しかし、はじめこの無鉄砲な企てが彼のロマンチックな精神をうっとりとさせていた多彩な魔法の煙は直に消え、沈んでいった。良心は冷たく秤にかけられ、疑念の方に傾いた。友情を、後で釈明するとしてもペテンで始めることは正しいことに思えなかった。弟は、彼を単に同じ名前の親戚と紹介する、これは実際嘘ではない、更にフォンについては話に熱中して忘れるつもりだと請け合った。「しかし僕が最後に、僕は君の双子の兄弟だと言ったら、君は何と言う」とヴァルトは言った。――「伯爵殿、と僕は言う」、――とヴルトは答えた――「彼は勿論兄弟、いや私の心の双子の兄弟です、精神的あるいは規範的血縁はこの世では大事であると思います、私どもの主なる神御自らがこのような血縁を私ども獣と一般に結んでおられて、私どもの父と呼ばせておられるのですから。——この血縁関係は真実ではないでしょうか、と」。

ヴァルトはかぶりを振った。「何だって」とフルート奏者は続けた、「こういうことじゃないか、つまり、僕らは精神的な兄弟であると。双子の兄さんよ、誰がもっと近しいか。考えてもみ給え。肉体が魂を完成し、心を娶すのであれば、一対の双子は——他のどんな子供達よりも九ヵ月早く兄弟となっており——夢のない最初の眠りの二人用ベッドにいて——すべてを、その人生の最も初期の最も重大な運命を分かち合って——一つ心臓の下に二つの心臓で鼓動しながら——ことによると人生で二度と現れないような共同体を形成して——同じ栄養、同じ困窮、同じ喜び、同じ成長と衰弱とを味わい——いやはや、最も本来的な意味で二つの肉体が一つの魂を作るこのような場合、ちょうど昔の最初のアリストテレス主義者、つまりアリストテレス本人が友情として、秘蹟として望んだようなこのような場合、このような人間について双子の一人が、自分は相手と精神的に十分に近いと言うことが許されないのであれば、ヴァルトよ、この世のどこに縁戚があろうか。一体、まことの兄弟の殺害者の君に訊くが、このような双子以上に早く、近く、古く、苦しい友情があろうか。いや君は感動した双子を笑っている」と彼は荒々しく結んで、激しく幅の広い手の全体を眼窩の上へ持っていった。

「そんなだったら僕は地獄に値する」とヴァルトは叫んで、彼の手をとって、自分の濡れた目を塞いだ——「弟よ、弟よ、君のことが分からないと、最もきつい冗談を言うときの君の柔らかな精神を知らないとでも思っているのかい。いや君の心は何と素晴らしく穏やかなのか、何故世間のすべては理解しないのか。しかしだからこそ君が僕のためにクローターの所でしようと思っていることを、僕が許したら、僕には面目はないのだ。いや他人の犠牲は、拷問を免れるためには受けてもいいだろうけれども、それで喜びを買うためには受けることは出来ない。この件は駄目だ、ヴルトよ」。

しかしこのときヴルトはすでに階段を降りていた。しかし公証人は考えれば考えるほど、ヴルトを犠牲にして友情の天国を買い求めることは許し難いように思えた。最後に彼は彼にはっきりと、自分の良心がどうしようもなく痛むと書いた。

その後数時間してヴルトが次のように答えてきた。

敬称略

兄さんよ。たった今伯爵の許諾の返事と君の拒絶の返事を貰った。君には是非とも来て欲しい、さもないと僕の名誉ははなはだ損なわれてしまう。適当な時に僕のところに逃げて来給え。君の仮装あるいは仮面の登場人物はすでに椅子の上にある。理髪師も飾りの巻き毛と共に予約してある。拍車とそのための乗馬靴もすでに準備出来ている。名誉にかけて信じて欲しいが、君のための舞台服は装うものではなく、単に隠すものが選ばれている。君を鉱員服とか僧服、軍人コート、司教コート、イギリスの船長服、あるいは悪魔、その祖母に押し込んだら、僕の欲し、借りているものとは——別なものになることだろう。だから逆に君はきちんとしたもの、見分けのつかないものとなって、それでいながら道義にかなっており、真実だ。これ、君のクローターに対する愛のポーランド服［子供服］、コートを僕の所で着用してみ給え。プルツェルは親切に、いや廉価に考えてくれている。——この冗談を喜んで切望しているところだ。夕方になると君は一層見分けがつかなくなるし、付ける必要のない髪粉のことは言うまでもない。僕がつまり——立派な伯爵を最初薔薇の谷での粗餐に招待したとき、勿論君のことは言及しなかったのだが——彼から逆に彼の庭園に招かれたということを君に書くことは全く失念していた。きっと来てくれ給え、僕は焦がれている。今晩に、その後の四万から五万の晩についての条項のない最終判決、領主令が下されるのだ。現在のことを僕はほとんど感動して書いている。——ギャリック(1)は単なるアルファベットを発音して、人々を感涙させた。しかし人の心に襲いかかるものすべてはアルファベット以外の何物でもない。——心は鵞鳥の卵に似ている。なま温かい水の中で動かない卵は、腐って死んだ卵である——今日は大いに吹奏し、顫音《トリル》を利かすことにしよう。勿論大いに楽しみにしている。

追伸。君に告げなければならないが――最初はその気はなかったけれども――君の将来の友クローターは明日の朝三時に旅立つ、彼の言によれば、ドレスデンへ――しかし本当は多分、僕の言によれば、ライプツィヒへ行き、そこのプロテスタントの母親を通じてカトリックの花嫁を自分にくっつけたいのだ。ショーマーカー二世そのものではないというのであれば、今日やって来て、市民として貴族と織り込まれた友情というペダルの顫音《トリル》を鳴らすがいい。僕が君は貴族であると言わず、君もどっちみち言わずに、ただ僕が最初に君は僕の友人であるとだけ言い――君が結局自分は公証人であると言うかぎりにおいて一体どこに嘘があるだろうか――一体どこにと僕は訊きたい。

*

「勿論伺う」とゴットヴァルトは返事を書いた。

＊1　周知のように小枝を接ぎ木するもの。

第三十二番　駝鳥の胃の中のヘラー硬貨

人間嫌いと後悔(1)

ヴルトの古い、まだ封をされたヴァルト宛の手紙を印刷された状態で読んだ人物は、まず最初に純粋な公証人を着付ける際の秘密の目的をすべて見通して、少なくとも二つの目的を見いだすであろう。ヴルトの最初の秘密の目的は多分に、これまでよりももっと腹を立てて、そうすることによって――つまり伯爵に対する兄の友情とか、この友情に対するお返しまでも目撃して――自らをかの怒りの発作へ追い込む、これがなければ、彼の周知の意見では、和解は考えられない、劣悪な和解を除いては、というものである。友情の嫉妬は愛の嫉妬よりもはるかに強い、すでにこの嫉妬は、愛の嫉妬のようには、その対象を軽蔑できないことから明らかである。――変装させることのヴルトの第二の意図は、伯爵は公証人を、公証人が貴族の孔雀の尾をはずしたとき――ただの公証人鳥として荒々しく心と庭園から追い出す(そうなるとまさにヴルトの勝ちなわけで)、あるいは彼に対して一羽の鳥が別な鳥に対するように何もつっきださない（そうなるとヴルトは大いにののしり、後に和解できよう）という二つの同等に可能なものの間での決定にのみ基づくものであろう、――それで第三の場合はない。

公証人はかなり重苦しい気持ちで弟の許に着いた。「ここに」、とヴルトは言った、「コッツェブーの『人間嫌いと後悔』の人間嫌いのマイナウが椅子に座っている」、そしてプルツェルが高貴な舞台の登場人物のために裏返した極上の外套、更には長毛の丸帽、拍車のついた乗馬靴、首に巻く三エレのネクタイ、これは顔色を目立だなくするためで、それに絹の下着を示した。しかし以前には軽く想像のエーテルの中を飛んでいたものが、今やどうしようもない現在としてヴァルトの前に確固としてあった、そして罪は様々な罪に砕けた。

「何てことだ」とヴァルトは言って、公証人の弁髪を下の方へ撫でた、「着衣も変装することも出来ないかのように悩んでいるではないか。貴族というものは一足の靴と拍車の中にあるのかい。僕をうんざりさせないでくれ」。

――

理髪師が現れた。髪全体が無数の巻き毛になって後ろへ転がっていった。その後で彼は絹と布とで密封された。そして彼の核心［種］は成長して全くコッツェブー的な莢の中へ入り込んだ。

途中ヴルトは彼に誓った、彼は――すでに黄昏のせいで――十分に見分けがつかない、それに偉いさんは市民の顔など見覚えていない、と。仕舞いには彼自身にも、花と咲き、愛に震えて彼の横を歩いている公証人は、全く人間嫌いのマイナウに見えることになった。「さほど違わない」と彼は言った、「マイナウを前にしている気になるので、僕は君を攻撃することになる、こやつは数幕の間少女を愛するあまり人間嫌いになると厚かましくも称するやつで、ちょうど殴られた兎が兵士のように太鼓を打つように仕向けられるような案配だ。役員顧問のK［コッツェブー］は柔らかい泥や沼を描くのがよかろう、しかしディートリッヒ［フォン・ベルン］のような巌［のような英雄］は駄目だ。自分の特許品の心を、ポット[2]が跪くための特許品の足をそうするように、売り物にするがいい、卑しい心でも構わないが、しかし見下す心だけは御免だ。至る所で、舞台の前や舞台の上で、少女から少しばかり軽蔑されたからといって、勿体ぶった人間蔑視の態度を取る若者に出会うようでは、元のイエズス会士のようにおとなしくしておれるものか。――哀れな代物で、こいつらの人間嫌いの虫は犬と同じく舌小帯にいるだけで、鍛えてやれば、子供達の虫と同じく消えてしまうはずだ――ヴァルトよ、君もあえて人間を憎むかい」。――「一人として、不幸な人間嫌いをも憎むことはない」（と彼は限りなく穏やかに言った）「しかし君の訊き方ははなはだきつい」――「許しておくれ」とヴァルトは答えた、「すでに十年も前から爆発してしまうのだ、何か劇場の匂いを嗅いだだけで、それが単にプロンプターであろうと、あるいはプロンプターのプロンプター、詩人であろうと、いやただの宮中顧問官［コッツェブー］であろうと――だって大抵の劇の主人公は、ドルパトで教授達がそうであるように、宮中顧問官の身分を持っているものだ。――俳優どもを除いて、下劣な卑俗さを示すのは台本作家どもの他にいない。俳優と作家は互いに具体化し、生気づけている。そして互いにラニアの尻尾で羽根をつくる」――「ラニアの尾って」とヴァルトは訊いた。

「これは」とヴァルトは答えた、「鷹匠が弱った鷹の抜け落ちた尻尾の開いた羽茎に人工的にわずかばかりのゼラチンでくっつけた尾のことだ。哀れな俳優ども（超自然の、せりふのない端役ども）は、毎晩自分を作った彫刻家あるいは詩人から、生きるために一つの魂を要求する彫像だ*1」。

彼らは庭園に着いた、そこで彼らを伯爵がその簡素な、真面目な、上品な態度で出迎えた。「こちらは同名の私の友、親戚の者です」とヴァルトは裏返しのマイナウを伯爵に紹介した、「フルートが好きで付いて来た者です」。ヴァルトはあれこれ釈明する代わりに——これは弟が勧めなかった——全く大胆にお辞儀を一回した、庭園で伯爵に対して市門の警備員のように質問しようとしたら、伯爵は如才なく振る舞えないだろうと、ヴルトが言っていたからである。

ヴァルトは同様にあまりに実直に考えていたので、伯爵の前では自分の体の他には何も、ほんのわずかな考えさえも、仮装することは出来なかった。旅行や宮廷で軍隊二十個分もの人間を見てきた偉いさんは公証人のような後衛を格別頭に収めてはいないと述べたヴルトは正しかった。クローターは彼を少しばかり思案げに見た、しかし巻き毛の多い、弁髪のない、ネクタイを厚く巻いた騎士を黄昏の中で見分けることは出来なかった。

騎士はマイナウの皮膚の中で幾らか窮屈に感じていた。諸長編小説の中の変装は現実の変装を人々にあまりに面白いものと思わせている。部屋の中では天候がそうであるように、戸外では美しい自然が会話の非常用貯蓄、打ち出のターラーである——ヴァルトは伯爵に、この場所が（かつて夕方に音楽を聴いたところで）、背後の滝とその傍らのウェスタの女祭司の彫像と遠くの高台とによって真の魅力を備えていることを隠さなかった。クローターはしかし大してそれを評価せず、どんな庭園も一回しか気に入らないと請け合った。

フルート奏者は伯爵に対して、伯爵自身そうであるように、寡黙で丁重であった、そして気まぐれと舌とをただフルートにのみ取っておいた。ハルニッシュ兄弟は漿果よりももっと多くの葉をつぶして造ったワインを振る舞われた。伯爵は少しも飲まなかった。ヴァルトはしかし若干飲んだ、鍛冶屋のように火の中に強化の水を撒くためであった。ヴルトは酸っぱいワインと諸々のことで憤慨して、フルートを持ってすばやくあちこち歩いていたが、吹奏はしなかった。

クローターは彼の気まぐれを放っていた。やっと彼は（歩き回りながら）フルート演奏を少しばかり始めて、クローターに対する芸術家的冷淡さからただだいい加減に吹いた——細切れの即興的輪舞——薄暗がりに対する音楽的半色彩——嵐のこぶしが風奏琴に対して行うようなフルートの弦に対する強烈な介入を行った。

二人の騎士の会話にはこの挿楽劇的なコントラストが快適に織り交ぜられた、このような音楽の下、彼らは互いに会話を始めることになった。イギリス庭園は郵便船となって、これに乗って両人はイギリスへ渡り、イギリスを一致して眺め、称えた。クローターはイギリス人の独立不羈を褒めた。「ある種の間違いに長所も入るものです」、と彼は言った。「ただ花だけが眠り、草は眠りません」、とヴァルトは言った、彼は詩と洞察とによって容易に他人の意見を自分の意見に翻訳し、またその逆を行った。いつもただ朝の側、日の当たる側だけを探す人は、容易に至る所に暖かさと光とを見いだすものである。クローターは、友情は身分を知らない、魂が性別を知らないようにと主張した。ヴァルトは彼の返事を次のように返した。「不平等を忘れようとする努力においても二人の友人は平等でなきゃなりません」。しかし彼の発音は少しばかり百姓風で、それに彼の目は上品に輝かず、愛の炎によって明るく溢れていた。伯爵は静かに立ち上がって、三十分後の出発の準備のために、ちょっとばかり座をはずすと述べ、今晩ほど自分の考えが容易に理解されたことは珍しいと告白した。

何とも言えず恍惚となってヴァルトはヴルトに小声で言った。「有り難うよ、有り難うよ、ヴルト。——僕らに対するある人間の振る舞いを、それが冷淡なものであっても、その人物の価値を測るための尺度となすべきではない。どんなに多くの豊かな魂が気位のせいで僕らから失われていくことだろう。——彼に後ですべてを語ることにする、ヴルト」。——「酸っぱいワインはしかし」——とヴルトは答えた——「幾らかましなものかもしれない。——語るがいいさ——僕自身もこれからは彼を利己的な川蝉［氷鳥］、寒気導入管と見なさない。——彼は確かに君の顔と僕が町に告げた盲目の急速な回復については何も知ってはいない。これはしかし彼の記憶のせいか、いずれにせよ彼にとっては他人は自分よりも大事ではないということのせいであろう」。そしてこう言うと彼は返事を待たずに、フルートに、自分の第二の気管に、自分の火管に自らを注いだ、そして伯爵が来たとき、すでに立派に吹いていた。

伯爵は演奏を最後まで聴き、そして何も言わなかった。ヴァルトは何も言えなかった。彼は月と伯爵とワインとフルートと自分自身とを頭に収めていた。月は風車の置かれてある高台に昇って、天から遠くの平野や河を一杯に明るく照らしていた。公証人は若者の顔に、ある真面目な、底深い、渇望している生命が憂鬱そうに月光の中で花咲くのを見た。音色は彼には一つの調べとなって、彼はすでにフルートを御者台のポストホルンと見なしていた、これは自分の新たな友と甘美この上ない未来とをここからはるか彼方へ連れ去っていくものであった。「この良き人は、自分が捨て去り、惜しんで泣かなければならない者を、ヴィーナのような恋人をどこで再び見いだせるのであろう」とヴァルトは考えた。――これ以上我慢出来ずに、彼は伯爵の優しい手を握らずにはおれなかった。

彼は言いようもなく繊細に振る舞おうと思っていて、しかもフランス女性達の最古のフランス長編小説を超える程度にと願っていたので、敢えて遠回しに、クロータールの花嫁の馬車の車軸が折れてしまったと述べることもできなかった。「私どもは以前に」と伯爵は言って、手を握った、「会うべきでした、とても実直な詩人が愛について記していますように、スフィンクスが私に前足を見せないうちに」。――ヴァルトがこの実直な詩人本人であった。この銀色の導音と共に彼は全く、弦として張られた愛の綱から、これはこの音を出し、この音がこの上で跳ねるのであるが、跳ね上げられて、彼は自分が飛んで過ぎた天を数えることが出来なかった（飛行は早すぎた）。彼は別な手で最初のちょうど相手の手に握られた手を押さえて言った――自分がその詩の父親であるということについてではなく、――「伯爵、私の言うことを信じて下さい、私はあなたにすでに以前お会いしていました、長いことあなたを探し、見ていました――――吹いておくれ、ねえ」――と彼は突然ヴルトの方を向いた、ヴルトは天国と地獄の間をかの男性的陽気さで上下していたが、この陽気さは女性のヒステリックな哄笑に似ていた、――「もっと穏やかに、牧歌やリュート調のもの、神の休戦を」。

ヴルトは更に五つ乃至六つの舞い納め、別離の嵐を演奏し、全くやめてしまった、自分の心からの離反、背く感情のテキストを音楽に写すのは余りに人が良すぎるように思われたからであり、またそうすることは余りに滑稽であるように思われたからである。「私もあなたの姿を思い出しますが、しかし定かではありません、私はあなたのお忍びを明るみに出したくありません」と伯爵は答えた。「いえ、明るみに出すべきでしょう」（と公証人は叫んだ）「私はエルテルライン出身の公証人ハルニッシュです、庭園でヴィーナ嬢の手紙を見つけて渡した本人です」。

「何ですと」と伯爵はゆっくりと言って、王として立ち上がった。彼はしかしまた考えて静かに言った。「真面目にあなたのお名前のこと、殊に開封のことをお尋ねしたい、どの程度手紙の件に関与されているのか」。ヴァルトはフルート奏者の方を見た。しかしヴルトはフルートに嵐の一吹きをした後、脇の通路へ出て行き、二人の心の吐露を避けていた、彼の確信によれば他ならぬ自分自身が溺死してしまいそうであった。

ヴァルトは伯爵の驚きに驚いた、そして何も不快なことは言わなかったと衷心から願っていると述べた。「おや、私の弟はどうしたのだろう」と彼は叫んだ。人が殴り合う物音とヴルトの声が茂みの中で騒がしくなった。「庭園では危険はない」――と伯爵は言った――「続けて、続けて」――ヴァルトは急いで開封された手紙を庭園で見つけたことを話した。「何ですと、ムッシュー」と伯爵は声高な滝の横で声高に叫んだ。「厚かましくも私の庭園で拾い上げた私の手紙をそこもとは将軍に渡したのか、将軍がエルテルラインの騎士領の領主だから取り入ろうとして」。

ヴァルトは二つの稲妻に打たれたかのように、麻痺させられ、苛立たせられた。消え入るような穏やかな声で彼は言った。「これはあんまりです――不幸の上の不幸です――私には罪はありません――これほどの不当な報いは受けたくありません――それにノイペーターの庭園だったのです」。――

ヴルトはクローターの声を聞いて、苔の付いた小屋から走り出て来た、その小屋で彼は不機嫌になって、自分一人で喧嘩する部屋を演出するという昔からの芸を行っていたのであった。フルート奏者は自分の演出したのよりもっと精神的な殴り合いに遭遇して、すべての面から、ヴァルトが貴族の外皮、青虫の皮膚を破って、固く動かない蛹としてそこに下がっているのを察知した。彼は早速伯爵に憤懣について若干の説明を頼んだ。

「それはこうだ」――と伯爵は彼を見ずに答えた。――「ある者の手紙を読み、それを纂奪し、手紙の中で明瞭に願い下げになっている間違った者の手に送り届けていながら、何故大胆にもその本人を訪ねることが出来るのか一向に理解出来ないということだ」。――「私は何も読んでいません」――ヴァルトは言った――「何もしていません。しかしどんな厳しい言葉も甘んじて受けます、このような不幸をあなたにもたらしたのですから」とヴァルトは言って、手を痙攣させながら人間嫌いの外套から短い劇場用短剣を引き出して、それを無意識に振り回した。伯爵は懐中短剣から少し身をそらした。「何のまねだ」と彼は怒って言った。「伯爵殿」とヴルトは非常に強い調子で始めた、「誓って彼は何も読んでいないと申し上げます、何の話かは存じませんけれども。――ゴットヴァルト、何を手にしているのだい」。紅潮してヴァルトはポケットの鞘に武器を押し込んだ。

「ファン・デア・ハルニッシュ殿」、とクローターはフルート奏者の方を向いた、「どうして貴方はこの公証人を別な名前で私に紹介したのか特別な説明をお願いしたい」。――「何なりと説明できます」――とヴルトは答えた――「私の友人にして親戚と述べました――その通りで――更にはファン・デア・カーベルの遺産の推定上の包括相続人としても紹介出来ました。他にまだ説明が必要ですか」。――「説明を求めるところだ」、と伯爵は答えた、「ちょうど今、旅の馬車に乗り込む必要がなければ」――「私は後から乗り込んでそこで話し合う用意があります、いやどこでも結構」とヴルトは言って、侮辱を受けて伯爵の後を追った、伯爵は気位高く冷淡に馬車へ向かっていた。「僕の言うことをよく聞いて、僕を大目に見ておくれ」とヴァルトは頼んだ、「僕が彼に何をしたか君は知らないのだ」。――

「阿呆はうるさくてかなわない、君もその一人さ」と彼は公証人を叱りつけた。「伯爵殿、返事をまだ頂いておりませんぞ」、とヴルトは言った。「その必要はない、しかし訊いておくが、貴方達二人は兄弟かな」とクローターは言った。

「父親と母親に訊かれるがよろしい、私に訊かれるな」とヴルトは言った。不幸な公証人は疲れて棺の蓋を開けることが出来ないでいた、その蓋越しに頭上での諍う決闘のための準備を耳にしていた。「貴方が自分自身の他には誰をも違う肩書きで紹介していないのであれば、説明はいらない。市民には説明を求めない」と伯爵は言って、馬車に座っていた。ヴァルトは扉を閉じさせず、まだ中へ叫んでいた。「二人の阿呆は貴族じゃないかい――いや三人とも」。しかし馬車は転がっていった、そして彼は奮闘虚しく後に取り残された。

ヴァルトは打ちひしがれて自分が最大の幸福を奪った人間に幸福を祈念することが出来なかった。心の中ですら敢えて願いを考え出すことはできなかった。無言で彼は物静かな弟と一緒に失われた楽園の庭から忍び出た。ヴルトは兄が心の内部に深く垂れ込んでいる暗雲の下、背をかがめて歩くのを見た。しかし慰めの言葉は言わなかった。ヴァルトは彼の手を取って、心の支えとし、訊いた。「僕を愛する者がまだいるだろうか」。ヴァルトは黙って、彼の手をただ緩く握った。ヴァルトは手を引き抜いた。強張って鋭い沈黙を彼は自分の罪に対する一つの説教と見なした。彼は泣きながら陽気な夕方の路地を歩いて行った、弟を横にして、弟の嫉妬した胸の周りでは涙は石化する水のようにただ石の樹皮を作るだけであった。

「何故僕を守ろうとしたのかい」とヴァルトは言った。「僕には罪がないとはいえない。手紙のことすべてを知っているのかい」。ヴァルトは冷たく頭を振った。ヴァルトのそれについての以前の話は、自分についての彼の話のすべてがそうであるように、愚かな謙遜のせいで余りに言葉が足りず、不確かであったために、ヴァルトはどのような出来事も前後を補って組み立て、ごく些細な出来事にも長い過去の物語と未来の成り行きとを創作するという彼の昔からの、世間の中で培われた物語の才能を十分に発揮できないでいたからである。ヴァルトはこの宮廷の才能を何も有しなかった。彼は絶えず事実を描きながら見つめ、塗った。そしてそれ以上は成功しなかった。

ヴァルトは彼にこのときヴィーナの手紙を不幸にも彼女の父親に渡したことを話した。「何てことだ」――とヴァルトは打って変わって叫んだ、今やすべてを察知して、自分が兄を巻き込んだ紛糾に驚いたからである――「向こうの僕の部屋で鱗を取るがいい」――「そうしよう」――とヴァルトは言った――「不幸を望んではいなかったけれども、父親と花嫁を見ようという気になってはいけなかったのだ。誰がこの幾重にももつれた人生の中で、自分は手を汚していないと言えるだろうか。運命は僕らに」（と彼は階段で続けた）「偶然の中で僕らのごく些細な歪みを拡大して鏡に映るようにする――嗚呼、小声の何でもない言葉の上に、穏やかな響きの上に静かな覆われた高台があって、そこからその響きはとんでもない災難を下の人生へ引き起こす[*2]」。

「まずは犬のマイナウの皮をむいて取らなくては」とヴァルトは、二人が静かな、月光に満たされた部屋の中へ入ったとき、より穏やかに言った。流れが氷を持ち上げるように、黙って公証人はコッツェブーの糖衣を持ち上げて、穏やかに外套と補佐司教の帽子を脱いで、巻き毛を再び伸ばした。ヴァルトが月光の中で沈んだ男に薄い南京木綿服を絞首台の紐に吊された者にでも掛けるように掛けて、何と滑稽に兄は変装のコルク製胴着を付けてにっちもさっちもいかずにいるか、そもそも考えたとき、彼には大きな乗馬靴を履いたこの欺かれた物言わぬ男が言いようもなく気の毒に思われた、すると微笑《ほほえ》みながらも彼の心は二筋の――涙に裂かれた。「君に」――と彼は兄の背後に猟のための忍び馬の背後に付くよう身を置いて言った――「弁髪を作ってやろう。――弁髪紐を歯で噛んでおくれ、一方の端を」。

彼はほとんど恥じ入ってそれを行った。ヴルトが柔らかな巻き髪を指の下に持ち、兄の背中を眼前にしたとき――背中は容易にその人間を突然、死んだ、遠くの、不在の者にし、そして心によるこの輪郭のパースペクティブによって他人の心の同情を誘うので、――彼は毛髪の手綱を首筋のところで全く短く押さえて、ゴットヴァルトが振り向けないようにした、ほとんど憂鬱な声で（このような位置では彼は思いのまま自由に存分に泣くことが出来た）次のような質問をしたからである。「ゴットヴァルトよ、まだクオドデウス・ヴルトとかいう者を愛しているかい」。

この声には何か感動的なものがあった。ヴァルトは急いで振り返ろうとした、しかし彼は髪のところを押さえられていた。「ヴルトよ、君は僕をこれでも愛しているかい」と彼は泣きながら叫んで、弁髪紐を離した。「この地上の誰よりも、どんな悪漢よりももっと」――とヴルトは答えて、ほとんど話せなかった――「だから僕の声は犬のように、女のようにしわがれているのだ。もう一度弁髪紐を噛んでおくれ」。――しかし公証人はすばやく振り向いて、雪のように白くなった、弟の波の打ち寄せる顔には涙が流れているのを見たのである。「一体どうしたのだ」と彼は叫んだ。――「何でもないかもしれない、いや何事か」とヴルトは言った、「それどころか愛かもしれない。忌々しい言葉を吐き出してしまえば、僕は伯爵に嫉妬していたのだ。兄さんがそんなに熱心に獲物を捜し、狩るのは正しいことじゃないと僕は自分に言っていた、だって僕は悪魔にすべてさらわれればいいすべての人間以上に兄さんに好意を寄せているのだし、これらの人間どもについては実際どこかの教父、ギリシア人あるいはローマ人の教父がそう考えるのと同様にひどいものだと考えているのだから。兄さんには僕をつまらぬ兄弟愛で満足させようと考えて欲しくない。僕の若い人生はすでに干上がっている、愛の自由港をその海は離れてしまった――猫一匹入って来れず、停泊することもできない――兄さんよ、僕はしばしば数日も耳鳴りが続いたことがあったし、心痛で一杯の夜を経験している――あるときは夜十一時半に泣いたことがある」――

しかし彼は中断しなければならなかった、狼狽した公証人の下唇をある熱く重苦しい愛の痛みが低く引き下げた。「何が悲しいのかい」とヴァルトは訊いた。ヴァルトはかぶりを振った――大股であちこち歩き――あるときはグラスを、あるときは本を手に取って――何も見ず――明るい月を覗き、そして一層熱く泣いた。「いいじゃないか」とヴァルトは言った、「昔の通りにしよう」、そして彼を抱擁した、しかしヴァルトは直に身をふりほどいた。最後に彼は落ち着いて痛々しく言った。「僕は皆を不幸にしなければならないのか。君は今日は三番目の人間だ。僕の夢の中の三人の蠟の子供達」。

ヴァルトは、彼の苦痛を除くために、是非ともと夢のことを尋ねた。しぶしぶ、急いでヴァルトは語った。「ヴェールを被った形姿達が僕の前を通り過ぎて、僕に尋ねた、何故嘆くこともなく、青白くもならないのか、と。それらが次々にやってきて、尋ねた。ヴェールが除かれるものすごい様に僕は震えた。すると三人の蠟製の美しい子供達が天から飛んできて、親しげに見つめ、僕に挨拶した。僕は、その小さな白い手を僕に貸して、僕を引き上げておくれと言った。子供達はそうしてくれた、しかし僕は彼らの腕を胸と共に引き抜いて、彼らは落ちて死んでしまった。そして僕がすでに目覚めていたときに、跪いて進んでいく遠くの暗い葬列がまだ見えた。夢は実現したのだ」。

ヴルトは、怒りの痛みは魔法が解けたように消えていて、今や相手の痛みの治療に万全を尽くした。彼にはすべてより軽い面を見せて、自分の左の心室の有毒なふくれっ面の隅を攻撃し、そこにはふくれっ面の腕白《コーボルト》の精と狼人間とが住み、ぎらぎら目を光らせていると言い、これまで自分の手紙に包み込んでいた毒の丸薬から銀を引き出し、勇ましい喧嘩がなければ扱い易くならない自分の性分を教え、冠羽雲雀《とさかひばり》が諍うときいつもさえずるようなものだとし、ヴァルトは、自分がこの魂の伝染性鼻炎で不快にさせる最初の者ではなく、最後の人間となると誓った。兄の際限のない気立ての良さは確かにこんな自分を癒してくれるであろうから、と。

しかしヴァルトはほとんど聞き入れず、すべてを自己犠牲的な優しさと見なして、自分を伯爵に対し炎のように守り、これまで伯爵に至る道まで作ってくれたのは他ならぬヴァルトではないかと異を唱えた。「毒心からさ」とヴァルトは言った、「それに若干の気位から、ただそれだけのことだ。ここに」――と彼は続け、二つの封印で閉じられた手紙を取って来た――「その証拠を読んで御覧、君のことを前もって弁護してある、殊に僕のことはそうだ」。公証人はしかし手紙を開封せず、言った、彼の言葉を信じている、やっと彼のことが分かった、今はるかに気持ちが楽になった、と。ヴァルトはそれをそのままにし、長いこと延ばされていた熱い抱擁をして兄の心に自らを押し付けた、抱擁は彼の荒々しい精神を説明するものであった。

兄は幸せになって言った。「僕らは兄弟だ」。

「人間が持つことが出来る友はただ一人とモンテーニュ(3)は言っている」とヴァルトは言った。

「ただ一人だ」とヴァルトは言った――「そしてただ一人の父親に、ただ一人の母親、ただ一人の恋人だ――ただ一人の、一人の双子の兄弟だ」。

ヴァルトは全く真面目に答えた。「そうとも、ただ一人だ。そしてどちらの心にもただ愛と正義が宿るべきだ」。

「いつものように冗談をまた言っておくれ、僕はきっと出来るだけ上手《じょうず》に笑うと思う」――とヴァルトは言った――「君の和解の証拠に。君の真面目さにははなはだ胸が張り裂ける思いだ」。

「お望みなら、冗談を言ってもいい」――と彼は言った――「いや、神かけて駄目だ。――カムチャッカ人が――シュテラー(4)によれば――双子のうちいつも一人は狼を父親に持つと信じているならば、まことに僕はこの狼の私生児、混血児、鬼胎で、君はそうじゃない。今や僕らは明瞭に紛糾について話すことが出来るので、君は全く汚れなく正しく伯爵に対して振る舞ったと君に告げることが出来る。ただ君は他人の利己心に気付くには、余りに利己心を有しないのだ。クローターははなはだ大きな利己心を有する――実際、僕は今日は誰も攻撃しない、君の真似をしよう――しかし哲学者どもは、若いのは全く、彼同様、目下利己的だ。隣人愛の金言とか倫理は、いいかい、単に万能膏にすぎない。明かりは火ではないし、燭台は暖炉ではない。それでもすべての哲学的下種どもはドイツを上ったり下ったりしながら、ただ獣脂蠟燭を心に抱いてテーブルに置きさえすれば、明かりは両部屋［心室］を十分に暖めると思っている」。

「ヴルトよ」——とヴァルトはごく優しい声で言った——「僕に答えさせておくれ。今日は不幸なクローターにはどんな有罪判決も下せない、僕は彼から最も素晴らしいものを奪った。彼は今孤独に夜の中、夜のように暗い心を抱いて、夜のように暗い未来へ向かって旅している。罪がないのは君だ、僕ではない。君は話していい」。

「では話そう」と彼は言った、「かの哲学者は今晩脱皮した、これを蜘蛛が行うと、晴れの天気を意味する。ところで、君ももっと良く、肉体的に脱皮すべし」。——ヴァルトはこれを行った。彼が脱衣のために脱靴器の上に立つと、ヴルトが支えた。「どんなに月が」とヴァルトは言った、「部屋の中へ微笑《ほほえ》んでいることか」——その後付け加えた。「この甘美な光の中に身を置いて、また紐の端を歯の間にくわえておくれ。今度は先ほどとは全く別な気持ちと指とで君の弁髪を編んでやろう。はなやかなカール髪さんよ」。——その後二人は静かに柔和に別れた。

＊1　ペルシア人は、彫像は最後の審判の日に彫刻家から魂を要求するであろうと信じている。
＊2　一つの言葉、一つの鐘の音がしばしば雪崩を引き起こす。

第二小巻の終わり

第三小巻

第三十三番　線条雲母

兄弟――ヴィーナ

人間達の和解のときの後に続く、至福の聖なる日々よ。愛は再びうつけた、乙女的なものとなり、恋人は新たな変容された者となり、心はその五月を祝う、そして戦場から蘇生した者達は先の忘れられた戦争を解しない。

戦争は曇り空を晴らす。二人の兄弟は自分達の戦いの後、快晴の中にあり、自らと万物とが綺麗に輝いているのを見た。ヴァルトは愛と贈与以外の何者でもなかったが、弟に対してこれ以上に優しく、温かくなるにはどうしていいか分からなかった。彼は最高の段階を求めたからである。小さな良心の痛みの傷跡はまだ少し燃えていて、いつもは乾いているヴルトの涙は彼の心に残っていた。ヴルトは自ら愛のカノンからの新たな旋律を持った人間として立っていた。彼は愛を符号よりも行為によって表したけれども、愛は見てとれた。彼の頻繁な推参、彼の譲歩、彼の穏やかさ、彼の援助心、そして別れる際の――すみやかに階段に出て姿を消すことが出来るときの――しばしばの彼の弟としての接吻、これらは彼の心を物語っていた。「誰も」とかつてヴァルトは彼に言った、「君ほどに感動的には見えない、君がまさにその炎の目に穏やかさを湛えているときには。それでいつも、スパルタ人がフルートを持って戦場へ行ったことを思い出してしまう」。――「あざらしがママと言うようなもので」[*1]、と彼は言った、「僕には似合っていることだろう。いや僕はほとんど小声の弱い暴風と呼びたい。しかし真面目に話すと、僕は今まだコンサートの金があって、それで善良な陽気な子羊なのだ。僕の人生は打ち出された金で一杯の本で、頁は柔らかで軽やかだ、勿論金箔のことだけど」。

ヴァルトはこのような話し方を少しも悪く取らなかった。しかしヴルトも生き続けていくと――彼は自分を、去った友人の伯爵の最も近い、高笑いする王座相続人と見なすことが出来たので――自分がこの点では彼の兄に金を払っているだけで、贈っているのではないこと、兄がいつも一日暖かい日を先取りしていることに気付いた。

あるときヴルトは彼の呼び鈴用ワイヤから――これはある少女寄宿校全体のことであったが――穏やかなヴァルトがちょうど愛の休憩時に彼のためにノイペーターの食卓で反駁者達に論陣を張ったときの激しい弁護の話をすべて聞いた。ヴァルトは彼にそのことを一言も話していなかった、――単に弟に対する愛からばかりでなく、すべての世間に対する愛からでもあったが、同じように二重の愛から、弟を少しばかり侮辱することになりかねないカーベルの遺書を見せることも断っていた。ヴルトは入ってくると愛の炎の中で彼の両肩を押さえて、ノイペーター家の者達をからかってその炎を発散させた。しかし時機が悪かった、ヴァルトは『ホッペルポッペル』を書いていて、執筆の腕をすべての五大陸に、愛しながら、導きながら、差し出しており、ちょうど本の中で見いだしつつ見いだされた魂の歓喜の祭典を行っていたので、失われたクローターのことを大いに考えていた。自らの憂鬱な喜びの思いと共に今や彼は亡き友を悼みながらそのことを執筆していた、かつては友を求めながら痛みを感じて書いていたのであった。そしてその違いに驚いていた。

ヴルトが感謝して思い出させたノイペーター家での素晴らしい感激の昼は、再び彼の胸にまざまざと伯爵を描いた。彼は弟に全く率直に告白した、遠くに去った者がその虚しい存在と共に、失われたヴィーナと共に、いつも頭に懸かり、重く胸にのしかかること――この者が孤独に閉ざされた馬車の中に座って、想いに耽っているのが見えること――自分の天から籠の中へ追われたこのような鷲には同情を禁じ得ず、それ故高貴な精神に何らかの拷問をもたらしたという意識ほどに苦い拷問はこの世に見いだされないということを。「ヴルト、出来るものなら、僕を十分に慰めておくれ」――と彼はこの上ない激しい発作にかられて言った――「僕の意志は無垢だと思ってもほとんど慰めにならない。君がたまたま、邪悪な意図もなく、いや最良の意図をむしろ持って、地獄から飛んで来た火花によって病院とか無垢のスイスの村とか捕虜で一杯の家とかに点火してしまったら、そして炎とその後に骸骨をみることになったら、君を誰が救ってくれよう」。

「僕は冷静な理性によって、君は僕によって救われるさ」（と彼は言った、別に恨んではいなかった）「僕のすぐそばの少女寄宿学校でもっと詳しい事情を僕は調べるだろう。まだ盲目だった頃、毎晩そこへ行ったものだ。そこは今まで経験した中で最も速いウィーンの鳴子郵便(1)だ。まだ生じつつあるというのに、すでに多くのことが報じられるのだ。——伯爵は偶然による君とは違って、手紙を読んで渡したという彼の卑劣な思い込みに対しては弁明の余地はない。これは全くお偉いさんとフランスの悲劇作家の流儀であって、彼らは何かを説明するとなると、小さな罪よりも最大の罪を、ふしだらよりも近親相姦をむしろ想定するのだ」。公証人は、クロータ―の罪は自分の罪の重荷を軽減してくれると告白した。しかし気持ちは変わらなかった。人と一緒にいると、ある者を引き下げることは引き上げることより容易である。ヴァルトの場合は違った。ヴルトは去り、直にまた来ると約束した。

ある日の午後フリッテが、彼の舞踏場は町全体であったが、ヴァルトの小部屋に跳んできた。彼は、どこでもその住民と同数の善良な馴染みを作る習慣があった。そこで彼は人民に属する公証人を何の遠慮もなく友人の数に入れた。公証人は、彼は自分のせいで来たと喜んで信じ、このような紳士を泊めるという歓喜と不安とで少しばかり我を忘れた。彼の自我は不安げに鼠のように上の四脳室のすべてを駆け、その後下の両心室を駆けて、その中でおいしそうな観念の穀粒を捜した、それをアルザス人の軽食のために運び、提示しようと思ったのであった。彼はしかしこの者に美味なものを何も見いだせなかった、しかしアルザス人も空腹ではなく、歯を有しなかった。週のすべてを、来る日も来る日も、極上の最も魅力的な、あらゆる世界の時代、大陸からの観念や料理の饗宴や遊山会で口のおごっている学的書斎の住人は、世慣れた紳士や商売人が、自分達がいつも熱く、脂たっぷりに会話の焼き串回転機の許この者に観念をたっぷりと注がなければ、自分達の許で無味乾燥、つまらないと思うのではないかと容易に想像し易いものであるが、しかし商売人は、座ればもう満足しているのであって、世慣れた紳士は、窓際に立ったり、あるいは昨日辺境伯夫人は食卓ではなはだくしゃみをしたとか、クラインシュヴァーガー男爵は、この名前は聞いたことはなかったのであるが、今朝立ち寄らずに単に通過していったと耳にすると満足するのである。

学者にはこれは極めて想像しがたいことである。彼らは普段はいつも社交のための糧食馬車を引いていて、機知の後のあるいはそれどころか機知を伴った観念を多かれ少なかれ積んでいる。まことにありふれた、しかし満足のいくおしゃべりとは一般に人々の間ではこうで、つまり、ある者が相手のすでに知っていることを話し、これに対し、相手はこのある者も承知していることを答えることで、かくて各人は互いに二度聞く、さながら精神的二重自我であるということである。

事実に関して、ゴットヴァルトが身上書に関して疎かったように疎かったフリッテに対してヴァルトはどのように切り出していいか分からなかった。しかしアルザス人はある程度上手に話し、歌い、踊って、しばしば窓際に行き、しばしば書架へ行き、それについて何か話そうとした、彼は誰の前でも、まさに相手の関心事をひけらかすことを好んだからである。何人かの者は単に一人っきりで演奏されるべきピアノであり、何人かはコンサートに属するグランド・ピアノである。フリッテは単に多くの人の前で話せた。二重唱ではほとんど愚かにすぎた。

とうとう善良な公証人は、自分で作り出していると思われる退屈に関して自ら一つ退屈を見いだした――というのは会話では、賭博カルタ同様に、（享受ならびに金の）利益は両者の掛け金以上に大きくなることはないと証明されているからである。――それで彼はアルザス人の許でこっそりフランス人を研究した（というのはアルザスは十分にフランス的であると彼は言ったからで）、そして通りすがりに自分の長編の鋳型室のために彼を鋳造し、彼を保存した。

鋳造しながら彼は突然窓を閉めた、そしてガラス越しに庭へお辞儀した、下の方でヴィーナの横を夕陽の方へ向かっていたラファエラが、頭で振り返って軽く彼に挨拶したからである。――そこでフリッテが飛んできて、ラファエラが振り向き、すばやくもう一度振り返って見、そしてこの者を見分けた。ヴィーナはゆっくりとその横を重い痛みを運んでいるかのように歩いていた、頭を夕陽の方に持ち上げて、ハンカチを何度も目に当てながら。ラファエラは激しく話し、押し入り、人生の霧のかかった所ではどこであれ隠された深い涙の泉をひたすら求めて掘っているように見えた。

ヴァルトは自分のことを失念して、大きな声で溜め息をついた。「思うに」と、より落ち着いて彼は付け加えた、「善良な将軍の娘は泣いている」。――「下の方で」とフリッテは冷たく尋ねた。「それでは伯爵を失って絶望しているのだ。その喪失が応えるのであろう。じゃまた。――さようなら、友よ」。そして彼は庭へ飛ぶように降りていった。

ヴァルトは腰を下ろし、頭を手で支えた、手は彼の目をふさいだ、そして長い純粋な痛みを感じた。彼は美しい少女の愛らしい顔を、あるいはその悩みを、彼女が庭をこちらの方へ来るとき、視線でさぐり聴くことは出来なかった。彼は彼女の父親の許で写字して、彼女に会うかもしれない最初のときを思って驚いた。沈んでいく陽がようやく母親のように邪悪な時の冬の眠りから彼を暖めた。庭には誰もいなかった。彼は下へ行った。下で何をする気かあてはなかった。茂みに半ばちぎれた上質の便箋が一枚ひらひらしていた。彼はそれを手にした、それは女性の筆跡で、他人の手紙から写した箇所を含んでいた、これはいわゆる鵞鳥の足［引用符］から分かった。半分の紙片、裂かれた紙片、別な手紙の写し――最初の手紙なら彼は決して読まなかったであろう――この方なら多分彼は眺め、読むことが出来た。

『『――花は折れて。信じて頂戴。自分の痛みなら何と容易に喜んで忘れることが出来ることでしょう。他人の痛み、自分が、無邪気な強いられたものとはいえ、招いた痛みは何と難しいことでしょう。どうして人間は、鼓動する心をやはり持っているはずなのに、すべての民衆を泣かせることが出来るのでしょう、自分のせいでの最初の不幸な人のことでもう、かくも痛みを感ずるというのに。でも私の嘆きは良心的に隠して黙っていて頂戴、何でもすぐにお察しになるお父様を苦しめたくないから。でも言われなくてもそうして下さるでしょう。しかし私の決心は以前と同様変わりません。ただ痛みによってその償いをするつもりです。今は苦しむこと、向上することの他に何も出来ません、より頻繁に教会に行き、より多くお母様に手紙を書いて、お父様に対し、またどのような人に対してももっと親切にしています。教会は私に喜びを受け入れるよう命じていますので、教会が若干喜びを増やすことを許して下さる他の所にそれをもたらすのがいいのです。私の喜びはあの方を失ったときすでに早く消えてしまいました。親愛なるラファエラ、御多幸を祈ります』。このことから、ねえ、あなたどんなに私のWのこの傷が私の優しすぎる心を砕くに違いないかお分かりになるでしょう。御機嫌よう。細工師にまだ注文していないのであれば、金のハートは三ロートの重さがなければなりません。焼き兎漬し器と腕輪は私の母に届きました。

あなたのラファエラ」。

ヴァルトは読んでいるとき彼の窓から極めてうれしそうな表情をしたヴァルトから名前を呼ばれた。彼はそれを途中ですっかり読み終えた。「君は」とヴァルトは陽気に始めた、「僕の欧氏管［耳管］ならぬ風評のトランペットを知っているだろう――つまり過去についての僕のキュメの巫女のシビュラを――つまり僕の借用松明《たいまつ》を――いやはやまだ分からないのか。僕の物語の八言語聖書、(2)雄弁術の八部分を（それだけの数の少女達なのだ）。畜生、カウントする紡車だ。つまり女子寄宿舎だ。ここの最も確かな筋から、将軍はここを時折訪れて、ここであらゆる好奇心の強い者達がそうするように、自ら語ったり耳を傾けたりするというので、まさに次のことを知ったのだ。

正確に言えば、将軍に二、三のニュースや敬意のためにちょうど僕に報告してくれたのと同じ数の少女達を、八人を捧げたのは、少女達のベニス総督夫人、女舎監であった。一昨日将軍は誕生祝いをして、習慣に従い聖なるミサと聖体拝領を昼食前に行い、その後魂の薬のために大いに飲んだ。娘はいつも一緒に告解しなければならなかった。君が自堕落な偉いさんと付き合いがあるかは知らない、彼らに僧侶達はいとも容易に犬に対して言うように、お利口してと言うのであって、彼らにとって告解の椅子はその精神的暴飲過食の排泄容器であって、また彼らは北国人同様に、ルイ十四世の最期の時(3)を信ずれば分かるようにその回心を女性達に負うものである。要するに将軍はそのようなものであろう。彼の誕生日、告解日には昔から彼は自分の娘を特に愛していたが――二つの懸け離れた秘蹟を液体によってまとめるために――一種の洗礼の水を一日中頭蓋の下の頭に注ぐからであった。彼はそもそも、彼女に対しては素直に善良であるという美徳を有していた。彼女がライプツィヒの自分には厭わしいプロテスタントの母親を頼ることすら彼女には大目に見ていた。さて一日中自分の告解の娘、実の娘と一緒にいると、彼は大いに飲み、泣いた。そこで彼は、彼女はまだなぜそんなに悲しんでいるのか、彼女の神、聖なる教会、彼女の父よりも伯爵の方をもっと愛しているように見えるではないかと釈明を求めた。彼女は激しく、そんなことはないと答えた。時々自分と聖なる信仰について話す教会役員のグランツにすらひたすら丁重に耳を傾けてきた、しかし伯爵のことは他の善良な人間以上には愛していない、と。ザブロッキーは驚いて尋ねた、何故彼女は選択の自由があるのに、彼と結婚しようとしたのか、と。『私は思ったのです』、と彼女は答えた、『あの方を私どもの宗教に本当に犠牲になることによって変えることが出来るかもしれない、と』。ヴァルトよ、哲学者を改宗させるのだとさ。むしろ鬘を洗礼し、剃髪した方がいい。

将軍は嬉しくて同時に微笑《ほほえ》み、泣いた、しかし優しく華奢な人物をますます責め立てて、率直な心に侵入し、第二の秘密を取り出した。彼女はつまり彼女の別居しているプロテスタントの母親に（それに多分負債のある父親にも）時折裕福な婚姻のベッドから枕を投げ寄こしたいのであった。このことをしかし比喩を用いずに告白した。すると酔った父親はたまらず、誓った。このような忠実な子供に何かを断ったり押し付けたりしたくなるくらいなら、むしろ自分の胃に霰弾が当たるがいい、あるいはワルシャワの自分の裁判が負けるがいい、と。云々。満足したかい」。

ヴァルトは黙っていた。ヴルトは彼の手の中の破れた手紙を所望した。彼はそれを喜んで読み、そこに自分の報告が封印されているのを知り、心と下着、偉大なものと卑小なものとを互いに結び付けるラファエラの女性的方法に冗談を言った。しかしヴァルトは、まさにこのことは、彼女の語り方同様に、女性はむしろ叙事的であり、男性はこれに対し叙情的であることを証していると言った。

ザブロッキーの使者が入って来て、明日四時に例の写字のために参上するように伝えた。彼はようやく一晩中自分の強い動揺を隠しおおせた。

＊1　ベヒシュタインによればこれは言葉、パパ等をつぶやくことが出来る。

第三十四番　毬《いが》

写字の時間

ちょうど四時にヴァルトは将軍の前に現れた、将軍はいつものように微笑《ほほえ》んで青い目の男を迎えた。手紙のことを思い出されはしないか、手紙を書いた女性が現れないか心配したが何のこともなかった。ザブロッキーは彼に美しい条紋のある写字台上の匿名あるいは単に洗礼名だけの手紙を筆記上の命令と共に与え、立ち去った。パリにだけ見られるようなはなはだ入念な末尾の文字、あるいは末端の反り返りと共に、多くの劣悪な対極、例えば尻尾のロベスピエール派[1]とかパリの尻という腰当てを公証人は写字して、後で周りを見回した。

美しい小部屋は壁紙によって花の植え込みに描かれていた、しかし本物の花から来る花の香りに充ち、緑色の薄明かりに充ちていた。ブラインドの格子が引かれていて、彼にとってはまぶしい日差しの緑色のヴェールとなっていた。冬のときでさえ乾いた多彩な時のこの葉脈の骨子は魔法のように彼を緑に包んだ。「近くの壁戸棚には」――と彼は自分に言った――「ヴィーナの空色のドレスが掛かっている、と思う」。穏やかに揺れる雲の上にいるかのように彼は座っていて、自分の状況にぴったり合う手紙の言い回しを書き写した。自分は彼女と一緒にいる、同じ部屋の階に一緒に、一つ屋根の下にいると思うと彼は上下に揺れる感じがした、彼女とは同じ痛みの哀悼のリボンを付けているのであって、彼女は友情の日没の後、彼にとって静かな愛のヘスペルスとして微光を放ち続けた。

彼は聞き耳を立てて写字した（何ら希望がないわけではなかったが）、ヴィーナが小部屋にまで現れて、一つのゼクレテール、あるいは別のゼクレテール、つまり木製の写字台か、あるいは生身の書記の許に飛んでくる恐れを抱いて座っていたからである。しかし何も来なかった。壁戸棚へ侵入して、空色のドレスを遠くの太陽の青いエーテルとして軽く手で触れたり、口づけしたりしてはどうかと大いに考え込んでいるとき、将軍が入って来て、彼を驚愕させ、写字を褒め、ドアを閉めた。

　このように幸せに写字の時間と、ヴィーナに会うかもしれないという危険とは過ぎ去った、そして少しばかり心の中で酩酊している頭を揺すりながら帰った。

　塔の球飾りと庭園の梢にはまだ甘美な赤い夕陽があって、ハスラウの内と外との人々の憧憬と希望を同時に呼び覚ました。

　彼は二日目、ヴィーナがドアを開けるかもしれないという同じ不安を絶えず抱いて写字した。三日目はしかし——まだ何も来なかったが——時がどの兵士をもそうするように、彼は勇敢になり、四日目には男らしくなって、実際その危険に憧れるようになった。今や一晩中その敬虔な少女が彼の心に現れることになって——彼はそれで永遠の春を感じた、——開封された手紙の結果を償うために、今となってはどのようにしてその優しい女性を通じて伯爵のために尽くすことが出来るか、ただ案を次々に立てては棄てたからである。しかし何か意義のあることは何も思い浮かばなかった。

　四日目、彼は手紙の中の美しくエロチックな身振りを写しながら、ある女性の歌声を聞いた、その声は三番目の部屋からではあったが、第三の天国からのような案配であった。彼は火と燃えて更に写した。しかしこのオルフェウス(2)の音色は彼の中で太陽の町を次々に建てた、そして人生の岩はこの音色に従って踊った。ヴルトが彼にヴィーナの歌声について書いてきたことを、彼はまだ十分によく思い出していた。その後、家に帰りながらこの同じ声が更に歌いながら自分の前を腕の下に箱を持って階段にいるのを見、段の一つ一つで驚き、思いをめぐらせたとき、この声が路地で別の女性に、お嬢さんは——というのはそれは掃除の娘であったからで——次の金曜日にようやくエルテルラインから戻って来られると話すのを耳にしたのは、この世の楽しみで最悪のことであった——　——彼は一度生まれた里に帰り、この暑い町から出たいという強い憧れを感じた。

何たって、と彼はしかし結論付けた、遠くの女神のこの掃除娘の女神像ですらこのように歌うのであれば、この女神となったらどんなに輝くに相違ないことか、歌声においても、その他の点でも、と。彼はヴィーナの神聖な近さを反映している者の顔を、そもそも自分が音色のその神々しい精神を、後に付いて行きながら、崇拝している人物の、つまり侍女役の顔を見てみたいという果てしない欲求にかられた。というのは彼は長いこと、一級の歌姫はきっと最後の月［暦］の聖女とかセイレーンではないと、そしてまたバビロンの遊女は、声は有していたとしても、いい声はしていないとも信じていたからである。これは気のいい紳士ならば彼の愚かさのせいにするよりも舞台や世間に対する彼の無知のせいにするであろう見解である。

彼女の前に出ようと三歩急いで駆けたかと思うと、三つの呪詛と一つの汚い言葉を受けた。彼があわてて振り向くと、手に輝く勲章の頸飾りを手にしていたが、これは彼が美徳の端女[3]の修道女とも見えるこの女性の歌う首から引っ張ったものであった。そして町の暗い並木道で彼は涙を落とした、このような粗い魂が美しい歌声を有し、彼女が聖なる女性の近くに住んでいることに対して。ヴィーナの姿はしかし高くその輝く曇天の中を移っていった。そして彼には、ただ死のみが、いわば神の許へ、そのようにこの女神の許へ彼を連れて行くことが出来るかのように思われた。

第三十五番　緑 玉 髄

夢想――歌唱――祈禱――夢想

その後の金曜日、ヴィーナが帰ってくる予定の日、彼女のことを考えずに、心から満足して、結婚式の日でもあるかのように彼はベッドからその一日へ飛び出した。一晩中絶えず舞い戻る夢を見ていて、その夢のうちの若干の無名の至福の他には何のイメージも言葉も残っていないという思い以外には何も思い当たらなかった。天上の花のようにしばしば夢は人間達の夜の間に運ばれ、白昼にはただ見知らぬ春の香りが消えた夢の痕跡を残している。陽はより純粋に、より間近に射し込んだ、人々は彼には酩酊した夢の中を行くかのように、より美しく、より立派に見えた、そして夜の泉は彼の胸を多くの愛で満たしていたので、どこへそれを導いたらいいか分からなかった。

紙に彼は最初それを吐き出そうとした、しかし一つの伸展詩も、一つの章も出来なかった。踊って明かした夜の後のような一日であった。せいぜい夢を見るか、何もしないでいる他なかった――すべてが穏やかで、喜びでさえそうであるべきで――喜びは羽に突風を吹きつけてはならず――静かに、広げられた翼は薄い青空の中を舞って落ちていかなければならなかった――ただ夕方の歌を、朝方でさえ人間は欲して、戦争の歌は何一つ欲しなかった、そして一つの紗が、明るい色の紗であるが、地上の喧噪の太鼓を覆い、弱めた。

ヴァルトは――「今日だけは文書がありませんように」と願って――ファン・デア・カーベルの小森へ散歩することしか出来なかった、この小森をいつか彼は相続することになっていて、そこで見知らぬ伯爵をこの世ではじめて見たのであった。彼の周りでは遠くの世紀からの――花咲く国々からの――子供時代からの夢が飛び、歩き、佇んでいた――いや、小さな人間が四つの車を付けて糸で引きずっている子供時代の指尺大の緑色のクリスマスの小箱の中で小さな夢が座っていて、歌っていた。見よ、すると天から魔法の杖が宮殿、別荘、小森で一杯の風景全体の上で動いて風景を中世からの花に満ちたプロヴァンスに変えた。遠くでは何人かのプロヴァンスの住民がオリーヴ畑から出てくるのが見えた――彼らは快活な空の下、快活な歌を歌った――軽やかな若者達は喜びと愛とに満ちて弦楽を奏しながら遠くの山頂の高い金色の城を前にした谷へ移っていった――狭い窓からは騎士階級の乙女達が見下ろしていた――彼女達は下へ誘われて、沃野で天幕を張らせて、プロヴァンスの住民と話を交わしていた（地上がまだ詩文の軽やかな遊山のキャンプ場であって、吟遊詩人、いや物語作家が最も高い身分の貴婦人に恋することが許されたあの時代、あの国々におけるように）――そして一つの永遠の春が地上と天上とで歌っていて、人生は花の中の優しい踊りであった。

「山々の背後の甘美な歓喜の谷よ」、とヴァルトは歌った、「私は朝焼けの生命の国へ移りたい、そこでは愛は一人の乙女と一人の詩人の他は何も求めない――私はそこで春の息吹を受けてリュートをもって天幕の間を行き、静かな愛を歌い、ヴィーナが通り過ぎたら、すぐに止めたい」。

その後ヴァルトは自分の小部屋へ戻った、しかし胸に地理学的、歴史的プロヴァンスを抱いていては、そこを居心地よく感じず、若干大胆になって――というのは詩は彼をとても平然たる自由なものとしたので――ノイペーターの庭園を散歩した、そこで彼はフローラ達に、果実をポモナ女神のようにかかえた女性達に出くわし、手を差し出した。詩人にとって全世界が輝いていた、しかし公爵や国王の王冠は、王冠や公爵冠の下の美しい女性の頭よりも、あるいはまた別の、自らの上には空しか有しない頭よりも一層くすんで輝いていた。彼は公爵夫人に手を差し出すとき、謙虚であった、そして羊飼いの女性に手を差し出すとき、率直であった。ただこの両者の父親達にはしばしば彼は少しもへりくだっていなかった。

木陰道で彼は靴下留めを見つけた。イタリア語の詩と――というのはラファエラはイタリア語を解したからで、彼は解しなかったけれども――それに彼女の名前が刺繍されてあった。彼はこの精神的な朝に、自分はプロヴァンスの騎士と詩人とを一身に体現していると思ったので、靴下留めを——彼はそれを腕輪と見なしていて——自らラファエラに、彼女が手紙を読みながらそぞろ歩いてくるのを見て、若干の立派な言葉と共に渡そうと勝手に決めた。彼はそのバンドを盆の上に置くように平手の上の前面に優しく置いて、ねんごろな言葉で彼女に差し出した——この言葉は彼が世俗の腕、雲間からの腕についての多くの他の言い回しから選んだものであった。——「自分はとても果報者で、愛の美しいバンドを、アモールの弓の弦を、さながら美しい手の大きめの指輪のようなものを見つけた、これを引き抜く者がより幸せか、それともそれを嵌める者がより幸せか自分には分からない」と。ラファエラは恥じらい、恥じ入って顔を赤らめ、バンドを取って、すぐに隠し、黙って立ち去った。ヴァルトは、ほとんど優しすぎる心根の女性と考えた。

彼は朝の喜びを食堂のテーブルへまだ引きずっていて、そのとき驚いたことに——自分がつとに知っていたこと、——ユダヤ人の不寝番の日、金曜日にはカトリック教徒は断食することに気付いた。彼はナイフとフォークを皿の横に置いた。一口も——たとえそれが皇帝戴冠式の際のフランクフルトの帝国牛から切り取られたものであっても——舌へ持ち上げることは出来なかったであろう。「奢《おご》った食事はすまい」と彼は考えた——老いた雌牛の肉が出されていた、——「あんなに気立てのいいヴィーナのような人がひもじい思いをしなければならない時には」。——主婦のように彼は自分の食のつましさには平静でありながら他人のつましさには憐れみの涙を流した。彼は思いを巡らし、教会が僧侶ばかりでなく尼僧をも断食させることをますます遺憾に思った。ただ悪漢とか賭博人、殺害者のみが満足に食べられなければ十分かもしれないと思ったからである。

彼は将軍の写字の部屋へ出掛けた、娘に会いたいと切に願っていたばかりでなく、娘は今日——彼のロマンチックな日に——殉教者であったわけであるが、また彼女はエルテルラインから帰っていて、現れるであろうという確信も抱いていた。言いしれぬ楽しみを感じてリベッテとかいう女性の極めて破廉恥な手紙を、これはエピクロスの厩舎で一杯の道徳的ルテーティア[*1]からのみ生じ得るもので、清書している間に、——というのは彼はこれらの歓喜の杯に精神的愛の聖餐のワインのみを味わって、硫黄燻蒸されたワインは味わわなかったからで、——それで半ば開けられた部屋から彼の小部屋への物音で、彼が震えながらある霊の出現を告げるものと思わなかった音はなかった。広大で密な森林では遠くの長い音色がここかしこでロマンチックに響きわたるように、そのようにピアノの個々の和音——将軍の呼び声——ヴィーナへの返事が思われた——遂に彼は本当にヴィーナ自身が隣室で彼女の父親と歌について話しているのを耳にした。彼は額にまで燃え上がっていて、動揺する頭をほとんどペンにまで傾げた。彼女はかの極めて親密な、愛想のいい、喉よりもむしろ胸から取り出された声調をしていたが、これは女性やスイス人が他の人々よりもよく頻繁に出すものである。

将軍が入室してきて、ヴァルトが燃えて写字を続けようとしていたとき、その娘が小部屋から歌の譜面を飛ぶように取りに来て、不幸にも彼はひたすら優美さのあまり、白い曳き裾を物の数に入れないとすれば、何も見ないことになった。その後直に二番目の部屋で彼女の歌声が始まった——「それは違う」と将軍は開けられたドア越しに叫んだ、「ライヒァルト[*2]の最後の願いのことなのだ」。

彼女は止めて、所望の願いを始めた。「ただ」と彼は彼女を再び遮った、「退屈な部分を除いて最初と最後の節を歌っておくれ」。彼女は中断して、指を鍵盤の上にすべらせて、答えた。「分かりました、お父様」。

詩は次のようなものである。

いつになったら、運命よ、いつになったらようやく
私の最後の願いが叶えられるのか。
欲しいのはただ静かな田舎の小屋、
ただ小さな自分の竃、
それに信頼できる賢い友人、
自由、快活、平穏。
それに貴女《あなた》、小さな溜め息と共に祈る

伴侶としての貴女。
かつては多くを願って虚しかった。
今はただ最後に
私の人生の黄昏のために
どこかの平和な谷を願う。
自らの住まいでの気高い閑暇を、
それに優しさに満ちた妻を、
誠実さへの報いとして私の奥津城に
すみれを一つ撒いてくれる妻を。

ヴィーナは始めた、彼女の甘美な言葉は更に一層甘美な歌に、小夜啼鳥とエコーとで出来た歌に溶けた——彼女は温かく愛する心をどの調べにも、さながら調べの溜め息の中へそうするかのように、押し込み注ごうとした。——公証人は素晴らしい現在の長く夢見られた魂の響きに包まれ、それで遠くから波立って転がってくるのが見える打ち寄せる海に高い波と共にさらわれ、覆われてしまった。将軍は歌の間、顔に若干機知的陽気さを浮かべて破廉恥な最新の手紙の写しに目を通し、微笑《ほほえ》んで尋ねた。「野生のリベッテは気に入ったかい」——「ただ今の歌のように、真実で、情愛があり、深く感じられています」とゴットヴァルトは答えた。「私もそう思う」とザブロッキーは皮肉な表情に輝いて言った、この輝きをヴァルトは歌を聞いたための神々しさと取った。
「貴方のこれまでの公証人文書の中で最も立派なものは何かな」と将軍は訊いた。ヴァルトは多くを簡潔にすばやく述べた、そして自分が耳を——人生同様に——歌と散文の間に分かたなければならないことにはなはだうんざりしていた。彼は出来る限りその際精神力と言葉を使わないようにしたけれども、しかしザブロッキーにとっては

――ヴェッツラー出身であれ、レーゲンスブルク(1)出身であれ、あるいはどこかの作家的な経度調査局出身であれ、誰一人として長すぎるとか、冗漫でありすぎるということはなくて、単に突発的にすぎた。「思うに」、とザブロツキーは続けた、「貴方はクローター伯爵のためにも若干のことをしたはずであるが」。

「一行も作成していません」とヴァルトはそそくさと答えた。彼は全く美しい音色に洗い流されていて、自らこれらの美しい音を指示した将軍が、つまらぬことを尋ねて聞き逃そうとしていることが理解出来なかった。「どうしてこの調和的奔流の中に身を沈めることが出来ず、そこからまだ何かを前に出すことが、特に舌を出すことが出来るのだろう。殊にここでは独り身になった将軍というような身近なことが問題となっているときに、考えられようか」――ヴァルトはつまり、妻とそれに青春からも離れてしまった将軍が次のような同じ類の行を、

今はただ最後に
私の人生の黄昏のための――
それに優しさに満ちた妻を――

単に自らの魂の訴えの小夜啼鳥の表現として歌わせたと信じていたのである。それは彼をはるかに感動させた――殊に、歌詞を自分の悩みや願いに関連づけるよりも他人のそれに関連づけるときに――はるかにより純粋なものとなるからである。それ故ザブロツキーに同情しても虚しいということは情けないことであった。

彼がすべてを伝えたヴルトはしかし、後に世の紳士のことを次のように自由に語った。「自分は宮廷のコンサートに、つまり聾状態に慣れている――クリームのように宮廷生活は冷たく同時に甘い。――しかし世の紳士は心はわずかでもしばしばたくさん耳を有していて（他の者達がその逆であるように）、そして少なくとも音楽の形式には全く良い耳を持っている」と。

「一行も作成していません」とヴァルトはそそくさと答えたのであった。――「どうして」とザブロツキーは答

えた。「私の領主裁判所長はまさにその反対のことを申しておる」。ここでヴァルトは涙がこぼれた。――彼は堪えられなかった、最後の歌の行が彼を引きさらっていった。自分にはどうしようもない不当さへの恥ずかしい思いは余り涙の原因ではなかった。「まことに」――と彼は答えた――「私の見解は変わりません。贈与文書は中断されたのですから。――その最初の数行を勿論私は書きました」。将軍はこの上なく感動した顔の困惑をより美しい声のせいにせず、自分の言葉のせいにした――そして上機嫌で、明日娘と共にライプツィヒの見本市に出掛けるので数週間写字を中止すると別れの言葉を述べて話を打ちきった。ここで歌は止み、ヴァルトのしばしの恍惚も止んだ。

＊1　この蔑称を以前パリは比喩的でない意味で有していた。
＊2　ライヒァルトの歌曲集、一〇頁。この版では最初のときよりも多くが十倍もよく聞こえる。そして詩人と作曲家は大抵互いのエコーとなっている。

第三十六番　帆 立 貝

夢想からの夢

明るい路地でザブロツキーの家からよろめき歩く公証人は、自分の両手から何かが抜かれたかのような、例えば一本の燃えるクリスマス・ツリーが、あるいは太陽に掛けようと思っていた天国の梯子が抜かれたかのような気がしていた。突然彼は――どうしてかは分からなかったが――将軍の邪悪な似非《えせ》歌姫あるいは掃除娘とその前をヴィーナが歩いて、カトリックの教会へ入るのを見た。この教会を彼は早速両派共用の教会として、優美な尼僧の後を追って、彼女から「いつになったら、運命よ、いつになったらようやく」の行の歌を引き続き聞こうとした。というのは彼の内部の耳は路地でもまだ全く明瞭に彼女の声を聞いたからである。

神殿で彼は彼女が跪いて屈《かが》んで中央祭壇の段上にいるのを見た、彼女の装身具のない頭は祈りのために垂れていて、彼女の白い服は段の下へ流れていた。——不思議な服と応対のミサの司祭は神秘的振る舞いをした——祭壇の明かりは生け贄を焼く炎のように燃えていた——小さな香煙が高いアーチ窓に掛かっていた——そして日没の陽がまだ輝きながら最上部の多彩な窓ガラスから射し込んでいて香煙を照らしていた——下の広い神殿は夜となっていた。プロテスタント派のヴァルトは、彼にとっては祭壇で祈る少女は新たな天上的な霊の出現であったが、彼女の背後でほとんどの光と炎とに、敬虔と愛情とに溶けた。天へ昇天する、炎と輝く祭壇画からの聖母マリアが段に降りて来て、今一度地上で祈りを上げているかのように、そのように神聖に美しく彼はその娘が横だわっているのを見た。彼は五歩先に進んで、この祈っている女性の敬虔な顔を直接見ることを罪と考えた、この五歩は彼を天国への梯子で黄金の五段だけ高く昇らせたであろうけれども。最後に自分の良心に強制されて——自ら——プロテスタント風に考えてであったけれども——この静かに祈る女性の背後で、若干自分の簡単な祈りを捧げることまでした。両手は、何事かをその上に祈るということを考えつきもしないうちに、つとに長いこと然るべく組み合わされていた。

しかし、星々の背後の世界では、そこではきっと独自の、全く奇妙な敬虔の概念を有していて、思わず知らず組んだ手そのものがすでに立派な祈りと見なされることは信じられることである。ちょうど多くのこちらでの握手や接吻、いや多くの悪態が向こうでは短祈禱、瞬発祈禱として流通するかもしれないように。——一方同時に偉大な高僧達にとってこちらの祈禱は、これを彼らは印刷と出版のために何の自己批判もなしに、ただ他人の需要に応えて絶えず真の男性的な説教術を斟酌して草稿に手を入れているけれども、向こうでは単なる悪態として記されることが考えられる。

　さてこのような光明の僧達が向こうの光のあれこれの天使から芯を切って消されることになったら、そしてこのような宗教局鳥が、全くのやくざ鳥として羽根をむしられて天国を飛ぶことになったら、この種の誤解されたやくざ鳥は彼らの神学的雑誌の中で、向こうでこのようなものを書くと仮定して、正当にも次のように注意を喚起してよかろう、即ち第二世界は特別扱いの聖徒を有しており、まだまだ啓蒙の要があって、劇場での祈りと写字台での祈りを、一つの典礼の文体に従って、いわばののしって、同様によく受け入れられるほどに進歩しなければならない、と。

　ヴァルトは、ヴィーナが立ち上がって去っていくまで、彼女を見つめるために残った。彼はしかし、彼女とすれすれの所にいたとき、自分が思わず知らず痙攣したように目を閉ざしてしまったことが後で全く理解出来なかった。「何てことだ」と彼は言った、「三つの路地を通って彼女の後をつけたというのに」。

　彼は町からさまよい出た。二つの互いに向かい合って吹く突風が一本の薔薇を天の真ん中に浮かばせているかのように思われた。——外では長い山のような夕焼けが空のオーロラのように懸かっていて光っていた。このとき彼は昔からの習慣を取り出して、大きな興奮を——例えば何らかの名手を見たときとか、それが綱渡りであれ——自由に最高級の出来事を夢見て、その件を百万回先に進めるということによって育て、静めることにした。彼は敢えて大胆にヴィーナと自分について最も素晴らしい夢を見た。「ヴィーナはエルテルラインの牧師の娘なのだ」——と彼は始めた——「たまたま僕は供を連れて旅の途中である。僕は辺境伯か大公というところ、つまりはその皇太子——まだ若くて（だって今の僕も若いのだから）、とてもハンサムで、背が高く、天上的目をしている、僕はひょっとしたら国中で最も美しい青年かもしれない、全く伯爵に似ている——彼女は僕がアラビア馬に乗って牧師館の前を駆けていくのを見た。すると天の神が愛の消しがたい炎を彼女の哀れな優しい胸に投ずる、神がその印、アラビア馬上の皇太子を目にされたときのことである。僕はしかしギャロップで駆けていて、彼女を見ていない。

　僕はしかし劣悪な旅館には長く滞在せず、供を連れずに近くの天国の山に登る、この山については周りに小村の最も美しい景色を集めていると折り紙付きである。そして僕も実際そうだと思う。日没前の陽を僕は前にしている、大地の金色の山々には雲の金色の山々が浮かんでいる。ただ幸せな太陽のみが至福の山脈の背後に隠れることが出来る、山脈は昔からの、永遠に望まれる薔薇色の愛の心の谷を囲むものだ——僕は辛く向こうに憧れる、皇太子としてまだ愛することが許されないからだ、そして情景を夢見る。すると僕の背後で小夜啼鳥が熱く鳴く、あたかもその音色を力ずくで僕の胸から引き出すかのように。鳥は牧師の娘の左肩に止まっている、彼女は僕のことを知らず、僕を見ずに、夕陽の前に登って来たのだ。彼女の両目は泣いている、自分で何故かは分からない、それを自分に馴れた小夜啼鳥の音色のせいにしているからである。今まで目にしたことのないような人物を僕は目にしている、コンサートのときを除いて——これがまさにヴィーナ——人間の花を僕は見る、この花は無意識に光り輝き、その花弁は天国の他は何も開かないし閉ざさない。夕焼けと太陽とが心から彼女に接近しようとする、深紅色の小雲は下に降りたいと願う、彼女が愛そのものであり、また愛そのものを求めているからで、彼女はすべての生命を自らの許に引き寄せる。小雉鳩が彼女の足許にいて、羽を震わせてくうくう鳴いている。他の小夜啼鳥はほとんどすべてその茂みから羽ばたいて、啼いている鳥の周りで啼いている。

ここで彼女の青い目は太陽から転じて、見開いて僕を見る。しかし彼女は震えている。僕も震える、しかし喜びのあまりで、それに彼女のせいでだ。啼いている小夜啼鳥の間を通って僕は彼女の側へ行く。僕らが同じなのは美しさばかりで、僕の愛の方が彼女の愛よりも熱い。彼女は頭を垂れて、泣き、震える、そしてただ僕の高い身分のためにだけ彼女が打ち震えていると僕は思わない。

王侯の帽子や椅子が僕にとって何の関係があろう。僕はすべてを愛の神に捧げる。『私を御存知なら、乙女よ』と僕は言う、『愛して頂きたい』。彼女は話さない、しかし彼女の小夜啼鳥が僕の肩に飛んできて、歌う。『御覧なさい』と恭しく僕は言い、それ以上は言わない。そして彼女の右手を取って両手でそれを固く僕の胸に押し当てる。彼女は左手でそれを引き抜こうとする。しかし僕は今度は左手もつかんで押し当てる。そのようにしたままで、僕は絶えず彼女を見つめる、彼女はまだ僕がそうしているか時折見上げる。『乙女よ、お名前は』と僕は後で言う。ほとんど聞き取れないほどの小声で、彼女は言う。『ヴィーナ』。この音は遠くの昔からの兄弟の声のように僕を震撼させる。

『ヴィーナの意味は勝者の女性』と僕は答える。彼女は弱く僕の手を握る、と思う。愛は彼女を高めたのだ、牧師の身分を越えて、皇太子の身分を越えて。それで僕は彼女を絶えず見つめ、彼女は時折見つめる——叫ぶ小夜啼鳥達が僕らを取り囲む——花と咲く夕方の雲は去って行く——微笑《ほほえ》む宵の明星が沈む——星空はその銀色の網を僕らの周りに懸ける——僕らは星々を手と胸に抱いていて、沈黙し愛する。すると天国の山の背後で遠くのフルートが始まり、僕らを苦しめ、喜ばせるものすべてを声高に告げる。『あれは私の弟だ』と僕は言う、『村には私の愛する両親が住んでいる』と」。——ここでヴァルトは我に帰った。彼は周りを見回した、河に（彼はある河の前に立っていた）彼の侯爵の椅子は沈んでいった、そして一陣の風が彼の軽い王冠を吹き飛ばした。「彼女に接吻までするのは、人間の夢にとっては厚かましすぎるものであろう」と彼は言って、家へ帰った。途中彼は夢の合法性を吟味し、一つ一つ夢を倫理的試金石にかけたので、夢を最良の方法で二度味わうことになった。このように、こわごわと泳ぐ敬虔な魂は、同じく浮かんでいる小枝にはどれにでもすがりつくものである。かくて初恋は、判然としないものでも、最も聖なるものである。その紐は何か他の愛の紐よりも、より厚く、より幅広いものであるが、というのはそれは目、耳、口を同時に越えていくからで、——しかしその風切羽はより長く、より白いものである。

ノイペーターの家の下で彼は長いこと自分の窓を見上げていたが、彼の小房は彼には全く見知らぬものに思われ、自分自身もそう思われた、そして公証人が今にも上から下の自分を見下ろすのではないかという気がした。突然窓際でフルートが始まった。彼はちょっとの間びくっとした、彼の弟が上で彼を待っていたのであった。彼は弟に、ヴィーナが穏やかな油を注いだ炎のことを語った。ヴァルトは全く愛想がよく親切であった。彼はその間、ヴァルトがこれまでの間に仕上げ、壁を築いていた二重小説の中の新たな庭園の国の部分を眺め、散策したからであり、——そして友情のヘラクレスの神殿[1]から連れ去る緑色の吊り橋はとても美しい弧を描いて彩色されており、初恋の苔と樹皮の隠者の庵[2]はしかし、これはまだ自らを孤独な片思いと解していて、立派に、つまり静かに、暗く、ロマンチックに描かれており、それで今や欠けているものは、鳥小屋、鐘付き中国風小神殿、サチュロス達、その他の庭園の神々だけで、これらはヴルトが自らの職権で橋から脱線しながら配置すればいいことであると知ったからであった。

彼は口をきわめて賞賛した、今日は公証人は褒められても有頂天になるよりは気が和らいだけれども。「兄さんよ」と彼は言った、「君のこと、芸術の力のことはよく知らないけれども、誓って言えることは、君がすでに初恋の電気的絶縁体の上に立っていて、稲光を発しているということだ。各々の火花がとても真実で愛らしい」。というのはヴルトはこれまで、極めて率直な兄にもかかわらず、あるいはむしろそのために、兄の中の愛の勿忘草《わすれなぐさ》に気付いていなかった、兄の中のすべてのものは愛の花で一杯であったからであり、ヴルト自身目下女性を大して気にかけていなかったからである。自分のふくれっ面の精神は、と彼はしばしば言った、女性的精神を避ける。ただ女性的花のために地上にあるラックを塗られた小さな棒から、かの花々が単に柱頭を飾るだけのローマ的柱に人はならなければならない、と。

はなはだヴァルトは驚いた――彼は二重小説では単に詩人、つまり静かな海であって、海戦や空模様のすべての動きを、自らは動かずに写していて、――ヴルトにその本から、自分はひょっとしたら愛しているかもしれないと遠回しに推定されようとは思いもよらなかった。彼は旅慣れたフルート奏者の言葉を信じた。しかし自らはそれについて一言も言わず、秘かに、自分が書きつけたような状態にちょうど現在そうあることに全く満足していた。すべての惑星上ですでに数百万回演じられたようなことを演ずることになる新たな役割を思って彼は数時間にわたり感激した。

さて兄弟が習慣に従って互いの日々の出来事を交換しようとしたとき、公証人は自分の話がはなはだ重く、舌から離れなかった。――彼はむしろ将軍のこと、彼のエロチックな回想に頼って、自分自身の話を隠した。

彼はその回想の精神的純粋な花を称えた。ヴルトはそれに微笑み、言った。「全くどうしようもなく善良な育ちだ」。心の全体を開けると共に贈る愛は、愛そのものが巣くう隅を閉ざし、保つものである。そのため最良の青年は最初の嘘を、最良の乙女は極めて長い嘘を言わされる。

ヴァルトは――内的に動揺していて、その小血球はより高い球のように自由な空を動くために必要としていて――弟を家まで送った。弟は喜んでまた兄を送った。ヴァルトはまた弟を送って、帰路ヴィーナの窓の前を通り過ぎるようにした。かくて二人はこれをしばしば行い、ようやく公証人が勝利を収めた。

広い星空の下、一人っきりで彼は火照る魂を十分に伸ばし、冷ますことが出来た。「自分は今、人を愛するというロマンチックで、しばしば詩作される場合を今本当に現実の中で体験しているのだろうか」と彼は言った。「それでは僕は」と彼は付け加えた、そしてこれまで冬のように蛹となり、凍えていた蝶は蛹の殻を大きく破って、飛び立ち、湿っぽい羽を揺すった――「他の誰にも出来ないように愛しよう、そして痛みと死に至ろう――僕はそれが上手に出来るし、彼女は僕を知らないし、愛していない、そして僕は彼女に何の危害も加えないし、彼女は高い身分で、今一ヵ月もの旅に出ているのだから。いや、この知られていない心は彼女のためにすべてそっくり捧げよう、そして地下の神々にそうするように彼女に黙って犠牲にしよう。これらの星々を彼女のために摘んで輝く宝石の束とし、月からの柔らかな百合をそれに結び、それを彼女が眠っているとき彼女の枕元に置けたらいいのだが。誰がそれをしたか一人として知らなくても、僕は満足であろう」。

彼は路地を下っていき、ザブロツキーの家の側を通った。すべて明かりは消されていた。中心部の黒い雲が屋根に懸かっていた、彼は雲を追い払いたかった。すべては静かで、掛け時計の音が聞こえた。月はその見知らぬ光を四階の窓へ注いでいた。「僕が星であったら」、と彼の心の中で歌が生じ、彼はそれに耳を傾けるだけであった――「彼女のために照らしたい。――僕が薔薇であったら、彼女のために咲きたい。――僕が音色であったら、彼女の心に忍び込みたい。――僕が愛、最も幸せな愛であったら、彼女の心に留まりたい。――いや僕が夢にすぎなかったら、彼女の微睡《まどろ》みに入っていき、そして星と薔薇と愛と一切のものとなり、彼女が目覚めたとき、消えてしまいたい」。

彼は家へ帰って本当に寝て、自分が夢であるという夢をひょっとしたら見たいものだと思った。

第三十七番　えり抜きの晶簇

新しい遺言

最も美しい薔薇、ヴィーナを移した九月はとても素敵だったので、公証人には上着、部屋、町が窮屈になった。彼は少しばかり広い世界に出たくなった。彼はとても旅が好きで、殊に未知の土地が好きであった、かつて本で読んだものの中で最もロマンチックな最も愛らしい冒険の一つに途中でぶつかるかもしれないと思ったからである。それで彼が新しい町でする最初のことは、その町を巡る周遊であった。しかしそこに長いこと住みつくと、時に新しい路地に入り込み、自分は今全く見知らぬ町を旅していると格別の感興を抱いて信じ、その上ただ角を曲がりさえすれば馴染みの町に着くという喜びも引き出すのであった。いや、彼は夢想しながら公道の往来を眺めなかっただろうか、この道は河川同様に風景を飾るもので、河川同様どこからどこへとも知れずに無限に移り、人生を写すものである。――そして今彼は考えていなかっただろうか。これらの道の一つをかの物静かな娘は進み、青い空と父親を見、多くのことを考えている、と。

ただ彼は長いこと、両親と文書から得たわずかな金を単に享楽の旅のために費やすことは罪ではないかと疑念にかられた、殊に弟のヴルトが慣例通りにまた懐具合が乏しくなり始めていたからである。彼は純粋な命題のすべての倫理的規則を読んで、この甘美な転調、悲観から楽観へのこの五度の移行を自分の教会音楽へ受け入れていいものか知ろうとした。まだその決心がつかないでいるときに、フリッテが、自分が住んでいるところの町の塔の番人を彼の許へ遣わして、自分は臨終の床にあって、今晩にも公証人によって遺書を作成したいと伝えさせて、すべてを決した。

世の人々が公証人の後をつけて、このアルザス人が死の床にある塔を登ることになったら、その人々には前もって、長く喋々しないで、彼の臥所まで導く最も肝腎な階段を用意しなければならないだろう。

幸運はその寵児達同様に劣悪な友である——自然は賢人にその人生の旅において余りに少ない日当しか与えない——フリッテはこのような賢人で、金の終わりは庭園の終わり同様に巧みに隠されなければならないという規則をつとに知っていたけれども、この企みのためには一般的な事業の際の自律神経［金］が欠けていた。

フリッテがただ飛び回る町中では彼は比較的楽に何事かをなし得た。自分が自らの裕福な従者の服を着て、自らその主人として名乗り、次回にはこやつ無しで再び現れるということだけでもよかった。ハスラウでは一ヵ月実入りがよかったが、それは自分の費用で池を空にさせ、その中で自分が失ったと主張するある高価な扁平宝石を求めてつつき、かき回させることであった。しかし空腹が、これはフェリペ二世同様に、殊にこの王の治下に、昼の悪魔と呼ばれていたらしいが、更にそれ以上に衣服の悪魔が、そして毎日が、彼に次第に、従僕達や道化役の上品なお供を、これはいつも債権者という周知の名前で彼の後を行くものであるが、奉公するように呼び寄せ、押し付けた。しばしばこれらの真の貴人に仕えるモール人達は自分達の店員や他の従者をメフィストフェレスとして送ってきた、これは呼ばれていないのに、彼本人を呼び出す者である。

そのために彼は鐘の塔に——彼の借財の塔に——引っ越して、無数の階段によって多くの訪問を難儀なものとした、あるいは鐘楼から先に窺おうとした。下の町では、前もってその労苦は分かっていたけれども、自分は美しい自由な眺望を楽しむためにそうした、といつも誓っていた。

彼の債権者達の中には若い一人の医者がいて、フート［帽子］という名前で、はなはだ高慢で、わずかな患者しか診ていなかった、彼が患者達の死すべきものを引き出して、患者を神々しい仏としたからである。このフートは四つの偉大なブラウン(1)のカルタの女王達を自分のすべての四脳室に収めていて——敏感には前方の第一室を——過敏には第二室を——鈍感には第三室を——超鈍感には第四室を最重要として当てていて、——それで四つの偉大な観念が全く快適に単独に他の何の観念もなしにそこに住んでいた。にもかかわらずこの聖なる数四［1＋2＋3＋4＝10］を使って四つの医学的論理推理可能性からは自ら格別の推理を行わなかった。フート博士のドクトル帽についての昔からの冗談は常に新しくなされた。

さて粋なフリッテは彼の債権者に次のような申し出を行った。「町には偏見があふれている――自分はちょっとした借金を抱えている――しかし自分が少しばかり致命的病気である振りをし、遺書を作成すれば、第一に、フート博士が自分を公にまた治せば、一つのごまかしによって町はその迷妄から覚めるし、第二に自分自身は、財産を宮中代理商のノイペーターに遺贈することによって、すでに獲得している娘の後、ノイペーターの心を得て、彼女と結婚出来、フート氏に対してより容易に支払うことが出来よう」と。博士は拒みながらこの申し出に応じた。

数日後にアルザス人は致命的な病気となった――嘔吐し――もはや何も飲み食いしなくなり（例外的な一人っきりの瞬間を除いて）――そして自分や他の人々が、彼の思うに、実際健康な日々に摂るような最後の晩餐を摂った。最後に夜、公証人が呼ばれることになって、遺言を作成することになった。

ヴァルトは驚いた。フリッテの踊るような花と咲く青春を彼は愛していた、その青春の敗北が気の毒であった。重苦しく、鬱陶しく、顔を曇らせて、彼は長く高い階段を登っていった。厚い鐘が十一時を打った、死の天使がその中で葬儀の鐘の舌を動かしているかのように、彼には聞こえた。疲れて、小声で、化粧をして（しかし白く）アルザス人は横たわっていた、七人の遺言立会人がいたが、その中には早朝説教師フラックスもいて、青白いしょげた顔をして晩拝式の説教が出来ないでいた。

ヴァルトは黙って深く同情して患者の手を右手で握り、左手で自分の印章と紙とを袋から出した。そして目でさっと証人の数を数えた。彼は三本の蠟燭を要求した、夜の遺言のためには法の便覧ではそう定められていたからである。しかし一本の惨めな蠟燭で我慢した、燈台全体には二本目はなかったからであり、同様に三本目もなかった、それに彼はあまりに同情を抱いていて、急いでおり、誰かに夜、塔を降りて明かりを求めさせることは出来なかったからである。

病人は最初の遺言を口述し始めた、それによると商人のノイペーターにはつとに待たれていた西インドの船の配当金のすべてが贈られ、同様にブレーメンのハイリゲンバイル兄弟商会に要求すべき、封をされたOUFの印のある宝石の小箱が贈られた。――フリッテは、半ば死んでいたけれども、しかしいつも口述された、立派な文体の書式を狙っていることは明らかであった。――しかしヴァルトは中断して、一匙の水を要求して、自分がペンを浸す粉インクから若干のインクを作らなければならなかった。インクが出来上がると、はなはだ具合が悪いことに、新しいインクは古いインクとは全く違って見え、それで文書を――すべての公証人職規則にまさしく反して――二種類のインクで書き込んでいることに気付いた。にもかかわらずすべてを破棄して新たに始めるということは彼の丁重な心では出来なかった。

その後、病人は貧しいフラックスに彼の銀の拍車とあざらしの皮の空のトランクと乗馬用鞭とを遺贈した。フート博士には町での彼の利付き公債のすべてを贈った。

彼は休憩して、若干の力を取り戻さなければならなかった。「公証人のハルニッシュ氏にも」、と彼はまた弱々しい声で始めた、「厚誼を得た御礼の印に死後手許に残るであろう現金並びに手形のすべてを贈る、これは目下二十フリードリヒスドール［プロシアの金貨］以上とはならないと思われるが、我慢して頂きたい、それに金の指輪を添える」。

ヴァルトはほとんどペンを遣うことが出来なかった。またそうしたくもなかった。というのは、かくも多くの証人の前で、何も報いることの出来ない瀕死の人間から格別に贈られて赤面していたからである。彼は立ち上がって、同情と愛の気持ちから黙したまま贈与する手を握って、駄目だと言い、医者を選ぶようにと頼んだ。

「塔の番人のヘーリング氏には」――とフリッテは続けようとした、しかし話すことに疲れて、枕に沈み込んだ。ヘーリングは飛び寄って、枕を具合よく脹らまし、患者が少しばかり高くなるようにした。十二時が打たれた。ヘーリングは合わせて打たなければならなかった。しかしこのような式のとき彼は鐘を打つ気はなくて、遺言者に耳を傾けられるよう静寂を保った。「同氏には私の上等の白い布地、同様にすべての私の衣服を贈る――ただ乗馬靴は女中のものであり――それにトランクの中の、中身の豊かな嗅ぎ煙草入れの内、葬儀その他の費用を差し引いた残りのすべてを贈る」。

直に若干の遺贈と形式の後、この形式は人間の最後の意志を、最悪の意志を抱くよりも更に困難にするものであるが、すべてが終わった。更に、目に見えて疲れた様子のアルザス人は、今度は彼のすべての動産に公証人がその印章で封印するよう頼んだ。彼はそうした、ホンメル(2)並びにミュラーのすべての便覧が公証人にそのことを保証していたからである。

この哀れな陽気な鳥から――これは彼に裕福な羽根と金の卵とを残したのであるが――別れて、この鳥が羽毛をむしる死のふくろうの爪に捕まっているのを見るのは辛いことだった。ヘーリングは彼とすべての証人の足許を照らして降りた。「彼は今晩保《も》たないのではないか」と塔の番人は言った、「そんな気がしてなりませぬ。胸騒ぎがします。彼が本当に逝ったら、明日早くに塔からハンカチを垂らしましょう」。慄然として人々は長い階段を、階段以外には何もない虚ろな息苦しい塔の絶壁を通って下りて行った。ゆっくりとした鉄製の振り子の音、これはさながら時計に付けられた時間の鉄の大鎌による往復の刈り取りで――塔への外の突風――九人の生きた人間達による物寂しい物音――最上部から下の列状椅子をひらひら照らしていく提灯による奇妙な照明、それぞれの椅子には黄色の死者が敬虔に座っているかもしれず、ちょうど説教壇に一人立っているような具合で――そして歩くたびにフリッテが身罷るかもしれない、青白い光となって教会の中を飛んで行くかもしれないという予感――――こうしたもの一切が不安な夢のように公証人を影と恐怖の殺伐とした国へ追いやり、それで彼は、狭い塔から広々とした星空の下へ出てきたとき、まさしく死者達の許から蘇生したのであった。星空では目は目に触れて、生命は生命に触れてきらめき、世界をより広大にしていた。

フラックスは、聖職者として四つの最期の事柄［死、最後の審判、天国、地獄］に圧倒されるよりはむしろ活気づいて、ヴァルトに向かって言った。「遺言ではついておられた」。しかしヴァルトはこれを自分の文体と身分とに結び付けた、彼は戯《おど》けて跳ねる人生のカーニヴァルだけを考えていた、そこでは真面目すぎる死が最後に踊る者達の仮面ばかりでなく、素顔をも剝がすのである。ベッドで彼は衷心から今戦っている若者のためにこの曇った時における若干の夕焼けあるいは春の日差しを祈った、この時はどの人にも無限の曇天のように突然上から垂れ込めて、その人を覆い隠して消してしまうのである。その際彼は固く目を閉ざして、何ら偶発的なものにたまげることのないようにした。

第三十八番　透石膏

ラファエラ

ゴットヴァルトが目覚めたとき、彼は最初すべてを忘れていた、そしてベッドの窓の前の西の山々は朝日を受けて赤く輝いていて、旅への思いが再び生じた——その後貧しいという異議が——最後にしかし二十ルイ金貨を意のままに出来るという考えが生じた。そこで彼は町の塔の方を見た、そこを棺台として今や亡きフリッテが寝ているはずで、悲しい気持ちで眺めようとした。

しかし同情を抱いて目を開けても、彼の顔は快活なままであった。このような青空の日々のロマンチックな旅——このような状況の下——突然に贈り物をされて——こういうことは最も明るい幸運の陽光の中を歩くことで、そこでは光が舞って、全身が微光に覆われるのである。

最後に自分が悲しい気持ちになろうとしないことに全く嫌気がさして、祈りもせずに羽根布団から飛び起き、自分の心を尋問した。気の済むまで質問し、口論しようと思い、心に塔の上の青白い若い死体を提示し、もはや朝日を受けても目覚めることのない閉ざされた目を見せようとした。しかし何の甲斐もなかった、旅とそれと共に旅の費用とが黄金色に輝き、心はそれをはなはだ楽しみとした。とうとう彼は激昂して尋ねた、心は、そう見えるが、滅茶元気なのか、心は、そう出来るならば哀れな遺言者を即刻喜んで救い、治療しようとはしないのか、と。その返事で彼は少しばかり慰められた。喜んで即座にと。このとき、この若者が身罷ったら、塔に弔旗のように白いハンカチを出すという塔の番人の約束を思い出した。しかしそこにはハンカチはなく、このことに若干の喜びを感じたので、彼は哀れな尋問された心を解放して、必要もないのにこの正直な善良な奴《やっこ》をかくも咎めたことで自分に大いに腹を立てた。

彼はしかしこの奴《やっこ》に尋ねるべきであったろう、これよりも十倍も大きい遺産相続の際、例えば弟の死のときには自分はどんな気になったであろうか、と。さすれば彼は、この重荷があまりに辛く、頭はあまりに低く垂れてしまって、墓と喪失以外の何かを見ることはできないと知って、容易に次のような結論を出していたことだろう、ただ愛だけが苦痛を生み出すのであって、アルザス人にはあまりに小さな愛しか抱いていないのにあまりに大きな苦痛を自分に要求していた、と。

このとき彼は白いハンカチを見つけた、塔にではなく、ラファエラの許であって、彼女は悲しげに庭園を散歩していて、ポケットのない流行の服のためこの感情の化粧落とし、この空想の飛膜を手にする幸せに恵まれていた。彼女はしばしば塔の方を見て、数回は彼の窓を見、傷みの最中で彼に挨拶した。いや下りて来るように彼に合図しているかのように彼には思われたが、しかしはっきりと信じていいようには思われなかった、彼はイギリスの長編小説を読んで、女性の優美さがいかほどのものか承知していたからである。しかしフローラが来て、彼に本当に下りて来るよう頼んだ。

彼は動揺した男性として動揺した女性の許へ行った。「彼女が町の塔を見て」と彼は階段で考えた、「そこでただ衷心からの愛によって、奇形の子供に対する母親の愛のように、彼女の醜い印象を立派に克服していた唯一の人間が直に棺に収められると思わないわけにいかないとき、どんな気になるかは容易に想像出来ることだ」。――「このように近寄ることをお許し下さい」――と彼女はつかえながら始め、ハンカチを、乾いた心のこの前掛けを、湿った目から離した――「こうした態度は私ども女性が男性に対して取らなければならないつつましさとは矛盾するように思われるかもしれませんが」。

彼女がまさにこの言葉を短気なクオドデウス・ヴルトに言わなかったのは残念と言うべきかあるいは幸運であった。というのはヨーロッパやパリやベルリンで捜しても彼ほどに立腹して――察知する男はいなかったからで、つまりある女性がはっきりと自分の性［女性］と男性との両者間に必要な上品さについて指摘し、しばしば多くの手の接吻は自分には不純な魂を推測せしめるとか、多くの野性的な眼差しもそうであるとか、それにまたより上品な性［女性］はどんなに隠しても十分ではないと述べる場合のときで、そのときにはフルート奏者は遠慮なく述べたことであろう。「腹蔵ない娼―は、臆病で自惚れた官能性のこのような淵に対する大胆な聖女であって――自分はこうした心の持ち主を知っているが、彼女達は悪しきことを、ただ罰されることなく考えるために、邪推し、悪しきことをより長くとっておくために、それを文字通り攻めたてる。いや何人かのものは医学まで少しばかり見て回り、そうして学問の名の下（これは性を有しない）無垢な言葉を話せるようにする。――そして祭壇の前や至る所で、フリードリヒ二世[1]のように戦闘隊形のまま戦争準備をして、ソファーの上であるかのように、包囲する」。――「まことに」、と彼は付け加えた、「彼女達は肉体的あるいは精神的解剖室へ行って、死体を――見ることになる。無垢というのは、ただ自らを知らない場合で、子供のような無垢がそれで、その場合は無垢である。しかし意識は死だ」。

それで比喩的に言って、砕かれたガラスは全く白い、しかしその全体ではほとんど見通せない。

しかしヴァルトはそう考えなかった。ラファエラが彼に上述の語りかけを行ったとき、彼は率直な返事をして、自分は男性の場合も、ましてや自分の知っている中で最も聖なる性、女性の場合には、何らかの近寄りを相手の心の望むがままにしか解釈しない、と言った。

しかし彼女が彼に尋ねたかったのはただ、かの瀕死の者は――自分は彼を自分の父親の友人として好意を、すべての人間に対するように、抱いているし、とても気の毒に思っているが、昨夜遺言を述べるとき（これについては七人の証人が七つの門を通じて十分なニュースとして同数のパンを町に配っていた）どのように振る舞ったか、これを知りたい、瀕死の者というのは生者よりも気高い言葉なのだから、というものであった。

公証人は良心的に答えた、つまり一人の公証人としてで、そしてハンカチから判断するに彼はまだ生きていると期待すると言った。彼女は医師フートが呼ばれて、彼を受け付けたけれども、しかし見込みのない人間としてであった、そしてこの医師の治療がうまくいきますようにと、評判にそっと触れて願った。

「それは見込みのあることです、それに一夜乗り切っている」とヴァルトは極めて朗らかに答えた。しかし彼女は、そんなに簡単に安心は出来ない、自分はそもそもとても不幸で、他人の苦しみには親戚の取るに足りない苦しみでさえ、大いに心動かされ、涙が出てくると請け合った。若干彼女は泣き出した。彼女は他人からはほとんど動揺を受けなかったが、自分からはいとも容易に動揺を受けた。涙について話すことも女性の場合、涙への手段である。公証人は自分が一部は眺め、一部は分かち合っている感動のすべてに満足を感じていた。愛からの女性の涕泣は彼にとっては珍しい飲み物で、ツェルプストの商人コルトゥーム氏の許で手に入る、ランガー・グリューナー・ウンガー、ニールシュタイン産ハンメルホーデン［去勢した羊の睾丸の意］、ヴォルムス産リーベ・フラウエン・ミルヒ［聖母の乳の意］とかその他のワインのようなものであった。彼は彼女の涙の炎で一杯の目をいたく同情している心の表情で見つめ、イギリスの長編小説のつつましさが彼女の華奢な白い手を少しばかり握ることを許してくれればいいのだがと願うところであった、その手は彼の前で力強く、朝日を受けた緑の中をさまよい、茂みの露に触れ、その後髪に触れて、そうしてあるイギリス人の指示に従って髪を他の植物のように元気付けていた。

二人は今や――ピラミッドと島の石像の祖父と向かい合って――樹皮で出来た骨壺の所に立っていた。ラファエラは「ここまで友情は続くべし」と銘打った文字板をそこに付けていた。彼女は腕を骨壺の周りの上部へ巻き付けていて、それで血が停滞して腕がますます雪のように白くなった、そして彼女は、ここでしばしば遠くに去ったヴィーナ・フォン・ザブロツキーのことを考えるのだと請け合った、彼女は残念ながら年に二回、ミカエル祭と復活祭のとき将軍によりライプツィヒへ連れられて行く、そのように母親と父親は契約を交わしているというのだった。知らず識らず彼女の調子は傷みを長く描いているうちに全く元気なものになっていった。ヴァルトは彼女の友情とそれに彼女の――女友達を称えた。彼女は彼よりも更に一層力強く女友達を持ち上げた。すると彼は心が膨張してもはや止まっておれなかった。先の嘆きの調子を取り戻し、塔に悲しげな目を向けて彼女は青年から別れた。

青年の中ではしかし明け方の小鳥達の飛行が――彼の観念をそう呼ぶならば――目覚めて、彼の頭の周りを三十六時間にわたって飛び続け、それでそれを逃れるには――徒歩での旅による他なかった。ヴィーナのより生気あるイメージ――青いエーテルから燃えている九月の太陽――調達出来そうな旅費――それに願望している全き心、これらがすべて一方の側にあり、他方の悪しき側ではフート博士の声高な遺憾の念と処方――フリッテの声高な断末魔――ヘーリングの痛々しいハンカチあるいは棺に掛ける布、これは今にも翻りかねなかった――ヴァルトの取り損ねた詩的歌の時間（このような危機のとき何の詩作が出来よう）――多くの妨げられた夢――それに最後の三十六時間もの内的撃剣――――これだけの少なからぬものが互いに引っかかり合わざるを得ず、それでヴァルトは、もはや我慢出来ずに、逡巡せずに二つの必要な動きをした、一つの動きは遺言の執行者達の許へ行って第三の長い動き［旅］を公証人職の休憩として告げることで、その後二つ目の動きをしてフルート奏者の許へ行き、彼に旅への数百ものきっかけと旅のことを話した。

二人の兄弟はそれぞれが何週間も離れていたとき、各々が相手に語ることになる話のすべてを何週間も楽しみにしていた。今回はヴァルトが提供者であった。ヴァルトは多くのことを不審に思った。ある瀕死者の言葉はクエーカー教徒の言葉同様に誓約に等しいものとする法学的規則を威張り屋のフリッテに適用することは彼には難しかった。しかしすべての欺瞞がその回転軸としている蝶番は彼には隠されていた。「僕には」と彼は言った、「阿呆どもが君を――賢者とからかっているように思える。どの点がとは言えないが。後生だから、若造さんよ、馬車となって（年上の弟の言うことに従って）、後に丸い小窓を作って、泥棒に金とか名誉を盗まれないようにすることだ」。

「僕は残念ながら話すべきことはない」とヴァルトは言った。

しかし公証人は幸いまだ大いに伝えることがあった。彼は年代学的に――というのはそうしないとヴァルトはすべてを飛ばしてしまうので、ヴァルトが命じていたからで――それも極めて慎重に――ヴァルトは女性に対するヴルトの韻文的でない硬さを知っていたので――ラファエラの話をした。しかしあまり甲斐はなかった。彼はすべてノイペーター的なもの、とりわけそこの女性達を憎んでいた。「ラファエラ」、と彼は言った、「全くのいんちきだ」。――「でもこのような哀れな醜女には」とヴァルトは答えた、「一つのいんちきは許してよかろう、僕とか女性の恋人、男性の恋人には許せないけれども」。――「彼女は単に」――とヴァルトは続けた――「自分の内的胸を誇示したいのだ、そして一人の愛人が消えると、悲しい涙の河川の中で後継者を釣り上げたいのだ。女性というのは女性的韻で、二音に韻を踏む、男性的韻は一音だ。兄さん、彼女が鷹匠で君という鷹に羽をむしり取れと言いながら、今度は鳩として君に非難するようなもので、感心しない」。

「このようないかさまの可能性は」――とヴァルトは言った――「僕も見えてはいる、そして君の邪推は僕には目新しいことではない、しかしいずれにせよその現実性に関しては疑問が残る。それに愛は調子を合わせることが出来る、憎しみが調子を狂わせるように。僕がラファエラの女友達を称えたときの彼女の喜びは美しい印ではないかい」。――「そうじゃない」、とヴァルトは言った。「ただ美人だけが賞賛の炎を専有することに慣れきっていて、すべての不完全なこと、他人の感情と分かち合うことを憎むものだ。しかし下位の姿は中間の段階で満足しなければならない、そして多くのことを別として、多くのことを許す」。

ヴァルトは数日旅に出て、澄んだ空の大気を吸い、ひたすら道を目指すという自分の計画を話す他は何もしなくなった。ヴァルトはそれを強く認めた。ヴァルトは仰々しく別れたかった。しかしフルート奏者は旅で別離の夕べに慣れていて、大騒ぎすることなく、陽気に言った。「あちこち動くといい、お休み、よい旅を祈る」。

極めて美しい旅の合図が空に懸かっていた。夕方の花の利鎌のような月が鋭く輝いて青空を過《よぎ》っていた。新鮮な朝風がすでに空の暗赤色の雲の苗床の上を吹き渡った。星が次々に澄んだ日を約束していた。

第三十九番　貝　蛸

旅立ち

朝、敷居で旅の用意の整った彼は今一度自分の暗い西側の部屋を見、その後寝室まで覗き、別れを告げている両の愛らしい目をして、死がまだハンカチを投げかけていない塔の方を見て、喜ばしげに市門の人気のない広場に飛び出し、そこで周囲を見渡して、道標四本の横木の下で、目下どちらへ行こうか、西か北か、北東か、あるいは東かと決めることになった。しかし出掛けるのは南の市門からであった。

彼の眼目は、途中で行き当たる町とか、同様に村々の名前を全く無視することであった。彼はこのような無知によって何の当てもなく旅の曲がりくねった花壇の下をさまよい、今現にあるものしか望まないし、見ない、絶えず歩くたびに到着し、金緑色の林苑のたびに休んで、それを後にすると——その土地ごとに自ら土地の名前を尋ねて、それを聞いてごく秘かに喜ぶことを期待し——そしてその際このような規則を立てながら、ことによると先には別荘や迷路、ターラント地方、プラウエン近郊の谷間によって、また見下ろす令嬢の目で一杯の山城、見上げる祈禱の目で一杯の礼拝堂、それにそもそも巡礼者、偶発事、少女達によって全く一面覆われかねないこのような土地のタッチの下、もとよりかつて予期しようと思ったことのないほどのこのような数と善意とのロマンチックな冒険に遭遇するということを期待した。

「青い朝空の中の無限な者よ」と彼は歓喜に圧倒されて祈った、「このたびは嬉しいからといって何も不吉なものを暗示しないで欲しい」。

彼は、猿のように四本の腕を有する道標を見上げたとき、洗われた腕状管のある箇所を目にしないように注意した、その箇所は時によって、とりわけ雨期によって、郵便の町の名前がまだ十分に洗い流されていないのであった。世俗的聖職者的二本の腕であればこの危険にさらされることはなかったであろう、これはより一般的に当てのない方向を示している。

北にはエルテルラインがあった。東にはペスティッツの、あるいはリンデンの町の山脈があって、そこを越えて道はライプツィヒへ――これも一つのリンデン［菩提樹］の町であるが――通じていた。この両者の間の道を公証人は進み、そして高台を、この高台の向こうを優しいヴィーナは今馬車で向かっているか休んでいたのであるが、決して目から逃さないようにした、彼の目はあるときは花の萼から、あるときは山脈の上の雲から飲み干すことを欲していた。――この旅と旅行者について現在執筆している者にとって幸いなことは、ヴァルト本人が自分とフルート奏者の楽しみのために詳細な旅の日々の本あるいは秒ごとの本をさながら人生の供物入れ、昇華管として一杯に満たしていて、それで他の者はこの砂糖壺、母親［の用意した旅用］壺の蓋をはずして、飲み干そうと思っている各人のためにすべてを彼のインク壺に浸すほかは何もしなくてよいということである。苦難に遭っている人間は喜んでいる人間を必要とする、――現実に喜んでいる人間は詩文の中で喜んでいる者を必要とする、――そしてこの者は、ヴァルトのように、自らのことを記して再び喜びを倍加する。

「ほとんど希望したいことは」とヴァルトはヴルト宛のその秒ごとの本、六十分の一秒ごとの本を始めている、「僕が僕の取るに足りない旅をドイツのマイルではなくロシアのヴィエルスターで分割しているからといって、弟殿が僕を笑って欲しくないということだ、ヴィエルスターは単なる十五分として勿論非常に短いものであるけれども、しかし短すぎることはない、つまり地上の人間にとっては。須臾の人生を、分ごとや時間ごとの時計の代わりに、一週間ごとあるいはそれどころか百年ごとの時計で計れば、さながら短い一本の糸を巨大な宇宙糸車で計るようなもので、何とも始末におえないようなものだ。それで、殊に、空間に欠けることの最も少ない帝国、ロシア帝国がそうするのであれば、人間の小さな足［フース］とか靴［シュー］は自分自身の尺度であると同時にその道の尺度である以上、単なる徒歩旅行にヴィエルスターを道の尺度として選んでも同じ弁解が出来ることだろう。永遠は果てのない広大さ同様に全く偉大である。この双方における逃亡者である我々はそれ故この双方に対して単なる一つの小さな言葉、時・間 を有するにすぎない」。

彼が最初のヴィエルスターを北東に取ったとき、ヴィーナの山脈と早朝の太陽が右手にあって、露を帯びた草原の中の同伴する虹が左手にあった。それで彼は両手を東洋風な音楽の鈴として喜んで互いに打ち合わせ、おのずと軽やかに敏捷に運ばれて、それで彼は足を踏み出す必要はほとんどなかった。歩行靴と半ズボン無しども［サンキュロット達］の長ズボンは、いつもは長靴と半ズボンを履いている人間にほとんど翼を付けてくれる。彼の顔は朝風を一杯に受けて、空想のオリエントが彼の視線には描かれていた。彼は自分のすべての貨幣陳列室、学生財産をポケットに入れて剰余金、非常用金としていて、このとっておきの胴巻きからすべての地獄の河、天国の河のための浮き帯を得られるようにしていた。彼は逆らう人生の中を自由に、彼の上の蝶のように舞っていた、蝶は一つの花と二匹目の蝶しか必要としていなかった。一団の道路の改革者達、道の轆引き職人達が踏み固めているのが見えた造営中の道は避けた、朝の挨拶を一言言ってその間に彼らの間を抜けるか、あるいはこの言葉を滑稽にも何度も新たに繰り返しながらいい加減にやめることになるかであって、そのことで悩みたくなかったからである。丘を登り、谷に入りながら彼は濡れた草の花の間を行き、町が交互に、見えたり消えたりしたが、しかし町が見えなくなることをいつしか願った、自分が旅に出ている気がしなくなったからである。

町が果樹の丘の背後に沈むには二ヴィエルスター進む必要があった。途中では道そのものの他には何も格別なことがなかったが、顔をハンカチに包んだある人間にすばやく挨拶するということがあった。彼はその男が振り返っていて、自分が振り返ってもかち合うことはないと思えるほどに先に進んだ。しかしこの時、この男はこちらを見ていた。彼は更に進んで振り向いた――包帯業者は同じであった。三度目に行ったとき、その男が憤慨して立ち止まり、振り向かれるのを嫌っていることに気付いた。そこでヴァルトは彼を放っておいた。

彼は直に――冒険が募って――三人の老婦人と一人の若い娘にぶつかった、彼女達は薪を高く籠に積んで小森から出てきた。突然、彼女達は皆一列に縦に並んで立ち止まった、先に散歩杖として持っていた棒を斜めにあてがって重い籠をもたせかけていた。彼の心は、彼女達が、ヴェッツラーのプロテスタントやカトリック同様に、通行についての休暇や祭日を共同で行って、一緒に留まり話し続けるのを面白いことと思った。彼の目は決して、貧しい者が人生の衛兵室での固い板床をいくらか柔らかにするときや拷問台にクッションを入れるときのごくささやかな一握りの羽毛や干し草を見逃さなかった。愛する精神は好んで貧しい者達の喜びをさぐりあて、そのことに一つの喜びを見いだす。憎む精神はむしろ不平をさぐりあてる、それを除くよりは、金持ちについて吠えるためで、不平を自ら増やすかもしれないのである。

心から彼は荷と十字架をかつぐ女性達に若干のグロッシェンの報酬を払いたいところであった。しかしこのように多くの証人の前での温かい行為は恥ずかしかった。その後一人の男がうずたかい、がたがた鳴るブリキ製品で一杯の荷車を押してきた。彼の小娘が先引きの馬として前にいた。二人は強く喘いでいた。彼は荷車押しと自分とを突き合わせざるを得ず、荷車押しを一方の秤とし、自分は他方の秤とすることになった。自分がいかにその幸運の籤と棒砂糖とで荷車押しに勝っているか――薪の老女性のことは言わずもがなとすぐに気付いたので、――そして自分の自由な飛行する暮らしは、この男の退屈な荷車と時間の輪と比較すると、偉い人の旅のような喜ばしい軽やかな部類に入ると思わざるを得なかったので、それで彼は自分の富と身分とに赤くなった――彼は女達がまだ止まって寄りかかっているのを見た――彼は四つの贈り物を持って戻り、急いで去った。

「神かけて」と彼は自分を擁護するために日記に書いた、――「この二、三グロッシェンの贈られた金で賄えるような、よりよい糧といった哀れな須臾の感覚的くすぐりとか総じて享楽というものは、グロッシェン硬貨を喜んで渡すときの動機ではあり得ない。しかしそうすることによって一日中飢えた心とその枯れて冷たい、狭い血管に暖かいものを注ぐことになるという喜び、他人の最も美しいこの天国は、恐らく贈る本人がそのことで一つの天国を有することになるということで十分安価に購われている」。ここで彼は旅する閣下の幸福という自らの古くからの夢を冗漫に並べた、それは突然一杯詰まった手を開けて村中を粥と肉汁の渦に巻き込み、長い思い出という楽園《エリュシオン》へ導くものである。

彼は無邪気な顔に三つの天を浮かべて――背後の四人の顔には更に一つ多い天を残したのであるが――軽やかに露から露にすべっていった。心は最も重いバラスト、金を投げ捨てて気球のように軽く、素早く、高く上がった。しかし彼はかなり遅くなってわずか四ヴィエルスターしか離れていないヘルムレスベルクに着いた。というのは彼は至る所で座り込み、執筆し、あるいは立って見物し、すべてを――石のベンチの銘文をことごとく読んだ――そしてどんな些細なことも見逃すまいとしたが、住民、畜舎での給餌、牧草地の育ち具合、壌土といったものは別であったろう。

「中に入ろう」と彼は自らに言った、「僕は偉い紳士に見えるはずだから、遅い朝食というものを摂ろう」、そして居酒屋へ入った。

第四十番　ホウセキミナシ

旅館――旅の楽しみ

公証人は数年間家ではつましく暮らしても、旅の途次ではそうではない人間の一人で――これに対し他の者はまさに逆であるが、――大胆に一ネーセル［八分の一リットル］の土地のワインを注文した。その際座って食べながら、満足して談話室、テーブル、ベンチ、人々を観察した。何人かの職人の若者がコーヒー代を払うとき、フランケン地方のミルク入れはその注ぎ口を取っ手の反対側に有し、ザクセン地方では左側にあるか全くないかであることにしっかりと気付いた。今述べた若者達と共に彼の心はこっそりと旅に出た。かくも素晴らしい季節の下、かくも素晴らしい人生の時に、途中親方のそれぞれから貰う日当を有して、いとも軽々とドイツの最も大きな町々を何の旅費も持たずに旅するというこのような遍歴時代ほどに素敵なものがあろうか、冷たく濡れる天候になるや、仕事椅子の上であっても冬に交喙《いすか》のように家庭的に営巣し、抱卵するのである。——「何故」（と彼の日記はヴルトに書いている）「哀れな学者達は遍歴の必要がないのだろうか、旅と旅のための金がすべての職人達と同様に彼らにはきっと必要であり役立つであろうのに」。——

「外の帝国では」といつもヴァルトの父親は、吹雪の折、自分の遍歴時代を語るとき言った。それで息子にとっては帝国はロマンチックな朝の露を帯びてどこかの何平方マイルかの東洋の国のように輝いていた。すべての遍歴の職人の姿は彼には父親の過去の若返ったものであった。

この時、塩運搬人が一頭の馬と共にやって来て、入り、全くの余所《よそ》の部屋で公然と体を洗い、鹿の角に掛けてあるタオルで体を拭った、まだ一クロイツァー払って食べても所望してもいないというのに。ヴァルトはこの勇壮な世慣れた男に賛嘆した、自分は二人っきりのときでも自分の体を洗うことは出来なかったであろうけれども。にもかかわらず——彼は少しばかり飲んでいたので——若干旅館での自由を演習し、部屋の中を上機嫌であちこち歩いた、いや行ったり来たりした。

彼は余所の部屋で帽子を被ったままでいることは出来なかったけれども——自分の部屋でさえ被ったまま外を見るのは礼節上好まなかった、——しかし他の客人が被っており、他にも至る所で談話室での素晴らしい大学の自由、独立行為を最も有効に行使していることを自らの喜びとした、それが横たわっていることであれ、黙っていることであれ、引っ掻くことであれ。彼には談話室がまさしく可愛く広い、壊されて灰になった帝国都市の中から無傷のまま取り出された帝国直属のディオゲネスの樽に思われた、可愛い、マラトンの平野から掘り出された緑地、地下室から青々となるよう水を注がれた地に思われた。

彼が行ったり来たりしたのは先に述べた。しかし彼は更に進んだ——というのは旅館の看板を彼はアキレスの楯として用い、ワインの杯をミネルヴァの兜として被っていたからで——皆の見ている中で自分の日記帳にあれこれのテキストの言葉を記した、夕方この宿舎で一人っきりになったら、これらについて説法するつもりであった。小旅館の看板には小哨舎が描かれていることも記入した。

人間の勇気はそれが芽吹きさえすれば、容易に育つものである。——来る者は小声で、去る者は大声で挨拶した。公証人は両者にもっと大きな声で感謝した。彼は一つの歓喜の杯に喜んでいた、これはザクセンの土地のワインが水っぽくすることのかなわぬであろうものであった。彼はどの犬も愛し、どの犬からも愛されていたいと願った。彼はそれ故旅館のスピッツと——せめて何か自分の心のためと思って——一切れのソーセージの皮をあてがって、親密な湯治の交誼、友情の絆を取り結ぶことにした。心温かい新参者にとって多分犬はシリウスの星で、その導きで人間の温かさを得ようとするが、犬はいわば深く隠された心の猪狩猟犬、松露狩猟犬である。「スピッツ、お手」とヘルムレスベルクの亭主は叫んだ。スピッツ、あるいはスピッツ犬は、——というのは類の名称は、人間では珍しいことであるが、ドイツとかハスラウでは同時に個体の名前であるからであって、チューリンゲンでは別である、ここではスピッツはフィクセと呼ばれる——スピッツは出来るだけ上手に公証人と握手した。

「おまえ達もこの方にお手々を上げなさい」と主人は、三人の小さな、腕の長い着飾った少女達が一様な背格好、顔立ちで若く美しい、雪のように白い母親の手に引かれて寝室から出てきたとき叫んだ。「三つ子で、代母のところへ行くところなんです」と亭主は言った。ゴットヴァルトは日記の中で、三人の愛らしく可愛く、小綺麗な少女達、同じ丈で小さなエプロンを付け、小さな帽子を被り、丸い顔の少女達ほどに何か滅茶可愛く、親しみ深いものは存在しない、ただ残念なのはこれが三つ子であって、五つ子、六つ子、百子ではないということであると誓っている。彼は彼女達に部屋の皆の前でちょっと接吻し、赤くなった。——半ば、あたかも華奢な青白い母親に唇で触れたような気がした。健気《けなげ》な子供達もまた母親への最も美しい生物系統樹、ヤコブの梯子(1)であった。そしてこのような小さな娘達は、勇気や発電機、話す機械なしには成人した娘達に接することを恐れる公証人どもにとっては、まさしく素晴らしい避雷針、導線、当座の贈られた計算早見表であった。——少女のような者をかくも大胆に抱けることを秘かに喜びながら不思議に思った。子供達は彼に飽き、その後ヴァルトは子供達に飽いた。彼は実際三つ子達に——自ら双子として——部屋のすべての客人達よりもはるかに近しかった。彼は母親がとても喜んだことに金のプレゼントをした。代わりに彼は三つの接吻を受け取り、それに彼は長いお返しをしたが、ただこのような品の交易自体すぐに時の移りへと変わってしまうことに心がふさいだ。「いや立派なハルニッシュ殿」と亭主は言った。ヴァルトは自分の名前が知られていることに驚いたが、しかし悪い気がしなかった、いや、このような始まりから判断するに、もっと面白いアヴァンチュールを体験するかもしれないと若干希望を抱いた。それ故いかにして何処で何時知ったということは、希望が潰えるかもしれないと案じて、むしろ訊かないようにした。

楽しく彼は、父親が子供達に林檎を買わせて、ヴァルトの金を彼女達からせしめるのを見守った——母親は最初の三つ子にパンを渡して、その子が再びこわごわ窓の下の山羊にそれをぱくつかせるようにさせていた——二番目の三つ子は上機嫌で林檎をかじって、三番目がかじれるように差し出し、交互にかじって渡してはそのたびに微笑んでいた。「自分がほんの少しでも全能で無限の者であればいいのだが」——とヴァルトは考えた——「特別に小さな天球を造って、その小世界を最も穏やかな太陽の下に吊るして、そこにはただこのような可愛い子供だけを住まわせることにしよう。そしてこれらの愛らしい者達は成長させないで、永遠に遊ばせよう。きっと熾天使が退屈したり、あるいは他に金の羽根を休ませても、彼を一ヵ月間僕の飛び跳ねる歓呼の声の子供世界へ送ったら、天使は立ち直るであろう、そして天使がその無邪気な様を見るかぎり、自らの無垢を失うことはないであろう」。

とうとう子供達は、互いに手を取り合って進むように言われて、母親と共に代母のところへ向かった。緑の帽子を被った背の高いチロル人が、帽子からは多彩なリボンが翻っていたが、歌いながら入ってきた。——ヴァルトは飲んで、出発した。外の世界は素敵であった、ヘルムレスベルクでさえまだそうであった。村では建築用材が甲高く荒削りされ、赤い測索で弾き当てられ、真っ直ぐな形に切り揃えられていた。自分の父親の材木の下での子供時代の情景がすべて思い出の薔薇の蜜と共に子供時代の薔薇から層となって戻ってきた。大きな帽子を被った布を晒す女性達が、軽くかがんで、亜麻の百合の白い花壇に水を注いでいた。一人の少女が長いリボンを手にして下に垂らしている帽子から、彼はある庭の青色や黄色のガラス球へ逃れて、至る所で心が揺れた。

今や彼は山々が宮殿のように連なるロザナの谷［『巨人』で見られる谷］の長い路地へ入った――エデンの園の鍵が彼には前もって渡され、彼は開けた。「豊かな春が来ている、自然のオルフェウスだと僕は言った」（と彼は書いている）、「草原は花咲いているし――猿猴草《えんこうそう》は密に茂っている――干し草の山々に小さな子供達は大きな熊手で小さな丘を運び寄せている――上の山々の森からは山雲雀とつぐみが立派な声を下に届けているし――美しい春の風が長い谷をわたっている――蝶や蚊はその子供の舞踏会を行い、薔薇の茂みの蛾とか金色の小鳥達は静かに大地の上に止まっている――桜の樹の葉は、その実のように紅葉し、青白い花の代わりに美しく彩色された葉が落ちる――そして春には秋同様に太陽は大地の糸車から浮遊する薄網［蜘蛛の糸］を引き出す――――まことに今まで見たことのないような春だ」。

高い空《エーテル》には優しい幾筋もの銀の花が編み込まれ、その下では何マイルも深くゆっくりと雲の山並みが次々と移っていく。――この青空の中の幾層もの割れ目の間をヴァルトは飛んで、薄靄からなるこの天の道を軽やかにさまよい、更にもっと高く見上げた。しかしまた懐かしい谷をも見下ろし――静かな滑らかな河がそこを流れていくのを見た――森は愛するように一つの屋根から折れ曲がり、別の屋根では葡萄やワイン畑の小屋、実った畑が輝いていた。――彼はまた長い谷へ下りてきた、両親の懐へ向かうように。

「自然の柱を巡らした広間は何と素敵なのだろう、緑の上、緑の間は、果てしない生命を永遠に伴って」と彼は大きな声で歌った、格別の韻も付けずに、そして誰かその歌声に聞き耳を立てていないか見回した。誰もその歌声に聞き耳を立てていなかった。――「舞うがいい、可愛い蝶よ、そして小さな命の蜜の週を楽しむがいい――腹もすかず、喉も渇かずに[*1]――美しい陽光の下での生命を――愛の存在を――心の唯一の部屋［心室］は愛の永遠の花嫁の部屋にすぎない――花を曲げるがいい――風に吹かれて――光の中で戯れ、そして花のようにただ穏やかに命に震えるがいい」。

彼は一群の黙した小夜啼鳥を見た、夜の退却の準備をしていた。「何処へ飛んでいくのかい、甘美な春の音よ。

愛のためのミルテを探しているのかい、歌のための月桂樹を探しているのかい。永遠の花と黄金の星を求めているのかい。このようにただ静かに雲の下を飛んで行き、最も美しい国々を歌い上げ、それからこちらの春に愛に燃えて戻って来、心に憧れの音色で神々しい国々への郷愁を歌って聞かせるがいい」。

「樹々よ、花々よ、君達はあちこち身をかがめ、一層活気づき、話し、飛ぼうとしている、僕は自分があたかも花で、枝を有しているかのように君達を愛している。いつしか君達はもっと高く生きることだろう」。そして彼は低く河に傾いでいる枝を少しばかり波へ折り曲げることまでした。

突然彼は自分の背後の遠くでフルートの音が谷を通ってさながら流れに乗って、風に逆らいながら下ってくるのを耳にした。遠さはフルートの引き立て役である。フルートの操作よりもその音色を理解している彼は、近くで上手なフルートはその半分も好きではなかった。音色は後を追ってくるようであったが、次第に弱くなった。道には石のベンチがあって、この人気がないところでの他の人々に対する人間の配慮がしのばれた。彼はそれに少しばかり腰掛けて、感謝の印とした。しかし直に高い岸辺の草の中へ横たわり、同時に人間の椅子であり、机であり、ベッドである善良な大地に一層近付き、暖かく静かな岸辺の隅で遊んでいる生まれたばかりの小魚をびっくりさせないよう余り動かないでいた。彼はあれこれの生物を愛さず、生命を愛し、景色を愛さず、すべてを、雲と金色の小さな虫達のいる草叢の森を愛した、そして彼はこの森を曲げ広げて、虫達の滞在を見、そのパンの樹、遊園地を眺めた。彼は色とりどりの柔らかな虫が日記帳の滑らかな表面をやっと抜けだそうとするとき、それを追い払ったり、ましてや潰したりすることはせずに、記述、詩作をむしろやめることにした。「まじまじと見た生命、例えば三十秒にしろ見た生命をどうして殺せよう」と彼は訊いた。

彼はフルートを聞いた、それはさながら黙した小夜啼鳥の心から語っているようであった。熱い歓喜の滴を彼の千もの刺激に充たされている目からその暗い物音は吸い込んだ。このとき二、三の大きな明るい滴が彼の上の暖かい飛行雲から彼の平たい手に落ちてきた――彼はそれを長いこと眺めた、ちょうど昔子供のとき雨粒をそうしたように、雨粒は高い遠くの聖なる天から来だのだから。太陽は白い肌を刺して、それに接吻して吸い取ろうとした

——彼は雨粒に接吻して、言いしれぬ愛をこめて暖かい天を見上げた、子供が母親にそうするように。

彼はフルートを聞いて泣いてから、もはや歌わなかった。とうとう彼は立ち上がって、天上の道を歩き始めたが、数歩行った近くで御者の帽子の紐から落ちた関税の領収書を路上で見つけた。御者に追い付いて会うかもしれないと期待して、彼はその紙切れを拾い上げた。他人のものはすべて大事に、自分のものはすべて卑小なことに思われたからであり、彼の詩的嵐は花よりも容易に梢を曲げたからである。情熱が熱く混乱して燃える船のように飛んでいくとすれば、優しい心の詩文はただ金色の夕焼けの鳩のように飛ぶ、あるいは昇天するキリストのようなもので、キリストはまさに大地を忘れないからである。

フルートの音は絶えず谷の床の間を流れていたが、しかし彼が立ち止まっても更に近寄ることはなく、彼が去ってもそこに留まることはなかった。

このとき公道が突然谷から山の方へ上に飛び上がっていた。——下のフルートの音は静かになった、上では彼の前で広く世の平野が開け、無数の村々と白い館とが詰め込まれていて、河の流れる山々と湾曲した森とで囲まれていた。彼は山の尾根を長いアーチ状の橋の上を行くかのように両側に青々した海面を眼下にして進んだ。

彼は全く一人っきりで、聞かれる恐れなく、自由に、装飾されたコラールを、幻想曲を、最後には古い民謡を口笛で吹き、呼吸するときにも止めなかった。他のすべての吹奏楽器の性質に反してこのハーモニカは、現実のハーモニカがそうであるように、ロマンチックに甘美に間近にあって、——耳から半フィートも離れていない——そして夢の中の音楽がそうであるように、ここでは人間は同時に楽器製作者、作曲家、演奏者であり、そのためにはまた少しも自分より他には、つまり弟子の他には別の師を有することはない。

ヴァルトはこの最初の牧人の口笛、この最初のアルプスホルンを吹き続け、音色を胸へ吹き戻す朝の風に逆らっていると、ますます酩酊し、幸福になった。そして最後に、その吹き飛ばされる物音ははるか遠くからのものに思えた。このように長く歩き、夢見ていると——彼は山の尾根からあるときは左手の草原の牧人画を見下ろし、アルテングリューンの——ヨーディッツの——タールハーゼンの——ヴィルヘルムスルストの——キルヘンフェルダの教会の塔や狩猟や園遊のための別荘を眺め、この二つの名前だけでもう、ロマンチックな魔法の言葉のように、子供時代の昔の一帯や楽園が浮かんで来たが――あるときは再び右手の二つ目の平野を俯瞰した、そこではこの谷の真っ直ぐな河が、ロザナ河が自由になっていて、花の舞踏場を蛇行し、陽光の銀色の楯を運び、いつも輝かせていて――そして彼が目をリンデンの町の山並みに転ずると、そこでは高く明るい広葉樹林の下に小暗い樅の森がさながらただの幅広い濃い影のように立っているのが見えた――そして彼が空を見ると、そこでは静かに軽やかに雲と鳩とが飛んでいて――谷の森では秋の小鳥が啼き、採石場では個別の発破が長くこだまして、それで彼は神に対する畏敬の念を抱いているかのように黙し、あたかも無限の者は考えをも聞き取ることはないかのように、自分が歌おうと思っていることを熟考して、そしてようやく小さな声で伸展詩を、とうに作っていた詩を歌い、繰り返した。

「何と天と地はかくも嬉しい声に充ちているのか。かつてコーラスが声高く悲しみ、ただニオベ[2]だけが黙し、無限の悲哀と共にヴェールの下にあった、かの地よりもはるかに美しく天と地ではコーラスが歓呼の声を上げる、そしてただ至高の者だけが静かで、エーテルはヴェールでこの神を隠す」。

その後、彼は空を見て、神を二回御身と呼び、そして長く黙った。そしてすぐにヴィーナのことを考えてよい印と受け取った。突然昔からの馴染みの、しかし不思議な昼の鐘の音が遠くから聞こえてきた、暗い子供時代の星に飾られた朝方からのような古い響きであった。見よ、西のかた何マイルも離れて無数の村の背後にエルテルラインが横たわっているのが見え、彼は昔の村の鐘、そしてヴィーナの白い山上の城、いや両親の家すら認められる気がした。彼は大いに憧れて自分の遠くの両親を――子供時代の静かな生活を――そして穏やかなヴィーナを、同じく静かな子供時代にかつて彼の手に桜草を渡した彼女を考えた――彼の目は静かな青空の中の東の山脈に懸かった、その背後で彼は修道院の壁の背後であるかのようにヴィーナを穏やかな尼僧として修道院の庭の花々の中を思いに耽って歩かせた。幾つかの村々からの鐘の音が同時に響いた――東からの風が一層強くなった――天は一層青く澄んできた――地上の生の多彩な軽やかな絨毯は一帯に広がって、そして端の方で舞い上がった、ヴァルトは、一つの夢のように、ただ過去の中に住んでいた。

彼は至福で一杯になって歌い、彼女の名前を呼ばなかった。「美しい夜、星空が移る、春の虹が移る、小夜啼鳥が啼く――そして人間は眠り、それに気付かない。――最後にその目が開き、太陽が彼を見つめる。リーナ、御身も御身の花と共に、甘い響きと共に――そして愛と共に通り過ぎて行った――しかし私の目は盲いていた。今やそれが見開かれる、しかし花々は枯れ、言葉は消えていく、そして御身は太陽として高く輝いている」。――

ここで彼は声高な風に背を向けた。彼は自分の周りの世界が奇妙に静かなのを感じた。ただ鐘の音だけがひっそりと、子供時代のシャルマイのように響いた、そして彼は非常に感動した。彼は再び歩き、ますます熱く歌った。「濡れた目よ、哀れな心よ、君は空と春と美しい生を見ないのかい。何故泣いているのかい。何かなくしたのかい、誰か亡くなったのかい。私は何も失っていないし、誰も亡くなっていない。私は今まで愛したことがないのだから、私を更に泣かせておくれ」。

最後にただ二、三の詩脚を、何の関連もなく更に歌った――彼はより急いで畑を行き――緑の谷を通り――澄んだ小川を越え――昼の静かな村々を抜け――休んでいる仕事道具の側を過ぎた――高台の魔法の圏では魔法の香煙が立ち――突風が吹き抜け――そして晴れた空には偉大な無限の青空が残っていた――過去と未来とが明るく間近で、現在によって点火されて燃えていた――人生の花の萼が多彩に烟りながら彼を包み込み、やさしく揺すった

――牧神の時は始まった――

「この時僕は」――と彼は日記に書いている――「牧神の時に襲われた、いつも旅のとき出会うように。何処からこの時はその力を得るのか知りたいものだ。僕の意見ではそれは十一時、十二時から一時まで続く。それ故ギリシア人達は牧神の時を、人々は、それにロシア人[*3]も白昼の霊の時を信じている。この頃小鳥達は歌わない。人間は仕事道具の傍らで眠る。自然全体に何か親密なもの、いや不気味なものがあって、午睡している者の夢がさまよっているかのようだ。近くではかすかな音であるが、空の境の遠くでは轟音となる。人が過去を思い出すのではなく、過去が僕らを思い出すのであって、切ない憧れと共に僕らの中を貫通する。人生の光は珍しく鋭い色彩へと折れる。――夕方になると次第に人生は再び、より新鮮に、より力強くなる」。――

＊1　蝶は単に心室を一つ有するだけで、大抵の蝶は胃を有しない。
＊2　北方の夕焼け。
＊3　ヴェンド人とロシア人は肢体を奪う真昼の魔女を想像している。『ラウジッツの月刊誌』一七九七年、第十二章。

第四十一番　腰高貝

乞食の杖

グリューンブルンに彼は入った。旅館で彼は蠟の翼を台所の火に当てて、少しばかり溶かした。実際人間はエーテルのための最良の翼を有していても舗石のための一足の長靴を必要とする。食堂はすでに犬や紳士で一杯であったので、彼はむしろポーチあるいは張り出し屋根の下のテーブルに着いた、これはテーブルの幅の張り出しがあった。彼は自分が族長であって、家の開け放たれた自由な半戸外に座っていて、すべての開花する世界を周囲に有するような気がしていた。彼は自分にとって未知の一帯、畑を覗いていて、今すでに故郷から十九ヴィエルスター離れた所にいると計算した後、自分が昔の時代の軽やかな吟遊詩人に似ているのを感じた。彼は自分の旅日記に、目の前で見た農業経営上の習慣を記したが、それは牧草地をきゃべつ畑や他の果樹園で縁取りするもので、普通見られる畑を牧草地の畔で囲むのとは逆であった。そして彼の隣で食べている百姓に対して、これはとても可愛く見えると述べた。

彼は長いこと旋律的な午前中の余韻の中に、かの叙事的気分の中に浸っておれて、死ぬ定めの人間達の到着と出発とを旅館で眺めていたが、待たされた挙げ句に彼のテーブル・クロスと一皿の食事が用意された。彼が食い尽くさなかったことを述べることは、ことによると価値があるかもしれない、それは一部は亭主に対する好意からで、彼に落ち穂拾いを残しておくためで、一部は人間は、その下位の王達、鷲やライオンに似て、きれいに食べられないという特別な傾向を有するからで、これは子供達を見ると最初に気付くことである。公証人がさっぱり理解出来なかったことは、どうして百姓や他の客達は、きちんと皿をきれいに平らげることが出来、どんなに滑らかになった骨をもさらに穿頭し、カノン砲や真珠のように穿つことが出来るのかということであった。

食事の後、彼は食堂の開けられたドアの前に立って、魔法の谷で見つけた関税領収書を手に、食事をしている御者達が、その全員に話しかけ尋ねることは恥ずかしかったので、一人一人出てくるのを待って渡そうとした。そのとき一人の若い小生意気な十三歳の御者少年が青いシャツを着て、厚手の白いナイトキャップを被っていたが、全くこっそりと亭主の砂時計を逆にして、亭主の時間をその本来的意味で（というのはやっと三分の一時間だけ砂時計は経っていたからで）紛らそうとしていた。

しかし公証人は立腹して近寄り、その逆転を逆にした、自分に対して我慢の出来る意地悪な不正を他人に対しては我慢することが全く出来なかったからである。

この熱気で元気が出て、彼は食堂の大食卓の皆の前で紙を持ち上げて、誰かこれをなくした者はいないか叫んだ。「わしだ」と長い腕が伸びてきて言い、それを摑み、一度だけ頭で短くうなずいた、ヴァルトの期待していた温かい謝辞はなかった。

窓の上の時計の横に亭主の子供の筆記帳が置かれてあるのを彼は見た、その帳面には三行にわたって三つの言葉、ゴット［神］――ヴァルト――ハルニッシュと書かれていた。彼はそれにはなはだびっくりして、亭主にハルニッシュとかいう名前なのか尋ねた。「カルナーが私の名前です」と亭主は言った。ヴァルトは彼にノートを見せて、自分自身ここに書かれている名前であると言った。亭主はそっけなく、では彼は前の頁にある名前でもあるのか、ハンメル〔去勢した羊〕――クノレン〔木のこぶ〕――シュヴァンツ〔尾〕――等々かと訊いた。

今や再び公証人は馬の代わりに翼を付けて去り、まず支払おうとしたとき、一人の乞食が、喜捨を現物で貰いたい、一杯のビールをお願いすると彼を引き留め、彼を喜ばせた、乞食は多分重農主義の静かな信奉者であった。男はささやかな現物支給を徴収している間その乞食の杖を隅に立てかけたので、公証人はこの棘の多い重い棒を手にする機会を得た。ヴァルトは自分は今、しばしば耳にし読んできた乞食の杖を本当に手にしているという特別な思いを抱いて棒を持ち上げて振った。

彼はますます熱くなって、これは帆柱の折れた人生の何という最後の最も弱い帆柱であることか、黄金のクリスマスツリーからではなく、嘆きの樫からの枯れた枝、イクシオン(1)の車輪の輻《や》であることか検討したので――最後に決心して、金の他には本気であることを納得させることの出来ない乞食からこの棒を買い取ることにした、これはこの男の有する唯一の飾りであった。「僕がいつか」――とヴァルトは自分に言った――「同胞の大きな悲しみをよそに冷たいあるいはぼんやりした心のまま通り過ぎようとしたら、この棒は僕を魔法の杖のように変え、ロレンツォの煙草缶よりももっと心温かいものにするであろう。この棒は、これを運ばなければならなかった手がどんなに褐色で、枯れ、疲れていたか僕に思い出させるであろう」。

このように彼は咎めるように自分に言った。心温かい人間は、厳しい人間とは違って、自分が十分に心温かくないと難ずるものである、厳しい人間はその逆の責任を負わせるものであるが。彼は自分の実のなる花のためにこの支柱を必要としなかった。しかしこれらの避雷針の自ら成長する所、戦場や、すでに歯の生えたまま生まれて来た*1ルイ十四世達の離宮の周り、秘密の階段や王座の足場がこのような拷問の木で組み立てられている土地、乞食の杖が一般のあるいは普通の「将軍の」杖であり、ことによると軍人の杖そのもので普通になっている国々、そういう所では乞食の一人一人がその杖を自らの国家の銘木の陳列室に残すことにしたら、望ましい遺贈となろう。少なくともすべての司令杖、王笏の横にこのようなものが置かれておれば、バランスの棒となって、ひょっとしたらモーゼの杖(2)のように多くの固い王座の岩から柔らかい水を引き出すであろうことは信じられる。

公証人は宿を追放された者の杖を手に予期されていた通り喜んで後にした、杖の売り手はびっくりして歓喜の涙を流したからである。殊に、ただの半日の間に刈り入れた冒険の黄金の収穫を眺めると喜びが湧いた。「まことにこれはすごい」と彼は言った、「ヘルムレスベルクでは僕の名前はすでに口頭で知られていた――グリューンブルンでは記述までされていた――不思議なフルートが僕と一緒に進み、立ち止まる――それに他人の遍歴の杖を手にした――このような予兆の後、長い午後全体では何か起きるだろうか。数百の奇跡だ。やっと一時半だから」。そう彼は結論付けて、歓呼の声をあげる目をして青いドーム状に抜かれた空を覗き込んだ。

＊1　ルイ十四世は歯の生えたまま生まれた。

第四十二番　虹色の長石

人　生

最寄りの河で彼は乞食の杖と両手を洗った、彼は売り手を思いやって両手で遠慮なく杖を握ったのであった。杖を買ってから最初にした善行は、この杖そのもので流木に対してなした行いであった。流れの中では多くの筏の材木が陽気に踊りながら下に漂っていくのに、これらに劣るわけではない他の多くの材木が岸辺の隅で互いにぶつかり、押し合い、惨めに囚われているのは彼には我慢出来ないことだった。採用予定者のベンチへのこうした押し戻しを筏の材木は受けるいわれはない。彼はそこで乞食の杖を取ってこうした多くの岸へ寄せられた材木を、側に見られるかぎりの難儀している材木を押して再び波の流れに乗るようにした。というのはすべての材木を助けることは、すべての人間を助けること同様に一人の死すべき定めの者にとって手にあまることであるからである。

彼はその後一人の襤褸を着た少年に追い付いた、この少年は無数に禿げ上がった赤いフラシ天のズボンを履いて裸足で歩いていた。ズボンは別の男の履き古しで、彼の場合、同時にニッカーズとタイツとになっていた。少年はただ小さいコップを持っていて、その中の軟膏を絶えず病んだ赤い目に塗っていた。ヴァルトは彼に穏やかに彼の悩みを問い質した。悩みというのはただ、自分は継母から逃げて来た、兵士である父親がこの母親から逃げたためで、フランス人達の許へ乞食していきたいというものであった。「ヘッセンのグロッシェン銀貨を使えるかい」とヴァルトは尋ねた、驚いたことに手許に大きな金があった。少年は愚かな表情で彼を見つめ、それから冗談を聞いたかのように微笑《ほほえ》み、何も言わなかった。ヴァルトは一枚の銀貨を見せた。「おや」と彼は言った、「これはよく知っている、父親によく両替させられた」。公証人はようやく、少年はヘッセン人であると知って――彼にすべての祖国のグロッシェン銀貨を渡した。

次第に今度は乞食の杖は雷雲を引き寄せる避雷針という不吉な力を発揮するようになった。ヴァルトは午前中の春を再び取り戻すことは出来ず、秋を目の前にしなければならなかった、秋は、春が叙情的にロマンチックにするように、叙事的にする。彼は自分がライプツィヒの山並みを見るようにしたが、しかしその背後の別な側、ライプツィヒの平野を下ってヴィーナの庭への木戸の前まで行くことは出来なかったのをこの杖のせいにした。杖はいわば山の悪い仲間達の間で堕落し、その影響を受けることになったからである。

彼はただ人生の移ろい、飛ぶ様、地上での迅速さ、雲の影の逃亡を見ていたが、一方空では雲自身ただゆっくりと去り、太陽ときたら神のように悠然と輝いていた。秋はいつでも人間の葉も落ちるが、ただすべての葉が落ちるわけではない。

彼は食い尽くされた牧草地を見たが、残された有毒なイヌサフランのため菫色になっていた。そこでは渡り鳥が騒いでいて、互いに夜の旅の計画について話し合っているように見えた。公道ではがらがらと一台の馬車が走り去り、後の車輪の下では一匹の犬が吠えていた。遠くの山腹では一人の白い女性の姿がほとんどそれと分からないほどに、暗褐色の夫の後を歩いていた、何処か知らない小村で一杯のビール、一杯のお茶を楽しみ、同時に途中その前後に見られる美しい自然を満喫しているのであった。近くでは二人の白い化粧をした身分のある娘達が、手に花とハンカチを持って、緑の畦間をちょこちょこ歩いていた、黄色のショールが後になびいていた。

彼は一台の天の馬車［大熊座］まで積まれたいわゆる花嫁馬車の側を通り過ぎた、馬車には一方ではすべての蠟の羽根、ピアノの蓋、ガラスペン、綿毛が、他方では尻と尾の鰭、胸と背の鰭、ダナイデスの桶、海洋画、水準器、雨量計、物干しロープが家具という名前の下、積まれていたが、これらを人間は、ただ若干半ば人生を泳ぎ、半ばその上を飛ぶために、下界ではどうしても必要とするのである。所有者はしかし積み込まれた羽根や鰭に対する細心の注意処置に太鼓判を捺しながら馬車の横を歩いていて、自分と他人とに先の見知らぬねぐらで経験した日々よりも全く別の、より青々とした未来の日々を約束していた。

その後ヴァルトは五軒ないし六軒の洗濯、掃除をしている家々と煙を上げるパン焼き窯の小さな一支村に着いた。青年達は竿を用い、半ば命の危険を冒して赤いリボンの旗のついた五月柱を立てていた、これは村にとっては多分、中都市での射的会の的竿に劣らないものである。上のリボンを贈った少女達は紅潮して柱を立てるのを見守っていたが、その至福の頭と心の中には土地の最良の青年達との柱の周りでの明日の教会堂開基祭の踊りしかなかった。

その後公証人ははなはだ着飾った松葉杖の十一歳の少女に出会った――言いようもなく同情の念を覚えたが――その代母は小村からすでに開基祭の客を出迎えに来ていた。

その後捕縛された犯罪人が獄吏に連れられて来た。皆が、精一杯の言葉遣いで先の村のビールを称えていた。犯罪人も同じであった。

その支村が編入教区されていたもっと立派な村を彼は通り過ぎた。本教会のドアがちょうど開いていたので――短く太い塔から何かが吹き鳴らされたが、それに合わせてまた家畜番人が吹き鳴らした、――彼は少しばかり中へ入った。すべての公共の建物の中で彼は最も好んで教会を訪れたからである、氷の宮殿のようなもので、その虚ろな壁には彼の敬虔な空想の祭壇の明かりが輝きながら色彩をさまよわせて最も美しく屈折し、四方にそそぎ込むのである。中では洗礼が行われていた。洗礼者と受洗者は洗礼盤支えの天使の前ではなはだ叫んでいた。四、五人の人々はその流儀で晴れがましく仕立屋の打ち出し細工によって、紋をつけられ、彫り込まれて、しゃちこばっていた。ただ最も高貴な教会の席、貴族のロッジからは女中達が、腕を青いエプロンの下に、マフの下に入れるように巻き付けて、平日の半部屋着で覗いていた。聖なる場所での給仕人の服は彼にはひどい不協和音であった。洗礼を受ける曾孫の代父はその曾祖父本人であったが、彼は高齢のため泣く子をほとんど支えることが出来ずにいた、そしてその摘み取られた冬のむき出しの姿は特に次の点でヴァルトに感銘を与えた、つまりその老人は五本ないし六本の雪のように白い髪を――それ以上はなかった――灰色の小弁髪としてまとめ、ひねっていて、そうして姿を見せたのであった。

老人が幼い子供にかくも近いこと、墓場の子供は揺籃の子供に近い、黄色の刈り株は朗らかな小さな五月の花に近い、このことは村を過ぎて一時間経っても公証人を感動させた。「洗礼遊びがいい」と彼は何人かの十字架を背負っての埋葬遊びをしようとしている子供達に言った。ちょうどそのとき彼の心から頭に伸展詩が飛翔した。

「歓声をあげて遊ぶがいい、色とりどりの子供達よ。君達がいつかまた子供になったら、萎えて白髪となり背曲がる。泣きながらの遊びの間、遊技場が崩れて、君達を覆う。夕暮れになっても多分東と西にオーロラが花咲くだろうが、しかし雲はかき曇り、太陽は昇らない。陽気に跳ねるがいい、君達子供達よ、朝焼けの中で、朝焼けは君達を花模様に描く、そして君達の太陽に向かって舞うがいい」。

人生の幻灯はこのとき全く戯れながら多彩な駆ける形姿を彼の道に投げかけた。夕陽はガラスの背後の明かりであった。ガラスが動かされた、すると彼の前で下に奔流となって過ぎて行かなければならなかったのは大市の商船――通りの低い村の教会墓地、その芝の土手は太った抱き犬も飛び越えられるもので――四頭の馬と四人の従者が前にいる特別郵便馬車――一つの雲の影――その後明かりの中へ入る鳥の群の影――壊れて高い灰色の盗賊の館――全く新しい館――がたがた鳴る水車――馬で飛んでいく産科医――その後を急いでいく手術道具入れを持った村の理髪師——清書された収穫祭説教を持った、太った、コートを着た村の牧師、説教は皆の収穫のことを神に、自分の収穫を聴衆に感謝するためである——商品を満載した手押し車一台と乞食の一行［一本の杖］、どちらも教会堂開基祭を訪ねるためである——家と路地に赤く番号を付けるために梯子に乗った人間のいる三軒の家のはずれの小村——頭に白い石膏の頭部を運んでいる男、それは古代の皇帝か賢人あるいはその他の頭部である——やせこけた高校生、彼は境界石に座って、貸本を読んでいて、世界と青春とを詩的に描いて貰っている——最後に上の遠くの高台にある、それでもまだ緑の山々の間なのであるが、かすかに光る小都市であった、ここにゴットヴァルトは泊まることが出来るはずであった、そして明るい夕陽がすべての尖端、切妻を黄金の中、青空へ持ち上げていた。

「僕らは目下通り雨で、直にやむ」と彼は丘の上で後を見たり、前を見たりしながら、ばらばらに散っていくこれらの形姿の鎖をつないで言った。そのとき絵本売りが円筒に付けられてひらひら舞う絵本の聖書と絵本の画廊を腹に載せて来て彼に追い付き、何か買わないか尋ねた。「私は何も買う気はない」——とヴァルトは言って、彼に十二クロイツァー渡した——「しかしこれで少しばかりめくらせて欲しい」。

「喜んで」と男は言って胸を後ろへそらして絵本を彼に向けた。ここで公証人は移りゆく像の定着された像を再び見いだした、生は色彩豊かに紙の上に様々に描かれ、世界史、君主史の大半、権力者達、ヘルクラネウムの壺の絵[1]、道化師、花、軍服、そして一切がこの男の胃を圧迫していた。「向こうのあの小都市は何というのですか」とヴァルトは言った、「アルトフラードゥンゲンですよ、あそこの山々は立派な天気境界でして、あれがなければ一昨日は落雷でこちらは皆火がついていたことでしょう」（と絵本の男は答えた）——「しかしもっと美しい変わった作品をお目にかけます」、そして両手で多彩な掛け物の作品を開いてみせた。ヴァルトの目は一枚の合切素描に止まった、それには石墨でほとんど今日彼が道で見たすべての対象が、そう見えたが、荒々しくスケッチされていた。以前から彼はいわゆる合切物［クオドリベット］を人生の字謎［アナグラム］、警句［エピグラム］と見なしていて、それを明るいというよりは暗い気持ちで見ていたが——今や全くそうした思いであった。というのはそこには双面のヤヌスの顔があって、それは自分とヴァルトの顔とあまり変わらなかったからである。一人の天使がすべての上に飛んでいた。その下にはドイツ語で「神の御心のままにすべては良く造られけり」と、それからラテン語で「クオド・デウス・ヴルト、エスト・ベネ・ファクトゥス」［文意は同じ、前半はヴルトの名前］と記されていた。彼は弟のためにこの珍しい紙片を買った。

絵本の男は感謝して丘を去った。ヴァルトは我々の描きつつ描かれる人生の通過に感動した目を天気境界の山に据えた、山は全く陽光の薔薇の下、個々の岩のとがった背や羊と共に輝いていた、そして彼は考えた。

「かくも堅牢にこの山は永遠に立っている――まだここに人間がいなかった昔にも山はひどい雷雲を二つに切り裂き、雷神の矢をへし折り、目撃する者のない谷を明るく美しくした。――何と数千回も春の輝きの中、夕焼けは荘厳に山を黄金に染めたことだろう、しかしその素晴らしさに夢想して浸る生命は下にはいなかったのだ。――御身、偉大な自然よ、御身はここ下界の哀れな小さな者どもにはあまりに無限で、偉大にすぎるのではないか、そのことを示さずには、この小さい者どもは数年にわたって、ましてや数千年もは輝くことが出来ないのだ。そして御身を、神よ、まだ神は御覧になったことがない。僕らは全く卑小なものだ」。

夕方が深まるにつれ、一層叙事的感情は甘美なロマンチックな感情に移って、そして薔薇の山並みの背後では再びヴィーナが庭を逍遥した。夕方は光学的影と精神的影とを同時に一層多彩に彩るからである。彼は誰か他人の声に憧れた。最後に彼は一人の男に近寄ったが、男は羊毛で一杯の手押し車をはなはだゆっくりと押して、いつも立ち止まり、太陽の方を見ていた。

「自分は」とこの男は直にかなり興奮して言った、「昔はただの家畜番だった、そしてガラス製のホルンで家畜を町で上手にまとめたので、それで多くの家畜番がいくらか金をはたいて、その半分でも習いたいと思ったものだった。誰も彼もが出来るものではない。エルベ河を先に渡るとき、他の牧童にもその家畜が同じように付いてくるか知りたいものだった、自分には兵士のように付いてきたね。自慢しちゃ神様に悪いが、しかし本当のことだ」。

公証人は、誰もが褒めない哀れな奴が自慢するときほど喜びを感ずることはなかった。「更にたっぷりと五時間押せるさ」――と関心を持たれて話し始めた男は言った――「夜は気持ちがよくてちょうどいい」。――「それは容易に察しがつきます」（とヴァルトはトッケンブルクの忘れがたい詩人の男を目前にしている気がして言った）[2]――「大抵春になると眠ることになる双輪の羊飼いの小屋ではそうでしょう。目を覚ますと、前には満天の星空があるのですから。夜が格別気に入っておられるのでは」。

「勿論当然のこと」と羊飼いは答えた、「気持ちよくなって立派に露が下りると、羊毛はいくらか湿気を帯びてもっと重くなる。これを正直な羊飼いは知っていなくちゃならないね。これはツェントナーで計る場合ちょっとしたもので、まあ大したことはないけれども」。

そこでヴァルトは怒った調子でお休みと言って彼を放っておき、竃の煙を出している山間の小都市へ急いだ、その夜の宿で、今日の村での経験から察するに、別の者ならば根と花ごと持ち上げて、ある長編小説の中に移植するかもしれないような冒険に遭遇したいと願った。

第四十三番　磨かれた琥珀の柄

役者――仮面の紳士――卵ダンス――買い物する女

彼はルイ十八世館へ入った、この旅館が市門の前にあったためで、彼はそこで機械的に尋ねる者達の前を通過することを好まず、立ち止まってしまうのであった。最初の冒険というのはすぐで、亭主が彼に小部屋を断ったことであった。すべてはフレンツェル一座に借り切られていると亭主は言った、亭主はより高いポストや階をただ馬車とか馬というより高いもので来た者にだけ開放して、歩いて来る者には床をあてがっていた。ヴァルトはやむを得ず、食堂というかまびすしい市場にいながら、少なくとも寝室の小部屋では一人っきりになるだろうと見込む他なかった。

彼は壁テーブルの半ば丸い部分に腰を下ろして、すぐ側を通りかかったボーイをついでに引き寄せて、丁寧に飲み物の依頼をした、この依頼には三つの十分な根拠があった。これらの根拠がなければ六分早く飲み物を得ているはずであった。折り畳みテーブルで彼がしたことと言えば、ただ引き続き出たり入ったりする俳優や女優を一般的に賛嘆することで、それから更に特別に彼らの数百もの個々の点――とりわけつや出しの［豚の］歯をかけられた男性の職服――これとは逆の浮き袋のような女性服――一般的に見られる高い自己評価、これによって男優は誰もが容易にその褒賞メダルの造幣局長、自らの名誉の騎士となり、女優は容易に女流舞台装置絵師となっていた――それに食堂での舞台度胸――［喜劇用の］低い靴、［悲劇用の］高い靴が彼らの［弱点の］アキレスの踵を守っているという感情――彼らの語り口の多彩な縫い目、これはフランス人がベッドカバーやカーテン、略奪してきたものすべてから作る制服同様に多くの作品から上手に裁断された言葉遣いであった――そしてはなはだ羨望した純然たる方言、これらを賛嘆することであった。「この中には」と彼は思った、「つとに長く、そしてしばしば、舞台上で正直な人物、あるいは謙虚な、あるいは学のある、あるいは無邪気な、あるいは王冠を戴いた人物を演じたことのない人物は一人もいないであろう」、そして彼は、よく若者がそうするように、舞台の材木に、講壇や説教壇の材木同様に、その上にはただ立つだけで成長することのない人間というものを植え付けた。

彼を悲しませたのは、すべての顔が、最も若い者達でさえ、老人の役を演じていることであった、舞台では、劇場ビラの希望に従って、オリンポス同様に、永遠の青春が見られるというのに。

夕暮れの中で一人の人間が彼の注目を引いた、彼は少しも表情を変えず、皆と話していたが、虚ろで、しばしば、誰かが彼に尋ねると、答える代わりに質問者に接近し、黒い視線を一度閃光のように走らせ、その後一言も言わずに背を向けた。彼はフレンツェルの果実を食べている団体[1]の一員に見えた。しかし一行ははなはだ彼に注目しているように見えた。この男はこのときメロンを、それに一袋のスペイン産嗅ぎ煙草を運ばせ、メロンを割って、煙草をふりかけ、煙草入りの切れ端を食べ、それを差し出した。ちょうど明かりがもたらされたとき、彼は皿をびっくりしている公証人に差し出した、公証人はこの人間が仮面を付けていること、これは不格好なものではなく、周知の鉄仮面[2]に似ていて、かつての戦慄を彼の空想に呼び込んだ。ヴァルトは背を曲げ、断った。しかし彼には若干好ましく思われ、一杯飲んだ。

その後この仮面は——このフレーズも、一つの単語がフレーズとするならば、彼には死者か虎を運び得る黒く覆われた馬車であったが——窓台に登って、上の窓を開けて、何人かの男優に卵を窓の外に投げる自信があるかと尋ねた。「何故だい」と一人が言うと「何で出来ないことがあろう」と別な者が言った。仮面はしかし手の中の何か隠したもので空中に数本の線を描いた、そして冷たく答えた。「こうなると、もはや誰も出来ないかも知れない」。誰かがこの中を通って一個でも卵を投げたら、卵代すべての二倍払うつもりだと彼は言った。男優達が次々に投げた——すべての卵がはずれた——仮面はこの課題の賞金を倍にした——不可能であった、ヴァルトは、彼はいつも田舎ではよく投石入れに手を伸ばしたものであるが、金入れを開けて、一グロッシェン分の卵で同じように砲撃した——臼砲なしに爆弾を投げるようなものであった——卵黄の一連の雛料理、養鶏が窓から流れ落ちた。

「結構」と仮面は言った。「しかし明日の夕方のこの時間までは卵を遠ざける力が窓にはまだ残っている」——そう言って出ていった。亭主は格別驚かず微笑んでいた、あたかも明日の勘定ではこれらの卵からかつて狩猟で得た獲物の中で猛鳥による最良の鷹狩りを孵化出来るかもしれないと更に計算しているように見えた。

仮面はすぐに戻って来なかったので、公証人もこう考えながら外に出た。「いやはや、旅行者は十二時間のうちに何という体験をすることか」——あたかも新たな不思議を望んでいるかのようで——いつものように黄昏の郊外をさまよった。郊外を市街地よりも彼は好んだ、郊外は市街地をまず約束するものであり、郊外は半ば田舎で畑や木々の側にあって、どこでも自由で屈託がないからである。

彼が行くとほどなくして、彼の覗き込んだ数百の目の中で、一対の青い目に行き当たったが、この目は深く彼の目を見つめ、これは非常に美しい、着こなしの上手な娘の目であって、彼は彼女が通り過ぎるとき帽子を取った。

彼女は開いた商店の丸天井の中へ入っていった。——動かない場所の中では商店は、動く場所の中で郵便馬車の意味するもの、つまり長編作家が最も不似合いな人々を寄せ集めることの出来る自由な場所であるので、彼は自らを自分の長編作家と扱って、呉服物の許へ入っていき、その中からただ弁髪用リボンだけを買っていくらか自分と青い目の女性とを結ぶ絆としようとした。

美しい娘はアルプス羚羊革の男物の手袋との交渉にあって、競りでのクロイツァー［小貨幣］の梯子に登っていて、段のたびに羚羊革の手袋に長い難癖をつけた。狼狽した公証人は弁髪用リボンを指の間に持ったまま、すべての話が終わり、梯子を登り切って、買う気のない手袋が商人に投げ返されるまでカウンターの前に立っていた。ヴァルトは、ただ通りすがりに、安売りしている胸の中に大きな売上げという徒な希望を蒔くことのないようにとの心遣いから、勿体ぶって店の中を覗くことすら後込みしていたが、この穏やかな目をした女性の頑固さに立腹して丸天井から出ていき、彼女が手袋をそうしたように、彼女の魅力を放っておいた。美と利己心、あるいは吝嗇は彼には対立する極であった。購入するとき——販売するときではなく——女性は男性よりも気前よくなく、はるかに小心である、彼女達はより邪推深く、より思慮があり、より臆病であるからであり、大きな支出よりは小さな支出に慣れているからである。青い目は彼の前を行き、彼の方を振り向いた。しかし彼は郵便配達の方を振り向いた、そのホルンと馬とが彼の後で音を立てていた。何故かはっきり分からなかったが、郵便のホルンを聞いても彼の空想には何かもう一つ嬉しくなかった、ようやく分かったことは、ホルンは自分を——これはいつもは未来の宝角《たからづの》、触覚であるのに——今は何の憧憬も抱かせずに——ある憧憬への憧憬を別にして——放っておき、そのように自分に吹かれている、その音はまさに自分が得ているもの、異国を描き、異国を約束するものだからということであった。郵便配達の騎乗者は自分宛のものを有しないと知っていることも、しばしば人が配達人に対して旅の途中冷たくなる原因かもしれない。

ルイ十八世館で彼は郵便配達人が馬から下りているのを見た。配達人は、彼がまじまじと見ているので何という名前か訊いた。何故かと彼は尋ねた。配達人は彼がそういう名前であれば、彼の名前宛の手紙を有すると答えた。

ヴルトの筆跡であった。アドレスには更に記されていた、「親切な郵便馬車宿駅に依頼したいことは、この手紙を、H氏がアルトフラードゥンゲンにいない場合には、劇場仕立屋プルツェル方ファン・デア・ハルニッシュ氏に返送して欲しいということである」。

第四十四番　ザクセンの金雲母

冒　険

ヴルトの手紙はこうであった。

「今僕はようやく羽根布団から起きたところで――君の羽根は君をすでに数ヴィエルスター先に運んだことだろう、あるいは君がその分羽根ペンで書いたことだろう――それで靴下も履かずに急いで書いて、この手紙を今日のうちにも君に届けたい。十時になったところで、十時半にはこの夢は郵便に出さなければならない。

つまり僕はとても奇妙な、予言的な夢を見たので、これを君に送ることにする、僕を君がひと月にわたって笑うことになっても。君の今日と明日の旅のコースをすべてはっきりと夢に見たのだ。夢の策略家が僕を騙していて、夢がアルトフラードゥンゲンの君に届かないのであれば――これは誓って届くと思いたいのだが、夢は僕に返送される、そしていつかこの夢を君のような嘲笑家、冗談屋に見せるかは疑問だ。

僕は夢の中で、雲の先端に座りながら、花咲く牧草地と堆肥の山の北東の風景をすべて見た。その間に一人の駆けていく、痩せた、黄色の上着を着た、歓声を上げる姿があったが、これは頭を前に向けたり、天に向けたり、地に向けたりしていた――勿論これは君であった。――この姿は一度立ち止まって、金をくれてやって、それからヘルムレスベルクで居酒屋に入った。それから上の雲の女墻からはこの姿がロザナの谷を行くのが、尾根を登り、村々を過ぎていくのが見えた。――グリューンブルンでは再び居酒屋に入った。まことに詩的に夢の神によってなされていると思えたことは、いつもこの神が、君が居酒屋に入る六分前に、君に全く似た人物を前もって忍び込ませるのを見たことだ、ただしかしもっと輝いていて、はるかに美しく、小さな羽根を有し、その羽根からは時に藍色の光が、時に淡紅色の光が、羽根が揺すられるたびに輝いて僕の雲上の席をすっかり染めた。僕はそんなわけで、夢はこの人物によって君ではなくて――というのは長ズボンと黄色の上着の男は明瞭すぎるほどはっきりしていたからで――君の守護神を示そうとしていたと推測している」。

――動揺してヴァルトはほとんど先を読めなかった。今ほとんど謎が解けたと思ったからである――もっと大きな謎によって謎が倍加したとは思わなかったけれども、――つまり何故ヘルムレスベルクの亭主は彼の名前を知っていたか、何故グリューンブルンでは名前が筆記帳の中で子供に対してあらかじめ記されていたか、何故絵本屋の許で珍しい合切物を見いだしたかという謎が。このときもっと詳しく、もっと深く手紙の中の解明された霊界を覗き込む勇気が全くなくて、彼は手紙の信憑性に若干疑念を抱き、酒を飲んでいる騎馬飛脚に何時、誰から手紙を受け取ったか尋ねた。「それは知らない」と彼は嘲るように言った、「宿駅長から渡されたものを、宿駅に運ぶ役だ、それでおさらばだ」。――「勿論」とヴァルトは言って、熱心に先を読んだ。

「その後君が更に進んでいくのを見た、多くの村を通って、ついには教会へ入った。守護神はまた前もってすべり込んだ。夕方君はとある丘に立って、小都市アルトフラードゥンゲンで夜の宿をとった。ここの旅館の扉の前で君の壮麗化された形姿が、つまり君の守護神が、暗く覆われた人物、頭部には顔がなくて、至る所毛の生えている人物と戦うのを見た」。――――

「何ということだ」とヴァルトは叫んだ、「これは仮面の人間のことだろう」。

「顔のない人物は扉を確保した、しかし守護神は蝙蝠となって黄昏の中僕のところまで昇ってきて、僕の雲の先端のすぐ近くで羽根を蟹のはさみのように切り離し、落とし、そして鼠かもぐらとなって大地に落ち（アルトフラードゥンゲンからおよそ一マイルのところ）そして更に掘り続けて（波打つ畑でそうと分かった）君のところまで行き、九柱戯の走路から遠からぬところで一つの丘を積み上げた。僕の周りの雲の中では八時を打った。すると顔のないやつが丘へ来て、何ものかをもぐら罠かのようにつっこんだ。——君はしかしその後をつけていて、それを引き出し、そして土の山を払い落とすだけで、何枚かの数百年——経ったフリードリヒスドール［プロシアの金貨］を見つけだした、これは守護神が、どこの深さ、緯度からかは知らないけれども、ひょっとしたらベルリンからかもしれないが、ちょうどそこに君のために掘り出してきたものだ」……

このとき本当にまた仮面がやって来た。ヴァルトはそれを慄然として見つめた、仮面の背後にはきっと後頭部しかないと彼は考えた。時計は七時四十五分を打った。男は落ち着きなくあちこち動き、丸く黒い紙を持っていたが、それは、彼がある俳優に語った言葉によれば、心臓の代わりに的として、ある銃殺された兵士の心臓のところに掛けられていたもので、それにはさみを入れて顔を切り取った、これについてヴァルトは日記に記している。「それは僕か僕の守護神に似ていた。スフィンクスや仮面が横たわったり動いたりしながら、決して互いに正体が分からない霊達の見通しがたい冬の夜が、この仮面と共に人生の夏の光の中に出てきたように見えた」。

八時を打ったとき、仮面は出ていった——ヴァルトは震えながら大胆にその後をついていった——旅館の庭には九柱戯場があった、そして公証人は（程々に立ちすくみ始めていたが）本当に仮面が棒をもぐら塚に差し込むのを見た。仮面が戻って来て去ると、すぐに彼は棒をマッチ棒として使い、いわば牛乳からクリームをすくい取るように丘からすくい取った——錆びた金貨のクリームを本当にスプーンですくうことが出来た。

公証人が何故その場で気絶しなかったかということのわずかな信用出来る理由は彼自身が日記に記していて、そこでその理由をより詳しく読むことが出来る。しかし二つ挙げれば十分であろう。——つまり一つは、彼が、どんなに強い現在に対しても激しく打ち寄せる一つの奔流であったということであり、そのくせ彼は未来の溶かすような歓楽の天に遭うと好きなように薄く消えて高みに引き上げられるのであった。しかし今や霊がこのように人間化した後ではヴァルトは自分のような者の横に肩を並べていた。何故彼が立ち止まっていたかの第二の理由は、明日自分が何を経験し、どの道を進むであろうか手紙を更に読み、知りたいと思ったからであった。「まことに僕の人生の中ではじめてのことである」、と彼は書いている、「全く明るい意識をもって現在を越えて未来を覗き込み、今と将来のときの二回未来の時間を持つという珍しい気持ちに近付くのは」。

広間には仮面はもはや見られなかった。彼は胸を高鳴らせて明日の行進コース、人生コースを読んだ。


「その後、夢はまたいくらかより人間的になった。僕は翌朝君の守護神と顔無しとが君の前を二つの別々の道に飛んで君を誘うのを見た。君はしかし守護神に従って、聖リューネ［『ヘスペルス』の村］へではなく、ローゼンホーフへ向かった。その後で顔無しはばらばらに崩れ、僕ははっきりと雲から一つの髑髏と若干の骨を見た。守護神は遠くで明るい雲となった。ぼくにはむしろ守護神が単に雲を巻き付けたものに思われた。君は歌いながら君の昼の宿、ヨーディッツという名前の宿から離宮の多い景色の中をロザナ河まで駆けていき、そこで渡し船が君をまああの町ローゼンホーフへ運んでくれるまで長く留まっていた。地平線まで低く横たわっているこの町が僕の目に映るかぎりでは、あたかも町の上で守護神は一つの大きなまぶしい雲へとたなびいて、君と町とを最後にこの雲の中へ取り込むように思われて、ついにはこの雲の広がりはますます強く星々、薔薇、草を輝かせ、放ちながら同時に僕の夢と共に消えていった。

この夢がただ暗示しようとしているのは、君がこの小都市で本当に楽しみ、その後帰路に就くであろうということであるように思われる。

どうしてこのような夢が僕の頭に生じたかは、僕が昨日からいつも君自身の頭をそのロマンと共に頭の中に有するからとしか説明出来ない。

君の名前が著名で、手紙に地球上のH氏とだけ記せば君に届くのであればいいが。例えば月在住の男宛には立派にそう記すことが出来るような具合に。最も素晴らしいアドレスを有するのは、単に宇宙の某氏と上書きすればよい者だけである。

蛇のように賢く旅することだ、兄さん。大いに世間知を働かせて、――いつかそんな素振りを見せたように、――郵便馬車に盲の乗客［不正乗客］とか見通せる乗客が座ることがあると思わないことだ、そしてこれに類する誤った推理をしないこと。いまいましいほど至福に酔って、もぐらのまき散らした古い金貨で若干贅沢に暮らすがいい。ただ哀悼馬を道楽馬に選んではいけない。いずれにせよ、どんな十字架であれ、十字架勲章から驢馬の腰に至るまで、十分に荷を運ぶか十分に重荷となるものだ。偉いさんの世界を避けること。その跳び上がるダンスは［哀愁の］へ単調で出来ている。運命は人々がかじる太い甘草をしばしば立派な棍棒として振り上げ、人々をしたたかに殴る。新しい支配者が戴冠式で王座に上るとき、君がまさに君主の椅子の脚のすぐ横、王座の第一段に立っていて、君主がそれから君をいくばくか昇進させる、貴族の身分に、侍従とか狩猟監督官といったものにするようなことを僕は望まない。――このような君主はよくそうするもので、新しい統治では君主がまっさきに作るものは最も高貴なもの、つまり人間で、即ち侍従、貴族等々であり、その後でようやく国家とその安寧に尽力する、昔の神学者達[*1]が主張していたようなもので、彼らによると神は地球の前に天使を造ったが、それは天使がその後の地球創造の際に神を称えるようにするためであったそうである。

僕は望まない、と言った、君が若い出来立てのパンの侯爵、パンを焼き上げつつある侯爵に上述の敬意を表したり、侯爵からの名誉を受けることを――まことに王座というものは、ヴェスヴィオ火山と同じで、その周りの高地や高貴を吹き飛ばすことによってまさに一層高くなるのである。理由を挙げるとこうである。君が何らかの重要な男性的、あるいは女性的宮中の官職、いや政府の官職を得ると仮定しても、しかし立派な、とんでもなく大きな失敗の後か何らかの仕事に役立たないかぎり、安穏な生活とかかなりの年金を手にすることはないであろうからである、そうしたことの後で宮廷の人間は別離と年金を望み得るのであって、これは有罪判決を受けたソクラテス[(1)]に似ている、彼は裁判に対して同じような罰を主張しているが、それはつまり市参事会員としての終生の無料昼食というものであった。まことの無能に対していかに自分が無能であるかは君が最もよく知っていよう。——君の指尺の旅で選べるのであれば、最小のドイツの宮廷を訪ねるよりは最大のヨーロッパの宮廷を訪ね給え、ドイツの宮廷がヨーロッパの宮廷に勝るものは（長所では最も少なく）欠点だけで、これは船酔いでも（これがどんなものかは御存知であろう）湖上の方が海上よりもはるかに吐き気を催すと知られているようなものである——宮廷では粗野な言葉よりも粗野な振る舞いに救いを求め給え。この言葉が許されるのは一層難しい——宮廷人は簡単に許すけれども、しかし毒がある。——王座のこの滑りやすい山腹ではそもそもみごとに振る舞って、ここではホメロス[*2]の時代のギリシア人のように、呪いは全く小声でしなければならないと心得ること、大声での呪いは呪う本人に跳ね返ってくるからだ。——侯爵とか辺境伯、大公、国王に真実を伝えるがいい、しかしその従者達それぞれに対するよりも粗野な言い方をしてはならない、かくて自分を共和主義的作家達と区別すること、この作家達は権力者達よりもむしろ出版者達にぺこぺこするものだ——マルタの貴婦人や、領事夫人、身分の高い宮中の他の貴婦人に対しては、決してパリの麝香豚、つまり香水をかけられた獣とか、愛想の良いがさつ者であってはならず、世にも行儀の良い仕方で彼女達に対してとんでもないことをしてはならない。——僕が会った者の中で最も美しい、最も背の高い、最もほっそりした三十歳の男であり給え、——要するに真の模範であること、このことを弟としてお願いする。そもそも及第点を取ること。

　十年この方書いた手紙の中で最も長い真面目な手紙をここで終える。十時半となったからだ。それに送らなければならない。しかし一体全体、今君はどこにいるのだろう。僕らのハスラウからヴィエルスターで計れないほどもう離れているかもしれない、そして自分の身で、大旅行すると人間を剥製にし、ポリープのように裏返しにするのはどんなに容易なことか経験していることだろう、そして港や市場、民衆が僕らの前を通り過ぎるとき、あるいは同じことだが、僕らが民衆の前を通り過ぎるとき、それが何を意味しているか、――そしてその熱備蓄暖炉からまだ十マイル以上離れたことのない出不精者をあまりに軽蔑して見下さずにいることがどんなに難しいことか分かってきていることだろう、この出不精者はぼくらのような対の旅行者を判断することなど出来はしないのだ。このような人間は自分の肌で感ずればいいのだ、町出身の人々は町へ旅する人々を避けなければならないというイギリスの法[*3]は多くの世慣れた男にとって倫理的に守ることがどんなに難しいことかを。さればこのような人間は僕らを別な風に見ることだろう――道中無事を祈る、僕に従って逆らわないこと。

v・d・H

追伸。この手紙を貰ったら――そうでなければ結構――これを保存していて欲しい、これには『ホッペルポッペル』のための考えが記されている」。

＊1　『一般ドイツ文庫』九巻、八三頁。
＊2　ヘルマンの神話、第一巻。
＊3　ヒュームの雑録、第三巻。

第四十五番　猫目石

飲と食の賭け——少女

夢の背後に精霊が隠れていようと人間が隠れていようと、とヴァルトは考えた、この夢は偉大な冒険の一つに変わりない。そこで彼は客で一杯の部屋全体を越えて飛んだ。彼は我々の知っている地上を越えてロマンチックな彗星に乗っていた。大いに散財しようと思ったフリードリヒスドール［金貨］は彼の翼の金の鞘翅となった、そして彼はアルザス人の遺贈者が生き返ると仮定しても、父親からの財布に手をつけずに一ネーセルのワインを頼むことが出来た。

かくて陽気な気分で軽やかになって、彼は部屋の劇場用雑踏の中に一定の行き帰りの道を、穀物畑の中でのように造って、しばしば［装飾の多い］シュミーズ・ドレスの側を通り過ぎ、多くのグループの前で静かに立ち止まり、他人の会話の中に大胆にも微笑《ほほえ》んで聞き入った。このとき男物の手袋を買わなかった青い目の女性が部屋に入ってきた。一座の団長は皆の前でヴィーネを（彼はヤコビーネをそう縮めた）厳しく叱責した、彼女が高すぎる手袋を買ってきたからである。満足してヴァルトは心の中で彼女の商売心を、すっからかんであって、どんな金粉もその火の中に注ぐ松脂の粉［ロジン］でしかないというこのような一座の古い芝居装置のせいにして弁護した。少女は、荒っぽい座長が彼女に雷を落としている間に、公証人に極めて朗らかな視線を据えていて、最後に言った、この紳士に発言して頂き証人になって欲しい、と。彼は発言し、強く証言した。

しかし雷親父は少しも動じなかった。そのとき仮面が再び入ってきた。ヴァルトは自分の邪悪な守護神を恐れた。

仮面は彼にはほとんど注目していないように見えたが、しかしその分一層けちな座長には注目しているように見えた。最後に小声で話し合っていたが決着がついて、賭けとして監督は卓上に十ターラーの銀貨を置き、仮面も同様の額を金貨で置くことになった。

一本のワインが運ばれ、鉢一つ、スプーン一つ、それに一個の焼きたての二ペニッヒのゼンメル〔小型パン〕が運ばれた。すべての部屋の観客に賭けが公開されたが、それは仮面の紳士がスプーンで一本のワインを監督がゼンメルを平らげるよりも短い時間で飲み尽くすことを約束するというものであり、監督は、通常賭けではそうであるように、まさにその逆を賭けるというものであった。賭けは全く不平等なものに見えたので、劇場封建領主の大抵の荘民達は、かくも容易に――単にゼンメルを食べて――二枚のプロシアの金貨を、これは決して国外に持ち出してはならないものであったが、自国に持ち込むことの出来る途方もない幸運を上司に対して羨ましく思った。

すべてが始まった。仮面の紳士はワインの鉢を水平に顎に当ててこの上なくすばやく掬い始めた。

一座の大君主、雇い主はゼンメルに前代未聞のかぶりつきの一つを見せて、多分その球の半分あるいは三分の一をかみ切った――彼は半球を舌骨上で動かし、砕き、柔らかくし、つまり乾いた道、濡れた道と同時に分けなければならなかった――賭けの穴の中での奉仕の筋肉として有するものは、立ち上がり、動かなければならなかった、彼は咬筋と側頭筋とを、これらは周知のようにいつも一緒に動くが、緊張させ、それらの用意を整えた――更に内側翼突筋と外側翼突筋、二腹筋をそうした――筋肉というのはついでに最も必要な唾液腺を圧迫して、解体液と固体溶解剤を絞り取るもので、二腹筋は顎下腺を、咬筋は耳下腺を、そしてそれぞれの筋がそれぞれの腺を圧迫する。しかし屋内球技場で見られるように胃へのボールは口の中でやりとりされた。彼がそれでもってすべての十ターラーを九柱戯の柱のように胃の中へ倒そうと思っていた球は、喉の走路を全く通過しようとせず、半分になったり小さな区分になったりして軍の精鋭部隊のように残っていた。かくてしかし劇場の司令官は、仮面の紳士が絶えず何の邪魔も受けずに汲み取るのを目撃せざるを得なかったが、何とも貴重な時を失い、そして松虫草〔悪魔の食い散らし〕を苦労して折順番号に従ってあるいは配給量に従って引き渡し、呑み込んでいる間に、賭け相手の紳士はすでに三分の二をスプーンで飲み干していた。

我を忘れてフレンツェルはすべての筋肉に介入し――角舌筋と頤舌筋とで舌を鍍金し、茎突舌筋で舌を掘削した――その後舌骨と喉頭を持ち上げて、不運の球を装塡棒でするように押し下げた。解剖学上の嚥下規則で彼に欠けるものは何もなかった。

まだ三分の一ゼンメルが丸々彼の前にあった、仮面の紳士はすでに見る間に四番目の四分の一を挿入していて彼の腕はポンプ胴、あるいは彼のスプーンに見えた。

不運の男は地獄の球の第二の半球に嚙みついた――時間に関しては彼は恐るべき分割例を自らの前にあるいは自らの内に有し、無限についての長い分析となっていた――彼は嚙みながら観客を見た、しかしただ愚かな表情をして、観客の許で何も考えていなかった、そして汗をかきながらうんざりして押しつぶしていた――テーブルの上の二十ターラーを憤慨して彼は見つめ、そしてまたスプーンで飲んでいる者を交互に見つめた――話す時間はなかった、観客は彼にとっては何でもなかった――竜の惨めなピッチ弾[1]を彼は粥状にくだくことは決して出来なかった（流れていかなかった）――呑み込むことを考えることさえ許されずに、仮面の紳士がワインをあとわずかまとめて飲むのを眺めていた――

彼は多分、自分がその場で蛇になって、すべてを丸ごと呑み込めたら、あるいは頰嚢に隠し込むハムスターになったら、あるいは食べ物が鼻に上がらないようにしている甲状口蓋［軟口蓋のことか］が取り除かれたら、何という救いであろうかと感じたであろう。

ついに仮面の紳士は鉢の中のものを、スプーンに注ぎ終わった――そしてフレンツェルはゼンメルの圧縮機雷をいまだにあちこち押したり、吹き分けていた、広がった咽頭の間近にあったが、ゼンメルを開いた地獄の門へ送り込むことはさっぱり出来なかった、口内は二百ポンド以上のジャッキ力の筋肉を有すると解剖学の講義で知ってはいたのであるけれども。

仮面の紳士は終わった、最後に観客に空の鉢を見せ、監督の一杯の頰を見せて、賭け金を右手で左手へ払って収め、フレンツェル氏がこれに何か反対で、ゼンメルを食べてしまっているのであれば、ただ口を開けて欲しいと頼んだ。フレンツェルはそうしたが、しかしただ、より大きな門を通って悪魔のボール投げをして吐き出しただけであった。仮面の紳士は喜んでいるように見え、同じ賭けをまた申し出て、今度ははるかに容易なことを提案して、例えばゼンメルの代わりに単に全く小さな雌牛か山羊のチーズを、ほとんど膝蓋骨やゼンメル一切れもないほどの大きさのものを一度に口に入れ、嚥下することにし、自分は先のように飲むことにした。しかし人々は大いに彼のことに疑念を抱いて、誰も挑戦しなかった。

公証人は監督が先ほど美しいブロンドの女性をもっと穏やかに叱っていたら、彼のことを大いに気の毒がったことであろう。この女性は座って、縫い物をし、針を上げるたびに、大きな青い目をいたずらっぽくヴァルトに向けて見上げたが、彼はとうとう彼女の横に腰を下ろし、鋭く縫い物を眺めて、ひたすら上品に前口上を述べ着岸することを考えていた。彼は容易に会話の糸を長く品良く紡ぎ出すことは心得ていたが、しかし紡錘に最初の綿屑を置くことは難しかった。彼が彼女の横でいわば自分自身の魂の前、脳室の前に控えていたとき、彼女は軽やかに小さな靴を足から跳ね飛ばして、靴を乾燥用暖炉に立てかけるよう一人の紳士に頼んだ。喜んで彼自身飛んでいったことだろう。しかし彼はあまりに赤面した。女性の靴は（靴はほとんど足を意味していて）彼にとっては女性の帽子同様に神聖なもの、可愛らしいもの、独特なもので、男性に関しては（靴は何物でもなく）単に外套がその役をし、子供達に関してはそれぞれの服がそうである。

「何かおっしゃりたいのでしょう」、とヤコビーネはヴァルトに向かって言った、ヴァルトの側で彼女は舌の代わりに残りの部分を動かして、糸玉をころがしてしまい、糸を巻こうとした。彼はその幸運の玉を追いかけたが、しかし糸を体に巻き付けて、それでヤコビーネは立ち上がり、糸を紡錘から離すように彼の足から離さなければならなかった。彼女がかがみ、彼がかがみ、そして彼女の便箋のように白い肌はそれで赤くなり――彼女は健康でなく、その証明のためには舞台の外や舞台上では赤いインクで修正されていた、――そして彼はその赤みの女性に燃える炎で応えたので、そして両者は互いに近付き、話はどうしようもなく混乱したので、こうして実際のグループ化によって、知り合うためには、彼が三ヵ月座って、前奏曲や就任演説を考える場合よりももっと良く片付けられ果たされた。彼は糸玉というアリアドネの糸に依って話の糸口という迷路をすでに通り抜けたので、彼は明るく尋ねることが出来た。「あなたの主な役は」――「私は罪のないうぶな娘役をすべて演じているわ」と彼女は答えた、その目の輝きはその役を証明しているように見えた。

彼女に本当に喜んでもらうために、彼は出来るだけ詳しく俳優役について触れ、黙って縫っている女性に熱心にもっともらしい話をした。「台本作家のようにあなたの話は退屈だわ」と彼女は言った――「あるいは台本作家の一人ではないの。お名前は」――彼は名前を告げた。「私はヤコビーネ・パムゼンよ、フレンツェル氏は継父。何処にいらっしゃるつもり、ハルニッシュさん」。彼は答えた。「多分ローゼンホーフへ」。――「素敵」と彼女は言った。「明日の夕方はそこでお芝居よ」。そこで彼女はその町一帯の素晴らしさを描いた。「一帯はとても立派よ」。――「それで」とヴァルトは尋ねて、風景のささやかな見本帳、生産物見本帳、当地の立木の薄い葉脈の骨子といったものを期待した。「あら――どうなさったの」とパムゼンは言った、「一帯は、言っておきますが、目にするものの中で最も立派な所よ。自分で御覧なさい」。

そのとき屈託なく仮面の紳士が入ってきて、決めつけるように言った。「ザルツブルクのベルヒトルスガーデン近郊に似たような一帯があります、それにスイスにはもっと素敵な所があります。しかしベルヒトルスガーデンには工芸品の爪楊枝がありますぞ」、そしてチョッキから握りの部分がきれいに犬のスピッツを象ってある楊枝を取り出した。

「物見に出掛けられるのでしたら」と彼は続けた、湯治場の聖リューネがましかもしれません、そこには現在三つの宮廷(2)が逗留しています、当地を有するフラクセンフィンゲンの宮廷人すべてと、それにシェーラウとペスティッツの宮廷で、まことに湯治客が流れ込んでいます。明日私自身そこへ旅します」。

公証人は力なくお辞儀した。運命はこの晩ずっと彼が驚くように定めていたからである。「全能なる神よ」と彼は自分の中で考えた、「これは弟の手紙通りではないか」。彼は立ち上がった――「ヤコビーネは十フローレンス金貨［ターラーの間違い］儲けた仮面の紳士を嫌ってつとに裁縫具を手に去っていた」――そして明かりの下で手紙の箇所をまた読んだ。「僕は翌朝君の守護神と顔無しとが君の前を二つの別々の道に飛んで君を誘うのを見た。君はしかし守護神に従って、聖リューネではなく、ローゼンホーフへ向かった」――彼は今や、仮面は自分の邪悪な守護神であるが、ヤコビーネ・パムゼンは、多くのことから判断するに、自分の最良の守護神であると確信した、彼女が外に出ていないことを切に願った。

彼はすでに前もってローゼンホーフに弟と夢とに従って向かうことを心に決めていたけれども、というのはホメロス、ヘロドトス、それにギリシアのすべてから、より高い合図、雲からの人差し指に対して生意気な恣意で立ち向かい、それに対して人間の手を挙げることへの聖なる恐れというものを知っていたからであるが、率直に従うという彼の決心は今や仮面の男の厚かましさとヤコビーネの影響、それに網によって新たに強化された、この網には人間と小鳥はその色のせいで捕らえられてしまうのであるが、それはこの網が大地と希望の一般的な色、つまり緑色で塗られているからである。

彼は自分の寝室の敷居をまたごうとしていたとき、ヤコビーネを見たが、彼女はただ明かりを持って自分の敷居の所にいただけであった。夜の閂を下ろしたら邪推によって人間性に背くのではないかと寝室の中で長く考えた。しかし仮面の男が思い浮かんだ、それで彼は閂を下ろした。夢では小声で名前を呼ばれたかのような気がした。「誰だい」と彼は叫んだ。誰も語らなかった。ただ最も明るい月光が枕元にあった。彼の夢は混乱した。仮面が釣り竿で彼を熱い硫黄の床に投げつけても、そのたびにヤコビーネが再三彼を薔薇色の海へ放った。

第四十六番　透明柘榴石

新鮮な一日

早朝に一座は、小部隊同様に、騒がしくテントをたたみ、陣営から出発した。御者達は夜の藁を体から払い落とした。馬はいななき、地面を引っ掻いた。人生と朝の新鮮さのため未来の一面の野原には朝露が輝いていた、そしてこのような野原に旅立つことはやり甲斐のあることだと人々は思った。物音と努力の様はロマンチックな心を活気づける。あたかもまさしく散文の国から詩人の国へ騎行していき、太陽が金色に染める七時には到着するかのようであった。ヴァルトの前に誰よりも青白いヤコビーネが青ざめた霊のように座ったとき、彼は夕方の夢の中へ入っていった、その夢の中でこの白い霊に再び会って、青白さのことを尋ねてみたのであった。彼は魂の化粧の方を、頰の化粧よりも、つまり盛りの乙女らしい春の紅潮の代わりの落下していく葉のこの赤い秋の色を容易に察したからである。白い化粧となると学者どもは察するのが更に難しくなるか、全く出来ない、一体その化粧がどこで始まるのか分からないからである、と彼らは言う。

仮面は乗って、脇の聖リューネの方へ向かった。ゴットヴァルトはヨーディッツへの道を取れば、彼がそこで昼食を摂るであろうという予告された夢はすでに半ば実現すると分かっていた。――彼はそこでその道を選んだ。二日目の旅の日は自然からそのまばゆい輝きを奪うからであれ、予告されたローゼンホーフとその恵みへの落ち着かない彼の視線が、絵画同様にただ静かな目にのみ映る自然の秘かな緑を追い払ったからであれ、要するに彼は昨日の瞑想的な朝の代わりに今や勤勉な活動的朝を見いだした。彼はめったに腰を下ろさず、自分の日々のトップの司令官として飛び、立ち、歩いた。草原で食《は》んでいるドン・キホーテの［馬の］ロシナンテに出会っていたら、彼は鞍のない背に自由に飛び乗って（彼は自らが鞍であったろう）ロマンチックな世界へ騎乗して、［思い姫、百姓女の］トボソのドルシネアの玄関前まで行ったことであろう。彼は行きずりに、盛んに刻んでいる搾油所を見て、中に入った。巨大な機械は彼には生きているように思われた、切りつけている鼻、止まらない杭での搗き砕きは世にも稀な力と霊とによって動かされ、持ち上げられていた。

澄んだ青空の中を絶えざる嵐がうなっていた——自らが風奏琴となっていた。——しかしこのような目に見えぬ音色の力の他に遠く魔法の国、未来の国に吹き込むものはなかった。霊達が嵐の中を飛んだ。大地の森と山はこの世ならぬものによって揺すられ、動かされていた。——外部の世界は、内部の世界同様に動きやすいものに見えた。至る所岩の上に騎士の館が——庭園には離宮が——小さな葡萄畑には白い小さな家が——時折こちらには赤く輝く煉瓦工場が、あちらには製粉所、製紙工場のスレート屋根があった——これらすべての屋根の下には極めて珍しい父親や娘や出来事が暮らしていて、そこから出てきて公証人の所に向かってくる可能性があった。彼はそのことを恐れることなく期待した。

二つ目の道が彼の道を十字に、この魔女達のアンドレアスの十字架たる様に分断したとき、深い伝説が慄然と子供時代から吹き寄せてきた。四つの世界の角の焦点に彼は立っていた、地上の最も遠くの営み、人生の右往左往を彼は風の吹きつける場所で包み込んでいた。そのとき彼はヨーディッツを目にした、ヴルトの夢によればそこで彼は食べることになっていた。しかしそこはとうの昔に見たことがあるような気がした。村を迂回する河、村を横切る小川、川沿いの急な斜面の森の山、白樺の並ぶ囲い、すべてが彼には昔の絵の一つの古里であった。ひょっとしたら昔夢の神が彼の前に似たような小村を夢の空中に築いて、漂わせたのかもしれない[*1]。彼はそのことは考えずに、冒険や自然のことを考えていた、自然は好んで石の形、雲の形の類似、双生児達と戯れるものである。

ヨーディッツの旅館では何ら驚かされることのないことにまたしても驚かされた。ただ女主人だけが家にいて、彼は最初の客であった。後になってようやく活気が出てきた、四頭の売り物の子豚と一匹の犬を連れたボヘミア人が着いたのであった。しかしこの男が、いつまでも売れそうにないこれらの動物よりは四つの群を追い立て、売りたいものだと泣き言を言ったので、ヴァルトは自分の陽当たりの良い夏の面を冬の面に変えたくなくて、携帯用食事を持って出ていった。

とある岩の多い静かな森に達した、そして道からそれて、長いことますます狭くなる峡谷に入って行き、いわゆる静寂の地に着いた、この地のことを彼は日記に次のように書いている。

「岩々が互いに迫ってきている、そしてその先端部分が触れ合おうとしている。その上の樹々は実際腕を絡ませている。緑と上の部分の幾らかの青の他には色彩はない。小鳥は歌い、巣を作り、跳ねているが、僕の他に地面で邪魔する者はいない。冷気と泉とがここでは漂っていて、風はそよともしない。永遠の小暗い朝が見られ、森の花はどれも湿っている、朝の露は夕方まで保つのであろう。かくも秘かにこの緑の静物画は造られ、かくも安全に囲まれている、そして若干の陽光を通す他は神の創造との絆はない、陽光は昼間この静寂の地を全能の天と結ぶものである。まさにこの深みが高み同様に人気がないことは奇妙である。モンブランではソシュール(1)は一匹の蝶と一匹の蛾を見つけただけであり、このことは非常に面白い。――仕舞いには僕自身この地同様に静かになって、眠り込んだ。魔法の夢が次々に僕に翼を付けて、翼は直にまた大きな花弁となって、僕はその上に横になって揺れた。最後に僕はフルートで名前を呼ばれ、弟が僕のベッドのすぐ傍らに立っているかのような気がした。僕は目を開けた、しかしほとんど確かにまだフルートの音は聞こえた。僕は自分が何処にいるのかさっぱり分からなかった。樹の梢が赤く輝いているのが見えた。やっとヨーディッツからの旅立ちを思い出して、ここで一晩過ごして、ローゼンホーフでの予告された夜を寝過ごしたのではと愕然とした。赤い輝きを朝焼けと思ったからである。露の森を突き進んでいって、街路へ出た――きらびやかな朝の国が僕の前で燃える翼を広げ、僕の心をこの上なく快活な国へ引きさらっていった。遠くの松林は先の方が黄紅色に縁取られていた、勿論ただ有害な松食虫のせいであった。太陽の位置は、季節からみて朝の五時四十五分と思われたが、実際は夕方の六時十五分であった。しかし僕はリンデンの町の山並みが赤く向かい側の太陽の陽射しを浴びているのを見ていた、太陽は朝ならば東側の位置ということから山並みの上にあるはずであった。

僕は混乱していた、太陽は昇るというよりは沈んでいったけれども、そのとき一人の若い痩せた画家が鋭く美しい顔の骨格をして、長い脚と歩幅とで、それに最も大きなプロシアの帽子の一つを被って僕の前を通り過ぎようとした、手には画家用の袋を持っていた。『お早うございます』と僕は言った、『これはローゼンホーフへの道ですか、どれほどの距離でしょう』。――『丘を越えたらすぐ向こうにあります、十五分でまだ日没前に着くでしょう、渡し船に間に合えば』。彼は先に述べた足取りで去った、僕は言った。『有り難う、お休みなさい』。僕にはしかし世界が逆転したかのような、大きな影が生命の太陽の炎の上に懸かったかのような衝撃を感じた、朝を夕方にしなければならなかったのだから」。このように彼の日記は続いた。

このとき公証人は立ち止まって、向き直った、背後では長い平野を見知らぬ山々が閉じ込めていた。彼の前には山々が、雷を落とす爆発砲材のように、角があり、裂けて丘の背後で天に向かっていた、そして巨人のような山々は高い樅の木をただやすやすと運んでいた。遍歴の風景画家は、丘の上に腰を下ろしているのが見えたが、その方向から判断すると、隠れている町ローゼンホーフを画用紙に写しているように見えた。やっとある程度、とヴァルトは考えた、町がどんな位置にあって、どんなに神々しく素晴らしいかが分かる、才能ある風景画家がそれを前にして、ただこの町だけを描いているのだから、背後の風景も承知の上だろう、この風景は、町の風景を知らない余所者にまさしく夕方の光輝と景観とで迫っている、と。

彼は上の眺望の所まで来ると、画家に立地点、座席点の横に静かに立って、風景を一望した後、叫んだ。「これは描く価値がある」。――「私はスケッチしているだけです」、と目を上げずに、かがんだ画家は言った。ヴァルトは立ち止まっていた、そして彼の視線は足許の幅の広いロザナ河から上の岸辺と山沿いの町へ移り、町の上の森林のある二つの岩壁に上り、そして渡し船へと落ちた、渡し船は、人間と馬車を満載して綱の間を、新しい乗客の沢山待つこちらの岸辺へ滑ってきた、そして彼の視線は最後に河へと下っていったが、河は長く夕陽を反射しながら、五つの緑色の明るい島々の間を燃えるように押し進んでいた。

渡し船は着いて、新しい乗客と馬車とが乗り込み、しばらく待っていたが、それは彼を待っているように思われた。彼は急いで下り、船に飛び乗った。しかしそれはもっと重い荷を待っていた。彼は三本のこちらへ通じる道を眺めた。最後に、夕方の光の中、四頭立ての優美な旅行馬車が、長い埃の雲を引きずりながらこちらに進んでくるのに彼は気付いた。

公証人は喜ばざるを得なかったが、すでに御者の荷車が馬と共に船に乗り込んでいるのに、旅行馬車がその客人達と共に、乞食や使者、散歩者、犬、子供達、遍歴の職人、二番狩りの干し草の女達の会議ですでに一杯である船を更に混み合った多彩なものにしたからである、その上船には更に彼が途中で出会ったチロル人、産科医、乞食の男がいた。渡し船は彼には浮かぶ圧縮された市場、二つの直線の綱の間の気位の高い戦闘艦、彼の魂が二つの結婚指輪を投げる、一つは海の流れの中に、一つは輝く夕方の天へ投げるブチントーロ(2)であった。彼は半ば、渡河が他人に何ら害をもたらさない若干の危険によって一層活気づくことを願っていた。

立派な美丈夫が、着いた馬車から、この馬車が狭い船に押し込まれ、然るべく詰め込まれる前に下りて来た。「馬は安心ならん」と紳士は言った。ヴァルトはほとんど何の丁重さも見せずに喜んで彼に飛びついた、ザブロッキー将軍を目の前にしたからである。将軍は、旅でのこうした巡り合いにたびたび慣れていて、彼のエロチックな写字係にここで遭遇したことに静かな満足を見せた。長い郵便馬車の列がようやく馬車もろとも渡し船によろめきながら入り、ヴァルトは震えながらザブロッキーの美しい娘がその中に座っているのを見た、彼女は目を五つの島に据えていた、島には陽光が薔薇色の炎を溢れさせていた。彼の心は穏やかに彼の天の中で燃えた、太陽がその天の中で燃えるように、そして至福の思いで昇り、至福の思いで沈んだ。すでにただの顔見知りでも見知らぬ土地では彼には兄弟のように思えるのであった。しかし静かな愛する人の姿となると――これは彼に空想のどんな夢も予告したことのない魂の瞬間を与えた。

彼は馬車の扉の東側に立っていて、そこに何のためらいもなくいることが許された、渡し船では皆一箇所に立ち止まっていて、ずっと眺めている必要があったからである（彼は馬車の方へ向きを変えていた）、彼はしばしば目を伏せた、彼女が彼女の目を向けたとき彼の目が邪魔となるかもしれないと恐れてであった、彼女は陽がまぶしくて最初はほとんど何も見えないであろうと彼は知っていたけれども。彼は彼女が自分を多分これまで目にしたことがなかったということを忘れていた。素晴らしく壮麗な太陽の方、五つの薔薇色の島の方を彼は見なかった、彼は静かな乙女と黄金の島々に休らっている彼女の黙した夕方の夢とを眺めながら、彼女がもっと幸せでありますように、そして天上的に、その後更に素晴らしいことになりますようにと幾千も祈ることによって景色を享受し、汲み尽くした。

遠く夢想に耽っていた彼には、ロザナ河が流れ、渡し船が進み、波が音を立てているかのように、そして水平に流入してくる夕方の太陽が犬や人間を青春の色彩で覆い、どんな乞食も乞食杖も金色に輝かせ、同様にまた高齢者の銀色の髪も黄金に染めているかのように思われた。しかし彼は格別これらには注意を向けなかった。というのは太陽はヴィーナをうっとりと祈るように飾っていて、頬の薔薇色は天の薔薇で飾っていたからである。——渡し船は彼にとって音色の上で揺れる人生の共鳴板、夕陽の中を進む東洋の国、岸辺のタルタロス［冥府の底］までエリュシオンを運ぶカロンの小舟であった。ヴァルトは人が変わって、他人のように、この世ならぬ者のように見えた、ヴィーナの神々しさが彼に反映していたからである。

一人の不具者が彼の近くで何か自分の窮状を訴えようとした、しかし彼は理解せず、人間がこのような夕方至福の思いでいないことを悩んだ、これまで悲しみに沈んでいた乙女が快活になって、さながら太陽を愛する温かい姉妹の手のように心に抱いている夕方というのに、彼女の心はこれまでしばしば多くの冷たく暗い時に辛い思いで鼓動していたというのに、と。

「この夕方が終わらなければいい」とヴァルトは願った、「ロザナ河の幅が尽きなければいい、あるいは少なくとも流れに沿ってずっとずっと進んでいって、海に漂い、そこで太陽と共に沈めばいい」。

まさにこのとき河の上の太陽は沈んだ。ゆっくりとヴィーナは目を転じて地上に向け、その目はたまたま公証人に落ちた。彼は崇拝のこめられた挨拶を遅れて馬車の中へ投げかけようとした、しかし渡し船は激しく岸から揺り戻され、彼が組み立てていた心ばかりのことを砕いた。

　馬車は用心深く陸に上がった。ヴァルトはおよそ四グロッシェンの船賃を与えた。「後は誰の分で」と船員達は尋ねた。「誰でも欲しい人に」とヴァルトは答えた。すると尋ねることも支払うこともしないで多すぎるほどの者達が陸に飛び上がった。将軍は歩いて美しい庭園の町へ行こうとした、ヴァルトは彼の横にいた。将軍は昨日喜劇役者達に会わなかったか尋ねた。彼らは今晩ローゼンホーフで演ずるとヴァルトは知らせた。「結構」とザブロツキーは言った――「夕方は柘榴館の私の所で食べるといい――泊まる予定なのでは――明日は団体で素晴らしい巌の群全体を見物することになっている、町の上の向こうに見えているあれだ」。

　運命のこの贈り物に対する恍惚をヴァルトは日記に簡潔に次のように記している。「どんなにそのことを喜んで彼の前で語ったか、弟よ、君なら今の僕よりもよく分かるかもしれない」。

＊1　同じような地形の二つ目のヨーディッツがある――原著者の少年時代の村である、――しかしハスラウにではなく、フォークトラントにであって、ここへはきっと公証人は行ったことがないであろう。

第四十七番　チタン

空想の［孤独な］カルトゥジオ修道院――洒落

夕方ザブロツキー将軍と一緒に、彼の娘の乗る馬車の後を薔薇の茂みの庭園の間を通って美しい町ローゼンホーフへ向かうこと——何の心配もなく夕食のことを様々に思い描いて——町の上の美しい炊事の煙をまさしく、ヴァルトの手紙の中で善良な守護神が町を覆うときの魔法の雲と見なして——快適で清潔な広い路地から、あるいは人生の軽やかで移ろいやすい遊戯と目標からいつでも真っ直ぐに外の郊外の上にそびえている暗い山々の頂きを見上げることほどに心躍ることはないであろう、頂きは間近にあってその冷たい高みから家々や塔を見下ろしていた。とりわけ公証人は柘榴館のある青々とした路地に夢中になった。「私にはあたかも」と彼は感激して話好きになって将軍に言った、「多くの樹があって町が見通せないようなエウボエアのカルキス[*1]を行くかのような、あるいは他のギリシアの町を行くかのような気がします。ここほど町と田舎の絶妙な組み合わせがあるところが他にありましょうか、閣下。ここではいつか、モンペリエ同様に、皆が薔薇の中で薔薇によって暮らすことになると考えることは甘美なものではないでしょうか、今はただ茨しかみえませんが、将軍殿」。

　この言葉を聞いていなかった将軍は、彼の御者に無遠慮な悪態を放った、御者が馬車をほとんどフレンツェル一座の馬車に合体させたからである。ヴァルトは、これが俳優達であると言った、そして亭主から立派な部屋を要求したが、これは容易に叶えられた、彼は将軍の秘書と見なされたからであるが、実際エロチックな回想の点ではこれは正しいことでもあった。彼は案内されると、早速豪華な部屋の豪華さに圧倒され、自分の幸運に感動した、この感動は、乞食の杖を、その上に自分の帽子を掛けたが、鏡台に立てかけたとき募った。彼はしかしこの上ない快適な魂の休養の時にはあちこち歩き、いつものより馴染み深い壁紙の代わりの化粧壁紙——三つの鏡——真鍮の外観の箪笥の留め金——窓のブラインド——それに従者の呼び鈴まで見つけたので、それで彼はこれを生まれてはじめて鳴らし、早速主人となってみて、一本のワインを持って来させて、歩きながら甘美に沸き上がる現在を啜り尽くして、どこかの吟遊詩人が楽しんだような一夕をそもそも体験しようとした。「吟遊詩人達は」と彼は飲みながら自らに言った、「しばしば宮廷の金箔の部屋に泊まった——その前日は苔の小屋、藁の小屋だったかもしれない——音楽同様に彼らは高く厚い壁をも通り抜けていく——それからその中では最も美しい貴族の婦人を率直な愛のために選び、そしてペトラルカ同様にこの婦人に永遠の詩と忠誠を誓っても決して自ら求めることはない習慣であった」——と付け加え、そして将軍の——壁を見た。

　ザブロッキーの部屋は二回門を下ろされた壁の扉、通過の扉によって彼の部屋とは遮断されて結合されていた。彼は歩きながら——というのは立ち止まって聞き耳を立てるのは不正であると考えたので——荷を開けて、父親の従者に対する激しい言葉のすべてと、ヴィーナが、風奏琴が暴風をそうするようにその場でそれを翻訳する甘美な響きを容易に聞き取ることが出来た。下の広い客間ではヤコビーネに再び、はるかに親しくなって会えるであろうと期待したけれども、近くの尼僧ヴィーナの横で壁の隣人として行ったり来たりして、彼女のことを絶えず思い浮かべること、とりわけ大きな陰のある目と優しさ、声、そして彼女の隣での夕食を思い浮かべることをもっと幸せであると考えた。

　彼は最後に、将軍が芝居を見に行くと言うのを、そしてヴィーナが残る許しを請うて、その後侍女に——あのやくざな歌姫のルーツィエに——この小都市を散策する許しを与えるのを耳にした。それからはすべてが静かになった。彼は窓から彼女の窓を覗いた。ヴィーナの窓の両開き戸は（それは路地に面していた）開けられていて、部屋には明かりが一つ、旅館の看板には動く人影があった。それ以上は何も見えなかったので、彼は再び頭を部屋の中へ戻した、部屋の中では彼は——歩きつつ、飲みつつ、詩作しつつ——薔薇の砂糖漬けから焼き上げた砂糖菓子を、いや砂糖島を次々にパン焼き窯から注意深くすくい上げた。——「なんと幸せなことか」と彼は考えて、化粧壁紙に慈善箱がねじで留められていないか調べた、見知らぬ嘆きの声のこの声門に出来るだけ金を入れることを彼は旅館では忘れることがなかったからである。しかし部屋は慈善のためにはあまりに小綺麗であった。

　はなはだ暗くなった。早い秋の月がすでに山並みの頂きに半分の銀色の天冠として昇っていた。給仕が明かりを持って来た、ヴァルトは言った。「明かりはいらない、将軍殿の許で食事をすることになる」。彼は部屋一杯に月の光を受けたかったのである。窓の壁ではそうしてやっと以前の客の一つ、二つの旅の箴言が照らし出された。彼は壁のすべてを読みとった、若々しい箴言に満足を覚えないわけにいかなかった、これらの箴言はすべて愛と友情と地上への軽視を鉛筆で称えていたのである。——「僕は皆と同様によく承知している」、——と彼は日記に書いた、

「全く許されないことではないけれども、他人の部屋の壁に書きつけることは滑稽なことであると、にもかかわらず、先人は後人を、先人もまたここにいて、一人の未知な人間の軽い痕跡を一人の未知な者に対して残すというやり方ではなはだ喜ばせてくれる。勿論何人かはただ名前と年号だけを記している。しかし好意的な人間にとっては虚ろな名前も好ましい、名前がなければ、旅立って消えた形姿は把握されたものというよりはただの概念に留まってしまうし、人間というよりは空気のような、ほとんど透明な人類となってしまう。どうして虚ろな名前よりも虚ろな概念を好み、それを大目に見るということがあり得ようか。――ある人が単にJ・P・F・R・ヴンジーデル生まれ、一七九三年三月[1]と書こうが――あるいは別な男がA何嬢、B何嬢、C何嬢、J何嬢万歳と書こうが――あるいはフランス語、ギリシア語、ラテン語、それにヘブライ語を書こうが、少しも悪いこととは思わない。――いやしばしば次のような貴重な箴言も見られる。『自然の空の中では我々はいつも中心にいると思う。しかし内部の空に関しては我々はいつも地平線にいる、嬉しいときには東の地平線に、悲しいときには西の地平線にいると思う』」。彼は最後には自らヴィーナとヴァルトの名前を日付と共に祈念帳に敢えてこう記した。W－W　一七九某年九月。彼は再び月に照らされた路地の方をヴィーナを求めて覗き、三本の突き出された指と白い帽子の先端を少しばかり目に留めた。こうしながら、この光景によって生存し、夢見ることが出来た。彼は部屋の長い月光の中をいわば陽光の塵のように漂い戯れた、彼は三本の指からその物静かな娘を描き上げた。夕食の際に現在となる決して涸れることのない未来から汲み上げた。歓喜が深紅の蝶となって彼の後を舞った、そして照らされた部屋の床板は蝶を誘う花の花壇となった――――四十五分間彼は衷心から、このように数ヵ月あちこち歩きながら、ヴィーナのことを、そして食事のことを考えていたいと願った。

　しかし人間は最大の歓喜の杯を飲むと更に大きな杯を欲し、最後には樽を望むようになる。ヴァルトは、自分は父親の招待に従って一人っきりのヴィーナの許に自ら現れても無作法ではないと考え始めた。彼は十分に驚き――恥ずかしさと喜びとで赤くなり――もっと秘かにあちこち歩き――今度はヴィーナもまた行ったり来たりする音を耳にして――その計画にますます多くの根と花とを同時に育てて――一時間の闘争と熱気の後、大胆に出現し、このことを幾重にも丁重に詫びることは断固たるものに決定された。そのとき彼は将軍が来て自分が呼ばれるのを耳にした。彼は、手に帽子を掛けた杖を持って壁の扉の閂を開けた。「この扉が閉まっているからな」と将軍は叫んだ、彼は、失策の感じを残しながら、はじめて自分の壁の扉から他人の壁の扉を通って入って行った。

夢によって花咲きながら彼は明るい部屋に入っていった。半ば眩惑されて彼は白いほっそりとしたヴィーナが軽やかな白い帽子を被って花の女神のように立派なバッカスの横に立っているのを見た。

バッカスはどのような表情にも快活な炎を浮かべていた。娘は彼の喜びを喜んで絶えず彼を眺めていた。従僕達は翼に乗って食事を運んでこなければならなかった。公証人は彼の翼の上で揺れていた、この魔術的部屋の輝きの中へと漂い、五月の蝶の重さもないほどで、このように軽く天上的に現在と人生とは彼の前でひらひらと舞っていた。

彼は自分で考えていたよりもはるかに多くの世間知と軽快さを備えて小さな食卓に着いた。絶えざる会話と娯楽を欲していた将軍はヴァルトに何かを、何か気の利いたことを語るよう強いた。何か感動的なことであればもっと楽に持ち駒があったであろう。しかし考えて見ましょうと彼は言った。何も思い浮かばなかった。思いのままに思い出すことほど難しいものはないであろう。思いのままに明察や洞察、空想を語ることは思い出よりもはるかに易しい、殊にすべての脳の丘の上で最も嬉しい炎が燃えているときはそうである。三千もの決定的洒落を、それが他人によって話されるのを聞くときには、すでに読んだことがあるのに気付いたけれども、しかし彼が自ら最初に思い出すことはなかった、そして後で第二報告者に対して恥ずかしく思った。大いに恥じる必要はないのであろうが、というのは他人の機知のこのような報告者、社交のこのような郵便船は大抵平板な頭脳を有していて、その三和土《たたき》には貯蔵して乾燥させるような花は決して育たないからである。

「まだ考えております」とヴァルトはザブロツキーの視線に対して、不安になって答えた、そして神に若干の冗談を懇願した。まだ自分が実はただ沈思とその重要性について考えているにすぎないと分かっていたからである。娘は父親に瓶を渡した、瓶はただ彼だけが、彼の手紙はしかし彼女が——開けるのであった。「これを飲んでみて四十八年物と思いますか、それとも八十三年物と思いますか」と将軍はヴァルトにグラスを差し出しながら尋ねた。彼は心して舌で味わい、探るように天井を見上げようとした。「このワインは多分」と彼は答えた、「私が先ほど若い四十八年物と思ったワインよりもその半分だけ古いように思われます。――そうです」（と彼は決然として付け加え、グラスを覗いた）「これはきっと素晴らしい八十三年経ったものでしょう」。ザブロッキーは微笑んだ、自分が立派に更に伝えることの出来る逸話を、聞く代わりに、体験することになったからである。

将軍は話しかけて静かに心の中で洒落に食いつこうとしている彼を救い出そうとした。「何故ローゼンホーフへ来たのか」と。ヴァルトは示すに足る正しい理由を挙げることが出来なかった――この理由は白い帽子を被って彼の向かい側に座っていたけれども――自然と旅心の他には。しかしこれらは仕事ではなかったので、ザブロッキーは彼を解せず、彼が何かの山に隠れている、それを探り当てて見たいと思っていた。ヴァルトは彼の詩的翼から得がたい山々や谷間、木々をテーブル・クロスに振りまいた。これらは彼がその至福の途次飛び抜けてきたというよりは積み上げたものであった。ザブロッキーはヴァルトが委曲を尽くして描いた後言った。「さあ、食って、さもないとわしは食わんぞ」。ヴィーナは――というのはこの女性に彼はかの愛情のこもった怒りの調子で話しかけたのであったが、これは娘に対する父親の怒りというよりは妻に対する怒りというものであったからである――びっくりして大きな塊の鷸《しぎ》を、父の大好物を取って、ザブロッキーよりも丁寧に皿を、当惑している公証人へ渡して、二、三百もの困惑を取り除こうとした。ヴァルトは自分の描くような生き生きとした、ほとんど口ずからの自然のこのような口頭での生彩ある描写を聞きながら、何故糞の詰まった鷸ごときが若干のセンセーションを引き起こすことが出来るのかさっぱり理解出来なかった。ヴァルトのような詩的性分の者は、北国では――というのは宮廷とか偉いさんの世界は精神の生来の北国であり、同時に肉体の生来の赤道であるからで――シベリアでの象の牙に他ならない、これは象が凍えてしまう土地なのに何故か棄てられているものである。

取り入るような声で再びザブロッキーはまだ何も思い浮かばないか彼に尋ねた。そしてヴィーナが彼を赤い琥珀織りの帽子の裏地による夕焼けの下、愛らしい目でうなずきながら、懇願するように彼を見たので、いつも思いつく三つの洒落がようやく思い浮かんでこなかったとしたら、彼は大いに困ったことであろう、そしてまた再び、破滅した男となってすべてを忘れそうにもなった、子供らしく懇願する目が――上品な空想、回想、魂の中で余りに多くの席を――つまりすべての席を奪ったからである。

「ある難聴の大臣が」――と彼は始めた――「ある侯爵の食卓で耳にしました」……「何という名前で、何処なのかい」とザブロッキーは尋ねた。彼は知らなかった。しかし公証人は自分に思い浮かんだ数少ない物語に、地盤や誕生日、出生証明書を与えることが出来なかったので――捏造するつもりはなかった――それで、彼がいかにさえない物語作家として登場したか、いかに法螺吹きの物語のアドリブ作家に見えたか、まず皆の衆に証明する必要はないであろう。「ある難聴の大臣がある侯爵の食卓である侯爵夫人が滑稽な逸話を語るのを耳にし、それについて一座の者と一緒に大いに笑いました、一言もその逸話は聞き取れなかったけれどもです。そして今度は自分が同じような滑稽な話をすると約束しました。そして皆が驚いたことに、今語られた話を新しい話として開陳したのです」。

将軍は、それで急に話が終わるとは思わなかったけれども、それでお仕舞いと聞いたので、遅れて「面白い」と言って、しかし二分後にようやく高笑いした、秘かに心の中でその逸話をもう一度、しかしもっと入念に語るためにはまさにそれだけかかったからである。人間は先端のぴかぴかの落ちが余りに強烈に自分の横隔膜の敷居に当たることを好まない。卑俗な逸話は、それがただ最初大いに退屈に話されたとき、その出口のところで快活に人の心を捉える。物語は長さを欲し、意見は短さを欲する。ヴァルトはあるオランダ人についての二番目の匿名の話を始め、進めていった、この男は、海への素晴らしい眺望のせいで、別荘を、周囲の皆と同様に持ちたいと思っていた、しかし必要な金がなかった。しかしこの男は風景をはなはだ愛していたので、どのような困難にも打ち勝とうとして、海に面して所有しているある丘の上で短い壁の塀を立てさせ、その中に窓を取り付けさせた、この窓から覗きさえすれば、別荘を有する他の隣人同様に開けた海を目の前に楽しむことが出来るのであった。

ヴィーナでさえもが赤い琥珀織りの影の下で明るく微笑んだ。これまでよりももっと優美に三番目の逸話を語った。

ある早朝説教師が、彼の喉頭は祭壇での詩文よりも説教壇での散文にむいていたけれども、祭壇で「天にまします神に栄あれ」を歌わなければならない職務に昇進した。彼は大いに歌のレッスンをした。ようやく二週間の歌の特訓の後、その詩を喉でマスターしたと自負できるようになった。町の大半の市民が早くから教会に行って、その努力を傾聴しようとした。大いに自信を持って彼は祭具室から（というのはそこで楽長に今一度小声で復唱を聞いて貰っていたからである）出てきて、落ち着いて祭壇に登った。この逸話の語り手は皆一致して、彼がみごとに始め、十分上手にコラールに合わせたということを認めている。しかしそのとき彼を破滅させたことに教会の外に郵便馬車の御者が迷い込んで来て、郵便馬車のラッパを教会の歌の中に吹き込んだ。――そのラッパは説教師を元の歌の軌道から新しい軌道へと誘って、彼は真面目な歌を祭壇の最中で通り過ぎていくラッパの小品に合わせて陽気な具合に歌い上げざるを得なくなった。

将軍は非常に公証人を褒めて、快活に部屋から出ていった。しかし戻って来なかった。

＊1　パウサニアス『ギリシア案内』。

第四十八番　放射状黄鉄鉱

ローゼンホーフの夜

ヤコビーネも将軍もかつてそのこと――つまり両者の関係を秘密にしたことはない。――従って両者の親族が、放射状黄鉄鉱の章でザブロツキーは少しばかり最寄りの庭園に散歩に行って、そして女優のヤコビーネは偶然というよりはヨハンナ・フォン・モンフォコーン(1)の役から一息つきたいという立派な意図を持って同じく散歩に出掛けたと単に冷たく『生意気盛り』の著者が語っているからといって著者に対して何か法律に訴えてもその資格はない。更に立派な親族の方々から例えば次のような一般的文章を攻撃されるいわれはどんな著者達よりも少ないと考える、つまり女性の劇場での月桂樹は逆にダフネに変身していくのがはるかに易しい――それとか、女優は難しい悲劇的な美徳の役割の後では最も上手に自らのイタリア座や自らのパロディーとなるとかで――最も攻撃されることのない文章は、軍は、戦時であれ平和時であれ、ギリシアの家具に似て、大抵サチュロスの脚の上に立っているというもので――最後に次の文章もそうである、つまり劇の一座が戦の部隊に対するほどに、あるいはその逆であれ、互いに求め、似ていると思うものはないであろう（それ故すでに戦争の舞台、舞台の戦争、所作〔戦闘〕、政治劇〔国家的事件〕、一座〔部隊〕という言葉があるのである）。

従って私は、両人は散歩に出掛けたと記した後で、両人同様に静かに邪魔されずに、そう願いたいが、進めていく。

ヴァルトの顔は父親の不在で薔薇色となった。ヴィーナは両目を、それは甘い果実のように瞼の広い葉の下に隠されていたが、帽子の下で自分の編み物に注いでいた、編み物は長い子供の手袋を仕上げていた。公証人は彼女が自分を手紙を渡した本人として嫌い始めるのではないかという恐れに再び襲われた。彼は彼女を頻繁に眺めることをしなかった、たまたま目が合うことを案じていた。二人は黙っていた。女性の沈黙は――いずれにせよ男性よりも通例であって――これは男性の沈黙よりも大して意味はない。ワインが公証人に及ぼしたであろう焚き付ける効果は、極めて洗練された社交家を演ずるという努力のために押さえられていた。しかし状況は彼にとって不快なものではなかったであろう、彼女が――いなくなるかもしれないという不安をいつも抱いていなければならなかったという点を除けば。

とうとう彼ははなはだ鋭くかつ長く編み物の手袋に目を留めて、そしてそこから話の糸口を見いだして幸福になった、つまり彼の手袋から、自分はしばしば何時間も編み物を眺めていたが、しかしさっぱり解らなかったという意見を汲み出した。

「とても簡単ですよ、ハルニッシュ様」とヴィーナは、嘲ってではなく、屈託なく、目を上げずに答えた。

「ハルニッシュ様」という呼びかけはその受け手を再び沈思と沈黙のカルトゥジア会修道院へ追い戻した。――「どうして」――と彼は言った、遅れて沈黙から歩み出て、編み物の糸口を再び手にして――「可愛い子供達の衣服ほど感動的なものはないのでしょう。例えばここのこれです――それとか小さな帽子とか小さな靴とか。――これはつまり結局何故私どもは子供達そのものをとても愛するかということです」。――

「多分こういうことかもしれません」――とヴィーナは答えて、静かな見開かれた目を公証人に上げた、彼は彼女の前に立っていた――「子供達がこの世で無垢な天使であり、それでいてすでに多くの苦しみに遭っているからだと」。

「まことに、そうでしょう」――（とヴァルトは請け合った、ヴィーナは美しい静かな炎のように輝きながら彼の前で立ち上がって、侍女を呼び鈴で呼んだ）。――「それでは大人はどのように嘆いたらいいのでしょう。――私は一人の子供の死には」（と彼は付け加えて、数歩、彼女の後に従った）「耐えられましょうが、しかし子供の悲しみには耐えられません。これには何かとても神聖で戦慄させられるものがあります」。ヴィーナは振り返ってうなずいた。

　ルーツィエが来た。ヴィーナは、将軍が彼女に何も言いつけなかったか尋ねた。ルーツィエは彼が近くの庭園へ散歩に行くのを見た他は何も知らなかった。急いでヴィーナは月の光で明るい窓際に寄って、一度溜め息をつきながら息を吸い込み、すばやく言った。「ヴェールを、ルーツィエ。きっと何処の庭園かも知っているわね」。――モラヴィア人の姉妹[2]だけが出せそうなかすかな声で、ルーツィエは答えた。「分かりました、お嬢様」。ヴィーナは帽子の上にヴェールを投げかけ、この織られた霧、浮遊する蜘蛛の糸の背後で言いようもなく花咲き、魅力を放ちながら、公証人に穏やかに言いよどみつつ話しかけた。「公証人様――あなたはお聞きしたところ、自然を愛しておられますし、それに私の父が」――

　彼はすでに帽子を掛けた杖に飛びついて、旅立ちの用意を整えて立っていた――そして両人の後から一緒に出た。他人の部屋を去るいい潮時だと感じたからである。しかし部屋が閉められるとき、再び階段の近くで前に立つことになった。――そして彼の心の中で一緒に行って良いのか行くべきか――それともあれもこれも駄目かという疑問についての短い小競り合い、口喧嘩が始まった。ヴィーナは彼をその内心から呼び戻すことは出来なかった――それで彼は内心戦いながら、階段にまで来て、その静かなつかみ合いを玄関まで持ち運んだ。

　彼はあっさりと一緒に行き、帽子を杖から取って頭に被せた。彼は震えた、不安のあまりとか喜びのあまりではなく、二人を結び合わせる期待のあまりであった。若い時期には滑稽な純粋な時があって、この時には青年は昔のフランス風な騎士精神をその神聖な恥じらいと共に蘇らせ、最も大胆な男が最も虚けた者となる、それは自分の乙女を、自分にとっては天から飛んできた女性であり、天へ飛んでいく女性なのであるが、この女性を、偉大な一人の男同様に敬うからであり、こうした偉人の近くにいることは彼にとってはより高い世界の神聖なサークルにいることであり、偉人の触られた手は彼には贈り物なのである。美人の前で虚け者となったことのない青年は、浄福はなく、罪深い。

三人は緑の深い路地を通って庭園に向かった。月は揺れる梢の連なりを明るい歩道に、そのすべての震える小枝と共に描いていた。ルーツィエは、どんなに庭が、とりわけそこの全く青い木陰道が、ただ青い花だけで織り込まれて素敵であるか語った。青い竜胆、青いアスター――青い九蓋草――青い仙人草が格子状になって小さな天を作っていた、その中はまさに秋で雲はなく、つまり蕾はなく、晴れ渡ったエーテルの蕚であった。

「花々は生きていて、眠るので」とこの機会にヴァルトは言った、「花々も、子供達や動物同様にきっと夢も見ることでしょう。すべての生き物は結局夢を見るに相違ありません」[3]。――「聖なる者達も、聖なる天使もそうでしょうか」とヴィーナは尋ねた。「そうだと思います」――とヴァルトは言った、――「すべての者は昇っていきます、つまり何かより高いものを夢見ることが出来るのです」。――「でも、ある者は例外ですね」とヴィーナは言った。――「確かに、神は夢を見ません。しかしまた花々のことを考えてみますと、その華奢な覆いの中ではより明るい夢についての暗い夢が花咲いていることでしょう。花々の薫る魂は夜には覆われてしまいます。単に花弁が閉じられるだけではなく、器官的に閉じるのです、私どもの魂も単に瞼が閉じられるのではないようなものです。とにかくこの色鮮やかなもの達が昼日光と力を感じ取るとすれば、これらの花々は夜には日中の夢想的反映を享受出来るはずです。かなたのすべてをお見通しの神は薔薇の夢、百合の夢を御存知で、区別されることでしょう。薔薇は多分蜂のことを、百合は蝶のことを夢見ているかもしれません――話している今このことは前よりもほとんど確かなことに思われます――勿忘草《わすれなぐさ》は陽光のことを――チューリップは一匹の蜂のことを――多くの花は穏やかな西風のことを夢見ていることでしょう――神や霊の世界がどこで終わりになるのか分からないのですから。神には蕚は心かもしれませんし、逆に多くの心は蕚かもしれません」。――

このとき彼らは魔法の庭園に足を踏み入れた、その白い通路と暗い葉の茂みは互いに染め合っていた。山々は、夜の神々のように高く屹立していて、その暗い大地の頭を大胆に天上の星々の下へ持ち上げていた。公証人はヴィーナの手許にこれまで離れ離れにあった詩文の色彩の露が虹として起き上がり、天に人生の圏の最初の輝かしい半円として懸かるのを見た。

彼は――ヴィーナがますます言葉少なになるにつれ――ますます多弁になって、自分の言葉の洗礼水に酔った、彼は自分達に見えてくる山や星のたびにそれらについて語った。通り過ぎるときに彼が触れない美はほとんどなかった。彼にとってとても快適で気持ちよく、あたかも周囲のすべてのほのかに輝く半球が単に彼の頭蓋の下、一つの夢によって築かれていて、自分はすべてを動かし、奪い、星々を手に取って、そして白い花のようにヴィーナの帽子と手とに投げ落とすことが出来るかのように思われた。彼女が彼の言葉を妨げ、冷ますことが少なくなるにつれ、それだけ一層大きく彼の考えは膨らみ、結局は最大の考え、世界が溶けて花咲く、かの途方もない考えを開示した、それでこれまで世俗の歌を口ごもって歌っていたルーツィエは神の言葉に恐れをなして歌をやめた。

ヴィーナが葉に覆われた小さな礼拝堂の前を通り過ぎようとしていたまさにそのときに最後の祈禱の鐘が鳴った。彼女は当惑したようにゆっくりと歩き、立ち止まって、ルーツィエの耳に何事かをささやいた。ヴァルトは彼女の魂の間近にいたので、その魂を察しないわけにいかなかった。彼はすばやく先に行って、彼女に祈りが出来るよう計らい、そして彼女に秘かに倣おうとした。ルーツィエは小声でヴィーナに、脇の上の黒い木陰道が青の木陰道であると言った。この木陰道で彼は祈禱するヴィーナを待とうと思った。近寄ると、木陰道から陽気にヤコビーネが飛び出して来て、冗談に彼の頭にショールを投げ、彼の腕を取って、瑞々しい彼の側で貴重な夜を楽しみたいと言った。

何という破廉恥なパロディーで偶然のモルフェウスは人間をしばしばその運命と組み合わせたり、仲違いさせたりするのか、彼にはさっぱり予感出来なかったけれども、しかし冗談と勝手、対照は彼のより高い感動という一連の特徴とは合わなかった。彼は大急ぎで、何処から何のために来たのか彼女に説明して、礼拝堂の方を、待ち人があるかのように意味ありげに見た。ヤコビーネはヴァルトの女性運に取り入って冗談を言い、彼の心をうんざりさせて彼の口を閉ざした。彼はそこで表面的には冗談を言いながら戦い、内面では、どのようにして何の粗野な振舞いも見せずにヤコビーネの腕を振り解こうかと全神経を使っているときに、庭園の入口から現れたかのように、将軍が娘の方に向かって、大いに喜んで彼女の手を自分の腕に抱き、星々の天使と共にそこから旅館へ去って行くのを目撃した。

「人間の美しい星々は何とすみやかに沈むことだろう」――とヴァルトは考え、山並みの方を見た、そこでは明日若干のその星々の像がまた浮かぶはずであった。そしてヤコビーネに美しい夜の魅力を感じているか尋ねる余裕はなかった。

ヤコビーネは冷たく公証人の前から旅館へ飛んでいき、階段を昇って消えた。彼がこの宵に要したものは目覚めた夢想のための一つの枕とベッドへの一片の月光だけであった。しかし真夜中――かくも長く彼は夢見ていた――再び路地ではザブロッキーの人々の吹奏するセレナーデが始まった。ヴァルトが路地をロレットの庵(4)のように最も美しいイタリアの町へ運び、下ろした後――彼が、弦を針金であるかのように伝う素晴らしい青色の稲光を自分に落雷させた後、そして彼が星々と月とを現世の天球の諧調に従って踊らせた後――そして陽気さが半分失せた後、そのときヤコビーネが、彼女のささやき声はそれ以前にはほとんど隣室から聞こえてくるように思われたが、ドアから舞い込んで来て、窓際に行った、公証人ではなく、音色の方を聞きたいと矢も楯もたまらずに。

ヴァルトは一瞬、自分が何処にいるのか、何処にいたらいいのか分からなかった。彼はこっそりと枕から抜けだし服を着て、聞き耳を立てている女性の後ろに立った。火を着けられた亜麻のように彼は高みに舞い上がってどうしていいか分からなかった。彼が彼女のこととか自分のこととかに何かを案じたというのではない。しかし彼は世間のこと、大胆な少女に対しては必ず生ずる平土間席からの世間の口笛というものだけは承知していた。これは単に女性を救うためにはむしろ自分自身ファーマ［風説の女神］の第二のトランペット［非難］に狩り出されてしまいたいと思う不幸であった。――それで彼は、女優が自分の部屋へ帰るまで部屋からこっそりと抜け出すのがいいのかほとんど分からなかった。

彼女は三つの溜め息を耳にし――振り返り――彼が立っていた――大いに許しを請うて（これは彼には愉快であった、自分自身の存在を詫びなければと案じていたからである）、塞がっている部屋に入ったことを、夜の門がなかったので空いた部屋に見えたためと弁解した。――彼は、他ならぬ自分は怒らないと誓った。――しかしヤコビーネは自分の純な気持ちがそれで十分綺麗に洗われたとは思わず、言葉を続けて、音楽の物音の最中に、出来るだけ大きな声で、自分がどう考えているのか、セレナーデを聞くといかにしびれるか、断食日や金曜日にはそれは格別で、ひょっとしたら自分の神経組織がはるかにより感じやすくなっているであろうからで、このような音楽は決してベッドで放置出来ずに、とりあえず布のナプキンを（彼女はそれを巻き付けていた）首に付けると、窓際に来て聞きたくなるのだ、と述べた。

こう話しているとき聞き慣れぬフルートの音がおどけて悪意ある音色でセレナーデに介入し、叫んだので、セレナーデはそもそも終わりにするのがより好ましいと考えた。ヤコビーネは、それに気付かずに大きな声で続けた。「そうなると誰も代わりにならない感情に襲われるの、女友達も、男友達も代わりにならないの」。「もっと小声で、お願いだから」。——とヴァルトは、彼女が音楽の後最後の文を述べたとき言った——「将軍がちょうど隣で眠っていて目を覚ましておられる。多分に、多分に大抵女性の心にとっては女友達は余りに男性的ではなく、男友達は余りに女性的でないのでしょう」。——彼女は、彼の望んでいた通りの小声で話して、彼の手を両手で握った、それで彼女がこれまで指で針代わりに留めていた厚い不格好なナプキンが離れて落ちた。彼はとても恐れていたことを経験することになった。というのはより小声の話とか一緒の存在は、ドアが開けられたら、いつ何時でも、世間に彼のことを放蕩者という破廉恥な少女への狼という評判へ突き落としかねないと知っていたからである、この狼は無垢な女性を大事にしない者で、彼はヤコビーネが穏やかな青い目をしているので、彼女を無垢な女性と思っていたのであった。

「しかしあなたは大胆すぎる」と彼は言った。「あなたは臆病だから、そんなことないわ」と彼女は答えた。彼は彼女が彼の襲撃について言ったことを間違って彼の汚れない評判に対するものと解し、いかに上品に私心のない自分の評判への気遣いを——彼女の評判の方がもっと大事なのであるから——彼女にごく手早く簡潔に（将軍とドアのせいで）説明したものか分からずにいた。それでいて彼は立派な敬うべき両親を持ち、品行方正であって——そして処女のような身だしなみで花嫁の花輪を長く、弟や他の誰に対してであれその前で栄誉と共に戴いていた

——呪わしい外観、評判が侵入してきて、彼の上述の花輪を彼から奪ったら、とんでもないことであった、後に新鮮な殉教者の王冠が育ってくると仮定しても。

彼は全く熱くなって、顔は赤くなり、視線は乱れ、物腰は荒々しくなった。「ねえ、ヤコビーネ」と彼は懇願して言った、「私と私の願いのことはきっと——こんなに遅く静かだから——察して貰えると思う」。

「いいえ」と彼女は言った、「フォン・マイナウ様、私のことをオイラーリア(5)と思わないで下さいな。むしろ純潔貞淑なルーナと御覧になって」と彼女は言って、彼の錯覚を倍にした。——「ルーナは」——と彼は答えて、彼女の錯覚を倍にした——「一塊の土の届かない高い青空を行く。だから少なくともドアに閂をして、安心出来るようにしよう」。

「駄目よ、駄目よ」と彼女は小声で言ったが、手を彼から離してナプキンをきちんと合わせようとした。彼はこのとき振り返って、閂のところに飛んで行こうとしたが、その時、何かが床に飛んで来た——一つの人間の顔面であった。ヤコビーネは叫び声を上げて逃げて行った。彼はその顔面を手に取った、それは仮面の紳士、彼が邪悪な守護神と見なした者の仮面であった。

月光の中で彼の空想は大いに交錯し、遂にはヤコビーネ自身が仮面を落下させて、彼と彼の哀れな評判にふさわしいものとして置いたように思われた。彼は大いに悩んだ。彼は弟の最良の意見、つまり例えばこのような評判の汚点は今日では、匂いのよい香水によるしみ同様に、ハンカチや白い下着からおのずと消える、何の王女の化粧水も、しみ抜きも必要としないという意見を思い出したが、励ましにはならなかった——ヴルトがかつて、現今の侯爵達は昔の侯爵同様にある種の倫理的格言や信条を、例えば先んじて人を助けようとかその他の戯れの言葉のそれを今なお有するだろうかと彼に尋ね、フルート奏者自身がこのような言葉は今では低い身分ですら有しないと答えたことも、そしてタッソーやミルトンのキリスト教的英雄詩には異教的神話学が混入していいのであれば、我々のキリスト教界にも多くの神話学が（少なくとも最も美しい偶像の女神に関して）、ちょうどまさに我々の必要とし、欲するだけの席を占めてもいいのではないかと言ったことも慰めとはならなかった。

その後でヴァルトはまた誰かが哀れな無垢の少女の姿を見て、彼が彼女の汚点のない評判を傷つけた可能性について考えてみた、彼女の評判は――彼女が大いに女性らしさに反した振る舞いに出たので、言いようもなく純粋で確固たるものに相違ないと――彼は結論付けた――それから彼は遺言の第九条の「悪魔にかられて」を思い出した、これは彼に不倫や同様の罪を特に禁じているものであった――それから将軍とそのエロチックなプラトニックな女性達の聖なる手紙収集を――それからヴィーナと青空からの彼女の目を思い出した――――公証人は、脊推にもっと暖めてくれるような手綿鴨の綿毛を有しない人間がかつて経験した中で最も愚かで最も惨めな夜の一つを過ごした。

第四十九番　葉状鉱

旅の終わり

聖なる朝よ。御身の露は花々と人々を癒す。御身の星は我々の押しやられていく空想の北極星で、その涼しい光は、自らの火花の後を見送り、追っていく、混乱して熱くなった目を正常に導く。

まだ薄明の中に多くの星が現れているとき、将軍は公証人を極めて楽しげな声でベッドから起こし、山へのピクニックに呼びかけた。彼は愛想良く彼を迎え――額のきわの髪に至るまで満面に笑みを浮かべ――それでヴァルトは非常に安心し、幸せに思った。将軍は何かを御存知であれば、全く別の口のきき方をするであろうと彼は考えた。ヴィーナの顔は華奢な薔薇が一杯に花咲いていた。創造の朝の楽園といえどもこれほど満開とはならない。

彼らは歩いて細かく分裂した山並みへ向かった。町は非常に静かで、ただ庭で二、三人の者が春のための花壇や薔薇の生け垣を準備していた、朝餉の炊事の煙が屋根の上にかかっていた。外ではすでに生命が飛び立っていて、歌鶫《うたつぐみ》は近くの樅の木で目覚めていた、下の渡し場では郵便馬車のトランペットの音がこちらへ響いてきて、山並みからは永遠の滝の音が轟いていた。三人は、朝方皆そうであるように、周りの自然に似て、ただぽつぽつと話した。彼らは東の方を見た、そこでは雲が日中の赤い岬となって、燃え始めていて、すでにかすかに風が吹いていた、太陽の前に朝が息吹を吹きかけるかのように。

ヴィーナは父の一方の手に引かれていた、父親はもう一方の手ではいわゆる黒い鏡(1)を持っていて、それで自然を再度空中楼閣として、石膏模型像室としてすくい入れようとしていた。早朝と――ヴィーナの朝の衣服――明けの明星が溶かすように心の中で、あたかも夕べの地平線に出現しているかのように思わせる夢想的なもの――そして夜からのヴァルトの動揺、並びに別離の時が間近であるという見込み、これらが合わさって彼は無言に、静かに、瞑想的に、感動的になった、間近の乙女の心に不思議な愛を一杯に抱きながら、この愛はとても優しく蕾の多いもので、彼は花咲く至福の思いの中で落ち着いて一枚一枚めくりたいと途中を楽しみにした。

しかし甘い声でヴィーナは彼に昨日の別離の許しを請うた。彼はそれに返事が出来なかったので、黙っていた。その後で彼女は彼に、ラファエラによろしく伝えて欲しい、彼女に手紙を書けなかったのはローゼンホーフ経由で迂回してライプツィヒへ向かったからであると言って欲しいと頼んだ。将軍は公証人の前で娘と勝手に話をして、あたかも公証人は聾の影男、あるいは唖の黙った猿として側を歩いているような案配であったが、ヴィーナに対して彼女のあれこれの気配り、手紙好き、彼女の自我の永遠の犠牲についてあけすけに小言を言った。彼女はただ答えた。神様の思し召しなら、お叱りをお受けします。

彼らが山並みへ入ると、夜は峡谷に忍び込み、下の霧の谷に降りていった、そして日中の光は輝く額と共にすでにエーテルの高地にあった。突然将軍は二人を岩の裂け目に連れ込んだ、そこで彼らは上の高みでは一方の至高の山頂がすでに朝の深紅をまとっているのを見、他方のより低い頂きは夜のヴェールを被っていて、この二つの間で明けの明星がほの白く輝いていた――乙女と青年は互いに叫んだ、「神様」。

「どうだい」と将軍は言って、黒い鏡の中の空を確かめた――「夢想家の我が娘も見たことがないのでは」――ゆっくりと、わずかに彼女は頭でうなずいて、瞼では何回もうなずいた、星空から目をそらしたくなかったからである。しかし父の手を祈っている自分の口元に持っていき、より敬虔に感謝した。その後彼は少しばかり、彼女の感受性が強すぎること、自分が彼女に導く感情をあまりに受け入れすぎることを叱った。

急いで彼は二人を造営された道を通って飛び散る墓穴の前へ案内した、その中へ滝が、自殺者のように飛び込み、その中から長い神々しい奔流として蘇り、国々へ流れていた。奔流は――どの高さからかは分からなかったが――古い廃墟の壁のはるか上を越えて下へ流れていた。

ザブロッキーはその後で叫んで言った、二人が臆せずに、弱い水蒸気の雨をしり目に自分と一緒に壁のすぐ側を、この低い、ただ緑色の小枝で織られた門を通り抜けるならば、何か平野の風景を目にすることが出来よう、と。

彼は先に行った、長い腕でヴィーナを引きずっていた。彼らが半分崩れた門を通り抜けると、彼らは西に修道院と村々とに充ちた平野を、谷をいく暗い河と共に目にした、そして東には山並みが、これは再び山並みの上にあって、キュベレ［大地の女神］のように、氷の赤い町々と共に、黄金の王冠のように高い空にあった。人々は太陽の燃え出すのを期待していた、太陽は地上の祭壇の雪をすでに穏やかにその暖かい薔薇で満たしていた。水の雷鳴だけがまだ朝の星に響いていた。――この時ゴットヴァルトは東から目をそらし、上の方を見た、奇妙な金色の輝きが濡れた緑の上に走ったからである――そのとき彼は頭上で立派に漂う滝が朝の陽射しを受けて翔る炎の橋として輝き、その上を日輪の馬車がその馬と共に燃えて転がっていくのを見た――彼は跪き、帽子を取って、両手を上げ、目を開け、大声で叫んだ。「神の素晴らしさよ、ヴィーナ」。

そのとき――どのようにしてあるいはいつだったかは分からないが――青年は乙女を見て、彼女が彼を不思議に、新たに、はなはだ感動して眺めているのを知る瞬間が現れた。彼の目は彼女に彼のすべての心を打ち明けていた。ヴィーナは震え、彼は震えた。彼女は薔薇の雨、炎の雨を見上げた、これは高い緑の樅の木に黄金の火花と朝焼けとを振りかけていた。そして神々しくなったかのように彼女は地面から浮いているように見えた、そして赤く燃える虹が美しく彼女の姿を照らしていた。それから彼女は彼を再び見つめ、すばやく彼女の目は沈み、そしてすばやく上がった、極地の太陽のように――奔流の昂揚させる雷鳴と稲光は二人を世間に対する天上的黄金の翼で包み、二人の周りでざわめいた――若者は両腕をもはや天にだけ差し出さず、この世で最も美しいものの方へ差し出した――

彼はほとんどすべてを忘れて、父親のいる前で、彼の全人生に魔法のこの陽光を投げかけた者の手をあやうく握ろうとした。ヴィーナは急いで手を両目の上に持っていって、目を隠した。父親はそれまで黒い鏡の中で滝を眺めていて、このとき目を上げた。

すべては終わった。彼らは戻った。将軍は、より一層激しく、より一層明確に賞賛されることを願った。両人は出来なかった。「今や」と彼は言った、「このような喜びの後では正真正銘のイェニチェリの音楽［トルコの軍楽］を欲しがるものだ」――ゴットヴァルトは答えた。「多分、つまりその中のピアノ［弱く］と短調から同時になるような調べを求めるもので、かくて恍惚となる音が強く侵入してくるかもしれません、霊界からのように」。――「今日にも雨となるぞ」とザブロッキーは答えた、「朝焼けが奇妙にすべての地平線上に見られる、全く独特の様だ。しかし美しい朝は少なくとも見る価値はあろう、なヴィーナ」。

彼女は、はいとは言わなかった。黙ってローゼンホーフに向かった。ザブロッキーの馬車、馬、従者はすでに旅立ちの用意が出来ていた。その後すべては離散した。愛している者達は先ほどの瞬間の印を何も残さなかった、馬車は転がり去った、青春のように、聖なる時のように。

ヴァルトは柘榴館でなおその余韻の数分間、自分の部屋であちこち歩いていたが、それから将軍の部屋へ行った。この部屋で彼はヴィーナの忘れ物の書き残しの紙片を見つけた、これを彼は香水瓶と共に、読まずに、しかし接吻はしてしまい込んだ。剛毛製の箒、散水の桶、新しい客の準備人、これらが彼を自分の部屋に追い戻した。彼は奇妙な仮面を自分の物に加えた。その後彼は――これ以上留まることもこれ以上旅することも出来ずに――酩酊してハスラウへの帰路についた。彼は冒険で一杯の二つ折判の本を脇にしてヴルトの部屋に入りたいと憧れた。彼の心は十分であり、青空の他には更に何の空も必要としていなかった。

ヤコビーネは彼女が昇っていき、彼が降りるとき、階段から、冬にハスラウで演ずるという約束を彼に投げかけた。──外では薔薇色に赤い空はますます灰色へと萎れて、雨雲にまでなった。渡し場では彼は長いこと待たなければならなかった。とうとう雨が降り出した。しかし愛のオペレッタの幕は上げられたので、彼の目と耳はその歌声と光の中にあって、劇場の屋根に雨が降っているか雪が降っているか彼はほとんど、あるいは少しも気付いていなかった。

運命は最も甘美なパンの祭の後は人間に黴びた、虫食いのパンをパン棚から切ってみせるので、公証人はヨーディッツの後、物理的に迷路に──陥ることになった、これは厄災にとっては簡単に出来たことで、彼は一夏中散歩したことのある庭園の図面を、いずれにせよ土地勘を何も記憶していなかったのである。それから彼は曲がった白い帽子の羽根飾りを、これは頭の見えないある騎兵が切り通しの所で目立たせていたものであるが、これを歩く雄鶏の尾の羽根と見なし、後でその錯覚を調子よくこの軍人に打ち明けて、はなはだ怒りを買った。ある教会開基祭の村ではある酔った旅館の窓から少しばかり後から笑いを浴びた。ロザナの谷は水量が一杯であった。ある美しい東屋では風雨が風奏琴に調子はずれのパッセージと甲高い声のカデンツァを通り過ぎるとき鳴らした。

至福の思いで彼は道を飛んでいった──彼は頭に、心に、足に翼を持っていて、有翼のメルキュールとして更に有翼の馬の上に座っていたからである、──そしてほとんどそれに気付かずに、先の村々を過ぎていった。稲妻同様に彼の精神はただ世界の金箔の傍らだけを滑っていった。ただヴィーナと彼女の目だけが彼の心を満たした。未来、結果、可能性のことを彼は考えなかった。彼はまだ若干の現在が地上にあることを神に感謝した。

より卑小な類の喜びをグリューンブルンを過ぎた所で彼は味わった、そこで彼はボヘミアの豚追いが、彼の嘆きを彼はヨーディッツで耳にしたのであるが、巡礼の歌を歌っているのに出会った、彼は犬の他はもはや嘆きの種の豚は有していなかった。

このように回転する地球は地震もなく揺さぶって雲に覆われた太陽の周りを回って彼を運んでいった。夕方頃、彼はすでにハスラウを目にした、ドイツマイルは彼にとってヴィエルスターとなっていた。ヘルムレスベルクでは更に彼は老いた泥棒女に出会ったが、人々は境界石の所まで笞刑用の笞で彼女を追い出していた。

ハスラウからは消火ポンプの出迎えを受けたが、これは幸い消火の加勢が出来たのであった。濡れた窮屈な水泳服で陶然と輝きながら彼がハスラウの門をくぐったとき、彼はフリッテとヘーリングの住む教会の塔を見た、そして遺言者のフリッテが水を得た魚のように元気になって鐘楼の窓から覗いているのに気付いて喜んだ。

第三小巻の終わり

第五十番　ダックスフントの半分の膀胱結石

ハスラウの市参事会に対するJ・P・F・Rの手紙

敬称略

ここに立派な遺言執行者の方々に学生にして詩人のゼーウスターを通して、私どもの『生意気盛り』の最初の三巻をこの手紙と共に送ります、この手紙は一種の序言、あとがきとなり得るものです。練達の能筆家、速記者のハルター(1)から、彼はこれまで選帝侯太子の軍の歩兵で――この惨めな字の草稿にとっては幸いなことにちょうど今月ブレゲンツから晴れて除隊し、無事能筆の手と共に家の写字台へ戻って来たのですが、彼はこの四年間幾多の戦場でフランス人達と争って戦ってきたのです――この彼から、この三巻、並びにこの手紙を上手に清書してもらい、そう願っておりますが、これらが読めるものとなり、従って植字され、その上書評を受けるようになって欲しいと存じます。

作品についてここである程度意見を述べようとすると、若干の一般的格言、箴言を前もって述べる必要があります。

一つの髪のためばかりでなく、一つの頭のためにも幾つかの頭が必要である――

更に。誰にとっても自分の鼻は自分の目には隣人にとってよりもはるかにより大きく、より神々しく、いやより透明に見えるに相違ない、隣人はこの鼻を別の目で、はるかにより遠い観点から見るからである――

他に。大抵の現今の伝記作者は（この中には小説家も入るが）蜘蛛に対しては糸を出すことは予知していても、織ることは予知していない。

更に。消化を感ずることは、それを感ずることではなく、むしろ不消化を感ずることである。

他に。全世界が目指し、注目している第二のより良い世界には悪魔共々地獄の沼も属している。

更に。影と夜とは日光よりもはるかに形や現実として見える、日光だけが存在しているであろうもので、形や現実を出現させているのだが――

そして最後に。読者に何かを胡桃の形で渡すがいい、すると読者は胡桃油よりももっと窮屈にそれを欲する。読者のために硬い殻から貴重なアーモンドを割ってみせると、読者はまたアーモンドの周りに砂糖の覆いを欲しがる。ただこれらのわずかな、か弱い文章を尊敬する市参事会は本と自らと読者とに応用してみて、自らに尋ねるがいいのです、「今質問というのはこのことだろうか、あのことだろうか」と。

更に四点、私はその他に触れなければなりません。

最初の点は必ずしも最も喜ばしいものというのではありません。私はまだカーベルの博物標本室から五十番しか

（というのはこの手紙はダックスフントの半分の膀胱結石のためのものであるからで）書き上げていません。標本室は全部で七千二百三番有するので、最後には『生意気盛り』は一般ドイツ文庫よりも大部なものになるに相違ありません、この文庫は『生意気盛り』とは内容の面では非常に異なるものでありますが。これは謙遜から述べているのではなく、自らそう感ずるからです。しかし私はまず私の『芸術についての講義』(2)、ライプツィヒでの一八〇四年の復活祭の市にて』*1の中で、第一に叙事詩人はとてつもなく長くなること（これはここで経験していることで）、第二に何故そうなって（叙事詩人の領域にこの作品も組み入れられるので）叙事詩人はただ長い梃子で人間を動かし、叙情詩人はその代わりに短い梃子で強力に働くのかを証明することになりましょう。叙事的一日は、帝国議会のように、ほとんど一夕ということはなく、いわんや日没というものはありません。一日だけを扱っているゲーテの「ドロテーア」がいかに長いかはドイツ人は誰でも知っています。『帝国新報』はこの詩的話のただ散文的話なら書店の広告の面積に詰め込むことが出来ましょう。

更に尊敬する市参事会にはお考え頂きたい、著者達は、張りつめられた弦に似て――これは上部と下部、先端と終端は非常に高く鳴るけれども、ただ中心部だけが普通に鳴るのであって――同様に作品の導入部とその後の出口では最も広範な高度な跳躍をなして（これはいつも席を取るもので）、自らを披露したり、推薦したりするが、しかし中心部では簡潔に上手に作品に向かうものである、と。この三巻でさえ私は遺言の執行人の方々への手紙で始め、そして終えて、ただほのかに光ろうとしています。私は『生意気盛り』の中心の諸巻では最良のもの、つまり叙情的短縮を期待しています、この点に関しては私見ではミケランジェロが真の巨匠です。

第二の点はもっと厭わしい、書評家に関するものだからです。彼らのすべてにとって、すべての繊細にして粗野な、すでに『生意気盛り』という表題から汲み入れ、すくい取った冗談を私に対してしないでおくことは難しいでありましょう、これは私自身も実際同様で、尊敬する執行者の方々への公的記述の中ですら、このような連中に表題を隠して復讐や予想されること［生意気なこと］をしないでおくことは骨の折れることです。しかしこのことは聞き入れられるかもしれません、少なくともなされ得ることです――一つの粗野な振る舞いによって次の粗野な振る舞いはほとんど丁重なものとなりやすいものです――しかし町や郊外の尊敬する父親方よ、人々は貴方達にくってかかっていて、執行者達の執行に関して訴訟を起こしています。「一般に」――と人々は最近ハスラウ、ヴァイマル、イエナ、ベルリン、ライプツィヒから私に手紙を寄越しています、「こちらの人が驚き、怒っていることは、カーベルの遺産の執行人達がちょうど君に（貴方に）公証人の伝記を、これは遺言の条項によれば、リチャードソン、ゲレルト、ヴィーラント、スカローン、ヘルメス、マルモンテル、ゲーテ、ラフォンテーヌ、シュピース、ヴォルテール、クリンガー、ニコライ、スタール夫人、メロー、シラー、ディック、ティーク達等々に依頼出来たのに、まさに君に（貴方に）任せて、その上多くの者がすでに目にしてきた素晴らしい博物標本室をも任せたということだ。先に呼ばれた著者達の友人や敵は――君のことは（貴方のことは）勿論――ハスラウの市参事会を雑誌で忌々しいものと貶めて追い返す所存だ。しかし私のことは名を伏せるよう君に（貴方に）お願いする。ある将来の書評家が高々と誓っている。このような事情の時、正直でいたら、正直でありたいと思わないと」。

これに対しては何も出来ません、反批評を除けば、これはしかし無限に続きます。犬はエコーに吠えるものだからです。痒いことと引っ掻くこと、そして引っ掻くことと痒いことの昔からの循環が始まります。これはしかし意地悪な話です。そして著者はこのことで言いようもなく傷つきます。著者はいつでも声価を失い、ただ書評家だけが声価を得ます。著者はそもそも賞賛を好み、命名日の後では更に渾名命名日を祝おうとはしません。ドイツの読者がその著者に対して、イギリスの観客がその態に対するように、著者達が踊るばかりでなく、狩り立てられるのを見たいと願うのは著者にとっては恐ろしいこと、何かとても不快なことです。しかしどの著者も――どこかのＰＨ氏、ＴＺ氏、あるいはＸ氏あるいはクロプシュトックの文法的会話における別の章の文字氏(3)のように気位が高い――あるいは高くあるべきものです、殊に彼は実際、好きなように紙に並ばせているこれらの高慢な二十二人結社(4)の長、あるいは二十四人の奏者からなるルイ十四世の宮廷楽団の長なのだからです。

勿論、高貴な市参事会の方々、採用して頂ければ、それに対する立派な手段、プロジェクトが考えられます。数百回私は考えました。同一の原則と月桂冠を持った有為の著者達の会社をまとめて、会社が自らの書評家を有して、彼に学問をさせ、給料を支給するようにもっていけないものでしょうか、しかし条件があって、この者はただその雇い主だけを流通している新聞紙上で公に厳しく、しかし党派的にではなく、このような臨時雇い、空想の下僕〔下僕の仮装をした主人〕が持ち得るようなわずかの審美的原則に従って判断するということです。――このような伝令が、いわば上司の作風に染まって、それ以上は何も行わず知らなければ、この者は腰を下ろして、こう書かないでしょうか。「各々、云々が大事であって、これを否認するものは、家畜並びに猿に違いない」。

――若干、尊敬する市参事会の方々、私には考えがあります。これは方々に『生意気盛り』を直接持参する若者に関することです。この人間は本来シュスター〔Schuster〕という名前ですが、この鈍感な名前を短線を加えてより明瞭なゼーウスター〔Sehuster〕に変えました。最初は思慮深い参事会員にいくらか反撥を感じさせるかもしれません、あの外貌ですし、混乱し憤激した視線、毬栗頭、針鼠頭、ぞっとする頬髭、いわゆる乱暴者と共有する類似点を有しています。内面ではしかし彼は丁重です、それに彼はそもそも自分の崇敬する人間を持っています。私はこのゼーウスターにおよそ二週間、彼がギムナジウムを内気な静かな小声の人間として、まさに何ら格別キュクロプス〔一つ目の巨人〕、アナク人〔巨人族〕を約束するような人間ではないものとして卒業した後、その後二週間してイエナで再会したいと思いました――何ということでしょう。私の前に誰が立っていたことでしょう。一人の侯爵、一人の巨人、一人の無骨者、しかし自らの創造する天を担ぐ一人の高貴なアトラスで、新しい世界を築きながら、古い世界を壊していました。しかし彼はやっと聞くのを始めたばかりで、本当は何も重要なことを知りませんでした。彼はまだ大の字に寝ている雄鶏で、その頭とくちばしにはシェリングがその〔変化しない〕同一性の線を白墨で引いていて、雄鶏は動かずに、いや狂ってそれを見つめ、上に飛べないでいるのでした。しかし彼は自分が理解し、そのように見えているよりもすでに自分ははるかにましであると感じていました。これはちなみに精神界でも内部の人間を二週間で立派な男に育て上げる迅速な方法があるに相違ないことを証明しているもので、同様な方法は物体界にはあって、鵞鳥を空中に吊して、目に覆いをし、耳をふさいで育てるとレバーが四ポンドになるほどに肥育出来るのです。

実際、私はこのことから、この善良な巨人は能力の他には何も有しないので、四人の別の立派な文学作家と共に（私は、頼まれても、彼らの靴紐を解くことはないでしょうが）――この件を話し、一緒に団結して、彼を我々の金で最も必要なアカデミーを卒業させることにしないか彼らに尋ねる気になりました。「我々はゼーウスターに対して」と私は言った、「全く我々の作品に従って鉋をかけるか、あるいはむしろ彼に自分の演繹する理論を親方《マイスター》と、彼の雇い主の他の作品に従って仕上げるようにさせる、かくていつか彼は我々恒星の衛星として、我々五人のミューズの花嫁の付き添いとして、名誉の騎士として、要するに世間が今有する様々な新聞の我々の書評［ビリヤード］記録係として、判断し、評価することが出来るようになる」。

これは受け入れられました。そして我々五人は実際我々の支出を後悔するいわれはなくて、後には、最初の学期のときに、彼は対極性と無関心に好意を持つこと、彼は超越的な綱渡りの軽業師であり、また両極の氷の熊であること、彼は人間を差別しないが、自らを高めることが出来ること、彼は詩人とか医師とか哲学者ではないが、しかしこれら以上かもしれない、こうしたものすべてを合わせた者であることを耳にしました。事実彼は我々をその後すぐに彼の書評で五人の校長、いや学界における五つの感覚と呼びました、私はその中では味覚［趣味］で、味覚［フランス語の le Gout］、味覚［スペイン語の el Gusto］*2であるそうですが、しかし彼は忌々しいほど勝手に他の誰彼について話しました。「仮にそうだとして、熱血のゼーウスターよ」と私はあるとき、彼が四、五年後にはゲーテは現在のヴィーラント同様に低く落ちていると予想されると書いたとき反論しました――「何ですと」と彼は答えました、「私は時に彗星の核を青いエーテルの場に突っ込みます、そしてそれが昇って炎の花として飛ぶかは案じません。無限という天の軸では極は同時に赤道で、すべては一つのものです、公使館参事官殿」。

そこで文学の四人の当たり籤は（私かその中にいなければ五人と呼ぶでしょう）ある貴人の許で、貧しい学生達のために残されたマウスハックの遺贈についてこの善良な半ズボン無し［サンキュロット］のために相談しました。というのは彼はこの半ズボン無しであって、本来的意味と同時に非本来的意味でそうで、あたかもここでも差別し、同時に差別しないかの如くで、第三の観点から二つの交互の観点として随意に現実主義と理想主義を選んでいるかの如くでした。言いたいのはしかし、彼は何も持たなかったということです。彼のマルキザ・ドゥ・キネ[*3]はほとんど足しになりませんでした――彼は自らが活力を有するためには多すぎるほどの刺激的活力を必要としていました、そして葡萄畑は彼のミューズの山へのテラスの階段でした――我々五人の侯爵は六番目の侯爵の扶養をやはり強く感じていました――ここでしかしゼーウスターにマウスハックの遺贈を割り当てるならば、形式上イェナかあるいはバンベルクでそれを使い果たせるわけです。その上ゆっくりと判断し、何人かには花輪で飾ったり、全く取り除いたり、無数の者にはほとんど目もくれず、大衆を心から軽蔑し、多くの事柄を演繹し、例えば長編、諧謔、詩を四つか五つの術語や作者から演繹し、そして全くいわゆるすべての人々の一人となれるわけです。故マウスハック本人も――この人とは面識はありませんが、しかし彼は他界することによって最後には利益を得たに違いなく、――かなたで、自分の遺産のこうした結実を聞いたら、心から満足して言うことでしょう。「心から下界のこの野生の蠅に遺贈を恵むことにする、この蠅はわしより一世界早く反射の中心点から飛び去っているのだから」と。

　市参事会の方々。印刷されないのであれば、言うべきことがいかほどあることでしょう。作家はただかみ砕くための胡桃を与えます、これは脳に似ていますが、脳はル・カミュ[5]によれば胡桃に似ていて、三つの膜を持っています。しかし誰がこの膜を剝ぎ取るでしょうか。――ある著名な著者は勿論謙虚です。しかし自分がいかに謙虚であるか誰も知らないのがまさに彼の不幸です、自分については語れず、そうだと言えないからです。彼は自分の靴脱ぎ器に数百ものお仕着せの色を塗ってもいいのです、彼は暖気炉の鉄の鉤爪を燃える署名となるよう反らせたり、巻いたりしてもいいのです、しかし彼がそうしないとは誰も知りません。ボナパルトが幾つかの戦いを、ヨーロッパの内外で、耐え、行ったかを、それも単にただ、とにかく自分の名前が正しく書かれるように、Uを使われずにするためであり、その代わり彼は今ではフランス人にとってはあのX、つまり未知数のあの代数学の記号を表すということを考えてみれば、即ちいかなる苦労を経て名前が築かれるか、そしていかに容易にまた忘れられてしまうか考えてみれば、誤認という点に関しては他の極めて偉大な男達にとってもましではなく、例えば偉大なゴットシェート[6]がそうで、盟友ゲレルトのいたライプツィヒでさえ彼がここでは繰り返して述べたくない多くのことを蒙ったことはまことに大して慰めとなる話ではありません。

尊敬する市参事会に対して書くことを約束している第四の点はまさしく他愛ないことで、これは若いゼーウスターが最も良く、公の紙上で戦い抜くことでありましょう。つまりある尊敬する市参事会は秘かに、この作品が何か涙もろい感動的なものにまとめられるよう希望しています。しかしこのことが今なお今日なされ得るでしょうか、今日では啓蒙主義が、詰め込まれて点火された縄として燃え続けていて、それを用いて公の場では煙草夜会のたびに火皿に火を着けています。――公然と今なお少しでも感傷的になり得る者――それは羨まれるに値します、――これは新刊本広告の書店主か、この人にはその中での若干の感傷はすべて商売心と弁解され得ます、それか死亡広告の中の高笑いの遺産相続人達です、ここでは同じ理由から涙のコルク栓抜きがねじ込まれ、締められてよいのです。それ以外には涙は、殊に真の涙は大いに嫌われています、――涙の甕《かめ》が毀されていて、泣いている聖母像は時代の巨人癖によって投げ倒されています――鉱山より先に最良の揚水機械が設置され、鉱山はそれで水浸しになることがありません――鋳造所同様に魂の鋳造所、長編小説には一滴の水も持ち込むことは厳しく禁じられています、一滴の水は烈火の銅、溶解した銅を砕いてしまうからです――人間はそもそも、それも涙に関して（牡鹿や鰐から判断するに）、動物的なものを脱して、人間的なものを、これは笑いで始まるものですが、身に付け始めています、それで今では詩的な魔女は、かつて散文的な魔女がそうであったように、泣けないということで見分けがつくようになっています。

要するに、感動は現在では許されません――目の水腫よりも脊髄結核が容易に許されます。――そして我々作家は互いにこっそりと手紙の中で打ち明けています、感動的場面で（我々自身このことを笑わざるをえませんが）一滴の涙も見せないよう、何としばしば惨めに逆らい、身悶えしていることか、と。

私はこれらの行を終えたくありません。しかし半ズボン無しのゼーウスターは写本家ハルターの後ろに立っていて、すでに長靴を履いて、獲物袋を持ってこれらの行の写しを待っています。私は立派な遺言執行人の方々に作品についてなお何を語ればいいかほとんど分からない状態です。私と世間とをあまりに長く待機させて次の五百番を待ち受けさせることのないように願います。次第に四巻に近付き、伝記では目に見えて一種の興味が湧いてきます。ここらで最も貴重なことが生じ、接近して来なければならないからです。私は次の番号に焦れています。至る所で鉄製罠が仕掛けられ、煙弾が飛び、囮の猟師が忍び込み、ざりがにの鋏が開かれています――ヴァルトとヴィーナの最新の盟約は奇妙で、大市から大市へと何巻も続く、最大の嵐がなければ長続きしないでしょう――ヤコビーネの夜の訪問は混乱した結果をもたらすに相違なく、あるいはもたらしかねないものです――仮面の紳士は正体をあばかれなければなりません（推測はつくけれども、私には余りに明らかである）――ヴルトはふくれっ面の精神を有していて、偽貴族であり、霞を食って生きており、容易に突進していきます――遺言者のアルザス人は全く元気になって鐘塔の穴から覗いています――大抵の相続人は坑道を掘ってきっと嫌がらせをするでしょうが、しかし白状しますとまだ何も見えません。主人公の父親は家にいて、駆けてきて、家屋敷に負債を負わせます――パスフォーゲル、ハルプレヒト、グランツ、クノルは姿を見せるでしょうが、まだ地下にいます――見たことのないほどの錯綜した話の一つです。ヴァルトは牧師になるはずですが、どのようにしてなるのか分かりませんし、百もの他のことも同様に分かりません――クロータ―伯爵は結婚するつもりで、戻って来て、彼を勿論幾らか仰天させる新しい騒動や話に出合います――ヴァルトは無限に善良で従順であろうとし、優しい神の子羊であろうとしますが、子羊から一頭の羊、去勢された雄羊になるはずです、羊毛刈りの鋏の下、見える限りの屠殺用の刀――罠、炎、敵、友人、天国、地獄の下で。

――勿論、この上なく尊敬する市参事会の方々、このような話をまだ作家で経験した者はありません。この素晴らしい文学の全体にとってまさに一つの嘆き、まだ定かならぬ不幸となっているのは、これが本当の話であるということであり――私にはこのようなことは思い浮かぶよりも早く与えられたのであって――不幸な私めは、遺言の条項と博物標本の番号に拘束されながら小さな歩幅で歩く女性の腕にすがるようにしてきて、ロマンチックな天賦や花を何もこのような幹に接ぎ木することを（私も小説家の端くれというのに）許されないということです。――批評家よ、批評家よ、これが私の話であれば、どんなにかこの話を諸君のために捏造し、誇張し、混乱させ、攪拌し、波立たせることだろうか。例えば私が少しばかり小さな神々しい紛糾の中に投げ込みさえすれば——二、三の墓を——エウリピデスのイオーン[*3]のシュレーゲル風な模造幽霊[7]を——イタリアの大地あるいはその他の古典の大地に充ちたシャベルを五回——一つの軟弱な不倫を——尼僧と修道院の庭を——精神病院から鎖を、小作人ではなくても——二、三人の画家とその作品を——それに首切り役人や一切を投げ込みさえすれば、——執行者の方々、今とは様変わりすると思われます、今私はただ追って書きながら、どのように事柄が進み、ハスラウから言ってくるか見守らなければなりません、とてつもない退屈も考えられるというのに、世間とコッタ氏[8]とに対して、この御両人に衷心から同情する他には仕方がなく、ほとんど良心やその他のことで心はぎゅうぎゅうに詰められ縛られているのです。

しかし私の書評家、若いゼーウスターは、今まさに執筆者と清書家の間にいて、はなはだせき立てて、去ろうとしていて、うんざりしたように墓地の方を見ています。最後になお執行者の方々に、特別な力や気分が必要な重要な章が接近して来たら、即刻私の所へ送って欲しいと懇願いたします、目下私は私の居酒屋（これには私の肉体も入ります）、私の書斎の窓、これはイルツの谷をすべて見通せて（私はギムナジウム通りのグルーナーの家に住んでいるからで）、それに家族の者の健康（この中に私の経験的自我も含まれます）、これらにはっきりと支えられています。いや私は——このような自己紹介は市参事会よりは読者に対してふさわしいものであるというのでなければ——これらに更に自ら上述の墓地を加えることでしょう、ここでは目下（日曜の十二時で）人々は半ばザルヴァートル教会で、半ば墓地で、陽光を浴びながら、子供達、蝶々、座っている墓、秋の舞い飛ぶ木の葉の間にあって、歌とオルガン演奏と演説付き礼拝を行っており、私は一切をここの書斎の机が聞き取っております。

この際いろいろなことを感じます。しかし書評家はあさましくせき立てます——日が短くなっているからで、——それで大急ぎで擱筆のやむなきに至りました。

敬具

コーブルクにて、一八〇三年十月二十三日

J・P・Fr・リヒター

＊1　一八〇四年のミカエル祭。
＊2　言語学者に対して。le Goust は el Gusto の字謎であろうか、あるいはその逆であろうか、どの言語が別の言語を移しているのか。
＊3　スカローンは書籍商のキネの謝礼をこう呼んだ。

第四小巻

第五十一番　剝製の四十雀

旅と――公証人職の展開

公証人は目覚めた七人の睡眠者(1)のようにすっかり鋳直された町を歩んでいる気がした、一つには彼が数日離れていたためであり、一つには火災が、損害はなかったけれども、そこで生じたためであった。路地でもなお彼は旅を続けていた。人々もまた、火災によって日常から引き離されて、蒙ったかもしれない災害を見るために群がってあちこち歩き回っていた。ヴァルトは真っ先に弟のところへ行った、弟の好奇心を信じられないほど張りつめさせそして静めようというこの上ない衝動を抱いていた。ヴァルトは彼を落ち着いて迎えた、しかし熱っぽく見えるが、この顔が紅潮しているのは火事騒ぎのせいであると自分のことについて話した。公証人は彼を早速自分が体験した不思議な旅の話で昂揚させ、その上で元気付けようとした。彼はそこで極めて気をそそる予告を前もって話した、驚かせることがあるのだ、実際にね」――「僕も」、とヴァルトは遮った、「若干、世界の七不思議を経験していて、驚かせることが出来るよ。まずは第一の不思議。フリッテが治ったのだ。まだ町中が驚き、硬直している」。――「ラザロの門の下で僕は彼がすでに鐘塔の穴のところにいるのを目にした」、とヴァルトは答えた、急いで話題を切り上げて。――「それは当然のこと」とヴァルトは続けた。「フート先生が、類ない本当の守護人で、彼をまたちんちん出来るようにして、それで遺言者自身が最も近い親戚として自らを相続することになった、君は他の者同様に貰うものはないのだ。年老いた医師達、特に最高齢の医師達はどの町でも老人達の真の顧問官として二十年ならぬ年齢免除［時期尚早の成年宣告］、つまりすべてのこの世の年齢の免除を幼な子に与えて、それで住民の死すべき定めを立派に不老不死と結び付けているけれども、彼らが、再び言うが、勿論このことに、つまりこのような若造が同じく若造を治したことに、どれほど我を忘れているに違いないか、このことは当然ながら、フリッテのあの周知の論文が印刷され知られるようになるまでは誰にもまだほとんど、あるいは全く言えないことなのだ。つまりこのアルザス人は二、三回つまらぬ謝辞を改作したのであるが、これを『帝国新報』に（フート先生が広告代は出して）載せて、世間の真ん中でフートに大いに感動して感謝し、この恩は返せない、これは衷心からの思いである、自分は無一文なのだからと言い切ったのだ」。

ヴァルトはこれ以上長くは抑えていることが出来なかった。「いいかい」と彼は始めた、「君の報告よりは君の思いつきの方に実際耳を傾けたいね。というのは、君に話したいことは……つまり不思議な夢の記されていた君の手紙を本当に実際受け取ったのだ。しかしこれも大したことではない。手紙は一文ごとに、一区切りごとに当たっていたのだ。まあ聞き給え」。

彼はこのときはじめて不思議な戯れを語った――それから（すべてを押し流してくる洪水の混乱した波のせいで）――再度語った。どんな冒険も、最悪の冒険ですら、語られるときほど幸せに体験されることはない。いや彼はすんでのところで、その嵐の中で滝の下のヴィーナの愛する眼差しからそのヴェールを持ち上げかねないところであったが、語る途次ずっと、片方の手はヴィーナに、もう片方の手はヴルトに置いて、最も大事なことをさしあたり考えて、ヴィーナのことはすべて将軍にことよせ、感情は、事実の方はそうしなかったが、伏せておかねばならないという極めて強い理由を心に銘記していたのであった。本当は唯一彼のために人生によって開かれた心の中へ、彼の愛と友情とへ分割された奔流の両支流を注ぎたかったけれども。

「僕の手紙に関する君の冒険については」、とヴルトは言った、「大したものに思われない――後でこれについては立派な仮説を述べよう、――逆にヤコビーネの逢い引きについてはもっと詳しく聞きたいものだ」。それでヴァルトは夜の訪問のことを全く正直に、明確に、簡潔に語り、一つの感情の動きも見逃さずに述べた。

「世にも簡単な僕の説明はこうだ」とようやくヴルトは始めた。「すべての事情を察しているある男が、いつも森や畑で君よりも三歩先か後を忍び歩いていなかったか、フルートを吹いていなかったか――君の名前を居酒屋やホテルで前もって述べていなかったか――些細な品を注文したり企んでいなかったか、例えば絵本売りや合切物、その神の御心のままにすべては良きもの、ではなく良く造られけりに関してはそうでなかったか――等々。手紙に関しては、僕の名前と文体とで容易に書くことが出来、途中で投函し、文中では自分が実行しようとしていることをすべて予言し、金は一分前に埋めることが出来る」。――「あり得ない」とヴァルトは言った。「では仮面の紳士についてはどうだい」――「ポケットに仮面を持っているかい」とヴァルトは言った。彼はそれを取り出した。ヴァルトはそれを顔に当て、その背後で怒った目で彼を見つめ、仮面の紳士の周知の声で荒々しく叫んだ。「おい僕ではないか――君達は誰か」。――「いやはや、一体どうしてまた」とびっくりしてヴァルトは叫んだ。――穏やかにヴァルトは仮面を取って、全く陽気に彼を見つめて言った。「君がこの件をどう考えているかは知らない。仮面の紳士もフルート奏者もそれに僕も手紙の発信人も同じ人物であるというのが僕の意見だ」。――「僕はついていけない」とヴァルトは言った。「要するに僕だったのだ」とヴァルトは結論付けた。しかし公証人は狼狽してにわかには信じようとしなかった。「何か不思議なことが」と彼は言った、「それでもまだこの魔法の背後に感じられる。一体何故君は僕をこんな奇妙なふうに騙そうとしたのか」。

しかしヴルトは、彼に若干楽しい思いをして欲しかった、いや若干不快な思いを取り除こうとしたのだと言った。彼はいたずらっぽい目をして、ちょうどいいときに彼の仮面を、ヤコビーネが彼女の仮面を落とす前に部屋に投げ入れなかったか尋ねた。最後に彼が打ち明けたのは、肉欲の罪を犯せば遺産の半分を失うことになっている遺言状の条項は良く知られている、しかしヴァルトは残念ながらいつも身綺麗である、しかし戦闘でしばしばよく射当てられるのは白馬の他になく、これは無垢の色のせいである――七人の相続人達は、賢明な将軍同様にその陣営を泥沼で隠しているということで――「要するに」と彼は結論付けた、「鳩売りがペテンにかけ、しばしば二羽の雌鳩を本物の一対の夫婦鳩と称するようなものだ。僕が君の後を旅しなかったら、連中は君と女優とをこのようなものにしていなかっただろうか」――そこで公証人は恥ずかしさと怒りとで真っ赤になった、そして言った。「とてつもなくむかつくことだ」――帽子を求めてふらつきながら付け加えた。「そのような目で君は哀れな少女を見ているのか。それに君自身の兄をも」――走り去り――激しく泣きながら言った。「お休み。しかしこれ以上何を言っていいか分からない」――そして返事する暇を与えなかった。ヴルトは思いもかけない怒りにほとんど腹を立てていた。

「この僕が」――とヴァルトは深く内心を傷つけられて路地で繰り返した――「神様に最も感動的な旅の晩を贈られて、敬虔なヴィーナを間近に見たそんな日に僕が罪を犯したであろうか。――あり得ない」。――

しかし自分の小部屋に戻ると、全く特別な至福の思いに襲われ、痛みは食い尽くされた。――新たな感情は馴染みの地では一層活発になる。――このとき一つの全人生を朝の光のように金色に輝かせ、その中ですべての花の露をきらめかせたのは滝の下でのヴィーナの善良な眼差しであった。彼の周りの多くのものが今や彼のものになっていた、また新たなものになっていた。下の庭園、その通路で彼はかつて彼女を見かけたのであった、それと彼女の女友達である家のラファエラ、これらが彼の胸の中の全財産に加えられた。彼自身の長編小説『ホッペルポッペル』すら見覚えのないものとなって、今やここに愛する心の新たな絵を目撃することになって、ようやくこの晩に、こうした絵によって何を最近描きたかったのか納得したのであった。今日の彼ほどに自分と同じ調子の読者を得た作家はいなかった。彼は早速、ヴィーナが多分に今晩経験しているであろう諸場面の絵のための優美な絵画陳列室を組み立てた。例えば劇場や、ライプツィヒの庭園、あるいは選び抜かれた人々が集う社交の場での諸場面であった。その後彼は着席して、彼女が今日例えばグルック(2)のタウリスのイフィゲーニエをどのような思いで見ているか熱くなって記した。それから彼女に至福の詩を寄せた。それからその楽園の詰まった紙を獣脂蠟燭に当てて、すべてを焦がした、何の権利があって彼女の知らないうちに彼女について多くのことを彼女や他人に明らかにするのか分からないから、と言いながら。

彼はベッドに行くと、ヴィーナの夢を夢見ることを自らに許した。「誰が僕に禁ずることが出来よう」と彼は言った、「彼女の夢を訪うことを、いや彼女に多くの夢を貸し出すことを。眠りは僕よりも分別があるだろうか。彼女は眠りの荒々しい狂気の中で実際夢見ているかもしれないのだ、僕ら二人が滝の下に立っていて、その中へ結び合わされて飛び込み、抱擁しながらその流れの炎の金色の上を泳いで行き、それと共に落下して死に、神々しく静かに花々の中を光を浴びながら流れていき、彼女は自分の波で僕の波へ微光を放ちながら、そのようにして、汚れた大地を覆う広くて高く青い澄んだ海へ溶け去っていくという夢を。ヴィーナ、あなたがそのような夢を見たいと思ってくれたらいいのだが」。——それから彼は枕元でまさしく明るく鋭く——夜の夢見前の荒々しい時刻には魂の前ですべての色褪せたイメージが若々しい生命の色彩を得て、人影はきらめく両眼を開けるからで——ヴィーナの愛しい穏やかな目が眼の前で開き、日中にはかすんで小雲のように見えていた月のように、夜空に燦然と輝くのを見た。彼はその愛しい目に見入った、信心深い者が神を思い描くときの目に見入るように。視線は、思い出された視線は、何と軽やかで薄いことか。それはかろうじて人間が自分の人生の最も高いところから下へ持ち帰る雪山薔薇というところだ。しかし人間は諸々の塊や地球の重圧の下にありながら好んで、瞼の覆う小さな塊、消え去った、ほとんど生じてすらいない眼差しをよりどころにする——そして天上的無の上に人間の楽園はすべての花々と共に確固として休らっている。霊はそのようなものだ。目に見えないのが霊の世界なので、無は容易に霊が姿を見せるところとなる。

　朝、彼の周囲には陽光と至福とがあった。争いの種となるべきすべての花は散っていた。朝のときは金を、純金を口にする［早起きは三文の得］。太陽は鉱化して鉱滓となった心情を選別する。過剰な陰気、特に憎しみは止む。ヴァルトは朝日の中で見回した、そして自らが雲から現れた一本の腕によってでもあるかのように人生のすべての層をなす雲を抜けて青空の中へ持ち上げられているのを感じた——愛する者は赦す、少なくとも残りに残りを赦す。彼は何故昨日、ちょうど帰還祭のときに哀れな弟にあれほど激昂したのかと自問した。

「そう、哀れな弟だ」と彼は続けた、「だって彼にはきっと恋人がいないのだから、その愛の眼差しが人生の焦点のように心に留まるような恋人が」。かくて彼は全く個々の点に分け入って、——彼をいつも他人の心へ押しやり、その中でそれを眺めるように強いる自分の本能に従って——ヴァルトの立場になって見て、この者が何も有せず、何も知らない（つまり滝のことを知らない）こと、彼がすべてのことあるいは多くのことを善意で考え、特にヴァルトに対してはそうであること、ただ専制的に頑固に振る舞うだけにすぎないこと等を考えた。

こう考えて彼は、弟の所へ行き、苦い事柄のことは一言も言わず、ただ自分の手で母胎内ですでに結ばれていた手を握って、若干のことを、とりわけ差し迫っている新しい遺産相続の職務の選択に関して落ち着いて話し合うことにした。

ヴァルトは旅立っていた。ヴァルト宛の短い手紙がドアのところに封印されてあった。「謹啓　今日は急いで旅立つことになった、ローゼンホーフで約束のコンサートを開くためだ。将来はもっと熱心に書くことにする。実際僕らの綜合小説のための僕の貢献は少なすぎる、何もしていないも同然だ。僕が書くよりも——奔放な流れに乗って——話すのを好むことは見逃せない事実だ。しかしこれは良いことではない、文芸に関しても、報酬に関しても。学校では普通算数教師と国語教師は一人で兼ねる。これに対し立派な本書きの国語教師は算数教師であることはまれだ。残念ながら僕はこの両者のどちらですらないが、金は必要としている。さようなら。敬具　ｖ・Ｈ」

「せわしい弟だ」とヴァルトは言った、「彼は今、冗談で僕に演奏してくれた贈り物を仕事で吹いて得なくてはならない。何故僕はいつも激しく爆発して善良な者を苦しめるのか」。彼は将来自分の嵐の霊、騒ぐ霊に対して全く別様に手綱を締める真面目な決意をした。

しかしローゼンホーフは直にすべてに明るい光を投げかけ、ほとんどフルート奏者を神聖なものにした、彼は素晴らしい朝の微光に満たされた沃野の中を輝きを浴びながら徒渉していく弟の姿を見送った。

彼はこれまでよりも果敢に公証人の職務に取り組んだ、これは遺産相続の職務の終わる頃にますます頻繁になってきた。彼には自分が何についての文書を起草しているか、全くどうでも良かった——それほど彼の脈拍は喜んでいた——ある宮中説教師の遺産についてであろうが、口を開けられた油の樽についてであろうが、あるいは賭けについてであろうが。いつも彼は将軍の家のことか、滝か、ライプツィヒのことを考えていた。そして公の皇帝の公証人として何を記そうが、どうでも良かった（彼はそれに全く注意を払わなかったからである）。

それほどまでに心の晩夏で輝かしく包まれて彼は九月と公証人職からとうとう十月に足を踏み入れることになった、十月にはカーベルの遺産執行人達の前でこれまでの相続人の仕事についての決算が行われることになっていたが、彼はそれを少しも不安に思っていなかった。ヴィーナの眼差しが彼の中に炎の鼓動を点火していたので彼はこのような春の脈拍をもって、運命のどのような外的冷気の中にあっても暖かくその身を保っておれたからである。

彼の父のルーカスは最近原物の手紙の幾つかの写しの中で（原物はこの村長が手許においていた、手紙を書く場合原物の方が劣るからである）、公証人職の裏に対する自分の不安と自分の「推参」についての断言を知らせてきていた。ヴァルトにとっては村長の寂寞とした考えの繰り返しは、多くの新鮮な考えを抑圧して、はなはだ重荷となって、彼は数百ものことを考えるという昔からの自由の他は何も望まなかった。「何故邪道にはうんざりさせられるのか」と彼は言った、「それは単に正しい道をまた見つけるまでの長い間いつもその道の擦り切れた平板な考えを目にし、心に留めておかなければならないからにすぎない」。人生の卑俗な悩みはそれを生み出すときよりは、それを孕んでいる間かもっと煩わしい、そして本当の受難の日は外的受難の日よりも二十四時間あるいは数刻早く始まる。ヴァルトが定められた日の朝市役所へ第一歩を踏み出したとき、ヴァルトは別な人間に、つまり昔の人間になった――その件は彼にとって過去のものとなった、それが間近であったからである。――控え室に早く着きすぎたが、しかし満足して待ち、一編の多韻律詩を作った、その詩の中で彼は、季節が冷たい暖炉に贈るこの上ない熱気と共に市役所の暖炉に半浮き彫り細工で描かれている若干の立派な群像のことを歌い上げた。踊るホーラー達「秩序と季節の女神達」、干し草で一杯の宝角《たからづの》、果物の花綵装飾、厚く固い花や果実の束、陶土製の六つの春（これは循環式暖炉であったからで）は勿論彼のような詩人を暖めることが出来た。――相変わらず市役所の会議室は閉まっていたので、彼は副次的考えに陥った、つまり暖炉のタイルから一つの長編小説が丸々表現され展開されないか、とりわけ喜劇的な小説が、というものであった。そんなわけでただ男性のみが重要な転換点の前に、例えば戴冠式とか戦闘、自殺の前に、しかしこれは彼の妻には同じようなときの前、例えば舞踏会の前にはできないことであるが、――詩作したり、眠ったり、本を読んだりすることが出来るのである。

ようやくカーベルの廃嫡された相続人達の保護者たる宮中伯のクノルが入ってきたので、すべてが始まり、しかるべく市長のクーノルトによって配置された。

彼は生涯の中でこれほど軽やかに市役所の会議室の中にいたことはなかった。百合の花糸の上で戯れていることも出来たであろう。しかし直に百合から花壇へ落ちることになった、保護者が次のように演説し証明し始めたからである、「公に宣誓した公証人はこれまでのところはなはだ不合理な営みをしてきていて」――以下のごとく単に、第一と第二に二度文書の中で省略した――第三に夜の文書の際（塔での遺書）二種類のインクで書き、第四に一本の蠟燭の下で書いた――第五に一度ナイフで消した――第六に明らかに文書の起草に召喚されていたのにそのことを何ら述べていなかった――同様に第七に同じ文書において時刻も記していなかった――第八に丁字色の褐色の紐を、これで某氏に対する某氏の訴状が巻かれていたのであるが、これを黄色の紐として記録した――第九に家の者の証人に、彼らが主人のために宣誓して証言するとき、その義務を前もって手を差し伸べて免除すること、及びこの免除の行為を告知することを全く忘れていたばかりでなく――また第十には手形拒絶証書では間違った日付を記し、いや第十一には最近にして最後のことであるが文書を全く存在しない九月三十一日の日付で作成することさえほとんどためらいを見せていない。――さてこれに反論があるかと彼は法的に尋ねられた。「申し立てることは本来ありません」――と彼はそれを受けて答えた、「それにこの点では自分の記憶よりも他人の記憶に私ははるかに信を置きます。しかし家の者の証人に関しては、単なる私の言葉で彼らの義務を取り上げ、再び返すということは利己的で出来ないことに思われたのです」。これに対してクーノルト氏は、この理由は法的にというよりは高尚に考えられていると述べ、検察官のクノル氏の意見を求めた。これほど滑稽なことはないとクノルは答えた、そして十から二十の冗漫空疎な言葉を並べて、遺言の執行人達に、自明であること――ここで必要な秘密の条項の開示を願い出た。

クーノルトはその前に、宮中伯にすべての法学者が普通夜の契約書に三本の蠟燭を要求しているわけではなく、要求しているのは何人かの者にすぎないと説明し――クノルが自説を固執すると――単にホンメルあるいはミュラーの法の便覧を最も手近な証明として戸棚から取り出した。市役所の図書には便覧の四巻本以上のものはなかった。けれどもこれには、大抵の公の図書館がそうであるようにカタログが欠けていた。

クノルは自説を留保した。クーノルトはしかし譲歩せずに、罰則の税額を読み上げた。「つまり若いハルニッシュの公証人としての法的過ちの一つ一つに付き七人の相続人のそれぞれにカーベルの小森の樅の木を一本伐採することが許される」。彼は十の罪を犯したのだから——争点の蠟燭は別にして、——それで十分の一税は、七人の最後の苦しみ［キリストの最後の七つの言葉］と掛けられて七十の幹という立派な伐採となり、それでヴァルトは小森［ヴェルトヒェン］同様に半分透けることになった。「さて」と公証人は言った、すばやく両手を脇の方へ広げて、「どうしたものか」。——彼は心の内部で人生の偶発事について靴屋が自分の作る新しい靴について顧客に言うように陽気に説得する術を心得ていた。靴がきつすぎれば、親方は言う、きっと履いているうちに広がる。緩すぎると、彼は言う、きっと濡れて縮む。それでヴァルトは秘かに考えた。「これで利口になれる。今度からは公証人として落ち着いてすべての文書を作成出来る、秘密の条項は金輪際命ずることも奪うこともないのだ」。しかし最後に検察官のクノルが彼の心の軽やかな詩的神の血を重苦しく、濃く、塩《しょ》っぱいものにした、検察官は伐採木の利益の喜びで血迷ったり酩酊することは少しもなくて、三本の蠟燭に関する彼の抗議を新たにして残したのであった。明らかに憎しみを抱いている者を絶えず目にすることは、自分の冷淡さをすでに憎しみと見なすようないつも愛する魂を鬱陶しい雷雨の大気で押さえつけてしまう、雷雨はその接近の方がその雷鳴よりも人を苦しめるものである。彼はクーノルトの穏やかな言葉によってさえ、それは彼の避けられ得た過失をこれ以上は許せないものとして非難するものであったが、打ちひしがれて家へ帰った。そしてすでにこのことに対するヴルトの呪詛と冗談とを予期した。

彼が家でした最初のことは、村長である彼の父とその陶片追放とを避けるために、家から飛び出て十月の自然の美しく静かな高台へ行くことであった。村長は、彼の確信によれば、町へ走ってきて、壊れた幸運の籤入れ壺の破片をことごとく彼の頭に投げるであろうと思われた。小森に向かい合った——のどかな高台で彼は、運命の医学的ミゼレレ［腸閉塞］を詩作と感受性とによって音楽的ミゼレレ「詩篇第五十篇」に変化させる間に、すでに何人かの相続人達が相続の森を物わかりのいい樵と共に逍遥して一致して伐採印のハンマーで自分の恵みの木に印を付けているのをしっかりと目に留めた。最後にフリッテが斧とのこぎり、物差しを手に持った材木貯蔵の一行の先頭に立って、森へ馬で乗りつけた。自分の半喪［死亡後六ヵ月目からの服喪の後半期］を日々小さな部分に砕いて、三分の一喪、四分の一、八分の一、六十四分の一とする男やもめのように――数学的法則に従って悲しみあるいは分子は決して零にはならないけれども、――ヴァルトはこれを見て、彼の弱々しい半喪を、数学的に言って、無限に大きな分母と無限に小さな分子とに変えた、即ち彼は通常楽しいと呼ばれる状態になった。「結構なことだ」、と彼は考えた、「僕が善良なフリッテに僕への彼の好意的遺産指定に対してわずかながらも自分の失敗で感謝を示すことが出来たのは。大いに喜んで欲しいものだ、失敗を喜ぶ気持ちだけは持って欲しくないけれども」。しかし森損失を楽しむ気持ちはヴァルトにとっていくらか衰えた、老村長が町から歩いてきて、森へ分け入るのを見たからである、殉教者の王冠を被り、王笏を持って。ルーカスは印を付けられた幹に近寄り――尋ねてあれこれ言い、ののしり――伐採区域を隅々まで歩き、何の全権もないのに皆と争い――一時的な森林裁判官、森林評議団としてあちこちへ、茂みという茂み、のこぎりの音という音のところへ飛んでいき、彼の顔の砂漠は、彼の考えの中で最大の樹木冒瀆者の相続人達がますます多くやって来るにつれ、ますます干涸らびたアラビア風なものとなった――そして倒れようとする梢のそれぞれを溜め息をついて見上げ――倒れてくる木が叢林を傷つけないための道を営林法に従って造ることだけを考えていた。

ヴァルトは情けなくこれを眺めていた。いつもは軽やかに彼は自分の黒い運命を白い運命同様に単に詩的色づけのためにすりつぶして、さながら石炭や白墨をこしらえたけれども、伐採すべき木の伐採は詩的葉飾りとして描くことは全く出来なかった、父親が痛々しかったからである。しかし彼は父親が立ち去るまで頑に待った。それから眼前のはなはだ燃え上がっている夕焼けのことは気にかけず、父親を喜ばせるにはどの遺産継承の職務を選ぶべきか自らの裡で票決することにした。

しかしフルート奏者がいなかったために集票と、何らかの、ごく些細な数であれ少数者が欠けていた、多数者そのもの（彼）がただ一人だったからで、これは最小ではなくても――というのは投票の場合一人の男もいないこともしばしばあるからで、――かなりの数とはいえなかった。

最後に彼は最も短い職務、つまり一人の相続人の許に一週間暮らすことを選んだ。この箇所は遺言の法典の第六条gの項で、「彼（ヴァルト）は二等賞の相続人達のそれぞれの許に一週間暮らさなければならない（相続人が断れば別であるが）そしてその時々の家主の、名誉と共に取り交わされる希望をすべて上手《うま》く果たすこと」と言われているものである。このような短い職務は大きな踏み外しや飛び損ないなしに、若干の名誉と共に、すぐに、弟がまだ帰らないうちに終えられると彼は期待した。職務の選択の後にはその最初の栄に与る相続人の新たな選択をしなければならなかった。彼は一週間住むために、これまで住まわせて貰った人、ノイペーター氏を選んだ。「優雅さも必要だ」と彼は言った。

第五十二番　剝製の鶲《ひたき》

上品な生活

朝、宮中代理商に対する極上の語りかけを完全に頭にたたき込んだ後で、いずれにせよそのような語りかけは今まで口をついて出たことはなかったのであるが、彼はノイペーターの前に進み出た、ノイペーターは彼を書斎の燃える蠟燭の横で、濡れた口に印章を持っていき、郵便日だと知らせながら迎えた。商人が続けて封印している間に、彼はその背後で軽快に優美さに充ちた話をしたが、ようやく商人は封印を終えると蠟燭を消して尋ねた。「何の御用か」。公証人のすべての長談義は散乱した。

同じ話を二回続けて話せる人間はいない。急いで彼は述べたことの中から薄い訥弁のエキスを差し出すことだけを考えざるを得なかった。宮中代理商はしかし、「そのような駄弁で煩わせないでくれ」と彼に頼んだ。

新しい職務をこのように手厳しく拒絶されるよりはこの職務の中で考えられる限りの罪を犯した方がまだましであったろう。誰かに更に居住試験週の先買権を贈ることによって勲章の頸飾りを掛けて見ようという思いはもはや彼にはなかった。彼はマナよりもむしろ涙のパンを、例えば惨めな穴だらけの住まいを共に出来るような貧しいがしかし善良な奴さんに出会え、この者を幸せに出来るところ、そこに彼は憧れており、そこを尋ねてはいなかった。というのは上述の奴さんはつとに存在していたからで、アルザス出身のフリッテであった。ヴァルトはニコライ教会の塔へ行って、おずおずとフリッテに、彼の許で最初の試験週を過ごしたいという特典を申し出た。アルザス人は彼を喜んで抱擁し、自分は今日にも塔から去る、すっかり元気になったからであり、新鮮な塔の空気を以前ほど必要としないからと請け合った。「僕らのためにコーヒー店主のフレッセの許で対の高価な飾られた部屋を借りることにする。そうだとも、僕らは立派に暮らそう」、と彼は言った。ヴァルトはあまりに幸せになった。三十分するとフリッテは荷をまとめ、そしてその後荷を開けた。というのは彼は自分の道具で、蚕や蜘蛛がその糸でそうするように、大抵入れ替わる住まいの足取りを覆ったり、表したりしたからで、さながら思い出のためにむしり取られる美しい髪の房を残すような案配で、述べたように、彼の荷物は天体のように循環によって一層小さく磨かれていったのである。彼は今や彼の塔から――自分のこれまでの債権者に対する稜堡にして国境要塞から――防御施設のないコーヒー店へ敢えて降りて来た、一つには自分自身の遺産を、つまりその信用を相続したからであり、一つにはカーベルの遺産のいわば夫婦共産制に関してヴァルトの最近の失敗は町の人の前で彼を組み入れるように見えたからであり、一つには十本の樅の木、ヴァルトの嘆きの樫を相続したからである。「剝製の四十雀」の第五十一番はすでに詳細に、どのように着飾って彼がヴァルトによって蒔かれた核果と果心の失敗の収穫物を噛み割り、その芯を取って、町の人々の前に現れたかを述べている。

ヴァルトは全く素晴らしい晩夏の朝、半ば憂鬱な気持ちで自分の小さな庵から出た。庵は彼を必要としているかのように、一人っきりで虚しく退屈を有するかのように、とりわけ安楽椅子がそうであるかのように思われた。しかしコーヒー店主フレッセの所に足を踏み入れたとき、何と飛びしさったことか、部屋の一式を前にして、多くの飛びしさる者が見える長い鏡、壁の燭台にある卵形の鏡、残りのきらびやかさを前にして。――彼はびっくりした。フリッテは微笑んだ――他人に対してはヴァルトは倹約家でありたかった。――善良なアルザス人がこのような豪華な部屋を借りたことを、彼は考慮し、大いに呻いた。彼はこれを自分のための消費と考えたからであり、フリッテがドイツの皇帝同様に、子孫には何も、帝国も富も残さないと誓っているいわゆる浪費家の一人であり、アテネの高官同様に祖国愛の印として名声と借財しか残さないようなそうした浪費家の一人であることを前提としていなかったからである。

ヴァルトは早速試しの週のためのカーベルの運営資金から承認された金貨を取り出して、次のように言いながらテーブルに置いた。「これを遺言者は定めている。もっとあるといいのだが」。――彼がフリッテから受けたほど強く叱責された人間は少ないであろう、フリッテは、あなたは自分の客ではないかと言った。

しかし彼はもっと微妙な点、つまり自分が住むことの遺言上の目的について話し合わなければならなかった。彼は次のような言い回しで述べた。「このような高価な快活な部屋でそしてあなたの許で遺書のような法律的なことやその主要条項を考えることは実際面倒なことです。しかし両親に対する私の義務を自分の喜びのために蔑《ないがし》ろには出来ないので、――難しいことですが、私か間違いを若干犯すことが出来るようなことを何か提案して頂きたいのです。まことに、これは尋ねることの方が行うことよりも私には難しいことです」。――

アルザス人はすぐには彼の微妙な言い回しが理解出来なかった。「ちぇ」と彼は言った、「何を蔑ろにするのかい。一緒におしゃべりしたり踊ったりするのだ。これは老カーベルには何の関係もない」。――「おしゃべりしたり、踊ったりですか」（と公証人職で怖じ気づいたヴァルトは答えた）。「それも二つとも一緒にですか。この二つのうちの一つだけでも失敗の果てしない余地が生ずるとしかここでは言えません、ましてや――実際それ自体あるいは私にとってフリッテさん――しかし」……――「いやはや。――一体何について話しているのかね。――地上の人間が、小馬鹿にした市長の許へ走っていって、どんなに楽しかったかを彼の前で歌って聞かせるよう要求するものだろうか」。――ヴァルトはすばやく手を握って言った。「お任せします」。そしてフリッテは彼を抱擁した。

彼らは楽しげに話しながら朝食を摂った。長い窓と鏡は磨かれた部屋を光輝で満たした。涼しげな青空が覗き込んだ。公証人は上品な快適さを感じた。運命の女神の車輪が彼を回していた、彼が車輪を回していたのではない、そして馬車の車輪のようにまず赤く塗る必要はなかった。フリッテは『帝国新報』のために数日で仕上げた二つの広告を読み上げた。――一つ目の広告では主計局長のＢ市の某氏に、公に『帝国新報』紙上で弾劾されたくなければ、ワイン代の合計九百六十ターラー銀貨を六ヵ月以内に支払うよう要求していた。彼は公証人には快くその男と町の名前を打ち明けたが、しかしその件については何も教えなかった。第二の広告はもっとありのままの真実を含んでいて、つまり自分はワイン取引のために二万ターラーを有する協力者を求めているという知らせであった。

ヴァルトの顔は、この気立てのいい人間がこれほどの資産を有することを喜んで輝いた、そして彼は彼の人生における金色の避雷針をはなはだ強く称えた。

フリッテはしかし答えた。「文体上の間違いがないか率直に教えて欲しい。これらは短時間のうちに書き上げたものだ」。ヴァルトは、広告は短くなればなるほど一層難しくなる。自分には印刷する一全紙の方がその二十四分の一全紙の場合よりも推敲が易しいと説明した。「夜の勉学は体に悪いのだろうか。僕は長命術の本に凝ってしばしば三時まで起きているのを隣人に見られている」、とフリッテは語った、これは全く嘘とは言えなかった、彼はこれまで帽子置きにナイトキャップを置き、その横に明かりを置いて長命術に凝る読者を極めて容易な健康的な方法で演出してきたからである。それから彼は公証人の前で、公証人の心から率直な賛嘆と素朴な信頼は彼を甘美な温かさで包んでいたが、一束の恋文の紐を解いた、その恋文の中で彼、彼の心、彼の文体が高く評価されていた。アルザス人はこの小包をその受取人である或る若いパリの男から安全な保管のために預かっていたのであった。

ヴァルトは遠慮なく美しい差出人の女性の文体に拍手を送ったので、アルザス人は仕舞いにはこれは自分宛の手紙であるとほとんど自ら信じてしまった。しかしヴァルトがこれに熱を込めたのは、自ら愛についてあまり話さないようにするためであった。彼は未熟な内気な若者として、愛の感受性は修道院の面会格子の背後、せいぜい修道院の庭で生ずるに違いないとまだ信じていたので、彼はただ一般的に言った。「愛は犠牲を焼く煙同様に、どちらも華奢なものですが、それでも厚い雨雲の中、重苦しい大気を通って昇って行きます」――しかしとてつもなく赤くなった。「確かに」とアルザス人は言った、「愛は毎日ますます広がろうとします」。

フリッテは更に進んで、彼の客人にまったく印刷された自分の文書を見せた。つまり彼は彼に極上の愛のマドリガールを見せたが、これは彼の言うには最小の判、二十分の一全紙を超えない大きさで印刷させたものであった。それはパリの砂糖菓子から剥ぎ取った詩の紙片で、真の甘い手紙［恋文］で、フリッテはその甘い装幀をすっかり食い尽くして剽窃しやすくしたのであった。何故ドイツの詩は最も甘美な着装という長所の点でフランスの詩に遅れているのか。つまり何故我々は、フランス人がその詩の周りに砂糖やビスケットをまぶすとき、それを逆にして我々の詩で砂糖やスパイスを着装し包み込むのか――とここで答えるのがふさわしければ、ここで問うことが出来よう。――ヴァルトは際限もなく褒めた。アルザス人は歓喜の油の上を泳いだ、そしてほとんど賞賛の聖油に溺れるところであった。人間に好意的に準備される享楽についてはそれがどのようなものであれ、受け入れるときのそれを消化する口蓋や胃の偶然に左右される。これに対して率直な賞賛を享受するときには例外なくどの人間もいかなる時であれ耳と胃とを開け放つ。人間は我を忘れて言う。「賞賛は人間が絶えず飲み込むことが出来、また飲み込まなければならない唯一の空気である」と。フリッテも変わらなかった。新たに元気になって彼は公証人を町の路地に連れだし、彼には若干の喜びを、自分には割り込む席を用意した。つまり古くからの債権者達が熱心に彼を追ったが、同様に彼は新たな債権者を追った。彼は、モンテスキュー[1]によればローマ人達は家から出来るだけ離れて戦争をしたという格言を知っていたので、彼はめったに家に居なかった。二人は朝の町をぶらついた。ヴァルトにははなはだ快適であった。フリッテは町の人々に自分を――つまり試験の週のカーベルの包括相続人ハルニッシュを見せたかったので、――それで多くの人々と一言交わした。そして公証人は幸福な気持ちでそばに立っていた。どの平土間の窓でも――「平・土間」とフリッテは言った、「をドイツ人は全く間違って発音する」――彼はガラスの扉を叩くようにノックして、窓を開ける少女達の頭に、彼女達にはまだ朝の眠りのオーロラの半分が漂っていたが、数百もの甘言を並べて、娘達は朝の服のまま窓枠のところで針仕事を続けなければならなかった。しばしば彼はくどくど質問することなく外から接吻を入れ込んだが――これはフランスの若干の寵児にのみ出来る体の礼儀作法であるとヴァルトは見なした。一人の声望ある男が絹のナイトガウンを着てパイプをくわえて三階から下へくゆらせていると、フリッテは上に話しかけたり、駆け上がったりした、そしてヴァルトも同じことをした。フリッテは誰とも昵懇であった。地方の名士連の許では彼は子供達に踊りを教え、貴族の許では犬を躾けていたからである。貴族の場合はもっと聖なる道をも付いていった、つまり祭壇パーティーへ行った。ハスラウの貴族は周知のように、そして他の地でも通常そうであるように、一緒に公に、聖なる晩餐会一同、一座として晩餐を楽しんだからである。それで彼は後を付いていき、最後の男であった、市民の後に死刑執行人がいるようなものである。ただの一回を除いて、このときは彼はただスレート工のようであったが、彼は塔に登っていたからである。ヴァルトはこの朝ほど部屋の中へ入ったことはなかった。ある紳士が馬で飛びすぎていくと、フリッテは駄馬に一声、例えばモタモタしていると投げかけるのを忘れなかった。馬車が出発の準備を整えて待っていると、フリッテは人が乗り込むまで待って、領地まで後からいくと約束した。ライプツィヒの大市から遅れた商人達が戻ってくると、フリッテは彼らが屋内に入るまでハスラウの大市でのニュースを聞くのを待たせたりせず、彼らが荷を開ける間に、ニュースの荷を開けた。

ヴァルトはすべての世界の人々に紹介され、何度か話した。

二人が一日の朝にこれほど多くの訪問をしたことは信じがたいことであったが、確かなことであった。彼らはレースあるいはボビンレースの商人のエクスレ氏の許へ行って品物と、ザクセン出身の愛らしいレース編みの女性達、小鳥が半ば色彩で半ば自らの羽毛で縁取られているエーガーの多くのボタンを見た。ヴァルトはそこの美しい床の毛氈を長靴で傷つけないよう、ただ一歩大胆に大股で歩いて、その上を越えて早速磨かれた部屋へ進んだ。

彼らは教会役員グランツの東屋に入った、そこでフリッテは自分のさえないラテン語力をある説教者の銅版画で見せようとし、その下に記されたラテン語の詩と注とをすばやくフランス語の発音で読み上げたが、ＭＤＣＣＬＸ［一七六〇］年死去の部分は除いた。このような異国の数字の印を分からないからと外国語ではなく母国語で読んでしまうと、いかにその他の点て博識に見えても半ば滑稽なことになるからである。

彼はヴァルトと一緒に郵便局長のところに行った、いつも詮ないことであったが、単にマルセイユからの手紙のことを尋ねるためであった。彼は郵便局員に難しいフランス語の上書きを読み上げた。ヴァルトはそのアクセントと発音を率直に褒めた。そこで通りでフリッテは十回ほど、少なくともこの二つの単語をどのようなアクセントを付けて発音すべきか教示したが無駄であった。ヴァルトは自分は舌よりも耳が悪いと告白し、彼の手を握りながら、自分は大抵のフランス人のものは読んだが、まだ誰一人としてフランス人の声を聞いたことがない、それ故熱心にフリッテの発音の一つ一つに聞き耳を立てていると白状した。しかし彼は、ショーマーカーからフランス語のかなりの筆跡を習っているのではないかというザブロッキー将軍の言葉を引き合いに出した。その後フリッテはヴァルトにまだ残っているドイツ語風の言い回しを示した。

彼らは、ヴァルトが最近その家でピアノの弦を張った士官候補生の未亡人の許へ行った。彼女は夫の死を、包囲されたトゥーロン[2]にあった宮殿の消滅について語り、宮殿から持ち出した唯一のものは、思い出のために永遠に保存しているもので、極上の磁器の室内用便器であると語った。この筆法は公証人を上品なシニシズムで夢中にさせた、このシニシズムで彼は『ホッペルポッペル』の中で偉い人々を彩色すればよかった。ロマンチックな初心者が老将軍や若い青年貴族を薄明かりの中で例えば小便するのを見ると、書斎の机に腰を下ろして、「宮廷の諸紳士達は概して薄明かりの中、隅に立つものである」と記さずにはすまないものである。大いにフランス語で話された。そしてヴァルトは出来るかぎりのことをし、しばしばコマン［どうして］と言った。――フリッテは後でヴァルトに質問におけるドイツ語風言い回しを指摘した。

彼らは女性の、ヴァルトにはヴァルトを通じて馴染みの寄宿学校へ行った、ここでは更に多くのフランス語風言い回しと更に多くの美人が見られた。フリッテの自由なお世辞ぶりを真似ることは出来なかった。しかし彼には、ただフリッテの後ろ姿を見送り、魂の百合で一杯の花壇の間で一方の足先を他方のそれの踵に添え木を当てるようにぴったりくっつけることで十分であった。「君達愛しい者よ」と彼の心は言った。耳にするかぎりのものは優しく聞こえた。「しかし」と彼は考えた。「女性達というものはこうしたものではなかろうか。すべての奔流と死体を受け入れる不純な男性の世俗の生活の最中にあって、女性達は自らの純粋さを一杯に保って離れている。塩《しょ》っぱい海水の中の新鮮で澄んだ水に充ちた小さな島々だ。善良な女性達よ」。

彼が外に出ると、現侯爵の黄金の食器に――空想の触覚にとって――軽やかな詰め物肉、肉団子、蒸した肉切れが盛られることになった。食器は――老国王の贈り物で――つまり年に二回公然と市場できれいに磨かれるのであったが、徒歩の小さな分遣隊の監視の下で、彼らは武器を持っていて、躾の悪い土地の者からそれを守っていた。

彼らは装身具商のプリールマイヤーの許へ行って、きらびやかな女性の世界に取り巻かれた。

これほど自由な、軽快な、すべての身分を混ぜ合わせた午前というものはハルニッシュには今まで経験がなかった。ペガサスが次々に彼の凱旋の小馬車につながれて、飛んでいった。フリッテの生活を彼は昔から踊る朝食、［お茶の時間の］ダンス・パーティーと見なしていた。今や自分自身の生活を踊る水［汞和《こうわ》溶液］と見なした。彼はフリッテの心を――フリッテのことを彼は自分同様に夢中になっているものと考えていたが――自分自身の心同様に味わった。陽光の中を漂う塵芥のようなアルザス人を彼は詩的花粉へと美化し、生気を吹き込んだ。最後に彼は、彼の横を行きながら、秘かに次のような彼の墓碑銘を作った。

穏やかな西風の墓碑銘

地上を私は飛び、花と小枝との間で戯れ、時折小さな雲の周りで戯れる――影の国でも私は小暗い花の周りやエリュシオンの杜の中を羽ばたくことだろう。旅人よ、立ち止まることなかれ、私同様に急ぎ、戯れるがいい。

十時にフリッテは彼を宮廷に一層近づけた。「シャンゼリゼに行って遅い朝食を摂ろう」。そこは古い侯爵の庭園で、国で最初の公道が開かれたところであった。途中で子供や犬に対する警告板が見られ始めた。しかしシャンゼリゼではじめて本格的にすべてが禁止されることになった、殊に楽園の土地そのものがそうで――これほど多くの禁じられた木や果実の柵、花の柵がある楽園はなかった――すべての通路には監獄の公文書、出入りを禁止する札が上の方では花咲き、下の方では蕾を付けていた。懲罰を予告する訓令の下、誰もが散策する服役者として楽園を横切り、歩きながら聖ペトロの鎖の記念日を祝い、その背後で疲れていた――キリスト受難の十四留《りゅう》を通るカトリック的懺悔としてよりも、(天国は頭上にしかない)ダンテの地獄巡りの巡礼として誰にとってもこのようなすべての呪う樹木や神殿の文書による叱責の下では自分の散策が思い描かれた――――いや人間は最後にはこの広場では気分を害して、草臥《くたび》れて出てきた。

かつてヴァルトが快活で自由であったとすれば、この広場においてそうであった。彼の内部の人間はテュルソス［バッカスの杖］を持っていて、それを持って駆けた。つまりこれらのすべての警告板の中で残っていたのは、板、材木、石、ブリキだけであった。警告の方はしかし立派に苔むして、風にさらされ、砂で埋まっていた。得がたい自由、奔放が今や、フリッテが彼に誓い、証明したように、楽園を支配していた。すべての遮断命令は単にかの時代に一般的であったのであり、つまり大小の侯爵達が――現在の偉大な侯爵達とは全く違って――(丁重に話すとして)いくらか家臣達に粗野であった時代、そして彼らが神の似姿として――この点画家は全く追従はしていないけれども、――当時の説教壇の新教の神よりはユダヤ教の神の方に似ていて、祝福するよりも雷を落とすことの方が多かった時代のことである。「支配者が今何か庭園で気に入っているもの」とフリッテは言った、「それにはすでに特別にしっかりと柵がめぐらされており、それでいずれにせよ誰も入れないのだ」。

彼らは遅い朝食を、朝のパンと朝のワインを、庭園の食堂からほど遠からぬ開放された陽気な亭で摂った。公証人は上述のように幸せであった。上昇する昼の庭園と下降する影の庭園、それに石化した春の朝のように見える軽い、下に飛ばされたような離宮、更にチューリップのような多彩な小別荘が顔を覗かせている小森、またペンキを塗られた橋に白い彫像、多くの生け垣や通路の墨糸――――これらを彼はアルザス人に見せながら、長く飲めば飲むほど熱く描いて全く飽きなかった。これは勿論フリッテの気に入った。彼は大抵自分のクロードーロラン達(3)をただ唯一の単語とタッチで十分に表現していたからである。素晴らしい、と。誰もが賞賛の独自の原色を有するものである。ある者は、天使的といい――別の者はこの世ならぬ――第三の者は神々しい――第四の者はこりゃたまげた――第五の者はこりゃと言う。

ヴァルトはしかし、自らに対してであったが言った。「これは今朝からだ、狐につまれたようだ、優雅な者達のまことの生活だ。ヴェルサイユかフォンテンブローにいるようではないか。ルイ十四世の御代に戻ったのか。違いはほとんど分からない。これらの並木――これらの花壇――茂み――朝のこれらの多くの人々――この明るい日中」。――ヴァルトにはつまり、人生のいかなる初期に得たのかは分からないが、優雅で、寛大で、諸国や女達、諸宮廷を征服していくルイ十四世の青春時代の極めてロマンチックな光景が焼き付いていたので、十四世の青春がその祝祭や天国と共に自らの先の青春であるかのように美しく、穏やかな花火として空中に漂って、化粧着で散歩する廷臣達の自由で新鮮な朝のようで――それで噴水を見るたびにマルリー宮(4)へ飛ばされ、めかし込んだ並木道を見るたびにヴェルサイユへ、棚壁の高い［十七世紀末の］頭飾りの描かれた銅版画を見るたびに当時の王宮に飛ばされ、いや彼の書き物机の上の切り取られて糊で張られた小さな絵でさえ彼と共にかの陽気な宮廷時代に、陽気な民衆時代にではなかったが、飛んでいった。「宮廷人の生活は」――と彼は何度か自分に言った――「（フランス人の回想が嘘でなければ）詩の持続ではないか、食糧の悩みに苦しめられることもなく、天翔る境遇にあって、宮廷の男達は音楽の夕べごとに恋し、そして朝の庭を最良の恋人と共に散歩出来るのではないか。新鮮な飾る朝焼けの中で何と彼らには女神達が花咲くに違いないことか」。

こうして彼は庭で全く別な、すでに埋葬された朝焼けを味わった。花火として空想の模写物が死んだ原物の上に懸かった。幸いフリッテが好意を示して――彼は付き合いのたびいつも新たな付き合いを求め――庭園の飲食店主と会話を始めて、そうして彼に若干の夢想的な漂泊のための得がたい孤独を贈った。何と喜んで彼はこれを行ったことか。彼はすべてを眺め、注視した——日光の雨を受けている緑の影を、——遠くの湖を、幾つかの湖は庭園の暗い瞼のようであり、幾つかは明るい目のようであった——水上の小舟を——湖をつなぐ橋を——高台の白く高い神殿の階段を——遠くの、しかし明るく輝いている園亭を——そしてすべてを越えて高く、大胆に青空の中へ飛んで行く外の山々や街路を眺めた——彼の午前は一時間ごとに浄化された、純粋な水から西風に、これは上空でエーテルになって、この中では諸惑星と光しかもはや存在せず、飛んでいなかった。この場に弟が切に願われた——滝の下でのヴィーナの眼差しを彼は白昼に見た。彼は、どうして何故なのかしかと分からずに幸せであった。彼の松明は先を真っ直ぐにして、いつもは風の吹く世界で燃え、微動もしなかった。伸展詩すら彼は作らなかった、シラブルの強制を逃れて、そしてあたかも自らが詩作されるような気がした、彼はある見知らぬ恍惚となった詩人のリズムの中へ軽やかに自らを委ねた。

こうした内的諧調の中で彼は庭園の中のある奇妙な庭園の前に立っていて、ほとんど単に気まぐれにある鈴を鳴らしてみた。二、三回振ったかと思うと、太った重そうな従者が帽子も被らずに漕ぎ出てきて、侯爵の家族の何人かのためにドアを開けようとした、鈴は従者を呼ぶためのものだったからである。しかし上品な人間はドアのところに穏やかな公証人しか見いださなかったので、彼はびっくりしている鈴振り男をかつてないほど長く演説して叱りとばした、あたかもヴァルトが用もないのに警鐘、トルコ鐘(5)を鳴らしたかのようであった。

しかしヴァルトの内部は軽やかに堅固にドームが造られていたので外部のものは容易に侵入出来なかった、一滴も彼の軽快な飛ぶ船には落ちなかった。彼はすぐにフリッテの許に戻った。彼らは家に帰った。大きな食事時の鐘が町の人々を呼び集めた、二時間後により小さな鐘の音が宮廷の人々を呼び集めたように。これは今は食事へ行かない腹の充ちた公証人に対してはなはだロマンチックに響いた。同時に時計そのものであるような正真正銘の時計通りの男(6)がいるとすれば、それは胃である。生物は暗く、はかないものになればなるほど、一層時間を知るようになる、ちょうど肉体、熱、動物、子供、狂人が証明しているように。ただ精神のみが時間を忘れることが出来る、精神のみが時間を造るからである。さて上述の胃あるいは時計通りの男の食事時計が数時間先か後かにずらされると、この者は再び精神を混乱させて、それで精神は全くロマンチックになる。というのは精神はすべての天上の星を抱きながらも肉体的回転に従わなければならないからである。遅食であった朝食は公証人を数十年来動いていた一つの軌道から遠くへ投げ飛ばして、それで彼の前ではどの鐘の音も、太陽の位置も、午後の全体も余所余所《よそよそ》しい奇妙な外見を見せることになった。それ故戦争は訓練された兵士を、すべての時間を転倒させて享楽の無秩序な干満の中でロマンチックにそして戦闘的にするのかもしれない。

夕方には家々の投げかける影は彼には一層不思議に思われた、そしてフレッセの部屋にいると時間が狭苦しく同時に長いものとなった、自分の沈んだ天文台のため何も予見出来なかったからである。彼は再び月を欲してフリッテの伴をしてビリヤードの部屋へ行った、そこでフリッテがボールをフランス語ではなくドイツ語で数えるのを奇異な思いで聞いていた。直《じき》に、眺めていることに退屈してここから一人で抜け出して河の美しい岸辺に行った。この日、町の規則に従って魚釣りを許された（すくい網は許されなかったけれども）そして薪を拾い集めることを許された（斧は許されなかったけれども）貧しい人々を目にしたとき、突然彼は彼らの今日の楽しみに接して自分の楽しみに対する一種の許しを得た、この楽しみは彼には次第にあまりに上品なあまりに安逸なものに思えていたのであった。「僕も」と彼は考えた、「今日は十分上品に耽溺した、そして長編小説は一言も記さなかった。しかし明日は家で全く違う過ごし方をしよう」。

岸辺の長い夕方の影と長く赤い雲とが彼に新たな大きな翼として懸かってきた、それが彼を動かすのであって、彼がそれを動かすのではなかった。

彼は一人で黄昏の路地をさまよって、月が昇り、彼の月時計となるまで、どのような冒険へも踏み込む覚悟があった。すると混乱は収まり胃はどんなときか知っていた。ヴィーナのほの白く光る家の前で彼は幾重にも興奮した心をあちこち運んだ。すると心の中へ静かな憧憬がまるで天からのように落ちてきた、そして陽気な地上の一日を至福の天国のときが花輪で飾った。

第五十三番　バイロイトのゲフレース近郊の十字架像石

債権者の狩猟図

朝ヴァルトは昨日の一日を振り返って子供っぽく喜んだ、この日が小さな転回によって彼の人生を太陽に対して様々な色に輝くようにし、一日で多くの日を経験することになったからである、いつもは次々と背後に飛び去り、重なり合う多くの時は人間にほとんど一時も見せてくれない。今日はしかし彼は家にいて大いに書いた。

これはフリッテには都合の良いことではなかった。家に残る孤独は彼には多分に社交の薬味、付け合わせであったが、社交そのものではなかった。しかし真似しない者は真似される。ヴァルトの詩的歓楽はとても彼の気に入っていた――フリッテは散文的話の円筒として詩人的なぜんまい筒のざわめきの横を回り、ヴァルトをほとんど理解出来ず彼に答えることが出来なかったけれども、――そしてヴァルトの並外れた関心事、狙いは周りを飛び回る人間をとても暖めたので、彼自身一緒に家に、ただヴァルトの許に留まった、この世の誰よりも、何という債権者の蚊どもが今日彼を刺しにくるかよく予見していたけれども、蚊というものは周知のように我々が歩いているときよりも立っているときにもっと襲ってくるものだからである。自然の原則はこうだからである。スペインの城［空中楼閣］しか建てない者は、強烈に刺すスペイン蝿［ハンミョウ］だけを覚悟すべし。第二の原則は、数日前金を手にした劣悪な負債者の許にはどんなに早く面会を求めても構わない。

アルザス人がいつも癒された軍として送り返さなければならないいつもの怒りまくった軍はちょうど早朝にやってきた。フリッテはここでもいつものように特別にそのために選ばれた謁見室で軍を迎えることが出来、軍に彼の有する唯一のもの、耳を貸した。ただ耳だけは公証人は拒絶しなければならなかった、フリッテが遠くから攻撃している間に熱心に聾となって詩作を続けたのである。アルザス人が、夕方ベッドという暖かい越冬地へ入る前に一日のうちに行った出兵を簡単に述べる甲斐はあろう。毎日攻めてくる軍勢の左翼はユダヤ人から募られていた。右翼は部屋や馬、本を貸す者達、人間の体のすべての職人達、こうした者達の魚売り女であった。そしてその先頭には振り出された為替手形を持った一人の男が総指揮官として率いていた。これについての公式な報告は次のようなものである。

霧の早朝、一人の泣き虫がユダヤ人達を攻めた。巧妙な軍略よりも粗野な吶喊で彼は容易に彼らを退け、そしてただ言った。「貴様らはユダヤ人にすぎない、自分はまだ何も持っていない、これ以上何を欲するか」。

ヴァルトとの朝食のとき一人の時計職人が彼に突進してきた、この職人から彼は自分の指針の時計とアシニア紙幣と引き替えに時鐘付き懐中時計を購入していた。フリッテは、これは時鐘の打ち方が悪い、自分のが気に入っている——指針の時計は少なくとも指すことを繰り返す、——そして捕虜とされたものとの交換を申し出た。この男は鳴らない時計をすでに売っていた——フリッテも勿論鳴る時計を売っていた。——それで敵は一個の時計を失って退散した。

後で幸せなことに窓から覗くと、馬に乗った敵、馬貸しの動きが見えた。彼はこの敵を謁見室で迎えた、この者の襲いかかる声と戦闘的喉は承知していた。しかしこの者の鬨の声を煙弾を投げて窒息させた。「いいかい。カーベルの森の樅の角材を知っているだろう、多くの他の遺産と共に我が遺産となったものだ、将来の遺産はともかくとして。ここから水車の輪軸が作り出されるものだ。——何を話す必要があろう。要するに、これをすでに半分は別な者に約束してしまっている。しかしおたくには優先権を与えよう——見積もってみるがいい——そして借りを差し引いて、どんな得があるか計算してみるがいい——何か言い分があるかい」——彼の敵は答えた、これはともかく非難する余地のない言葉だと、そして戦場を去った。

すぐ彼の後を二番目の馬の貸し方が駆けて来た、長く青い、皮の前掛けの上で前の開いている外套を着て、憤然と挨拶しながら皮の帽子を後ろから前額の半ば深く押し込んだ。「どうしたのかい」と彼は尋ねた。「口実や策略は今日のわしには通用しないぞ」。――「落ち着け」とフリッテは答えた。「樅の角材を知っているかい云々。水車の輪軸が作り出される云々。――要するにすでに約束してしまっている云々」。――敵は答えた。「からかったまでよ。さいなら」。

難聴の靴直しの女との比武は危険であった、彼女の叫び声にはヴァルトが聞き取れるような叫び声でのみ応じなければならなかったからである。幸い彼は古い金鍍金されたメダルを――これはすでに百回も彼の［包囲中の地方での］緊急貨幣、幸運のターラー貨幣となっていたものであるが――取り出して、それを見せて、ただ耳元で叫ぶことが出来た。「両替する――夕方の六時」。しかし彼女は戦場でまだ長く発砲を続けた、彼女は決して撃ち誤らなかったからである。女性のベローナ［戦争の女神］は男性のマルスよりも怖ろしい。

「どうぞ」と彼は叫んだ。一人の胴の短い、頬のふっくらとした丸い薬局の小僧がころがるように中へ入ってきた。「こちらに私どものヘヒト薬局の見習いとして勘定書に従ってホプフェ路地の哀れなビッターリッヒ嬢の勘定をお持ちしました、店主が宜しくと申して、その治療費をお願いしたいとのことです。これは単に薬局での規則上のことです。というのも御存知のように私は明後日には薬局の職人に任命されることになっているのです」。穏やかな敵の前で彼は武器を、半分のピストール金貨を（古いピストール金貨本位で）、突き出して、しかし言った。「ヘヒト氏は銀鍍金の丸薬に強力な金鍍金をかけている。産科医には――伝えるがいい――すでに支払った」。――「心優しい方よ」とヴァルトは言った。「かの女性は世にも惨めな境遇にあったし、今もそうだ。それは気の毒だ」、と彼は言った。

いつのまにか召集軍が侵入してきた、一人の旗手であって、こう始めた。「よろしいかな――今度限りだ、人間はいつまでも愚弄されないぞ。パウロの改心以来わしはそなたに虚仮《こけ》にされてきて、わずかな賃借料を追っている。わしらのような者をどのようにお考えかな」――「知っての通り」とフリッテは答えた、「私はただ大市ごとに払うのであって、そもそも脅迫に屈しはしない」。――「そうかい」と旗手は答えた。「わしと更に三人の家主、それに靴磨きは一致して、この貸し金を貧しい者達の施設に遺贈することにした」。「あんなしょうもない連中にか」と言葉を引き延ばしてフリッテが歌った。「それは好都合。たった今ヘヒトの薬局の職人に半分の金貨を赤の他人の赤貧のビッターリッヒに(この方が証人)贈ったところだ。何の関係もない女性に」。――このとき彼は旗手に一つの、リングで締められた一杯に詰まった財布の先を、利子がここに彼のためにすでに勘定されて用意されている、しかし今となってはびた一文出せないと説明しながら見せた。これに対して敵は貧窮院には何ら文書では申し入れてないと譲歩したが無駄で、何の鳴り物もなく引き下がった、財布は、トルコ人の場合そうであるように、金そのものを意味しているのにと全くうんざりして。

この者の後に、領地権を彼に対して有する二十三番目の紳士が続いた――二十三番目の後は十一番目で――この者の後は五番目の者で――誰もが、地代、四季大斎日税、場所代をその国有の小施設の片隅使用料として要求していた。粗野な者達には彼は、彼らの部屋には明かりよりも風の方が多く入ってきて、掃除婦は劣悪で、家具は古かったという返事しかしなかった。丁重な者達には十本の遺産の幹に対する領土安堵の領土権に対して手形《ボン》のボンボンで払った。その後で鐘楼守の前に管理していた紳士、敬虔な帽子製造人が来た、二つの大きな灰色の巻き毛をして、これは小さな革の小頭巾からこぼれていたが、貸し金のちょうど半分の借り入れを申し込んだ。フリッテは彼に金を渡して言った。「いずれにせよ、私の記憶が正しければ、もう少し借りている、帽子屋さん」。――「今に分かることだろう」と彼は言った。

夕食の後、貸本屋がはげしく抗議してきた。彼は十二グラムの本、十二全紙について三ヵ月の倍の読書代としてちょうど二ターラー要求した。フリッテはその用途に従ってまた貸すことのないような品は借りないという自分の流儀で、その作品を長く流通させていて――誰もが彼の真似をして、その作品はなくなっていた。彼はその三分の一で買い取ることを申し出たが駄目であった。貸本屋は読書代を要求して、一ペニッヒよりももっと多く出せないか尋ねた。ヴァルトでさえ貸本屋にその利己心を気付かせようとした。「利己心だと。そう願いたいね。利己心で人間は生きているのだ」と貸本屋は言った、フリッテは、選んで取ってあった十枚の年賀状と五冊のカレンダー代だけを気前よく払った後、彼をすぐに片付けて、荒っぽく次の公判室へと追いやった。

六時少し前に二人は少しばかり外の空気が欲しくなった、これをフリッテは最も好んでいた。敷居のところで絵筆職人のプルツェル――劇場仕立屋の弟が彼らに向かって震えていた、凹レンズのように窪んだ顔で（額と顎の縁は凸面であった）――擦り切れた外套を左側のところでボタンで留め――弁髪リボンからなる長い弁髪の線虫類をもって――右側の膝ががくがくしていた。「恐れながら」と情けない男は始めた、「私の細密画の絵筆を一昨日有り難いことにお買い上げ頂きました――絵筆は全く幾分かは気に入って頂けたと存じます――わずかですがそのお代を頂戴致したく、またこの機会に何か頂ければ幸いです」。――「ほれ」とフリッテは静かで活気ある平和祝賀祭のために、いや落ち着いた帝国平和議定書のために弟のプルツェルに言った。

夕方コーヒー店主のフレッセは武器を持っての出陣の踊りを祖父踊り［結婚式の終わり頃の古来の輪舞］によって行った。彼は上にのぼってきて、町からの客人には毎晩勘定を披露して、これを見て決算して貰うのがここの従来のやり方であると丁重に述べた。ヴァルトはここではじめて聞き入れる耳を持たないフランス人のあるいはアルザス人の怒りを見た。それは突進して転がっていく戦車、鎌を備えた戦車で、その上で呪いと誓い、視線、両手があちこちに振り下ろされ、切り刻まれた。必要な金がフレッセの足許に、いや頭に投げつけられた、それから荷物がまとめられ、ののしりながら旅行中で空いているフート先生の家へ引っ越しとなった。ヴァルトは平和の説教を吹き下ろしたが、その炎を一層高く燃え上がらせるだけであった。楽しく過ごした時間がフリッテには唯一の［鎮静剤の］エピクテトスであった。

第五十四番　スリナムのアイネイアス［子守鼠］

絵画――手形証書――果たし状

　明るく軽やかに時間はフート先生の多くの部屋のある家では飛び込み、飛び出し、蜜を運んできた。ここ、この無垢の喜びの陽光の明るい島では、ヴァルトは丁重で粗野なフレッセのような人を見ることはなかった――契約書で囲まれた野獣を狩り立てる集金人、金の狩人の声を、永遠に人生の痨、肺結核を思い出させる債権者の五つの（モーゼの書のような）階層[1]からの声を聞くことはなかった、――ここでは彼はただ歌声と跳躍を聞いた。ここには新しいエルサレムからの袋小路がすべてであった。一部はユダヤ人の、一部はキリスト教徒の古いエルサレムから移住してくる者を彼は耳にすることはなかった、フリッテは金属の彼の砒素の国王［砒石の素］達、債権者達からはただ遠くの片隅でのみ毒を受けていたからである。二階には戦う教会［現世の教会］、フリッテと国王達が住み、四階には勝利の教会［天国の教会］、フリッテとヴァルトが住んでいた。

　しかし公証人は、自分が何も気付いていないかの如くにはしなかった。「自分がもっと近視であればいいと思う」（と彼は自分に言った）「善良な人間は困窮の状態にあってさえどんなに快活で気前がいいか考えてみれば、何の苦しみもないときはいかばかりであろうか――というのは実際ある種の人間は金を有すると有徳になるであろうからである、――人間はどんなに甘美に裕福さについて語ることか。まことに、哀れな奴が最高の金庫、金袋を突然自分の部屋で目にするときほどに素敵な日を僕は知らない。このような人間にとってイギリスの国債の利子の利子による利子があればそれですでに何という救いになることか」。彼は、何故、すべての苦しみには休暇があるというのに、ドイツ人の負債者の苦しみは止まないのか、イギリスでは日曜日は負債者の耳の休養日というのに、ちょうど呪われた者達の周りですら（ユダヤ人の宗教によれば）安息日や新月の祭やユダヤ人の毎週の祈りのときには地獄が消え、埋葬された生活の穏やかな涼しい晩夏が熱い深淵の上を吹き渡るようなものであるのにと尋ねた。

彼は心の祭、これをアルザス人によってフルート奏者に、フルート奏者によってアルザス人に贈りたいと、つまりヴルトにはフリッテの無垢なとらわれない詩的な生活の自由を真実であると誓い、フリッテには一人の楽手にして貴族である男を紹介したいと願っていて、この祭を思い描くと彼の心は愛らしく溢れた。「その際けなげな弟が間違っていたという意識を有したり告白したりしないで済むよう穏やかな処置を考えよう」と彼はうっとりとなって言った。

ますます温かく両者はその週一緒に過ごした、彼らは試験週を終わらせるよりは繰り返したかったことだろう。フリッテにとっては電気的雰囲気のようにヴァルトを包んでいる愛する温かい本性は何か新しいこと、魅力的なことであった。彼は最後にはもはや彼なしでは家から出られなかった。

ヴァルトは両者が本来、自分の感じたように、互いに支え合うものが少なければ少ないほど一層そのことが気に入った。彼らの神経組織は絡み合っていて、ポリープのように互いに固着していた。しかし誰もが自分の負担で食べていて、誰も相手の胃でも養分でもなかった。

最後の試験週、蜜月週の日となった。ヴァルトはすべての終焉、辛いことでさえそのはっきりした終わりをすべて恐れていた。ローゼンホーフでのヴルトの演奏のある伴奏者がヴルトの帰りを告げていた。フート博士も夜には着くことになっていた。若干の美しい北方の極光が目前にあった。フリッテは一緒にいることが最後となるこの日の午後、ラファエラの所に同行して欲しいと頼んだ、彼女は今日ちょっとの間母親の誕生日のために素朴な細密画の肖像画のモデルになるというのであった。「素晴らしいことに三人きりになる」と彼は付け加えた。「僕は描くときには、少ししか話さない。しかし話していると顔はとても活気のあるものになるのだ」。自分がモデルの顔の前に話す機械、刺激の機械として据えられるという考えにはデリカシーはほとんど感じられなかったけれども、彼は従った。彼はすでに一週間前から、市場でも、外見上は輝かしい塗装や漆喰を有する最良の家々でも繊細な考え方が欠如していることに一日のうちに数回は驚くことに慣れていた。

満足して彼は自分自身の家に他人の家に入るかのように着いた。ラファエラは両者を最上部の階段から見下ろして微笑みかけ、急いで自分の書斎へ案内した。ここにはすでに相容れないワインやアイスやケーキが重ねられていた。女性というものは男性の胃よりも心の方を容易に察知するので、男性が夕方四時頃何を最も好んで飲むか勿論分かっていなかった。従者が次々とドアから覗いて、ラファエラの注文を聞いて、それを叶えて戻ってきた。すべての従者達は彼女の統治をサトゥルヌス神の黄金の統治と見なしているように見えた。女性の従者達の何人かが庭園を散歩しているのさえ見られた。ますます一杯に部屋の中に流れ込んでくる夕陽と、どの顔にも見られる喜びの輝きとが少女とその状況とをなかなか魅力的に包んだ。フリッテはラファエラに対しては虚偽そのものではなくて、本性のエキス［五番目の精］で――つまり五分の一は優雅、五分の一は善良、その一つは官能的、その一つは金目当て、後の五分の一は忘れてしまったが、彼女がこう述べてヴァルトをうっとりとさせることになった。「私の顔にへつらうことはありませんよ、何の甲斐もありません。私ノ愛スル母が私と分かるようにして下さるだけで結構です」。――公証人の裡には秘かに静かな喜びが忍び寄ってきた、自分が今ちょうど自分自身の部屋の下にいて、家の中で同時に客であり借間人であること、自分が更に少しも当惑を覚えないこと――というのはフリッテは自分にとっては見知らぬ存在ではなく、一人の女性にはすでに対処が出来るようになっていたからで――そして極めて素晴らしい香りや名前を少しも知らない家具がどの角にも飾られていることに対して。「このようなことはかつてエルテルライン出身の百姓の息子時分に考えられたことであろうか」と彼は考えた。

フリッテは象牙と絵の具箱とを取り出して、モデルに説明した、自由に活発に座っていればいるほど、画家には都合がいい。しかし彼女が北極に座っていて、自分が南極に張り付いていようと、類似性は別に変わらないであろう、と。彼はそもそも似顔絵は得意ではなく、ただ着ているものだけは正確に写そうと思っていた。彼女は腰を下ろして、少女が描かれるとき作るモデルの顔を整えた。そのとき人間が被ろうとする上品な仮面は、自分の顔に彫り込むものの中で最も冷たいもので、それでその半身像よりも人間が描かれる方が稀である。この顔は女性の寄宿学校では少女のモデル顔と呼ばれるものである。――それから緊張した理容顔があり――それから食事中のパン顔――これは最も間延びした顔の一つで――最後に二種類の舞踏顔がある、一つは雨の側で、掃除係の少女の顔で、もう一つは陽の当たる側、踊り手の顔である。ヴァルトは今や動き始め、火と燃えた、それも自ら描くためで、他人が描くのを助けるためではなかった。彼は――十分立派に――自分の最近の世界遍歴の抜粋を搾り出して、ついでに自分が彼女の女友達、ヴィーナと滝の下で会ったという話を混ぜ入れた。すべての語り手、おしゃべり屋の中で紀行作家だけが最も幸せで豊かである。世界の百万分の一を巡る旅行の中へ世界中の人を案内出来、誰も彼らに（第二に）反論出来ない。公証人は夏と秋の風景に関する自分の画家的能力を――フリッテは冬の風景を提供した――更に一層利用して、ローゼンホーフの角状の山頂の幅広い黄金の山岳画にとりかかった。――しかしラファエラはすっかりそれに夢中になって、話を直に女友達のヴィーナにもっていき、彼女だけを紡ぎ続けた。彼女は彼女の魅力と行為とを熱をこめて称え――彼女の手紙の入っているマホガニーの小箱を見せ――隅の方のいわゆるヴィーナの席を示した、そこにヴィーナはいつも座り、庭園の並木の間から沈む陽を眺めるのであった。――彼女は全く愛して温かく輝いた。――公証人はかなり怪しくなっていた。彼の静かな目から判断するに、彼は声高く歓声を上げていて、バッカス祭を祝っていて、いつも幸福でいる技法[2]を駆使し、無闇に撃ちまくって、自らをこの上なく幸せだと称えた――いや彼は偶然ヴィーナの席に座るということまでした。

歓呼は全く募った。人々は飲み続けた――七分半ごとに従者がドアを開けて、二番目の後に続く従者から命令を奪い取ろうとした。フリッテは、どうして突然、何の退屈もなしに話がはずみ、ラファエラがとても夢中になるという幸せを自分が得たのか全く分からなかった。たまたまヴァルトは窓のカーテンを開けた、すると温かいインクで一杯の陽光がラファエラの顔に注がれ、彼女は顔をそむけた。フリッテが飛び上がって、彼女にその下絵を見せて、これは半ば彼女の美しい目からの生き写しではないかと尋ねた。「半ばだって、いやすべてだ」とヴァルトは率直に、しかしまた素朴に言った。というのは後頭部と鋼の櫛を見せて座っていても同じ像が出来たであろうからである。アルザス人はその後彼女に何度か公然と接吻した。多分あまりに突然で、あまりに次のことを、つまり目撃された情緒は——読まれた情緒同様に——観客の心に刺激を与えようとすることを、考慮していないのであった。ヴァルトは急いで庭園を見て、最後には立ち上がるに至った。

「僕はサタンというところだろう」と彼は考えた、「彼らを互いに口付けさせなかったら」、そして風景を楽しむという口実で少しばかり自分の部屋に退いた。彼がドアを閉めると、フリッテは美しい口から離れて再び描き始め、熱心に点描した。「今や幸せな二人は」とヴァルトは上で言った、「互いに心に抱き合っていることだろう、そして夕陽が華麗に差し込んでいることだろう」。彼自身の部屋へは夕陽の薔薇の宝角《たからづの》は更に豊かに更に遠くまで溢れてきていた。しかし彼の使い古しの部屋（居間と寝室）はたった今去ってきた装飾の部屋とは対照をなしていて、彼は自分の外面的幸福の相違を計った。彼は柔和になって、愛を少なくとも目撃しようと憧れて下へ急いで行こうとしたとき、ヴァルトが入ってきた。彼の心に、心の中に、ヴァルトは飛び込んだ。「何と素敵だ」と彼は言った、「君がちょうど来たのは」。

ヴルトは、穏やかな気分に戻って、まず（彼の習慣に従って）相手の話を、自分自身の話をする前に尋ねた。ヴァルトは自由に快活に公証人職の経過と七十本の幹の損失を告げた。「僕自身が浪費して金を軽蔑していることは」とヴルトは落ち着いて言った、「良くないことだ。そうでなければ、僕が他人と、例えば君と似ていることをどんなに、そして正当に呪っているか君に理性、良心、報告に基づいて見せることだろう。金の軽蔑はその過大評価よりもはるかに多くのより良い人間を不幸にする。それ故人間はしばしば吝嗇家としてではなく、浪費家として宣告される」。「一杯に詰まった財布よりも一杯に詰まった心の方がいい」とヴァルトは陽気に言って、早速新たな遺産職務の選択について、素晴らしいフリッテとの週について、アルザス人に対する賞賛について語った。「何としばしば」と彼は結論付けた、「君が僕らの秘かな翼のある祝祭の中にいればと願ったことか。それに彼のことをもっと優しく裁いてくれたらと思うのだ、君は厳しいから」。

「フリッテが崇高に見えるのかい。魂の古典作家とかそんなものに。そして彼の陽気さが詩的な操帆装置や舞台の飛行仕掛けに見えるのかい」とヴァルトは尋ねた。「僕は実際」とヴァルトは答えた、「ただ現在だけを食いつぶす彼の気質的軽率さを現在の上を漂う詩的な軽快さとは区別してきた。彼は決して長いこと後から喜ぶことはなかった」。——

「彼は君の試験の週に、君が自分で誰にも相談しないで立派に選んだこの週に、樹木に相当するようないかがわしい跳躍を君にさせなかっただろうね」とヴァルトは言った。「いや」とヴァルトは答えた、「しかしフランス語の誤りは直してくれた」。ここで公証人は続けて、疑問形を用いて、フリッテは彼に最も洗練されたことを教えなかったか、例えば尋ねるとき「いかに」［comment］は決して、あるいはめったにしか遣わずに、もっと丁寧にムッシューとかマダムと言うと語った、そして彼が全くフランス語らしくない「頂きます」［bon appetit］を言ったとき、あるいは「小間使い」［femme de chambre］を女官と言ったとき、あるいは「理髪師」をcoeffeurと呼ばなかったとき、叱責しなかったかヴァルトは尋ねた。何故「駕籠」［porte-chaise］というドイツ人の言い方は駄目なのか、駕籠［chaise à porteur］と駕籠を持つ人［porteurs de chaise］とは区別があると彼は立派に彼に説明しなかったか、と。

「こうした語学の勉強がカーベルの森の残りよりも多くの出費になるとは」とヴァルトは言った、「思わない」。——「これを利用したら」とヴァルトは言った、「自分は犬畜生だとフリッテは僕に誓った。しかし正書法では僕は彼の役に立った、例えば彼は帽子chapeauをjabotと書いたものだ。しかしこの哀れな者にはもっと債権者が少なく、もっと金があればいいのだが」。——「それが厄介だ」とヴァルトは言った。「貧しくなる者は——貧しい者はそうではないが——堕落し、堕落させる者となる。それも毎日別な債権者や同じ債権者をただ生き延びるために別様に騙さなければならないからにすぎない。それで毎日この者は他の阿呆達の割礼の祝いをすることになる。それで実際借金屋は誰もがとてつもなく法螺を吹くものだ。この者はライプニッツの二進法で八を（例えば八グルデン）を一〇〇〇と書かなければならない。何という演説を——毎日別な演説だ——僕はしばしば同じ負債者が自分の動産抵当の債権者相手にするのを聞いたことか、その無尽蔵の豊かさを詩人や音楽家が有すればと願ったものである、この者は、つまり自分は何も有しないという――同一のテーマをとても見事に甘美にいつも変奏して演奏する術を心得ているのだ」。「まずはすべて話して貰おう」とヴァルトは言った。

「それで例えば、手短に言うと」――ヴルトは続けた――「ポーランドの侯爵＊＊＊はＷ市でどの債権者に対しても別々に発砲したものだ。僕は目撃した。卑俗な下々の者にはあるときは四十ポンド撃つドラゴン砲で、あるときは三十二ポンドの飛翔ドラゴン砲で発砲した――つまり粗野な者には粗野に応じたのだ――名士連には、とりわけ、自分が借りのある弁護人にはあるときは二十ポンド撃つクレヴリーヌ砲で、あるときは十ポンドの半クレヴリーヌ砲で発砲した――相手の身分がより高くなるにつれて彼は六ポンドのペリカン砲を――五ポンドのサクレ砲を、――四ポンドのサクレ砲を使用した――そして自分と同等なもの、侯爵には、一ポンド撃つリバドゥカン砲を使用したのだ」。

「それでは」とヴァルトは始めた、「若干満足して、この善良な人間は、酷薄であることは全くなく、まさに貧しい者達によって自ら貧しい男となっていると報告していいだろう。僕は彼のことをただ喜んで、彼の背後で二人の婦人服仕立屋の女性に支払った。だって彼自身はただ紳士服の仕立屋を、それも一人必要としているだけなのだから。すべてがそうだ。例えばビッターリッヒ嬢」。

すると弟はかっとなった――そして言った、これは全く、貧乏人に若干火事［金］を配るために十二月家々に火を付ける悪魔だ――後に首吊りになる者ほど金を贈る者はいない――沈ませる泥ほど柔らかいものはない――暴君、このような涙の盗賊は、熾天使のように歌い、響かせることだろう、それも当然だ、熾天使は炎の蛇を意味するのだから――自分が何かを憎むとすれば、この盗みと贈り物との、くすねるのと改心との混淆だ、と。

「何だってヴルト」――とヴァルトは言った――「死すべき定めの人間がそんなに厳しく裁いていいものか。人間はほんの少しでも自分が好きになって、自分のために何かしてはならないのだろうか、人間はだって一日中自分自身の許に住んでいて、絶えず自分に耳を傾け、自分のことを考えているのだから、このため人間は結局最低の人間達や動物どもと馴染むことになる、つまり一緒にいられるのだ。この自我ほど永遠から永遠にわたって或る哀れな自我の面倒を見るものがあろうか。――僕は自分の言うことを承知している。これについての反論もすべて承知している。しかしもういい。――ただ聞きたいのは、君のようにつとに冷淡に情熱もなく哀れな人間達をこのように荒々しく裁き、考えていたら、自ずと極端に走りやすい激情に駆られたときには一体どういうことになろうかということだ。君の時計のようなものかもしれない、これについて君は僕に語ってくれたものである、この枢軸は、冷たいときに合わせて作られているために良く動くが、延びてしまう暑いときには止まってしまう、と」。

「君は飲んでいるのではないかね」――とヴルトは言った――「君は今日よく喋る。しかし実際上手だ」。

そこでヴァルトは一緒に飲んでそして下へ降りていって、そこで自分の耳でフリッテとの楽しい生活を納得して欲しいと頼んだ。「馬鹿げているから付き合おう」と彼は言った、「貴族の御降臨で二人の市民の阿呆どもの虚栄心を欣喜雀躍させることになるのは分かっているが。しかし君は計り知れない洗練さで僕のいる口実を述べなくてはならないぞ」。

「フォン・ハルニッシュ殿が」――とヴァルトは彼を下へ案内した――「私の部屋においで下された。お嬢さん、この私の喜びは、これを彼と貴女とで同時に分かつほどに嬉しい思いで分かつことが出来ましょうか」。彼はこれをいとも容易に述べ、軽快にあちこち動いた――一部はフリッテによってこれまで磨かれた車輪に乗って――一部はワインによって注油された車輪に乗って――それでヴルトは秘かに彼のことを笑い、同時に腹を立てた。彼は静かに兄をミネルヴァの鳥、ふくろうと較べた、これには捕鳥者が通常更に狐の尾［おべんちゃらの意もある］を付けるものである。我々がこれまで頼りない者と思っていた者が、はじめて頼もしく器用に我々の前を通り過ぎていくと、この者はその虚栄心の素振りのため我々の虚栄心にとってさほど気に入らない。

ヴルトはとても慇懃であった――描くことやモデルとして座ることについて話し――フリッテの細密画の点描技術をかなり似ていると褒めた、色彩の点は赤や白の粟粒疹同様にほとんど顔を表していなかったけれども――そうしてもっと率直に褒める兄をいたずらぽい優美さの爆発に導いた。「ラファエラは実際ラファエロに近い」。

しかし彼女がその歓喜の油を涙の深鍋で煮るというその楽しい悲哀の規則に従って、フルート奏者の音楽へ、それからすぐにその盲目と他人に対するその美しい印象へと移って、彼の目の具合を尋ねると、手短にヴァルトは彼女を遮って言った。「それは私にとっては単なる冗談で、済んだことです。……公証人殿、何故我々両人はこう所在なげに立って話していて、絵を描くことのお手伝いをしないでいるのです」。――「フォン・ハルニッシュ殿」とヴァルトは、「いかに」と言わずに尋ねた。「我々のうちの一人が朗読してはどうです」――とヴァルトは答えた――「ふさわしいものは何もありませんか。――私がそれに伴奏を付けましょう――私がしばしば旅で経験したことですが、座っている人々が活気づき開花したものです、画家が捉えようとする表情を生き生きとさせるものは音楽の伴奏のついた、まさにそれにふさわしいものの朗読に勝るものはないのですから」。

ラファエラは、勿論音楽と朗詠の二重の贈り物を有り難く受け取ると言った。ヴァルトは手近の年刊詩集を取り――めくって――言った、どの年刊詩集でも残念ながら真面目さが冗談と隣り合わせに並んでいる、Ｊ・Ｐの作品のようだ、しかしこうした不協和音には音色で導音を作り出せるかもしれないという期待が抱けるようにしましょう、と――そしてヴァルトに一つの悲歌を、それを朗読するように頼んで渡した、次にお構いなく諷刺的書簡、それから酒席での歌を渡した。

ヴァルトは自分の炎に一つの言葉を、真似て話す一言葉であったけれども、与えることを許されて喜んでいたので、彼は熱く、声高に、何も耳に入らずに非常に感動的な詩を朗読した、それで彼は、どのように巫山戯《ふざけ》た八分の六拍子、バレエの急速旋回で、それどころか鶉の鳴き声で弟がフルートを吹きながら自分を助けているのか最初は全く聞き取っていなかった。諷刺的書簡を朗読しているとき、はじめて冷静になって若干の不協和音を耳にした、つまりヴルトは機知に対しては悲痛な調子と若干のハイドンの受難曲からの音節で協力しているのであった。彼はしかしそれを先ほどの感動の名残と取った。その後の酒席での歌にはヴルトは幾つかの憧れのフェルマータを、さながら黒と白との喪の額飾りのように置いた。この相剋は聞き手にちょっとした不安の汗をかかせた、この汗は、ヴァルトがかたく主張していたように、モデルの顔を活気づけるものであった。

しかし突然全く別の不協和音、長調が、これは四フィートの男であったが、丁重に帽子を手に取って部屋に入ってきた。フリッテがその家に長いこと滞在していたマルセイユの商人の出張者で、フリッテに彼が振りだして支払期日に達している手形を呈示した。

フリッテは色を失った、ラファエラに色を貸していたのであるが、そして少しばかり黙り、再び豊かに赤くなった。ようやく出張者に尋ねた。「何故こんなに遅く満期日に来たのか。今は何も持っていない」と。出張者は微笑んで言った、残念なことになかなか捜しつけなかった、手形の額を貰ったら早速去らなければならない用がある、と。フリッテは二言言いたいことがあると彼を部屋から連れだした。しかしまだ話の途中でこの余所者は再び肩をすくめながら入ってきて言った。「あれか——これかです。ハスラウではザクセンの手形法が通用するはずです」。フリッテは監獄の独房に入るよりは、少なくとも人と一緒の地獄へ行きたいのであった。しかし彼は難しい顔をしてあちこち歩き、呪いの言葉を口ごもった。最後に彼はフランス語でラファエラの耳に何かをささやいた。彼女は自分の小紙片への返事が貰えるまで、しばらくの辛抱を出張者に頼んだ。それは彼女の父親への金あるいは保証の依頼であった。

フリッテは再び気位という、かの下敷き箔を浮かべて描くために腰を下ろした、この箔からは出張者は本来宝石を得るはずであった。ヴァルトは小声で嘆いて、鳥籠の周りを鳥籠の中のフリッテ同様に不安げに飛び回り、囚われた鳥がばたばたするたびに格子の外でその後を追った。ヴルトは有能な出張者を鋭く観察した。「貴方とは」と彼は言った、「スポレート地方で会いませんでしたか、スポレートからは古代ローマ人は、周知のように、色が白いというので生贄の動物を取り寄せたと言われていますが」。「そこへ行ったことはありません、北方を旅するだけです」（と彼は言った）「私の名前はイタリア風ですが、しかし祖父母だけがそうです」。——「彼はパラディージ氏です」とフリッテは言った。

ようやくノイペーターの返事が来た、フリッテは大胆にラファエラと共に開封される紙片を覗いた。「おまえは酔っていると思う。Ｐ・Ｎ父より。」

大きな痛みと共に彼女は思案して地面を見た。アルザス人は上からと下からと車裂きの刑に遭って有機的糸玉となって、思案したが、当てはなかった。パラディージは丁重にラファエラの前に進み出て、絵を描く楽しい時間に彼女と一同の邪魔をしたことの許しを請うた。「しかし」と彼は結んだ、「フリッテ氏にも実際少しばかり責任があるのです」。──「とんでもない」と彼は言った、「何の責任か」──「あなたは」とラファエラは尋ねた、「北の方からまたこちらを通過されるのでしょう、何時です」──「六ヵ月後、ペテルスブルクからです」と出張者は言った。その後彼女は彼を見つめ、それから公証人を濡れて請い求める目で見つめた。「パラディージさん」（と公証人は発した）「一言敢えて言いますが──フリッテ氏が『帝国新報』で頼んでいる主計局長がそれまでにはきっと支払っていることでしょう──」──「あなたが帰られるまでの保証を許して頂けませんか」とラファエラは訊いた。「ハルニッシュさん」と彼女は言って、彼を彼女の寝室へ連れていった。「公証人殿、ただ一言言いたい」とヴルトが言った。「すぐ後で」とヴァルトは答えて、ラファエラに従った。

「善良なハルニッシュさん」と小さな声で彼女は始めた、「涙ながらのお願いがあります──あなたは高貴な方で哀れなフリッテを率直に愛しておられます──彼の口から聞いています──あの人はそれに値する人です、友人達のためなら火の中へでも飛び込む人ですから──この私の涙に……」しかし新兵のための近くにある甲高い太鼓学校、聾啞にしてしまう施設のために仕方なく彼女は止めなければならなかった。彼はうるさい太鼓の音が鳴り響く中、彼女の大きな丸い雨模様の目を覗いて、彼女の白い蠟の手を取って、この二つから彼女の依頼をいくらか察しようとした。「喜んで何でもいたします」──と彼は夕陽と赤い窓のカーテンとで一杯の、アモールとプシュケ、それに守護神達がこちらを覗いている金箔の置き時計で一杯の香りの良い小部屋で叫んだ──「何をしたらいいか分かりさえすれば」。

「フリッテさんに対するあなたの保証です」（と彼女は始めた）「さもないとあの人は今日にも牢獄です。──ここハスラウでは、誓って言いますが、彼のために貸したり保証したりする人は一人もいません、私の父ですら駄目です。ヴィーナがいたら。──あるいはまだ小遣いが残っていたらいいのだけど……」──

彼女は白いベッドのカーテンを脇へ引いて、輝く掛け布団の上の短い皺を見せて言った。「あの子がいつも朝来るのです、私の育てている優しい子で、兵士の子供です。――でもすべて保証しますわ」。――「公証人のハルニッシュ殿」とヴァルトは画家の部屋から叫んだ、「ここに来て下さい」。――

「私は実際幸せです」（とヴァルトは言って、上げた両手を組んだ）――「向こうのテーブルの上の高価な玩具も子供達のためですか」――「まだ金を持っていたらよかったと思います」とラファエラは言った。――「どのような思いで私がパラディージ氏に保証をするのか――事実保証します――このような部屋で話す必要はないでしょう。信用して下さい」と彼は言った。彼女は半ば自分のしかけた抱擁から飛びしさり、握手して、その手を取って彼を快活に一同のもとに連れ戻し、すべてを告げた。出張者は少女に長いこと丁重に感謝したが、保証の求償保証について上品な言い回しで尋ねた。彼女は急いで、出張者がつとに確かな人物として知っている父親宛に依頼状を書いて、父親がこの者にヴァルトの将来の富について教示し、保証するように斡旋した。パラディージは手に接吻しながらそれを持って去り、また来ると約束した。

　ヴァルトは親しげに公証人にしばらく彼の部屋で話したいと頼んだ。上への階段で彼は言った。「一体全体、狂ったのかい。――早く開けて。頼むから早く。――ヴァルトよ、君は今日寝室で何をしたかね。――回さないで――鍵にパンが詰まっている――叩き出さなきゃ――いつも見張っていなければならない犬じゃあるまいし――中で何をしたのかね――また君に似たようなことだ。――火があればいいのだが。――しかし君はいつだってそうだ。……君自身よりも君の似姿がそこから飛び出せば結構なのだが――やれやれ」。部屋が開いた。ヴァルトは始めた。「驚いた」。――「君は気付いてないね」とヴァルトが言った、「すべては悪魔の考え出した罠で、保証人の君の首を絞めて、足枷に縛り、そうして君が馬鹿げた遺産条項[*1]によって、君が収監されているかぎり、奴らのために利子を生むよう企てているのだ」。――「僕は何も恐れない」とヴァルトは言った。――「多分君は」とヴァルトは答えた、「老商人が、君の保証は全く当てにはならないと君の信用を否認するのを期待しているのだろう」。――「それは御免だ」とヴァルトは言った。――「君は保証するのかい」。――「神かけて」とヴァルトは誓った。

　フルート奏者は今や垂直に石化して椅子の上に座って、水平にぼんやりと見つめ、それぞれの手を直角に広げた膝の上に置いて、単調に泣き言を言った。「神様、誰か様の憐れみがありますように。これが僕が精一杯注意して居合わせながら収穫した穀物と摘んだ葡萄だ。悪魔の気が済むようにすればいい。僕がウィーンの交通警察官のように混雑のたびに群の後に馬で駆けたり、前に駆けたりしたことの報酬だ。——誓って言うが、嵐の最中揺れる船上で船員の髭を剃る方が、すべてに揺すられ衝撃を受ける詩人を綺麗に剃るよりは数千倍好ましい。ブロッケン山へ最後尾の死体搬送人としてひらひらした外套を着て死体を運び、持ち上げる方が、詩人を上下に導き、運ぶことよりも好ましい。この詩人は実直な全くうすのろとは言えない弟よりも、軟弱な盗人どもを信ずるのだから、こいつらは詩人を包囲し、彼をこねるために陶工が陶土をそうするように彼を両足で踏みつけているというのに」。

「白状するが」——とヴァルトはとても真面目に答えた——「どんなに軟弱な人間も、人間についていつも不正に裁く頑な者に対してはじめて頑になりかねないところだ」。

「言ったように」——とヴルトは続けた——「そんなことは詩人はしない。詩人の後を実の双子の弟が、スヴォロフ伯爵の後を行くコサックのように馬で駆けて、彼のために軽い寝室用便器を首にかけて、彼はただその台に座ればいいいようにしているというのに詮なくて、——彼はそうせず、姿を見せて——それも——世間に対してそうするのだ」——

「人間性を信ずること」（とヴァルトは答えた）、「他人の人間性と自分の人間性とを信ずること——自分の内奥によって他人の内奥を敬い知ること——このことに人生と名誉とは基づいているのだ。その他のことはすべて悪魔にさらわれてしまうがいい。偉い人々は偉く危険なときに生と死とを賭けて信じたのだ、アレクサンダーのような人は医師の警告の手紙を読みながら毒と見えるものを飲んだのだ。隣人を愛する少女の熱い涙を信じてはいけないだろうか。いや、それよりはむしろ乞食の杖のこの杖を手に取って、足の続くかぎり歩いていくさ。……」

「先には乞食でもいけないよ」——とヴルトは言った——「しかし話の腰を折られた。それで付け加えたいのは、古代人が詩人の神に単純な若い羊を犠牲にしたのにには暗示がないわけではないということだ。——それで帝国の宮廷顧問官決議では「海賊版出版の」トラットナーで一巻の詩集を出版させたものは誰でも早速浪費家と決めつけられることになっている、十五歳というその永遠の神々しいアポロンの青春を考えると、市民的行為、例えば存命者間での贈与は出来ないからである、こうしたことは成年に達していなければならない。……まあとにかく落ち着いて、兄さん。ここでの生活は一体何というものか、忌々しい。しかしまあ静かに。父と母と双子の弟を君は人々のために犠牲にしようとしている、この人々については――これ以上は言わない、考えても見給え――七十本の伐採された公証人の樹――あんなにも多くの鎖の思いもかけない連鎖――ローゼンホープへの途次での君の惑いの数々――実際今日もまた全く……ワインで元気になって。――仕舞いには君は多分鷂《はいたか》と鳶の翼をもってモデル嬢、狐の花嫁の心の周りを飛び、ただ囮の鳥として絵筆の新郎を必要としているだけだ、猛鳥にして道化の鳥の兄さんよ。でも赤くなってきた。ラファエラの涙に関しては――請け合うが、女達は自分達がそれについて泣いている痛みよりも更に大きな痛みを持っているものだ」。

「それでは一層悲しいことではないか」とヴァルトは叫んだ。「女達と粉屋は」とヴァルトは言った、「隠れた通風孔を持っていて、他人が碾くとき小麦が自分達のために飛び散るようにしている」。

「構わない」とヴァルトは言った。「僕は一人の女性に約束した。僕は保証する。神様が僕に、信頼を示すという機会を与えられたことに感謝するだけだ、信頼は自らの信頼を失いたくなければ、人々に対して有すべきものだ。今は話させておくれ、感情の予言がもはや当たらなくなろうと、信頼や愛情が血を流し、出血して死ぬことになろうとも、自分が傷をただ受けるだけで、人を傷つけはしないということを喜ぶことにしよう。僕は決然と保証する。父の怒り――しかし父は村の世界にいて僕のより高い状況について知っていようか――それに母の怒り――牢獄に困窮、来るがいい、僕は保証する。君が怒ろうと、僕は保証する、そして閣下に行く」。

ヴァルトはまだ自分を抑えていた、全く狼狽して、ヴァルトが跳ねたので鞍から振り落とされて、ヴァルトは今やますます、ヴァルトが彼を刺し、駆り立てるたびに、制御できなくなっていた――どんなに穏やかな人間も、その自由に取り入る代わりに自由を脅かしたら、拍車をかけても動かなくなるかもしれないからである[*2]。――「下へ行くのか」とヴァルトは言った、「(本当に落ち着いておくれ)、反省することだ。目をくらまされた鳥のようにまっすぐ舞い上がらないでおくれ。振り返って。お願いだ、兄さん」。――「即刻牢獄に入らなければならないとしても、僕は約束を守る」と彼は言った。――「そこで黴びるがいい」とヴルトは言った、「僕は妨げない。しかし澄み切った理性と正義には席を与えるべきだ――ならず者が勝利を収めてはいけない――最後にはその上、僕が君とは親戚であることが分かるだろう、僕はヴァルトと同じように世の笑い者になるのだ――友よ、兄弟よ、聞いておくれ、畜生」。

しかし彼は行った。「まことに左手の者だ」[*3]（と熱くなってフルート奏者は言った）。

「しかし僕の目の前で君が花鶏《あとり》のための薊《あざみ》の実という素晴らしい夏の収穫に備えて冬の苗床にどのような種を蒔くか下で見守ることにしよう」。

彼らが入ると、恋のカップルだけがいた。ヴルトがうんざりしたことに、出張者はまだ戻っていなかった、ヴルトは上で多くの言葉を費やして、ヴァルトが出張者に会うのを逸するようにさせようとしたのであった。ヴァルトの顔は感動して輝いていた、声もそうであった。彼はヴルトに目をむけた、ヴルトが荒れないか心配であった。しかしすべての予想に反してフルート奏者は一本のフルートであった。彼はとても屈託なく見回し、穏やかに語った。「また陽気に描き続けられるがいい」とヴルトはフリッテに言った。「同様な悔い改めのテキストについては多分誰もが自分の歌を歌えます。多くの者が一連の歌の本を有するものです。私自身かつて炎の中の三人の男達[3]のこの歌のとき或る声部を受け持ったことがあり、これが我々の気散じになると思われれば、ここでほとんど座興に供したいところです。つまり今もって良く覚えていますが、以前ロンドンである期間香部屋に住んでいたことがあり、夜には祭壇の膝クッションを枕代わりとしていました。ドイツから受け取る金が届かなかったからです。全く豊かというわけではなく、余り快適ではない方法で、私は六人の移民と共に郵便馬車でベルリンへ行きました、不正乗車というのではなく、金を節約するこの一行と共に一人分の席代を払っていたのです。つまり一人がいつも登録して、この者が払い、世間様の前で公然と座るのです。外で疲れた順に我々のうちの一人が交替で乗り込みます、他のドイツへの旅行者は馬車の両側を一緒に歩いていきます。それで次の郵便駅の前ではいつも最初の駅で飛び乗った者とは別の乗客が飛び降りることになります。ドイツの郵便馬車の進行はいつもそんな具合なので、いつも徒歩で追っていけます。ベルリンでは、イギリスから受け取る金が届かなかったので、更に厳しいことになりました。当地の唯一の山、敬虔の山［質屋］から、私は展望を得ました。大きな都市では何でも、家でも、馬でも、馬車でも、性悪な女でも、とりわけまずは先立つもの、金を借りられます。この金は大した額になりました。借金は他の銀の丸薬同様に、一眠りしたその後の朝になってようやく、まだ自分の有するものを運び去ります。バレエの踊り子のため、この娘と私は結婚しようと思ったのですが、それは彼女が無垢そのもので、決して無垢を失うことのない女性であったからですが、お悔やみではなく苦しみ、つまり借金を更に重ねることになりました、結婚生活前の仲むつまじい蜜月を過ごしたからで、結婚生活が後で何の支障もなく渾成されるようにするためでした。仲むつまじさと蜜とはしかし購入されねばなりません。勿論私どもがいかに愛していたか、彼女はより良い意味でバレエの踊り子で、私は人物像画家で、どのような位置を占めていたかは――これについてはもはや別に証人はいません――彼女は単なる胸像としては、私か六シュー離れたところから描く心窩像しか望まず、つまり私が、自ら生きた膝までの七分像となって、低俗な脚を畏敬の念から私の後に、あるいは太股の後に投げながら、彼女を前にして周知の膝蓋骨の上に立っていたのです。医師達がしばしば気付いていることですが、突然の驚愕は肉体とその指とを冷たく縮こませ、締め付けるもので、指から普段は抜き取れない指輪がおのずとはずれてしまうほどなのです。これと同じようなことを観察する幸運に恵まれました。善良な踊り子は、これから述べますように、カーニヴァルの二月七日にそれほどひどくたまげたのです。それまで私は彼女に一分間に通常の数の溜め息をついていました――つまり二十四回で、人は一分間にはただ十二回呼吸しますので、そのうち半分は吐き出し、半分は吸い込んでいました、――そして溜め息が何か他のものから成り立っているかのように、溜め息を空気に当てたい［すっかりしゃべりたい］という昔からの願いを果たして、とうとう熱くなって叫びました。『何と、高価な女性よ、私はベルリンで借金漬けになっていることか、高値の貴女と知り合うために』。――突然この言葉と共に、まるできっかけの科白が発せられたみたいに、私の従僕達の一団、私の貴顕紳士の一団がジョッキーを先頭にして私の舞台へ押し寄せて、——残念ながら、私の内縁の花嫁の踊っている舞台へではなくて——そして勿論私が同意出来ないような様々なことを私に要求したのです。私の恋人からは——私よりもそのことに覚悟は出来ていなくて——驚愕して冷たくなったその薬指［指輪指］から私どもの永遠の大きな指輪がはずれてしまいました、そしてびっくりして意識をなくしてぶっきらぼうに呪いの言葉を吐きました。『ルンペンの犬畜生様』。

ベルリンにいたことのある者は、身分はあって、それ故金を支払って貰えないけれども、また支払うこともできないとき、どのように時折話しかけられるか、驚くことなく御存知であろう。私は、当時幸いなことに高熱のために病気とならなかったら、フリードリヒ通りで死んでいたろうと思います。この病気が——医者の方ではありません——私を救いました。あなたは、フリッテさん、聞くところによると、塔の上での病気からは医術によって助かったそうですね。それなら多分私の病気とは全く違います。私は熱のため体が全く奇妙な具合になり、古い髪が抜けたばかりでなく——単に短いティトゥス皇帝風髪型のために私は弱々しい短い髪の毛を被っていました——古い考え、主に忌々しい考えも抜けてしまいました。

プラトナー(4)が正当に述べていますが——その目的論的長所も同様に述べていまして、——人間の記憶は辛いことよりも甘いことを逃すことが少ない、と。

私と共に——これは病床からではありませんが、私の債権者達が起き上がりました。

『尊敬する楽譜商のレルシュタープ(5)殿。——私の従者が、貴方はそう呼ばれると請け合っていますので、そう呼びますが』——（と私は馴染みの、私の強力な債権者に対して言います）、『私は世にも激しい高熱からちょうど治ったところで、すべてを、大方の事柄を、いや通常私がサインする名前すら忘れてしまいました。これは生理学から、汗、熱病のときの幻覚、消耗からきちんと説明されることです。しかし喜んで楽譜の注文の支払いをする私のような男にとってこれは忌々しいことです、だってすべてが抜け落ちてしまったのですから。止むを得ません、レルシュタープ殿、この件を思い出すまで待って頂けませんか。そのときには貴方の金を家で即刻払いましょう、これは別な意味ではいずれにせよ自明なことです』。

その後、主任の劇場仕立屋の親方、衣装係が現れて、彼の分を要求しました。私は答えました。『フライタークにどの負債者（例えば殺人者や博打の信用借りの者）も記憶を失ったら、債権者にとっては気の毒なことになります。当方といたしましては借金しているものすべてがきれいに抜けてしまったのです。ほとんど信じられないことでしょうが、私の病気をお考え下さい、病床で私は大いに汗をかき発熱して、記憶に何も残っていないのです。貨幣はここでは記憶の貨幣がなければ何の役にも立ちません。残念なことです、レルシュタープ殿』。殿――というのも、貴方は今日のキリスト受難日［カール・フライターク］と同名と聞きますので――病床で私ほど

自分はフライタークと言う、と彼は言いました。『何ともやりきれません』と私は言いました、『私には副補習指揮者も必要なのでしょうか。これからは思い出すことを忘れないようにしましょう』。――

侍従のユーリウスが、……入ってきて、私の快方に対して祝いと共に二十フリードリヒ金貨の掛け金の要求を述べます。『どなたでしたかな』と私は言いました。『クオド・デウス・ヴルトよ。私の言うことは御理解頂けると思いますが』と彼は言いました。――『全くです』と私は言いました。『しかしびっくりしなさんな。私が君や月の男や大ワジール［トルコの大臣］にさらに賭け金の借りがあると知っているくらいなら、病気であったなどと言い出さないのだから。君の言い分はきっと正しいだろう。しかし高熱に倒れないうちに、その都度千もの結び目をハンカチに作っておいて、癒えてから多くの結び目を解く方がハンカチを単に投げて好意を示して解くよりもいいのではないか。侍従殿どうです。――だから私の記憶が戻るまで待って下さい。――しかし全く忌まわしいことに、君達宮廷人はプラトナーの意見とは全く逆にまさしく忌まわしいことのみ（ほとんど危篤の報はもっと少ない）記憶していることです。しかしところでどんな具合です。レヴューはもう始まりましたか』――『何だって、冬なのに、ヴルト』とユーリウスは言いました。『御覧の通りですよ』と私は言いました。『あの愛らしい王妃は何をなさっています。――多くのことをそんなに忘れてはいないと思いますよ』。――その後私は、次回には思い出すと彼に頼み込んで、私どもは気持ちよく別れました。

私が長い橋からケーニッヒ通りへ行こうとしたときは別な具合になって、一人の教養あるユダヤ人が私を呼び止

めました。『モーゼスさん』と私は言いました、『悪い知らせです。熱のため私はティトゥスの髪型になりました』。──『それは悪い』とユダヤ人が遮りました。『私どもユダヤ人が悪しき侯爵を思い浮かべようとするときは、これは正真正銘ティトゥスだと言います。──ティトゥスの頭をした者達は私どもにイエルサレムを建設してくれません』──『以前は』──と私は続けました──『ヘブライ語も、ユダヤ人ドイツ語も、新ヘブライ語もお手のものでした、補助言語のカルデア語、アラビア語ともども──すべて高熱のために忘れてしまいました、モーゼスさん──そうでなければ百歩離れていても貸しのある人を、千歩離れていても借りのある人を見分けることが出来たのですが』──『手形は』と彼は答えました、『その点、確実です』と、そしてまだシュプレー河の上だというのに、支払うべき手形を呈示しました」。……

このとき快活にパラディィージ氏がドアを開けて、ラファエラにその紙片のお礼を述べ、ヴァルトに丁重な目を向けた。彼はヴァルトの保証を受け入れた。公証人がこれほど幸せで──そして不幸せであったことはほとんどなかった。ヴルトのパロディー的犬儒的な冗談は彼にだけは全く辛辣な味がした──他の人々には単に無趣味なものであった。──しかしフリッテの救援部隊、守り神となるという新たな幸福のため彼は元気になった。ヴルトの耳と目の前で大胆冷静に手形の件が完成され、基礎付けられた、そしてフルート奏者はかくも自由に別々に花咲く現在にうろたえ、怒った、内面の裡であったけれども。力強い人間でも他人の強さや首尾一貫性には、それが自分のためにではなくむしろ自分に逆らって発揮されると耐えがたい、誰もがそもそも他人のそうした力からは希望よりも恐怖を抱くべきであるからかもしれない。

手形が更新されると、フルート奏者は穏やかに一行に別れを告げた、特にヴァルトに対して。ヴァルトは彼に同伴しなかった。彼はフリッテに、若干まだ試験週として残っているわずかな時間を自分の部屋で過ごしてもよいか尋ねた。フリッテは喜んで、よろしいと言った。ラファエラは感謝してもう一度彼女の華奢な手で彼の手を握った。彼は自分の静かな部屋へ戻った、そして入るとき泣きだしそうに思われた、喜びのあまりか、孤独のあまりか、あるいは酔いのあまりか、それともそもそも何のあまりか彼には分からなかった。最後に彼は怒りのあまり涙を流した。

＊1　第九条に明確に記載されている。「日数を要する旅行や収監は遺産の取得期間に加算されない」。
＊2　拍車をかけても立ち止まったままの馬のことを言う。
＊3　エルテルラインでは周知のように貴族の住民はこう呼ばれた。

第五十五番　巨嘴鳥

若きヴァルトの悩み――宿泊

公証人は一晩中眠れなかったし、彼の弟を愛することも出来なかった。怒りが彼の夢であった、そして諍う諸理由が夜のうちに積もって彼は結局はなはだ激したので、ヴルトが彼のベッドに敢えて近寄って来たら、弟にこんなことを言えたかもしれない。「君とはもう別な意見だ。しかしその固いベッドの板には座らず、もっと布団の方に座って欲しい」――彼は、面と向かって人間を、哀れなフリッテと彼自身とを責めさいなむ弟の力を理解出来ないもの、許し難いものに思った。すでに何度か彼は世界史の中で、宮廷と人民のすべての憎しみを浴びながら快活に輝き栄える、かの強力な雪と氷河の男達の中に、他の性格の者達に移入するように詩的に移入することを試みたものである。しかし格別な成果は収められなかった――それくらいなら彼は彫像の心臓へ口から忍び込んだであろう。一人の人間の顔を見るだけでもう彼の心は捉えられた、そしてそれが一匹の蛾の蛹に斑点として現れていようと、あるいは一人の子供の人形に蠟製として現れていようと、彼はこの両者を冷たく親指で押しつぶすことは出来なかったであろう。

彼はベッドから平らに刈り取られた秋の一日へ降りていった。彼はいつものように、愛して、最も甘美な感情をほとんど抑えないでいたいと思った。しかしそのために有益なものを何も見いだせず、先の砂糖島の糖酸だけを見いだした。それは彼の最初の怒りであったので、今や彼はそれに正しく対処した。愛に充ちた心は何でも許せる、自分自身に対する頑固さですら許せる、しかし他人に対する頑固さは許せない。先の頑固さを許すことは功績であるが、後のを許すことは共犯であるからである。

それから彼は市役所へ力なく向かっていった、そこで、これまでのように、遺産継承の職務の落ち度に対して正直に処罰して貰うためであった。冗談鳥のフリッテは、今や彼の昨日の不幸鳥であったが、すでに到着していた――この世で彼は時間の他はほとんど有しなかったからである。書籍商のパスフォーゲルも一緒であった。ヴァルトは愛をこめてアルザス人の目を見た、あたかもこの者が彼のために保証をしてくれたかのように。何らかの浄罪火を彼のために無邪気に点火した相手に対してその火が彼の魂の前で何らかの黄色の醜い照り返しを投げかけることはなかった。むしろ彼は、一人で浄罪火の中に立ち、他人を清らかな気持ちで炎の中から見つめることを心から喜んだ。

遺産の執行人長のクーノルト氏は第七の条項に従って、――どの読者も遺言を本から切り取って、仮綴じして、いつも手許に持っていて欲しいが――合法的に開けられるべき調整料金の秘密の項目を開封した。実際そこでは、フリッテが彼のことを宣誓に代えて報告するはずの、フランス語のドイツ語用法のそれぞれに対して、罰として遺産継承が一日遅れることが定められていた。フリッテはこれに対して答えた。「自分は、ヴァルト氏ほどに豊かなフランス語のための器官を有し、同時にこのための書法を有する者を知らない、取り立てての失敗は思い出せない」と。ヴァルトはその手を握って言った。「素敵なことです、あなたはそんな方だといつも思っていました。でも私の喜びはそう見えるほど私心のないものではなく、もっとずっと私心のないものなのです」。執行人長は喜んで彼に祝意を述べ——書籍商もそうした——そして執行人長は彼に新しい遺産継承の職務を選ぶよう頼んだ。

この物語にとってとても残念なことは、世間が第六条項の「戯れの簡単なことに」を暗記出来ないことである、この上にこの建物の支柱は立っているというのに。公証人はこれをすべてよく知っており、書籍商が最もよく知っていた。ヴァルトが、存在し得るかぎり最も美しい独善に魂が酔って——つまりフリッテを善人と前提することに間違っていなかったことに酔って、——自分の就くべき職務をすぐに選ぶことが出来ないでいたとき、パスフォーゲルが近寄ってきて、eの条項を彼に思い出させた、これは「校正者として十二全紙に目を通すこと」であった。——「結構です」とヴァルトは言って、了承し、それを言明した。——夜の怒りによって食い破れた心の中に人間の優しさのちょっとした滴がさわやかに治癒力をもって流れてきた。

市役所の会議室を出たところで彼は突然自分の心が転回し、弟の方に再び向けられているのを知った。フリッテは正当化され、彼自身は弁護されていて、ただ自分には大いに正義があったので、彼は大いに許した。急いで心配している父親に自分の週の職務の素晴らしい経過を手紙で書き送った後、彼はもっと真面目に他人の自我へのいつもの自己移入を行って、自問した。「ヴルトは自分の原理以外に他の原理によって自分の行為を律することが出来ようか。僕自身とは違ったふうに、しかも僕のために行動したかったのではないか。——誰もが他人から公正を欲している、それに少しばかりの思いやりを欲している。誰もが他人にこの二つを与えるべきであれば、僕もそうしよう」。彼は結局ヴルトの反発力に自分自身の柔和な外面に対する補完を見いだした。友情と結婚生活は、望遠鏡と同じで、凸レンズと凹レンズの組み合わせで作られるのである。

しかし彼の開け放たれた心が何の役に立ったか。誰も入って来なかった。愛に恥じらって彼は、ヴルトが白い平和の旗をほんの四分の一エレだけでもひらひらさせて、早速愛の目をして他人の心へ入ってくるのを待った。しかし旗の指幅だけでもヴルトが差し出すことはなくて、彼は一言も添えずに『ホッペルポッペル』のための脱線を送ってきた。ヴァルトは彼に数章送った、心の修道院に閉じ込められて、一層容易に書き上げたものであった、パスフォーゲルはまだ相変わらず最初の校正原稿を待たせていたし、町の人々も彼の邪魔にはなるが、金にはなるような何らかの公証人の文書を頼んでこなかったからであった。その数章に彼はただ二つの伸展詩を添えた。

I

私の魂はすべて泣いている、私は一人っきりだから。私の魂はすべて泣いている、弟よ。

II

私は君に会い、君を愛した。私はもはや君に会わなかった、それでも君を愛した。このように、心の底から喜ぼうが、泣こうが、僕はいつも君を愛さなければならない。

その翌日ヴルトが推敲された脱線を送ってきた、そして自分にヴァルトの『ホッペルポッペルあるいは心』がもたらす楽しみについて短く触れ、どの章も真の芸術に対する熱意で作られ磨かれていると述べ――そして更に、自分自身以前よりも熱心に書いているが、どれほど幸せか決定出来ないと書いていて――それ以上は書いていなかった。「思うに」――ヴァルトは自分に言った――「自分がどういう状態にあるか分かっている。僕はほとんど不幸だと言っていい――ここで貧しい僕の目のために開いていた天国は過ぎ去ってしまった――永遠に僕の弟は埋葬され沈んでしまった――いつか僕の前に登場することがあれば、多分顔は憤激でゆがんでいることだろう、そして僕の心は慄然とすることだろう。弟よ、何と昔は素敵だったことか、僕が君をまだ抱擁し、泣かなければならなかったとき、でも全く別な涙を流さなければならなかったときには」。

その後、彼は再び長編小説の立派な章を一つ書いて、それを次のような、ここで全文を読者にお知らせする手紙と共に送った。

弟よ。

さあ、どうぞ。——————————

兄のGより。

ヴルトはそれに何も答えなかった。ゴットヴァルトは六十分の一秒時計に従って怒った。それからまた塔の時計に従って愛した。ただ夢だけがその恐ろしい、引き裂かれた仮面と共に彼の眠りに侵入してきた、どの仮面も弟のように見えざるを得なかった、弟は彼がその上に星から星へ体を引き延ばされている果てしない拷問梯子の上で彼を苦しめた。

十一月のある午後彼は旅館亭旅館へ行った、そこで彼は弟を、周知のように、長い人生の冬の後、五月のように見いだしたのであった。ヘルンフート派の亭主は、彼が入ってきたときちょうど、女将を旅館から殴って追い出し、自分の息子を後から彼女に投げつけて叫んでいた。自分がキリスト教徒でなければ、もっと別な扱いをするところだ。我慢して、けしからぬ言葉を吐かないようにしているのだ、と。亭主はヴァルトが七月に泊まった先の、今は壁のある上の部屋を見たいと言ったとき、彼のことをもはや覚えていなかった。部屋の麦藁の上に一部はソーセージが、一部は亜麻が広げられていた。彼はヘルンフート派の墓地へ足を運んだ、そこでかつて太陽が沈み、弟が登場したとき、彼は大いに喜び新しい気分になったのであった。——しかし木々は、埋葬された骸骨を葉で覆う代わりに、自ら上に伸びていて——そのとき雨のように雪が降り——太陽よりも雲が沈み——夕方と夜とはほとんど区別出来なかった。公証人はちょうど始まった十一月のように見えた、十一月は四月よりもはるかに悪魔に似ていて、最も忌まわしい結果を残さずに去ることはない。

そこから彼は貧しくなって——馬に乗った父親の横を歩いて行ったあの豊かな朝からは遠く隔たって——町へ戻っていった。冷たく風の吹く橋の上を通りかかり、周りには荒涼とした暗い夜しか見えなかったとき、二つの厚い雲が別れ——明るい月が銀の球のように白い雲の山脈のふところに懸かって、長い奔流が輝いて下に向きを変えた。水の上では何か帽子のようなもの、袖のようなものが流れて来た。「これが橋を通ってこの下を流れ去ったら」とヴァルトは言った、「僕の弟も僕から去っていく印と考えよう。支柱にぶつかったら、何か良いことを意味する」。彼ははっとした、するとそれは下でまた浮かんで来た。とうとう彼は溺れた人間が、いやヴルト本人が自分の下を流れているのかもしれないと思いついた。彼は岸辺へ飛び降りた、そこでは漂うものが茂みの根で一杯の入り江に引っかかっていた。苦労して、震えながら彼は棒で空の袖を、それからもう一つの袖を、その後更に若干のものを引き上げて、やっとその全体が河の中へ投げ込まれた、季節上不要になった――案山子に他ならないことを知った。

しかし戦慄はその契機や錯誤よりも長く続くものである。彼はまだ弟のことを気遣いながら、弟の住まいのある路地へ行った、そこではすでに弟のフルートの音が遠くから響いてきていて、満潮のようにすべての世のむき出しの荒々しい岩礁を一つの優しい海で覆っていた。惨めな十一月、ヘルンフート派の亭主、案山子、人生の虚ろな干潮、これらは今や美しい波の下で沈んでいった。ヴァルトは――暗かったので――日中はただ長い路地を見下ろすだけであったが、――ヴルトの家の間近へ歩み寄った、月光の影の側であったけれども。彼はドアのノブを手のように握った、弟の手がそれを何度も握ったに相違ないと知っていたからである。ヴルトは、このことを彼は向かいの影と微光から気付いたのであるが、譜面台と共に窓辺に立っているに違いなかった。再び長い雲の影が路地を飛び去ったとき、彼は斜めに横切って、上を見上げ、照らし出された譜面台の背後に長いこと憧れていた者の顔を見た。そして激しく泣いた。彼は脇へ折れて大きな赤い門へ歩いた、そこにはヴルトの影絵が、釘付けにされた猛禽のように恐ろしく引き裂かれて懸かっていた、そして影の一片に接吻した、しかし自分自身の影が多くを覆い返したので、若干の苦労を要した。

このとき彼は上にいる弟の方に以前の兄弟の胸をもって弟の心の許に行きたかった。しかし彼は言った。「僕自身が向こうで吹いているのであれば、すべては承知していて――僕にとって他人の心というものはないであろう。彼が非常に柔和に吹いているときには、彼はしかしほとんどいつも自分が演奏している調子とは逆で、しばしばほとんど過酷だ。――霊的に楽しんでいる彼の邪魔はすまい、むしろ多くのことを紙に書いて、明日送ろう」。

彼は家でそうした、弟のフルートの音は素敵に彼の感情の陶酔に加わった――彼は精神的嵐に封印をした。彼はこの嵐に鍾乳石についての二つの伸展詩を添えた、鍾乳石の柱や形成物は周知のように柔らかい滴が凝固したものである。

第一の伸展詩

柔らかに滴は山の空洞の中で滴る、しかし固く、角張って、鋭く滴は永遠のものとなる、人間の涙はもっと素晴らしい。涙は、傷つけられながらそれを生み出す目を切って溢れる。しかし涙のダイヤモンドはいつかは柔らかくなる、目がその方を振り向くと、それは一輪の花の露となっている。

第二の伸展詩

空洞の中を見るがいい、そこでは小さな無言の涙が天の輝きと地の神殿の柱とを戯れながら模倣している。人間よ、おまえの涙と痛みもいつかは星々のように微光を発し、柱となっておまえを支えることだろう。

ヴルトはこれに対して答えた。「残りは口頭で。どんなに僕らの正直に推し進められている記述を僕が喜んでいるかは、君の方が僕自身よりもよく承知しているだろう」。――「忌々しい」とヴァルトは言った、「僕の方が彼よりももっと多くのものを失っている、僕は彼を全く別なふうに愛しているのだから」。地上での愛がそうであるように、彼は今や不幸であった。彼は――すっかり人々や仕事を奪われて――彼の長編小説を織り続けた、自分の部屋から弟の部屋へ張り渡せる唯一の薄くて軽い絆として。

成長しきって成熟した月が余りにも明るく、溶かすように輝く或る宵、きちんと別れを告げるのが良いのではないかと考えた。彼は次のような短い手紙を書いた。

「今晩七時に僕が来ても邪険に扱わないで欲しい。僕はただ別れを告げるだけなのだから。すべてが地上では別れもなしにばらばらに壊されてしまう。しかし人間は、出来るならば、海の嵐や地震が魂の隣人を突然打ち砕かない限り、人間に別れを告げる。ヴルトよ、僕のようにして欲しい。僕はただ君に再会し、それからしばらく別れるつもりだ。返事はいらない。不安だから」。

彼は果たして返事を貰えずに、一層臆病に悲しくなった。彼は夕方出掛けた、しかし彼には、すでに別れは終わったように思われた。ヴルトの部屋に明かりが点っていた。何という重荷を背負って彼は階段をのぼったことか、それを上で降ろすためではなく、倍加させるためであった。しかし誰も、「お入り」とは言わなかった。部屋は空で、小部屋のドアは開いていた——畜舎用燭台の上では明かりが今にも消えそうであった——寝台枠は、穀倉のように——ただ不吉な藁だけを泊めていた——散乱した紙屑、封筒、寸断されたフルートのアリアが過ぎ去った日々の沈殿物を形成していた——それは人間の納骨堂あるいは納骨部屋であった。

ヴァルトは最初驚きで混乱して、ヴルトはあのときではなくても、その後で水死したのかもしれないと考えて、すべての紙の遺物を大きな滴る目をして半ば無意識にかき集めた。突然劇場仕立屋の女将の低い声が下から叫んだ、上で騒いでいるのは誰だ、と。「ハルニッシュ」と彼は答えた。彼女が階段をのぼってきて、これはハルニッシュの声ではないと叱った。彼女が暗闇の中で彼を見たとき——彼は消えつつある明かりを、死の方が臨終よりも良いのと同じように、夜の方がいずれもましなので、消していたからであるが、——彼は劇場仕立屋の女将と皮肉な殴り合いを、つまり彼の盗人のような振る舞いについての言葉のやり取りを、結局は彼の嘘についてのやり取りを行わざるを得なかった。というのは彼は取り急ぎ自分をヴルトの当地に住んでいる兄と称しながら、ヴルトがどこへ行ったのか尋ねていたからである。

混乱し叱責されて彼は自分の部屋へ向かった、そして明かりと人々とで一杯の階段をこっそりと——宮中代理業者はダンスの茶会を催していた——腰をかがめて上がった。

すると彼は自分の部屋が開いていて、一人の男が中でハンマーを持って働き、彼の新しい住まいを整えているのを見つけた。ヴルトであった。

「これ以上」——とヴルトは言って、ある劇場用壁［書き割り］に釘を打ち続けていた——「しかしまずは今晩は。

これ以上、つまり言いたいのは、僕にとって好都合なのは君がようやくやって来たということの他にはない。七時の時が鳴ってからずっと僕は苦労して、すべてを最良の状態にして、僕ら双方のうちのどちらからも後でぶつぶつ、ぶうぶう文句の出ないようにしつらえているのだ。一緒にこの準備の手助けをしてくれ給え。──ヴァルト、何故そんなに僕を見つめているのかい」。──

「ヴァルト──何故──話して欲しい」（とヴァルトは言った）、「でもとても素敵なことだ。心からようこそと言いたい」。こう言って彼は弟に接吻し抱きついた。しかしヴルトは、手に釘を持ち、もう一方の手にはハンマーを持っていたので、顔と首しか差し出さずに、答えた。「肝腎のことは、両方とも楽しく住めるようにするにはどうしたらいいか分別のある言葉を今聞かせてくれることだ。すべてが一度固く釘付けされると、人間は変えることを好まぬものだ。君がちょうどこの窓とその向こう側をほとんど所有することにし、僕がもう一つの窓を所有したらと思う。三番目の窓はないのだから」。

「君が何を計画しているのか実際分からないけれども、然るべくすべてを整え、言えばいい」、とヴァルトが言った。「それでは君の言い分は分からない」とヴルトは答えた、「あるいは僕の言い分が分からないことだろう。僕の短い手紙を受け取らなかったかね」とヴルトは言った。──「いや」と彼は言った。

「今日の手紙のことだ」とヴルトは質問を続けた、「その中で僕はこう書いた、返事がなければ僕の依頼は了承されたものと見なす、つまり雌雄の鳥のように一つの巣あるいは宿舎に、つまりこの宿舎に一緒に住みたいというものだ。どうだい」──「異存はない」（とヴァルトは言った）「しかし本気かい。何故僕は君の気持ちに信をあまり置かなかったのだろう。神様の罰があたるところだ。結構だよ」。──

「ということは僕はまだ紙片をポケットに持っているに違いない」（とヴルトは答えて、それを取り出した）──「まずは僕らは冬に備えて僕らの部屋の状態を片付けてしまわなければならない。双子が一部屋に一緒に住むよりも、一つの教会で違う宗派の者が一緒に事を行う方がより容易だからだ、双子ときたらすでに小さな頭足類のときに母胎内ですら一年間と保たずに別れる羽目になっている。僕の願いは勿論、僕ら炎の間に置く防火壁が──それには舞台の壁が幸いぴったりと合うが、――肉体的に十分に僕らを隔てて、精神的には隔てなくても済むことだ。隔壁の君の側には一連の美しい宮殿が、僕の側には牧歌的村が描きなぐられている、そして僕がこの宮殿の窓を開けさえすれば、僕のデスクから君が君のデスクに座っているのが見える。話すことはいずれにせよこの壁と町を通じて出来ることだ」。

「これはいい」とヴァルトは言った。

「それでは僕らの二重鳥籠の中で昼も夜も『ホッペルポッペル』にかかることにしよう、冬は著者達や交喙《いすか》にとって抱卵に最適な時であるし、僕らはその中で、黒い金鳳花は（僕らは世の金鳳花以外の何ものであろう）寒気の中で花咲くわけだ」。

「素晴らしい」とヴァルトは言った。

「白状しなければならないが、僕はこれまで次々に脱線して、つまり冗談の脱線から本当の脱線に陥り、実際少ししか書いていない。しかし二人して猛烈に書き、詩を作ろう。――ただ本と原稿のためにだけ生活するのだ、つまり印税で暮らす。――二週間したらかなりの書類の山が出版者へ進水することになろう」。

「すごい」とヴァルトは言った。

「もし一つの巣の中での――僕は雄鳩で、君は雌鳩――このような共同の抱卵が最後にフェニックスとかその他の翼の作品を孵さなかったら、つまり後世の者に立派に見えて、それで後世の者が先の世の者に、この二人の兄弟は誰々で、どれほどの背丈、肩幅で、何を食べ、どんなくしゃみをしていたか、この兄弟は他にどんな習慣、家具、奇癖を有したか尋ねることにならなかったら、もしこのような具合にならなかったら、言っておくが、僕の話は真面目なものであるとは言うつもりはない」。

「素敵だ」とヴァルトは喜びの眼差しで叫んだ。

「空腹のあまり僕は自分の舌を食べてしまうだろう、あるいは爆弾について言うように、炸裂してしまうだろう、僕らが互いに喧嘩する前にここで長いこと愛し合わなかったら、要するに、将来若干のことが口頭でそれについて言われることになる事件がそもそも生じなかったら」。――「新しい生活を君は僕に与えてくれる」、とヴァルトは言った。「しかし」とヴァルトは言って、彼を寝室へ案内した、「僕らの寝台枠を屏風で――夢の空中楼閣のために――隔てることは構わないだろう。しかしこの屏風はむしろ古の枕屏風というところだ」。

「これについては僕の原則を承知であろう」とヴァルトは言った。「すでに幼い頃から僕は友と体育的に格闘したり、彼を持ち上げたりすることを、生命の危機のある場合は別であるけど、無作法なことと見なしていた」。

その後、彼にヴルトは自分がここまで歩いて来たすべての道と狭い間道とを示し、更に将来の地図を示した。つとに長いこと自分は、と彼は言った、兄さんの許に引っ越したかった、一部は彼と『ホッペルポッペル』に対する愛から、一部は半額になる部屋代のせいで、一部はその他の理由で。最近散歩しているとき善良なラファエラの好意に与り、彼女という梃子の長い腕を用いて父親の心を動かした。一時間前にプルツェルの書き割りの壁とトランクをもってこちらに到着し、部屋の鍵を馴染みの鼠の穴に見つけた、と。「では僕の手紙を開け給え」と彼は結んだ。封筒には「ヴァルト氏に、小生気付」と書かれていた。

ヴァルトは、手紙にはヴルトの封印の横に自分の封印もあること、これがあの古い手紙であること、つまりヴルトが彼に将来自分の騒霊、ふくれっ面の精神が夜に騒がしい音を立てたりドアをバタンと閉めたりすることを、後で弁解できるように予告したあの手紙であることに気付かなかった、これは我々がヴァルトよりも早く、あるいはむしろ後に[*1]［出版されてから］読んだものである。ヴァルトは性急に、弟は今日から先の将来のことを言っていると思って、そういうことにはならないと言った。しかしヴルトが彼に日付を示して、昔の将来が記されていると言うと、公証人は弟の両手を両手で固く握って、その目を見て、感動した長い調子で始めた。「ヴルトよ――ヴルトよ」と。――フルート奏者は心動かされ、それで自分の目に若干の滴を浮かべざるを得なかったが、両手がふさがっていて目に当てることが出来なかった。「さあ」と彼は急に立ち上がった、「僕も小石ではない。しかし僕の部屋へ行かせて、荷解きをさしておくれ」、そして彼は舞台の壁の奥へ行った。

彼は荷を解き、並べた。ヴァルトは自分の部屋の中をあちこち歩き、彼に部屋の町越しに、彼らの魂の洗礼同盟を更新しようというこれまでの自分の試みについて語った。それからまた仕切り部屋に来て、彼が家具、部屋具を整えるのを手伝った。彼はとても熱心に手伝い、親切であって、弟に窓の採光や家具を含め多くの場所を押し付けようとしたので、ヴルトは心秘かに、フリッテの手形の件での兄の頑な抵抗をあまりに厳しく根にもったことを馬鹿なことであったと自ら叱った。ヴァルトはヴァルトでまた心秘かにフルート奏者を（彼が自分への愛のためにラファエラに対する不快を押さえつけたという点で）最大の光輝の中に置いていた、そしてヴルトのすべての美点をこっそりと書きつけて、自分がまた不平を言いそうになったとき、それを処方箋として読み返すことにした。夫婦共産制と部屋での義兄弟の契りは極めて明確な境界条約へと引き戻されて、それで朝には早速一緒の生活を始められるようにした。ヴルトは立派なことを述べて、人は心の裡に怒りのための大きなスペースをとっておかなければならない、怒りが荒れ狂って、脳壁にぶつかって死ねるようにするためである。すると心の中に死んだ狼を持ちつつ外部に対して胸におとなしい子羊を抱いた者であることほど容易なことはなくなる、と言った。この点については更に別な見解を述べられよう、例えば、

——強い愛は間違いに対して単に処罰しようとし、それからやはり赦そうとするものである——多くの者が友情の些細な侮辱であまりに深く傷つけられる場合、それは単にすべての人間に対する憎しみの考え方のせいであって、この考え方が個別のそれぞれの場合に適用され、この個別を全体の鏡とするのである——最高の愛は肯定か否定しか知らない、中間はない。浄罪火はなくて、ただ天国か地獄だけである。——しかしこの愛は不幸にして、単に控えの天国か控えの地獄へ導くことになる情緒や偶然の産物を、天国や地獄の門の守衛としてしまう。

二人は互いに対して極めて自分独自な感情に一般的な公理の衣装をまとわせた。しかしヴルトは衝立の背後でベッドに上がったとき、言った。「これには何も答えないでおくれ——たった今耳を枕に押し付けたところだ、——しかしこれまで君のことをもっとよく愛すべきであったと思う」——「いや、こちらこそ」とヴァルトは叫んだ。

＊1　第二巻、一〇頁。

第五十六番　飛　　鰊

伝記作者の手紙――日記

若き両ハルニッシュの現伝記作者は先の番号（いわゆる巨嘴鳥）の完結の後ハスラウの市参事会から四つの新しい番号――つまり、五十六番の飛鰊、五十七番の千鳥、五十八番の海兎、五十九番の筍貝を――極めて重要な、ヴァルトについてのヴァルトの日記と共に得た。これに対して現伝記作者は立派な遺産執行人達に次のような返事をした、これは全く『生意気盛り』の一部として認められるものである。

敬称略

尊敬する市参事会員、執行者の貴方に、第五十五番の巨嘴鳥の清書をお送りし、四つの最新の博物標本、五十六番、五十七番、五十八番、五十九番の受領、並びにヴァルトの日記の受領を証明するに当たりまして、同時に四つの番号のための四つの章を同封致します、これは、私がヴァルトの日記を乱すことなく織り込み、章の表題によって分断し、その他の印刷工の仕事、例えば、ヴァルトの現在の言葉と将来の私の言葉とを区別するための引用符を編み付けることによって仕上げたと述べたいものです。貴方がこれがために私を悪漢とか、博物標本泥棒とか仕事のけちん坊とそしられるようなことがありますれば、私の性格は直ちに攻撃を受けましょう。尊敬するハスラウの参事会はしかし――あり得ないことに思えますが、――私が立派なヴァルトに対して、外側には確かに何も描かれていないけれども、内部には美しい釉のかかっている不平屋「酢壺」に対して私の陶工の色彩を施したら、その方がいいと思うでしょうか。それともどこかの遺書は、私か他人の性格に私自身の性格からいくらか差し出すことを要求しているものでしょうか。私とすべての詩的織物職人達は、どんなに好んで豊かに私どもがどの登場人物にも――それが悪魔であれ神であれ――私どもの性格を貸与し、こっそり渡すものであるかしばしば十分に証明してきたと思われます。私どもが最も似ていないのは――これは申してよいと思います――かのイギリス人の吝嗇家、ダニエル・ダンサーで、この者は他人の耕作地では、自然の摂理が彼に剰余として残すものを少しも落とそうとせず、そうなる前に自分の耕作地にそれと共に狂ったように駆けていったそうです。これとは逆に長編作家は自分の有するもの、自分の本性のすべてを、人物や性格に関して全く声望を持たない自分が記述した人物達にまことに喜んで与えるものです。従って必要とあらば、私ほどヴルトの日記を鋤き返して種を蒔きたかった者はいなかったことでしょう。

　別の理由、例えば時間の欠乏とか家庭の騒然さは、決して口実にはしません、これは個人的な事情ですし、こんなことは尊敬する市参事会よりも読者に嘆いた方がいいものです。しかしいずれにせよ次の知らせはこうした事情の一つで、私は昨日、手形［引っ越し］の支払い心配熱［引っ越し病］のため――町を代わるだけですが――再びコーブルクからバイロイトへ移りました。そもそも時間をもっと大切にすべき者は、永遠のために生きる者よりは――これはどんなキリスト教徒もそうしています――むしろ永遠のために書いている者です。どれ程の頁を私どもの自我のブリタニカ伝記集(1)は万象の歴史の栄光のために残しているでしょうか。――いずれにせよ、いかにすべてのことが私ども詩人を苦しめているかは、古代の木版画家だけが予感しているように見えます、彼らは蜂や鳥を――これは私どもの蜜や飛行の比喩的近親者ですが――ただ空に浮かぶ十字架として描いているからです。このように十字架に掛かる者は私ども十字架を負う者の他にありましょうか、これは例えば、

バイロイト、一八〇四年八月十三日

遺言による伝記作者
J・P・F・リヒターの他に。

これからヴァルトの話が続く、つまりヴァルトの日記は次のように始まっている。

「私はここで誓うが、日記を少なくとも三ヵ月間書くつもりである。それ以前にやめたら、神か悪魔が私を罰するがいい。今日から、昨日の引っ越しの次の日から――始まる。そう、対象が私を――対象は私ではなく、ヴァルトであるが――吊るそうと、杭で突き刺そうと、猿ぐつわをはめようと、寸断しようと、シベリアへ送ろうと、鉱山へ、第二世界へ、第三世界へ、いや最後の世界へ送ろうと、私はこの日記を書き続けるだろう。私が揺らぐことのないように、私は指で、普通はそのために上げるのであろうが、こう書く。

私は誓う。

世間は――決してこの紙を手に入れることはないだろうが――誰についてこの日記が書かれるか容易に考えることが出来よう。自分についての日記は、自分の全集を書くとき、どんな執筆者もそうすることになる。俳優の場合はそれは芝居のプログラムである。新聞記者の場合、世の営みに充ちた新聞である。商人の場合、通信帳簿である。歴史画家にとってはその歴史的絵画である。アンゲルス・デ・コンスタンティオ、(2)彼は五十三年間にわたってナポリ統治の歴史を書いたが、帝国の事件のたびに自分自身の事件を、単に五十三年間だけであったが考えることが出来た。このようにどの世界史の執筆者も自分自身の歴史を見えないインクで混入させて書くものである、民族の征服、内的動揺、移動のたびに自分自身のそれを上手《じょうず》に結び付けられるからである。しかし自分の感情を何かに結びつけるに当たって、再び感情の他には何も有せず、その他には何もしない者は、縦横大きな二つ折判の紙を手にして、感情をそれに、つまり紙にぶつけるがいい。ただし彼の仕事はダナイデスや悪魔の仕事になるだろう。彼が書く間に、再び彼の中で何かが生ずる、書いたものについてのある感情とかあるいはある反省とかである――これがまた書かれることを欲する――要するに、どんなに足の速い走者も自分の影を追い越せない。

それに何という惨めな下僕的反射光学的遅れた生であろうか、新鮮な空気の新鮮な呼吸の代わりの全くの過去からなるこの墓場の空気の吸い戻しは。須臾の喧噪は蠟人形陳列室となり、花咲き舞う生命の庭は固定された果樹園芸学的陳列室となる。千倍も賢いのではないか、神が永遠から永遠にわたるように人間が現在から現在にわたって、喜ばしい衝動がその突風を花々や波に吹きつけて、花粉や船を然るべき地へ送り、哀れに欠伸したり、呻いたりして戻してしまうことのないのが。

他の者についての日記とか週記はこれとは違う。——私は私の好意的読者、善良なるヴルトに告白するが、これは何か別なものだ。しかし勿論私は目を開き——始めなければならない。

しかし始める前に、これだけは仮定出来ることであろうが、私の家主にして兄のヴァルト君は歴史的長編小説に（表題は『ある詩人の間抜け時代』[*1]が駄目とは言わない）使えるかもしれない、つまり主人公としてで、殊に彼はまさに愛の花が咲いていて、醜い者が全く嫌いだからである、最近の手形に関する全経緯、彼女の顔や心を熱く守り見つめていたことには首をかしげざるを得ないけれども。全く必要なことはただ、私が伝記作者として彼を、ヘルクラネウム[3]の本の巻物のように、巧みに解き離していき、それから写すことである。数兆もの他の人々と同じように私がそもそも何故立派な長編小説を書いていけないのか、私には分からない。私自身には作家業はどうでもいいものだ、ヴルトよ。生きるためにではなく、生きているから生きているように、そのように、友よ、私は書いているから書いているにすぎない。神の似姿であるという点に関しては、自分はせいぜい、ささやかな自己原因[*2]であって——すでに諸世界は十分以上にあるので——ミサ執行司祭が祭餅の神をそうするように少なくとも自分で毎日創造者を造り、楽しむという点の他にあろうか。——そもそもここドイツでは名声とは何であろうか。最低の者から最高の者に至るまで毎日私の名を呼び、称え、それを欲しがって飲み込むほどの——しかしこうした名前はドイツでは他ならぬブロイハン［ハノーファーのビール醸造所］、つまりブロイハンの最初の醸造者以外には誰も得ていないのであるが、——それほどの名声を確立できないようでは、私の日記は評判にならないのがいいのだ、そう私は切望する。日記による拡大同様に私は大天使の役に立ちたいと思っている、この天使は平凡な太陽系と天体の顕微鏡を使って神の町の広場で何か儲けようとしていて、それで他の好奇心の強い市場の天使達に神と顕微鏡の不思議を見せようとして、私を手近な虱としてつかまえ、プレパラートに載せて拡大された手足を見せて大方の賛嘆と嘔吐を買いたいのである。

　このことは別として、ヴァルト君よ、君のために述べておくことがまだある、君がこの日記の二番目の読者となるならばの話で、君のヴァルトが第一の読者であるが――この場合君は、決して私の文書を覗かないという昨日の言葉を破るようなどうにも救いようのない皮を剝がれた悪漢である、――いやわざと君のために読書の罰として、私の主張したいことを記しておく、つまり私は君が私を愛する以上に純粋に君を愛することを恐れる、と。そのように愛することになれば、憂わしいことである。即ち案じられることは、君が――いつもは家畜のようにまことに無垢であるけれども――ただ詩的にのみ人を愛することが出来て、どこかのハンスとかクンツという人を愛するのではなく、どんな立派なハンス達、クンツ達に対しても、例えばクローターに対しても極めて冷淡であって、その人達の中でただ君の内部の人生の絵、魂の絵の拙劣に書きなぐられた聖人画だけを跪いて崇めているということである。私はしかしまず見てみたい。

　ヴァルト君よ、君は覚えていないだろうが、私が昨日あるいは今日、あるいは明日告げたように、私は他ならぬ君のせいで、君の為だけに君のブラッドハウンド、ダックスフント、グレーハウンドの小屋に越してきたのだ。従って何も嘘を言っていない。しかし、人間は、この元来の悪漢は嘘だけは言ってはならない。精神に対してはほとんど何でも許される、何に対しても精神は備えることが出来るからである、ただ嘘だけは許されない、これは精神を、古代ローマの刑吏が不生女《うまずめ》をそうしたように、最も親密な和合の形式で辱め、処刑しようとするようなものである。

　従って君がはなはだ悪漢のように名誉を忘れてこの日記を覗き込むならば、君はここで先の読点の後で知るだろう、私が一人の道化で、一人の道化の女を欲していること、一言で言えば、私がまさに窓を君から――ダミアンの処刑[4]のときのように多額の金を出して――借りたのは、単に窓から私自身を吊るすためで、つまり私の惚れ込んだヴィーナがたまたま君のラファエラと逍遥するときノイペーターの公園を見下ろすためである。我ら両人が窓際に立って、下に憧れ、滑稽な存在となることを私は楽しみにしている。対の二人の惚れた男ほど喜劇的なものはない。溜め息をつきながら互いに向き合っている全右翼と全左翼はさらに喜劇的であろう。――これに対して友人達の全県人会はそれだけに一層高貴に見えることだろう。

誰にとっても女性は勿論ちょっと違ったものである。ある者にとっては家庭料理であり、詩人にとっては小夜啼鳥の餌であり、画家にとっては見本料理、ヴァルトにとってはマナ、愛餐、聖餐であり、世の人間にとってはインドの鳥の巣［精力剤］、ポンメルン地方の塩漬鵞鳥の胸肉――私にとっては冷肉料理である。愛する者達と蚕の番人が――前者もその際やはり絹を紡ぎたいのである――罹る肺病は、恋煩いの男としての私に襲いかかるよりも退散することだろう、跪き、話している間は、私は肺に悪いフルートを納めているからである。私はしかし本当にヴィーナ、あなたが気に入っている、殊にあなたの歌声はとても規範的で、純粋だから。――しかし私は兄についての今日の日記を始めよう。……」

＊1　ラファエラを嫌っている、と彼は思っている。
＊2　自分自身の原因であること（aseitas）。

第五十六番の飛蝀への補遺

先の文は遺言執行機関へ送られたが、私はそれをこの機関――立派なクーノルトから――次の手紙と共に再び手にすることになった。

尊敬する公使館参事官殿。ファン・デア・カーベルの相続人達に、ヴルトの日記のような送付された記録を単に綴じただけのものが、それに基づいて貴方に博物標本の陳列室が遺贈された伝記上の条件を十分に満たすものとして受け入れられるであろうとは私には思われません。それに私自身、白状しますと、自分の趣味を持ち合わせていますので、貴方がヴルトにより圧迫されるのを見るのは忍びがたいことです。貴方の炎、貴方の文体等々――敬意を表します。[*1]――

その上更に多くの反対する理由があります。ヴルトの日記の中には――殊に彼が炎となって荒れ狂う二月には――それらの犬儒主義が、諧謔によっても、詩的裁判官の前でも、倫理的裁判官の前でも弁護出来ない箇所があります。例えば二月四日で、その日彼はこう言っています。「若い生命を一つの太陽として飲み込んで消化し、それを一つの月として排便する」――あるいは、上品な兄に、彼を怒らせるために、周りに一滴の水もなくて乾いたインク瓶に注ぐことは出来ないのに、上手《うま》いことやってインクに浸して、一包みの手紙を、彼の『手紙の小袋』を書き上げたと語っている箇所です。二番目のことはむしろ我慢出来ましょう、即ち彼が多くの封印紙をもって小包に封印しながら、しかし封印機も時間もなくて、ただ大いに仕事をして、封印しながら別のことをするために、ただそれにしばらくかかりっきりになったことです。そもそも我々の伝記には当世の趣味に反する多くのことがあって――表題から大抵の章の上書きまでがそうですが、――この趣味を苛立たせようとするよりはむしろ宥めようとしなければなりません。

もう一つの理由を述べさせて下さい、これが最後です。我々の伝記は、事柄、芸術、上品さ、遺言に則って、赤裸々な履歴書というよりは歴史的長編小説となるべきです。それで我々にとって厭わしいものは、すべてが本当であると本当に気付くことの他にはありません。しかし我々はこれを防げることになりましょうか――我々という無作法な言い方をお許し下さい、――我々がただ名前だけを変えることにし、俳優の文体は変えないとしたら。と申しますのはヴルトのそのまま提供された日記だけですでに我々は勘づかれてしまわないでしょうか、彼の文体が『ホッペルポッペル』の文体と（この表題もすべての非難のうちの一つでありますが）、比較されでもしたら、とたんに。この『ホッペルポッペル』はすでに印刷されていて世の人々が手にしており、その著者のことは文芸新聞の最近の記事以来誰もが知っているのです。大変心配なことです。——

しかしこうした意見を述べたからと言って貴方への敬意を妨げるものではなく、この敬意を私は永遠に云々。

クーノルト

*

私は次のように答えた。

私は呪いますが、従います。と申しますのは、ドイツ人に無理強いして、せめて紙の上だけでも——決して帝国の領土の上ではなく——その先祖が十六世紀や十七世紀においてこの両方の上でそうであったように大胆であれとの例を示すことが何の役に立とうかと思われるからです。ドイツ人は、それ以来フランス人によって導かれたいと言っています。自由という私どものダイヤモンドは私どもの指輪から竜の頭［天体の昇交点］へ行っていて、私どもが竜の尾［降交点］を踏まないかぎり輝かないようになっています。

分かりにくく言っているか知りません、しかし分かって欲しいのです。

市長殿。諧謔家は確かにお道化《どけ》た、厭わしい鉱山服をその横坑に入坑するために有しています。——彼は確かに出来るだけ人類のすべての奇形、不具を摂取して、不具者の例に倣い、例を示そうとします、不具者が先の諸世紀に肉体上の頭飾り、カフス、短いズボンと共に生まれてきたのは単に、こうしたもので世間に、道学者が推測していたように、当時の衣装上のこれらを非難するためにすぎなかったのです。——こう申し上げれば、ヴルトのことは弁解されましょう。——しかし上述いたしましたように、私は従うことにして、昔のアリストテレス[1]の真ん中の小道を行きます、これは写すものでもなく、捏造するものでもなく、詩作するものであります。スカーリガー[2]は自分の家族についての八全紙の小作品の中で、スキオピウス[3][*2]が良く証明していますように、四百九十九の改竄を行うことが出来たのであれば、同様に多くの巻からなる小作品においてはその二倍の数が容易なもの有益なものとなりましょう。

私どもの話の本当の名前が推測されることに関しましては、市長殿、案ずるに及びません、これまで私が私の多くの長編小説の中で模写したすべての町のうち、そのビュシング〔地理学者〕風の名前が探り出された町は一つもありません、私自身その中の幾つかには住んでいたにもかかわらず、例えばヘールヴェーベームツェーベとかエフゲーレネンゲーハでさえもです。

しかし私は遺言執行機関に、自分の日記へのヴルトの序文を、これについての私どもの手紙のやり取りと共に飛鰊〔第五十六番〕へ編入することを許して頂きとう存じます、このことによって、日記がなければ誰も動機付けることの出来ない事柄、つまりヴルトの早急な引っ越しと恋愛とが準備されることになるからです。まことに貴方、尊敬する市参事会員殿は、幸せで、普通の著者達の父親としての、そして母親としての労苦を何も御存知ありません。貴方は人間として総じて根拠とそれに自由という素晴らしい命題の下にあられて、貴方がただなさること、あるいは御覧になることのすべてはすでに動機付けられています――しかし作家はしばしば最大の結果が目前にまさしく出来上がっているのを目にしても、しかしどのように走り回ってもその原因を、庶子に対する父親というものを見つけることが出来ません。そうなると批評家達がどう振る舞うか、彼らは共に批評的汗を流すことよりも、この批評的汗によって――これはここでは危機ではなく、病気なのですが――そのパンを得ていて、その厄介さは天と私とが最もよく承知しています。

恐惶云々。

J・P・F・R

＊

私の請願は、ここに見られるように許可された。

＊1　謙虚さのため賛辞をそのまま記載することは許されない、この賛辞は、容易に察知されるように、その対象を文芸上の上流貴族と呼んでいるもので、市長殿の趣味が繊細なもの、洗練されたもの、率直なものとして知られていればいるほど、この賛辞はますます偉大なもの、従ってますます受けるに値しないものとなるのである。
＊2　メンケン『碩学のペテン』第四版。

第五十七番　千　鳥

二重生活

「天国は多分最初の日々から出来ているのだろう――地獄もそうだろうが、――それほど今日は君の惨めな巣が僕には嬉しい」とヴルトは朝食のときに言った。二人はそれぞれの住まいでの仕事のために家へ帰った。ヴルトは日記を少しばかり書いて、二つの使用可能な脱線を早速ホッペルポッペルのために切り取った。それから彼は窓から覗いて、下の親切なラファエラに声をかけた、彼女は父親の命で庭で監視をしなければならなかった、彫像をオランジェリーのように避寒地へ運ぶことになっていたからである。彼はヴァルトが自分の声を聞くに相違ないと思っていたので、愛や、冷気や、半神達やすべての女神達についての暗示の可愛く凍てついた氷の花模様を雪のように蒔いた、この模様を、ヴァルトとラファエラの温かさがきっと美しく多彩な滴へと溶かすであろうと彼は願ったのである。ラファエラは同様な氷の花模様を彼の窓へ投げかけた。そして冷たい庭の天気の中ですっかり暖かくなっていた、単にヴルトが男性でしかも貴族であったからである。多くの少女にとっては一人の貴族の男がその系統樹の上でばらばらに粉微塵になって、止まり木の上の三日目の射的の鳥のように座っていても、彼女は彼の女王となりたくて、彼を狙おうとする。嫉妬心なく喜んで彼女は彼に、将軍はいつ娘と共に帰るかという質問に対して間もなく帰るという希望を与えた。

兄弟がかなり努力して長編小説の中で再び飛行し、冗談を言い始めたとたん、ヴルトは立ち上がって、自らに次のようにつぶやいた——ヴァルトは耳に留めざるを得なかった。——「孤独な兄の許へ一度散歩に行って悪い法はなかろう、ここから彼の所へ行く道はザクセン選帝国の道そのものよりも一層平らで堅固なのだから」。その後、彼は舞台用壁の描かれた宮殿の小天窓を開けて、そこから叫んだ。「聞こえるかい、君が今一人っきりなら君のところへ行軍したいのだが」。——「巫山戯《ふざけ》てるね」とヴァルトは言った。「外は吹雪だといっても一人静かの君の許を訪れて、高笑いの二人静かに変えてみたいという気持ちをためらわせるものではない」。——「兄弟」とヴァルトは書き物机から立ち上がりながら言った、「滑稽な詩を書けるとしたら、あるいは一人の友のシルエットか影絵を描いてよいとしたら、僕は本当に君の一歩一歩を書き写すだろう。しかし愛する心を詩的市場で見せ物にするのがふさわしいとは思わない。僕は執筆熱にあまりに取り付かれているのだろうか」。

「いや」とヴルトは答えた、「それに正しくも「右でも」ない。君が部屋でもまた左手の者で、僕が右手の者だ[*1]というのは偶然だろうか、何だろうか。——しかしそろそろ家へ帰らなくては、そこで——世間と後世の前で冗談を記すのだ」。彼は去った。ヴァルトは、直にまた彼を訪ねて半分の部屋への幽閉に少しばかり報いることを義務と考えた。彼はヴルトに、今日は何と多くの他の偶発事が自分達の幸福と一緒になっていることか、例えば最初の雪が降ったこと、これは以前から彼にとって子供時代から何か家庭的な懐かしいものを意味していて、さながら冬の鈴蘭である——それに今日ここから最初の打穀者達の声を耳にした、これらは冬の音声機械、手回しオルガンであると言った。「殻竿のことだね」、とヴルトは言った。「ただこれらの拍子は僕のフルートの拍子を妨げるだけだ」——「ところで、どうしてだろう」——とヴァルトは言った——「三人の打穀者達の拍子を真似たようなほとんど単純な詩が僕にとって何か魅惑的なものを有するのは。つまり『真冬に、ギュンターさん、脱穀する習い、冷たくなって、まだ老け込まずに、ごつう寒いときに』」。――「それはこうかもしれない」とヴルトが答えた、「その詩がそれなりに立派で模写したものだから、いやはっきりしない。――あるいはそれとも僕らの父がしばしばフォン・ロール氏の家政法から読んで聞かせたものだからであろう。つまりザクセン選帝国では当時打穀者組合は特別な法を有していたものだ。例えば、君も知っているように、四拍のうち二拍ごとに『鍋の中の肉よ、わしらを飛ばせ』の詩に合わせて脱穀しない者は、尻を箕で四十回叩かれたのだ。納屋で喧嘩するたびに新しい穀竿を一つ納めなければならないというのも組合規則の条項であった。これは文学上の争いの際でも間違いのときにはきっと自ら納められることになる処罰だ」。

両者は再び記述を始めた。「今考えているのは」、――とヴルトは宮殿の小窓から叫んだ――「君がやかましく紙をめくるのを聞いて、中断したからだが、いかにこのような些細なことにヨーロッパの全都市は、その住民のために僕らは仕事しているけれども、その纖細極まる情感と共に左右されているかということだ。埃で濃縮されたインク――あるいは後で黒くなる惨めな白いインク――似たような豆の少なくて薄いコーヒー――煙を上げる暖炉――かじっている鼠――忌々しい裂け目のあるペン――ちょうど君がエーテルの中での最高の飛翔にあるとき石鹸を塗って髭と共に君の翼を刈り込む理髪師――――これらは、全地球に対して光輝に充ちた一つの太陽を、著者というものをこう呼ぶとすれば、隠してしまうことの出来る全く惨めな雲の小片ではないだろうか。他面では勿論――書き続け給え――とても勇気づけられる、崇高なことであるが――君あるいは僕が後でペンから紙上に静かに流し込むインクの滴は、世界の水車のための水となりうることだ――時の巨大な山脈にとって空洞にしていく金属腐食剤、灌水浴――多くの民族にとっての気付け香料瓶、鹿の角のエキス――時代精神としての海の神の滞在地――あるいはその他銀行家や侯爵が町や国々に溢れさせる滴に似たものとなりうることだ。これほど崇高であるとは何という栄誉だ。――しかし今は書くことだ」。

夕方四時頃ヴァルトは、ヴルトがフローラに次のように言うのをはっきりと耳にした。「僕らのベッドを整えるときには、その前に隣人の公証人のハルニッシュ氏の許へ行って、今晩はお茶へ、ダンスのお茶へどうぞと僕からの依頼を伝えて欲しい――そして明かりを、彼はそのときには必要ないから僕のところにだけ持って来て欲しい」。――ヴァルトはやって来て、生まれてはじめて紅茶を緩下剤としてではなく飲んだ。ヴルトは怠りなく借りたワインを添えて出した。「古代人が楓にワインを注いだのであれば、僕らが月桂樹にどれほど注いでも構うことはあるまい。ホッペルポッペルを書く者は、いずれにせよホッペルポッペルを飲まなければならない、いやこの両者を統合して、ポンス王党派となるべきだ、君がポンス・ロイヤルなる酒を知っているならば。僕は人生を両形色［パンと葡萄酒］で享受している」。両者はそれから、人々がよくそうし、かつそうすべきである立派な議論を行った。ヴルト、「僕はとても話すのが好きだ――話されたものを書き留める前のことだが。喧嘩して戦争をすると数千ものことが考え出されると思う。それ故ひょっとしたら、大学では教授するという大層な品位と許可に対して、宮中のように追従がなされず、口喧嘩がなされる、つまり議論がなされるのかもしれない、そのためには話すことが必要だ。例えば、それだから僕自身この思いつきとか午前中の殻竿の思いつきを紙に記すことにする」。――ヴァルト、「だから手紙は会話の余韻としてとても評価されるのだ」。――ヴルト、「というのは哲学するためでさえ相手となる人間の顔は白い壁とか紙の面よりも役に立つのだ」。――ヴァルト、「君の言う通りだ。しかしこのことは詩的描写よりは、揶揄的、機知的、哲学的描写の方に適している。君には話す方がもっと役に立って、僕には沈黙がもっと役に立つ」。――ヴルト、「冬はそもそも最も豊穣な文字の時だ。雪球は凍って本のバレン［全紙一万枚］となる。これに対して、春には人間はなんと旅し、飛ぶことか。このときは絵画が容易であろう。しかし復活祭の市が最良の証拠だ」。――ヴァルト、「あたかも人間が、新たな雲の山々に囲まれて、空も地もなく、ただ雪の海の中を進みながら――全く一人っきりで――自然には歌う声も色彩もないようなものだ――言いたいことは、つまり、人間は外部の創造が欠如しているので内部の創造へ手を伸ばさなければならないということだ」。

ヴルト、「このカップを飲み給え。その通り。僕らは今日は大して書かず、僕は全く書かなかったけれども」。

両者が遺憾に思ったのは、ただ、彼らの素敵な財産共同制が財産の不足によって幾分阻害されかねないということで、彼らが金として手にするものすべてが単に金の指［薬指］に限定されかねないのであった。ヴルトも自分の吹く楽器によっては、ヴァルトも今ではめったにしか作成することのない文書によっては大して稼げなかった。救貧院が両者のために用意され、それぞれが相手の慈善家とならなければならなかった。今日にも、いや即刻、果てしない結果をもたらす魔法の一撃がなされなければならなかった。彼らはワインの熱気の中、四本の腕を使ってそれをなした。

彼らは『ホッペルポッペルあるいは心』の最初の章と脱線とをライプツィヒのダイク師[1]に出版のため送った。というのは作品というものはいつも後尾はまだ写字台の蝸牛の殻の中で育っていても、触覚のある先頭部はすでに郵便馬車通りを這うことになるからである。彼らが好意的採用の最初の希望を師に抱いたのは、自らが学者であるような本屋は、査定する学者をまず抱える本屋よりも草稿に対して常にすぐれた吟味の趣味を有するはずと信じたからであった。

ヴァルトは書簡で——ヴルトの世間知に従って——気位高く振る舞い、多くを要求し、次回の版のすべての権利を留保しなければならなかった。「ミルトンは」——と彼は付け加えた——「十二ギニー金貨をその『失楽園』に対して得たので、私どもは、彼とは比較にならないことをライプツィヒで示すために、四十八ギニーを要求したい」。——公証人は、著者というものが、特に自分が、紙、印刷、判型、冊数を——三千部が師に対して印刷を許可された——出版者に指示するという大きな権力を有することに驚いた。

ヴルトはその後、自らその章をザクセンの宿駅へ持って行った、彼の言うには、一度また世間を覗くためであった。

その翌日二人は大いに創作した。若い著者は、自分が郵便で送るものはすべて、すでにそのことによって出版され印刷されていると思うもので、それで一層熱心に書くものである。訪問や、祭日、人間、手紙が彼らを妨げることはなかった。ヴァルトは金を有せず、ヴァルトは座業者に生まれついていた。詩人は、アフリカの民衆のように、その穀物畑を音楽の下で、拍子に従って耕す。何としばしばヴァルトは有頂天になって椅子から跳び上がり、手にペンを持って部屋の中を通って（ヴルトは屏風越しに覗き込んで、それに気付いていた）窓際に行き、何も見ず、甘美な嵐をほとんど胸中から紙上に移すことができず、そしてまた腰を下ろしたことか。その後、彼は溢れる思いで言った。「ヴルトよ、いつもフルートを吹いて欲しい、邪魔にはならない、少しもそれには注意を向けていない、普通にただ音色を好ましいものと感ずるだけだ」。――「君の章で今度僕は何について脱線したらいいか教えておくれ、合作となるように」とヴルトは言った。

食事しながら――あるときはヴァルトの、あるときはヴルトの部屋で――二人は食事時間を引き延ばした、一人前を二人で食べるのであったが、二人前を貸してくれる亭主はいなかったからで（しかしこのことが一緒に住むとの一層適切な理由付けとなっていた）、詳しく言うと、二人は肉体的味覚よりもより高い味覚［趣味］でもって語り、舌には食物よりも言葉の方を多く運んで引き延ばした。彼らは、最初の章はすでに何マイルほどダイク師の近くに近付いたものか、『ホッペルポッペル』はどのような熱情に彼を駆り立て、全身を震撼させることだろうか、印刷は、始まったら、早く進みすぎて、書くのが追い付かなくなるのではないかと思いめぐらした。――ヴルトは、長編作家が自分が死ぬことを確実に知っていたら――例えば、自殺しさえすれば、――自分自身ですらその解決の道が、自ら死ぬことによってしか見つからないような世にも珍しく素晴らしい錯綜を試すことが出来るだろうと述べた。というのは、彼が死んだら、誰もが、考え尽くされた展開を前提として、それを探し求めるであろうからである。「ヴァルトよ、自分が生きていくことは確実と思うかい。そうでなければ多くのことが出来るだろう。――しかし今僕はこの部屋を見回して、もし僕ら両人が『ホッペルポッペル』によって凱旋門の下、不死の名士記念廟に自分達の名を刻むことになったら、どんなに派手に僕らの巣が探され、訪われることだろうかと考えているところだ――君が壁に唾した屑の一つ一つが、サン・ピエール島でのルソーの部屋からのように、かき落とされ、複製されることだろう――町そのものが若干の名声を得て多分オウィディオポリス(2)にならって、ハルニッシュポリス*2の名前を得るだろう――しかし僕の個人的な不滅性に関して残念なのは、僕の名前がただ長く続くだけで、長くはないことだ。洗礼盤で将来自分が偉大な名前を得ると知り得る者がいるならば、このような男は、そうでなければ冗談としても、最も長い名前の一つを選ばないだろうか、例えば（意味には用はないので）すでに筋肉の有する名前、つまりミスター・ステルノクレイドブロンコクリコティリオイデウスという名前を。博学の婦人方が彼の許にやって来て、彼に話しかけるだろう。ステルノクルさんと、そしてその先を言えないであろう。軍人達が真似て、言うだろう。ステルノクレイドさんと。——恋人だけが名前を覚えようとして、それを発音出来るかぎりは彼を愛することだろう。愛しい、ミスター・ステルノクレイドブロンコクリコティリオイドと。彼は学者達から好んで引用されることだろう、その名前だけで植字工や顧客に対して一行分となるのだから。——ところで、何故七人の相続人の一人パスフォーゲルは最初の校正刷りを、ハスラウの遺産条項に従って送ってこないのかい」。

「著者はまだ原稿に手を入れている、と一昨日知らせてきた」、とヴァルトは言った。——その後、両人は戸外で一休みした。かなり高い身分の者達の何と多くのさりげない特徴を公証人は路上で通りすがりに自分の長編小説のために拾い上げたことだろう。ハスラウの廷臣が馬車から飛び降りる仕方とか侯爵夫人が窓から覗く仕草がロマンチックに書き留められた、そして一人の男が数千人のための成否の鍵を握ることになった。この翻案の手法、一つの色彩粒を浮き彫り細工にする手法が、かなり高い身分の者達の研究を百姓の息子達にとって大いに易しいものとした。同じ理由からヴァルトは最も好んで宮廷の教会を訪れ、目を見開いて見た。

それから家に帰って創作した、これは暗くなるまで続けられた。薄暗くなるまで彼らは——明かりを節約するために——かなり詳しい会話や、フルートを延ばした。ヴルトが壁の背後で吹いて、ヴァルトが暗闇の中そこに座って、青い星空を眺め、ローゼンホーフの朝のこと、ヴィーナの心と帰還とを考えて、月光のフルートの明かりの下、自分の岩だらけの人生がロマンチックな地方となると、彼はしばしば立ち上がり、再び腰を下ろして、今この瞬間が花嫁衣装を着て彼の周りで踊り、薔薇の花輪で囲んでくれると告白して弟の吹奏を妨げないようにした。しかし彼が吹き終わって、長い極地の黄昏の後明かりがくると、ヴァルトは探るように彼を見つめ、喜ばしげに尋ねた。「弟よ、君は人生のこの甘美な狭さに満足しているかい。このオーケストラの音色と内部の魔法のようなイメージとに満足しているかい、これらを僕らは今日どこかの大きな宮廷同様に豊かに、ただし妨げられることはより少なく享受したかもしれないのだけれども」。——「真の天体図が僕らの人生だ」、とヴルトは答えた、「勿論当分はその白い裏面にすぎない。しかし誰かがその面にターラー銀貨一枚を置いてくれるなら、それを見るのは不快ではない」。

翌朝ヴァルトはフルートの音の小夜啼鳥の薄明かりに対する素晴らしい期待について語った。幾らかしぶしぶヴルトはメロディーの天国への新たな再創造へ応じた。しかしその後、公証人は一層熱をこめて、自分がどんなに幸福に薄明かりの調和的な傾聴の時を応用したか、つまり長編小説の中の一つの返答と一つの伸展詩の完成のために応用したかを語った。主人公は——自分はフルートの音を聞きながら書いたのであるけれども——彼の贈り物に対して毎晩熱心に彼のことを含めて祈りを上げると約束したある年老いた病気の愚かな女性の言葉にとても喜んだことを非難されるのだ。しかし主人公はこう答えたのだ。自分への彼女の祈りの効果が自分にとって大事なのではない、たとえこの効果があらたかであるとしてもだ、このような凍えた人物が毎晩素敵に昂揚し、暖かい思いをするという彼女自身への効果の方が大事なのだから、と。「これは全く僕の面影ではないかい、ヴルト」。

「全く君の面影だ」（とヴルトは言った）——「芸術においては、太陽の前と同様に、ただ干し草だけが暖かくなるのであって、生きた花がそうなることはない」。ヴァルトは彼のことが理解出来なかった。というのは、ヴルトは時にその言葉よりも後にその意味を見いだすかのように、しばしば彼には思われたからである。

次の薄明かりの休業日、休息時間に、つまり三番目の休業日に、これは廃止された、即ちヴルトはフルートの穴を握らず、何も演奏しなかった。しかし兄は芸術家的気難しさを悪くとらず、弟を自分同様に幸せであると見なして、黄昏の役割の交替に何ら反対しなかった。「僕も君同様に気管を持っていないかい、フルート同様に鳴るために穿孔されているものを。木材を口の中に差し込まないでは君と何も話すことが出来ないのかい。——むしろ二人で議論しよう」、とヴルトは言った。

次からの黄昏時にはヴルトは昔の習慣に戻って、点燈夫の後を追って路地をさまよい——一人の女優のアバンチュールを行い——ブルゴーニュ酒を一人で借りて（ヴァルトには、ヴァルトがこれに砂糖を入れて甘くして以来、もはや一本も振る舞わなかった）——フルートをもって路地や書き割りの他人のフルートの中へ踏み込み——結局他の人同様にハスラウ人の中に入り込み、次第に下々の者に慣れて、彼らと話をするようになった、夏には確固たる軽侮の念をもって到着したのであるが、と遂にはコーヒー店で半分死ぬほど腹を立てることになった。

ヴァルトは喜んで家に残った。彼は雪の中で育ってくるどんな小さな花にも、自分の要するだけの蜜を見いだした。日が短くなるにつれて、黄昏と星空の朝方が長くなることを喜んだ。同様に、ただし後のことであるが、日が長くなっていくのを喜ぶであろうことも忘れていなかった。月は本来彼の幸運の星で、毎月二十七日よりもさほど少なからぬ素敵な夕べか朝を贈ってくれた。というのはほとんど十四日（ただ最初の二、三日を除いて）月の成長を頼むことが出来たからである。――満月から下弦まではいずれにせよエリュシオンの微光が、ただ遅くなってからであるが、しばしば彼のベッドまで届いて、そして下弦は朝起きに三文の得を与えた。あるときちょうど黄昏に舞踏会の音楽が向こうから聞こえて来たとき、彼は他の人同様にちょっとした冬の娯楽を引き出した。音楽は目に見えず、オーケストラの腕のジグザグや頬の曲線を目にすることなく、ただ肉体を離れてその至福の精霊と共に彼の黄昏の小部屋へ侵入してきた。彼は踊りのポーズをとった、最も美しい踊り子達に不足していなかったからで――小部屋の中は後宮《ハレム》美女達と尼僧達のすべてが、何人かの薔薇祭の娘達が、それにすべてがいたのであり、――それで彼はこのような光輝の中から女神達を踊りに引き出して、彼女達と一緒に――足下の者から批判されないようにするためにこっそりとであるが――自分の従う遠くの拍子に合わせて、上手に跳躍踊り、卵踊り、ショール踊りのためにステップ、側面ステップ、前ステップを踏んで、それで暗闇の中で動き回る活発な精神だけを探すどのような者にも彼は自分の姿を見せて構わなかった。彼が至福の中で恐れたのは、ただヴルトの突然の入場であった。

彼は――いつもは自分が何かを有することに慣れていなかったので――欠乏が応えることはなかった。彼が、それがなければ生のどのように軽い形式も灰となって崩れてしまう結晶化液である空想を有していたからであった。

しかし彼の天はいつもかくも空想的に地上の大気の上に押し上げられるとはかぎらなかった、その天は時には劇場やベッドの天蓋同様にリアルに下界にあった。日曜日の鐘の音、宮廷の庭園、新鮮な冷たい大気、冬のコンサート（これを彼は路地を散歩しながら聞いた）、これらに彼は［侍従の］鍵や星［形勲章］を有しながらも、内面ではまさにこの二つを欠いているどこかの人物同様に多くの関心を寄せた。夕食を食べるとき、彼は言った。「全宮廷が今僕と同じようにパンを食べている」。そう言いながら彼は上品に、優美に腰を下ろし、振る舞って、ある程度上等な社交の場に居るようにした。日曜日には立派な店で最高級のボルスドルフの林檎を一つ買って、夕方薄明かりの中を食卓にのせ言った。「きっと今日はヨーロッパの様々な宮廷でボルスドルフの林檎が食卓に置かれていることだろう、しかし単に珍しいデザートとしてであろう。しかし僕はこれを夕食とする――仮に僕がもっと肉体的なものを欲するならば、神様、僕はあなたの好意に気付いていないことになります、深い泉の水で満たすように極めて静かな喜びでいつも私の魂を満たして下さるあなたの好意に」。

彼の空想の透明な網にはすみやかな歓喜のどの蝶も捕らえられた――それには園亭の成育した黄色の蝶も含まれた――強くきらめくすべての星が――イタリアの花が、彼は路地でショールの間にそのドイツ製の植木鉢を見かけた――花輪を付けた、敬虔さと装身具との間で輝いている花嫁が――美しい子供が――ドイツの冬の最中にカナリア諸島と夏の庭園とを垣間見せてくれる織工路地のカナリアが――そして一切のものが含まれた。

ベッド係のフローラが明るい歌声で階段を飛ぶように登ってくると、彼としては一級の歌姫を耳にすることになった。――

ある市の日のとき彼は春全体と共にイタリアの半ばを周囲に見ることになった。その日はそのために選ばれているように見えた。とても冷たく明るい冬の日の午後で、蚊どもが斜めに射す陽光の中で戯れていて、彼は――善良な侯爵が毎冬観客に開放する――宮廷の庭園で輝く太陽の下の木々の銀色の雪片を、春を飾り立てる白い花に見立てて、その下を散歩していった。突然春の小島へ移されて、彼はその中の極めて陽気な道を進んだ。彼は種物商人の屋台の近くを通りかかり、そのカウンターの前で少し立ち止まった、一袋買うためではなく、そのためには苗床が彼には欠けていた、彼の土地のすべてのモルゲン［耕作面積の単位］は単に東洋の国《モルゲンラント》にあったからで、――そうではなくフランス二十日大根、白蕪、多彩な紅花隠元、スイートピー、タマヂシャ、黄色の王子レタスを思い出し、嗅ぐためで、こうして（ヴルトの表現によれば、と私は思うが）一足先に春の嗅ぎ煙草を嗅ぐのであった。実際すべての感覚の道の中で堅牢に建て塞がれた脳内にかくも率直に短く進む道は鼻腔を通る道の他はない。

その後、彼は貸本屋から蝶や花壇、耕作に関する立派な作品の中から借りられる多くのものを取り寄せて――注意深く作品を読み、その中に出現する春の様子を思い浮かべた。ただ経済上のこと、植物学的なこと、博物学的なことは格別な理解も印象も得られずに飛び越えた、もっと重要なことに注意が向けられたからである。

弟が去ったとき、ちょうど夕焼けが空と雪の山並みに懸かっていた、オーロラの序章が、春の永遠の反照が。家の上にはすでに弦月が昇っていて、夕焼けとは遠からぬところから、それと共に彼の小部屋へささやかな色彩と光線とを投げかけていた。「冬が人間にとって春のかなり長い極地の朝焼けでしかないのでなければ」と彼は立ち上がりながら、言った、「実際それ以外には考えられない」。午後はずっと春に満ちていた――そして今や夕刻になると小夜啼鳥の歌声さえもが外の花咲く杜からのように彼の内部へ溢れてきた。彼は隣の飲食店で囀っているユダヤ人の少年を本当の小夜啼鳥と勘違いしたのであった。気付きがたい錯覚である、我々に歌いかけるフィロメーレ［小夜啼鳥］は本来我々の胸の中以外にはどこにもいないし、巣を作らないからである。すぐに、魔術師によるかのように、彼が置かれている急な岩壁は木蔦や小さな花々で覆われた。月がより明るく照らし出した、ヴァルトは月光のかすかな輝きの最中を夢見ながら祈りながら立ち止まりそして歩いた、あたかも真っ直ぐな光線が彼を持ち上げ支えているかのように、そして自分は部屋や路地にある卑俗な対象をすべて祭日の掛け布で覆って、天が地上でもただ天上的なものにのみ触れるようにしなければならないかのように思われた。「かつてもちょうどこうだった」と彼は何度か歌うように言った、ヴィーナの部屋の隣にいて静かな月光の中を歩き回ったあの晩を思い出しながら。そう、彼は歌いながら多韻律詩を即興で作った。

「僕を愛しているかい」と若者は恋人に毎朝尋ねた。しかし彼女は頬を赤らめて目を伏せ黙っていた。彼女は次第に青白くなっていった、彼は再び尋ねた、しかし彼女は赤くなって黙した。あるとき彼女が死の床にあるとき、彼は再びやって来て尋ねた、しかしただ痛みのあまりにすぎなかった、「僕を愛していないのかい」と――彼女は愛していると答えて亡くなった。

彼は歌いながらますます深く心の中に沈潜していった——時と世間は消えていた——彼は瀕死の蜻蛉のように甘美に月の薄明るい光の中、月光を浴びた塵埃の下で戯れていた。——するとヴルトが快活に戻って来て、ヴィーナが着いたという知らせをもたらし、自分自身にとってその知らせが持つ価値を二つ目の陽気な知らせですぐに隠した（そしてはなはだ笑った）。つまりと彼は言った、通りすがりに僕の靴屋に行って、僕の長靴のリハビリ、再生、ペーターゼン風[3]な蘇生を（多くの者が残念ながら靴屋の張り替えをこう呼んでいるが）完成させるために二週間前から一日も余裕はなかったのかと尋ねたところ、まあこの靴屋には、自分をいつも右の影の側に目立って避けるから、帰路に気付いたのであったが、——やっと長い説教の後に、この男が長靴を、たまたま話題になった懺悔のテクストである長靴を自分の足に付けて履いていて、繕う前にまずはもっと履きつぶそうとしているのに気が付いたのだ、と。「この冗談は、その上暗示を一杯含んでいて、最良の一足の長靴そのものと同等の価値があったのではないか」。——「そんなに格別なものかい」とヴァルトは言った。「どうした」とヴルトは驚いて尋ねた、「様子が変だぞ。悲しかったのかい」——「幸せな気分だったし、今ではもっと幸せだ」、とヴァルトはそれ以上説明せずに答えた。最高の歓喜は苦痛同様に人を真面目にする、人間はその歓喜の中で青白い顔をした静かな仮死体であるが、内部は天上的な夢で一杯である。

＊1　周知のようにエルテルライン村では小川の右手の岸辺の侯爵の臣下達は右の人と呼ばれ、左手の貴族の臣下達は左の人と呼ばれた。
＊2　「lange 長く」は時間に関係し、「lang 長くは」は空間に関係する。

第五十八番　海兎

思い出

公証人が朝何よりも大事なもの、確かなものと予期していたのは、急いで彼を将軍の写字台へ呼ぶ息急《いきせき》きった従者であった。何も来なかった。中位の人間は、上位の人間が後から登ってくる者を見守るために国の梯子のより高い段の上に立っていると思う。しかし彼自身は目を次に登ってくる者の頭よりは先行者の尻に据えている。かくて上下皆同じことをしている。中位の身分は上位の身分に対して、下位の身分がまた自分達に非難するところの失念そのものを責めることになる。

黄昏をヴァルトはほとんど待ちきれずに、黄昏の蝶となって飛んでいった。ヴァルトも同様に、同時に黄昏の蝶、夜の蝶、昼の蝶となろうと強く願った、しかしただ精神的に、ただ家の中でそうなろうとした。

いやはや、彼はそうなった。というのはヴァルトが夜遅く、必ずしも上機嫌ではなく家に帰ってきたとき、彼は逆にヴァルトがそうした状態にあること、つまり上機嫌で——炎のように歩みながら——ほとんど若返って、いや子供みたいになっていることに気付いたからで——それでヴァルトは彼に訊いた。「君は今日付き合いがあったね、あるいは誰かに会った、それもとても心地よい付き合いが、誰かは知らないけれども」。(彼は秘かにラファエラのことを考えた)。「あるいはダイク師の良い返事があったのかい」。

「僕は今晩ずっと」、とヴァルトは答えた、「子供時代のことを思い出していたのだ。それ以外には何もないからね」。「思い出す術を教えておくれ」、とヴァルトは言った。——「J・Pの学校教師ヴッツは僕と同じことをしている、詩人というものは不思議に秘密を推し当てるものだ。僕は何日も最初の人生の日々の小さな春の花について話したいし、聞きたいと思っている。年を取ると、このときはいずれにせよ人は第二の子供となるけれども、最初の子供となること、人生の曙光を長いこと振り返ることがきっと許されることだろう。君に喜んで打ち明けるが、僕はより高い者達、例えば天使を、子供時代が欠けることから全く人間より幸福ではないのではないかと思うことがある、神様は誰にも何らかの子供時代、勿忘草《わすれなぐさ》の時代を拒絶されてはいないだろうけれども、イエスでさえ生まれたときには子供であったのだから。良き子供時代はただ喜びと希望から成り立っていないかい、弟よ、そして涙の春雨はその上にほんの刹那降りかかるだけなのでは」。

「春雨と老婆の踊りは［長く続かない］云々――つまり先憂後楽云々。僕はまだ君の文法記憶詩の時代にいるのかな」とヴルトは言った。

「本当に、いつも僕はライプツィヒやここでは君がまだ音楽師と逃げ去っていなかった日々だけを思い出したものだ」。

「それでは今日思い出したことを僕の前でまた思い出しておくれ」、とヴルトは頼んだ。――「僕の新しい面を見せてやるから」。

「子供時代の新しい面は黄金の贈り物だ」とヴァルトは言った――「ただ君は多くのことがあまりに子供じみていると思うだろう」。（「そう、子供じみているだけだ」とヴルトは言った）。「僕は今日二つの日を、冬至と夏至に近い日とを考えた。

最初の日はアドヴェントの日のことだ。すでにこの名前と、もう一つの『「四番目のアドヴェントに来ると言われる」アドヴェントの鳥』という名前は僕の周りを微風のように飛び回る。冬には村は綺麗だ、皆が中で一層寄り添うから一層村を見渡すことが出来るようになる。月曜日を考えてみよう。すでに日曜日の間ずっと僕は月曜日の学校を楽しみにしていた。どの子供も七時には星明かりの下、小さな蠟燭をもって行かなければならなかった。僕と君は蠟製の美しく描かれたものを持っていた。大いに自慢げに僕は脇の下に一冊の四つ折本、若干の八つ折本、それに一冊の十六折本を抱えていたかもしれない」。

「覚えているが」、とヴルトは言った、「君は母さんに飲食店から巻きパンを買って持ってくるときに、すでに聖マルコ［ルカの勘違い］とその牛のことをギリシア語で説明していた」。

「歌や授業の楽しい世界が甘美な温かい教室で始まった。僕ら大きな生徒達は小さな生徒達の上に高くそびえていた。その代わりイロハの学童達は、聖職候補者に大きな声で話しかけ、作法に構わず少しばかり立ち上がって、動き回って良いという権利を有していて――その権利に恵まれていた。

先生［聖職候補者］が地方別地図を掛けて、ハスラウやエルテルライン、周りの村がそれに載っているのを知って大喜びしたり――あるいは先生が星のことを話したり、そこに人を住まわせたり、あるいは僕が夕方両親や下男に同じことを証明するだろうと予感したり――あるいは僕らが大声で朗読するように命じられると、――」

「覚えているだろう」とヴルトが口を挟んだ、「僕はそのとき秘蹟［畜生という意もある］という単語を、彼が何と言おうと、いつもあるアクセントを付けて読み、悪態をついているような案配であった――同様に雷雨［忌々しい］もそうだ。それに僕一人が、大きな声の一緒の単調なお祈りに一種の八分の三拍子をつけようとしたものだ」。

「僕は仕事熱心な先生に、手持ちがあったなら、歓喜を分けてあげたかった。しばしば小声で神様に祈って、彼が捕鳥罠の背後に隠れているとき、彼が花鶏《あとり》をつかまえられますようにと願ったものだ。思い出すことだろうが、僕はいつも肉の入った進物屠殺肉の丸鉢を（君はしかしスープの鍋しか持っていかなかった）彼の許へ持っていった。次に学校で再会するのをどんなに楽しみにしていたことか」。

「僕のことを教師に対して厳しいと思う者に」とヴルトは言った、「ただ抗議したいことがあるが、それは教師があるとき点火されたパイプを僕から取り上げて、それを同じ教室で公然と僕の鼻先で吸い尽くしたことだ。これは典型的な教師の行動ではないか。あるいはこれは魚取りや捕鳥を彼らが僕ら学生には諺通り(1)に禁じながら自らには許すようなもの、侯爵が大きな賭けを禁じながらも自らには許すようなものではないか。これについては一度男達に公の誌上で尋ねたいものだ」。

「なつかしい最初の学校時代よ。僕には教えられ、授けられるものすべてが望ましかった、最小の学問でも実際未知のことばかりだった、それが今では大市のとき若干後から育つだけだが。太い眉をした牧師が祭服を着てやって来て、聖職候補者の影を薄くすると、皇帝とか教皇が訪問する地方の首長をさえなくするようなもので、そうなると何と甘く戦慄させられたことか。何と大きく彼のバスの声の一つ一つが聞こえたことか。何と最高のものになりたかったことか。何と僕らのショーマーカーの言葉のそれぞれが彼の言葉で三重に封印されたことか。

思うに、子供時代がすでに老齢時よりも幸福なのは、子供時代の方が偉大な男を見いだし、空想することがより容易だからであろう。信じられた偉大な人間は天国の唯一の前もっての味覚である」。

「その限りでは」、とヴルトは言った、「僕も子供となって、ただ感嘆したいものだ、そうすると他人同様に自分もくすぐられることになるからだ。いや胎児としてその蜘蛛の腕をもって世間に生まれ、陣痛の母親をルドヴィージのジューノー(2)とびっくりして見たいものだ。蚤は容易にその象を見いだす。これに対して年を取ってくると、最後には一匹の犬にも感心しなくなる。しかし白状しなければならないが、僕はすでに当時不平たらたらの牧師ゲルプケッペルの襟カラーの後光から若干の光輝をむしり取っていた。僕は、いつものように、本を黒板の下にわざと落として、下の方へ這い、下でベンチの絞首台に垂れている足の花綵装飾を滑稽なものと思ったものだ。ゲルプケッペルの平日の長靴を床で見つけ、前ボタンを開けた牧師の服の中に二番刈りの干し草を積み込む際に着ていたズボンを目にしたとき、彼のすべての上体に接ぎ木されている威厳はすべて消えてしまった――人間は、少なくとも使徒は、継ぎ接ぎ細工の服を着るべきではない、使徒は半日の使徒日であってはならないよ、ヴァルト」。

「ヴルトよ、君はほとんど多くの意見でそう述べていないかね。さて、十一時が近付いたとき、僕ら二人は塔に行って鐘を鳴らし、時計を巻くことが許されたことがある。まだ覚えているが、君は鐘架に乗って揺れる鐘の綱にぶら下がって、体を揺すった、多くの者が鐘塔の穴から落ちるぞと言ったけれども。僕自身外へ飛んで見たかった、騒がしい脱穀土間で一杯の、十字の道のある村全体や、町へ向かう暗い山道や、すべての丘や草原の上の広い雪の輝きや同時にそれらの上の青空を覗いて見るたびにそう思ったものだ。しかし当時地上では空はそれほど必要なかった。――僕の後には冷たい舌と槌をもった真面目な鐘があって、ひっそりと鐘が凍えそうな真夜中に下の家の暖かいベッドの中にもぐり込んでいる僕のところまで語りかけてくれるさまを思い浮かべると慄然とした。こんなに近くで耳にするそのざわめきや停止は精神を荒れる海のように取り巻いた、そして人生の三つの時間すべてがその中で互い違いに波打つように思えた」。

「まさしく君の言う通りだ、ヴァルト。僕もこの音のざわめきを聞くたびに身震いし、水車屋はざわめく水車が止まるや目覚める、僕らの体もその材木と水の世界と共にそうなると考えざるを得ない。しかしこの考えは今は楽しいものではない」。

「君の真面目な心をまた撤回することはない、弟よ。君の譬えを再び別の譬えで答えるならば、この静寂はゴットハルツベルクの頂上の静寂であると言いたい。すべてがそこでは沈黙していて、小鳥の声もそよ風の声も聞こえない、小鳥には小枝がなく、そよ風にはざわめく葉がない。しかし巨大な世界が君の下にあって、他のすべての諸世界と共に無限の天が君の周りを囲んでいるのだ。――もっと子供時代のことを話すかい、それとも明日にするかい」。

「今、特に今話そう。時折子供時代に非難したいのは――両親のことだけだ。僕ら二人は長い塔の階段を下りていったが」――

――「両親の家では物憂い朝の部屋の代わりにきちんと整理された昼の世界があって楽しかった。どこでも日が当たり、整頓されていた。しかし父親が町へ行って、昼食がいつもよりひどくて遅くなったので、僕は昼食のパンを学校が終わるまでとっておいて貰った、学校には遅れたくなかったし、このときもう同級生や先生が新たにまたやって来るのが窓越しに遠くから見えたからだ。

教室では変わっていないベンチを新しいものと見て挨拶した、自分自身が変わっているのだから。学校での午後は、思うに一層家庭的である、夕方には家に帰って、それ以上に家庭的になるという見込みもあったから。僕はいつになく一人で食べる食事と、町から品物を持ってくる父親を楽しみにしていた。雪片に満ちた空一杯の雲は下の方へ渦を巻いて、いずれにせよ暗くて気持ちのいい教室ではほとんど小さな聖書をそれ以上読めなくなってしまうのを僕ら生徒は喜んでいた。

外では誰もが新たに降った雪の中へとても陽気に、長いこと退屈していた手足と共に飛び込んだ。君は本を家の中へ放り出すと祈禱の鐘の時まで帰って来なかった。母親が大抵父親不在の折りには君の鬱憤晴らしを許したからだ。僕は君の後はほとんど付いていかなかった。どうしてか僕は君よりいつも子供っぽくて、浮かれていて、跳びはね、どうしようもなくぎこちなかった――僕は子供っぽい巫山戯《ふざけ》たいたずらを一人で行ったけれども、君は他人の司令官として一緒にいたずらを行った」。

「僕は実業家として生まれついていたのだ、ヴァルト」。

「でも日暮れには僕は読書を好んだ。僕は第一に世界図絵を持っていた、これは、イリアス同様に、人間の営みを次々に綴じたものだ。僕は蛇腹にもまた多くの記述を読んだ、あるときは北極について、あるときは古代の北方の時代について、例えばスカンジナビア人達の初期の戦闘等々を読んだ、地理学の本の中ですべてが恐ろしく冷たいものになればなるほど、あるいは歴史学の本の中で野蛮になればなるほど、一層家庭的に一層快適に僕には思われた。今でも古代北方の歴史は僕の子供時代のように思える、しかしギリシアやインド、ローマの歴史はむしろ未来のことのように思える。

黄昏には吹雪が舞った、そして澄んだ空からは月が凍りつつある窓の花模様を通して輝いた――明るく、外の厳しい大気の中で夕方の鐘が炊事の煙の柱の下に響いた――僕らの家の者達は手をこすりながら庭から出てきた、庭で木々や蜂の巣箱を藁で囲んでいたのであった――雌鶏は部屋の中へ追い入れられた、煙の中ではもっと卵を生むからである――明かりは節約された、不安げに父の帰りを待っていたからだ――僕と君とは亡き妹の揺籠の取っ手や足台に立って、激しく揺さぶりながら緑の森についての子守歌に耳傾けた、そして幼い魂には露のきらめく空間が広がった――ようやく父が苦労のすえ、霜をつけて、荷を積んで、小道を歩んで来た、すると父が合切袋をまだ離さないうちに、太い明かりが、机に置かれていた、細いのではなかった。何という素晴らしい知らせ、金、品物を彼は携えてきたことだろう、それに自分自身の喜びも」。

「僕ほど彼の喜びを確信している者はいなかった、僕を彼はいつも喜びの最中殴ったものだ、僕も一緒に喜ぼうとして、それで跳ねたり、踊ったりして騒ぎを起こしたからにすぎない、その騒ぎを彼は静かな喜びの中で大抵呪ったものだ。犬が自ら最も引っ掻くのは、喜んでその主人に飛びつくときをおいてないようなものだ」。

「冗談はよそう。彼が僕らに持ってきたものを考えて御覧。よくはもう覚えていないが――僕には僕の金て買った一全紙の下書き用紙があった、これについてはこれほど広くて、立派なものが二ペニッヒもしないとは当時想像も出来なかった――妹にはイロハの本で、僕らの使い損じの古いものと較べると、外の表紙にすでに金の文字があって、新しくて綺麗な動物の絵が付いていた」。

「豚のための消化剤としての火薬があった、これを少し集めると、僕には三十年戦争がどこかの国王に与えたよりも立派な花火を喧嘩用に贈られることになった」。――

「最良のものは多分新しいカレンダーであっただろう。あたかも未来を、花托で一杯の樹のように、手にしているかのような気がした。喜んで僕は、喜びの主日、枝の主日、喜び呼ばわれの主日、カンターテの主日という名前を読んでいった、その際僕の乏しいラテン語の知識が役に立った。神体顕現祭は厭わしかった、殊に多すぎるときがそうであった。これに対し聖霊降臨祭後の日曜日は多くなるにつれて、一層長く緑の日曜日が、喜びの多い時が来るように思われた。滑稽に思われるのは、ちょうどカレンダーの後の方でハスラウの郵便情報を読んでいたとき、皇帝の郵便飛脚が村でラッパを鳴らしたことがあって、この人が、情報によれば冬の最中に一人でポメルンや、プロイセン、ポーランド、ロシアを騎行すると思ってこの人を賛嘆し、気の毒に思ったことだ。ライプツィヒでやっと気付いた思い違いだった。その後聖職候補者のショーマーカーが食事に来て、僕らが父親から多くの話を楽しく十回目に聞いて――君が食事の後磨いた撚糸から出来た木っ端のヴァイオリンを引っ掻いて――僕がくすぶる木屑の松明を火の輪として回して――そして僕と君と背の高い下男とが、僕には当時この男は、子供にとって馴染みの顔はみなそう見えるのかもしれないが、ハンサムに思われて、皆でたわむれて歌うと、『並んで、並んで。

三人の子供。接骨木に座り。皆もそ、もそ、もそ叫ぶ。かがめ、かがめ。小さな輪の中には一人の女。七人の小さな子供を連れて。好きな食べ物は何。小魚。好きな飲み物は何。赤ワイン。かがめ、かがめ』。——僕は最近グレーターのブラグル[3]の中で素朴な子供の歌を読んでしみじみとうれしくなった——僕はしかし僕の文を全く別なふうに始めたと思う」。——

「もうその文は終わった。人生は、ギリシア劇のように茶番[4]で始まる。目覚める前に、約束の夏の日を始め給え」。

「それは謝肉祭から始めることが出来よう、その時には新たに生じた春が、ただ陽光だけを小さな着飾った舞踏家で一杯の教室に降り注ぐ、それで庭よりも早く魂の中では花咲くことになる。すでに古代の単純な詩、『聖燭祭には殿方は日中に召し上がる、謝肉祭には百姓もそれを真似る』は夕べの食卓に夕焼けと花影とを導いてくる。更に聖母祭、サラダ菜の時、桜花の咲く時、薔薇の咲く時という名前は胸に何という魔法の香りを吹き寄せることだろう。——それで僕は父の青春もただ絶えざる夏、殊に異郷での夏として考えるのだ。同様に祖父やそもそも自分の誕生以前の先の時代を常に若々しい花咲くものと見ている。当時は美しい人間の日々があった、と人はそう自らに言う。僕には昔の大学、ボローニアやパドゥヴァが、春の小川に似て、その果てしない自由と共に何と新鮮に明るく跳ねるものに思われることか。しばしばそこに行きたいと願ったものだ」。

「それは大したことではないと言うとすれば、君の願いに対して、当時は下宿用借金、万引き、学生コンパ儀礼の他に高歌放吟や刀での果たし合いも君の任務であったと述べざるを得ない、もっとも君は万事に冷静に座っていて、学長として眺めているであろうと分かっているけれども。——しかし君の今日の夏の日を述べ給え」。

「聖なる三位一体の祝日の日のことだった、それも君が遁走した、かの週の祝日だった。ただ前もって言わせて貰えば、君の述べた学生単語は僕には一部は目新しく、一部は粗野に聞こえる。さてこの聖なる祝日に、これはもっともなことに最も素晴らしい季節に当たるが、君が忘れていなければ、僕らの両親はいつも聖なる聖餐式に出掛けた——ちょうど、かの土曜日には——そもそも告解の土曜日にはいつもそうであったように——両親は僕ら子供に対して普段よりも一層優しくなり話し相手となってくれた。神様は今このとき、彼らのことを思い出して僕の心を沸き立たせている喜びを両親に贈って欲しいものだ。母親は馬小屋で多くのことを使用人に手配させて、黒い表紙の聖餐式の小冊から祈りを上げた。僕は母の後ろに立っていて、無意識のうちに一緒に鸚鵡返しに祈った、母が読み終えると、ただその頁を僕は裏返したからだ。百姓達の部屋は日曜日のために綺麗に飾られ、片付けられていた――聖なるクリスマス前夜同様に告解の夜もそうであったが――しかしもっと美しくもっと崇高であった――その上豊かに重々しい春が垂れかかっていた、そして花の香りが家中と屋根瓦のすべてに漂っていた――春と敬虔さとはきっとよくかみ合うのだろう――僕はその後、夜警人が来ると、更に少しばかり天窓から覗いた、村の上の空は香りと星とに満ちていた――将軍の夫人は遅くなっても子供の手を取って城の塁壁の上を散歩された、村中が明日、夫人は聖体を拝領して、僕と君とは聖体拝領者の布をその際支えることになると知っていた――まことに、僕はすでにラテン語を話せたけれども、白い服の将軍夫人は僕には聖母に思え、その子供は聖母の子供に思えた」。

「将軍夫人には息子が有ったかい」。

ヴァルトは当惑して言った。「僕はつまり彼女の当時の娘を遠くからそんなふうに想像したのだ。僕は今でも、君が笑わなければその無比の夜を喜ぶあまり泣きたい思いだ。……」

「泣きたいなら泣くがいいさ。率直そのものの人間のことを誰が笑うものか」。

「聖なる三位一体の祝日は雲雀と白樺の香りに満ちた青空の日だった。僕が天窓から村全体の上にこの青空が張られているのを見たとき、僕はいつもの素晴らしい日のようには重苦しい気持ちにはならないで、ほとんど歓呼の声を上げていた。下の方では母が、普段は午後の教会へ行くだけなのに、すでに着飾っており、父は祭壇服を着ているのを見た、かくて二人は僕には、殊に彼らは日曜日の温ビールを一緒に飲まなかったので、とても威厳があるように見えたものだ。いずれにせよ日曜日の父親は、単に髭を剃っていることだけで一層好ましかった。僕と君は二人に付いて教会へ行った、教会の中では両親の神聖さが説教の間中に僕の中へ移ってくるのが分かった。他人の神聖さというものは血縁の心の中ではほとんど一層大きなものになるものだ」。

「僕の場合は大してそうはならなかった。二人の聖餐式の日ほど僕が陽気になる日はなかった、彼らが僕を日没より前にぶちのめすのは罪であると考えているのを知っていたからだ――それに聖餐の後は二人が牧師の許で昼食も摂って、従って僕らは桂馬跳びのためのチェス盤を自由に手にしていたからだ。君の魂の前にまだあるかい、まだ熱く輝いて描かれているかい、まだ燃えるような色彩となっているかい、僕がこの日曜日に懐中鏡を手にして内陣から陽光を極楽鳥のように教会中と、それどころか牧師の閉ざした目の周りにまで反射させて、そのくせ僕自身はしれっと眺めまわし、探っていたことが。それに覚えているかい――僕は今すべてを思いだしたところだ――そのとき悪魔的聖職候補者が僕を捕まえて、父親は教会の後、僕をカール五世の刑事裁判法に従って、これは（百十三条[5]で）捕縛を箒叩きで容易に代えることが出来るとしているのだが、僕を叩いて半死半生の目に遭わせるよりも、僕にはこれの方がよかったけれど、敬虔の念から単に幽閉したのだった」。

「でも君は教会では聖体拝領者の間で奉献のパンの右側の祭壇布を持ち上げ、僕は聖杯の左側の布を持ち上げた。僕は決して忘れないだろうが、緋色の祭壇の上で跪いている青白い顔の父親は何と謙虚に感動的に僕の目に映じたことか、牧師の方はそのとき黄金の聖杯を大きな声で彼に差し出していた。父が力強く聖なる葡萄酒の血を飲んで欲しいと願ったものだ。それに深く低頭している母親。飲む間、何と僕は彼女に対し純粋善良な思いでいたことだろう。子供時代は愛の無垢で白い薔薇しか知らない、後にはそれはもっと赤くなり、羞恥で一杯になって花咲く。しかしその前に威厳のある長身の将軍夫人が黒い、しかし光沢のある絹の服を着て祭壇に歩み寄り、自分と長い睫とを神の御前であるかのように傾げた、すると教会全体がその音色でもって村の我々一同のためのこの理想的公爵夫人の敬虔な現前に唱和した」。

「娘は彼女によく似ているといわれるがそうかい」。

「母親は少なくとも彼女にとても似ている。その後皆は教会から出て行った、誰もが昂揚した心を抱いて――オルガンはとても崇高な調子で演奏されて、それを聞くと子供の僕はいつも明るい見知らぬ天国へと高められた――外では青いエーテルが全く低く日曜日の村へ居座っていて、塔からは歓声がその一日の中へ吹きつけられた――教会参詣者は皆顔に長い歓喜の日の希望を浮かべて帰った――将軍夫人の揺れる、ラッカーを塗られた客馬車は僕ら皆の中をがらがらと音を立てて通り抜け、親切な裕福な従僕達がそこから飛び降りた――そもそも、後で君のことがなければ――」

「何度も蒸し返すことはない」。

「つまり父親は祭壇服を着て牧師館へ行き、後に母親が続いた。彼らが平らげたので僕が牧師の中庭の呼び鈴のついたドアを開けて、そこの七面鳥を敬意をもって見たとき、――」

「僕が大いに叫んで頭をぶつけて窓を壊してやると誓ったので、君が向こうの忌々しい拘留室にいる僕の許しを乞おうとしたことを僕に隠す必要はない」。

「頼みは父親にはほとんど効き目はなかった、牧師が、君があまりに彼を侮辱して目を眩ませたと言ったからかも知れないが。残念ながら僕は直に君のこと、頼んだことを、自分の飲んだ素晴らしく甘いワインのために忘れてしまった。田舎ではより上品な世界の経験があまりに少なくて、一杯のワインを賛嘆するのだ。牧師は感激した僕にプリズムを覗かせ、さながら世界の各一片をオーロラやイーリス［虹の女神］で覆った。僕はしばしば思ったものだ、僕は絵画に対する理解が、それどころか箱や楔、煉瓦の色彩に対する理解もあるので、自分の考えている以上に画家に適しているかもしれないと。僕は父親がテーブルの末席に座っているのを見たとき、一廉の者となって、いつか父親に晴れがましい思いをさせる楽しみを考えたものだ」。

「僕もしばしば数年前から、聴衆の中で自分が偉い者に成り上がろうとするとき、自分の出自を思い出すように誓ってきたこと、そして君のことも両親のことも恥ずかしく思わないよう誓ってきたことを忘れるわけにいかない。謙虚さに慣れることはどんなに早く始めても構わない、最後にはどんなに偉くなるかは分からないのだから。――君の話していた色彩に対する愛は、だからといって素描に対する愛とはならない。しかしある派の画家が他人に風景を描いて貰い、他の派がその中で人間を描いて貰っていたとすると、君はいつでもその両派を自分で統合することが出来よう。これは冗談だが」。

「構わないよ。僕らは高貴な客人として村を通って家へ帰った、そこで父は緋色のチョッキを着て、僕と母とを連れて散歩に行き、夕方六時頃東屋で食事した。しかし僕は、このような夕方、世界のすべてが戸外にいて、着飾り、喜んでいて、将軍夫人やその他の高貴な夫人達が赤い絹の日傘をもって散歩しているとき、誰かの心が、殊にその心が兄弟の中で脈打っているとき、君一人だけが監禁されていることに耐えられるとは思わない」。

「畜生」とヴルトは言った。

「当然なことに、僕と下男は君の窓に梯子を立てかけて、君が気晴らしに村へ下りて来れるようにした。――いや、人間の散歩の中で両親と子供の散歩ほどに素敵なものはない。僕らは丈の高い緑色の穀物畑を通って行った、そこで僕は妹を後ろに連れて狭い排水溝の中を行った。すべての草原が黄色の春の炎の中で燃えていた。河では僕らは洗われた貝殻をその虹色の輝きのせいで拾い集めた。筏の材木は群をなして遠くの町や部屋へ流れていき、僕も喜んでその薪の上に乗って船旅をしたかった。多くの羊の群がすでに裸に毛を刈られていて、僕の心臓の側に寄ってきた、さながら羊毛の障壁なしに。太陽は水を長い雲状の光線にして吸い上げていたが、僕にはあたかも地球は光輝のリボンで太陽に吊るされ、揺れているかのように思われた。水よりも輝きを多く有する一片の雲がただ隣で雨を降らしていたが、僕らには降っていなかった。しかし僕はそのとき、濡れた花と乾いた花との境界を見て、何故雨はいつも地球全体の上に降るわけではないのか、全く分からなかった。木々は、雲が雨をもたらしながらその上を吹きすぎたとき、互いに寄り添った、聖餐式の祭壇の人間達のように。僕らは、内部も外部もただ白色の東屋へ行った。しかし何故この小さな名前がすべての悠然と構えた宮殿よりも高く輝き、その夕焼けの中で余所の地の朝焼けに向かって煌めくのか。すべての窓とドアは開けられていた――太陽と月とが同時に覗き込んだ――赤と白の林檎の蕾［林檎の蕾は最初赤い］は堅い生い茂った枝の上に支えられていて、時折雪のように白い林檎の花も混じっていた（ヴルトよ、僕は林檎の花のためならば喜んで林檎を差し出す）――蜂どもは父に近くに群があることを教え――僕は箱に黄金虫を捕まえていた、これらのために僕は長いこと砂糖を貯えていたのだ――いまだにこうした極楽鳥の金色と緑玉とは当地、つまりドイツで僕に輝きを贈ってくれる――僕はまた庭では若枝を引き抜いて、その家で膝の下の高さの林苑となるよう植えたものだ。小鳥達は注文を受けたかのように僕らの小さな庭でさえずった、そこにはただ五本の林檎の樹と二本の桜の樹、それに若干のすもの樹が立派なすぐりやはしばみと共にあった。二羽の花鶏が鳴いた、父は言った、一羽は甲高いワインの歌を、もう一羽は新郎のことを歌っている、と。しかし僕は――今でもそうだが――僕のエンブリッツをひいきにしている――」。

「鳥類学的言葉でもっとはっきりと言うと、頬白、きあおじ、緑鳥、黄色鳥、ゲルゲルスト、エンベリツァ・キトゥリネラ　L・」。

「これは両親の言うには、こう歌ったものだ。『小鎌を持っていたら、一緒に刈りたいけれど』。――人間の内部には何という暗いものがあって、本当に単純なエンブリッツを、僕が草原を通っているときこの声を茂みの山腹に聞いたら、神々しい小夜啼鳥よりも残念ながら上に置こうとするのだろうか、小夜啼鳥は勿論きれいに演ずることは少なくて、激しく跳ねるけれども。――しかしその後夕焼けは庭全体に流れ込んできて、すべての枝を染めなかっただろうか。夕焼けは多くの塔や支柱をかかえた黄金色の太陽の神殿に見えなかっただろうか。そして雲の山並みの上に小さな星々が鈴蘭のように花咲かなかっただろうか。――そして広い大地は薔薇の花のように赤い夢の織り機のようではなかっただろうか。そして僕らが遅く家へ歩いて帰ると、暗い茂みには黄金の露の滴が、愛らしい螢が懸かっていなかっただろうか。そして僕らは村の中では全く特別な祭日の人生を、小さな家畜番人ですら遂に晴れ着を着ているのを見いださなかっただろうか、飲食店で欠けているのは音楽だけで、宮殿では歌が歌われていなかっただろうか」。

「そして僕の髪を」とヴルトは続けた、「善良なる父は、僕がこの喜びの中に混じっているのを見ると、こっそりとつかんで家に帰り、忌々しいほど僕をぶん殴らなかっただろうか。――すべての教育は悪魔にさらわれてしまえ、悪魔自身教育を受けたことはないのだ。今誰が僕のこの祭日の殴打と禁足とを取り除いてくれるだろうか。君は簡単に元通りになり、思いだし、満足して我を忘れ、ポケットから思い出の時打ち懐中時計を取り出すことが出来る。しかし、畜生、僕が心溶けながら思い出すものは、昇る彗星のわずかなオーロラの他にあろうか。何と幸せに、幸せに人は子供をできることだろう。これは一度四十歳の老漢で試してみるといい。子供時代のたった一日は成年の丸一年よりも変化に富んでいる。この一日が、大胆な比喩を使うならば、いかに僕の華奢で白い子供の顔を褐色の頭部へといぶし、パイプの火皿のように熱くしたか見るがいい。──僕を二度と暖めないでおくれ。──僕の周りのエリュシオンと至福の耕地から僕が目にするものは対の安楽椅子の他にあろうか──僕らのベッドと部屋の衝立の他にあろうか──飲み物はなくて──ただ内部の思い出の硬貨で一杯の善良なる百万長者の君の他にあろうか──故人達の木製の椅子の他にあろうか──僕の希望は、……入り給え。ヴァルトよ、亡き人が持って来たのかもしれない、それとも二、三の天国の門か最上の光の天国かもしれない」。

黄色の郵便の制服が『ホッペルポッペルあるいは心』(6)を脇にかかえて入って来た、ダイク師が次の言葉と共に送り返したのであった、自分はラーベナー風、ヴェーツェル風の冗談は喜んで出版するけれども、しかしこの類はしない、と。「これは僕らの喜びの天からの陽光ではないかね」、とヴァルトは尋ねた。「嗚呼」とヴァルトは言った、「ついさっきまでは幸せすぎたのだ。その後にはいつも少しばかり悲しいことが生ずる──しかし作品が郵便であちこちする間に失われなかったのは幸いだ」。──「君って奴は──なんて軟弱なんだ」とヴルトは激した。「しかしおとしまえは君にではなく、師につけて貰おう。奴さんの心を海水で、白くはならないけれども、洗ってやろうじゃないか」。

彼は即刻腰を下ろすと、憤激して師に宛てて料金未納の手紙を書いた、その手紙では手紙文の丁重さは全くといっていいほど無視されていた。

第五十九番　筍　貝

校正——ヴィーナ

朝、再び原稿が来た、しかし他人の印刷された原稿であった。パスフォーゲル書店の植字工が——ヴァルトにとっては植字工は一人で沢山であった——最初の校正刷りを渡したのであった、カーベルの遺産の一般相続人がこれで遺言の条項を果たすようにするためであった。その作品は、表題は「ハスラウの学者、アルファベット順、編纂者シース」で、——今や準備が整って——ラテン文字によるドイツ語で十分に書かれていたが、ただ全く拙劣で読みにくいものであった、そして一頁以上、つまり二頁、即ち一枚、街頭や世間のために［ちらしを］書いたハスラウ人は誰でも、すでに子供時分に亡くなった田舎の学者達についての短い補遺と共に記載されていた。どれほどの数の著者をフィーケンシャー(1)はその『バイロイトの学者』から、一全紙以上書いていないものを受け入れないという——その上二名は序言によれば単に詩であるので足りないという理由で削除しているか語るならば、——そして何とさらにそれ以上の著者をモイゼルはその『ドイツの学者』から、二冊は別として、単に一冊の小本しか書かなかった者は決して入れないという理由で除外しているか語るならば、誰もが、ただ印刷された学者人名録に載りたいがために、ハスラウで生まれたいと願うだろう、シースはそのためには何か、紙片よりも大きくないもの、単なる印刷されたビラを入場券として望んでいるからである。楽園かタルタロスの不死の世界へいつも導くこのようなカロンの小舟にそれ以下の者と乗り込もうとすることは、全く何も書かなかった作家を招待するに等しいのである。

公証人は早速校正を始めた——校正記号には彼はつとに熟知していた。——しかし彼は丘の代わりに大岩を乗り越えなければならなかった。シースは学者らしく書くと同時に、素人らしく書いていた。校正刷りは表題、名前、年号やそれに類するもので織り上げられていたが、それらには全く関連性はなかった。それ故パスフォーゲルは単に公証人を苦境に立たせるためだけにこの作品を印刷させたと、うがった見方が出来る。ヴルトは手伝おうとしたが、しかしヴァルトは他人の手を借りることを潔しとせず、一人で校正した。

彼がそれを書店に運ぶ前に、ヴルトはちょっと洒落たことをして、自分、ヴルトが、パスフォーゲル宛の手紙を添えて自分達の長編小説を持ち込み、その手紙の中で自分は著者であると称し、最後の署名者が読み手の鼻先に立っていると書いたらどうかと尋ねた。その通りになされた。二人は偶然書店で出会った。パスフォーゲルはヴルトのポケットから原稿の巻物が出ているのを見ると、彼を大したものと思わず――著者なのだから、――ヴァルト、校正者にして相続人の方を上に見て、親しく全紙に目を通した。「著者殿が」と彼は言った、「きっと調べることになりましょう」。

その後ヴルトが恐る恐る手紙を長編小説と共に渡した、そして読み手の観相を、手紙の記述者が手紙の配達人として立っているという箇所でそれがいかに変わるものか熱心に見つめた。しかし絶えず社交的な掟の中で暮らしている上品な男にとってその亀裂は洗練された皮膚に痛みをもたらし、表題をざっと見た後で――いつもよりうんざりして、残念ながら仕事は詰まっている、もっと小さな書店を提案したいと言った。「私ども著者は」とヴルトは答えた、「最初は、柔らかな角が生え始めた牡鹿のように頭を下げています、しかし後には、角が大きく堅くなって十六もの末端に分離するようになると、その角で激しく木々にぶつかるものです。パスフォーゲルさん、年取ったら私は荒れるかもしれません」。――「どうして」とこの者は言った。

ヴルトはその後、遠くからヴァルトのことを知っているかのように振る舞って、言った。書店主がカーベルの相続人として今ようやく最初の全紙を渡すのであれば、相続人達は十二全紙の仕事を十二週間に引き延ばしたがっているように見える、と。それから敵に返答させない彼の意地悪な習慣に従って突然跳んで逃げた。

二人は家でとりわけ長編小説に翼を与えた、希望はいつも本同様に長いこと死んで横だわっているものには必要であるからである。それをベルリンの書簡作家にして小説作家のメルケル氏[2]に送り、この本を学者のニコライ氏に推薦し、本気にさせて欲しい旨記した。

発送中の郵便を味わっている最中、また霧雨に見舞われた。びっこの公証人が、彼は相続人達の周知の代理人であるが、最初の校正刷りとシースの再校正とを持ってやって来た。

ヴァルトは二十一の誤植を放置していた。シースは原稿と較べて、彼がeとせずにcと――それからcとせずにeと――sとせずにʃと――fとせずにʃと――セミコロンにせずにコンマと――9とせずに6と――bとせずにhと――uとせずにnと、そしてその逆と、この二つはまさに逆であったので、放置している云々と指摘していた。ヴァルトは調べ、考え込み、溜め息をついて言った。「そうでしかなかったのであろう」。

哀れな校正者達よ。誰が今まで君達が何らかの本を校正しなければならないときの母親としての苦しみ、陣痛を十分真剣に考えたことがあろう。ほとんどいないので、世界中の数百万人の者が校正者の苦難を知らずにこの世から去っていく、私の言いたいのはつまり、飢えたり、凍えたり、座業しかないといったときの苦難ではなく、目の前にあるけれども（その上、書かれたものと印刷されたものとの二回であるが）、しかし校正しなければならない一冊の本を読みたいときの苦難である。というのは、書評家のように活字を追うならば、意味が逃げてしまう、そしてますます悲惨に座っていることになるからである。これはアルプスを登るとき周りを雲の水滴に囲まれ、その雲で喉の渇きを癒そうとするようなものであろう。

しかし意味を楽しもうとして、自分も一緒に昂揚しようとするならば、盲目となって滑らかに活字の上をすべることになって、すべてを放置してしまう。一冊の本が『ヘスペルス』の第二版のように心を拉致するならば、印刷上のナンセンスはもはや目に入らず、そのナンセンスを記述されたものと見なして、言うだろう、「これでこそ神々しい著者の言葉だ」と。――いや、この嘆きを校正している者ですら筆者の示す関心に関心を寄せるあまり、多くのことを見逃すのではないだろうか。

ようやく、ひどい話し方をするが美しい歌い方をするザブロツキー将軍の小間使いがラファエラに娘の手紙を持ってきたばかりでなく、更に一階上がってヴァルトに、今日一日自分の許で筆記できないかという父親の質問も携えてきた。「承知した」と彼は言って、少女と共に四階下りて行った。

ヴァルトは彼に奇妙に微笑みかけて、言った。彼はエロチックな回想を筆を遣ったり、筆を遣わなかったりして写し、娘を追いかけるのであろう。これに対し犬の自分は、博物学者の蝶の蛹のように部屋という箱の中で蝶へと羽を広げなければならない、ヴァルトは野外を飛び回るというのに、と。「しかし」と彼は付け加えた、「僕のような禿鷹、バシリスクも不死鳥の君同様に愛の伝染性鼻炎に罹っている」。――ヴァルトははなはだ赤くなった、彼は自分とヴィーナの心がさながら明るく自由な日光に対して当てられているように思われた。「まあ、身の程忘れて四階上がるか下がるかするがいい。僕は家で僕のアルカディアの村の壁の背後で沃野と歯のエナメルにマドリガルを置き、花と唇を赤くさせよう。少女はとても僕の気に入った、彼女は小間使いというよりは御殿使いだ」。怒りで赤くなったヴァルトは、ようやく自分と相手の誤解を察知して答えた。「当を得た物言いではない、この娘は極上の歌声をしているけれども、一度不快な話し方をして僕はたまげたことがある、このことを君は知っているくせに」。

そう言って急いで荒々しく出て行った、それでヴルトは、自分がもっと上品なラファエラに対するヴァルトの愛をつとに承知していなかったら、今この憤激から、これには単なる高徳から至るはずはなく、その愛を推し当てているだろうと自らに告白した。公証人が大きなザブロツキーの宮殿に着くと、宮殿の前と中には多くの空の馬車があったが、そして冷たい従者達の中に入ると、彼の愛を火薬のように屋根の下に置いたり、あるいは油のように地下室に置いたりするヴルトの冗談が、忌々しい効果を発揮してきた、そして今更ながら自分がヴィーナを愛し、その朝の眼差しを胸に秘めていることに驚いた。彼の幸福は葉の落ちた茎の上のむき出しの花冠のように花咲いた。一番先の召喚を思い出してかつての書斎に遅れて入っていった。更に遅れて将軍が入ってきた。「心から」――とヴァルトは、彼に近寄って、話し始めた、相手に処世の法に従って話しやすくさせるためであった――「お帰りの無事をお祝い申し上げます、先にはローゼンホーフで旅の御無事を祈り上げましたが、ささやかな祈念を覚えておいでてでしょうか。ライプツィヒでは心安い旅を楽しまれたことでしょう」――「忝ない」（とザブロッキーは言った）「今日は例の手紙の写しを仕上げて、一日を私のために費やしてくれるならば有り難い」――「おやすいことです――閣下の三重の幸せは――大胆な問いをお許し下さい――この季節には珍しいことではないでしょうか」と彼は尋ねた。

「遅い季節にしては天候に恵まれた」とザブロツキーは答えた。

公証人は問うこと――即ち大洋で魚を釣ることよりも難しいことを知らず、答えることよりもたやすいことを知らなかったので、というのも質問は答えを飾るからであるが、それで上位の話者にはよりたやすい荷を課すことを下位の話者の義務と見なしていて、早速尋ねたのであった。これに対してまさにこの逆のことを世の習いとして、それを敬っている男達は何と快適に自分の頭蓋の下で暮らしていることか、そして王冠や皇太子の前へ進むとき、何と満足していることか。すべて話しかけられることを予期し、その確信を抱いていて、彼らはお辞儀の他は何もせず、話しかけない、待つだけである。最初の返事の後ですら世慣れた男達は悠然と新たに構えている、織り続けるのは王冠を戴く者だけであるからである。

公証人はその後恋文の写しを書いたが、しかし彼の魂はその触糸と共に他ならぬ耳の蝸牛に住み、隠れた生命の物音をことごとく捉えようとした。振り向いて、彼は今日一日、しかし最後の日として住むことを許された神聖な部屋を眺めることなしには一枚も書かなかった、部屋は彼にとっては太陽の神殿とは言えなくても、月の神殿であって、これには月だけが欠けていた。砂金で一杯の青いまき砂――青白いインク瓶と紙――青い封蠟――隣室から漂ってくる花の香り、こうしたものですら彼の希望という静かなエーテルの祝日を飾った。愛においては喜びの収穫祭は喜びの播種日や播種祭と半秒もずれていない。

自分の頭と長い夢の中の愛の御姿が女神のように生き生きと生の中に飛び込んできたら、つまり自分の前に現れたら、すでに激しく鼓動している心がいかほどばかり鼓動することになるかと手紙を書き写しながら思い描いていると、他ならぬ嫌な小間使いが刺繡の道具をもって入って来た、しかし直に彼女の後に花咲くヴィーナが、薔薇にして薔薇祭のヴィーナが入って来た。どんな言葉を彼が口ごもりながら彼女に向かってつぶやいたのか言うのは難しい、彼は話しかけなかったからである。彼女は彼の前で深くお辞儀した、あたかも彼が将軍の杖の黄金の装飾された帽球であるかのように、そして極めて丁重な歓迎の言葉を述べて、刺繍枠の許に腰を下ろした。彼女は娘として書斎にいく数百もの口実を見いだし、まとわせることが出来たのではないか。例えば壁戸棚から自分の青いドレスを――あるいは白いドレスを――あるいはヴェールを取りに来てよかったのではないか、あるいは手紙を書こうとしたり――あるいは電気の明かりで封蠟のための蠟燭の火を点そうとしたり――あるいは――ここに全くいない父親を捜そうとしたりしてよかったのではないか。――しかし彼女は入って来て、刺繍枠の前に腰を下ろして、ある修道女のために星形勲章を作り上げようとした、この勲章は、手紙を写している天文学者［空想家］にとって、しばしばこれを下げている女性にとってと同様に、他ならぬ鬼火星［彗星］、星雲となりうるものであった。

記述者は今や天上的現在という歓喜の中を、息吹く薔薇の目に見えぬ香りの中を漂うかのように泳いでいった、ヴィーナの存在は彼の周りの優しい音楽であった。彼は最後には憧れて大胆に彼女の伏せた大きな瞼と真面目に結ばれた口とを左手の鏡の中に眺め、自分は見られていないことを確認したが、たまたま彼がちょうど鏡を覗くと、そのたびに下を向いた顔全体に暖かく赤みが差すことに気付いて喜んだ。あるときは鏡の中に彼女の視線という持参金がはめ込まれているのを見たが、彼女はそっとまたその上にヴェールを被せた。あるとき、鏡の中での彼女の開けられた目が再び彼の目と出会ったとき、彼女は子供のように微笑んだ。彼は右手の原物の方に向き直り、その微笑みをまだ捉えることが出来た。「ローゼンホーフ以来ですが、お達者ですか、ハルニッシュさん」と彼女は小声で尋ねた。「浄福な者同様です」と彼は答えた、「今と同様に」。彼はもっと別なこと、より洗練されたことを言いたかった。しかし現在が過去に紛れ込み、過去の名において証明した。しかし彼は問い返した。「私は」とヴィーナは言った、「母と一緒でした、これで十分です。ライプツィヒとそこでの娯楽は御自身で御存知でしょう」。――このことを勿論窮乏の詩神の息子、村長の息子はほとんど御存知でなかった、この者は商人的な薔薇の谷《ローゼンタール》の薔薇の下では茨のところまでしかよじ登ったことはなかった、彼が薔薇に関与するのは左官の親方が侯爵の広間に関与するほどのこともなかったからで、親方は広間を造っている間は常にそこに出入りするからである。しかし身分の高い者達は、低い者達が上を思い描くよりも、下を思い描くことが難しい、殊に名士連はそうで――というのは牧人の小屋、つまり百姓の小屋については彼らはフランス風に装丁されたゲスナー[3]の世界に立派なモデルの部屋を得ているからである。「あそこで神々しいのは春と」と彼は答えた、「それに秋です。春には小夜啼鳥、秋には優しい香りに満ちています。ただ一帯には山脈が欠けます、山脈は私の感じでは風景をすべて取り囲む必要がありますが、しかし風景を中断させてはなりません。山の上から見ても風景ではなく、また遠く離れた山が美しく偉大であるからです。――ライプツィヒの一帯にはつまり狭小な感じがあります、境界が、あるいはむしろ果てのなさが、空想に何の余地も残さないからです、これは、私か耳にしている限りでは水平線がエーテルの空と溶けていく海も同じことです」。――「不思議なことに」、とヴィーナは言った、「ここでは外的目の慣れが内的目の力を決定しています。私にはニーダーザクセンに女性の友がいますが、彼女ははじめて私どもの山を見て、制限された感じを受けたものです、私どもがその地方の平野を見てそう感じるように」。公証人は彼女の哲学的簡潔な言葉に――そもそも男性は女性の許ではまさしく自分の頭を称え、自分の胸を呪うものなので――大いに狼狽して何を言ったものか分からなくなって、何か別なことを言った。「時折ライプツィヒ近郊の湯治場［水泳場］へいかれましたか」と後に彼女は訊いた。彼はこの言葉を聞いてラオホシュテットを考えず、プライセ河の学生の水泳場を考え、女性の口から発せられたこのような問いを上流階級のシニシズムと解したので、出来るかぎり迂回した返事をした。「ライプツィヒの当局は当時幾つかの事故のせいでまずよりよい水泳場［湯治場］を決めさせたのです」。――ヴィーナは再び彼の誤解を誤解した。このようにドイツとほとんどの地上では、言い間違いをする誰もが、相手の聞き間違いを当てに出来る。耳は二重に頭部に付いているけれども、現世の舌を解する耳は少ない、率直な耳は短絡の耳よりも更に見いだしがたい。

　突然将軍が黴が生えたかのような青白い顔をして髪粉の部屋から飛び出て来た――手には一枚の絵を持って、瞼から髪粉を涙のようにぬぐった。「どちらが一層似ているかね、母親かい、娘かい。――実際上手《うま》く修正できたものだ」。絵はヴィーナを描いていたが、彼女は一匹の蝶を追っている彼女に似た娘の小さな頰に自分の顔を傾げていて、自分が蝶に夢中の子供に見過ごされているかどうかに母親らしく全く頓着していなかった。芸術熱に駆られて将軍は公証人にも尋ねた。「母親は全く生き写しで、つまりヴィーナで、それでこの類似は子供にもまた見いだされないかい。——第三者として話し給え」。——ヴァルトは、その子供がヴィーナの子供であると考えただけで自分が赤面してしまうことに当惑して答えた。「類似といいますのは同じことということでしょうか」——「それもどちらの側もな」と、大して公証人の言葉を解せずに、ザブロツキーは答えた、公証人は身分というものの通常の前提に従ってすでにすべてを前提として承知していなければならなかったが、それはこういうことである。将軍は別れた妻に自分の優しさの記念碑を贈りたかった、ただ彼女だけを映している鏡で、つまり確固たる絵のことであった。しかし残念ながら冷淡さから彼女をこれまでモデルとして座らせたことはなかった、最後に裁判の席に座らせたことは別であるが。——しかし幸いにヴィーナが彼女にそっくりであった——数十年の違いは別にして、娘達は主に母親にこの点で差を付けようとするのであるが、——それで現在のヴィーナが以前の母親として利用されることになり、彼女の手にはただ以前のヴィーナを与えることにし、この以前のヴィーナは子供として描かれ、左手には桜草を持って、その上に白い蝶を右手で置くことになった。絵と原像として二回使用されたヴィーナを将軍は彼の妻にカンバス上に油絵として描かれた自我の天国として出現させ、自分は四十マイル離れているのに——画家のモデルとして座ることになったと妻をびっくりさせようとした。

父親が去ると、ヴァルトは——更に一層驚き、信じられぬ思いで——彼女は美しい子供に似ていると述べて、立ち直ろうとした。「せめてより重要な点でも似ているといいのですが」とヴィーナは言った。「あの頃は私もまだ母と一緒でした。あなたかあなたの弟さんが当時絵のモデルの日に疱瘡で盲目になっていたのではないでしょうか。母が私と一緒にあなたの家へ行ったのです。素敵な時代です。喜んで一方の似ている点を引き受けたいと思います、それで私の母に別の似ている点を返せるのでしたら」。

そこで公証人は足を踏み入れたくなる照らし出された深淵の間近さに気付いて赤くなって飛び退き、この愚行が意志に反して首から飛び出さないかまことに案じられた。「私もあの盲目に戻りたいものです。夜は神々と女神達の母です」と彼は言って、さりげなく桜草の花嫁のことをほのめかそうとした。ヴィーナはこれについては声の調子と視線の他は何も分からなかったが、しかしそれはそれで十分で、結構であった。

彼女は食事の時間を告げられた。彼は自分がローゼンホーフの旅館のときと同様にまた将軍の食卓に呼ばれていると思ったので、彼は立ち上がって、彼女に腕を差し出した。しかし彼女は刺繍を続けた。彼は枠の近くに立って、巻き毛の頭を見下ろした、そこには彼の世界、彼の未来が住んでいたが、これは全くの美の中に隠れていた――精神の果実の輪は形姿の花輪に美しく覆われ、美しく二重化されていた。彼女は立ち上がった。この時、彼は右腕でもって近寄り、彼女を連れて行こうとした。「私は」――とヴィーナは穏やかに言った――「食後また参ります、あなたにお願いしたいことがあります」、そして大きな善良な目で当惑することなく彼を見つめ、問いかける腕に対する返事としてのように、少しばかり彼の手に拒絶の手を差し出し、握手した。それ以上のものは彼に必要なかった、愛にとって手は腕よりも意味がある、視線が目よりも物を言うように。彼は豊かな気持ちで一人っきりの食卓に残った、それは書き物机に不愛想な従者が準備したものであった。彼の手は、これまでは単に彼の魂のみが触れていた人物によっていわば聖別されたものになっていた。何故愛する者の握手は接吻そのものよりも魂にもっと親密な魔法の温かさをもたらすのか、これについては、その印の単純さ、無垢、堅実さといったものがそうすると答える他に何があろうか。

彼は神々の食卓で食することになった――世界は神々の広間であった、――というのは彼はヴィーナの間近に迫った願いについて考えたからである。願いをすることは、愛においては、願いを聞き届けることよりももっと与えることである。しかし何故愛はこうした例外をなすのか。すべての人間の願いがかくも大事に思われ、多くを与えることになる神聖な世界、叶える者が受け取る者よりも先に感謝する神聖な世界が何故他にないのか。

奇妙な感情を抱いて彼はヴィーナの願い事をあれこれ考えた、ヴィーナは小雲や羽毛のない透明な宝石であると感じていたからである。というのも愛する者のことを自分のことよりも鋭く見通していると思うことこそまさに愛であるからで、青空を見るには、それを通してまた星を見ることになるものを通して見ることになる――一方憎しみは至る所に夜を見て、夜を必要とし、夜をもたらす。

修道院と愛の星の許で昇ってきた、あるいは刺繍されたわずかな光線に彼が接吻したとき、彼の天はすべての雲をまた払いのけ、つまり両開きのドアを開けて、ヴィーナが現れ、輝いた。彼は願い事は何かとお願いしたいと言いたくなった。しかしヴィーナが願い事と呼んだものを願い事と呼ぶことはためらわれた。彼は彼女のためならば最高の勇気を示せたが、彼女の前では出来なかった。そして、家で考え込み、企画したこの聖画像に対する長い祈りの中から跪いてこの画像そのものにもたらし得たものはただアーメンとか、はい、はい、だけであった。「時折当地でお茶の会に出られますか」とヴィーナは、彼女の身分の者がそうするように、いつも自分の身分を前提として話を始めた。「最近では自宅で、立派なフルート奏者の許で行いました、この者のことはきっと賛美されるはずです」。――「そのことは今日私の小間使いから聞いています」と彼女は言った、彼女はヴルトと一緒に住んでいるとの情報のことを言っていた。ヴァルトはしかし、彼女が自分の侘びしいワイン茶のことについて多く聞き及んでいると思った。

「主に言いたいことは、宮中代理業者様の機知豊かなお嬢様方の許によくいらっしゃるかどうかですわ。本当に言いたいのは、ただ友達のラファエラのことなんですけれども」。彼は――手形に窮することなく――彼女が母親の誕生日のために絵のモデルとなった夕方のことを述べた。「素敵だわ」とヴィーナは言った。「彼女はいつもそう。昔、彼女がライプツィヒの私の家で長い病気に陥ったときも、彼女が治るか他界するまで、母親には何も知らせなかったものです。このように愛するから私は好きなのです。自分の母親や姉妹を愛さない娘というものは、――何故、あるいはどのようにしてその他の場合に本当に人を愛せるのか私には分かりません、父親すら愛せません」。――ヴァルトはこの上なく上品に彼女自身にそれを適用しようとして、自分の母親を愛する娘は最良の最も女性らしい者であるという一般的な見解を述べた。

「私はお聞きの通り、上手《うま》くは言えません。私の率直な願い事を快く一度に引き受けて頂きたいのです」。願いとはこういうものであった。ラファエラの生まれた時刻は新年を迎える夜半過ぎ、あるいは朝の時刻であるので、自分はエンゲルベルタの助けを得て、小さな声で歌って、彼女を新たに蘇った生の祝いへと目覚めさせたい。しかし、か弱い声のために伴奏を、つまりフルートが欲しいけれども、これはフォン・ハルニッシュ氏に頼むのが最もふさわしいのではないか、というものであった。——ヴァルトは、この者は喜んで吹くだろう、と喜んで誓った。

彼女は歌の作曲も頼んだ。ヴァルトはまた誓った。「でもそのための詩までもあなたの大切な友達にお願いすることになります」——と言いようもなく愛らしく微笑みながら彼女は付け加えた——「この方は新聞紙上で心の優しい詩人とお見受けしました」。——

彼は全く喜んで驚き、何をヴルトは新聞紙上で作ったか尋ねた。彼女は、文学者達の間ではよく起きるように同様な名前を取り違えて——彼自身の次の多韻律詩を述べた。

鈴　蘭

黄色の鐘の舌をもった白い小鐘よ、何故頭を垂れるのかい。雪のように白い自分が、チューリップや薔薇の大きく気位の高い炎の色彩を持つ花よりも先に大地に芽吹くから恥ずかしいのかい——それとも白い心を、古い大地の上に新しい大地を創る強力な天に対して、あるいは嵐のように騒ぐ五月に対して垂れるのかい。それとも露の滴を歓喜の涙のように若々しく美しい大地に注ぎたいのかい。——華奢な、白い蕾の花よ、心を持ち上げ給え。それを愛の眼差しと歓喜の涙とで満たしてあげよう。最も美しい、春の初恋よ、心を持ち上げ給え。

ヴァルトは聞きながら喜びと愛のあまり、そして詩文に感激するあまり目から溢れるものがあった——ヴィーナもそれと気付かずに泣いていた。——その後で彼は言った。「その詩はおそらく私が作ったものです」。

「あなたがですか」——とヴィーナは尋ねて、彼の手を取った——「それにすべての多韻律詩も」——「すべてそうです」、と彼はささやいた。すると彼女は、太陽を約束する朝焼けのように花咲き、彼はすでに太陽によって開花させられ薔薇のように花咲いた。しかしより一層喜ばしく後から溢れる涙の背後に互いに隠れて、両者は目に見えず一つの佳調へと震える二つの調べに似ていた。彼らは二本の頭を垂れる鈴蘭で、互いに相手の春の息吹によって近寄っているというよりは真似て動いていた。

このとき彼女は父親の足音を聞いた。「誕生日のための詩を作って下さいますね」と彼女は言った。——「これは」(と彼は答えた)——「はい、受けます」そして続けることが出来なかった、ザブロツキーが入ってきて、父親や伴侶としての荒い鼻息で仕事熱心で遅れていると娘を非難した、彼の言うには、ノイペーター家の者は——そこへ彼は彼女と行くことになっていた——市民であることを承知していよう、市民に少しでも会いそこねるくらいなら、貴族の許で数時間遅れる方がましだ、と。彼女は逃げ去った。しかし彼は彼女を呼び戻して、自ら小さな鍵で、花糸大のものであったが、彼女の美しい首のネックレスの黄金の留め金を開けて、ネックレスを取り外した。それを開ける間彼女は気立てよく父親の目を見ていて、それから公証人に万有に満ちた素早い視線を別れに投げ与えた。

食卓の音楽のアダージョ・ピアニッシモを聞きながらの咀嚼や嚥下といっても今や将軍が彼に強いようとしている写字代の受領に比べればヴァルトにとっては難しいことではなかったであろう。将軍は拒絶を最初冗談を言いながら我慢したが、遂にはヴァルトが名誉心から振る舞っていると邪推して、自分の名誉心が侮辱を受けたと感じ、彼が従わなければ今後一切公証人としての文書を作らせるために彼を家に入れないと激しく誓ったので、ヴァルトは、天国の門を自分から閉ざすことはしないことに決めた。

さて彼は写す者として部屋にこれを最後に一人残ることになったが、人間がこの上ない幸せのときに必要とするもの、つまり矛盾した願いを持つことになった。彼は立ち去って、家でヴィーナの頭上を星々の夢想と共にあちこち漂うことを願ったばかりではなく、ここに残ることを願った、彼の人生の戴冠式が行われた部屋にこれを最後として座っていたからである。太陽はますます真っ赤に差し込んできて、部屋を黄金色に染めてエリュシオンの杜の魔法の園亭にした。彼がそこを去るとき、これまでその上で彼の魂の小夜啼鳥が歌っていた花咲く小枝が落下するような思いがした。

何と家では、そこにはヴルトが欠けているだけであったが――ヴルトはほとんどいなかった――人生と人生の夢とが黄金色に染まった雲さながら彼を包んでいたことか。数千もの楽園の木の枝が目に見えぬまま彼に襲いかかってきて、秘かに彼にうっとりとさせる花の香りを放っていた、そのため彼はその楽園を覗き込むことが出来なかった。これまで雲が立ち止まって月が去っていくかに見えていたが、今は確固とした美しい星座の下、雲が去っていくのが見えた。

「彼女が心から愛しさえすればいい」――と彼は考えた――「僕一人のことではないと仮定しても。肝要なことは彼女の幸せだ。そのためには全く何人かの母親、何人かの父親、それに無数の女友達を彼女は有していいのだ」。彼は三十回以上も、ヴィーナが新年を迎える夜と今彼の足許で女友達を眺めるときの喜びを喜んだ。彼女が自分を愛し、敬していることを、今や彼は承知していた。しかしいかほど強く愛しているかは分からなかった。――自分に対する彼女の最高度の愛を今考えることは、自分が数百万の世界の階段を上って頂上の太陽へ案内され、公証人の自分に神の王冠が授けられるとき感ずるであろう思いを描くことに等しかった。

彼はすでにそれと知らずに多くの誕生日の詩を推敲していた――ただヴィーナの願いを思い出して、――そのときようやくヴルトが現れた。ヴルトがラファエラと貴族に対する冷淡さから音楽祭を拒絶するのではないかと案じて、彼は幾分人工的に、英国庭園がそうであるように、繊細な蛇行線、雷文模様を描いて、記念碑の前へ連れていくように、彼を提案の前へ案内した。「残念ながら今日これを最後に将軍の許で筆記した」と彼は世にも至福の表情を浮かべて言った。『嬉しいことに』と言いたいのだろう」とヴルトは言った。ヴァルトは最初からつまずいて雷文模様の中へ入り、ほとんど溺れるところであった。「僕はこれまで」とヴルトは答えた、「君が声楽にいかれた僕を漸次将軍の許で紹介して、そこの娘が僕の伴奏で歌うことになるよう世話してくれることを期待していた」。「それが今や将軍や僕がいなくても君は出来るのだ、このことを君に提案しようとしていたところだ」。

フルート奏者は激しく尋ねた。しかしヴァルトは、はっきりこのことを言う前にラファエラの唯一の特色を述べることを許して欲しいと頼んだ。それは病気のことを隠していたという美点であった。

フルート奏者がこれほど気のない顔で自分に描かせた世間の者の性格描写はなかった。しかし彼はただ提案を知るために、ちくちくする諷刺的な棘は鞘に収めた。

ヴァルトは長いことこれについての彼の判断を求めて彼を悩ましたので、彼は怒鳴り始めた。「もってまわって立派なことだ。悪魔とその祖母もこれ以上丁寧には出来ないね。これは慣用句だが、僕ら二人のことだ。さあ話して」。――

ヴァルトは提案した。

「君は美しい人間だ」――とヴァルトは喜びを隠しきれずに言った――「喜んで受けよう。僕はそもそもよく単に巫山戯《ふざけ》たことを言う。間借人として大家の娘に若干の心遣いを示すことにやぶさかではない――そうすべきであろう。しかし本当のことを言うと――これは悪しき表現だが、あたかもそれまで本当のことを話していないみたいだから、――ここでもっと気に入っているのはヴィーナの綺麗な真珠のように転がる声の方だ。いやはや、一つの声部が作曲できないことがあるものか、ソプラノの人物の高貴なポルタメント、彼女のディミヌエンドとクレッシェンド、その頭声と胸声との素晴らしい一致を――君には分からないだろうが、僕は芸術家として語っているのだ――僕のように熟知しているならば、だ。当時僕はエルテルラインで彼女の声を聞いたとき、彼女には決してセッコでは歌わせないと誓ったのだ――セッコとはつまり一人っきりでという意味だ。僕のようなポンス・王党派は勿論よく喉が渇く「セッコ」が、しかし別の意味だ」。

ヴァルトには少しばかり、ヴルトが落ち着いていないように見えた。両人の夕方はしかし愛の炎の中で金箔が置かれた。二人とも、楽園の奔流の彼方に相手の喜びの泉が遠くから煙を上げ、霧のかかるのを十分に良く目にしていると思った。ヴァルトは冗談で弟に、自分が明日になっても今日の意見であって、吹奏し、作曲するつもりであると紙に書くように強いた。ヴルトは書いた。「私は、ジークヴァルト(4)のように、月を湯たんぽにするであろう――あるいは野火を走って止めるであろう――いやお上品ぶったグラシエール「アイスの売り子」とは誰であれ行き当たりばったりに結婚するであろう、そして一人の乙女が熱い時の果実をしぼり出して氷《アイスクリーム》の飾りにすること、例えば、薔薇の氷、杏の氷、すぐりの実の氷、レモンの氷にすることを我慢するであろう、仮に私が最良のフルートの音楽を早速モーツァルト風に作曲し、魔笛として吹奏しないならば、私の兄が作詩し、書きつけたそのときに。そして私はいかなる抗弁をも断念する、殊に自分は明日なすつもりであったことを今日は承知していなかったという抗弁を断念する」。——

「まことの悪漢だ、僕のヴァルトは」——と彼はベッドで考えた——「僕ほど彼の核心を見通しているであろうものが他にあろうか——あるまい」。

第六十番　沢《ちゅう》鵟《ひ》

スケート

公証人の次の朝は二十四時間の朝の時から成り立っていた、ヴィーナのための誕生日の歌を考えていたからである。その次の日は同様に多くの昼の時から出来ていた、歌を完成させたからである。ヴィーナの聖なる心を自分の舌に載せるには自分自身も聖なるものにならなければならないかのようであった。女友達に対する彼女の愛を自分の魂の中で第一の虹の横の第二の虹として模して輝かせるには愛の中へ溶け去らなければならないかのようであった。愛は好んで他人の心の中に住むので、愛が他人の心の中でまた第三の心のために住まなければならなくなると、一層優しくなって、第二のエコーが第一のエコーの穏やかさにそっと勝るようなものである。——しかしこうしたことすべては春の単なる簡単な播種であって、ただ空には新たな鳴く鳥が飛ぶだけであった。しかし二日目には熱い収穫が始まった。──ヴァルトは天上的な夢想に目覚めの確固たる形式を与えなければならなかった、つまり韻律上の新たな形式ばかりでなく、音楽的形式も与えなければならなかった、ヴァルトはしばしば最良の考えを歌うことも吹くことも出来ないと見なしたからである。このように精神の精神、詩ですらその自由な天から地上の体へ、狭い羽根の鞘へ収まらなければならない。

ヴァルトはこれに対し容易に歌と伴奏を作曲していた。果てしない音楽のエーテルの中ではすべてが、最も重い地球も、最も軽い光も、出遭い、ぶつかることなく飛び、回ることが出来るからである。

ヴァルトは周知のように詩を自分の長編小説の中ですべて印刷させており、ただ若干の、本質的ではない変更を次の箇所で加えているだけなので、つまり「愛する者よ、目覚め給え、朝がほの白み、あなたの年が明ける」──それから「眠れる人よ、愛する者の呼び声を耳にしていますか、あなたを愛する者は誰か夢に見ていますか」、そして最後に「あなたの年は春であって欲しい、そしてあなたの心は長い五月の中の花であって欲しい」という箇所で変更しているだけなので──それで私はこの詩は一般的に周知のものであると見なしている。

今や厄介なのは単に、ヴィーナに音楽と歌詞とを渡すことであった。ヴァルトは幾つかの実行可能な手段、方法を提案したが、とても愚かなもので、ヴルトはことごとく拒絶した、彼の言うには少女達の追い出し猟では、静かに銃を構えて待ち伏せして、彼女達が獣を追い出したら早速発射するだけでいいのだということであった。

しかし何も生じなかった。ヴィーナはヴァルト同様に女性らしい仲介の技、合い鍵の技に通じていなかった。遂に庭園に明るい十二月の黄昏が生じたが、庭園の長い湖（これは細い池であった）では箒で雪が片付けられ、その後、月が鋭くそれぞれの枯れた木立の影を白い床にくっきりと描き、雪を片付けさせた三人の者達がそこから近くの円形建築へ消えたばかりでなく──それは樹皮で作った素敵な小屋で、上に開口部があって、ローマのパンテオンに著しく似ていたが、──また早速互い違いに湖の氷の上へ出てきた、三人は皆その中でスケート靴を締め金で留めたからで、ヴィーナとラファエラ、それにエンゲルベルタであった。

「素晴らしい」──とヴァルトはその滑りを見て叫んだ──「三人が惑星のように互いに入り混じって飛んでいく。

何という波状線、蛇行線か」。そのときエンゲルベルタは、両腕を絵にあるように上げて、招くような指の仕草をした。「楽譜を持って下へ行ったらいい」とヴァルトはヴァルトに言った。「僕らを望んでいるのだ」。——「出来ないよ」とヴァルトは答えた、「黄昏と優しい女性のことを考えたら」。——「一足の靴分の余裕はまだ湖にはあるだろう」とヴルトは下に向かって尋ね、四階を舞い降り、必要とする一足のスケート靴を持ってくるよう早速店員に命じた。

ヴァルトは音楽と詩文学の聖なる紙を、上着のポケットよりも似合いであると思える所、つまりその生誕の地、即ちチョッキの下、心臓の所に差し込んだ。下の湖の池で彼は長いことお辞儀して三人の感謝している女性達を滑って通り過ぎさせ、それぞれの女性にどれほどのお辞儀を割り振るか打ち明けられなかったので、それぞれに籤で決めさせた。

しかし何と活発な生命力でヴルトは氷上を滑ったことか、いかに精神は凍った水の上を漂ったことか。——まずはヴィーナの彗星や、遊星、あるいは真っ直ぐに流れる流星たらんとして——彼女をチェスの女王としてすべての女王から守ることを始め、ビショップとしてであれ、桂馬や城将としてであれ、そうしようとし、——彼女がアモールの弓となるとアモールの矢として飛ぼうとし——彼女が自分よりも大胆に飛ぼうとすると——それを我慢しないで、自分が打ち負かされるまで彼女を打ち負かそうとし、そしてより容易に賭けの飛行を両者の勝利で締め括った——これは彼の美しい、世間で鍛えられた形姿がその価値を軽やかな態度と変化の中で見せた技であった。

ヴァルトは岸辺で尾羽鴫［河岸歩行者］として喜びのあまり我を忘れて、大声で美しい舞踊と浮遊の模様に正しい専門語で重い花輪を投げかけていたので、皆には彼が踊っているように見えたことであろう。彼は更にはっきりと聞こえるように三人の優美女神について語った。——「この女神達はその上」とヴァルトは答えた、「ヴィーナスの周りではなくても、ヴィーナスの夫の周りを踊っている。ハルニッシュ殿、私どもに三人の賢者として欠けるのは数だけです」。——ただヴァルトは賞賛しながらも、自分と自分の河岸歩行を嘆かなければならなかった。氷上で彼が回転するのは軍船の場合よりも大して容易ではなかったであろうからである。卑しい出自という圧迫が痛々しく感じられるのは一緒の祭典のときをおいてないかもしれない、こうした祭典に教育の乏しい者は、踊りとか歌、騎馬、遊戯、フランス語といった喜びの技をもって準備することが出来ない。

ラファエラに対してヴルトは氷上での最も如才ない男で、彼女のこの踊りのために適した形姿に愛想を言い――これは彼にも彼女にも容易に信じられることで、実際彼女はヴィーナよりも数インチ高かった――そして靴で自分の名前のRを氷の面に樹皮にでもするように彫り込み、記すことまでした。

しかし彼女は彼の過度の丁重さに自分も過度に応じることはなかった。ことによると彼のが冗談を十分に隠していなかったからかもしれないし、彼女がヴィーナに対する嫉妬深い女友達として、彼の素直にヴィーナに差し出す手を不快に見ていたからかもしれない。彼はそれに触れなかったり、通り越していったりした。エンゲルベルタに彼は言った。「恋人の役を演じよう」。――「氷の上ならいいわ」と彼女は答えた。それで二人は互いにすばやく見せかけの役割で巫山戯《ふざけ》た。彼は貴族らしい世慣れた男らしい大胆さで、彼女は商人らしい、女性らしい大胆さで。「彼が」と彼女は考えているように見えた、「お道化《どけ》た文無しではなくて、得がたい資産家であることが分かってさえいたら、もっと付き合うのだけれども」。

すでに五回もヴァルトは楽譜を手渡すことを考えたが、ヴィーナが彼のすべての将来のように彼の岸辺の周りを飛んだり、あるいは花の視線を投げかけて、それで彼がその視線の後あまりに長く夢想に耽ることまであったりして、そのことを四回忘れた。最後に彼は滑っている女性に言った。「あなたの側には二人の承諾者がいます」――「意味がよくわかりません」、と彼女は微笑みながら再び近付いて来て言い、去った。彼は岸辺で少しばかり氷上の彼女に向かって行った。「あなたの御要望は相手の要望でもありました」と彼は言った。「フルートの音楽はどうなりました」と逃げながら彼女は訊いた。「曲と歌詞とを手許に有しますが、単に心に留めているばかりではありません」と彼は彼女が再び近寄ったとき、答えた。「素敵だわ」と彼女は向きを変えて言い、喜びのあまり輝いた。

ヴルトが嫉妬して問い質すように飛んできた。「楽譜を渡したのかい」――「三回はっきりとほのめかしたけれども」、とヴァルトは答えた、「しかし当然ながら、僕の前に女らしくなく立ち止まるようなことはしない」。――ヴルトは公然とフルートを取り出して、大声で、池の皆に聞こえるように言った。「ハルニッシュ殿、あなたは先ほど私の楽譜を仕舞われたかな。今吹きましょう」。ヴァルトはそれを（彼の言葉よりは視線に従って）渡した。ヴィーナが寄って来た。「あなたは」とヴルトはそれを渡しながら大きな声で彼女に言った。「月の光の中で、私の演奏するものが読めますか」。信頼している娘は彼を愛らしく見つめ、彼がフルートを吹き始めると、真面目に楽譜を覗き込んだ。偶然の細い毛髪に新年の朝の全体が懸かっていた、刀ではなかったが、花の王冠が。にもかかわらず人間は同じ毛髪のことで、単にそれがあるときは刀を、別なときは天冠を自分の頭上に吊るし、頭に落とすといって荒れ狂ったり、歓声を上げたりする。

ヴィーナは長いこと譜面を読んでいたが、彼はその譜面を吹かずにいて、ようやく彼女はヴルトの究極の意図に気付いて、その意図に添うことになった。それから何と彼女はフルートに従って飛び、視線で感謝したことか——ヴァルトの岸辺を飛びすぎて、彼を眺めたことか——そして喜ばしげに冷たい表面を横切ったことか、彼女の友情からの願いが美しく叶えられたからであり、今晩に欠けているものは、年明けの最初の夜でしかなかったからである。何という歓喜の視線を彼女は女友達と星空に投げかけたことか。その上、今やフルートの音がさまよった、この音は棒高跳びの棒さながら公証人を大地の氷から天の最高天の氷へと持ち上げた。皆が浄福で、殊にヴルトがそうであったけれども、しかしヴァルトが最も浄福であった。「君は僕に」——と満足げな顔でヴルトは寄ってきて言った——「ほんの二時間の間ダブルのルイ金貨を二、三枚貸してくれないか」——「僕がかい」とヴァルトは尋ねた。しかしヴルトは楽しげに去って、フルートを吹き続け、天体のハルモニアの合唱隊指揮者として氷上の天体の前後を滑っていった。音楽はすでに卑俗な固い世界に圧倒的にその詩的な世界を押し込むものであるが、これが開放された動的世界を見いだしたとなると、その世界では地震の代わりに天震といったものが生じ、人間はヴァルトのようなものとなる、彼は岸辺を静かな感謝の祈りを捧げ大きな歓喜の声を上げて走り回り、その心の世界を、フルートの音がそれを発するたびに、いつも新たに、より神々しく創造していた。彼はすべての他人の喜びを暖かい光線のようにその静かな魂の中で集めて、焦点を結ばせた。星々と共に白く花咲く天を彼は小さな小夜啼鳥の演奏の中へ垂れ下がらせた、月はその後光をヴィーナの形姿に織り込まなければならなかった。この月は、と彼は自らに言った、年明けの真夜中過ぎにはほとんど今と同様に天に懸かるであろう、そして僕はフルートや自分の考えばかりでなく、彼女の声も耳にすることになろう。——朝の星々が瞬くであろう——そして僕ははじめてこの未来の音楽の下でこう考えるであろう、「これほどの大きな歓喜となろうとはスケートの楽しい晩には思いもよらなかったであろう」と。

このとき彼はますます深く池の中へ踏み込んでいった、あるいは海もしくは氷の海の中へ突き進み、恋人に近付こうとした。彼女が二、三回彼の間近を回り、彼の喜びの花が最高に成長し、広い葉を波打たせたとき、ザブロツキーの従者が、車の用意が整いましたと知らせて、花を刈り取った。気位の高い従者は奇妙に彼にヴィーナの身分と自分の大胆さとを思い出させた。

三人が去るとヴルトは彼の腕を取って氷上へ連れだし、言った。「悦楽はどれも自ら死んでしまう、それで結構。しかし僕と君ほど裸の哀れなペアがあるものか。三人の喉の渇いた天使達を一晩中渇いたまま氷上を滑らせるルンペンの犬のペアがあるとすれば、これはポケットとか向こうの部屋で金をかき集めても、天使達にほんのささやかな飲み物をも差し出せないからであるが、天使達がその上を滑るわずかな軍用の氷は別にして、——まことにこのペアとは僕らの他にはない。——いやはや、天候が悪くて乗り物がなかった日には、彼女達のために半分の軽馬車でも仕立てて、一匹の蚤に引かせる余裕があっただろうか、ちょうど昔パリの芸術家がすべての乗客と御者とを含め一台の馬車を巧みに仕上げて、一匹の蚤にすべてを引かせたような具合に。——その他の点では今晩は素敵だった」。

「本当にそうだ。——しかし僕ほど今晩肉体的享楽を考えなかったものはあるまい、善良な天使達もそうだったかもしれない。女性は一つの痛み、一つの喜びしか有しない。男性は複数の痛みや喜びを有するけれども。御覧、これは向こうの樫の樹に懸かっている板の言葉と符合している」。——

「あれは菩提樹だ」とヴルトは言った。「僕は」とヴァルトは答えた、「いつも植物は本の中でしか知らない。

—板の上にはこう記されている。『美しい女性の魂は、蜜蜂のように、花しか求めない。しかし粗い魂は、雀蜂のように果実だけを求める』」。……

「そう、それどころか牛のレバーを求める、肉屋が知っているように」。——「皆」、とヴァルトは続けた、「今日はとても喜んでいた、殊に君のことを喜んでいた。率直に言うと、これまで君を自由な、有能な、大胆な、すべてを調停する世慣れた男とは承知していたけれども、今日は実にそうであった」、とヴァルトは言って、殊にラファエラに対する彼の振る舞いを称えた。ヴルトは彼女についての——冗談で感謝した。それは、女性は目に似ていて、華奢で純粋、埃に敏感であるけれども、しかしこれにはアンチモニー、赤唐辛子、硫酸亜鉛、その他の鋭い腐食剤が効き目がある、というものであった。時折彼はラファエラに対する適度な冗談を放って、兄が自分の恋を打ち明けてうんざりさせることのないようにした。

次第に二人は穏やかに深く自分達の静かな幸福に沈んでいった。ほの白い現在の中で彼らに残されたものは上部では天、下部では心だけであった。フルート奏者はヴィーナの自我へ至る自分の道を振り返って測り、すでに自分が道の半ばにいるのを見いだした——彼女の感謝、視線、接近、ラファエラの避難は、彼がすべてを忽然と決しようと思っている除夜に対するこの上ない希望を、そしてその上更に大きな憧憬を彼に与えるに十分であった。まさにこの憧憬は彼にとっては希望よりもほとんど好ましい、稀なものであった。彼は自分が何かに対して言いようもなく憧れるとき、神に感謝した、それほどに彼は憧れに憧れざるを得なかった。しかし恋の欠乏と痛みはまさにそれ自身成就であり、歓喜であって、慰めを与えるが、慰めを必要としない、太陽雲がまさに太陽の光輝を生みだし、地上の雲を追い払うようなものである。

ただヴァルトに対しては、彼の詩的な小夜啼鳥は暖かい香りのエデンの中で恍惚とさえずっていて、神々しい星々と幸福な弟とはあまりに強い印象を与えた。自分は、と彼は自らに誓った、打ち解けた友に、ヴィーナの記念碑が唯一の天上の花の形を取っている至高の心の場所をこれ以上覆い隠していてはよくないだろう、と。そこで彼は早速握手と視線とを自分の最も大胆な憧れの内気な告解の前奏として前もって送り、彼に尋ね、心構えをさせることにした。それから切り出した。「人間は自分の上の天と同様に率直であるべきではないだろうか、天はまさにすべての卑小なものを小さくし、すべて偉大なものを大きくするのであれば」。——「天が僕を大きくすることはあまりない」とヴルトは答えた。「しかし陰を歩こう。さもないと通り過ぎながら木々に打ち付けられた情緒のすべてを読まなければならないことになる。ラファエラはより親しくなってからこれまでとは別なふうに僕の目には映じずにはいないけれども、しかし内部の外部への強制的裏返し、折り返しには我慢ならない、裏返せる植虫のようではないか。娘が『美しい女性の魂』と始めたら、僕は逃げ去る。娘は自分をそれに含めているからだ。——いずれにせよ誰もが多くの心を打ち明け、贈ることができる、侯爵が煙草缶をそうするように、そして両方とも贈る側の肖像画を含んでいる、貰う側のではない。そもそも、そんなものだ。——しかし僕は君自身を引き合いに出すが、君は君とか僕らの細かい神経にもかかわらず、君の中のより聖なる心の一帯、内奥の最も熱いアフリカについて、すべてを打ち明け、その地図を銅版彫刻することが出来ると思うかい。恋のお巫山戯《ふざけ》となると話は別だ——単なる悪《あ》しきいたずら——古きアダムの誕生祝い——心臓部のこうしたすべての粗野な肉、あるいは医者用語で言う、このような脈管外浸出、あるいは教会法学者の言う、このような［ユスティニアヌス法典の］例外規定、要するに君の強力な脱線、これらを君は、僕は君がこういうものを有するとは思わないけれども、僕に明かしても何の害も生じない。これに対して惚れた恋は——これについては少なくとも将来のために考えてみるがいい。というのは、君に例えば君の炎と炎の対象とを打ち明けられた立派な男は、君の嬉しい感情に最も喜んで関与しようとしても、その人物をどう扱っていいか分からないからだ——全く君のようにすべきだろうか。しかしそうなると違いが全くなくなって、君は最後にはぶつぶつ言うことだろう。——あるいはそれとも全く生気なく敬してであろうか。すると彼がその石膏のような目で君の濡れて輝く目を見ていることに君は苦しめられ、圧迫されることになる。この立派な男は、彼女について賛嘆のオー［O］のように見えない言葉をことごとく飲み込んでしまう、これは美しい母音で、口のところで零同様に円形を真似るものである。——君達二人、あるいは君達三人はいつも当惑して並んで座ることになる。男性は男性の前ではいつも結婚生活よりも恋のことを恥じるものである。結婚生活では二、三人の友はきっと共感出来ること、例えば妻達についての嘆きの交換等を見いだすからである」。
ヴァルトは黙っていた、そしてベッドと夢の中へ入っていき、目を閉じて、自分を幸せにしてくれるものすべてを眺めた。

第六十一番　セント・ポール島のラブラドル［曹灰長石］

ヴルトの意地悪な反論——除夜

彼らの人生の風雨の側で彼らが育てた甘美な果実と薔薇とに再び小さな粗い風が吹き寄せた、つまりメルケル氏のことで、彼は彼らの長編小説を本当に軽蔑して送り返してきた、即ち、ヴァルトの部分にはまだ我慢したが、ヴルトの部分を没趣味と思ったばかりでなく、郭公のジャン・パウルの真似をしていると思った、ジャン・パウル自身すでに模倣の郭公時計がなければ退屈そのものであるというのであった。これでフルート奏者は頭にきて、それでこの自己編集者のすべての批評的評論に目を通し、その中で不公正、邪心、誤った推論、失策、過去ばかりを追い求め、遂にデリル(1)の『田舎の人間』の中で繰り返し*1と非難されているのと同じ数のものを二回目の数として手紙の中に挿入することが出来た、つまり六百四十三の数であった。

手紙全体は皮肉に、つまり称賛に満ちていた——最初ヴルトは一般的に敬意を抱いて批評一般について言及した、批評を彼は必要な懲役囚の仕事と呼んだ、批評は大理石を滑らかにすること、眼鏡を磨くこと、染料材に大目やすりをかけること、綱を作るために麻を叩くことから成り立っているからであるとし、——天才がただ天才によってのみ、象がただ象によってのみ制御され、馴らされるかぎり、批判的な蚤はこうしたことに全く有用である、蚤は他の象とは形姿においても、また拡大鏡の下では、その大きさにおいても差がなく、その上、より容易に耳の中へ入り、至る所で刺し、跳ねるという長所を有すると説得していたが ―― しかし通常の規則遵守は例えばゲーテのような男性の場合には不要であること、太陽の上では指示する日時計が不要なのに等しいと説明し、―― おもむろにメルケル氏に邪心を抱かないわけではなくて近付き、メルケル氏がちょうど、最初に最も平静に我慢してくれるような偉大な作家の許で、胆汁「憤怒」や脳水のささやかな注出を最も頻繁に行っている、あたかも（小さな個人の家ではまれであるが）市庁舎やオペラ劇場、教会といった崇高な公的建物でほど小便をすることはないようなものであると称えた。―― 彼は、メルケル氏が全く一人っきりで女性への書簡の中で死んだペガサスを道路から運び去ろうとしているときの苦悩と労働を読者がまだ十分に強く想像していないと不思議がっていた、これは皮剝人が語り得るような苦難であって、皮剝人は何日も全く一人っきりで、通行人は誰もが偏見から、手を差し伸べるには名誉心が許さないと考えるので、倒れた馬を引きずっていくのであると記した ―― そして機会をとらえて、メルケル氏の自負を好意的に見て述べた、メ氏は勿論自分の影のとてつもなく巨大な大腿、巨大な胸郭に満足して驚きを覚えるに違いない、この影は新しい時代の朝の太陽の低い位置によって測量技師の平地に投げかけられているものである、と。

しかし続けてヴルトは、人身攻撃的に、いや軽蔑的になり始めたので、著者はカーベルの遺書によっても、またこの章のためのセント・ポール島のラブラドルによっても、残りをここに抜粋する義務があるとは思わない。メルケル自身手紙の全文を掲載したり、それに返事を出すことは決してしていないだけになおさらである、メルケルにはここで公に証言するよう要求したい、公表されなかった部分はもっと無作法な攻撃を含んでいたのではないか、彼も私と同じ理由で公表しなかったのではないか、と。――

その後、長編小説はウィーンのフォン・トラットナー氏に送られた、そこまではほんの半分の料金前納でいいからだ、とヴルトは言った。希望が抱けるのであれば、それで満足だ、とヴァルトは言った。新しい仕事が古い仕事に添えられて送られた。書籍商は、毎週一全紙の校正だけを送ってきたので、校正者のこの遺産職務ははなはだ長引くことになった。公証人は毎週新たな校正者の間違いは犯さなかったものの、無数の間違いを犯した。ただ文字Wについては間違わなかった、彼の幸福、悲嘆、ヴィーナはこの文字で始まっていたからである。

兄弟の二重生活は愛がなければ荒涼たる死となっていたであろう、愛は貧窮という徒刑囚に最高の空中楼閣を築いてくれるもので、これはそこに住んでいることとほとんど変わらない。青年ほど貧乏に耐えるものはない（同様に老人ほど富裕に耐えるものはない）。というのは何らかの愛は──心とか学問を対象としていても──その暗い現在を人為的に明るく照らし、現在を人為的な昼の明るさの中で、本物の昼であるかのように楽しいものとするからである、小鳥が夜の明かりを昼と考えて鳴き続けるようなものである。

ヴルトは、除夜にヴィーナの心への敵地上陸を──フルートを手に──行う決意であった。希望を彼は──仕事の共同性は容易に心の共同性となり、商店の寡婦の記帳係は容易にその夫となることから──十分に抱いていた。「二声作法の実行によってペアが単声とならなかったら、失敗だ」、と彼は言った。これに対しヴァルトの攻略計画はただ、ヴィーナをこっそりと見て──歓喜のあまり泣き──いや近寄っていき──そして闇にまぎれて、あるいはその他機会に恵まれれば、至福三昧の中で彼女の手に接吻し、何かを言ってみることだった。それまでの間に彼は更になお彼女に語ったが、それは光沢のある極上の紙に印刷されたもので語ることになった。

つまり彼はハスラウの新聞への詩的関与で出版者の信頼をはなはだ得ていたので、出版者は彼に詩作された年賀のすべての供給を、この男のかなりの商品であったが、注文してきた。そこで彼は娘達のために売られる紙面に無数の不死鳥の、極楽鳥の、小夜啼鳥の卵を年賀のために書き下ろして、それらを後で運命に孵化してもらうことにした。つまり別の言葉で言えば、彼が光沢ある紙上で様々な娘に願った歓喜の花輪、歓喜の月、歓喜の太陽、歓喜の天、歓喜の永遠の中で、単なる次の希望を抱いてないものはほとんどなかったのである、即ち、こうした多くの願いのうち少なくとも一つは多くのヴィーナの女友達によって、ヴィーナのために買われるであろうという希望であった。「多分十人だ」と彼は言った。

かくてクリスマスが近付き、去っていった、子供時代の灰から通常の虹色の不死鳥が甦ることもなく——除夜があまりにも間近で輝いていたからであるが、——そしてついに除夜がまだ旧年に属するその夕べの曙光と共に出現した。

まだ夕方宵の明星や他の一つの星が微光を放っているときヴルトは、自分が極上の機会の他には何も有せず、夜、乙女達の許で最も世慣れた男を演ずるための一文の金も有しないことを改めてののしった。「拙劣な音楽家達のように新年の巡礼の托鉢修道会と共にあちこちさまよって、金持ちを演じられるだけの金を施して貰っていたらと思うよ」、と彼は言った。エンゲルベルタが彼を朝の四時に大きな黄色の部屋へフルートを持って来るように指定すると、彼は夜ヴァルトと一緒に喜びに輝いて居酒屋に出掛けた、そこで彼は馴染みの客として昨日（それはただ彼のズボンの上等のバックルを要したものであったが）シャンパンのコルクを抜いて氷上に置かせていて、それは彼の言うには、自分達の犬の生活の廃墟に少しばかり壁紙を貼るためであった。

ヴァルトは半時間して、開けられたワインから酒精分か消えていないことを理解した。それから——手許にあるすべての情報によれば——各自飲んだ。しかし二人は互いに陽極と陰極の雲として放電しながら稲光を発し、ヴァルトは巫山戯《ふざけ》た思いつきを、ヴルトは真面目な思いつきをより多く述べた。彼らの会話の詞華集はその色彩がここでその見本を披露するように全く多彩なものとなろう。

「人間が人生で善のために有する時間は真珠取りが真珠をつかむのに有するほどのわずかな時間、およそ二分である。——多くの国家制度は大火災を点火しては、それを消すために、凍った消化器の水口を溶かす。——人は人生の緑の山に登っては、上の氷山で死ぬ。——誰もが少なくともある一つの事において意志に反して独創的である、つまりくしゃみの仕方において。——ヴィンケルマンはスヴォロフの敬称イタリスコイ(2)に値する。——大抵の者が、神が存在するのは単に、自分達が創造されるためであるとひそかに信じている。そしてエーテルの中を伸びている諸惑星部分は自分達の大気の海の岬である、あるいは自分達の地球は天の岬であると信じている。——誰もが他人に対して同時に太陽であり向日葵である、誰もが向けられ向いている。——一つの食卓に多くの機知溢れる者がいることは、一つのグラスに幾つかの素晴らしいワインを一緒に注ぐことではないか。――太陽は他の球と共に世界球として発射されるであろうか。――死ぬことは自らのいびきによって目覚めることである」。――

云々である。というのは次第に関連は少なくなって、炎が多くなったからである。かくて一年の弔鐘が鳴った。そして新年の目に見えない新月が直に天に一本の銀の線を描いた。グラスが年同様に遂に空《から》になると二人は路地を散歩した、路地はまるで昼間のように明るかった。至る所で、喜びの宴からやってきた友人達が新年の挨拶を交わしていた、挨拶にはあらゆる朝の挨拶、夕方の挨拶が混じっていた。塔の欄干には新年をトランペットで吹いて祝う者達がはっきりと見えた。ヴァルトはその高みに想像の中で上がっていった、この高みに立っていると一年が渦巻く形姿で一杯の巨大な雲のように地平線から昇ってくるのが見えるかのように彼には思われた。そして音色が将来の時の形姿の名前を呼んだ。星々は空に夕方も朝も知らない永遠の朝の明けの明星達として懸かっていた。しかし人間達は、あたかも天上に自分達のせわしい移ろい、自分達の時鐘、弔鐘、そしてドイツの一月が存在するかのように空を見上げていた。

ゴットヴァルトのこうした感情の許では恋人は一枚の聖人画として、星々の王冠を戴いて、立っていた、そして天の輝きが彼女の大きな目を一層明るく、彼女の穏やかな薔薇の唇を一層身近に見せていた。いつになく旧年は、新年の誕生と共に死んで、人生のはかなさを彼に描いていた。恋はすべてを光輝と涙、墓地へと変えるものである。そして恋の前で人生は、夏至に北方の海に沈む太陽のように、ただ縁だけが落日の大地と触れて、それからまた朝となって蒼穹を上に昇る。

二人の友人は腕と腕とを組んで、遂には手と手を握って路上をさまよった。ヴァルトの須臾の陽気さはより深い感情へと移った。彼はしばしば周りを見回し、ヴルトの顔を覗き込んだ。「これからも今と同様な状態でいよう」と彼は言った。すぐさまヴルトは手で彼の口をふさいで言った。「悪魔が聞いている」――「神も聞いている」とヴァルトは答えた。それから小声で、薔薇のように赤くなって、顔をそむけて付け加えた。「このような晩には君も一度恋しい人よという言葉を口に出すべきだ」。――「何だって」とヴルトは赤くなって言った、「結構なことだ」。——

明るい前祝いを長く楽しんだ末にようやく彼らはヴィーナがエンゲルベルタと一緒に白い花の蕾のように祝典の家へ忍び込むのを見た。自分の恋の告白の入念な計画に期待し、月が完全に食する前に空が晴れたことを喜ぶ天文学者のような気分で、今やヴルトは兄の耳を少しばかり恋人劇場から遠ざけようとした、若干離れて、例えば下の公園で耳を澄ませば、音色ははるかに繊細に聞こえるであろうと提案して。「君が僕の肩越しに覗いたら、鼻息を荒くしてフルートの穴に吹きつけるようなもので、少しも足しにならない。それにそもそもこの音楽祭を贈られる女性が、二人の若い男達によって、ベッドのある自分の陣営の前に張られた陣営に対して何と言うか、考える必要があろう、ヴァルトよ」。——「君がそう言うなら、異存はない」とヴァルトは言って、冷たい庭園へ行った、そこではまぶしい雪が深いエーテル同様に星座をきらめかせて輝いていた。

しかし上の方ではヴルトの推測に反することになったが、しかし彼の願いには反しなかった。エンゲルベルタは請け合った、自分の姉は、フルートと声楽とをよく知っているので、最初の音で目覚めて、すべてを台無しにしてしまうだろう、と。「だから音楽は最も遠い所で始まって、大きくなりながら近付かなければならない」。——「分かったわ、庭園ではそうしましょう」とヴィーナは言って、急いで下に降りた。階段で、間近の耳の後ろで、ヴルトはすばやくすべての音楽上の打ち合わせをして、人気のもっと少ない庭園の道では攻略の他は何もしないで済むようにした。驚いたことにこのとき、ただ点火を待っている静かな蛇花火のように公証人が中央路に立っていた、彼は快活な顔をして自らと他人とに、一緒に行き、皆に同伴することを約束した。ヴィーナは彼に嬉しげな朝の挨拶をし、それから更に新年の挨拶をして尋ねた。「すべて立派に行きそうでしょう」。——「留マレ、留マレ、旅人ヨ」とヴァルトは言って、激しく後ろに、静かにしているように合図した——ヴルトは思案しながらそうしたが、「僕には」と彼は考えた、「どんな理由があって彼がそうしているのか分からないのだから」。

「真実の誠実な人間にして詩人です」とヴァルトは始めた。「彼の詩は素敵です」と彼女は答えた。「でも私ども二人のことを著者として混同されたでしょう」（と彼は素早く尋ねた、彼に今欠けるものは永遠の者や亡き者同様に時間だけであったからである）「このような間違いは少しも許せないということはなくて、感謝に値します。別の、もっと正しい混同の方をむしろ私は考えています――」（ヴィーナは彼を鋭く見つめた）。「私と彼とは一対の人生における双生児という秘密を有しています、このことは誰にも打ち明けていないのですが――あなたは別で、あなたを信頼していますから」。――「あなたのお友達が許したくないことは何も知りたいとは思いません」、と彼女は答えた。

このとき彼は、打ち明け話があまりに長い言葉となり、よりゆっくりとした歩調をとってもっと親しくなろうと考えていたけれども無駄であったので、突然菩提樹の前へ飛んで、そこでラファエラの次のような銘板を読み上げた。「月光の中でも蜂はここの花々の中で羽音を立てて、蜜を吸う。女友達のあなたはすでに微睡《まどろ》み、私はここに休らってあなたのことを考えている、でもあなたを愛しているのは誰か、夢に見ていますか」。

「急ぎましょう」と彼女は言った。「あなたの目がまた治ったことは素晴らしいことです」。――「私もむしろアモールからは目隠しよりも、それ以外のものを何でも受け取ります、殊に毒の矢がいい。私はいつもあなたを見ていた、ヴィーナ、それで私ども二人のうち誰が最も得しているかは、私の知るところではなく、あなたが御存知です」と彼は上品な顔をして言った。

「素敵なことに」と彼は続けた、「詩人はあなたの歌に『あなたを愛しているのは誰か夢に見ていますか』の行を織り込んでいます」。――その後彼は半ば彼女の方を向いて、小声で、この目的のために作曲したこの行を、彼女の誠実な顔を見ながら歌った。彼の黒い目は恋の長い閃光を放っていた。彼女は黙っていて、更に一層急いだので、彼は自分に任せていた彼女の手を取って言った。「ヴィーナ、察して頂けると思います、あなたには大衆に対するときとは別なふうに、いやあまりに高慢というのでなければ、一層相似たものとして見えたいのです。私は私の心と人生の他には何も有しません。しかしこの二つは最良の女性に捧げたい」――「向こうへ、さあ」と彼女は小声で言って、一層急いで自分達が演奏しようと思っていた所へ彼を引っ張って行った。それから立ち止まって、彼の別な手を取って、限りない愛をたたえた目で彼を見上げた、彼女の澄んだ顔には、花の上の明るい露の滴のように、あらゆる思念が明瞭に浮かんでいた。「私もあなた同様に率直に申します、私どもの上のこの聖なる天にかけて請け合いますが、私があなたを愛していたら、多分あなたのおっしゃるような意味で愛していたら、それを率直に喜んで告白しましょう。実際、あなたに対する愛から大胆にそうすることでしょう。でも今は苦痛です。朝が台無しになります。ラファエラは私が十分に喜んでいないと思うことでしょう」。

ヴルトは、まだ彼女が最後の言葉を言い終えないうちに、フルートの部分を取り出して、組み立て、ただ一瞥して、無言で始める合図を送った。彼女はつまった声で始め、その後しばらくはかなり強い調子であったが、直に普通になった。

ヴァルトは下の中央路をあちこち横切って、両者の後ろ姿を目で追った、二人は遠くの月光の中へさながら散っていった。ようやく彼は眠れる女性に対する玄妙な挨拶の歌を、彼自身の言葉を、遠くの薄明かりの中から耳にした、そして自分の心が他人の胸に移され、その心が向こうの哀れな眠れる女性に、この女性自身のことは今まで彼はほとんど考えなかったのであるが、「楽しく目覚めよ、いとしい心」という言葉を述べるのを聞いた。彼はそれ故率直にお祝いの気持ちと共に彼女の窓を見上げて、自らを詫び、彼女に人生や愛の上での多幸を祈り、ちょうどフリッテが旅に出ていないことをこの上なく遺憾に思った。「たとえ全く本当とは言えなくても」と彼は考えた、「乙女よ、自分が毎日ますます綺麗になると考えられたらいい。君の母親も、君のヴィーナもそう考えて、君のことを喜ぶのがいいのだ」。

突然彼は、エンゲルベルタが、彼が歩き回って暖まりたいのであれば、家の中へ入って上がってきたらいいと助言する声を耳にした。他人に注目されていることに興をそがれて、彼は近くの樹皮製の小屋へ入った、そこで見えるものはただ頭上の青い夜空と光を注ぐ月だけで、自分の内に聞こえてくるものはただ遠くの優しい唇の放つ甘美な言葉だけであった。彼は樹皮の背後に空のほの明るい荒野が広がっているのを見た、そして新年が星々の付けられた朝の服を着て、大きく、恵み深く彼の前に現れたことに歓呼の声を上げた。

そのときヴィーナが、誕生日のためのこの旋律の目覚まし人が、一層強い音色で次第に近付いてきた、ヴルトは彼女の背後にいて、フルートの傍らで乾かすことの出来ない不満の熱い涙を、夜の他には誰にも見られないようにしていた。近くで彼女にエンゲルベルタが姉の寝室とヴァルトの樹皮の円形建築を示す合図をし、彼女はこの合図に従うことにし、歌いながら円形建築に姿を隠して、そこで自分と春の歌とを女友達が目覚めたとき見つけて貰うことにした。

彼女は公証人が目を月に向けて、精神を青いエーテルにさまよわせているのを見いだした――彼女の間近での音色とヴルトの遠くでの音色とが彼を陶酔させ、我を忘れさせ、世界を忘れさせていた。本来神しか我々の音楽を解しない。我々は音楽を、ハイネッケ[3]の聾啞の生徒が言葉を発するように、作り、自らは自分達の話す言葉を聞き取っていない。ヴィーナは歌い続けなければならず、呼びかける代わりに天使のような微笑を浮かべた。

彼も同様に何も言えなかったので、彼もまた微笑《ほほえ》んだ、それも大いに微笑んだ、そして彼女の前で愛と歓喜の中を漂った。彼女が素晴らしい旋律の行、「あなたを愛しているのは誰か、夢に見ていますか」を歌い、彼の胸の間近で、その行の秘かな音を復唱したとき、彼は跪いた、祈るためか愛するためか分からずに、そして彼女を見上げた、彼女は月光を浴びて地上に下りて来た聖母のように天の余光に包まれていた。彼女は穏やかに右手を彼の柔らかい巻き髪の頭に置いた――彼は両手を上げて、その手を自分の額に押し付けた。――接触は穏やかな精神を歓喜の炎へ解き放った、ちょうど優しい花が豊穣な夏の夜、閃光を放つように――歓喜の涙、歓喜の溜め息、星々、音色、天と地とが互いに一つのエーテルの海へと溶けた、彼はいかにしてかは分からないまま、彼女の左手を自分の脈打つ心臓に押し付けた、近くの歌声は気を失った者同様に彼にははるか遠くから運ばれてくるように思われた。

フルートがすぐ近くになり、最後の言葉が歌われた。ヴィーナが彼を穏やかに大地から引き上げた。彼には相変わらず、周りで音が聞こえるように思われた。すると嬉しげに慌ただしくラファエラが、素晴らしい朝の贈り主の胸に飛び込んできた。ヴィーナは驚かなかったが、しかしゴットヴァルトは驚いた――彼女は女友達に申し分のない女友達を与えることになった。彼女は話すことの出来ないゴットヴァルトに言った。「夕方また会いましょう、月曜日の夕方に」――「誓って」と彼は答えたが、手段を知らなかった。このときヴルトが加わり、ラファエラから声高な謝辞を受け取った、そして彼はヴァルトと共にこの奇しき庭園を黙って後にした。

上でヴァルトは弟の首に温かくすがった。ヴルトはそれをラファエラの朝の祝いへの自分の労に対する喜びの報酬と受け取って、今一度兄を胸に抱いた。「話したいことがある」とヴァルトは始めた。「眠らせておくれ、ヴァルト」と彼は答えた——「ただ眠りたい、本当の深い、暗い眠りが欲しい。暗闇から暗闇へ落ちる眠りだ。本当に断固たる眠りは両生類、例えば鰻［鰻は嵐の暖かい夜に陸に上がるとされる］にとっては何という貴重な広い湖であろうか、疲れて蒸し暑い陸からきた鰻が今や涼しく、暗く、広い所で漂い泳ぐことが出来るのだ。それとも反論があるかい」。——「それでは神が君に夢を下さいますように、およそ眠りが与えることができる限り最も幸せな夢を」とヴァルトは言った。

＊1　原理への訴えの中で、これにはその上五百五十八の——反対命題が非難されている。

第六十二番　シュティンクシュタイン

準　備

今やヴァルトの（花で飾られた）頭には月曜日のことしかなかった、この日に彼はヴィーナと会う予定であったが、何処でかは分からなかった。数日してラファエラがフローラを通じて、月曜日の仮装舞踏会は国喪のために延期されたと彼に伝えた。彼は少女をあきれて眺め、言った。「何だって、仮装舞踏会のことだったのか」。しかしヴルトが後に彼の肩をたたいて、多分彼をエンゲルベルタがその場に来る者として予約して、姉を通じて極めて上品に伝えているのだと述べたとき、ヴィーナの月曜日について明かりが、いや星が昇った。彼の脳室は四つの仮装舞踏会室となった。彼は——たとえ餓死しても——自分の生涯ではじめて仮装舞踏会に参加できるほどの金を集めるまでは切りつめた生活をすると誓った。「仮面をつけたら」と彼は考えた、「彼女と幸福に踊ったり、あるいは彼女を案内しよう、そして皆がどんな恰好をしているかは実際気にもとめまい」。彼は双子の弟を自分の心に抱き寄せ、秘密を打ち明けることが出来たら、どんなに穏やかに感動し、心温かくなったことだろう。ただこれは不可能なことであった。痛みはこのヴルトの硬い宝石にヴィーナの名前と拒絶とをはなはだ深く彫り込んでいた——これを彼は耐えることが出来ず、彼は宝石を自ら使いへらし、こすり取って、そこには何も読みとれないようにしようとした。愛するあまりではなく、名誉心のあまり、憧憬のあまりではなく、復讐心のあまり、彼は死んだり、あるいは殺したりすることが出来たであろう。このような状態のときは、公証人以外の者には、彼と一緒にいることは出来なかった。とりわけ彼には近さと遠さが気に入らず、住居と町とを呪った、住居は上品に、町は直截に呪ったが、彼は町をブラントの愚者の船への大型ボート——消えて悪臭を放つ読書ランプで一杯の、高い明かりへ至るための桟敷——刑場のない、首を刎ねられた者どもの納骨堂——家畜市場と動物園と上等の甲虫陳列室、若干の鼠の塔の付いた動物の首都と呼んだ。その多くは彼が『ホッペルポッペルあるいは心』の中へ採用した表現であった。ヴァルトは町への批判を自分自身に対するものと取り、あたかも弟が「君のせいでこんな惨めな巣にいる」と言いたいものと取った。——「君がもっと幸せだといいのだが、ヴルト」と彼はあるとき言って、それ以上は言わなかった。「僕について何を聞いたのかい」と怒ってヴルトは言った。「先のことにすぎない」とヴァルトは答え、自分が弟の恋の告白の失敗について知っているかもしれないという弟の邪推を取り除いた。

描かれた舞台の村の牧歌的眺望を持つ美しい半室は、今や先のすべての光輝を失った。ヴルトは雷を落とした——あたかもヴァルトがフルートや記述の邪魔になっているかのように——壁の背後から、外で鼓手の新米の小人がまあまあの天候のとき太鼓の練習を出来る限りして、音を出すたびに——あるいは近くに住む肉屋が時々、彼が吹くと鳴き出す豚を刺し殺すたびに――あるいは夜、夜警人がひどい声で歌うので、ヴァルトが何度か月光の中で庭園越しに、最も激しい悪罵と脅迫の言葉を吐かざるをえなくなるたびに。

永遠に犬を愛する公証人の穏やかな温かさもただ彼のパン種を一層大きく発酵させ、膨らませるだけであった。「僕も彼の立場であれば」とヴァルトは言った、「神の子羊、聖母、可愛い使徒ヨハネとなろう、仮に僕が彼の考えているような優美さを有していたら」。

しかし公証人はただ仮装舞踏会とそのための手段だけを考えていた。「僕の弟が誰か女性を愛していさえしたら、どんなに僕らは軽やかに幸せになりたいと思うことだろう。僕らはそうなったらすべての人を僕らの一つの胸に抱き寄せることだろう、彼がどの女性を愛そうと、彼女は僕の恋人ともなろう。彼の悲しい境遇に身を置きさえすれば、彼にはすべてを許したくなる」。

たまたま彼らの部屋に衣服の富籤が迷い込んで来た。ヴァルトは仮装の馬具部屋、什器室から多くを必要としていて、何も有さなかったし、ヴルトは更に有するものが少なく、それでも両者は仮装舞踏会に行きたかったので、それで各人富籤を一枚ずつ買って、仮面といったものを引き当てることにした。

両人は富籤の金をかき集めた、ヴルトは自分達の文無しを様々にののしって、自分は馬の尻同様にひどい目にあっていると誓った。――そもそも彼はすべての不足、不幸について、人生に対する長い悪態をついたが、煉獄への旅では人生はシャツの交換である、つまり［貧民用］毛髪製のシャツとの交換である、あるいは最悪のことに対して運命はいつももう一度と言う、あるいは砲撃、熱狂の後は野戦病院熱［発疹チフス］が続くと言ったり――あるいは歯は虫歯になるのではないか、穀物がないと石臼は自らをひくように、歯は他にかみ砕くものがないのだからと尋ねたりした。――直に彼はまたこうも言った、人生は氷でよく表現される――氷原では、冷たい料理や凍ったものの他に、更に冷たい飲み物のための上等の氷地下室の付いたロシアの氷の宮殿が得られるし、カワセミ［氷の小鳥］の歌に包まれて、五月のより暑い霜の時には胸に氷を抱き寄せられる、と。「僕がどれほど」と彼はあるとき服を着ながら言った、「僕らが上部ギニアのダオメー人のように、国王以外誰も靴下を履いていけないのであればどんなにいいか、あるいは目下、フランスのシャルル七世治下の時のように、国中でシャツを二枚有してよいのは王妃だけであればいいと願っているか、君には言えない」。――「何故」とヴァルトは尋ねた。「それだったら僕らは身分のせいと弁解が出来るからね」と彼は答えた。

このような吐露によって彼は多くの立腹を運び出したが、ただ兄には多くの立腹を運び入れることになった、兄は自らをその源泉と見なしたからである。「貧乏は」とヴァルトは答えた、「希望の母親だ、この美しい娘と付き合うがいい、そうすれば醜い母親を目にすることはないだろう。しかし僕は君が十字架を運ぶのを手伝うキレネのシモンとなりたいものだ」――「僕がそれに打ち付けられることになる例の」とヴルトは答えた、「山までだろう」。――愛は自らのであれ、他人のであれ貧乏を知らない。

とうとう衣服の富籤が引かれた、これに両人はただ時間が長かったためにこの上ない希望を抱くことに慣れ、当たると思いこんでいた。五一五番（ヴァルト）の得たものはシュッツ式痛風のためのタフタのほぼ完全な一式で、それで体のどこが悪くなろうとどのような痛風にも使用可能なものであった。一一〇〇〇番（ヴルト）はまあまあの青い御者用のシャツを得た。このとき郵便配達人が『ホッペルポッペル』をまた持って来た、これは彼らがケルンのペーター・ハンマー書店宛にハンマー氏への多くの率直な称賛と共に送ったものであった――残念ながら草稿は、これ以前にトラットナー氏から、自分はすでに印刷されていないものは、めったに印刷しないという素っ気ない弁解と共に拒絶されていたのであった。――封筒には立派なケルン郵便馬車宿駅がケルンのどこにもペーター・ハンマー書店という名前は捜し出せない、この名前は単に偽名であるとだけ記してあった。

ヴルトがこれまで人生の永遠の激しい地震を呪う最良の機会があったとすれば、あるいはすべての地獄の河が自分のために出現し、氷と炎とを運んでくるのではないかと尋ねたり、あるいは自分達の運命には、イナゴの雲塊の上に虹が描かれるような具合に詩が描けるのではないかと主張するような、――このような機会をかつて有したとすれば、今この時であったろうが、しかしこの土砂降りは全く滝の雨樋に流れ込むことになって、小難から大難に出遭うことになった。アルザス人が現れた、しかし彼はまだ雨［小難］に属した。彼は両人に誕生日の仕事に対してはなはだ感謝した――まだ雨であった。――しかしその後、アルザス人がラファエラに委託されたものを取り出して、彼女はヴァルトに彼女の父親が時にその『天にまします神に光栄あれ』という名の小鉱山で身に着ける鉱山服一式を仮装舞踏会のために申し出ていると知り――フリッテが祝意の表情を浮かべ、ヴァルトが感謝の表情を浮かべたとき――そして両者が再び表情を交換して、そしてすべてが互いに好意的になされ、それで公証人が大陸でのどうしようもない悪漢でないかぎり、ラファエラは全くまだアルザス人の恋人に相違ないということになったとき、そのとき突然長い霧とヴァルトは雨樋に落ち、大難に出遭うことになった。

「何ということだ、彼はヴィーナを愛している」(とヴァルトは心の中で言った)、「そして多分彼女は彼を愛している」。彼のすべての荒々しい精神は今や酸のように荒れ狂った――しかし固く閉ざされていて、ただ日記の中でのみ荒れた。「これほど不実で、こそこそした、忌々しいほど大胆な、とてつもなく上を目指している奴だとは思わなかった」――と彼の自己対話は述べた――「よろしい――確証さえあれば、僕がどうするかは分かっている――仮装舞踏会であばいてやる。――計画は簡単だ、悪魔の思いつきだ。まずは、僕の友情の証明として、自分を明瞭に納得させることにしよう、それも彼女自らに言わせよう。いやはや、この得な者があの愚かな年明けのときの僕への拒絶を知ったら。――意地を見せてやる。――しかし今回は、まさにそれ故に、一層おとなしく、一層静かに振る舞い、言葉と表情を慎むことだ、明日の晩までは」。

ヴァルトのこれまでの勘違いを容易に弁解してくれる見解を述べるならば、愛されていると思いこむときと同じ短絡が、他人も愛されている、ヴァルトはラファエラに愛されていると思いこませるに違いないということである。それに彼はまた、女性通として、女性は様々であり、従って愛を告白するその方法はもっと様々であると思っていたので、彼は信頼出来るただ一つの方法を採用していたが、それは女性が首とか心とかにすがるのではなくて、ただ女性があなたを愛していると簡潔に述べるというものであった。「それ以外のことは」と彼は言った、「愛していることを全く意味しない」。

そこで平静な言葉を保ち、ハミルトン[1]のように流れていく熱い溶岩の皮の上に冷静に確固として立っているために、好きなことを話して、自分とヴァルトは今は親称で呼び合っているとフリッテに伝えた。彼は非常に真面目に公証人に、痛風のためのタフタにくるまって舞踏会に現れたらいいと助言した。公証人が自らと踊り相手の女性の名において病人服に嫌悪を示すと、ヴルトは、これは全く思いがけない珍しい仮装に他ならないと主張した。「しかし僕としては鉱山服で構わないと思う、それを着て金を含む楽しい竪坑へ入るがいい、しかし僕の御者のシャツを少なくとも尻［A—］の皮膚の上にまとうことだ」とヴァルトは言った。「仮装舞踏会では」とヴァルトは答えた、「人生とすべての身分が互い違いに入り乱れるのであれば、二人はおそらく一人の人間の許で互いを見いだし二人は一人になると思う」。——「全く普通の鉱山言葉を許して欲しいが」とヴァルトは言った、彼にとっては、［下着の］パリの尻について話すとき、これを塵都市、脳の肛門と呼んで（第四脳室の端緒はこう呼ばれる）、翻訳に、今述べた他ならぬこの言葉を選んで、ヴァルトの当惑した顔を眺めることよりも大きな喜びはないのであった、ドイツ語の知識の乏しい者にとっても、これに代わるとても豊かな言葉はあったのであるが。

「彼はつまり」とヴルトはフリッテの方を向いた、「周知の言葉、尻［A—］が我慢できないのです。私はこの点ではどこかのパリ人、アルザス人同様にもっと自由です。そもそも、フリッテさん、私には何故人間は、神自身が自分の舌で、『成れ』と言わなければならなかった物を舌に乗せることにこれほど遠慮するのか合点がいきません。罪として神がそれを言ったとは思えません。そもそも公証人殿、忘れることが出来ますか——それ以上は聞きませんが——ヨーロッパで見られるかぎりの極上の宮中の食卓で食べているとき、最も上品な勲章の綬の背後には内臓学が横たわっていることを。誰もがこの中から自分の内臓学をこの上なく優美な人々の間に持参してきていて、誰もが神聖な方々のハートの前でそれと一緒に、内臓学は外套のように従者に渡すわけにいきませんので、お辞儀しているのです。少なくともこれが私の弁明で、私か筆を内部の目に見えない外套のポケットの垂れで拭うので、彼が私を鋭く叱るときそうしますが、彼はめくれた表面を少なくとも精神は見ているといつも非難するのです。これに対して私は、申しましたように、人間の臍を対置しています。しかし冗談はさておき、むしろ愛について話しましょう、これは仮装舞踏会ではきっと欠けることのないものでしょう。永遠の愛は、思うに長く続きます、思ったよりも長いもので――というのは愛人が自分の愛を誓うとき、自分の心をツヴィカウ近郊の石炭鉱山同様に長く燃えさせる、つまり一世紀の間そうすると約束しないならば、どうして誓ったりするのか分からないからです」。――「愛万歳」とフリッテは言った。

ヴルトはこのとき女優のヤコビーネが着いたと語った。「彼女も舞踏会で一役演ずることでしょう、ヴァルトよ、最初の恋人の役も最後の恋人の役も演じてはいけない。女達というのはいつも悪魔の民だ。彼女達が悪者に見えたら、実際そうだ。そうは見えなくても、やはりそうなのだ。しかし僕はヤコビーネ達すべてが、すました者達すべてよりも好きだ、このすました者達は空色の網をエーテルの中に広げるのだ」。ヴァルトは、仮象も実在も役に立たないのであれば、哀れな美女はどうしたらいいのか聞いた。勿論網というのは一種の引き下がりであるが、しかし甘い果実で一杯の桜の樹に網を張るのであって、これは雀を捕らえるためではなく、これを寄せ付けないためである。しかしヴルトの舌は、ライオンには似ず、このときは女性に容赦しなかった。

ヴァルトは零落した弟を物静かに嘆きながらすべてを喜んで耐えた。ヴルトの前では生命の側面は夜の側面に反転し、それ故彼は影の中で冷たくなって、別の植物のように、毒の空気を吐き出さなければならなかった。逆に愛に対しては天球は、たとえ地球は回転しようとも、いつも昇る星々と共に見守っている。凪いだ海の上の船員のように、愛はどんな陸地も見ずに広く自分の上と下とに天を見る、愛を運ぶ水は単により暗い天にすぎない。

ヴルトがフリッテと親しげに立ち去ると、ヴァルトは思った。「彼をもっと宥めよう。アルザス人とさえ彼は和解しているように見える」。

第六十三番　チタン電気石［ルチル］

仮装舞踏会

「夜会うことにしよう」、とヴルトはヴァルトに仮装舞踏会の朝言った——そしてヴェールを脱ぐかのような前もっての挨拶と共に去った。一人っきりの公証人にとって一日はこの素晴らしい晩のために余りに明るく燃えた、この一日はこの夜から、そしてこの夜のために出来ていた。食事しながら彼は弟に憧れた、弟の空《から》の部屋は、一層がらんとしているように見えた、彼には夕方会うことになっていたが、どの姿なのかは知らなかったからである。

ヴァルトは仮面を売る屋台へ行って、長いことアポロンかジュピターを表している仮面を捜した。人が何故ほとんど醜い仮面だけを付けるのか自分には理解できない、と彼は言った。ヴルトが彼に、十一時になってはじめて蝟集したホールに来るよう助言していたので、のんびりと着飾りながらそれぞれの衣装から、まるで蕚からのように上品な夢の蜜を吸い上げた。——ちょうど服を脱ぐ時刻での着付けや、町や家での皆の遅い目覚めや喧噪は、彼の夜の世界をロマンチックな外観で彩った、殊に自分はこの大いなる謝肉祭劇で一役演ずるのだという点が彩った。馬車の車輪の音は、その馬車の後に自分が続くのだと分かっているときは、ナイトキャップを被ってベッドの前に立って聞いているときとは何と違って聞こえることであろう。

彼は小部屋から出るとき、喜んでここに帰って来たいと神に祈った。彼ははじめて出陣する、名声を欲する英雄のような気分であった。坑夫と御者の二重の仮装をして、さながら家にいるかのような、ただ二つのマンサード屋根の窓から覗いているかのような家庭的な気持ちを抱いて、彼は自らを駕籠のように思って路地を運んで、そして自分がポケットの中の時計のように、かくも荘重にこっそりと、あらゆる魂の歯車と共に二つのケースに収められてどこでも通り過ぎていくのが信じられない思いであった。彼の人生につきまとう迷路を通って、彼はまずポンスの部屋に入った、彼はそこを舞踏会場と思ったが、そこには音楽が適度に離れたところから程良く弱められて聞こえてきていたからである。彼がとても奇異に思ったのは、自分が坑夫帽を、人物像で一杯のほの明るいバウマンの洞窟［鍾乳洞］に入りながら、脱がなかったことである。仮面の目から大胆に覗きながら窓際に落ち着いたとき、多くの者が素顔で、片手には草臥《くたび》れた仮面を、もう一方の手にはグラスを持っているのを見て驚かないわけにいかなかった。効能ある鉱泉から、あるいは教団の杯から皆が汲み上げているのを彼は舞踏会のしきたりと見なして、早速彼は一杯所望して、その後——提督の仮面が彼の側兵、模範であったので——更に一杯所望した。ヴィーナの姿は見えなかった、ヴルトの影もなかった。ようやく彼女は彼の手を握って、手を広げ、そこにHという字を描いた。彼はしかしこの遠隔あるいは近接筆記術については何も知らなかったので、このような文字を記さずに程々に彼女の手を握った。

ようやく彼は、ぞくぞく入ってくる隣室を調べたくなって、魔法の煙の中の沸き立つ形姿や帽子で一杯の本当の、鳴り響く、燃えるような広間へ入っていった。何という混沌と入り混じった形姿に満ちて発生するオーロラの天であったことか。彼は詩人的に高められた、彼は、最後の審判の日に甦る地球に居合わせたかのように、未開人、昔の騎士、聖職者、女神、モール人、ユダヤ人、尼僧、チロル人、兵士が入り乱れているのを見た。彼は長いこと一人のユダヤ人の後を追ったが、この者は『帝国新報』紙から切り取った借金返済要求を体に掛けていて、彼はそれを読み通した、同様に別の者も読んだが、これは侯爵の庭園の警告板を適当な肢体に振り分けて、まとっていた。毛巻き紙で一杯の巨大な鬘からは、所持者はこの紙を解いて人に配っていたが、自分の分を貰った、そこに書かれていたのは自分の魅力的な目に対する卑俗な賛辞だけであった。

最も彼を感嘆させ引き付けたのはあちこち滑っていく巨大な靴で、これはみずからを纏い運んでいたが、遂には教師用罰棒をもった古風な教師が頭を振りながら真面目に、咎めるように彼を見つめていたので、彼は全く混乱し、自分と自分の御者のシャツとに違反の原因を捜した。学校教師がこのことに気付くと、彼は一層激しく合図し、非難して、それで公証人はびっくりして彼の脅迫する目を見つめ、そして大勢の中へ紛れこんだ。開いた銃口のような暗い見知らぬ眼窩を覗き込み、見知らぬ者の生きた視線を受けることは彼には何か恐ろしいことであった。

まだ彼はヴルトにもヴィーナにも会っていなかった。自分が果たしてこの海の中で真珠か島のような彼らを見いだせるものか、彼は仕舞いには不安になった。

突然頭に花輪を戴いた一人の乙女が彼の前に現れた。仮面の口には次のように書かれた紙片が懸かっていた。「私は、頭に花輪を載せ、右手には百合を持った姿で描かれた擬人化された期待あるいは希望です。左腕は錨あるいは丈夫な柱に支えられています。S・ダムの神話学、レーヴェツォーの新版、第四五四節」。ヴァルトは、最初はどのような事柄でも最も愚かな考えに見舞われる男で、心の中でヴィーナだろうと推測しようとしたが、ただこの人物はより上品さに欠け、より大きかった。期待はすぐに踵を返した。仮面を付けた羊飼いの女が来た、それに半分の仮面と薫る桜草の花束を持った簡素な尼僧が来た。羊飼いの女は彼の手を取って、それにHの字を書いた。彼は習慣通りに彼女の手を握ったが、頭を振った、彼女が自分のことをH［娼―］とサインしようとしたと彼は考えたからである。突然彼は半分の仮面、つまり尼僧の半分の顔をしっかりと見つめた、その薔薇の唇の上品な、しかしまた大胆な線と決然さの溢れる顎とで彼は不意にヴィーナと分かった、彼女はただ穏やかな星の目をして暗がりの中から見ていた。彼は早速鉱山帽を取ろうとしたが、その寸前で帽子を仮装舞踏会の無礼講にまかせた。「大変幸せです」（と彼は小声で言った）「であなたはラファエラ嬢では」。両人が頷いた。「このような精霊の酩酊したときに更に望むものがありましょうか、自分達が互いに、肉体のない精霊のように隠されて、エリュシオンの野で再び知り合ったときに」。

一人の飛脚が踊りながらやって来て、ラファエラを踊りに連れ去った。「鉱夫殿、御無事で」と彼は去りながら言って、それでヴァルトはその男がアルザス人と分かった。このとき一秒間彼は静かな乙女の横に一人っきりになった——群衆は一瞬彼の仮面となった——新たに、魅力的に半分の仮面から、垂れた蕾の花の鞘からのように彼女の顔の半分の薔薇と百合とが浮かんできた。——二つの離れた西方世界からの異国の精霊達のように彼らは互いに暗い仮面の背後から見つめた、さながら日蝕のときの星々のように、そして各々の魂は別の魂がはるかに離れているのを見て、それ故にもっと明瞭になろうと欲した。

しかしヴァルトがこの姿勢のとき、この美しい瞬間の若干の記念祭を挙行し、体験したいかのような表情をしたので、ヴィーナは、探るように美徳の端女を希望が案内して傍らを通り過ぎて行ったとき、彼に踊らないのかと尋ねた。早速彼は踊りの嵐へと吹かれて、ローマ人のように踊って、風の加勢をした、ローマ人の間ではベッティガー[1]によると踊りの模倣は手と腕を動かすことだけであったそうである。足に関しては彼は炎のようにワルツを秤の休止の合図まで踊った、そのとき飛行する群は順次静止した群となり止まった。しかし彼は夏の鳥［蝶の意も］と共に浮遊する蜘蛛の後を飛んでいるような気分であった。著名な偉大な作家の手にはじめて触れる若者のように、彼はそっと蝶の羽であるかのように、桜草のパウダーであるかのように、ヴィーナの背中に触れ、出来るだけ離れて、彼女の息をしている顔を見つめようとした。収穫となる収穫祭の踊りがあるならば、愛に夢中の火の輪があるならば、ヴァルト、御者はこの両方を手にしていた。しかし彼は舌を動かさずには足を動かせなかったので、舞踏の広間は単に彼のより大きな演台にすぎなかった。彼は踊りながら彼女に描いた、「いかに肉体ですら音楽となることか——いかに人間が飛び、人生が立ち止まることか——いかに二人の魂は群衆を忘れて、天体のように孤独にエーテル空間の中で自らと規則の周りを回ることか——いかにただ愛し合っている魂だけが踊るべきであって、調和的動きのこの人為的外見の中で精神的動きを映すべきであることか」と。彼らが立ち止まって、彼が仮装舞踏会の激しく踊る様を見渡したとき、彼は言った。「男達の外套や大きな帽子は何と崇高に見えることでしょう、さながら女性的な庭園の部分の傍らの岩山の部分です。仮面舞踏会は、人生が戯れる詩に模倣することの出来る最高のものかもしれません。詩人の前ではすべての身分や時代が等しく、すべての外面は単に衣装であって、しかしすべての内面は喜びであり、響きであるように、このようにここでは人々は自らと人生とを真似て詩作します——最も古い服と風習とが甦って若いそれの傍らをさまよっています――僻遠の野蛮人、最上の身分並びに最下層の身分、嘲笑する戯画、普段は決して触れ合わない者達すべてが、様々な季節や宗教すらもが、すべての敵対するもの、友好的なものが一つの軽やかな喜ばしいサークルにまとめられ、このサークルは韻律に従っているかのように荘重に動かされて、つまり音楽に、この魂の国に従っています、仮面が肉体の国であるようなものです。――ただ一人の者だけが真面目に、覆われずに、仮面を付けずに向こうに立っていて、快活な遊戯に規則を付けています」。――彼は仮装舞踏会の監督のことを言っていた、この者が小さな素顔と頭のまま外套を着てかなりうんざりした様子で注意を与えるのを彼は見ていた。

ヴィーナは小声で急いで答えた。「あなたの見解そのものが詩的です。多分より高い者達には人類の歴史は単により長い舞踏会の変装に見えることでしょう」。――「私どもは花火です」とヴァルトは急いで答えた、「これをある強い精神が様々な形姿を取らせて打ち上げるのです」、そして彼のぎくしゃくしたワルツへ進んでいった。彼は立ち止まるほど長く踊るにつれ、一層踊りの飛行の中で自分に香りを寄せる春のことを強く称えた。「今日私は最も美しい魂に自らを捧げることが許されれば、私は最も幸せな魂となることでしょう」、と彼は言った。期待（希望）は、彼が話すときにいつも側に立っていた。尼僧のヴィーナは、穏やかな鳩で、その上オリーブの枝を口に含んでいて、彼が猛然と話していることに少しも気付いていなかった。そして大胆さ故に誤解されることには、彼が無知故にそうであったように、ほとんど頓着していないように見えた。

今日彼女は彼には全く完全な存在に見えた、これまでもどんな時でも、自分は彼女のすべての価値を隅々まで見通していると思ったけれども。月がその完全な明かりと共に我々の上に懸かる以前にもう満月の円盤として昇っているように見えるようなものである。

ドイツ風の踊りの終わった後、彼は彼女に――彼女の気遣いが次第に彼の技の凱旋門へと成長していたので――イギリス風の踊りを申し込むほどまでになっていた、ただまことに頻繁に彼女の手を握って、まことに長いこと、飛び跳ねることなく立派な唇と目の向かい側に立っておれるようにするためであった。彼女は小声で「いいですよ」

と言った。

もっと小さな声で彼は自分の名前が呼ばれるのを聞いた。彼女の背後には希望が立っていて言った。「すぐに大きな広間のドアから出て、その外で左側を見回しておくれ」。ヴルトであった。嬉しい思いで彼は未知の人々の間で、自分のエリュシオンの島を案内することの出来る愛する知人を再び見いだした。彼は出て行った。希望は五番目の小部屋へ行った。外で希望はあるドアから彼を中へ招いた。ヴァルトは弟を抱擁しようとした、しかし弟は二つのドアの錠の方へ行った。「僕らの仮面の性別のことを考えるのだ」、そして閉じた。彼は自分の仮面を投げ捨てた、熱い稀な干涸らびた砂漠、あるいは乾いた熱狂が彼の表情と言葉からこぼれた。「君がかつて君の弟に対して愛情を抱いたことがあるならば」、――と彼は乾いた声で始め、花輪を取って、女性の服を脱いだ――「弟の衷心からの願いをいくらか叶えたいのであれば、これがいかに大切かは二十四時間後に分かるだろうが、――そして喜んでいる君にとって弟が最小の喜びを得るか最大の喜びを得るかがどうでもいいことでなければ、要するに彼の切なる依頼の一つを聞き入れる用意があるのであれば、衣服を脱いで欲しい。これが依頼の半分。衣装を着けて、希望となって欲しい、僕は御者となる、これが依頼のすべてだ」。

「弟よ」、――と彼は驚いて答え、長いこと待って吸い込んだ息を吐き出した――「それに対する答えはただ、自明なことだけれども、喜んでということだけだ」。

「それじゃ急いで」、とヴルトは感謝せずに答えた。ヴァルトは付け加えた、彼が厳かな調子なのでほとんどびっくりした、それに交換の意図もあまり分からない、と。ヴルトは言った、明日すべては明瞭に進展する、自分自身は少しも不機嫌ではなく、むしろ楽しみ過ぎているところだ、と。しかし互いに仮装を脱ぎながら、そして身に着けながらヴァルトはしかし仮装の婦人として女性のヴィーナと約束の英国風踊りを踊れるものか懐疑に陥った。「それをとても楽しみにしているのだ」、と彼は弟に言った。「内緒だけど、これは僕の生涯ではじめて踊るアングレーズだ。しかし今日の僕の運と仮面とを少しばかり頼りにしている」。するとヴルトの干涸らびた顔に生気が甦った。「何てことない」と彼は言った、「拍子に合わせてくしゃみすることも、両腕を後ろに突き出すことも、横笛を尻に置くことも、君のしようとしていることを真似ること同様に造作もないことだ。君のこれまでのワルツは、報告を悪く取って欲しくないが、一部は御者を水平に真似た、一部は鉱夫を垂直に真似た立派な模倣として広間を駆けめぐった、しかしイギリス風となると、友よ、どんなものかな。悪魔的なものとはなっても、アイルランド風までもいかないだろう。パートナーの女性のことを考えると、恥ずかしさのあまり赤くなって、また死体のように青ざめて、悲しみの女騎士として、喪中の十字架を負う女性として、君が帚星として立ち止まったり、どしんと倒れたり、転んだりするたびに打ちひしがれるであろうと思わないか。――しかしこうしたことすべては、僕がその気になれば、片がつく。奴等は、御者が正体を現して、真面目に踊ることができることに気付くことだろう。僕が君の仮装でアングレーズを踊るのだから。ポーランドですら僕は一廉のダンサーとして見なされたのだ、いわんや熊の他にはポーランド人のように踊るものはいないここではなおさらだ」。

ヴルトは数分静かにしていたが、それから言った。「僕の話している女性は、ヴィーナ・ザブロッキーで、僕がこれまで苦心して踊っていたと言われている相手の女性だ。でも彼女は僕の仮装に踊りの約束をしたのだから、どうやって彼女に僕のことや交替の弁解をするつもりかい」。――「それがまさに僕らの勝利」――(とヴルトは言った)――「しかし僕がどうするかは、明日になるまでは教えられない」。――その後彼はヴァルトに、自分は今日トランプ賭博で大いに儲かったから、一枚の金貨を暇つぶしのために受け取るがいい、それが観客に混じって、胃の中で何かをつぶすことであろうとも、と打ち明けた。同時に彼は、希望として女性の仮面とは関わらないように勧めた、ある立派な希望から容易に別の希望が生じかねないから、と。

ヴァルトの宵の明星は次第にまた完全な明かりとなった、そしてヴルトに半身像を着せて、彼の非常に真面目な顔と目とを見たとき、熱く言った。「もっと喜んで。喜びは人間の羽、いや天使の翼だ。ただ今日僕はあまりにすべてのことに陶然となって、上手に君への僕の願いを表現出来ないけれども、僕よりももっと愛する人を見つけて欲しい」。――「愛は」とヴルトは答えた、「君のフルートの響きの言葉で言えば、永遠の苦痛、甘いか苦いかの苦痛だ、これはいつも夜で、この夜には星が昇るときには僕の背後に一つの星が沈まずにはいない――友情は昼で、この昼にはいつか太陽が沈むことしかないが、そうなると暗くなって悪魔が出現する。——しかし真面目に話すと、愛は極楽鳥であり、冗談鳥だ——陽のない柔らかな灰に満ちたフェニックスだ——確かに女性ではあるけれども、しかし雌山羊同様に角と髭を持っていて、また山羊の雄同様に本当の乳を持っている[2]。[*1]人が愛について何と言おうと反論しようとほとんどどうでもいい。すべては同時に真実だから。——かくて君に花輪を被せ、君を君の有するもの、希望へと変装させる。僕のドアから広間へ行き給え、僕は君のドアから行く——見守って、静かに黙っていて、飲み続けることだ」。

　ヴァルトは入るとき、誰もが自分の仮装の交換に気付いており、最初の外皮のときよりも二番目の外皮の背後に自分の核心を探り出すことがより容易であるような気がしていた。二、三の女性が、希望が今度は花の背後に先の黒髪ではなくブロンドの髪を有することに気付いたけれども、それを鬘のせいにした。ヴァルトの歩調もより小さく、女らしくて、希望にふさわしいものであった。

　しかし直に彼は自分と広間と一切を忘れた、御者のヴルトが遠慮なく、誰もが知っているヴィーナを、英国風ダンスの先導の位置に導いて、踊り子のヴィーナの驚いたことに、彼女と共に踊りの概略を技巧的に計画し、若干の画家同様に、さながら足で描いた、ただより大きな装飾的筆致で描いたからである。ヴィーナは驚いた、彼女は御者のヴァルトを目の前にしていると思っていたからであるが、ヴルトはヴァルトの声と雰囲気とをヴァルトの予期に反して仮面の背後で本当に真似ていて、単に公証人の振りをしている嘘つきだとばれることのないようにしていた。

　後に、踊りの最後に、ヴルトは急いで手を差し伸べながら、交差しながら、飛ぶようにあちこち導きながら、常に幾つかのポーランド語をもらした——ただ言葉の息吹だけを、たださまよいながら、海上を渡ってくる遠い島の蝶だけをもらした。晩夏の珍しい雲雀の歌声のようにこの言葉はヴィーナに響いてきた。喜びの炎が彼女の半分の仮面の背後で燃えた。単音節のアングレーズから多弁なワルツへ移ることを彼女はどんなに憧れたことか、彼女は自分の驚きと喜びとを楽しげな視線以外のもので告げたかったからであるが、このことを少しも楽しげでない彼の視線は読みとっていた。

そのことは起こった。しかし彼の長いこと隠されていた才能に対して寄せられる称賛は再び一つの才能、彼の謙虚さを花開かせた。彼は最良のポーランド語用法で自分について次のように語った、他の公証人達とは違って、世間知らずで、単純であり、ゴットヴァルト、つまり神の御心のままにと呼ばれるのももっともな者である。しかし自分の心は温かく、自分の魂は純で、自分の生涯は小さな声での詩作である。そして自分は先の最初のワルツのときに言ったように地上の広間での仮装舞踏会を好み、楽しんでいる、田舎風踊り、羊飼いの舞踏会から剣の舞い、死の舞踏に至るまで、と。

このとき音楽の第二部は、すべてのアダージョよりも強力に憧憬の内奥の床を熱く深い海から持ち上げるかの憧憬的な過剰へ、深い波へ沈み込み、――そして人々と光とが飛んで渦巻き――遠くの響きとざわめきとが覆われた者達を再び自らの内部に包み込むと、ヴルトは飛びながら、ポーランド語で言った。「大きな花弁の花輪と共に喜びが周りでざわめいています。何故ここで私だけが天も地も有しないが故に絶えず死ぬ唯一の者なのでしょう、尼僧のあなた。あなたは私にとって天であり地であります。すべてを申しましょう、嬉しくまた痛々しく夢中になっています――ゴットヴァルト〔神の御心のままに〕を神に見捨てられし者にしないで下さい。――一つの印、一つの言葉が欲しいのです。私は舌だけが裁きだと信じています、舌が動くとき、私への剣となってほしいのです」。

「ゴットヴァルト」とヴィーナは感動して、そして彼が踊りに従うよりも難しい様子で言った、「どうして人間の舌にそのようなことが出来ましょう。――私とそれに御自身とをそんなに苦しめていいものでしょうか」。――「尼僧のあなた」、と彼は続けた、「言葉は私への剣になって欲しいのです」。――「厳しいお言葉です」と彼女は小さな声で答えた、「他の人が話すよう強いるときよりも厳しくあなたは黙るよう強いています」。

このとき彼はすべてを、つまり彼女の愛する肯定の然りを自分の仮象の人間、役割のヴァルトに対して得ることになった、そして本当のヴァルトを笑った、彼は役割として、真実としてはまだ単に希望であり、希望だけを有していた。しかし彼の怒った心情は影の感謝にもはや甘んずることは出来ず、頑に黙って踊りを終え、楽しく踊り続けている一座から突然姿を消した。

長いこと希望は二重の歓喜という大きな祝福の近くにいて、自分とヴィーナとに最良の踊り手としての幸運を祈り、彼女には自分が模写しているもの、つまり希望が告げられたと思って、彼女の天上的な視線を全く自分に引き寄せていた。彼は話しかけるのを踊りの終わりに延ばしていたが、不運なことに、退屈な英国風の踊りが終わったとき、ちょうど飲み物の部屋で飲んでいた、――ヴルトがまさに踊りながら恋を告白して漂っており、そして希望は頭に花輪を被り、顎には銘文の紙切れを付けて空しく立って待っており、長いワルツを見守っていなければならなかった。ワルツがすぐに中止になる直前に、美徳の端女がやって来て、希望を隣室へ連れて行った。不思議千万の出来事を希望は期待した。「もう私をお忘れ」と仮面は尋ねた。「では私を御存知ですか」と希望は尋ねた。

「ちょっとだけ目を閉じてご覧なさい、あなたと私の仮面とをはずしてみましょう」と彼女は言った。彼はそうした。彼女はすばやく彼の口へ接吻して言った。「どこかでお会いしましたよね」。ヤコビーネであった。この瞬間将軍のザブロツキーが二番目のドアから入って来た。「おやヤコビーネ、また希望のもとにいるのかい」と彼は言って、戻って行った。「どういう意味かしら」と彼女は言った。しかしヴァルトはびっくりして半分素顔のまま広間へ走って行き、広間の中で若干苦労しながら、はずれた仮面を再び花輪の飾られた頭部に取り付けた。

ヴィーナとヴルトはもはや見いだせなかった。長いこと捜し、望んだ後、仮装の交替をしないで希望のまま彼は家へ帰らざるを得なかった。かくて恣意的隠蔽に満ちた仮装舞踏会はかなり重苦しい心ならずもの隠蔽と共にようやく終わった。

＊1　ベヒシュタインと他の自然科学者によれば雄山羊はアメリカ人同様に乳を有する。昔の諺は正しいのである。

第六十四番　ピラトゥス山の珪藻土

手紙――夢遊病者――夢

ヴルトは、ヴァルトのヴィーナに対する大胆不敵な愛と彼女の好意、それに自らの敗北とをまことに眼のあたりにすると、急いで家に帰ったが、その胸中では、あらゆる情熱の荒れ狂う水が渦巻いていて、早速ヴァルト宛に次のように書いた。

「可笑《おか》しなことではないと思うが、長いこと疑っていたのは、君のいわゆる心が今ようやく君達が愛と呼ぶ心のポリープを自らのうちに付けたということだ、この際多くのことが、僕に対する君の不器用な隠蔽同様に、最良とは言えなかったけれども。これは悪く受け取って欲しくないが、僕は悪魔の許へ行って、君を一人君の天使の許に残して行く、愛にとって友情は、薔薇油にとって薔薇酢［酢に薔薇の花を漬けた頭痛薬］がそうであるように無くても構わない、似つかぬものだ。君が緑の田舎に下りて、友情の島ではほとんど見られないところ［愛の島］で治癒するまで、君の精神的な壊血病やその他の牡山羊に耐えるがいい。いやはや。何のためにそもそも僕ら二人は一緒にいて、昔の騎士のように一頭の哀悼と拷問の馬に、あるいは拷問の驢馬に乗っていたのか。僕が君の遺産への途上で、それが上手《うま》く行くよう君と君の馬を導き、押さえて、君達のうちのどれも棒立ちになったり倒れたりしないようにするためといったものであろうか。――さて、七人の相続人達は僕が彼らの害になったか分かっているだろう。そもそも、さまよう人間というものは地上における天体以外の何ものであろうか、これらの日々の、そして年ごとの光行差や章動［地軸の振動］は単にあのツァッハを、つまりこうしたことについてのツァッハの表[1]を記す以外に何も出来ないのである。僕が君を格別に教育し、僕の頭脳で鋳造することになろうと君が期待していたのであれば、それも同様に間違っていよう。僕は君を以前のままにして去る、そして以前のままの僕で去る。君もまた僕を顕著に改鋳することはなかった、それで僕は簡単に結論を下すが、精神界では、物質界同様に――仮装舞踏会でも街道でも御者のシャツを着るとすると――轍《わだち》の後を進むことは有害であるというのが君の――真実の――意見であるだろう、と。

明日僕は自由な世界へ出て行く。間近な春が僕をすでに遠くの明るい人生へ呼んでいる。僕の借金を払う掛け金を同封する。――ではお元気で。僕を誰かが攻撃し、告訴したら、兄さんよ、僕を擁護することはない。実際誰かに憎まれても、三段階以上に強く憎まれようと憎まれまいと僕はほとんど歯牙にかけない。その人から愛してもらいたいと思うような人は一体どれほどいることか。僕を例外として、二人といない、ほとんどいない。

僕ら二人は互いに胸襟を開いていて、いずれにせよ好意を抱いていた。僕らはガラスのドア同様に透明であった。しかし兄さん、ガラスの外側に僕は僕の性格を読みやすい文字で書いているけれども虚しい。だって内側にいる君には、それが逆に映るので、逆様になったものしか読めず、見えない。そんなわけで世間のすべての人はほとんどいつも読みやすいけれども、しかしあべこべの文字を読むことになる。

何のために僕らは互いに相手について不平を有するのだろう。君は愛する詩人として、詩作する恋人として、君の将来の不満を小鳥が地震に耐えるように簡単に耐える――そして僕は僕の不満を冬の景色が霰を耐えるように簡単に耐える。しかし僕は何故かくも愚かで、毎日一本のブルゴーニュ酒を飲むことがより少なくなったのか、いやしばしば二本になったのか。君はその支払いをしてくれず、僕は何も飲まなかった、そして僕は、何かを飲むとき、決して払わなかった。それとも君は思っているのかい、フルートを吹く男、すべての親戚の者達よりも多く世間を有し、見物し、享受した男、パリやワルシャワで夜一時、夜半過ぎに一杯のスープを飲み、一匙のアイスクリームを食した男が、自分のパリやワルシャワを、君がハスラウやエルテルラインをそうしたように、ノイペーターのマンサード屋根の下の部屋で犠牲にする、犠牲の祭壇の広さすらない部屋で犠牲にするとでも。僕はしかし自分はクックであったと思う、この男は友情の島、社交の島を発見し、その中には美しい島ハワイもあるのだが、しかしこの島は結局発見者である世界周航者を、彼が再びマストに添え木を当てさせようとしたとき、殺害して食ってしまったのだ。[2]

　僕のフルートすらも君には無くて済むものだ、君はかつて（君は多分忘れたことだろうが）オーボエをフルートと見なした、つまり聞き違えたのだから。君には、君の言によれば、いつでも最も高い音色が最も気に入っているので、君はいつでも音楽的には幸福でいられるだろう、実際すべての叫び声、不協和音、怒りの声、これらの路地で耳にする声は、常に高い、最高の音なのだから。

　僕の考えは花崗岩の塊のように乱暴に撒き散らされる。しかし僕はこの暗闇の中で明るい星の光を頼りに書いている。僕には時間がない――郵便馬車は予約されている――まだ何も荷をまとめていない。君には僕が消えることは、消えた後でなくては知られたくない。君に送るであろうと思う手紙に、僕らの『ホッペルポッペル』にまだ欠けているわずかばかりの脱線を添えることにしよう、固く膠で接着された、長い尻尾のついた凧としてライプツィヒの見本市の最後の週にこれが出現しそうにあるのであれば。

　御機嫌よう、君は変えられないし、僕も変えられない。だから互いに離れた所から距離を置いて眺めることにしよう、そして各々が言うがいいのだ、『何故君は道化であって、子羊ではなかったのだ』と。でもヴァルト、君だけがすべてに責任がある」。

＊

　彼がちょうど紙片に第二の内容物、金を入れたとき――そして急いで、日記や、楽譜、メモ、その他すべてを郵便馬車のために、前もって兄が現れないうちにまとめようとしていたとき、兄がやって来るのを耳にした。彼は兄が入ってくる前にベッドに身を投げて、御者鉱夫の姿のまま彼に対していびきをかいた。ヴァルトは彼に近寄って、希望の姿のまま、激しい夢で一杯の褐色に輝くその顔に見入った。こっそりと彼は歩き回り、踊りのメロディーをささやき、歌詞としては愛の言葉を付けた。

ついにヴァルトは——この凪の高い天国に怒ったようになって——起き上がり、目を閉じたまま部屋の中を歩き回って、夢遊病者の振りをして、このような役を演じながら尋ねられることなく荷をまとめた、そしてヴァルトが眠ったらすぐに、素っ気なく立ち去ろうとした。「ヘイ」と彼は叫んだ、「ヘイ、諸君、それにその他の悪漢諸君、荷造りを手伝っておくれ、そして引きずっておくれ。もっと手を貸すのだ、共犯者諸君。今日の三時には悪人島［ラドローン諸島］に向かうのだ、下ではもう僕の馬に鞍が付けられていないか」。そう言いながら服を着た。ヴァルトは彼の盲目の歩行を見守りながら彼に付き従った。「勿論、友よ、人間と胡瓜は、成熟したら何の役にも立たない。これは僕自身の命題だ。一般に人間は、神の多くの鼻や、かつて昔の劇場のカーテンから覗いたよりも多くの鼻に覗かれる［口出しされる］に値する、それ故カーテンは多くの所でブリキの縁取りがしてあるのだ。その理由は勿論誰にも自明だというわけではないが」。

このとき彼は自分の仕切り部屋へ行って、瞬きしながら、しばしばヴァルトから身をそむけながら、日記とすべての物をトランクに詰めた。「フルートでか。——いや［模造羊皮紙を張られた］櫛で僕は彼に将来吹きはじめ、梳ることにしよう。愛については何も話さないで欲しい、旅の供頭殿、愛は愚かすぎる、一日中補正しなければならない、可愛い古美術品だ——ズボンのポケットサイズの太陽の神殿だ——愚かな者は自分は生きていると信ずるものだ。僕は愛そのものから理解している。人間は神でさえも拡大鏡の前に据える、それほど人間は飽くことを知らず、単純だ——僕を銅版に、イギリスの闘鶏用の鶏のように彫ったら、僕はまさに十二月［狼月］のためのカレンダーの銅版画となろう、砲兵隊書記殿」。準備が出来て、ただトランクを閉めるだけになると、彼は物思いに耽って新たな考えを思いついたように見えた。「旅の供頭殿、消えて頂きたい、僕はもう自分の棺を自ら閉める、そして鍵も首飾りとして身に付け、中には一人、二人の友人しか入れたくない。僕に関する全喪や半喪期に関しては、僕以外の誰にも喪服を着せたくない。音楽はレクイエムとして喪の期間には少しも禁じられない、しかし僕は厳しい喪の規定を要求する。簡易便器は黒い覆いがかけられねばならない――室内用便器は剣のように鋼青色に焼きを入れなければならない。――家のどの鼠も黒い縮緬［喪］で動くべきである――僕の毛巻紙は額の喪章となり得るだろうし、弁髪は喪の長裾として垂れることが出来よう。しかし一体これは何か。そこに僕は生身の体で立っていて、手ずから出現している――待てよ、我等両者の真の汝のうちのどちらが真実で最も保ちのよいものであるかすぐに分かるだろう」。

こう言うと彼は自らと公証人とに同時にきつい一撃をお見舞いして、目覚めた。いぶかしげに彼はヴァルトに長いこと、自分がどこにいて誰であるか説明して貰った後でようやく、着服のままベッドに身を投げ出すに至った。両者は互いにしばらくの間見守っていたが、両者とも真の眠りに陥ってしまった。

やがてヴァルトが彼を起こした、ヴァルトは夢に酔っていて、先の情景を陶然として忘れていたが、ベッドから彼に次のような夢を押し付けた。

「どのようにして、あるいはどこから夢が本来始まったかほとんど分からない、一つの混沌のように目に見えない世界が突然すべてを生み出そうとして、形姿が次々に芽生えて、花から木々が育ち、木々からは雲の柱が育って、その上部から顔や花が現れた。それから僕は広々とした空《から》の海を見たが、海にはただ小さな灰色の斑点のある世界の卵が浮かんでいて、強く痙攣していた。夢の中で僕にはすべてのものの名が呼ばれた、しかし誰によってかは分からない。それから――奔流がヴィーナスの死体と共に海を流れて来た。奔流は止まって、海が再び奔流のそばを流れていった。その後明るい星々が雪のように海の中に降った、天は空《から》になった、しかし太陽の南中する場所で朝焼けが始まった。海は朝焼けの下で洞になって、とてつもなく大きな鉛の蛇の輪形となって水平線上で自らの上に高まっていった、天をアーチ形にしながら――そして下の海の底では無数の鉱山から悲しげな人間達が死者のように上がってきて、生まれた。厚い墓穴の夜がその後から溢れてきた。しかし――嵐が蒸気に打ちかかり、それを砕いて一つの海にした。強力に嵐はあちこち流れて、すべての波を揺さぶった、上の高みの静かな青空では一匹の黄金の蜂がゆっくりと小声で歌いながら一つの小さな星へ飛んでいった、そしてその白い花々の蜜を吸った、水平線の周囲にはいくつもの塔が明るく、きらめく雨傘と共に立っていて、再び巨大な雲が、猛然たる獣となって到着し、天に嚙みついた。

そのとき僕は一つの溜め息を聞いた、すべては消え去った。僕には滑らかで静かな海しか見えなかった、そこから邪悪な敵の女性が、光がガラスを通り抜けるときのように波一つ立てずに姿を現した。『永遠の昔から』と彼女は始めた、『水は油のように滑らかで、これはまさに大きな嵐を意味している。私はおまえに最も古い童話を語るように言われている。しかしおまえは去ってしまうのか』。彼女は奇妙な恰好であった、海緑色と海色の花模様の服を着て、背では小さな鰭が痙攣していた、彼女の顔は海灰色で、しかし若々しく、戦う生気に溢れていた。僕が答える前に、邪悪な敵の女性は続けた。『昔々永遠の童話がいた、年老いた、髪は灰色の、聾の、盲目の童話で、これはしばしば憧れた。向こうの最後の世界の片隅の奥深くにこれはまだ住んでいて、神が時折訪れて、これがまだ舞っていて憧れているか見に来た。──おまえは去ってしまうのか。岸辺の動物達を見るがいい』──滑らかな海の浜辺に猛獣が一杯横たわっていて、これらは眠っていたが、しかし眠りながら話しており、互いに太古の激しい飢餓と血に飢えた様とを語っていた。

僕が答える前に、邪悪な敵の女性は答えた。『古い木霊《こだま》を耳にとめなさい。この復唱の音を聞いた者はいない。しかしいつか木霊がやんだら、時は過ぎ去ってしまい、永遠が戻ってくる、そして音色をもたらす。すべてが静かになると、私は三人の啞の声を、いや原初の啞の人、最古の童話を自らに語る人の声を聞くことになる。しかしこの者は、この者が自らに語るところのものだ。いやはや、おまえは死すべき定めの者同様に驚いている、愚かな者よ、おまえは去ってしまうのではないか』。

僕が答える前に、彼女の小さな鰭は高いギザギザのある翼へと大きくなり、それで彼女は僕を容赦なく怒って叩いた。するとすべてが消えて、ただ美しい響きだけが残った。雲のように高い海の翼のある大波の中へ僕は沈むかのように思われた。矢のように僕は世界の長さの海の砂漠の中を横切った。しかし僕はガラスのような表面を通過出来ず、暗い水の中に懸かって、中を覗いた。すると僕は外に、遠くか近くかは判然としなかったけれども、本当の国が横たわっているのを見た、広々として、薄明かりの中に輝きながら。太陽は蜻蛉として自らの光線の中で戯れているように見え、そして光線は消えた。ただ本当の国のかすかな響きだけが、まだ僕の耳の周りを飛んでいた。金緑色の小雲が熱くその国の上に雨を降らした、そして流体の光が薔薇と百合の萼から溢れて滴った。露の滴から発した一筋の光線が僕の乾いた海を越えて来て、輝きながら心臓を刺して、その中から吸い込んだが、響きが心をさわやかにして、心は枯れなかった。僕は大声で言った。『向こうでは熱い歓喜の涙の雨が降っている。ただ愛だけが温かい涙で、憎しみは冷たい雨である』と。――その国の奥深くから諸惑星が、靄の小球のように広く覆われた太陽の下から昇ってきた。中心部では一台の糸車が回り、星々は数千の銀の糸でそれにつなげられていたが、糸車は星々をますます近くに、密に、天から下へ引き寄せた。――ある百合には蜂の群が懸かっていた。一輪の薔薇が一匹の蜂と戯れ、両者は互いに刺《とげ》と蜜とで巫山戯《ふざけ》ていた。黒い夜の花が貪欲に天へと伸びて、明るくなるにつれて、一層激しくたわんだ。一匹の蜘蛛が走ってきて、萼の中にせっせと巣を張って、糸で夜を捕らえようと、いや世界の経帷子を作ろうとした。しかしすべての糸は露を帯び、ほの白く輝いた、そして光の永遠の雪が高台にあった。

『すべては本当の国で眠っている』と僕は言った、『しかし愛は夢見ている』。明けの明星が来て、白い薔薇の蕾に接吻した、そしてそれと共に更に花開いた――西から吹く微風が接吻しながら樫の梢に懸かった――最もかそけき響きの一つが伝わって来て、鈴蘭に接吻した、そしてその鈴は激しく吹き上げられた――数千の暖かい雲が来て、天と地に同時に熱烈に懸かった――雉鳩が香りに酔って花大根［夜菫］の上で体を揺すって、くうくうと鳴きながら花弁に接吻を寄越した。

突然空では鋭くきらめく小さな星が一つ湧き出てきた――オーロラであった――喜びのあまりでもあるかのように一瞬僕の海が裂けた。――薄明かりの平原の代わりに確固たる幅広の閃光が僕の前にあった。しかし海は再び閉じて、薄明かりの国が目覚めた、そしてすべてが変化した。というのは花々、星々、響き、鳩は単に微睡《まどろ》む子供達であったからである。するとどの子供も一人の子供を抱擁して、オーロラが無数にその中に響いてきた。雷神の大きな彫像が国の中央に立っていた。子供が次々にその石の腕に飛び上がり、一匹の蝶を生きた鷲、神の周りを舞っている鷲の上に置いた。それから子供は軽やかにすぐ近くの雲へと舞い上がり、愛する腕を持ち上げている別な子供を見下ろした。嗚呼、このように神はきっと、僕らはみな神の前では子供なのだから、僕らの愛を受け取るのであろう。その後、子供達は交互に『愛ごっこ』をして遊んだ。『僕の赤いチューリップになーれ』、と一人の子供が言った、すると別の子供はそうなって、胸に挿された。『僕のお星様になーれ』、するとそうなって――胸に止められた。『僕の神様になーれ』――『そして君は僕の神様になーれ』、しかし両者はそうならずに、長いこと、大きすぎる愛を一杯に抱いて見つめ合い、死ぬように消えていった。――『僕の所から去って行くなら、僕の所にいておくれ』、と残っている子供が言った。すると別れていく子供は遠くで小さな夕焼けとなり、それから宵の明星となり、それから国の奥深くで月のない単なる月光となり、最後には次第に離れながらフルートあるいは小夜啼鳥の音色の中へ消えていった。

しかし朝焼けの向かい側では別の朝焼けが生じた。ますます心を昂揚させながら両者は二つのコーラスのように、色彩の代わりに音色で響き合って、さながら未知の至福の者が地球の背後でその歓喜の歌を歌い上げるかのようであった。蜘蛛のいる黒い花は引きつったように傾いで頷いた。糸車によって星々は一つの百合の花輪になり、花輪は今や明るい青色になった。すべての響きが花々を木々へと成熟させた。子供達は目には人間へと成長し、遂には神々と女神達として立ち、東と西とをとても真面目に見ていた。

朝焼け達のコーラスは今や雷のように轟き合った、轟のたびにより強力な轟となった。二つの太陽が、朝の響きの間に昇る予定であった。見よ、今にも太陽が昇ろうとすると、響きは次第に小さくなり、それからいたるところ静かになった。アモールが東から、プシュケが西から飛んで来た、そして彼らは上の天の中央で出会い、二つの太陽が昇った――二つの秘かな音色があるだけで、それは二つの互《かたみ》に死に絶える音色と目覚める音色であった。その音はことによると『君と僕』であったのかもしれない。二つの聖なる、しかし恐ろしい、ほとんど胸と永遠との奥底から引き出された音で、神が自らに最初の言葉を言い、そして最初の言葉に答えるかのようであった。死ぬべき定めの者は、死なずにはその音を聞いてはならなかった。僕は眠りの中へ眠り込んだ、しかし眠りと死とに酔って、僕には飛び過ぎていく楽園の花の香りが僕を包み、毒するかのように思われた——

するると僕は突然かつての最初の岸辺に再びいて、邪悪な敵の女性が再び水中に立っていた。しかし彼女は寒さのあまりでもあるかのように震えていて、不安げに背後の滑らかな海を指し示して言った。『永遠は過ぎ去った、奔流が来る、海が動かされているから』と。僕が目を向けると、果てしない世界は無数の丘へと発酵して、天まで届く嵐となった。しかし水平線の奥深くではギザギザの背後で穏やかな朝の光がもくもくと上がって来た。しかし僕は目覚めた。弟よ、君はこの巧妙に仕組んでいる夢をどう思うかい」。

「早速君のベッドの中へ返事を聞かせよう」とヴルトは答えて、フルートを取り、吹きながら、部屋から出て——階段を下り——家を後にし、郵便馬車の駅へ行った。路地からまだ去りつつある音色の語りかけるのを、ヴァルトは陶然として耳にしていた、その音色と共に自分の弟が去って行くのに気付かなかったからである。

第四小巻の終わり

訳注

第一番　方鉛鉱

（1）ルカ伝第十六章第十九節参照。

（2）天から落ちた兄弟パエトンの死を嘆くヘーリオスの娘達の涸れることのない涙は琥珀の滴に変わった。オウィディウス『変身物語』II、三四〇以下。

（3）『極地の国々の近世史』（一七七八年）第三巻より。

（4）ジャン・パウルの本名であることに注意。

（5）ゲオルク・バイヤーによって出版された公証人のための手引書『改訂フォルクマン』。これは一七一五年にはすでに第四版であった。

第二番　チューリンゲンの白雲母

（1）ジャン・パウルは一八〇三年六月四日コーブルクへ引っ越した。

（2）タボルはキリスト変容の山。

（3）ハレでは一七〇〇年にこのような講義があった。

（4）Fr. W. Schelling（一七七五—一八五四）は一八〇一年から一八〇二年に『思弁的物理学のための雑誌』と『アカデミックな研究の方法についての講義』の中でいわゆる同一性哲学の体系を論じた、これによると現実界と理想界は本質的に同一であるそうである。

（5）『ジャン・パウルの精神あるいは彼の全作品からの最も立派な、最も力強く、最も成功している箇所の詞華集』が一八〇一年匿名で出版され、ジャン・パウルは怒った。

（6）Rudolph Zacharias Becker（一七五二―一八二二）の教化的書をほのめかしている。
（7）一七九七年ジャン・パウルはヒルトブルクハウゼン公爵から公使館参事官の肩書を得た。

第三番　ザクセンの魔法の土［鉄石髄］

（1）出エジプト記、第三章第二節以下参照。

第四番　アストラカンのマンモスの骨

（1）ジャン・パウルはザブロツキーではなく、ザブロッキーと発音していたかもしれない。
（2）パドヴァ訛は古代ローマでは特に間違いが多いと見なされていた。

第五番　鼠色の条紋を持つフォークトランドの大理石

（1）正義の女神は法の公正さを象徴して、目隠しをした姿で描かれる。
（2）Geiserrich（三九〇―四七七）、ヴァンダル人の王、自分の部族のためにアフリカのローマ帝国領の海岸地帯を征服し、カルタゴから今日のチュニジア、モロッコ、シチリア一帯を支配した。
（3）カエサルは自分はローマで二番の者になるよりは村で一番になりたいと言ったとされる。
（4）Benedikt Carpzov（一五九五―一六六六）、ライプツィヒ大学の法学者、裁判官、二万人以上の死刑判決を書いたと言われる。

第六番　銅色ニッケル

（1）騎士 d'Eon de Beaumont（一七二八―一八一〇）はルイ十五世の宮廷で外交官であったが、女性らしい風貌で同時代人には両性具有と見られていた。
（2）August Ferdinand v. Kotzebue（一七六一―一八一九）、浅薄だが達者な劇作家。彼は一八〇〇年ロシア旅行の際逮捕され、シベリアへ送られた。ある笑劇でロシア皇帝パベル一世の寵愛を得て、恩赦を受けた。

（3）『トリストラム・シャンディ』の第Ⅱ巻第十二章の辛辣なパロディー。
（4）帝国新報はライプツィヒではなく、ゴーダで発行された。
（5）Pitaval（一六七三—一七四三）、法学者。『精神を楽しませながら精神を飾る術』より採られたもの。

第七番　菫石

（1）Georg Neumarkt（一六二一—八一）による一六四〇年最初に公刊された聖歌。
（2）Joh. Gottfried Herder（一七四四—一八〇三）のこと。ヘルダーはこの小説の刊行前に亡くなった。

第八番　コバルト華

（1）Justus Möser（一七二〇—九四）、政治や歴史に関する著述家、オスナブルックの弁護士。リトネスは彼の『愛国的空想』一七七六より。
（2）Claus Gerhard Tychsen（一七三四—一八一五）ビューツォ大学の東洋学者。

第九番　硫黄華

（1）ジャン・パウルはギリシアの詞華集を多分ヘルダーの翻訳『乱れ草紙』一七八五から知っていた。

第十番　臭木

（1）古い学術作品では批判的見解に対する弁解の序言は兜の序言と呼ばれた。

第十一番　黄櫨

（1）Hugo Grotius（一五八三—一六四五）、オランダの学者、政治家。『戦争と平和の法』（一六二五）で国際法を基礎付けた。

第十二番　偽糸掛貝

（1）この曲馬は若いジャン・パウルが試験のためバイロイトへ行くとき経験したものである。

（2）黙示録第六章第二節参照。

（3）一七九五年十月一日フランスの国民公会はライン左岸をフランスに合併させた。

（4）軌道が黄道を北から南へ通過するときの交点。

（5）妖精の王オーベロンの魔法のホルンで、これを聞いた者は皆憔悴するまで踊らなければならなかった。

（6）ジャン・パウルが批判したフィヒテ哲学への当てこすり。

第十三番　輝かしい斑点を持つベルリンの大理石

（1）惑星のパラスとケレスは当時新たに発見された、一八〇二年と一八〇一年。

第十四番　分娩椅子の模型

（1）梅毒をほのめかしている。

（2）Nikolas Hoboken（一六三二―七八）、オランダの医者。悟性の位置についての論文を書いた。

（3）若きジャン・パウルの匿名で出版した諷刺集。『一般ドイツ文庫』ではただ一回書評が出ただけである。

（4）John Huxham（一六九四―一七六八）、イギリスの医師。

（5）Francis Beaumont（一五八四―一六一六）とJohn Flecher（一五七九―一六二五）。シェークスピア時代のイギリスの劇作家、共作で五十本以上の作品を書いた。

（6）Joh. Gottfr. Eichhorn（一七五二―一八二七）、神学者、東洋学者。歴史的聖書批判の創始者。

（7）Friedr. August Wolf（一七五九―一八二四）古典文献学者。

（8）滑稽な響きのせいで採用されたものと思われる。強いて意味を捜せば様々な成分の飲み物、あるいは乱れる心。

第十五番　車渠貝

（1）伝説上の王アーサーの姉妹の妖精モルガナは当時の妖精の物語によく登場した。

（2）La Mothe Le Vayer（一五八八―一六七二）、フランスの哲学者、ルイ十四世の教育者。

（3）適度の酔いをイエズス会士は罪のないものと見なしていた。

（4）Friedrich Ludwig Dülon（一七六九―一八二六）、フルートの名手、幼少のときから盲目であった。

（5）Antonio Lolli（一七三〇頃―一八〇二）、十八世紀のバイオリンの名手の一人。

（6）John Dollond（一七〇六―六一）、一七五八年はじめてアクロマート・レンズによる望遠鏡を作った。

第十六番　珪藻土

（1）Susanne Necker（一七三九―九四）、フランスの大蔵大臣ネッケルの夫人で、後のスタール夫人の母親。この逸話は一八〇一年の『新雑録』から得たもの。

（2）Johannes v. Müller（一七五二―一八〇九）、新聞記者、歴史家。『友人に宛てた若き学者の手紙』（一八〇二）にジャン・パウルは感銘を受けた。

第十七番　紫檀

（1）気泡で密封された水の入った容器に一部は水、一部は空気の入った軽い小さなガラス像を浮かべると、軽く指で押すだけで上下に動かすことが出来る。この像は大抵悪魔の形をしていて、発案者のデカルトにちなんでこう呼ばれた。

第十八番　ウニの化石

（1）これらの女神名はBardenalmanach（一八〇三）から採られたもの。

（2）インドに生えている伝説上のボア・ウパスの樹を暗示していると思われる、この樹の下で眠ると死ぬと言われた。

第十九番　泥灰岩

(1) Henri François d' Aguesseau（一六六八―一七五一）、多面的才能を持つフランスの作家。

(2) J. Ph. Treiber: De lege exstirpandorum passerum（一七〇七）、Heinr. Klüver (kluverus)：Electa de jure canum（一七一一）、Peter Müller: De jure apium（一六八五）。

(3) Friedr. Wilh. Herschel（一七三八―一八二二）、天文学者、一七八一年天王星を発見した。また星々が共通の中心点の周りを回っていることを発見した。

第二十番　レバノン山脈のヒマラヤ杉

(1) Joh. Lorenz Schiedmaier（一七八六―一八六〇）、父親によって創立されたエアランゲンのピアノ会社の所有者。

(2) バッハは最後の作品『フーガの技法』で自分の名前をテーマにした。

(3) Pantaleon Hebenstreit（一六六〇―一七五〇）が一六九〇年に作ったピアノのさきがけ。

(4) 作曲は出来ないが少しばかりピアノを弾ける者が、二個のさいころと楽譜を用いてメヌエットを無限に作曲していく遊び。

第二十一番　巨口貝あるいはヴィトモンダー

(1) ルイ十八世（一七五五―一八二四）は亡命中の一七九五年にフランス王を名乗り、ナポレオンの統治時代に独自の貨幣を鋳造させた。

第二十二番　サッサフラス［樟の根皮］

(1) 過剰な覆いへの諷刺、床の上に絨毯、その上に壁紙、さらにその上に通常麻布があった。

(2) Pater Hardouin（一六四六―一七二九）、古代研究家。ホメロス、キケロ、ヴェルギリウスの田園詩等の若干の例外を除いて、古典作品は十三世紀に登場したベネディクト派によって改竄されていると主張した。

(3) 出エジプト記第三十四章第二十九節以下参照。

（4）Chr. Fürchtegott Gellert（一七一五―六九）は晩年プロシアの王子ハインリヒに贈られた馬に乗ってよくライプツィヒを散策した。

第二十三番　鼠色の木賊の寄せ集め
（1）Christian Garve（一七四二―九八）翻訳家、啓蒙主義の作家。
（2）発見者である Friedrich Chladni にちなむ像、砂の撒かれたガラス板をヴァイオリンの弓で擦ると出来る。

第二十四番　輝炭
（1）ルソー（一七一二―一七七八）はエルムノンヴィルのポプラ島に埋葬された。後にパンテオンに移された。
（2）ローマの Caius Cestius（紀元前一二年死去）の墓。

第二十五番　エメラルドの流れ
（1）フォントネル（一六五七―一七五七）の論文『世界の多様性についての対談』へのほのめかし。
（2）緩下剤用の意味もある。

第二十六番　美しい帆立貝と化石の筍貝
（1）『反気鬱法』という G. A. Kayser が一七八二―九六年に出版した逸話と機知の選集があった。

第二十七番　シュネーベルクの剝石の晶簇
（1）マタイ伝第二十五章第一節以下参照。

第二十八番　雨降
ローマンによると、この章題にはカカドゥ貝と呼ばれる一種の化石の意味もあるとされる。

（1）ローマ貴族プブリウス・ホラティウスの三つ子の息子達はホスティリウス（紀元前六七二—六四二）の時代にクラティウスの三つ子達と両軍勢の前で決闘した。伝説によると生き残ったホラティウスの一人が最後に勝利を収めた。

（2）Jacob Timotheus Hermes（一七三八—一八二一）、当時の人気作家。

第二十九番　粒の粗い方鉛鉱

（1）Hugo Blair（一七一八—一八〇〇）、スコットランドの説教家、神学者。

第三十番　ザクセンの毒砂

（1）Moses Mendelssohn（一七二九—八六）、レッシングとヤコービの友人。啓蒙主義の重要な哲学者。

（2）一六八四年に建てられたポツダム近郊のシュヴェート庭園の離宮は Monplaisir と呼ばれた。

（3）Joseph Pitton de Tournefort（一六五六—一七〇八）、リンネ以前の有力な植物学者。

（4）David Teniers der Jüngere（一六一〇—九〇）、著名なネーデルランドの画家。

（5）この逸話は J. G. Büsch の『経験』（一七九〇）から採用したもの。

第三十一番　磨臼の目立て石

（1）David Garrick（一七一六—七九）、十八世紀のイギリスの著名な俳優。

第三十二番　駝鳥の胃の中のヘラー硬貨

（1）『人間嫌いと後悔』、コッツェブー作の一七八九年に初演された劇。この劇では主人公のマイナウは妻の不実のために人間嫌いになるが、後に彼女の苦しみを見て和解する。

（2）Percival Pott（一七一四—八八）、イギリスの外科医。

（3）Montaigne（一五三三—九二）、フランスのモラリスト、哲学者。『随想録』の第一の書、二十七より。

（4）Georg Wilh. Steller（一七〇九—四六）、自然研究家、旅行家。

第三十三番　線条雲母

（1）鳴子郵便、ウィーンの郵便はがらがらと鳴子を使う人々によって手紙や小包が集められた。

（2）八言語聖書、八つの段があって、そこに様々な言語で記されている聖書。

（3）ルイ十四世は晩年二番目のカトリックの夫人、ドゥ・マントノン夫人の影響下にあった。

第三十四番　毬

（1）一七九四年七月二日ロベスピエール倒壊後も彼に忠実であった者達で、彼と共に七月二十八日処刑された。

（2）テーベの王アンフィオンとの混同。アンフィオンはギリシアの伝説によればテーベの壁を七弦琴によって建てたといわれる。

（3）美徳の端女という教団をフェルディナント三世の夫人、エレオノーレが一六六二年設立した。

第三十五番　緑玉髄

（1）ヴェッツラーには帝国裁判所があり、レーゲンスブルクには帝国議会があった。両施設とも悠長な仕事ぶりで、結論までに長い時間を要した。

第三十六番　帆立貝

この章題は直訳ではコンパス貝。

（1）友情の神殿は十八世紀末の公園によく見られた、ヘラクレスは特別に強い絆の意か。

（2）バイロイトのエレミタージュに一七一五年以降に造られた隠者の庵を思い出させる。

第三十七番　えり抜きの晶簇

（1）John Brown（一六三五―八八）、イギリスの医者。人間の健康は大気や睡眠等の刺激に依るとし、病気はこの刺激が多すぎるか少なすぎるかに基づくとした。

（2）Karl Ferdinand Hommel（一七二二―八一）、ローマ法、市民法の教授。

第三十八番　透石膏

（1）トルガウの戦いの前夜（一七六〇年）フリードリヒ二世とその軍は軍服のまま寝た。

第四十番　ホウセキミナシ

章題はCedo nulli［無双］。いも貝の中では最も綺麗なもので、当時は黒いチューリップ並みに投機の対象となっていた。ヘルマン・マイヤーはこの章で伝記作者のジャン・パウルは大いに儲けていると指摘している。

（1）生物系統樹（Wesenleiter）はトーマス・アキナス（一二二五―七四）の無機物から至高の神へ至る世界像を踏まえている。ヤコブの梯子はヤコブの夢に現れたもの、創世記第二十八章第十一節以下による。

（2）タンタルスの娘ニオベは、ギリシア神話によると、女神レトをただ二人の子供しか有しない、自分は十人の息子と十人の娘を有するのにと侮辱した。レトの子供のアポロンとアルテミスはニオベのすべての子供を殺した。ニオベは悲しみのあまり石となった。

第四十一番　腰高貝

（1）ゼウスの妻のヘラに横恋慕したイクシオンはゼウスによって、罰として、止まることのない炎の車に処刑された。

（2）モーゼは杖で砂漠の岩から水を出した。出エジプト記第二章第十七節参照。

第四十二番　虹色の長石

今日ではこの章題は曹灰長石と呼ばれる。

（1）ナポリの近郊のヘラクラネウムで発掘された壺の絵。十八世紀にヴィンケルマンによって紹介された。

（2）スイス人Ulrich Bräker（一七三五―九八）のこと。家畜番であったが軍に強制徴募され、七年戦争のとき脱走した。『トッケンブルクの貧しい男の生涯と実録』は当時の重要な自伝の一つ。

第四十三番　磨かれた琥珀の柄
（１）一六一七年設立された「果実をもたらす結社」を暗示している。この結社はドイツ語とドイツ文学の浄化を目指していた。
（２）パリのバスティーユで死ぬまで仮面を付けていたとされる謎の囚人のこと。ルイ十四世の双子の兄弟という噂があった。
第四十四番　ザクセンの金雲母
（１）プラトンの『ソクラテスの弁明』三十六ｄ参照。
第四十五番　猫目石
（１）ダニエルがバビロンの竜に与えて、竜を破滅させた弾。ダニエル書第十四章第二十三―二十七節参照。
（２）ジャン・パウルの長編小説の宮廷。順に『ヘスペルス』、『見えないロッジ』、『巨人』の宮廷。
第四十六番　透明柘榴石
（１）Horace Benedict de Saussure（一七四〇―九九）、スイスの自然科学者。一七八七年モンブランに登り、登山記を書いた。
（２）ベニス総督の華美な船で、毎年総督は海に指輪を投げて海とベニスの結婚の印とした。
第四十七番　チタン
（Ｉ）著者Johann Paul Friedrich Richterの略字。ヴンジーデルは生誕の地。一七九三年月、ジャン・パウルは三十歳で、最初の長編小説『見えないロッジ』が出版された。
第四十八番　放射状黄鉄鉱
（１）一八〇〇年初演のロマンチックなコッツェブーの劇。

（2）「モラヴィア人の兄弟」という原始キリスト教団に倣った教団があった。ここでは若干の皮肉と共に、無垢が象徴されている。
（3）植物の夢についてはErasmus Darwin（一七三一—一八〇二）、進化論のダーウィンの祖父の影響が見られる。
（4）ナザレの聖母マリアの生誕の家は伝説によれば一二九五年天使達によってイタリアのロレットに運ばれた。
（5）Eulaliaはコッツェブーの『人間嫌いと後悔』のヒロイン。ヤコビーネはこの劇をよく知らないようにみえる。マイナウ氏は誘惑者ではなく、欺かれた男（夫）である。

第四十九番　葉状鉱
（1）銀箔の代わりに黒い箔を用いた鏡で、風景を写す。画家のクロード・ロランにちなんでクロード・グラスとも呼ばれた。

第五十番　ダックスフントの半分の膀胱結石
（1）Halterジャン・パウルの写字生。
（2）『美学入門』のこと。
（3）クロプシュトックの『文法的会話』（一七九四）では話者として個別の文字が登場する。
（4）一七八〇年啓蒙的神学者Karl Friedrich Bahrdt（一七一四—一九四）が設立し、信仰の啓蒙に努めたが、挫折した。
（5）Antoine Le Camus（一七二二—七二）、フランス人の医師。
（6）啓蒙家のJoh. Christoph Gottsched（一七一〇—六六）は次第に人気を失い、自分が影響を及ぼしたライプツィヒでさえ嘲笑されるようになった。
（7）August Wilhelm Schlegel（一七六七—一八四五）は一八〇三年同名の『イオーン』を発表した。
（8）Johann Friedrich Cotta von Cottendorf（一七六四—一八三二）、著名な出版者。『生意気盛り』は彼の出版社から出た。

第五十一番　剝製の四十雀
（1）七人の睡眠者は伝説によれば、デキウス皇帝の従者で、キリスト教迫害の間二五一年にエフェスス近郊の洞穴に閉じ込められ、そこで眠りに陥り、ようやく四四六年のテオドシウス二世の治下に再び目覚めたと言われる。
（2）Chr. Willibald Gluck（一七一四―八七）、ドイツの作曲家。ピッチーニとの論争に勝って、音楽と劇との関係の密接な近代的オペラを創作した。

第五十二番　剝製の鶲
（1）Charles de Montesquieu（一六八九―一七五五）、フランスの哲学者、政治家。『法の精神』二十一節、十二参照。
（2）ロベスピエールの独裁に逆らったトゥーロンは一七九三年革命軍に三ヵ月包囲された後荒らされた。
（3）Claude Lorrain（一六〇〇―八二）、十八世紀に、例えばゲーテによって、高く評価された風景画家。
（4）アルドワン・マンサールによって一六九三年建てられた離宮で、庭園と噴水装置が名高かった。
（5）キリスト教徒達がすでに十六世紀、攻めてくるトルコ人達からの無事を祈る祈禱のため鳴らした鐘。
（6）Theodor Gottlieb von Hippel（一七四一―九六）は一七六五年喜劇『時計通りの男』を創作した。

第五十四番　スリナムのアイネイアス［子守鼠］
章題は、スリナムに生息するもので、足が退化していて樹上にのみ住み、尾を使って子供を背中におんぶして育てる。
（1）聖書にモーゼの書が五つあるように、法学者達は債権者達を五つの階層に分けている。
（2）イエズス会士アルフォンソ・ド・サラサが一六六四―六七年に発表した論文、これに触発された詩人のヨーハン・ペーター・ウーツ（一七二〇―九六）が「いつも幸福でいる技法」という教訓詩を書いた。ジャン・パウルは『ヴッツ』でも触れている。
（3）三人のユダヤ人はネブカドネザル王の命に従って或る黄金の像を神として崇めることを拒んだ、そして火の中へ投ぜられたが、しかし天使によって守られた（ダニエル書、第三章、十三節以下参照）。
（4）Ernst Platner（一七四四―一八一八）、ライプツィヒ大学の哲学者。引用は『警句集』（一七七六年）第一巻、第一〇三七節より。
（5）Johann Karl Friedrich Rellstab（一七五九―一八一三）、ベルリンの楽譜商人。

第五十六番　飛鰊

大きな魚や空からの鳥の襲撃を避けるためにアイスランド近くの鰊は群れて海面を時に飛ぶ。
（1）イギリスとアイルランドの著名な人物についての伝記的百科辞典。『始原から現在まで』（一七四七―六〇）六巻。
（2）Angelus de Constantio（一五〇七―一五九一）、ナポリの歴史家。
（3）一七五三年ヘラクラネウム（ナポリ近郊）で数千の炭化した写本が見つかった。
（4）Robert François Damien（一七一五―五七）はルイ十五世暗殺容疑のためパリのグレーブ広場で群衆の見守る中、四頭の別々に引く馬によって裂かれた。

第五十六番の飛鰊への補遺

（1）ジャン・パウルは『美学入門』の第一節でアリストテレスの自然の模倣という詩の本質の定義を最もすぐれた定義としている、「詩のニヒリズム」と「詩のマテリアリズム」の両極端を閉め出しているからというものである。
（2）Joseph Justus Scaliger（一五四〇―一六〇九）、文献学者。自分の出身をヴェロナの貴族スカラ家の子孫であることを証明しようとした。
（3）Caspar Sciopius（一五七六―一六四九）、論争的な文献学者、スカーリガーの出自を論駁した。

第五十七番　千鳥

（1）Johann Gottfried Dyk（一七五〇―一八一三）、ライプツィヒの出版者。
（2）黒海沿いの小都市トミはそこに追放された詩人オウィディウスにちなんでハドリアヌス帝によってオウィディオポリスと命名された。
（3）敬虔主義の神学者 Johann Wilhelm Petersen（一六四九―一七二七）は一七〇一―一〇年にかけて『万物の蘇生の秘

密』という文書を発表した。

第五十八番　海兎

（1）「魚取りや捕鳥は多くの若者を駄目にする」という古い諺があった。

（2）今日ローマのカピトリヌス博物館にあるローマの女神の像はかつてルドヴィージ家が所有していた。

（3）シュヴァーベンの詩人 Friedrich David Gräter（一七六八―一八三〇）は一七九一―一八〇二年に最初のゲルマン学の雑誌 Bragur を発行した。引用の歌は第三巻（一七九四年）二四五頁に掲載されている。

（4）ギリシア劇の展開では喜劇が悲劇より先に生じたという意味。『美学入門』第二十八節参照。

（5）一五三二年カール五世はこの法を発布したが、しかし百十三条は「度量や重量を誤魔化した者は、鞭打ちの刑か国外追放に処す」とあるだけである。

（6）Gottlieb Wilhelm Rabener（一七一四―七一）、諷刺的詩人、Johann Carl Wezel（一七四七―一八一九）、喜劇的、諷刺的長編小説作家。

第五十九番　筍貝

（1）Georg Wolfgang Augustin Finkenscher（一七七三―一八一三）、バイロイトのギムナジウムの教師。

（2）Garlieb Helwig Merkel（一七六九―一八五〇）、作家、ジャーナリスト。ジャン・パウルの『巨人』を過小評価した。

（3）Salomon Geßner（一七三〇―八七）、牧歌的情景を描いたスイスの画家、詩人。

（4）Johann Martin Miller（一七五〇―一八一四）の感傷的小説『ジークヴァルト』の主人公。

第六十一番　セント・ポール島のラブラドル［曹灰長石］

（1）Jaques Delille（一七三八―一八一三）、フランスの詩人、ヴェルギリウスの翻訳者。

（2）ヴィンケルマンは古典古代の再発見の功績により、イタリアでフランス軍を打ち負かしたロシアの将軍の添え名に値するということ。

（3）教育学者Samuel Heinecke（一七二七―九〇）はライプツィヒでドイツ最初の聾唖者の学校を設立した。

第六十二番　シュティンクシュタイン

（1）Sir William Hamilton（一七三〇―一八〇三）、考古学者。ポンペイ、ヘラクラネウムの発掘に携わった。

第六十三番　チタン電気石［ルチル］

（1）Carl August Böttiger（一七六〇―一八三五）、ヴァイマルのギムナジウムの校長、後にドレスデンの王子傅育官。

（2）原注のベヒシュタインの『ドイツの有益な博物学』（一七八九）第一巻によれば、雄山羊の乳を搾るという諺がある。

第六十四番　ピラトゥス山の珪藻土

（1）天文学者Franz Xaver von Zach（一七五三―一八三二）は一七九二年『太陽の運動の新しく正確な表』を発表した。

（2）James Cookは一七七九年ハワイの住民に殺された。

『生意気盛り』解題

『生意気盛り』は最初一八〇四年五月第三小巻までがとりあえずチュービンゲンのコッタから出版された。誤植も多かったらしく、『巨人』の最終巻同様、読者や批評家の好意は得られず、その後はかばかしく進捗せずに、作中人物のヴァルトの夢とヴルトの別れで一応の結末を見る形で、一八〇五年十月第四小巻が出版された。最初の部数は従来ベーレント等を含めて四千部とされていたが、ルートヴィヒ・フェルティヒの研究によると（一九八九年）「コッタが、大きな部数がさばけるというジャン・パウルの期待に対して懐疑的で、最初の三巻はわずか三千部しか刷らなかったことには多くの傍証がある。第四巻はわずか千五百部しか印刷されなかった可能性が多分に高い」とされている。このように作者の生前はさほどこの小説の価値は認められなかったのであるが、今日ではこの作品は作者の最も成功した、最もポピュラーな作品との評価（ウーヴェ・シュヴァイケルト）を受けている。レクラム版も、ｄｔｖ版もあることがその証左である。作家ヘルマン・ヘッセは一九二二年こう述べている。「近代の本でドイツの魂が最も強く、最も特徴的に表現されている本を挙げよと試問されれば、私は躊躇することなくジャン・パウルの『生意気盛り』を挙げるだろう」。また作家のローベルト・ヴァルザーは一九二五年次のように語っている。「彼の本は何であれ、とりわけ、『生意気盛り』は、ベルリンのティアガルテン［動物園］で読むことができる、この豊かな本は日本へ一緒に持っていったり、スイス旅行に持参できる。この本はビエンヌ湖のピエール島でもロンドンのオムニバスの高い座席でも同様に快適に読める、世界と人生の詰まった本だからである。この本は世の紳士然としたものと、村での牧歌とが最も素敵に、快活にミックスされている、この中では陽気に小都市風、大都市風のことがこもごもなされる」。そしてテーマとしては、「この本は二本の主要な糸に貫かれている。一つは金であり、もう一つは愛である。誰もが知っているように、この二つの強力なものはどの人の人生をも貫いている」と見ている。

このようなヴァルザーの視点から、先のヘッセに対してはドイツ的という非政治的人間に対する反省を踏まえて、『生意気盛り』の筋を概括すると次のようなものになる。話の筋はある富豪が遺言で一人の夢想家の青年を包括相続人に指定することから始まる。この青年が実務能力を備えたとき遺産を継承すると遺言は定めてあるが、青年は詩人気質を矯正できない。助っ人にこの青年の双子の弟、放浪のフルート奏者が登場する。弟は諷刺家で、兄と一緒に抒情と諷刺の二重小説を書こうと提案する。話は次第に兄の実務能力養成とははずれて、弟が背後で見守る兄の一人旅、最後にはこの双子の兄弟の、ある娘への恋愛葛藤に移って行く。冒頭の富豪の本名はリヒター（ジャン・パウル）であり、小説の中の小説とか、一人の女性をめぐる双子の愛といった同一性の問題が全体の構成の軸となっている。同時にまた当時の時代、——貨幣が人間の意識を支配していく市民の時代が、——微細に観察されている。村の牧歌的にしてまた貧しい生活ばかりでなく、都市での多様な生活が描写されている。貴族の生存様式に対して愛憎半ばする対応がなされる。こうした時代に生きる抒情詩人及び諷刺詩人の内的、外的構造の分析の手がかりとなるものが、作中にはちりばめられている。つまり抒情詩人は貨幣を遺産等の偶然によって手に入るものとしか認識しないが、諷刺詩人はその外部に立ち、このような抒情詩人を守る姿勢によって、自らかなり計算された出版計画を立てることになる。一方の極には社会に対するカマトト的善意、抒情的無力感があって、他方の極には社会を騙そうとする知ったか振りの悪意、諷刺的全能感があり、広く読者の歓心を買おうとする魂胆がみられる。各章の表題は作者が遺言者から貰う博物室の標本から採られているが、各章の内容と関係がなくもない。

まず生意気盛り［Flegeljahre］という表題を問題にすると、これはユダヤ人としてナチに追われ、一九三八年から一九五七年まで亡命したベーレント自身が先のヘッセのように一九三四年の『生意気盛り』の批判校訂本の序言の中でこう評している。「『生意気盛り』はこの最もドイツ的な作家の作品の中で、最もドイツ的なものである、他国語へ翻訳できないタイトルから始まって、その人物描写、その象徴、その諧謔、その言葉遣いの究極の洗練性に至るまで、いやそのロマンチックな未完成に至るまでがそうである」。かくてベーレントは英訳（一八四六年）のタイトルが『ヴァルトとヴルト　あるいは双子』となっていると指摘しているが、最近ジャン・パウルを英語で抄訳したある訳者の試みでは Fledgling Years（未熟者の時期）となっており、この抄訳者は、この原語は翻訳するのに最も難しいが、他に可能なのは The Callow Years（青二才の時期）であり、The Awkward Age（思春期）とするとふさわしくなく、カーフィル訳の Wild Oats（女道楽）ははずれていると付言している（一九九二年）。Flegeljahre は Trübner の辞書によると、「少年から青年への移行期で、無様で粗野な振る舞いという特徴がある。はじめて使用したのは Johann Timotheus Hermes であるが、ジャン・パウルが評判をとったこの本のタイトルとして使用してから、日用語として定着した」旨記されている。このように翻訳の難しい語とされているのだが、通常日本では『生意気盛り』は文学史等で定着しており、この訳本でも従来の訳に従っている。

ジャン・パウルの同一性をめぐる議論の根底には、私はある私である、つまり私は私という記号、交換可能な記号であるとともに、私という内容、交換不可能な内容であるという認識、原型は模型を通じてしか再現されえないという認識があるが、同一性の戯れは、『生意気盛り』でも様々な局面で見られる。まず顕著なのは双子の登場である。この双子についてある論者（Peter Dettmering 一九七八）は次のように論じている。精神分析を応用したもので、ヴァルトに正直者の得恋者、ヴルトに放蕩息子の嫉妬する失恋者の役割を割り振っている。「こうした役割分担はすでに誕生のときの国境に反映されていて、この国境は生誕の地エルテルラインと両親の家の中を通じて分割しているものである。右側の小川の岸辺の住人を『右手の人（正しい人）』、左側の岸辺の人を『左手の人』と呼ぶ習慣に、この兄弟は後になっても離れられずにいる。『君が部屋でも左手の者で、僕が右手の者なのは』とヴァルトは、ヴルトが彼の許に引っ越してきたとき尋ねている、『偶然だろうか』と。同じような分配は父親が決めた名前にも反映されている。ゴットヴァルトという名前が、父親がこの息子からは何か正しいものを期待していることを表しているとすると、二つ目の名前――『Quod Deus Vult』――は途方にくれた様を表している。『せいぜい女の子か、あるいは神の御心のままに』」。

これは一見もっともらしい評論であるが、ヴルトが彼の許に引っ越してきて言ったとされるヴァルトの言葉は実はヴルトの言であって、ヴァルトは左手の人だと作品の中で再三言われていることを知ると、この評論は全く瓦解してしまう。正直者のヴァルトには不器用な左手の者という特性が付与されており、二人の性格についてはもっと綿密な跡付けが必要であろう。「公証人［ヴァルト］は、皿とその中身の斬新さに全く眩惑されて、いつものように二本の左の手［不器用と左］を出す代わりに二本の右の手［正しいと右］を出して、まことに上品に食べ、ナイフで栄誉礼のサーベルを振るった」（第二十二番）。ベーレントの注によると、つまり彼はいつもは右手でも不器用であったという解釈になる。ヴァルトには不器用という特性が付与されていることを無視してはならない。全体の印象は確かにDettmering の言うようにヴァルトをプラスとすると、ヴルトはマイナスの役割を担っているが、しかしこの長編でおそらくはじめてジャン・パウルの主人公にマイナスの要素が明瞭に刻印されていて、ヴァルトは様々な失敗をする。しかしマイナスと評価されているヴルトについてもよく見るとプラスの要素が多く、全体としてみれば、双子として互いに兄たりがたく弟たりがたいことが予測されよう。また名前についても、ゴットヴァルトについては（Gottwalt）「神の御心のままに［正義のなされんことを］」というニュアンスがあり、ヴルトの（Quod Deus Vult）については、「神の御心のままに［どうなとなれ］」というニュアンスがありそうな気がするが、しかし他のドイツの学者は「ヴルトという名前の由来のQuod deus vult はGottwalt と同じことを意味しており、この名前のラテン語に移された翻訳である」（Gert Ueding）としており、第六十三番でヴルトがヴァルトの仮装をしてヴィーナに吐く科白、自分は「ゴットヴァルト、つまり神の御心のままに（Gott walte）と呼ばれるのももっともな者である」と述べる科白を、「勿論ヴルトはGott walte と言いながら自分自身の名前のドイツ語化を考えていて、従ってまったく不当であるとは言えない」とPeter Horst Neumann は解釈している。名前の面からも二人は同一にして違うというジャン・パウルの「私」の謎の基本的構造を体現しているのである。

ヴァルトは抒情詩人として伸展詩という散文詩を書いているが、この詩について分析すると、特徴的なことは、内容に反映をテーマとしたものがある他に、こうした詩を書いているときの詩に対する詩人の距離が言及されていることである。全体としてはヴァルトの母親が言及しているように、詩は「『信心深くて悲しげなことが書かれているようだけど』と母親が言った」（第十番）とあるように、死や愛をテーマとしている。ただ反映ということに絞ると、第九番にある「ヴェスヴィオの海への反映」と題する詩、「『見給え、どのように下では炎が星々の下へ飛ぶかを、赤い奔流が底の山の周りを重々しく転がり、美しい庭園を食い尽くす。しかしいつの間にか我々は涼しい炎の上を滑って、我々の姿が燃える波から微笑む』。こう楽しげに船頭は言って、轟く山の方を不安げに見上げた。しかし私は言った。『御覧、このようにミューズは軽やかにその永遠の鏡にこの世の重い嘆きを映す、そして不幸な者達はそれを覗き込む、しかし痛みは彼らをも喜ばせる』と」、あるいは象徴化された反映あるいは観照としての第十九番の「虹がかかった滝の側で」と題する詩、「憤怒の瀑布の上には平和の虹が何と確固と浮かんでいることか。このように神は天に在す、そして時代の激流は引きさらっていくが、すべての波の上には神の平和の虹が浮かんでいる」等が挙げられる。ここに見られるのは詩とか詩人は劇的感情、事件等から一歩退いた観照する次元にあるという認識である。このことを具体的に示しているのが、ヴァルトの詩の内容と彼の気分の乖離の指摘である。例えば、第十四番の「死者の開いた目」、「僕を見つめないでおくれ、冷たい、強張った、盲いた目よ、君は死者だ、いや死なのだ。友人達よ、目を閉ざしておくれ、さればそれは微睡にすぎない」という伸展詩を聞いて、次のような会話が交わされている。『『こんな素敵な日に君はそんなに悲しい気分だったのかい』とヴルトは尋ねた。『今と同様に幸せだった』とヴァルトは言った。するとヴルトは彼の手を握って、意味深長に言った。『それは結構、それでこそ詩人だ、続けて』」。同様な状況は第五十七番でも見られる。「『様子が変だぞ、悲しかったのかい』——『幸せな気分だったし、今ではもっと幸せだ』」。要するにヴァルトは「信心深くて悲しげなこと」を幸せな気分のときに書けるのである。これはまた根本的にはヴルトの主張する芸術論と径庭はないのであって、普通の人間としては倫理的に非難されかねない要素を併せ持つものである。他ならぬヴルトが兄ヴァルトの致命的欠陥を指摘している。「即ち案じられることは、君が――いつもは家畜のようにまことに無垢であるけれども――ただ詩的にのみ人を愛することが出来て、どこかのハンスとかクンツという人を愛するのではなく、どんなにすばらしいハンス達、クンツ達、例えばクローターに対しても極めて冷淡であって、その人達の中でただ君の内部の人生の絵、魂の絵の拙劣に書きなぐられた聖人画だけを跪いて崇めているということである」（第五十六番）。

ヴァルトは芸術家という面でフルート奏者のヴルトと共通する身振りがあるのだが、一般に人を愛するだけで、世慣れぬ男と見なされがちなこの詩人にも、政治家にして詩人であったとされるペトラルカ（第十八番）やヴォルテール（第十一番）には及びもつかないものの、ときに世慣れた面を示す場面もある。それはザブロッキー将軍とその娘ヴィーナとの会食の場面である。ここではじめヴァルトはワインの年代について無知をさらけ出して、世慣れぬ面を見せているものの、その後請われて逸話を話す場面では如才ないところを見せている。まず第一は難聴者が先に話されて受けた笑話を繰り返してしまうという逸話であり、次に窓枠だけの付いた別荘での風景観賞の逸話であり、最後は牧師が練習した聖歌を郵便ラッパの音に合わせてしまうという逸話である。いずれも落語にでもありそうな小話であり、ジャン・パウルの諧謔の理論によるこちたい分析を必要としない一般的に笑える話である。こうした振る舞いはヴァルトの意外に紳士的な面であるが、しかし全体的には愚鈍な（blöde）観照的性格で、そこをつけこまれ、仮装舞踏会ではヴィーナの愛の視線と手とを弟に盗まれることになる。なお細かいことを言えば、難聴者に対する笑いとかは差別がタブーの現代では問題となるが、差別といえば、皮剝人に対する世間の差別が言及されており（第三十番、第六十一番）、歴史的に見て興味深い。

ヴルトに関しては全般的には嫉妬する失恋者の役回りであるが、フルート奏者としての芸術理解はジャン・パウルのそれであり、プラスの面を見せている。例えば、「芸術は同時にその手段にして目的でなければならない。ライトフットによればユダヤ人の神殿を通って、単に別な所に行ってはならなかった。そのようにミューズの神殿を単に通過することも禁じられている。パルナソス山を通って肥沃な谷へ行くことは許されない」（第十四番）。あるいは、「芸術においては、太陽の前と同様に、ただ干し草だけが暖かくなるのであって、生きた花がそうなることはない」（第五十七番）。ヴルトがジャン・パウルの分身であることは彼が『グリーンランド訴訟』というジャン・パウルの失敗した諷刺集の著者とされていることからも明らかであるが、しかし何と言っても『生意気盛り』を退屈な教養小説に陥ることから救い、生彩あらしめているのは、ヴルトの登場である。彼は偽装の名手である。偽盲人の振りをして、演奏会の聴衆を集める。このパフォーマンスに『生意気盛り』のテーマ、愛と金を解く鍵がありそうである。金は大切なものである、しかしそれは巧妙に集められなければならない。盲人が成功するのは同情されるからである。これを愛に応用すれば愛を成就するには成就を禁ずることであろう。失敗する物語によって成功することである。二人の兄弟の書く小説がことごとく出版者によって拒絶されるように、そうして読者の歓心を買うように、愛は読者の嫉妬をあらかじめ計算にいれて、前もって成就が不可能であるように仕掛けられなければならない。双子の兄弟の一人の娘に対する愛はその不可能の構図である。

　双子といういわば二重自我の視点からみれば、この二人の双子の一人の女性に対する愛はクライストの『アンフィトリオン』と同じテーマ、――女性に愛されているのは、愛する者の肉体的現前なのか、精神なのか、――と分離しないでいいものを分離して愛の成就に疑問符を投げかける試みである。その答えは幕切れの女主人公アルクメーネの「ああ」であり、これはこれまで解釈者が多様な解釈をしてきた多義的なものである。『生意気盛り』でのヴィーナの返事は、この「ああ」の解釈の一つとして足りうるもので、「他の人が話すよう強いるときよりも厳しくあなたは黙るよう強いています」(第六十三番)である。ただ明瞭に『アンフィトリオン』と異なる点は、双子の風貌、性格が異なる点で、このため仮装舞踏会という設定が必要となる。少年時代にその違いははっきりと説明されている(第五番)。ヴァルトについては風貌は「白い巻き毛で、細腕、華奢で」青い目をしており、「少年はとても信心深い、内気な、繊細きわまる、敬虔な、物覚えのよい、夢見がちな性質で、同時に滑稽なまでに武骨で弾力的にはずんでいたので、父親が忌々しく思ったことに――父は法律家の後継者を育てたかった――村の誰もが、牧師でさえ言った、彼はカエサルのように村で一番の者、つまり牧師になるに違いない、と」と書かれている。これに対してヴルトの方は、「しかし双子の弟の方、ヴルトは、と人々はより楽しげに言った、この黒髪の、痘痕のある頑丈な悪漢は、村の半ばとつかみ合いをし、いつも徘徊していて、まことのポータブル[指人形]のイタリア座であって、どのような表情や声も真似て――これは別物だ」とされている。ヴルトは黒髪、黒い目であって、従って厳密に考えれば、ヴルトがいかに仮装しようとも、当時のレベルではコンタクトレンズで目の色を変える技術はなかったとすれば、ヴァルトに仮装しているヴルトをヴィーナはヴァルトではないと気付いたはずである。しかしヴィーナは伸展詩で歌われているように、「気づかない女性」である。この服装が肉体の比喩であることは明瞭であろうが、作品の中にもそれを暗示している文がある。当時の奇形児に対するイメージがそれである。「不具者が先の諸世紀に肉体上の頭飾り、カフス、短いズボンと共に生まれてきたのは単に、こうしたもので世間に、道学者が推測していたように、当時の衣装上のこれらを非難するためにすぎなかったのです（第五十六番）」。従ってヴルトがヴィーナの愛の視線と手とを仮装の上であっても得たことは、その肉体を盗んだに等しい。誰もが気づくように、ここでは洗練された形で、『巨人』のロケロルが夜盲症のリングをその恋人アルバーノの声を真似て闇夜に誘惑した愛の劇が再現されているのである。愛は盗みうる、これがジャン・パウル、クライストに共通の認識であろう。これに対して友情は盗めない。そのことを如実に示しているのが、失敗に終わったクロータ一邸でのヴァルトの貴族としての仮装である。ジャン・パウルのメッセージは友情は盗めない、盗んではならない、しかし愛は盗むものが出現してもやむを得ないものにみえるということであるように思われる。

これは男性という精神（言葉）が女性という肉体を詐術によって得る場合であるが、反対に女性が肉体をもって精神（言葉）に迫ってくるとどういうことになるか。ジャン・パウルの主人公が女性に誘惑されるのは処女作の『見えないロッジ』の中だけであり、その後、主人公達は誘惑から逃げていく。その際顕著なことは、女性の肉体の現前は有無をいわさず、圧倒的なのであるが、どういうわけか、言葉を交わしてしまうとコミュニケーションが混乱してしまう。言葉の間接性のため、言葉が一義的でない、あるいは言葉にこだわってしまい、肉体の現前を失念してしまうのである。ヤコビーネのヴァルトに対する誘惑の場面は拙訳ではこうなる。「『しかしあなたは大胆すぎる』と彼は言った。『あなたは臆病だから、そんなことないわ』と彼女は答えた。彼は彼女が彼の襲撃について言ったことを間違って彼の汚れない評判に対するものと解し、いかに上品に私心のない自分の評判への気遣いを――彼女の評判の方がもっと大事なのであるから――彼女にごく手早く簡潔に（将軍とドアのせいで）説明したものか分からずにいた」。こうした行き違いは『ヘスペルス』でも見られるもので、どうやらジャン・パウルは言葉のために肉体の現前を忘れることを優先させているようにみえる。王妃アニョラとヴィクトルのやりとりはなかなか微妙である。「『若者をお許し下さい――その圧倒された心を――その眩惑された目を――――どのような罰をも受けます、どのような罰も私には許しです――私は我を忘れていました』。――『デモ許シタラ、私ハ我ヲ忘レテシマウ』と彼女は曖昧な目で言った、彼は立ち上がって、彼女の返事は最も快適な解釈と最も屈辱的な解釈の選択を迫っていたので、喜んで自らに後の解釈の罰を課した」（第二十七の犬の郵便日）。

言葉の世界ではすべてが間接的であり、直接的なものは何もないことを本に適用させれば、ヴァルトとヴルトの共同執筆するという『ホッペルポッペルあるいは心』の出現であり、これが同時に本の中の本として本そのものの一部を形成することになる。

またジャン・パウルではお馴染みのことであるが、ジャン・パウルそのものも出現し、ここではリヒター即ち遺言者ファン・デア・カーベルの本名として、すでに亡き者として登場している他、遺言の執行者に依頼された伝記作者としても登場している。言葉の世界では現にこの小説を読む者が感ずるように、ジャン・パウルは死んではいない。親しく語りかけてくるのである。言葉の世界に故人はいない。その上作中人物ヴァルトは遺産継承に成功すれば、リヒターの名前を継ぐことになっている。ジャン・パウルの再生は予告されてもいる。しかし精神の世界、言葉の世界に生きるが故に不可能の愛、成就しない愛、不可能の小説、売れない小説に拘泥するのかもしれず、この意味では現世ですでに死んでいるのである。ヴルトはこれを干し草と言っていた。ジャン・パウルの世界は意外に単純である、死して成れ、貨幣を蔑視して貨幣を得ることである。

市民階級の担い手、宮中代理商の娘ラファエラが醜いとされるのは何故であろうか。おそらくジャン・パウルがむき出しの金の威力を嫌っているからであろう。これに対し将軍の娘ヴィーナが綺麗であるとされるのは、こうした金が制度によっていわば洗われた状態にあって、暗黙裡に貴族の生存形態が首肯されているからであろう。作者の分身のヴァルトの貨幣に対する関係はまことに素朴である。彼が得る遺産は偶然ファン・デア・カーベルにその人柄を認められたからにすぎない。課題の公証人の仕事では失敗ばかりして、ヴァルトが本当に願っているのは、一定の安定した金をもたらす牧師職である。彼は旅で乞食に金を施すが、これが貧民の本質的解決にならず、施す者の自己満足でしかないことは明らかである。僥倖で金を得、それを振りまいても資本主義化していく世界では取り残される処世でしかない。父親、母親の息子に対する要請が公証人職、弁護士職であり、主人公の本音が牧師職にあるということは、市民社会に生きる抒情詩人はすでに欲望のままに生きられないことを暗示し、その公証人職での無能ぶりは、近代市民社会に生きる詩人の無力感の表明である。詩人としての芸が身を助ける幸せを示しているのは、能筆によるフランス語の写字への謝礼と、娘達のために売られる年賀への謝礼（第六十一番）だけである。その他は無能なのであるが、しかし作者はこの無能ぶりが多くの読者の同情を買うことも承知していたに違いない。

この同情の視線を体現しているのが作者のもう一つの分身ヴルトである。彼は第三小巻ではヴァルトの旅を見守るが、このような過度の関心は、主人公の女性に対する徳操を監視するという大義名分はあるものの、普段はまずありえないロマンチックな旅の創作である。ヴァルトは自分の名前がすでに宿の主人に知られているのを体験したりするが、これは旅ではロマンチックなものが失われているという近代社会の裏返しであろう。無名化、匿名化していく社会の中で、ヴルトは自分の力を恃み、時代の趨勢に逆らった演出をしようとする。名前を創作し、貴族と称し、人間は騙すに値するとうそぶく。ここに見られるのは抒情的無力感とは対照をなす、己の力に対する過信である。貨幣への彼の手段はフルート奏者としての稼ぎを除けば、賭博、ペテン等によるものしかないが、真面目に本の執筆をヴァルトに提案する。これはことごとく出版者から拒絶される。ことに彼の諷刺の部分が嫌われるとされる。諷刺によって世間を暴きながら、その作品は受け入れられないのである。ここにも読者の歓心を買うものがある。諷刺詩人は全能の知恵を開示してみせなければならない。読者は無力な詩人ばかりでなく、世の仕組みを暴く、例えば貴族の実体を暴く明敏な著者（第十八番のヴルトの手紙）をも期待しているのだから。しかしその作品は売れないのが望ましい。ヴルトの先に引用した言によれば、芸術で肥沃な谷に行ってはならない。作中の作品が出版者から拒絶されるのは、作者の計算であるが、しかしこれはヴルトの美学の反映でもある。かくて読者の同情を引くことになる。もとよりジャン・パウルは成功した作家として知られており、ヴァルトのヴィーナへの愛も潰えたわけではなく、すべてはハッピー・エンドが遠くに見え隠れしながら、実際の展開は、愛は双子の出現によって成就を妨げられ、作中の本は成功しない。技巧的に見て、読者の歓心を買うに十分な構成を持った作品と言うべきであろう。

『生意気盛り』についてギュンター・デ・ブロインは『ジャン・パウルの生涯』の中で次のように論評している。「勿論楽しみになるのは、（主要な前提、諧謔のセンスを除けば）、静かに落ち着いて読むときに限られる。読み飛ばすとか斜めに読むことは出来ない。本当の喜びは繰り返し読むときにはじめて生ずるのかもしれない。緊迫感が欠けることは全くないが、しかしサスペンス物ではない。どんな享楽もそうであるように（例えばワイン）、これも経験を必要としている。前もって修練を積むことである。それ故ジャン・パウル通は、自分もそうなりたいという人達に、どの作品から読み始めるのが一番いいか尋ねられたら、『ヴッツ』、『フィクスライン』、『ジーベンケース』あるいは『カッツェンベルガー』と答えたらいいだろうが、『生意気盛り』はいけない。これは初心者用の順番の最後となるべきであろう」。何故最後になるのか、何故修練が必要なのかはおそらくこの作品がジャン・パウルの後期の作品であって、文中に多くの自己引用が含まれているが故にそれを味わうには他の作品に通じている ことが必要となるからであろう。しかし美味しいワインを後回しにする必要はない。注釈を詳しくすれば済む話であろう。初心者にはその注釈がいささか煩わしく思えるかも知れないが。例えば訳者が気づいたのは、ジャン・パウルの諧謔の筆法に現世の営みがあの世では逆転するかもしれないというのがあって、これがいろいろ変奏されて利用されている。『生意気盛り』では例えば次のような具合である。「しかし、星々の背後の世界では、そこではきっと独自の、全く奇妙な敬虔の概念を有していて、思わず知らず組んだ手そのものがすでに立派な祈りと見なされることは信じられることである。ちょうど多くのこちらでの握手や接吻、いや多くの悪態が向こうでは短祈禱、瞬発祈禱として流通するかもしれないように。——一方同時に偉大な高僧達にとってこちらの祈禱は、これを彼らは印刷と出版のために何の自己批判もなしにただ他人の需要に応えて絶えず真の男性的な説教術を斟酌して草稿に手を入れているけれども、向こうでは単なる悪態として記されることが考えられる」(第三十六番)。これは教会音楽について、下手《へた》な村の教会の音楽を誉め上げる『ヘスペルス』の第十九の犬の郵便日での論法と似通っている。「より高い精霊達は我々の佳調の近い関係を余りに安易、単調と見なし、これに対して我々の調子外れのより大きな関係を魅力的なもの、自分達の理解を超えないものと見なすであろう。礼拝は人間の為よりもより高い者達の名誉の為に行われるので、教会のスタイルも、より高い者達に合う音楽、つまり調子外れの音楽が作られるよう、そしてまさに我々の耳に最も忌まわしいものを神殿に最もふさわしいものとして選ぶよう努めなければならない」。同じようにあの世の視点を導入して『ヘスペルス』の第四の序言では、「より高い霊達はホメロスやゲーテに少なくとも人間らしい手法を見いだすことであろう」と述べている。更にはゆくりなくも次のような『レヴァーナ』の「侯爵の教育」の章の中の楽しい一節を思い出す。「つまり、カントの精妙の見解によれば、規則正しい人間の歌の反復にはやがて聞きあきてしまうのに対して、永遠の鳥の歌声ではそうならないのは、鳥の歌声には規則がなく、ただ定かならぬ交替があるからというわけで、そのように学校教師はまとまった単調な思考連鎖と、いつも何かに至ろうという決められた目的を持った話しぶりのためやがて眠りをさそうのに対し、世慣れた男は、いつでも本筋を離れたことを言って、皆を元気付かせます」云々である。読書の際にはこうした自己引用、自己模倣が他の作家からの引用同様に理解されることが望ましいであろう。訳者が気づいたのはわずかで他には次のような些細な子供達との接吻の楽しみに気づいたにすぎない。「彼は彼女達に部屋の皆の前でちょっと接吻し、赤くなった。——半ば、あたかも華奢な青白い母親に唇で触れたような気がした」(第四十番)。これは第十九の犬の郵便日を思い出させる。「しかし彼が小さな唇に捜したものは彼女の接吻で、ひょっとしたらアペルもまた彼の接吻を捜したのかもしれない」。こうした類似点の偉大な発見者はベーレントで、以下ベーレントの注釈の主なものを抜き書きして、誰もがジャン・パウル通のベーレントに劣らず『生意気盛り』を楽しめるよう願って、解題に代えたい。注釈の巻はベーレント版である。

第二番

章が七二〇三個の標本を得るという誇大な言は『巨人』にも見られる。Bd.8.52.8 参照。／「半神や半獣は立派に同じ二つ目の片割れ、つまり人間的部分を有するものです」Bd.8.31.20f 参照。／『生意気盛り』のバレンに囲まれる幸せについてはスターンの『トリストラム・シャンディー』の第六章冒頭の影響。

第三番

スウェーデンの牧師は夏至と冬至を好むが、ジャン・パウルの最大と最小に対する好みはBd.8.69.5-9 参照。

第五番

「官職は彼［父］によって生かされ」、ジャン・パウルはここで自分の父親のことを考えている。／老ルーカスは「学者は誰でもそうであるように、意見を格別頑固に主張したからで」、トリストラム・シャンディーの父親のように。／「謝肉祭の子供の踊り」、『ヴァッツ』でも描かれている。／法学的利益については、Bd.9.67.8f 参照。／「人間は一時間よりも十五分でより多く学ぶ」、『レヴァーナ』第百三十三節「注意力」参照。／老仕立屋の夫人の許で聖書を読み上げたヴァルトには自伝的要素がある。

第六番

ショーマーカーの悪事に対する心理的対処に関しては、ジャン・パウルは十八歳のとき、「私はどのような状況をも思い描いて、度胸を得て、人間のすべての考えられる状況に前もって馴染んでおこう」と書いている。

第七番

「リンネ風花時計」『ジーベンケース』第十三章参照。／「ヴルトは小川を歩いて渡った」、『巨人』のショッペも小川を渡る。／「鰊の頭を掛けてある低い部屋の梁」Bd.1.57.26f.

第八番

「リタエ」Bd.8.431.1, 495.22 参照。／ヴァルトがここで向き直り、我々がゴルディーネとヴルトの目でもって彼を眺めることになるのは『美学入門』第七十九節の規則に適っている。ヴァルトの高い額はグスタフ、ヴィクトルと共通。

第九番

燃え上がる劇場のカーテンはジャン・パウルの好みの観念。Bd.8.110.25f, Bd.9.384.34.

第十番

葡萄酢の月の洒落はジャン・パウルの好みの洒落。『ジーベンケース』二十章末尾参照。

第十一番

ルーカスの金に対する喜びは『たくらみと恋』でフェルディナントから金を貰った老ミラーの喜びを思い出させる。

第十二番

看板の中の同じ連鎖、『美学入門』第四十六節、機知的循環について参照。

第十三番

ヘルンフートの墓地で『巨人』の友人達、アルバーノとロケロルも出会う。Bd.8.233.35. ／ ヴァルトの弟を失った痛みは当時出奔した弟ザムエルに対する思いが感じられる。 ／ ヘルンフート派の墓碑銘「帰郷した」『ヘスペルス』Bd.4.177.20参照。 ／ 「聖なる音楽は人間に過去と未来を見せる」『巨人』Bd.8.201.1-3.

第十四番

ジャン・パウル自身「二重性」の迷信を有していた。 ／ 人間を感動させる出版という考えは、『フィクスライン』Bd.5.84.33f.『ジーベンケース』Bd.6.68.19ff. ／「魂を食べさせ、まるで自らのための餌切り台でもあるかのようにその下の頬を動かして」云々のヴルトの言は『見えないロッジ』のオットマルの空想参照。Bd.2.306.5ff.

第十五番

町の描写は『巨人』のアルバーノのペスティッツへの登場を思い出させる、ハスラウはもっと小さな町であるけれども。 ／「愛は指小辞で語るのが好きだから」、『フィクスライン』Bd.5.61.22f. ／ 引っ越した際のヴルトの振る舞いはジャン・パウル自身が実行していたもの。 ／ 暗い部屋での口琴演奏家、『ヘスペルス』Bd.4.52.32, 54.2 参照。

第十六番

「一方が散歩しているときは、他方は執筆出来ればと空しい願いを」、ジャン・パウルの Vita Buch には「晴れた天気のときには分裂してしまう、書こうか（座っているか）、出て歩こうか、と」。 ／「飛行から戻ったばかりの甲虫のように、彼の羽根もまだ長く鞘翅の下から飛び出していた」ジャン・パウル好みの観念『ヘスペルス』Bd.4.149.6-8.『ジーベンケース』Bd.6.413.15-18. ／「日曜日の郷愁」『巨人』Bd.8.357.9f 参照。一般的には午後の憂愁と記されることも多い。『ヘスペルス』Bd.3.145.16ff, Bd.6.333.34f. ／ ヴルトは「胸ははだけ、髪は乱れていた」が、これはホーフでのかつてのジャン・パウルの姿。

第十七番

「若い頃はひたすら新しい人々や作品を熱心に求めるものである」、ジャン・パウルの自伝を彷彿させる。／クローターの見解にはジャン・パウル自身の見解も混じっている。好意を抱いていない作中人物の言動に関しては『美学入門』第六十節の末尾参照。／曲馬に関しては、『ヘスペルス』Bd.4.325.23ff.『巨人』Bd.8.437.25f.

第十八番

ヴルトの「ふくれっ面の精神」をジャン・パウル自身が有していたことは自伝の末尾のフェルケル牧師との経験で明らかである。

第十九番

「友よ、長編小説を書いているのだ」、同様に得意気にジャン・パウルは一七九二年八月十六日女友達のレナーテ・ヴィルト宛に最初の長編小説の出版を告げている。／詩「虹がかかった滝の側で」、これは『ヘスペルス』第三十一の犬の郵便日の「そして神がこの滝を見るときには、永遠の円環がその上に虹として描かれ、奔流は漂う円環を動かすことはない」参照。ショーペンハウアーはこの比喩を『意志と表象としての世界』の第三十六節で利用している。／詩「スフィンクスとしての愛」、『巨人』Bd.8.322.26ff 参照。／「桜草の匂い」『巨人』Bd.8.29.1ff.／「友人の花嫁」『ヘスペルス』Bd.3.76.5f.／「地球最後の日に生存している善良な哀れな少女」Bd.9.552.24ff.

第二十二番

「イギリス議会の羊毛を詰めた袋のベンチ」『見えないロッジ』第十七扇形参照。／「他人が自分の誕生日を覚えていたことに感動し」Bd.8.339.24ff.／「彼はこの新しい食器を自分の二重小説の中で、茶簞笥に入れるように入れることが出来るからであった」。ジャン・パウル自身好んでこのようなものをメモした。／「砂漠の顔に魅力の種蒔きをする」ヴァルトの筆法についてはジャン・パウル自身同じことを自伝で述べている。

第二十四番

木に打ち付ける感傷詩、『再生』Bd.7.218.31ff 参照。／「むき出しの爪楊枝の付いた高貴な食卓の犬儒主義」、『ヘスペルス』「その火を再び二本の爪楊枝で、それを使用するたびに、かき消した」（第十一の犬の郵便日）、その他 Bd.3.168.19f.／ヴィーナの手紙「結局のところ、考えでないものはすべて儀式なのですから」（エマーヌエル宛、一七九五年四月三日）。

第二十五番

「ヴルトは月刊誌のようにいつも最良の作品を最初にもってきて」、Bd.8.147.29 参照。／ 音楽の「汚れない調べよ」、Bd.8.201.3f 参照。／ 「犬は鼻を良い匂いに対してではなく、敵の人間や知り合いの人間の匂いに対して持つ」『美学入門』第三十七節参照。

第二十七番

拙劣な食卓説教、Bd.9.467.10 参照。／ 「山鶉のようにパタパタと飛び上がる」ジャン・パウルの好みの表現。「騒々しい山鶉」『ヘスペルス』第三十一の犬の郵便日。／ 「彼は背後での非難ではなく、背後での称賛をその人に伝えることが許されると考えていた」、ジャン・パウル自身のモラル。Br.2.143.

第二十八番

「ホテルで待ち伏せして大使の姿を目撃」、自伝的要素が強い。

第三十番

体系的に捉えることの出来ないペロポネソス戦争については、ベーレント著『ジャン・パウルの美学』二七〇頁参照。／ 「明日の夕方着く、迎えに出てきて欲しい」、このようにオットーは、ジャン・パウルが土曜日シュヴァルツェンバッハからホーフへ来るとき出迎えるものであった。／ 「しかし皮剝人を義父に選ばないし、死刑執行人夫人、墓掘人夫人を踊りに誘わない」、Bd.8.446.11 参照。／ 宮廷では「一対の市民の女性の足を日曜日食卓の下に目撃したことはない」、ジャン・パウル自身一八〇二年五月ヒルトブルクハウゼンで夫人と一緒に宮廷に招待されたとき、夫人のカロリーネは別のテーブルで食べなければならなかった。Br.4.179.

第三十一番

「そうなると僕は愛の大熊座に乗って、天を駆けることになる」、Bd.9.31.10 参照。／ アリストテレスの言う「二つの肉体が一つの魂を作るこのような場合」、Bd.1.520.32f, Bd.4.128.17-20, Bd.6.1.33. 11f.

第三十二番

「ただ花だけが眠り、草は眠りません」、Bd.9.12.33 参照。／ 「石化する水のようにただ石の樹皮を作るだけであった」、Bd.1.74.27f. ／ 注の「一つの言葉、一つの鐘の音がしばしば雪崩を引き起こす」好みの比喩。Bd.1.473.22-26, Bd.9.535.15f. ／ 「背中は容易にその人間を突然、死んだ、遠くの、不在の者にし」、Bd.2.193.3-6. ／ 「カムチャッカ人が双子のうちいつも一人は狼を父親に持つと信じているならば」、Bd.1.107.2f 参照。

第三十五番

「中世からの花に満ちたプロヴァンスに変えた」このようにヘルダーは時に中世へ憧れた。『美学入門』の結語参照。／「クリームのように宮廷生活は冷たくて同時に甘い」、Bd.2.303.18 参照。

第三十六番

「このようにこわごわと泳ぐ敬虔な魂は、同じく浮かんでいる小枝にはどれにでもすがりつくものである」。一八〇二年三月十八日「哀れな女性［シャルロッテ・フォン・カルプ］はその大波の中を泳いで、横に浮かんでいる小枝にはどれにでもすがりつく」。Br.4.155.／「詩人、つまり静かな海であって、海戦や空模様のすべての動きを自らは動かさずに写していて」、一八〇二年五月七日、Br.4.164.

第三十七番

「この道は河川同様に風景を飾るもので、河川同様にどこからどこへとも知らずに無限に移り」、Bd.2.206.19ff.／「金の終わりは庭園の終わり同様に巧みに隠されなければならないという規則」、Bd.6.525.7-9.／死者達の礼拝「それぞれの椅子には黄色の死者が敬虔に座っているかもしれず」、Bd.6.248.19-22（最初の花の絵）参照。

第三十八番

ラファエラの朝露の髪への利用、『ヘスペルス』の第九の犬の郵便日、ヴィクトルの朝露による洗顔参照。／父母の契約によるヴィーナのライプツィヒ行き、このようにジャン・パウルの義父マイヤーもベルリンで別れた妻と取り決めて、三人の娘は交互に父の許と母（後にはライプツィヒへ移った）の許で暮らすようにしていた。

第三十九番

村々の名前を無視した旅、Bd.8.461.14ff 参照。／荷車押しと自分との比較、ヴァルトの旅は多くの点で『ヘスペルス』のヴィクトルの旅を思い出させる。

第四十番

「類の名称は、人間では珍しいことであるが」、Bd.8.245.26 注参照。／Rosana, Bd.8.361.2 注参照。／格別の韻も付けない歌、Bd.3.141.18f（第九の犬の郵便日）参照。／「蝶は胃を有しない」、Bd.8.66.27f.／「彼の詩的嵐は花よりも容易に梢を曲げた」、Bd.8.28.24. ／ 「現実のハーモニカがそうであるように、ロマンチックに間近にあって」、Bd.4.52.29ff. 『ヘスペルス』、三日目の復活祭。 ／ 「その後彼は空を見て、神を二回御身と呼び、そして長く黙った」、Bd.2.230.7. ／ 「地上の生の多彩な軽やかな絨毯」、ゲオルゲは『生の絨毯』の表題をここから借用したかもしれない。 ／ 「人生の花の萼が多彩に烟りながら彼を包み込み、やさしく揺すった」、ジャン・パウル好みの観念、Bd.2.445.9f, Bd.4.244.18f 参照。

第四十一番

「実際人間はエーテルのための最良の翼を有していても、鋪石のための一足の長靴を必要とする」、一八〇一年九月十七日(Br.4.118)「才能ある人間にとってはエーテルのための翼は一足の鋪石のための長靴がなければ十分には役立たない」。

第四十二番

河での浮木流し、これはヘルダーの癖であったらしい。 ／ 五月柱、Bd.5.346.28ff. ／ 「公証人は、誰もが褒めない哀れな奴が自慢するときほど喜びを感ずることはなかった」、Bd.2.442.7ff, Bd.5.454.7ff.

第四十三番

「歩いて来る者には床をあてがっていた」、徒の旅行者への宿での対応はジャン・パウル自身経験していた。Br.2.203, Bd.7.237.29ff.

第四十四番

「心臓の代わりに的としてある銃殺された兵士の心臓のところに掛けられていたもの」、好みのモチーフ。Bd.3.388.1.9f, Bd.5.238.15f, Br.3.480. ／ 「手紙に地球上のH氏とだけ記せば」、一八〇五年十月五日ティーク宛にジャン・パウルは書いた、「時空内のL・ティーク様」。 ／ 「君主の椅子の脚」、Bd.9.1.46.22.

第四十五番

「糸を彼の足から紡錘から離すように離さなければならなかった」、Bd.5.19.34. ／ 「工芸品の爪楊枝」、Bd.5.450.9f.

第四十七番

「物語は長さを欲し、意見は短さを欲する」、『美学入門』第四十五節、第六十七節参照。 ／ 「赤い琥珀織りの影の下」、Bd.4.83.23.「琥珀織りの影の琥珀織りの影」（第二十九の犬の郵便日）。

第四十八番

編み物をするヴィーナは第四十五番の縫い物をするヤコビーネを思い出させる。他に、Bd.8.327.23ff. ／「彼はますます多弁になって」、Bd.9.309.7ff 参照。

第五十番

「長編小説には一滴の水も持ち込むことは厳しく禁じられています。一滴の水は烈火の銅、溶解した銅を砕いてしまうからです」、好みの比喩。Bd.8.99.26-28, 422.16-20.

第五十一番

「明らかに憎しみを抱いている者を絶えず目にすることは、その冷淡さをすでに憎しみと見なすいつも愛する魂を鬱陶しい雷雨の大気で押さえつけてしまう、雷雨はその接近の方がその雷鳴よりも苦しめるものである」、Bd.9.317.14-16.

第五十二番

「宮廷人の生活は持続的詩ではないか」、ヴァルトは Hafteldorn のように考えている。Bd.8.273ff 参照。

第五十四番

「ただ聞きたいのは、君のようにつとに冷淡に情熱もなく哀れな人間達をこのように荒々しく裁き、考えていたら、自ずと極端に走りやすい激情に駆られたときには一体どういうことになろうかということだ」、Bd.9.343.16-20. ／「これからは思い出すことを忘れないようにしましょう」、Bd.2.261.3. ヤングの第三の諷刺に由来する。忘れたふりをするために備忘録を作る道化について言及されている。

第五十五番

「一人の人間の顔を見るだけでもう彼の心は捉えられた、そしてそれが一匹の蛾の蛹に斑点として現れていようと、あるいは一人の子供の人形に蠟製として現れていようと、彼はこの両者を冷たく親指で押しつぶすことは出来なかったであろう」。アルバーノは違う、Bd.9.305.34f 参照。他に、Bd.54.10-12, Br.1.187 では「カレンダーに太陽が人間の顔をして描かれているのを見ると、いつも気持ちが良くなる」。／「双子が一部屋に一緒に住むよりも、教会で違う宗派の者が一緒に事を行う方がより容易だからだ」、Bd.8.132.15ff 参照。／「そしてヴルトのすべての美点をこっそりと書きつけて、自分がまた不平を言いそうになったとき、それを処方箋として読み返すことにした」。ジャン・パウル自身妻との諍いにはこのようにして備えた。

第五十六番

「須臾の喧噪は蠟人形陳列室となり、花咲き舞う生命の庭は固定された果樹園芸学的陳列室となる」、Bd.5.392.4-6 参照。／「そもそもここドイツでは名声とは何であろうか」、『ジーベンケース』第十一章の名声についてのライプゲーバーの見解参照。／「ただ詩的にのみ人を愛することが出来て」、Bd.2.172.26ff.「彼は他人に関しては、自分が見ているものよりは、自分が考えているものの方を愛していた」。こうした非難はしばしばジャン・パウル自身に対してなされた。／「諸謔家は確かに戯けた、厭わしい鉱山服をその横坑に入坑するために有しています。――彼は確かに出来るだけ人類のすべての奇形、不具を摂取して、不具者の例に倣い、例を示そうとします」、Bd.9.140.20-25.

第五十七番

「ステルノクレイドド……」、『ジーベンケース』ではSternocleidomastoideum, Bd.6.110.6 参照。／「同様に、ただ後のことであるが、日が長くなっていくのを喜ぶであろうことも忘れていなかった」、冬至からはまた日が長くなる楽しみがあることについては、『フィクスライン』、Bd.5.148.9ff 参照。／「彼は隣の飲食店で囀っているユダヤ人の少年を本当の小夜啼鳥と勘違いしたのであった」、『ヘスペルス』ではマチューが小夜啼鳥の真似をした。Bd.4.188.9f. ／「月光を浴びた塵埃の下で戯れていた」、Bd.6.535.2f. ／靴屋についての冗談は『ジーベンケース』での仕立屋を思い出させる。Bd.6.278. ／『様子が変だぞ、悲しかったのかい』――『幸せな気分だったし、今ではもっと幸せだ』」第十四番での多韻律詩の際も同様。

第五十八番

「皇帝とか教皇が訪問する地方の首長をさえなくするようなもので」、Bd.1.344.20ff. ／鐘の「こんなに近くで耳にするざわめきやその停止」、『美学入門』第二十二節で鐘の鳴り止む様をロマン的としている。

第五十九番

出版者に手紙を渡し、そして末尾に著者自身であることを記す冗談はかつてジャン・パウルがライプツィヒで出版者ハルトクノッホ相手に行ったことで、同様に失敗に終わった。／内気な恋人同士の視線が鏡の中で出会うのはジャン・パウルの好みのモチーフである。Bd.2.319.15ff, Bd.4.154.20ff 参照。／風景に山を欲する趣味はジャン・パウルのもので、この趣味をヴァルトに持たせている。Bd.7.456.25ff. ／「自分の母親を愛する娘は最良の最も女性らしい者である」、Bd.5.287.28ff. ／「しかし本当のことを言うと」、一八〇一年十一月二日（Br.4.130）「本当のことを言うと、とは遣うべきでない言い回しである、真実をいつも言うべきであるのだから」。

第六十番

「卑しい出自という圧迫が痛々しく感じられるのは一緒の祭典のときをおいてないかもしれない」。ジャン・パウルは自分の体験に基づいて言っている。

第六十一番

「でも私ども二人のことを著者として混同されたでしょう」、Bd.5.296 参照。　／　「月光の中でも蜂はここの花々の中で羽音を立てて、蜜を吸う」、Bd.1.457.3-6 参照。

第六十四番

「しかし一体これは何か。そこに僕は生身の体で立っていて、手ずから出現している」、二重自我のモチーフが手短に出現している。

解題補足　文献紹介

嶋﨑順子

ここでは一、当時の書評、二、単行本、三、雑誌掲載論文の順にドイツにおける『生意気盛り』の研究史を紹介する。

一、当時の書評

発表当時の書評としては、次のものがある。

ハレの『一般読書新聞』（[Hallische] Allgemeine Literaturzeitung）、一八〇四年九月十八日

以前のジャン・パウルの作品よりも劣っているとし、全体的に調和が欠け、凡庸な作品であると評している。その理由として冒頭のファン・デア・カーペルの遺書が開封される場面に登場する七人の推定相続人たちが、生彩を欠いた、単なる機知の担い手に化してしまっていることや、ヴァルトが書いた「スウェーデンの牧師の幸福」の牧歌性が不十分であること、ヴァルトの両親のことなど、筋とは関係のない無意味な事柄が長々と叙述されることを挙げている。また、ヴルトの性格は興味深いとしながらも他の登場人物たちには個性がないと述べ、作中で展開される見解についても目新しいものはほとんどないとしている。末尾には作品を特徴づけるフレーズや伸展詩がいくつか引用されている。

『イエナ一般読書新聞』（Jenaische Allgemeine Literaturzeitung）、一八〇六年四月二十五日

ジャン・パウルの作品の中では、最も楽しく機知の溢れる作品であり均整の取れた様式で書かれていると評価している一方、作者が下層の人々の生活や台所に由来する比喩や表現を多用することを非難している。また印刷状態や紙の悪さにも苦情を述べている。

『エレガントな世界のための新聞』(Zeitung für die elegante Welt)、一八〇四年六月七日

崇高で男性的な『巨人』と異なり、女性が読むのに適した作品であると評している。ヴァルトの性格は極めて魅力的であるが、その友情に対する感情は、古風で時代離れしており、現代の男性には不可解で、中には嫌悪の念をもよおす者もいるだろうと述べている。興味深い登場人物として、ヴァルトの他にフリッテを挙げている。

『新一般ドイツ文庫』(Neue allgemeine deutsche Bibliothek)、一八〇四年

ジャン・パウルの小説は混乱ばかりで統一が全くないと痛烈に批判している。

同書、一八〇五年

こちらは第四小巻を扱っている。ジャン・パウルの「世界及び人間に関する知識の完全な欠如」や「絶対的な一面性」が攻撃されている。特に感傷主義的な文体と低俗な表現との混交が批判されており、最後は「ジャン・パウルは書くのをやめよ、さもなくばもっとましなものを書け」という極めて辛辣な言葉で結ばれている。

『自由報知紙』(Der Freimütige)、一八〇四年五月二十九日、三十日

以前の作品と比べて均整の取れた節度ある文体であることを評価しているが、結局は詩的な理念の世界が散文的で低俗な現実世界と化していることが残念であるとしている。また『巨人』にジャン・パウル自身の二つの全く異なる性格のうちロマン主義的・感傷的性格が顕著に現れているのに対し、『生意気盛り』ではもう一方の諧謔的な性格が前面に出ていると述べている。さらにジャン・パウルの登場人物が作者の旺盛な創造精神にもかかわらず、以前の作品の焼き直しであることに苦言を呈しつつも、ジャン・パウルの作中人物が非常に魅力的である点も認めている。『生意気盛り』には多くの美しい場面がふんだんに織り込まれていること、ヴァルトとヴルトの性格のコントラストが鮮やかに描かれていることなどを高く評価している。その一方で、この作家の厭世的・諦念的態度を批判し、人生に立ち向かう勇気を読者に奮起させるような、人生に前向きな作品を書くよう要請している。

二、研究書

Karl Freye: Jean Pauls Flegeljahre. 1907. (reprinting, 1967, Johnson Reprint Corporation)

本書は二部に分かれていて、第一部で草稿を基に成立史を、第二部では作品の価値を論じている。実証主義的なもので、ジャン・パウルの手紙等での言動と作中人物の言動を任意に引用している部分が見られるもののさほど古さを感じさせない。二五頁で「詩と現実の二元論の綜合」というジャン・パウルのメモを重要としており、また一三〇頁では「現実と戦う詩と愛」というメモを紹介している。語り手としてのジャン・パウルについて、「ジャン・パウルを読む人は一言も理解できないし、何もわからないと言う」と述べて昔の人もそうだったのかと納得させる部分があり（二一八頁）、その理由として語りの中に個別的な事柄が詰め込まれすぎていること、読者に対する配慮が足りないことなどを挙げ、次のように結論付けている。「ジャン・パウルは結局のところ［叙事的明瞭さを持った］語り手でもなく、その小説は叙事的かつ抒情的かつ劇的文学作品である。叙事的導入の欠如を補っているものは、一つには直接的に劇的なものであり、もう一つは奇妙なほどに断章的で凝った口調で語り、またこの口調を決して放棄しないこの人物の持続する感情である」（二三四頁）。また作中の登場人物について、ヴルトの世間知はヴルトの言葉以上のものではないとか、ヴァルトの大学生活もよく描写されていないと注文を付けている。

Peter Horst Neumann: Jean Pauls Flegeljahre. Vandenhoeck und Ruprecht. 1966.

本書は作品内在主義的研究で『生意気盛り』の研究においては看過できない研究書である。個々の場面から作品全体の関連を明らかにしようとして、前作『巨人』などとの強引な関連づけが見られる点があり、H・シュラッファーの痛烈な批判を浴びているが、有益な指摘も少なくない。例えばヴァルトの最初の伸展詩『二重の星が空に一つの星として現れる、しかしおお唯一のものよ、御身は満天の星空の中へ消えていく』について、これはヴァルトがプラトン（ヘルダーのこと）に会ったときの感激から生まれたとされる詩であるが、次のように説明している。まずこれはヘルダーによるプラトン作と言われるエピグラムの翻訳を下敷きにしており、そこでは「星々の下に私の愛する若者は住んでいる、私が全き天であれば、たくさんの目でおまえを眺めることができるのに」となっている（二二頁）。ヴァルトの詩に見られる二重の星とは、二つの肉体に引き裂かれた一つの魂というプラトンの思想を踏まえており、小説の根本的比喩となっていると解釈されている（二四頁）。この他、ノイペーターの家、小説の中の小説としての小説、未完かそれとも未完ではないのか［完結しているとの印象］、仮面舞踏会の章、夢遊病者の場面、結末の夢という具合に章を追って論じられている。夢遊病者の場面の結論はこうである。「どのような点でヴルトの〈夢遊病者〉の模倣が美学的に仮面舞踏会で彼がヴィーナに対して行った欺瞞と対をなしているか明らかにしたと思う。両場面とも『巨人』の場面を借用している。ちょうど小説の第二十五番で彼が『ヘスペルス』の盲目のユーリウスを模倣したように、ヴルトは夢遊病者の仮面の下でショッペの狂気を模倣している。この瞬間に彼の〈汝〉に対する絶望の深さが突然照らし出される」（一〇〇頁）。なおノイマンは第六十三番の章名であるチタン電気石を電気石に関連づけてプラスとマイナスの二極化について論じているが、後に紹介するローマンによれば、これはルチル（別名 Nadelstein［針石］）のことであって、チタン［Titan］はジャン・パウルの『巨人』とは関係なく、この章は主にヴルトと関係しているとのことである。

Peter Maurer: Wunsch und Maske. Vandenhoeck und Ruprecht. 1981.

全体の要旨と思われる部分を訳すと次のようになる。「ヴァルトの内面性、夢想的至福の状態、そしてヴルトの外面性は重なり合うことができない。ヴルトは最後には、自分がヴァルトに近寄れないことを悟り、ヴァルトの方は困窮した不幸な双子の兄弟を見過ごしてしまう。そしてフルートの名手自身、自分のふくれっ面の精神、攻撃欲、憎しみの感情を克服することができない。兄弟の性格が異なっているから、彼らの友情が頓挫せざるをえないのではない。彼らが同じ欠陥に苦しんでいるからそうなるのである。つまり実践での愛の能力の欠如である。この欠陥はまさしく彼らの愛の貧困から生ずる。ヴァルトの心の世界は愛の世界である（ペトラルカとトゥルバドゥールを思い出してみさえすればいい）、そしてヴルトは、自分は愛を見いだし、憎しみから逃れるために世間を遍歴していると語っている。ヴァルトとヴルトは愛の理念によって生きている。それを現実に移すことが彼らにはできないのである」（一三二頁）。著者は「願望するものとしての詩人」というコメレルの言葉に依拠しながら、「仮面の中で願望と実現が一つになる」（一〇頁）と述べており、このような方法論では、上述のような永遠に現実に到達しない自己の世界に充足した主人公たちという結論は先に見えていたと思われる。

Gustav Lohmann: Jean Pauls Flegeljahre. Königshausen und Neuman. 第一部 1990. 第二部 1995.

第一部は主に一番から三十二番まで、第二部は三十三番から六十四番までの章題と作品内容との関係を探ったものである。その一部を紹介する。「章名はほぼ完全にグループ分けすることができる。すでに初めにいくつかの類似は今やさらに広範囲に認めることができる。お金のことが話題になる方鉛鉱の章はその意味において利己主義と物質的存在をも含んでいる。このグループに十番の臭木、二十二番のサッサフラス、二十四番の輝炭も属する。同様に〈貴族やお上〉というテーマ群は有毒の物質（六、八、三十番）というイメージを持っていて、これには水銀のアレゴリーになる二十一番の巨口貝あるいはヴィトモンダーも属する。／　これらの低俗な〈日常の人間〉の章と対照的に、この小説の〈祝祭人あるいは高人〉、ヴルトと特にヴァルトが中心人物となる章がある。隠れた過去が明らかになる場合（十五番　車渠貝）、あるいはヴルトがもはや捨てることができない自分の頑になった心を嘆く場合（十八番　ウニの化石）に、ジャン・パウルが繰り返し古代の化石を選んでいることはすでに指摘した。これに対して幸福に自分の世界に充足しているヴァルトをジャン・パウルは蝸牛の殻（十二番　偽糸掛貝、第三小巻の三十九―四十一番）か、あるいは貝（十五番、二十八番、第三小巻の三十六番）と比較している。／ヴァルトの詩作法が描かれる十六番と十九番の場合には、ジャン・パウルは土を選んでいて、その一方はこの夢想家の詩作及び生における幸福を、他方は挫折を象徴している。すなわち岩石から湧き上がる金属性の液体である珪藻土と、何の役にも立たず肥料にさえならない、硬化するのが早すぎた石灰土である泥灰岩である」（第一部八四―一八五頁）。

「ヴルトとヴァルトの対立がそもそも後半部全体の章題を規定している。透明な石や色鮮やかな貝ないし蝸牛の殻の章題がつけられた（三十六、三十九、四十、四十一、五十九番）純粋な章とヴルトの影響も受けた章、不透明な玉虫色の博物標本（三十七、四十三、四十四、五十三番）、とりわけ動物の剝製（五十一、五十二、五十四、五十五、五十七、六十番）を表題に持つ章が対照をなしている。第四小巻の章名の意味はもっと分かりやすい、というのはそれらに呼応して、テクストにおける諷刺的鋭さがいくらか増しているからである。／　ヴァルトの章における鉱物の色彩の象徴性は第三、四小巻でも継続している。三十五番（緑玉髄）での音楽を聞いて高まった彼の愛とヴィーナとの唱和（五十九番　筍貝）は最初の二十五番エメラルドの流れ（音楽の音楽）と同様に緑色をしている。渡し船の上で再会したヴィーナへのヴァルトの燃え上がる愛とその後の彼女と話をすることへの期待は、次の二つの透明な石、深紅色をした四十六番の透明柘榴石と朝焼けの色をした四十七番のチタンで強調されている。彼女についての、現実から解き放され、自分自身のうちに閉ざされた、まだ思春期的な彼の夢想はコンパス貝［帆立貝］（三十六番）の白と赤の色彩を含んでおり、彼らの視線の最初の出会い、愛し合う者としての最初の互いの認識は、土壌中の純銀のまれな出現（四十九番　葉状鉱）で特徴づけられている。この最後の二つの博物標本を別にすると、透明性が一般に永遠なものに開かれたヴァルトの本性の特徴である。クロータ—の〈輝炭〉の自己中心主義（二十四番）に対応するものとして、第三小巻では光は通すが熱は通さない透石膏がラファエラの打算的な感傷性に当てられている。一般的にヴァルトの旅で登場する脇役たちはいつもより多く博物標本で描かれている（三十三、三十四、三十七、三十八、四十三、四十五、四十八番）。素朴なふりをしているだけの女優ヤコビーネの不透明さや玉虫色的で、実は腐食的な性質は、二度も印象的に特徴づけられている（四十五番　猫目石と四十八番　放射状黄鉄鉱）。／　一八〇三年以降ジャン・パウルが次第に冷静になったのに呼応して、第四小巻ではヴァルトの幸福な体験を指示する表題を持つ章は二つしかない、五十九番の筍貝と六十一番のセントポール島のラブラドルである、少なくとも五十一番はそうしたもののうちに含められるかもしれないが。しかし一方、ヴァルトの諷刺的見方が、特に動物の比喩やその他、このような辛辣なヴルトの章を表現している鉱石（五十三、六十二、六十三番）によって、主流を占めるようになる」（第二部二三八—二三九頁）。

Ulrich Rose: Poesie als Praxis. Jean Paul, Herder und Jacobi im Diskurs der Aufklärung. Deutscher Universitäts-Verlag.1990.

本書は副題に「啓蒙主義の言説の中のジャン・パウル、ヘルダーそしてヤコービ」とあるように広い意味での啓蒙主義の思潮の中で『生意気盛り』を解釈したものである。本書の特徴は力点を第四十九番の滝の場面に置いていることである、他者をいかにして理解するかという哲学的問いかけを行っているからである。「それ故滝の場面に本解釈は基づいている。ここでは愛の直接性と完全な人為性とが合体している。クロータ—の英国庭園の恣意的な〈自然性〉とは違って、またヴァルトが欲する魂の調和とも違い、この場面ではメタファのメタファとして広々とした風景の絶対的人為性（ヴァルトによって〈描かれた〉荒々しい、ロマン的な地方）が愛の直接性と融合している。虚構の開放性は保たれていており、まさにその中に直接性がある。詩的な〈神の光〉の中で個人化によって生じた孤独は克服されうる」（一四四頁）。

Ephrem Holdener: Jean Paul und die Frühromantik. Thesis-Verlag. 1993.

本書はジャン・パウルとフィヒテ哲学の影響を受けた初期ロマン主義の代表者であるノヴァーリス及びF・シュレーゲルとの関係を論じたものである。結論は次のようになるだろうか。「ジャン・パウルは『生意気盛り』において、『フィヒテの鍵』のように振舞っている。彼は、『フィヒテの鍵』でその方法を呼んだような〈真の一貫性〉を持った初期ロマン主義の哲学を、小説に適用するとどのようなことになるか、実例を示している。この〈真の一貫性〉はフィヒテとその信奉者たちを滑稽に見せる。〈パロディ的な一貫性〉が扱われているのである。それ故『生意気盛り』は全体としてフィヒテ哲学とノヴァーリスと（第四章で論じられることになる）フリードリッヒ・シュレーゲルによるその詩への転化に対するパロディとして理解されうるのである」（九二頁）。

Michael Vonau: Quodibet. Studien zur poetologischen Selbstreflexivität von Jean Pauls Roman Flegeljahre. Ergon Verlag. 1997.

アンドレ・ジッドの『贋金造り』で展開された小説の詩学的な自己関係性の機能的・構造的要素がすでに『生意気盛り』に初めて、また明瞭に見られること、こうした近代小説の自己省察という観点において初期ロマン派の小説理論への接近が見られることを論じている。そしてヴァルトが旅の途次ヴルトのために買った（実はヴルトの描いた）合切物〔クオドリベット〕を作品解釈の鍵としている。

三、研究論文

Hermann Meyer: Jean Pauls Flegeljahre. In: Jean Paul. Hrsg. v. Uwe Schweikert. (Wege der Forschung 336). Wissenschaftliche Buchgesellschaft. 1974. S. 208-265. 初出は1963.

作品内在的な立場から小説の構造及び文体を分析することによって、『生意気盛り』の芸術的価値を初めて積極的に評価した論文。論者は、小説の要旨として度々挙げられる「現実と戦う詩と愛」や「詩と現実の二元論の綜合」などの構想メモを作品の内容に関係づけるのではなく、言語的・形態的出来事と解すべきであるというテーゼから出発する。すなわち、現実は、ヴァルトの理想主義的で崇高な文体によって詩化・魔術化される一方で、ヴルトの諷刺的・諧謔的な文体によってその現実性を剥奪される。作品全体を貫くこれら二つの言語領域の相互作用によって、作品は「ユーモアによる全体性」を獲得する。二つの文体のコントラストの上に成り立つ調和（著者は「対立的調和」と呼んでいる）が作品を統一させる原理である。この原理を端的に表しているのが、作中で兄弟によって共同執筆される『ホッペルポッペルあるいは心』である。

Marie-Luise Gansberg: Welt-Verlachung und 'das rechte Land'. (Wege der Forschung 336 a. a. O.) S. 353-388. 初出は 1968.

本論は社会学的な視点から作品を論じたものであり、その主題は、二人の主人公ヴァルトとヴルトがいかなる社会的実存を持つかという問いと未完に終わった結末の価値付けである。夢想家ヴァルトは、理想的な世界を企図する空想力を有しているが、その夢想はかつての『ヘスペルス』におけるような政治性や社会性を失って、牧歌的な個人的世界に後退してしまう。一方、当時の社会の矛盾を攻撃するヴルトは、ヴァルトと違って現実について熟知しているがゆえに夢を見る力を失い、理想的な社会を実現に導く実行力を持たない。それゆえヴルトの批判は結局は単なる遊戯となる。さらに具体的な社会の矛盾を永遠に変わらない事実と見なすことによって、ヴルトはバロック的な虚無主義者、キリスト教的・ストア的世界嘲笑者に退行してしまう。この決して和解に至らず、互いに孤立した兄弟の姿には、変わらない現実に直面して無力感を抱く一八〇〇年頃のドイツの知識人の意識が反映されている。しかし、この対立が以前の作品のように、作者の詩的な力によって強引に解消されて非現実的な結末へと導かれなかったこと、すなわち作品が未完のまま残されたことが、作品の真正さとリアリティーを保証することになったと論者は述べている。

Heinrich Bosse: Der offene Schluß der Flegeljahre. In: Jahrbuch der Jean-Paul-Gesellschaft 2. 1967. S.73-84.

ヴィーナをめぐって表面化するヴァルトとヴルトの対立関係を論じ、『生意気盛り』が、ヴァルトの遺産相続や愛の物語に関しては未完に終わっているが、双子の兄弟の物語としては完結しているという観点から、この作品の結末を「開かれた終わり」と呼んでいる。

Leo Tönz: Das Wirtshaus “Zum Wirtshaus”. In: Jahrbuch der Jean-Paul-Gesellschaft 5. 1970. S. 105-123.

前半は、物語の舞台として三度にわたって登場する旅館「旅館亭」の小説における機能を論じている。双子の兄弟の故郷であるエルテルラインとヴァルトが遺産相続のために住むことになるハスラウとの境界にあるこの旅館は、兄弟の関係が新たな段階を迎えるたびにそれを象徴するかのように物語の舞台に登場する。つまり旅館の場面は、小説全体の展開を凝縮している。

本論の後半では、この旅館の看板についてのヴルトの見解（第十二番）が考察の対象となっている。この箇所では、フィヒテの反省哲学とその信奉者である初期ロマン主義者たち、特にF・シュレーゲルの美学が批判されている。ジャン・パウルは、観念論者たちが提唱する無限性や永遠性が、単なる言語操作によって得られる実体のない空虚なものにすぎないことを暴くと同時に、この「機械的」な操作に対して永遠性へ達するための独自の「力動的」な手法を呈示していると結論づけられている。

Waltraud Wiethölter: Jean Paul Flegeljahre. In: Romane und Erzählungen der deutschen Romantik. Hrsg. v. Paul Michael Lützeler. Reclam. 1981. S. 163-193.

第一部は受容史および研究史の紹介に当てられ、第二部の作品解釈では、特に父親との関係において兄弟の対立の問題が扱われている。

Wulf Köpke: Abschied von der Poesie. "Flegeljahre" und die Auseinandersetzung mit Herder. in: Jahrbuch der Jean-Paul-Gesellschaft 25. 1990. S.43-60.

「現実と戦う愛と詩」という『生意気盛り』の主題は、詩によって市民社会を教育することを説いたヘルダーの思想との関係の上で成立したものであり、小説において詩と現実との対立を解消させる試みが挫折に終わるのは、ジャン・パウルのヘルダーに対する批判であると論じている。

Monika Schmitz-Emans: Alles "bedeutet und bezeichnet". Überlegungen zu Jean Pauls Naturalienkabinetten anläßlich Gustav Lohmanns Buch: Jean Pauls "Flegeljahre" gesehen im Rahmen ihrer Kapitelüberschriften. In: Jahrbuch der Jean-Paul-Gesellschaft 28. 1993. S. 135-168.

前半は、上記のローマンの研究「第一部」に基づいて博物標本のモチーフについて考察し、後半は自らこれらの標本のイラストを描いている。

あとがき

本書は文芸盛んなゲーテ時代の傑作であり、本来ならば森鷗外が『ファウスト』を訳したように、すでに然るべき人が翻訳紹介していてよい作品であるが、「生意気」にも一介の語学教師が訳すことになった。

今回の翻訳では翻訳そのものに劣らぬほど校正に多くの時間を費やした。校正に当たっては、まず、九州大学文学部独文学博士課程で目下ジャン・パウルを研究テーマの一つにしている嶋﨑順子さんに原文と訳文との照合を依頼した。時間の関係で第三小巻のみは訳者自身で見直したが、嶋﨑さんには多くの誤訳、脱落等を指摘して頂き、外国語の難しさをいやというほど感ずることになった。なお最後の文献紹介は嶋﨑さんの手になるものである。この校正の後、九州大学出版会の編集長藤木雅幸氏をはじめとする出版会関係者の校正を経て出版に至った。

この本の出版に当たっては文部省の平成十年度科学研究費補助金「研究成果公開促進費」の交付を受けることになり、有り難く思った。

翻訳に際しての疑問点については、同僚の Andreas Kasjan 氏、ボン大学元教授 Kurt Wölfel 氏、ボン大学講師 Ralf Simon 氏にも有益な助言を頂いた。協力して頂いた諸氏に厚く御礼申し上げたい。

平成十年十月

恒吉法海

訳者紹介

恒吉法海（つねよし　のりみ）

1947年生まれ。
1973年，東京大学大学院独語独文学修士課程修了
九州大学名誉教授
主要著書　『続ジャン・パウル　ノート』（九州大学出版会）
主要訳書　ジャン・パウル『レヴァーナ あるいは教育論』，同『ヘスペルス あるいは四十五の犬の郵便日』（第35回日本翻訳文化賞受賞），同『彗星』（いずれも九州大学出版会）

生意気盛り《なまいきざかり》

1999年 1 月 5 日　初版発行
2018年 9 月20日　新装版発行

著　者　ジャン・パウル
訳　者　恒　吉　法　海
発行者　五十川　直　行
発行所　一般財団法人　九州大学出版会
〒814-0001　福岡市早良区百道浜 3-8-34
九州大学産学官連携イノベーションプラザ 305
電話 092-833-9150
URL　https://kup.or.jp/
印刷／青雲印刷　　製本／日宝綜合製本

ISBN978-4-7985-0250-2